Ils vivent la nuit

Du même auteur
chez le même éditeur

Série Kenzie et Gennaro :
Un dernier verre avant la guerre
Ténèbres, prenez-moi la main
Sacré
Gone, Baby, Gone
Prières pour la pluie
Moonlight Mile

Mystic River
Shutter Island
Coronado
Un pays à l'aube
Boston noir (anthologie sous la direction de D. Lehane)

Dennis Lehane

Ils vivent la nuit

Traduit de l'anglais (États-Unis)
par Isabelle Maillet

Collection dirigée
par François Guérif

Rivages/noir

Retrouvez l'ensemble des parutions
des Éditions Payot & Rivages sur

payot-rivages.fr

Titre original : *Live By Night*

106, boulevard Saint-Germain – 75006 Paris

Pour Angie
Je roulerais toute la nuit…

« Les hommes de Dieu et les hommes
de guerre ont d'étranges affinités. »

Cormac McCarty, *Méridien de sang*

« Il est trop tard pour devenir quelqu'un de bien. »

Lucky Luciano

PREMIÈRE PARTIE

Boston

1926-1929

1

« A Twelve O'clock Fella in a Nine O'clock Town[1] »

Quelques années plus tard, sur un remorqueur dans le golfe du Mexique, Joe Coughlin verrait ses pieds disparaître dans un bac de ciment frais. Pendant que les douze gangsters embarqués avec lui attendraient d'être assez loin en mer pour le jeter par-dessus bord, il laisserait son regard se perdre dans les flots écumeux à la poupe tout en écoutant le moteur ahaner. Il lui viendrait alors à l'esprit que presque tout ce qui s'était produit de notable dans sa vie – en bien comme en mal – avait été mis en branle ce matin-là, lorsqu'il avait croisé pour la première fois la route d'Emma Gould.[1]

Il l'avait rencontrée peu après l'aube en ce jour de 1926, quand, avec les frères Bartolo, il avait dévalisé le tripot situé au fond de l'un des bars clandestins d'Albert White dans South Boston. Avant d'y entrer, ni lui ni ses deux acolytes ne se doutaient que l'établissement appartenait à Albert White ; s'ils l'avaient su, ils auraient eu tôt fait de battre en retraite avant de filer chacun

1. « Je suis un gars qui se couche à minuit dans une ville où tout ferme à neuf heures. » Titre d'une chanson sortie en 1917, composée par Harry Von Tilzer et interprétée par Byron G. Harlan. (*N.d.T.*)

dans une direction différente pour mieux brouiller les pistes.

En l'occurrence, les trois complices dévalèrent l'escalier de service puis traversèrent sans encombre le bar vide qui, avec le casino attenant, occupait l'arrière d'un entrepôt de meubles situé sur le front de mer. Le patron de Joe, Tim Hickey, lui avait assuré que l'endroit avait été racheté par une poignée de Grecs inoffensifs arrivés récemment du Maryland, mais, lorsque le trio pénétra dans l'arrière-salle, ce fut pour découvrir cinq joueurs en pleine partie de poker. De lourds verres en cristal remplis d'alcool canadien ambré étaient placés près d'eux, une épaisse chape de fumée grise stagnait au-dessus de leurs têtes et des liasses de billets s'entassaient au milieu de la table.

Aucun des hommes présents n'avait l'air grec. Ni inoffensif. Tous avaient suspendu la veste de leur costume au dossier de leur chaise, révélant les armes qu'ils portaient sur la hanche. Lorsque Joe, Dion et Paolo entrèrent, pistolet au poing, les joueurs ne firent pas mine de dégainer ; pour autant, Joe vit bien que deux ou trois y songeaient sérieusement.

Une femme apportait les boissons à la table. Elle posa tranquillement son plateau, récupéra sa cigarette qui se consumait dans un cendrier, en tira une longue bouffée et parut sur le point de bâiller malgré les trois canons braqués sur elle. Comme si elle s'apprêtait à réclamer un numéro plus impressionnant en guise de bis.

Joe et les frères Bartolo avaient incliné leurs chapeaux de façon à dissimuler leurs yeux, et un foulard noir leur recouvrait le bas du visage – une précaution dont ils ne pouvaient que se féliciter, car, si l'un des membres de cette assistance choisie les identifiait, il ne leur resterait tout au plus qu'une demi-journée à vivre.

« Une promenade de santé, avait affirmé Tim Hickey. Vous leur tombez dessus à l'aube, quand il n'y a plus que deux ou trois couillons dans la salle des comptes. »

Et pas cinq malfrats armés jusqu'aux dents en train de jouer au poker.

– Vous savez à qui appartient ce bar ? questionna l'un d'eux.

Si Joe ne l'avait jamais vu, il connaissait en revanche l'homme assis à côté de lui : Brendan Loomis, dit Brenny, ancien boxeur et membre du gang d'Albert White, le plus sérieux rival de Tim Hickey sur le marché de la contrebande d'alcool. Le bruit courait depuis quelque temps que White avait commencé à constituer des stocks de mitraillettes Thompson en vue d'une guerre imminente. Du coup, un seul mot d'ordre circulait : Choisissez un camp ou une pierre tombale.

– Contentez-vous de faire ce qu'on vous dit, et tout le monde s'en sortira sans une égratignure, répliqua Joe.

Le voisin de Loomis ne se laissa pas démonter.

– Je t'ai demandé si tu savais chez qui t'avais mis les pieds, tête de con.

Dion Bartolo le réduisit au silence d'un coup de crosse en travers de la bouche, frappant suffisamment fort pour lui fendre la lèvre et le renverser de sa chaise, amenant tous les autres à se réjouir de ne pas être à sa place.

– Tout le monde à genoux, sauf la fille, ordonna Joe. Mains sur la tête, doigts croisés.

Brenny Loomis le regarda droit dans les yeux.

– J'appellerai ta mère quand t'auras fini, mon gars. Histoire de l'aider à choisir un beau costard pour ton enterrement.

On disait de Loomis, ancien boxeur au Mechanics Hall et partenaire d'entraînement de Mean Mo Mullins, qu'il avait des boules de billard dans les poings. Il tuait pour le compte d'Albert White, mais pas seulement dans le but d'assurer sa subsistance quotidienne : il voulait qu'Albert sache, au cas où le poste évoluerait vers un emploi à temps plein, qu'il avait l'ancienneté pour lui.

Joe n'avait encore jamais éprouvé une peur semblable à celle inspirée par ce qu'il lisait dans les petits yeux bruns de Loomis. Il n'en pointa pas moins son arme vers le sol pour l'inciter à obéir, et il fut surpris de ne pas voir son bras trembler. Cette fois, Brendan Loomis plaça ses mains sur sa tête et s'agenouilla. Ses comparses l'imitèrent.

– Par ici, mademoiselle, dit Joe à la fille. Ne vous inquiétez pas, on ne vous fera pas de mal.

Elle écrasa sa cigarette, puis le considéra d'un air pensif, comme si elle songeait à en allumer une autre ou peut-être à se resservir un verre. Quand elle se résolut enfin à avancer, Joe lui donna à peu près son âge, soit une vingtaine d'années. Elle avait des yeux couleur de ciel hivernal et le teint si pâle qu'on avait l'impression de voir à travers.

Il la regarda approcher tandis que les frères Bartolo soulageaient les joueurs de leurs armes et les lançaient sur la table de black-jack proche, où elles atterrirent en produisant des claquements secs. La fille ne cilla même pas. Une lueur farouche brillait dans ses prunelles grises.

Elle marcha droit sur le pistolet de Joe et demanda :

– Et qu'est-ce que monsieur prendra avec son cambriolage, ce matin ?

En guise de réponse, il lui tendit l'un des deux sacs de toile qu'il avait apportés.

– L'argent qui est sur la table, s'il vous plaît.

– Tout de suite, monsieur.

Alors qu'elle s'exécutait, Joe prit dans l'autre sac une paire de menottes qu'il expédia à Paolo. Celui-ci se pencha vers le premier joueur et lui emprisonna les poignets dans le dos, avant de passer au suivant.

La fille rafla le pot au centre de la table – des billets, mais aussi des montres et des bijoux, remarqua Joe –, puis rassembla les mises de chacun. Paolo, qui dans l'intervalle avait menotté tous les joueurs, entreprit de les bâillonner.

Joe examina la pièce. La roulette se trouvait derrière lui, les tables de crap étaient rassemblées contre la cloison sous l'escalier. Il dénombra également trois tables de black-jack et une de baccara. Six machines à sous s'alignaient contre le mur du fond. Une table basse sur laquelle étaient placés une dizaine de téléphones faisait office de service de transmission des résultats en temps réel, et sur le tableau derrière figurait la liste des chevaux inscrits dans la douzième course la veille au soir, à Readville. Il n'y avait qu'une porte en plus de celle par laquelle ils étaient entrés ; la lettre T pour « Toilettes » y était inscrite à la craie, ce qui n'était guère surprenant dans la mesure où boire et pisser allaient en général de pair.

Sauf qu'en traversant le bar, Joe avait déjà vu deux W.-C., ce qui paraissait amplement suffisant. Et que cette porte-là était fermée par un cadenas.

Il reporta son attention sur Brenny Loomis qui, étendu par terre et bâillonné, le regardait attentivement, comme s'il pouvait voir les rouages se mettre en branle dans sa tête. De son côté, Joe avait aussi l'impression de voir s'activer ceux de Loomis. Et il eut la confirmation de ce qu'il soupçonnait depuis qu'il avait vu le cadenas : les toilettes n'en étaient pas.

C'était la salle des comptes.

La salle des comptes d'Albert White.

Et, à en juger par l'afflux de clients dans les casinos de Tim Hickey les deux jours précédents – le premier week-end d'octobre où il faisait froid –, il devait y avoir une véritable fortune derrière cette porte.

La fortune d'Albert White.

La fille le rejoignit, apportant le sac plein.

– Votre dessert, monsieur, ironisa-t-elle en le lui tendant.

L'intensité de son expression le dérouta. Elle ne se contentait pas de le dévisager, elle le transperçait littéralement du regard, au point qu'il se demanda si elle parvenait à distinguer ses traits sous le foulard et le chapeau incliné. Un matin, en sortant acheter des cigarettes, il passerait à côté d'elle et l'entendrait crier : « C'est lui ! » Il n'aurait même pas le temps de ciller qu'une pluie de balles lui trouerait la peau.

Il prit le sac puis agita les menottes qui se balançaient sur son index.

– Tournez-vous.

– Bien sûr, monsieur. Tout de suite, monsieur.

Elle s'exécuta sans se presser, ramena les bras derrière son dos et croisa les mains sur ses reins, le bout de ses doigts effleurant ses fesses, et Joe dut fournir un gros effort pour se ressaisir, conscient que ce n'était vraiment pas le moment de reluquer une paire de fesses, aussi appétissante fût-elle.

Il lui referma le premier bracelet autour du poignet.

– Je vais faire doucement.

– Oh, ne vous gênez pas pour moi, répliqua-t-elle en lui jetant un coup d'œil par-dessus son épaule. Tâchez juste de ne pas laisser de marques.

C'était une coriace, aucun doute.

– Vous vous appelez comment ?

– Emma Gould. Et vous ?

– Recherché.

– Par les filles, ou juste par les flics ?

Incapable de s'occuper d'elle et de surveiller la pièce en même temps, Joe la fit pivoter vers lui et sortit de sa poche un bâillon – une des paires de chaussettes d'homme que Paolo Bartolo avait fauchées au Woolworth où il travaillait.

– Vous avez vraiment l'intention de me fourrer une chaussette dans la bouche ?

– Oui.

– Une chaussette, donc. Dans ma bouche.

– Neuve, la chaussette. Juré.

Elle arqua un sourcil de la même nuance vieil or que ses cheveux. Il avait l'air aussi doux et lustré que le pelage d'une hermine.

– Je ne vous mentirais pas, affirma Joe, qui, en cet instant, le pensait sincèrement.

– C'est ce que disent en général les menteurs.

Elle écarta les lèvres tel un enfant résigné à avaler une cuillerée d'huile de foie de morue, et Joe songea à répliquer, mais les mots ne lui vinrent pas. Il envisagea alors de lui poser une question, juste pour entendre encore une fois le son de sa voix, et dut y renoncer pour la même raison.

Ses yeux s'arrondirent légèrement quand il lui enfonça la chaussette dans la bouche. Elle essaya ensuite de la recracher – un réflexe chez la plupart des gens qu'on bâillonnait –, et secoua vigoureusement la tête en le voyant brandir une cordelette. Ayant anticipé sa réaction, Joe lui passa prestement le lien autour de la tête. Au moment où il faisait un nœud derrière, Emma Gould le regarda comme si, après s'être comporté jusque-là de façon parfaitement honorable – un vrai plaisir, même –, il venait de tout gâcher par cette initiative déplacée.

– Y a cinquante pour cent de soie, dit-il.

Le sourcil d'Emma Gould s'éleva de nouveau.

– Dans la chaussette, précisa-t-il. Allez rejoindre vos amis.

Docilement, elle s'agenouilla près de Brendan Loomis, qui n'avait pas cessé d'observer Joe. À aucun moment.

Le sachant, Joe contempla ostensiblement la porte de la salle des comptes, en particulier le cadenas sur la serrure, avant de se concentrer de nouveau sur lui. Loomis, attendant sans doute de voir quelle serait l'étape suivante, lui opposa un regard neutre.

Sans le quitter des yeux, Joe déclara :

– On y va, les gars. On n'a plus rien à faire ici.

Loomis cilla une fois, une seule, lentement. Joe décida d'interpréter ce signe comme une proposition de trêve – ou du moins comme un premier pas dans ce sens – et détala sans demander son reste.

Une fois remontés en voiture, les trois complices longèrent le front de mer. Dans le ciel au-dessus d'eux, d'un bleu lumineux strié de traînées jaune vif, les mouettes tournoyaient en piaillant. Le godet d'une grue sur ponton se balança vers le quai, puis repartit vers l'arrière en émettant un grincement strident au moment où Paolo roulait sur son ombre. Dockers, débardeurs et chauffeurs de camion fumaient dans la fraîcheur du petit matin. Quelques-uns lançaient des cailloux aux mouettes.

Lorsque Joe baissa sa vitre, une bouffée d'air froid lui fouetta le visage et lui piqua les yeux. Des relents de poisson et d'essence se mêlaient à la senteur d'iode portée par la brise.

De la banquette arrière, Dion Bartolo lança :

– Quand je pense que t'as demandé à cette poupée comment elle s'appelait !

– Je faisais la conversation, c'est tout, se défendit Joe.

– Ah ouais ? Tu l'as menottée comme si t'épinglais une broche à son corsage pour l'inviter à danser au bal de la promo !

Joe passa la tête dehors durant quelques secondes, inspirant à fond la puanteur matinale. Paolo quitta les docks pour se diriger vers Broadway, poussant facilement la Nash Roadster jusqu'à quarante-cinq kilomètres/heure.

– Je l'ai déjà vue, déclara Paolo.

– Où ? demanda Joe en rentrant la tête.

– Je sais pas. Mais je l'ai déjà vue, j'en suis sûr. (Paolo vira brusquement pour s'engager dans Broadway, ballottant ses passagers.) Pourquoi tu lui écrirais pas un poème ?

– Ben voyons, marmonna Joe. Pourquoi tu ralentirais pas un peu, histoire de pas donner l'impression qu'on prend la fuite après avoir fait une connerie ?

Dion se tourna vers lui et posa un bras sur le dossier du siège.

– Le frangin, là, il en a écrit un pour une nana, un jour.

– C'est vrai ?

Paolo chercha le regard de Joe dans le rétroviseur puis hocha la tête d'un air solennel.

– Et alors ? Qu'est-ce que ça a donné ?

– Rien, répondit Dion. Elle savait pas lire.

Alors qu'ils roulaient vers le sud en direction de Dorchester, ils se retrouvèrent coincés dans un embouteillage provoqué par un cheval tombé raide mort aux abords d'Andrew Square. Les voitures devaient le contourner, ainsi que la carriole du livreur de glace renversée derrière lui. Des fragments d'eau gelée scintillaient dans les interstices des pavés, pareils à des copeaux métalliques, et le livreur furieux bourrait la carcasse de coups de pied dans les côtes. Joe pensait toujours à la fille – à ses mains à la fois sèches et douces, menues et teintées de rose à la naissance des paumes, aux veines violettes sillonnant ses poignets. Elle avait un grain de beauté derrière l'oreille droite, mais rien derrière la gauche.

Les frères Bartolo habitaient Dorchester Avenue, au-dessus d'une boucherie et d'une cordonnerie. Le boucher et le cordonnier, qui avaient épousé des sœurs, se vouaient mutuellement une haine à peine moins féroce que celle qu'ils vouaient à leurs femmes respectives. Ce qui ne les empêchait pas de tenir ensemble un tripot dans leur sous-sol commun. Le soir, des clients venus des seize paroisses de Dorchester, ou même de celles plus éloignées de la côte nord, se rassemblaient dans cet endroit baptisé le Shoelace, le « lacet » – au grand dam du boucher, qui en avait perdu tous ses cheveux –, pour savourer le meilleur alcool servi au sud de Montréal et écouter une chanteuse nègre nommée Delilah Deluth pleurer les amours perdues. Les frères Bartolo y étaient pratiquement tous les jours ; si Joe ne voyait aucune objection à une telle assiduité, il lui paraissait cependant peu judicieux de loger juste au-dessus de l'établissement : dans l'hypothèse hautement improbable où une poignée de flics ou d'agents du Trésor honnêtes y feraient une descente, ils n'auraient qu'à enfoncer la porte des Bartolo pour découvrir une cache de billets, d'armes et de bijoux dont deux ritals employés respectivement dans un grand magasin et chez un épicier ne pourraient jamais expliquer la présence.

Certes, les bijoux partaient presque tout de suite chez Hymie Drago, leur receleur attitré depuis qu'ils avaient quinze ans, mais l'argent n'allait en général pas plus loin qu'un trou dans leur matelas ou qu'une table de jeu au fond du Shoelace.

Ce matin-là, Joe s'adossa à la glacière pour regarder Paolo se pencher vers leur lit et soulever le drap du dessous jauni par la sueur, révélant une des entailles que les deux frères avaient pratiquées dans le côté du matelas. Dion lui passa les liasses de billets, qu'il fourra à l'intérieur comme s'il garnissait de farce la dinde de Thanksgiving.

À vingt-trois ans, Paolo était l'aîné du trio. Dion, de deux ans son cadet, semblait pourtant plus âgé, peut-être parce qu'il était plus retors, ou peut-être parce qu'il était plus cruel. Joe, qui fêterait son vingtième anniversaire un mois plus tard, avait beau être le benjamin, il passait pour le cerveau de la bande depuis qu'il avait treize ans et que les trois compères avaient décidé d'unir leurs forces pour démolir les kiosques à journaux.

– Ça y est ! s'exclama soudain Paolo en se redressant. Je sais où je l'ai vue.

Il épousseta son pantalon tandis que Joe s'écartait de la glacière.

– Ah bon ? Où ?

Paolo indiqua le sol.

– En bas.

– Au Shoelace ?

– Tout juste. Elle y était avec Albert.

– Quel Albert ?

– Ben, le roi du Monténégro en personne ! railla Dion. Franchement, t'en connais beaucoup, toi, des Albert ?

Il n'y en avait malheureusement qu'un dans tout Boston dont on n'avait pas besoin de citer le nom de famille : Albert White, propriétaire du tripot qu'ils venaient de dévaliser.

White était un ancien héros de la guerre contre les Moros aux Philippines, et un ancien policier qui avait perdu son travail, tout comme le frère de Joe, après la grève de 1919. Aujourd'hui, il possédait le White Garage & Automotive Glass Repair (anciennement Halloran's Tire & Automotive), le White's Downtown Café (anciennement Halloran's Lunch Counter) et le White's Freight & Transcontinental Shipping (anciennement Halloran's Trucking). Le bruit courait qu'il s'était personnellement chargé de descendre Bitsy Halloran, lequel avait été abattu de onze balles dans une cabine téléphonique en chêne à l'intérieur d'un drugstore Rexall à Egleston Square. Tous ces coups de feu tirés à bout portant avaient embrasé la cabine, et on racontait également que White en avait racheté les restes calcinés, qu'il l'avait fait remettre en état et installer dans le bureau de sa maison à Ashmont Hill pour pouvoir y passer ses appels.

– Donc, c'est la maîtresse d'Albert, conclut Joe.

Cette révélation lui faisait l'effet d'une douche froide. Il s'était déjà imaginé traverser le pays avec elle dans une voiture volée, sans se soucier du passé ni de l'avenir, fonçant jusqu'à la frontière du Mexique sous un ciel empourpré par le couchant.

– En fait, je les ai vus ensemble trois fois, précisa Paolo.

– Ah, parce que maintenant c'est trois fois ! lança Joe avec humeur.

Paolo compta sur ses doigts pour vérifier.

– Ben ouais.

– Alors qu'est-ce qu'elle fout à servir les clients dans ses cercles de jeu ?

– Où est le problème ? Elle t'a paru en âge de prendre sa retraite, peut-être ? rétorqua Paolo.

– Non, mais…

– Albert est marié, intervint Dion. Va savoir combien de temps une poule de luxe peut espérer rester à son bras…

– Tu trouves qu'elle a l'air d'une poule de luxe? répliqua Joe.

Sans le quitter des yeux, Dion dévissa lentement le bouchon d'une bouteille de gin canadien.

– Je lui trouve rien du tout, moi! C'est juste la fille qui nous a apporté notre fric. Je pourrais même pas te dire de quelle couleur sont ses cheveux. Ni…

– Blond foncé. Presque châtains, mais pas tout à fait.

– C'est la copine d'Albert, souligna Dion en leur servant un verre.

– J'avais compris, merci, grommela Joe.

– C'est déjà pas malin d'avoir cambriolé un de ses tripots. Alors va pas te mettre en tête de lui faucher autre chose, d'accord?

Joe garda le silence.

– D'accord? insista Dion.

– D'accord. (Joe tendit la main vers son verre.) Message reçu.

Elle ne mit pas les pieds au Shoelace les trois soirs suivants. Joe était bien placé pour le savoir: il y passa les trois soirées, de l'ouverture à la fermeture.

Albert White en revanche fit son apparition, vêtu d'un de ces costumes blanc cassé à rayures devenus sa marque distinctive, comme s'il se croyait en permanence à Lisbonne, ou dans une quelconque ville du Sud. Il les complétait en général par un feutre brun assorti à ses chaussures, elles-mêmes assorties aux rayures. Lorsqu'il neigeait, il portait des costumes bruns à rayures blanc cassé, un chapeau blanc cassé et des souliers bicolores, brun et blanc. Quand arrivait le mois de février, il optait pour des costumes brun foncé, des souliers d'une couleur semblable et un chapeau noir, mais Joe en venait à se dire que, ainsi habillé de clair la plus grande partie de l'année, il devait faire une cible aisément repérable la nuit – une cible facile à atteindre dans une ruelle, même à vingt mètres de distance et avec un pistolet au rabais. Et pas besoin de la lumière d'un réverbère pour voir tout ce blanc virer à l'écarlate.

Ah ! Albert…, songea Joe, assis au comptoir le troisième soir, en le suivant du regard dans la salle. Je te descendrais bien, si c'était dans mes cordes…

Le problème, c'était qu'Albert White ne fréquentait pas beaucoup les ruelles, et que si d'aventure il s'y risquait c'était toujours en compagnie de quatre gardes du corps. En admettant qu'on puisse déjouer leur surveillance pour abattre leur patron – et Joe, qui n'avait jamais tué personne, se demanda comment il en était arrivé à envisager de trucider Albert White –, sa mort ne ferait qu'ébranler les fondations de l'empire commercial qu'il avait bâti avec ses associés, lesquels incluaient des membres de la police, les Italiens, les Juifs de Mattapan et des hommes d'affaires à la tête d'entreprises parfaitement légales, entre autres des banquiers et des investisseurs ayant des intérêts dans le sucre de canne à Cuba ou en Floride. Par conséquent, donner un coup de pied dans la fourmilière économique au cœur d'une si petite ville reviendrait à se livrer soi-même en pâture aux fauves.

White ne le regarda qu'une fois, mais d'une manière telle que Joe pensa aussitôt : Il sait tout. Il sait que je l'ai dévalisé, et que je veux sa petite amie. Il sait.

Pourtant, White se contenta de dire :

– T'as du feu ?

Joe craqua une allumette sur le comptoir et lui alluma sa cigarette.

Quand White souffla sur la flamme pour l'éteindre, il lui envoya en même temps un nuage de fumée à la figure.

– Merci, gamin, dit-il avant de se détourner, le teint aussi blanc que son costume, les lèvres aussi rouges que le sang pompé par son cœur.

Le quatrième jour après le hold-up, Joe misa sur son intuition et retourna à l'entrepôt de meubles. Il faillit la manquer ; apparemment, les secrétaires terminaient leur service en même temps que les ouvriers, et elles n'étaient qu'une poignée perdues au milieu d'un flot de manutentionnaires et de débardeurs. Les hommes en veste crasseuse, crochet de docker sur l'épaule, parlaient fort en tournant autour d'elles, sifflotaient et racontaient des blagues qui ne faisaient rire qu'eux. Les femmes devaient néanmoins avoir l'habitude, car il ne leur fallut pas longtemps pour s'extraire du groupe. Certains les suivirent, d'autres s'attardèrent sur place, et quelques-uns s'écartèrent pour se diriger vers le secret le plus mal gardé des docks : un *house-boat* qui servait de l'alcool depuis le premier lever de soleil sur Boston à l'ère de la prohibition.

Les femmes avançaient en rangs serrés sur le quai, et ce fut seulement quand l'une d'elles, qui avait les cheveux de la même nuance blond foncé, s'arrêta pour rajuster son talon, que Joe aperçut le visage d'Emma Gould dans la foule.

Lorsqu'elles eurent parcouru une cinquantaine de mètres, il quitta son poste d'observation près du quai de déchargement de la compagnie Gillette pour leur emboîter le pas. Il se répéta que c'était la maîtresse d'Albert White, qu'il avait perdu la tête, qu'il devrait mettre un terme à cette folie. Non seulement il n'avait pas à suivre la maîtresse d'Albert White le long du front de mer à South Boston, mais il aurait déjà dû quitter l'État en attendant de savoir si on pouvait le relier au cambriolage du tripot. Tim Hickey, parti dans le Sud négocier un contrat pour le rhum, n'était pas en mesure de leur fournir d'explications sur le cafouillage qui les avait conduits à interrompre la mauvaise partie de poker, et, alors que les frères Bartolo avaient choisi de se faire oublier jusqu'à plus ample information, lui, censé pourtant être le plus malin des trois, se retrouvait à tourner autour d'Emma Gould comme un chien affamé flairant des odeurs de cuisine.

Tire-toi, tire-toi, tire-toi.

Joe savait qu'il aurait dû écouter la petite voix dans sa tête. C'était celle de la raison, ou peut-être de son ange gardien.

Sauf qu'il se fichait éperdument de son ange gardien pour le moment. Il s'intéressait uniquement à elle.

Les femmes devant lui se dispersèrent au niveau de Broadway Station. La plupart s'avancèrent vers un banc du côté du tramway tandis qu'Emma s'engouffrait dans la station. Joe la laissa prendre une longueur d'avance, puis franchit à son tour les tourniquets, descendit encore quelques marches et monta dans une rame en direction du nord. La voiture, dans laquelle régnait une chaleur étouffante, était bondée, mais il parvint à ne pas quitter Emma des yeux – une chance, car elle descendit seulement un arrêt plus loin, à South Station.

South Station était une gare de correspondance où convergeaient trois lignes de métro souterrain, deux lignes de métro aérien, une ligne de tramway, deux lignes de bus et une de chemin de fer. À peine Joe avait-il posé un pied sur le quai qu'il eut l'impression d'être une boule de billard au moment de la casse : il fut ballotté dans tous les sens, immobilisé, balloté de nouveau, tant et si bien qu'il finit par perdre la jeune femme de vue. Il n'était pas aussi grand que ses frères, dont l'un était carrément immense, mais Dieu merci il n'était pas petit non plus – juste de taille moyenne. Il se haussa sur la pointe des pieds afin de se frayer un passage à travers la foule. Si cette tactique ralentit sa progression, elle lui permit néanmoins de repérer la chevelure familière couleur caramel près du tunnel d'accès à la ligne de métro aérien d'Atlantic Avenue.

Il atteignit la plateforme au moment où une rame arrivait. Il se trouvait dans la même voiture qu'Emma Gould, un peu en retrait, quand le train quitta la station pour leur révéler la ville dont les tons bleus, bruns et rouge brique s'assombrissaient au crépuscule. Dans les immeubles de bureaux, les fenêtres s'étaient teintées de jaune. Les réverbères s'allumaient rue après rue. Le port s'étendait de part et d'autre de l'horizon urbain. Comme Emma Gould s'était appuyée contre la vitre, Joe voyait le panorama se déployer derrière elle. De son côté, elle balayait d'un regard inexpressif la foule des passagers dans la voiture ; s'ils ne se posaient sur rien, ses yeux n'en étaient pas moins emplis de méfiance – des yeux incroyablement clairs, plus clairs encore que son teint, couleur d'un gin bien frappé. Sa mâchoire et son nez étaient légèrement pointus, parsemés de taches de son. Rien dans son attitude n'invitait à l'aborder. Elle semblait murée derrière son visage à la fois magnifique et fermé.

« Et qu'est-ce que monsieur prendra avec son cambriolage, ce matin ? »

« Tâchez juste de ne pas laisser de marques. »

« C'est ce que disent en général les menteurs. »

Quand ils traversèrent Batterymarch Station en direction du North End, Joe contempla en contrebas le ghetto grouillant d'Italiens – des Italiens partout, avec leurs dialectes, leurs coutumes et leur cuisine –, et ne put s'empêcher de penser à son frère aîné, Danny, le flic irlandais qui aimait tellement ce ghetto qu'il avait choisi d'y vivre et d'y travailler. Danny était sans doute l'homme le plus grand que Joe eût jamais vu. Il avait été un sacré bon boxeur, doublé d'un sacré bon flic ; la peur n'avait pratiquement pas de prise sur lui. Organisateur et vice-président du syndicat de la police, il avait cependant connu le même sort que tous ses collègues qui s'étaient mobilisés pour faire grève en septembre 1919 : il avait été mis à pied sans espoir d'être réintégré et s'était vu refuser l'accès à tous les emplois proposés dans les postes de police de la côte est. Ça l'avait brisé – du moins, à ce qu'on disait. Avec Nora, sa femme, il était parti vivre dans le quartier nègre de la ville de Tulsa, en Oklahoma, incendié cinq ans plus tôt lors d'une terrible émeute. Depuis, la famille de Joe n'avait entendu que des rumeurs à leur sujet, selon lesquelles ils seraient à Austin, à Baltimore ou encore à Philadelphie.

Tout gosse, Joe adorait son frère. Puis il en était venu à le détester. Aujourd'hui, la plupart du temps, il ne pensait même plus à lui. Lorsqu'il le faisait, il devait bien avouer que son rire lui manquait.

À l'autre bout de la voiture, Emma Gould lança « Excusez-moi, excusez-moi » en s'avançant vers les portes. Par la vitre, Joe constata qu'ils approchaient de City Square, à Charlestown.

Charlestown… Pas étonnant que la vue d'une arme braquée sur elle l'eût laissée de marbre. À Charlestown, les hommes apportaient leur calibre .38 à la table du dîner et se servaient du canon pour remuer le sucre dans leur café.

Il la suivit jusqu'à une maison d'un étage tout au bout d'Union Street. Juste avant de l'atteindre, Emma Gould prit à droite pour s'engager dans une allée latérale. Lorsque Joe déboucha à son tour derrière la bâtisse, la jeune femme n'était plus visible nulle part.

Il scruta l'étendue de la ruelle où il se trouvait, bordée de part et d'autre d'habitations identiques – pour la plupart, des taudis plus longs que larges, aux encadrements de fenêtres pourris et à la toiture colmatée au goudron. Emma Gould aurait pu entrer dans n'importe laquelle, mais, comme elle avait bifurqué dans la dernière allée perpendiculaire à la rue, Joe supposa qu'elle s'était dirigée droit vers celle à la façade gris-bleu en face de lui, dont la descente de cave en bois était fermée par des battants métalliques.

Un portail la jouxtait. Il était fermé à clé, aussi Joe posa-t-il ses deux mains au sommet pour se hisser à la force des bras et jeter un œil à ce qu'il y avait derrière : une autre allée, encore plus étroite que celle où il était, et vide à l'exception de quelques poubelles. Il se laissa glisser sur le sol et fouilla sa poche en quête d'une des épingles à cheveux dont il ne se séparait presque jamais.

Trente secondes plus tard, il avait franchi le portail et se tenait aux aguets.

Il n'eut pas à attendre longtemps ; à l'heure de la sortie des usines, le contraire eût été étonnant. Des pas se firent bientôt entendre – ceux de deux hommes discutant de l'aéroplane qui venait de disparaître en pleine traversée de l'Atlantique. On n'avait retrouvé aucune trace du pilote, un Anglais, ni de l'épave ; l'appareil s'était littéralement volatilisé. L'un des deux individus frappa au battant de la descente de cave, patienta un instant et dit :

– Forgeron.

Le battant s'écarta en grinçant, avant d'être refermé et de nouveau verrouillé.

Joe patienta encore cinq minutes, montre en main, puis sortit de son refuge et alla toquer à son tour.

– Ouais ? grogna une voix étouffée.

– Forgeron.

Un claquement résonna quand le verrou de l'autre côté coulissa, et Joe souleva le battant pour s'engager dans une petite cage d'escalier. En descendant, il prit soin de refermer derrière lui. Au pied des marches, il s'immobilisa devant une seconde porte, qui s'ouvrit au moment où il tendait la main vers la poignée. Un vieillard chauve au nez en chou-fleur et aux pommettes sillonnées de capillaires éclatés lui fit signe d'entrer, les sourcils froncés en une expression peu amène.

Joe pénétra dans un sous-sol inachevé, au sol de terre battue. Au milieu s'élevait un bar en bois, entouré de tonneaux en guise de tables et de chaises en pin premier prix.

Une fois installé au comptoir, à l'extrémité la plus proche de la porte, Joe passa commande à une femme obèse dont les gros bras flasques ressemblaient à des ventres mous. Elle lui servit une chope de bière tiède qui sentait plus le savon et la sciure que le houblon ou l'alcool. Il eut beau scruter la pénombre de la salle à la recherche d'Emma Gould, il ne vit que des dockers, deux ou trois marins et une poignée de prostituées. Il y avait un piano contre le mur de brique sous l'escalier, mais pas de pianiste devant, et Joe remarqua quelques touches cassées sur le clavier. Ce n'était manifestement pas le genre d'endroit qui offrait beaucoup de divertissements à sa clientèle en dehors des rixes de bar – comme celle qui ne manquerait pas d'éclater entre les marins et les dockers quand ils se rendraient compte qu'ils étaient deux de trop par rapport aux filles.

Elle apparut soudain dans l'encadrement de la porte derrière le comptoir, nouant un foulard sur sa nuque. Elle avait troqué son corsage et sa jupe contre un pull marin blanc cassé et un pantalon de tweed marron. Elle s'avança dans la pièce pour vider les cendriers et essuyer les tables, tandis que la femme qui avait servi Joe ôtait son tablier puis quittait le bar.

Arrivée à la hauteur de Joe, Emma Gould jeta un coup d'œil à sa chope presque vide.

– Vous en voulez une autre ?

– Volontiers.

Elle le dévisagea quelques secondes d'un air contrarié.

– Qui vous a parlé de cet endroit ?

– Dinny Cooper.

– Connais pas.

Moi non plus, songea Joe en se demandant où il était allé pêcher un nom aussi stupide. Dinny ? Pourquoi pas « Lunch », tant qu'il y était ?

– Il est d'Everett.

Elle essuya le comptoir devant lui, sans toucher à la chope.

– Ah oui ?

– Oui. On a bossé ensemble sur les berges de la Mystic, la semaine dernière. Côté Chelsea. Vous savez, pour des opérations de dragage…

Elle fit non de la tête.

– Bref, tout ça pour dire que Dinny m'a montré l'autre rive en me parlant de ce bar. D'après lui, la bière valait le détour.

– Pour le coup, je suis sûre que vous me racontez des craques.

– Pourquoi ? Y a un problème avec la bière ?

Emma Gould le considéra aussi attentivement qu'elle l'avait fait devant la salle des comptes, comme si elle pouvait voir en lui – jusqu'aux méandres de ses intestins, jusqu'au rose de ses poumons, jusqu'aux pensées qui voyageaient dans les replis de son cerveau.

– Bah, y a pire, se crut-il obligé d'ajouter en levant sa chope. Un jour, on m'en a servi une, eh bien, je vous jure qu'elle…

– Vous êtes un sacré baratineur, l'interrompit-elle. Pas vrai ?

Joe décida de changer de stratégie, d'opter pour l'indignation résignée.

– Je ne vous mens pas, mademoiselle. Mais je peux m'en aller, si vous voulez. Tenez, je m'en vais. (Il se leva.) Combien je vous dois ?

– Vingt *cents*.

Il plaça les deux pièces de dix dans la main qu'elle lui tendait.

– Je ne vous crois pas, déclara-t-elle en les fourrant dans la poche de son pantalon d'homme.

– Pardon ?

– Vous n'allez pas partir. Vous avez dit ça pour que je vous prenne au mot et que je vous demande de rester.

– Pas du tout. (Il enfila son manteau.) D'ailleurs, je suis sur le départ.

Elle se pencha par-dessus le comptoir.

– Venez là.

Joe inclina la tête.

– Plus près, insista-t-elle en agitant vers lui son index replié.

Après avoir écarté deux tabourets, il se rapprocha du comptoir.

– Vous voyez ces gars, là-bas dans le coin, assis autour du tonneau de pommes ?

Il n'eut même pas besoin de se retourner pour savoir de qui elle parlait ; il les avait repérés à la seconde même où il était entré : trois hommes – des dockers, à en juger par leurs épaules aussi impressionnantes qu'une mâture, leurs paluches d'ours et leur regard farouche.

– Je les ai vus, oui.

– Ce sont mes cousins. Vous avez dû remarquer qu'on avait un air de famille ?

– Ça ne m'a pas frappé, je dois dire.

Elle haussa les épaules.

– Qu'est-ce qu'ils font comme boulot, à votre avis ?

Leurs visages étaient si proches qu'il leur aurait suffi de tirer la langue pour se toucher.

– Aucune idée.

– Quand ils croisent des types dans votre genre, qui inventent des salades sur des nommés Dinny, ils les tabassent à mort. (Elle avança légèrement les coudes, réduisant encore la distance entre eux.) Et après, ils les balancent dans la rivière.

Joe dut résister à une furieuse envie de se gratter le cuir chevelu et le haut des oreilles.

– Drôle de boulot.

– C'est toujours mieux que de débarquer en pleine partie de poker pour rafler la mise !

Durant quelques secondes, Joe en oublia de respirer.

– Allez-y, maintenant, faites une remarque spirituelle, l'aiguillonna Emma Gould. Tenez, à propos de cette chaussette que vous m'avez fourrée dans la bouche, par exemple. J'aimerais bien entendre quelque chose d'intelligent, de bien tourné…

Joe garda le silence.

– Et, tant qu'à vous triturer les méninges, poursuivit-elle, prenez aussi en compte un autre aspect de la situation : en ce moment même, mes cousins nous surveillent. Vous voyez mon oreille, là ? Eh bien, si je tire sur le lobe, vous n'aurez même pas le temps d'atteindre l'escalier.

Il se surprit à contempler le lobe qu'elle lui avait indiqué d'un léger mouvement de ses prunelles claires.

Le droit. Il ressemblait un peu à un pois chiche, en plus délicat. Joe se demanda quel goût aurait sa peau au réveil.

– Et si moi j'appuie sur la détente ? murmura-t-il en baissant les yeux vers le comptoir.

Elle suivit la direction de son regard, pour découvrir le pistolet qu'il avait placé entre eux.

– Vous ne toucherez pas à cette oreille, mademoiselle.

Les yeux d'Emma Gould délaissèrent le pistolet pour remonter lentement le long de l'avant-bras de Joe, qui sentit ses poils se dresser comme sous l'effet d'une caresse. Puis ils survolèrent son torse pour s'élever vers sa gorge et son menton. Lorsqu'elle les riva enfin aux siens, Joe s'aperçut soudain qu'ils étaient plus vifs, plus pénétrants, et animés d'une lueur resurgie du fond des âges.

– Je termine à minuit, dit-elle.

2

L'absence en elle

Joe habitait au dernier étage d'une pension dans le West End, située à un jet de pierre de l'activité débordante qui régnait toujours aux abords de Scollay Square. L'établissement appartenait au gang de Tim Hickey, qui opérait en ville depuis longtemps mais dont les activités avaient connu un remarquable essor depuis l'entrée en vigueur du 18e amendement, six ans plus tôt.

Le rez-de-chaussée était en général occupé par des Irlandais tout juste descendus du bateau, aux pieds chaussés de godillots éculés et au corps tout en nerfs. L'une des tâches de Joe consistait à les rassembler sur les quais pour les conduire à l'une des soupes populaires de Hickey, et à s'assurer qu'ils recevaient une ration de pain bis, de potage clair et de pommes de terre grisâtres. Il les ramenait ensuite à la pension, où ils s'entassaient à trois par chambre sur des matelas propres et bien durs, tandis que des prostituées sur le retour se chargeaient de laver leurs frusques. Au bout d'environ une semaine, quand ils avaient récupéré des forces, débarrassé leur tignasse de la vermine et leur bouche de leurs dents gâtées, ils étaient prêts à signer de fausses cartes d'électeur pour apporter un soutien inconditionnel aux candidats que Hickey déciderait de présenter aux élections. Ensuite seulement, ils pouvaient partir, munis des coordonnées d'immigrants originaires des mêmes villages ou des mêmes comtés, susceptibles de les faire embaucher rapidement.

Le premier étage de la pension, accessible uniquement par une entrée séparée, était réservé au casino. Le deuxième, aux filles de joie. Joe vivait au troisième, dans une chambre au bout du couloir. Il y avait une belle salle de bains à cet étage, qu'il partageait avec les flambeurs venus s'amuser en ville et avec Penny Palumbo, la star de l'écurie de Tim Hickey. Penny avait vingt-cinq ans mais en paraissait dix-sept, et des reflets de miel réchauffé par le soleil dansaient dans sa chevelure. Un homme avait un jour sauté d'un toit à cause de Penny Palumbo ; un autre s'était jeté à la mer ; un troisième, plutôt que de se suicider, avait abattu l'un de ses semblables. Joe l'aimait bien : elle était gentille et sa beauté flattait le regard. En attendant, si elle avait l'allure d'une gamine de dix-sept ans, Joe n'en donnait guère plus de dix à son cerveau. Pour autant qu'il pût en juger, l'essentiel de ses préoccupations tournait autour de trois chansons et du vague désir de devenir un jour couturière.

Certains matins, selon que c'était lui ou elle qui descendait en premier au casino, l'un des deux apportait du café à l'autre. Ce matin-là, ce fut elle qui frappa chez Joe, et ils s'installèrent près de la fenêtre d'où l'on apercevait Scollay Square, avec ses auvents rayés et ses grands panneaux publicitaires, tandis que les premiers camions de lait vrombissaient dans Tremont Row. Penny lui raconta que, la veille, une diseuse de bonne aventure lui avait prédit qu'elle mourrait jeune ou qu'elle deviendrait membre de l'Église pentecôtiste trinitaire au Kansas. Lorsque Joe lui demanda si elle avait peur de mourir, elle répondit : bien sûr, mais pas autant que d'aller vivre au Kansas.

Quand elle sortit de la chambre, Joe l'entendit parler à quelqu'un dans le couloir, puis Tim Hickey en personne s'encadra dans l'embrasure de la porte. Il portait un gilet noir à fines rayures, déboutonné, un pantalon assorti et une chemise blanche au col ouvert, sans cravate. C'était un bel homme, soucieux de son apparence, à la chevelure neigeuse toujours impeccable et au regard triste, empli de commisération, d'un aumônier dans le couloir de la mort.

– Bonjour, monsieur.

– Bonjour, Joe. (Hickey buvait son café dans un verre gravé qui accrochait la lumière matinale réfléchie par les rebords de fenêtre.) Bon, pour la banque de Pittsfield, le gars que tu veux voir vient ici le jeudi, mais sinon tu peux le trouver presque tous les soirs au bar d'Upham's Corner. Il posera son homburg sur le comptoir à droite de son verre. Il t'indiquera la configuration des lieux et l'itinéraire à suivre pour quitter la ville.

– Merci, m'sieur Hickey.

En retour, celui-ci inclina légèrement son verre dans sa direction.

– Encore une chose : tu te rappelles ce croupier dont on a parlé le mois dernier ?

– Oui, répondit Joe. Carl.

– Il a remis ça.

Carl Laubner avait travaillé dans un tripot où les parties étaient truquées et, depuis, aucun des employés de Hickey n'avait réussi à le convaincre de procéder à la loyale, en particulier si l'un des joueurs ne lui paraissait pas cent pour cent blanc. Alors, quand un Italien ou un Grec s'asseyait à sa table de black-jack, tant pis pour lui : Carl tirait comme par magie des dix et des as en cartes cachées durant toute la nuit, ou du moins jusqu'au moment où ces messieurs au teint basané finissaient par jeter l'éponge.

– Vire-le, ordonna Hickey. Dès qu'il arrive.
– Bien, m'sieur.
– On ne veut pas de ce genre de magouilles ici. C'est clair ?
– Très clair, m'sieur Hickey.
– Et répare la machine à sous numéro douze, elle déconne complètement. On est réglos, d'accord, mais on n'a rien d'une œuvre de bienfaisance. Pas vrai ?
– Si, m'sieur, répondit Joe en notant la consigne sur un papier.

Tim Hickey dirigeait l'un des rares casinos propres de Boston, ce qui en faisait l'un des plus populaires de la ville, surtout auprès de la clientèle fortunée. Il avait appris à Joe que les parties truquées ne permettent pas de tondre le joueur lambda plus de trois fois avant qu'il renonce à jouer. Or, Hickey n'avait aucune envie de le tondre seulement deux ou trois fois ; il voulait lui sucer le sang jusqu'à la fin de ses jours. Pousse-les à jouer, pousse-les à boire, et ils te refourgueront tous leurs billets verts en te remerciant de les en avoir soulagés.

« Ces types à qui on offre nos services, ce sont juste des visiteurs de la nuit, disait-il souvent. Mais nous, on y vit en permanence. Ils louent ce qui nous appartient. S'ils veulent s'amuser dans nos bacs à sable, pas de problème ; à nous de rentabiliser chaque grain. »

C'était l'un des hommes les plus brillants que Joe eût rencontrés. Au début de la prohibition, quand les bandes de la ville s'organisaient exclusivement par ethnies – les Italiens entre eux, les Juifs entre eux et les Irlandais entre eux –, Hickey, lui, se mêlait à tout le monde. Il s'était associé avec Giancarlo Calabrese, promu à la tête du gang de Maso Pescatore depuis que celui-ci était sous les verrous, et ensemble ils s'étaient lancés dans la contrebande de rhum caribéen alors que tous les autres optaient pour le trafic du whiskey. Lorsque les gangs de

New York et de Detroit avaient usé de leur pouvoir pour étendre leur réseau de sous-traitants dans le commerce du whiskey, ceux de Hickey et Pescatore avaient accaparé le marché du sucre et de la mélasse. Ces produits venaient principalement de Cuba, traversaient le détroit de Floride, étaient transformés en rhum sur le sol américain, puis voyageaient de nuit vers la côte est pour y être vendus avec une majoration de quatre-vingts pour cent.

Au retour de son plus récent séjour à Tampa, Hickey s'était entretenu avec Joe au sujet du coup foireux dans l'entrepôt de meubles de Southie. Il l'avait félicité pour la prudence dont il avait fait preuve en s'abstenant de toucher à la recette dans la salle des comptes (« Ça nous a évité une guerre, ni plus ni moins », avait-il dit), et avait ajouté qu'après une enquête approfondie pour savoir qui leur avait refilé un tuyau aussi dangereux, le coupable serait pendu à des poutres aussi hautes que la tour de la Custom House[1].

Joe préférait s'en tenir à cette version, car il n'avait aucune envie de penser que Hickey les avait envoyés à l'entrepôt justement parce qu'il voulait déclarer la guerre à Albert White. Il savait son boss capable au besoin de sacrifier des hommes qu'il avait formés depuis qu'ils étaient gamins si cela pouvait lui permettre de conserver la mainmise sur le marché du rhum. De fait, Tim Hickey était capable de tout. Absolument tout. C'était la condition requise pour se maintenir au sommet de la hiérarchie criminelle : savoir montrer à la concurrence qu'on avait depuis longtemps fait une croix sur sa conscience.

Dans la chambre de Joe ce jour-là, Hickey sortit sa flasque pour verser une goutte de rhum dans son café.

---

1. Premier gratte-ciel construit à Boston, à la fin du XIXe siècle. (*N.d.T.*)

Après avoir bu une gorgée, il la proposa à Joe, qui déclina d'un mouvement de tête. Son patron la rangea dans sa poche.

– Où t'étais, ces derniers temps ? demanda-t-il.

– Je suis resté ici.

Hickey le regarda droit dans les yeux.

– T'es sorti tous les soirs, cette semaine. Pareil pour la semaine dernière. T'as une petite amie ?

Joe envisagea de mentir, avant de conclure qu'il n'en voyait pas l'utilité.

– En fait, oui.

– Une fille bien ?

– Elle est pleine d'énergie. Elle est… spéciale, ajouta-t-il, à défaut d'un terme plus adéquat.

Hickey s'écarta de l'encadrement contre lequel il s'appuyait.

– Te voilà prêt pour la prise de sang prénuptiale, hein ? lança-t-il en faisant le geste de se planter une seringue dans le bras. Ça me paraît évident. (Il s'approcha de Joe et lui plaqua une main dans la nuque.) Dans notre secteur d'activité, on n'a pas souvent l'occasion de faire les bonnes rencontres. Elle cuisine ?

– Sûr, répondit Joe, qui n'en avait pas la moindre idée.

– C'est important, ça. Pas qu'elles soient douées, juste qu'elles aient envie de s'y mettre, précisa Hickey en relâchant Joe pour se diriger vers la porte. Et n'oublie pas d'aller voir ce type au sujet de la banque à Pittsfield.

– Entendu, m'sieur.

– T'es un brave garçon, dit encore Hickey avant de s'engager dans l'escalier pour rejoindre le bureau aménagé derrière la caisse du casino.

Carl Laubner travailla encore deux nuits au casino avant que Joe ne se rappelle qu'il devait le virer. Il avait oublié pas mal de choses, récemment, dont deux rendez-vous avec Hymie Drago pour organiser le déplacement de la marchandise après le hold-up chez Karshman Furs. Il avait pensé à réparer la machine à sous, mais il était encore une fois parti rejoindre Emma Gould quand Laubner se présenta pour prendre son poste ce soir-là.

Depuis qu'il l'avait suivie jusqu'au tripot en sous-sol dans Charlestown, il la voyait presque tous les soirs. Presque seulement. De temps en temps, elle passait la soirée avec Albert White, une situation que Joe s'était jusque-là résigné à considérer comme irritante, mais qui lui paraissait de plus en plus intolérable.

Lorsqu'il n'était pas avec Emma, il ne pensait qu'au moment où il serait de nouveau avec elle. Et, chaque fois qu'ils se retrouvaient, il leur était impossible de ne pas se jeter l'un sur l'autre. Quand le tripot de l'oncle d'Emma était fermé, ils y faisaient l'amour. Quand les parents et les frères et sœurs d'Emma étaient sortis de l'appartement qu'elle partageait avec eux, ils y faisaient l'amour. Ils faisaient l'amour dans la voiture de Joe, et aussi dans sa chambre, qu'ils gagnaient discrètement en empruntant l'escalier de service. Ils firent l'amour sur une colline, dans un bosquet dénudé surplombant la Mystic River, et sur une plage de Dorchester d'où ils apercevaient Savin Hill Cove. Dedans ou dehors, peu importait. S'ils disposaient d'une heure, ils la mettaient à profit pour expérimenter toutes sortes de jeux et de positions. S'ils n'avaient que quelques minutes devant eux, ils s'en accommodaient.

Ce qu'ils faisaient rarement, en revanche, c'était parler – du moins, de tout ce qui ne touchait pas à leur dépendance apparemment totale l'un vis-à-vis de l'autre.

Joe sentait pourtant bien que derrière les prunelles et le teint si clairs d'Emma se lovait une créature enfermée dans une cage – une cage dont la fonction première n'était pas de l'emprisonner mais plutôt de repousser les intrus, et qui s'ouvrait seulement quand il venait en elle. Dans ces moments-là, elle le fixait de ses yeux écarquillés, et il lui semblait distinguer son âme au plus profond de son regard, le feu qui réchauffait son cœur et peut-être aussi les rêves qu'elle avait caressés enfant, temporairement délivrés de leurs entraves, libérés de ce cachot sombre à la porte cadenassée.

Mais, lorsqu'il se retirait et qu'elle avait recouvré son souffle, il les voyait refluer tels les flots à marée basse.

En attendant, peu importait. Il commençait à se croire amoureux d'elle. En ces rares occasions où la cage s'ouvrait pour le laisser entrer, il découvrait une personne avide d'offrir sa confiance, avide d'aimer, avide de vivre. Elle avait juste besoin de savoir qu'il était digne de cette confiance, de cet amour, de cette envie de vivre.

Et il comptait bien se montrer à la hauteur.

Au cours de l'hiver, Joe eut vingt ans et la révélation de ce qu'il voulait faire dans l'existence : il deviendrait l'homme qui méritait la confiance d'Emma Gould.

Ce même hiver, ils prirent plusieurs fois le risque d'apparaître ensemble en public. Mais seulement les nuits où Emma tenait de source sûre qu'Albert White et ses plus proches collaborateurs n'étaient pas en ville, et uniquement dans des établissements qui appartenaient à Tim Hickey ou à ses associés.

L'un d'eux, Phil Cregger, possédait le Venetian Garden, situé au rez-de-chaussée de l'hôtel Bromfield. Joe et Emma s'y rendirent par une soirée glaciale qui laissait présager des chutes de neige même si le ciel était dégagé. Ils venaient de poser manteaux et chapeaux au vestiaire quand un groupe sortit du salon privé derrière les cuisines. Avant même de voir les visages, Joe sut de qui il s'agissait rien qu'à l'odeur des cigares et à la jovialité des intonations : des notables.

Conseillers municipaux, capitaines des pompiers, capitaines de police et avocats – les forces vives de Boston, resplendissantes, affables et près de leurs sous qui se mobilisaient pour maintenir éclairées les lumières de la ville, même faiblement. Pour permettre aux trains de rouler et aux feux de circulation de fonctionner, même mal. Pour rappeler en permanence à la populace que ces services, ainsi qu'un bon millier d'autres, modestes ou plus importants, pouvaient s'arrêter – et s'arrêteraient – s'ils n'étaient pas là pour veiller au grain.

Joe repéra son père au moment où celui-ci le remarquait. Comme toujours lorsqu'ils ne s'étaient pas vus depuis un certain temps, leur rencontre eut quelque chose de troublant, ne serait-ce qu'au regard de la ressemblance frappante qui existait entre eux. Thomas Coughlin avait soixante ans. Il avait eu Joe sur le tard, après avoir engendré deux autres fils à un âge plus convenable. Mais, alors que Danny et Connor portaient sur eux l'héritage génétique de leurs deux parents – visible à leurs traits, et peut-être plus encore dans leur haute stature, qui leur venait du côté Fennessy de la famille, où les hommes étaient tous grands –, Joe était le portrait craché de son père. Même taille, même corpulence, même mâchoire carrée, même nez, mêmes pommettes saillantes et mêmes yeux légèrement enfoncés dans leurs orbites, ce qui rendait leur expression difficile à déchiffrer. La seule différence résidait dans la couleur de leurs prunelles et de leurs cheveux : Joe était blond aux yeux bleus, son père avait les yeux verts et la chevelure grisonnante. Sinon, quand Thomas Coughlin le contemplait, il voyait sa jeunesse envolée ; et quand Joe le contemplait, il voyait les tavelures et la peau relâchée, la mort postée en sentinelle au bout de son lit à trois heures du matin, tapant impatiemment du pied.

Après avoir échangé avec les autres membres du groupe quelques poignées de main et bourrades dans le dos, Thomas les laissa se diriger vers le vestiaire et alla se camper devant son fils.

– Bonjour, Joseph. Comment vas-tu ? demanda-t-il, la main tendue.

Joe la serra.

– Bien, merci. Et toi ?

– On ne peut mieux. J'ai eu une promotion le mois dernier.

– Commissaire adjoint, compléta Joe. J'en ai entendu parler.

– Et toi ? Où est-ce que tu travailles, ces temps-ci ?

Il fallait connaître Thomas Coughlin depuis longtemps pour déceler les effets de l'alcool sur lui. On ne pouvait pas s'en apercevoir à son élocution, qui demeurait fluide, assurée et d'un niveau sonore constant, même après une demi-bouteille de bon whiskey irlandais. Ni à son regard, qui ne se troublait jamais. Mais, quand on savait où chercher, il n'était pas si difficile de repérer sur son beau visage épanoui le reflet d'une pulsion à la fois féroce et malicieuse, qui l'amenait à jauger son interlocuteur pour identifier ses points faibles et éventuellement s'en repaître.

– Papa ? reprit Joe. Je te présente Emma Gould.

Thomas effleura de ses lèvres les doigts de la jeune femme.

– Enchanté, mademoiselle Gould. (Il inclina la tête vers le maître d'hôtel.) La table d'angle, Gerard, s'il vous plaît. (Un sourire aux lèvres, il reporta son attention sur le couple.) Vous permettez que je me joigne à vous ? Je meurs de faim.

Jusqu'aux entrées, tout se passa plutôt bien.

Thomas raconta des anecdotes sur l'enfance de Joe – une étape incontournable qui avait invariablement pour but de le décrire comme un chenapan intenable, plein de fougue et d'entrain. Dans sa bouche, elles ressemblaient à des scénarios comiques tout droit sortis des courts-métrages de Hal Roach projetés avant la séance du samedi, d'autant qu'en général il omettait d'en mentionner la fin : une gifle ou une bonne correction.

Emma sourit et alla même jusqu'à rire quand il le fallait, mais Joe voyait bien qu'elle faisait semblant de s'amuser. Elle jouait un rôle au même titre qu'eux : ils feignaient d'être liés par l'amour entre un père et son fils, et Emma feignait de ne pas avoir remarqué que rien de semblable ne les unissait.

Après avoir relaté les exploits du petit Joe, six ans, dans le jardin paternel – un récit entendu si souvent au fil des ans que Joe pouvait prédire à quels moments son père allait marquer une pause pour reprendre son souffle –, Thomas demanda à Emma d'où était originaire sa famille.

– Charlestown, répondit-elle.

Croyant déceler une pointe de défi dans sa voix, Joe en conçut une certaine inquiétude.

– Non, je veux dire, avant que vous veniez vous établir dans ce pays. Vous êtes irlandaise, c'est évident. Vous savez où sont nés vos ancêtres ?

Tandis que le serveur débarrassait les saladiers, elle précisa :

– Mon grand-père maternel était du Kerry, et ma grand-mère paternelle de Cork.

– Ah oui ? Je suis moi-même né près de Cork, déclara Thomas avec un plaisir manifeste, inattendu de sa part.

Emma avala une gorgée d'eau sans rien ajouter, comme si la discussion ne la concernait plus. Pour avoir déjà vu le phénomène se produire, Joe n'en fut pas autrement surpris. Elle avait une façon bien particulière de se couper des situations qu'elle jugeait déplaisantes : elle était toujours là, bien sûr, mais sa présence n'était que physique ; son esprit, l'essence même de sa personnalité – ce qui faisait d'elle ce qu'elle était –, s'était réfugié ailleurs.

– Quel était son nom de jeune fille ? insista Thomas. Celui de votre grand-mère, j'entends.

– Je l'ignore.

– Pardon ?

Elle haussa les épaules.

– Bah, elle est morte, de toute façon.

– Mais… c'est votre héritage, fit remarquer Thomas, visiblement dérouté.

De nouveau, Emma haussa les épaules. Puis elle alluma une cigarette. Si son père ne manifestait rien, Joe le savait atterré. Les femmes dans le vent – qui fumaient, dévoilaient une cuisse, approfondissaient leur décolleté, n'hésitaient pas à se montrer ivres en public, sans honte ni crainte de susciter la réprobation – le choquaient au-delà de toute mesure.

– Depuis combien de temps connaissez-vous mon fils ? s'enquit-il en souriant.

– Quelques mois.
– Et tous les deux, vous êtes…
– Papa, s'il te plaît.
– Oui, Joseph ?
– On ne sait pas encore ce qu'on est.

Au fond de lui, Joe avait espéré qu'Emma profiterait de l'occasion pour clarifier leur relation. Au lieu de quoi, elle lui jeta un rapide coup d'œil, comme pour lui demander combien de temps encore ils allaient devoir rester assis à cette table, puis porta la cigarette à ses lèvres en balayant d'un regard vide la salle imposante.

Sur ces entrefaites, on leur apporta les plats, et ils passèrent les vingt minutes suivantes à parler de la qualité des steaks et de la sauce béarnaise, ainsi que de la nouvelle moquette choisie par Phil Cregger.

Au dessert, Thomas alluma à son tour une cigarette.

– Et que faites-vous dans la vie, chère mademoiselle ?
– Je travaille chez Papadikis Furniture.
– Dans quel service ?
– Je suis secrétaire.
– Mon fils a essayé d'embarquer un canapé, je suppose ? C'est ainsi que vous vous êtes rencontrés ?
– Papa ! intervint Joe d'un ton réprobateur.
– Je me demandais juste comment vous vous étiez rencontrés, se défendit Thomas.

Emma, qui examinait toujours le décor, alluma une nouvelle cigarette.

– C'est vraiment chic, ici, observa-t-elle.
– Croyez-moi, je suis parfaitement au courant des activités de mon fils, déclara Thomas. J'en déduis donc que vous avez fait sa connaissance pendant qu'il commettait un délit, ou dans un établissement peuplé d'individus peu recommandables.
– J'espérais qu'on pourrait passer un bon moment, le coupa Joe.

– Il me semble que c'est le cas, non ? répliqua son père. Qu'en pensez-vous, mademoiselle Gould ? Mes questions vous ont-elles embarrassée ?

Emma riva sur lui un regard glacial, propre à durcir sur-le-champ une couche de goudron encore chaud.

– Je ne vois pas où vous voulez en venir. Et, pour tout vous dire, je m'en fiche complètement.

Thomas se carra sur sa chaise pour boire un peu de café.

– Ce qui m'inquiète, ma chère, c'est la possibilité que vous soyez du genre à frayer avec des criminels, au risque d'ailleurs de nuire sérieusement à votre réputation. Le problème n'est pas de savoir si mon fils est un criminel ; c'est que, criminel ou pas, il n'en reste pas moins mon fils, et que j'éprouve à son égard des sentiments paternels, lesquels m'amènent à questionner le bien-fondé pour lui de fréquenter une fille qui côtoie sciemment des criminels. (Il reposa sa tasse sur la soucoupe et lui sourit.) Vous me suivez ?

Joe se leva.

– C'est bon, on y va.

Mais Emma ne bougea pas. Elle cala son menton dans sa paume et dévisagea Thomas quelques instants, la cigarette se consumant près de son oreille.

– Mon oncle m'a parlé d'un flic dont il graissait la patte, dit-elle enfin. Un certain Coughlin. Ce ne serait pas vous, par hasard ?

Elle le gratifia d'un sourire contraint calqué sur le sien, avant de tirer sur sa cigarette.

– Cet oncle, il ne s'appellerait pas Robert ? répliqua aussitôt Thomas. Plus connu sous le diminutif de Bobo ?

Elle cligna des yeux en signe d'assentiment.

– L'officier de police auquel vous faites allusion, mademoiselle Gould, se nomme Elmore Conklin. Il est basé à Charlestown, et ce n'est un secret pour personne qu'il rançonne des établissements clandestins comme celui de Bobo. Pour ma part, je n'ai que rarement l'occasion de me rendre à Charlestown, mais, si vous insistez, je ne serai que trop heureux, en tant que nouveau commissaire adjoint, de m'intéresser de plus près aux affaires de votre oncle. (Thomas écrasa son mégot.) Cela vous agréerait-il, ma chère ?

Emma tendit la main vers Joe.

– Il faut que j'aille me repoudrer.

Il lui donna de quoi laisser un pourboire à l'employée des toilettes, et les deux hommes la regardèrent traverser le restaurant. Joe se demanda si elle reviendrait à leur table ou si elle irait récupérer son manteau pour sortir.

Son père retira de la poche de son gilet sa montre de gousset, l'ouvrit, la referma et la glissa de nouveau dans sa poche. Il tenait à cette montre – une Patek Philippe de dix-huit carats offerte quelque vingt ans plus tôt par un banquier reconnaissant – plus qu'à la prunelle de ses yeux.

– C'était vraiment nécessaire, papa ? lança Joe.

– Ce n'est pas moi qui ai cherché la bagarre, Joseph, alors ne viens pas me reprocher la façon dont j'y ai mis un terme.

Il recula légèrement sa chaise et croisa les jambes. Pour certains, le pouvoir était pareil à un habit qui ne leur allait pas ou auquel ils ne pouvaient s'habituer ; il seyait en revanche à Thomas Coughlin comme un complet taillé sur mesure à Londres. Il parcourut la salle du regard et salua de la tête quelques connaissances avant de reporter son attention sur son fils.

– Si je pensais que tu avais simplement décidé de mener ta vie hors des sentiers battus, tu crois que j'en ferais toute une histoire ?

– Oh oui, affirma Joe. Sans le moindre doute.

Son père ponctua cette réponse d'un sourire et d'un haussement d'épaules presque imperceptibles.

– J'ai été officier de police pendant trente-sept ans, Joseph, et s'il y a bien une chose que j'ai apprise c'est que…

– … le crime ne paie jamais, à moins de le pratiquer à un niveau institutionnel ? suggéra Joe.

Nouveau sourire à peine esquissé, suivi cette fois d'un petit hochement de tête.

– Non. Ce que j'ai appris, c'est que la violence se multiplie. Et que les enfants issus de ta violence finissent toujours par se retourner contre toi comme des bêtes sauvages impitoyables. Tu ne reconnaîtras pas en eux la chair de ta chair, mais eux te reconnaîtront. Ils feront de toi l'objet de leur vindicte.

Joe avait entendu diverses variations de ce même discours au fil du temps. Ce que son père refusait d'admettre, outre sa tendance à se répéter, c'était que les généralités ne s'appliquent pas aux cas particuliers. Surtout quand ces cas particuliers – ces individus – sont suffisamment déterminés pour se fixer leurs propres règles, et suffisamment malins pour amener les autres à les respecter.

Du haut de ses vingt ans, Joe se savait déjà de ceux-là.

Pour faire plaisir à son père, cependant, il demanda :

– Et pourquoi mes rejetons si féroces voudraient-ils me punir, déjà ?

– La désinvolture qui a présidé à leur conception. (Thomas se pencha en avant, les coudes sur la table, les paumes jointes.) Écoute, Joseph…

– Joe.

– La violence engendre la violence, Joseph. C'est indiscutable. (Il écarta les mains.) Tu récoltes toujours ce que tu sèmes.

– Oui, papa, je sais. J'ai lu mon catéchisme.

Son père inclina la tête quand Emma sortit des toilettes et se dirigea vers le vestiaire. Tout en la suivant des yeux, il ajouta :

– Mais tu ne peux pas savoir quand ni sous quelle forme.

– Ça, c'est sûr.

– On n'est jamais sûr de rien, Joseph, sauf de ses propres certitudes. La confiance en soi que rien ne justifie en impose toujours plus… Cette fille est agréable à regarder, c'est un fait, ajouta-t-il en voyant Emma tendre son ticket à l'employée du vestiaire.

Joe s'abstint de tout commentaire.

– Sinon, j'ai du mal à comprendre ce que tu lui trouves.

– Pourquoi ? Parce qu'elle est de Charlestown ?

– Il est vrai que ça n'arrange rien, confirma Thomas. Son père était souteneur, dans le temps, et pour autant qu'on le sache son oncle a commis au moins deux meurtres. Mais je pourrais encore passer là-dessus, Joseph, si elle n'était pas…

– Vas-y, le pressa Joe. Si elle n'était pas quoi ?

– … morte à l'intérieur. (Son père consulta de nouveau sa montre, sans parvenir à réprimer un bâillement.) Il est tard.

– Elle n'est pas morte à l'intérieur. C'est juste que quelque chose en elle s'est endormi.

– Tu veux que je te dise ? répliqua son père quand Emma les rejoignit avec leurs manteaux. Ce quelque chose ne se réveillera jamais.

Dans la rue, en retournant vers la voiture, Joe lança :

– T'aurais pas pu te montrer un peu plus…

– Quoi ?

– Je sais pas, impliquée dans la conversation ? Sociable ?

– Depuis qu'on est ensemble, tu ne fais que me répéter combien tu détestes ton père, se défendit Emma.

– Parce que je t'en parle tout le temps, peut-être ?

– Presque.

Joe secoua la tête.

– Je n'ai jamais dit que je le détestais.

– Ah non ? Qu'est-ce que t'as dit, alors ?

– Qu'on ne s'entend pas. On ne s'est jamais entendus.

– Et pourquoi, hein ?

– Parce qu'on se ressemble trop.

– Ou parce que tu le détestes.

– Je ne le déteste pas, affirma Joe avec d'autant plus de force qu'il le pensait sincèrement.

– Dans ce cas, pourquoi t'irais pas le rejoindre ce soir ?

– Qu'est-ce que tu racontes ?

– T'as pas vu sa façon de me regarder comme si je n'étais qu'une vulgaire traînée ? Et cette insistance à me poser des questions sur ma famille, comme si pour lui on était déjà tous des moins-que-rien sur la terre d'Irlande ! J'aurais tellement voulu lui faire ravaler ces putains de « ma chère »… (Elle tremblait sur le trottoir, indifférente aux premiers flocons apparus dans le ciel d'encre. Les larmes dans sa voix coulaient désormais de ses yeux.) On n'est pas des gens bien. On n'est pas respectables. Nous, on n'est que les Gould d'Union Street. La racaille de Charlestown. Tout juste bons à confectionner la dentelle de vos foutus rideaux !

Joe leva les mains en signe d'impuissance.

– Eh ! D'où est-ce que ça sort, tout ça ?

Quand il fit un geste vers elle, Emma recula d'un pas.

– Me touche pas.

– D'accord, d'accord.

– Tu veux savoir d'où ça sort? D'une vie entière passée à se heurter au mépris d'individus comme ton père, qui, qui, qui… qui confondent avoir de la chance et valoir mieux que les autres. On ne vous est pas inférieurs. On n'est pas des minables.

– Je n'ai jamais dit le contraire !

– Lui, si.

– Faux.

– Je ne suis pas une minable, chuchota-t-elle, la bouche entrouverte, la neige se mêlant aux larmes qui roulaient sur ses joues.

Les bras écartés, Joe s'approcha d'elle.

– Tu permets ?

Elle se blottit contre lui mais garda les bras le long du corps. Il la serra fort tandis qu'elle sanglotait sur sa poitrine, lui répétant qu'elle n'était pas une minable, qu'elle n'était inférieure à personne et qu'il l'aimait. Il l'aimait.

Plus tard, étendus sur le lit de Joe, ils regardaient de gros flocons se jeter contre la vitre tels des papillons de nuit attirés par la lumière.

– C'était de la faiblesse, murmura Emma.

– Quoi ?

– Dans la rue, tout à l'heure. Je me suis montrée faible.

– Pas faible, non. Honnête.

– Je ne pleure jamais devant les autres.

– Devant moi, tu peux.

– T'as dit que tu m'aimais.

– Mmm…

– Tu le pensais ?

Joe scruta les yeux clairs d'Emma.

– Oui.

Quelques instants plus tard, elle reprit :

– Je ne peux pas te le dire.

Ce n'était pas comme si elle avait répondu qu'elle n'avait aucun sentiment pour lui, tenta de se rassurer Joe.

– Pas de problème.

– C'est vrai ? Parce qu'il y a des hommes qui ont besoin de l'entendre.

« Des » hommes ? Combien lui avaient dit qu'ils l'aimaient avant que lui-même n'entre dans sa vie ?

– Je suis plus coriace qu'eux, affirma-t-il, conscient d'énoncer un vœu pieux.

Les rafales sombres du vent de février firent vibrer le carreau, une corne de brume gémit au loin, et à Scollay Square en contrebas des coups de klaxon furieux retentirent.

– Qu'est-ce que tu veux, Emma ? demanda-t-il.

Elle haussa les épaules, puis le survola du regard avant de se perdre dans la contemplation de la fenêtre.

– Je voudrais que beaucoup de trucs me soient jamais arrivés.

– Quoi, par exemple ?

Glissant déjà dans l'inconscience, Emma fit doucement non de la tête.

– Et je voudrais aussi du soleil, dit-elle encore dans un souffle, les lèvres gonflées de sommeil. Du soleil partout, tout le temps.

3

La termite de Hickey

Tim Hickey lui avait dit un jour que la plus petite erreur peut parfois projeter l'ombre la plus longue, et Joe se demanda ce que son boss aurait pensé en le voyant rêvasser au volant d'une voiture volée garée devant une banque. Peut-être moins rêvasser que faire une fixation, d'ailleurs. Sur le dos d'une femme – celui d'Emma, plus précisément, reconnaissable entre tous à cette marque de naissance si particulière. Hickey aurait sans doute dit : « Mais bon, parfois aussi, ce sont les plus grosses conneries qui projettent les ombres les plus longues, bougre d'andouille ! »

Il répétait aussi à l'envi que, lorsqu'une maison s'écroule, la première termite à en avoir rongé la charpente est aussi responsable de l'effondrement que la dernière – une affirmation qui ne laissait pas de déconcerter Joe : après tout, la première devait être morte depuis longtemps quand la dernière attaquait le bois, non ? Chaque fois que son patron utilisait cette image, Joe se promettait d'aller se renseigner sur l'espérance de vie des termites, mais ensuite la question lui sortait de l'esprit, jusqu'au moment où Hickey remettait le sujet sur le tapis – en général lors d'une pause dans la conversation au cours de ces dîners où il buvait trop, amenant tous les convives à échanger des regards perplexes, genre : Mais enfin, c'est quoi son problème avec ces putains de termites ?

Tim Hickey se faisait couper les cheveux une fois par semaine chez Aslem, dans Charles Street. Un mardi, une partie de ces cheveux se retrouvèrent dans sa bouche après qu'il eut reçu une balle à l'arrière du crâne en allant s'installer dans le fauteuil du barbier. Il gisait sur le carrelage noir et blanc, une flaque de sang s'élargissant sous son nez, quand le tireur émergea de derrière le portemanteau, les yeux exorbités, manifestement secoué. Le portemanteau chuta avec fracas, faisant sursauter l'un des garçons coiffeurs. Le tireur enjamba le cadavre de Tim Hickey, gratifia les témoins d'une série de petits hochements de tête timides, comme pour s'excuser, puis fila sans demander son reste.

Lorsque Joe apprit la nouvelle, il était au lit avec Emma. Il la mit au courant après avoir raccroché, tandis qu'elle se dressait sur son séant. Elle se roula une cigarette, le regarda en léchant le papier – elle le regardait toujours quand elle léchait le papier – et craqua une allumette.

– Est-ce qu'il comptait pour toi ? demanda-t-elle. Tim, je veux dire.

– J'en sais rien.

– Comment c'est possible ? Tu le sais forcément...

– C'est plus compliqué que ça.

Tim Hickey avait recruté Joe et les frères Bartolo à l'époque où ils n'étaient encore que des gamins s'amusant à mettre le feu aux kiosques à journaux. Un matin, ils se faisaient payer par le *Globe* pour brûler des piles de *Standard* ; le lendemain, l'*American* les embauchait pour incendier le *Globe*. Hickey les avait chargés de réduire en cendres le 51 Café. Ils avaient ensuite été assignés aux expéditions de fin de journée à Beacon Hill – une promotion –, où des femmes de ménage et des hommes à tout faire soudoyés par le gang de Hickey oubliaient délibérément de fermer à clé les portes de derrière. Quand ils agissaient pour Tim Hickey, celui-ci établissait un tarif fixe, mais s'ils travaillaient pour leur propre compte les trois complices ne lui reversaient qu'une commission relativement modeste. À cet égard, Tim Hickey avait été un patron formidable.

Joe l'avait cependant vu étrangler Harvey Boule à cause d'une sombre histoire d'opium, d'une femme, ou peut-être d'un braque allemand ; jusque-là, il n'avait entendu que des rumeurs. Le fait est que Boule était arrivé un soir au casino pour s'entretenir avec Hickey, et que celui-ci avait soudain arraché le cordon électrique d'une des lampes de banquier à abat-jour vert pour le lui passer autour du cou. Harvey Boule, un véritable colosse, avait traîné son assaillant dans la salle pendant une bonne minute, tandis que les prostituées affolées s'égaillaient dans tous les coins et que les porte-flingues de Hickey pointaient leurs armes sur lui. Dans le regard de Boule, Joe avait lu la résignation : même s'il parvenait à se libérer de Hickey, il ne pourrait échapper aux quatre revolvers et au pistolet automatique braqués sur sa personne. Il avait fini par tomber à genoux et par se souiller en lâchant un vent sonore. Hickey l'avait plaqué au sol puis, lui appuyant un genou entre les omoplates, il avait enroulé le reste du cordon autour d'une de ses mains avant de tirer dessus d'autant plus fort que sa victime se débattait avec la dernière énergie et, à force de donner des coups de pied frénétiques, faisait voler ses deux chaussures.

Il avait ensuite claqué des doigts, et l'un de ses porte-flingues lui avait tendu un pistolet, qu'il avait collé contre l'oreille de Boule. «Oh, mon Dieu!» s'était écriée une des filles au moment où il pressait la détente. Un mélange de confusion et d'impuissance totale s'était reflété dans le regard de Boule, qui avait rendu son dernier souffle sur le faux tapis persan. Hickey s'était assis sur le corps et, après avoir remis l'arme à son gorille, il avait contemplé le profil de l'homme qu'il venait de tuer.

C'était la première fois que Joe assistait à la mort d'un homme. Quelques minutes plus tôt, Harvey Boule avait demandé à la serveuse qui lui apportait son martini d'aller se renseigner sur le score des Sox ce soir-là. Il lui avait donné un bon pourboire. Il avait ensuite consulté sa montre, avant de la ranger dans la poche de son gilet et de s'offrir une gorgée de martini. La scène remontait à quelques minutes seulement, et maintenant Boule n'était plus de ce monde? Alors où était-il? Personne ne pouvait répondre à cette question. Il était peut-être avec Dieu, avec le diable, au purgatoire, ou pis, nulle part… Tim Hickey s'était redressé, avait lissé ses cheveux d'un blanc neigeux et esquissé un geste vers le manager du casino.

– Ressers tout le monde. Sur le compte de Harvey.

Si deux ou trois clients avaient gloussé nerveusement, la plupart paraissaient sur le point de vomir.

Ce n'était pas la seule personne que Tim Hickey avait tuée ou dont il avait commandité l'exécution au cours des quatre années écoulées, mais c'était l'unique meurtre dont Joe avait été le témoin.

Et, aujourd'hui, c'était Hickey qui venait de disparaître. Pour toujours. Comme s'il n'avait jamais existé.

– T'as déjà vu mourir des gens? demanda-t-il à Emma.

Elle l'observa quelques instants, tira sur sa cigarette, se mordilla le contour d'un ongle.

– Oui.

– À ton avis, où ils vont ?
– Au funérarium.
Il la dévisagea jusqu'au moment où elle lui adressa un semblant de sourire, des mèches lui retombant devant les yeux.
– Je crois qu'ils ne vont nulle part, murmura-t-elle.
– Je commence à le croire aussi.
Joe se redressa à son tour pour lui plaquer sur les lèvres un baiser fougueux qu'elle lui rendit avec une ardeur égale. Après lui avoir noué ses jambes autour de la taille, elle lui caressa les cheveux tandis qu'il la dévorait littéralement du regard, persuadé que s'il la perdait de vue ne serait-ce qu'une seconde il passerait à côté de quelque chose d'important sur son visage – quelque chose qu'il n'oublierait jamais.
– Et s'il n'y avait rien après ? dit-elle en se lovant contre lui. Si c'était la seule vie qu'on nous offre ?
– J'adore cette vie-là.
Elle éclata de rire.
– Moi aussi.
– En général ? Ou avec moi ?
Après avoir écrasé sa cigarette, Emma lui prit le visage entre ses mains pour l'embrasser de nouveau en imprimant à leurs corps un léger balancement.
– Avec toi.
Sauf qu'il n'était pas le seul à partager la vie d'Emma Gould.
Il y avait aussi Albert White. Encore et toujours.

Deux jours plus tard, dans la salle de billard voisine du casino, Joe jouait seul à une table quand White entra, exsudant l'assurance d'un homme convaincu que tous les obstacles seraient balayés de sa route avant qu'il ne les atteigne. Il était accompagné de son principal porte-flingue, Brenny Loomis, qui plongea aussitôt son regard dans celui de Joe comme il l'avait fait quand il était couché sur le sol du tripot clandestin.

Le cœur de Joe se contracta douloureusement. Et s'arrêta.

– Joe, je suppose, dit Albert White en se dirigeant vers lui.

Joe dut fournir un gros effort pour se porter à la rencontre de la main que lui tendait le nouveau venu.

– Joe Coughlin, c'est ça. Heureux de vous rencontrer.

– Je suis content de pouvoir associer un visage à un nom, Joe. (White lui secouait le bras comme s'il pompait de l'eau pour éteindre un incendie.) Je te présente Brendan Loomis, un vieil ami.

Quand celui-ci lui serra la main à son tour, Joe eut l'impression d'avoir les phalanges prises dans un étau. Loomis inclina la tête en le fixant de ses petits yeux inquisiteurs. Lorsque Joe récupéra enfin ses doigts, il dut résister à l'envie de les remuer pour les assouplir. De son côté, Loomis sortit un mouchoir en soie pour essuyer les siens, l'air impénétrable. Puis son regard délaissa Joe pour examiner la pièce, comme s'il avait des projets pour elle. C'était une bonne gâchette, disait-on, et il maniait le couteau avec une habileté consommée, mais il avait achevé à coups de poing la plupart de ses victimes.

– On s'est déjà rencontrés, non ? lança White.

Joe chercha en vain sur son visage des signes d'ironie.

– Je ne crois pas.

– J'en suis presque certain, pourtant. Bren ? Tu avais déjà vu ce jeune homme ?

Brenny Loomis saisit la bille numéro neuf.

– Non.

Le soulagement de Joe fut tel qu'il craignit un instant d'être trahi par sa vessie.

Soudain, White claqua des doigts.

– Au Shoelace ! s'exclama-t-il. Tu y vas quelquefois, n'est-ce pas ?

– Oui, confirma Joe.

– C'est ça, déclara White en lui assenant une bonne bourrade sur l'épaule. Il se trouve que c'est moi qui dirige cet établissement, désormais. Tu sais ce que ça signifie ?

– Non, je…

– Ça signifie que tu vas devoir débarrasser la pièce où tu vivais. (White leva l'index.) Mais je ne voudrais surtout pas te donner l'impression que je te jette à la rue.

– Ah.

– C'est un chouette endroit, tu comprends ? On a plein d'idées pour le réaménager.

– Bien sûr.

Quand White lui posa une main juste au-dessus du coude, son alliance accrocha la lumière. C'était un anneau en argent qui s'ornait de motifs celtiques entrelacés et de deux diamants – des petits.

– Demande-toi quel genre de gagneur tu veux devenir, Joe. D'accord ? Pour le moment, je veux juste que tu réfléchisses à la question. Prends ton temps. Mais rappelle-toi : je ne tolérerai pas que tu bosses pour ton compte. Pas dans cette ville. Plus maintenant.

Joe détacha ses yeux de l'alliance et de la main qui reposait toujours sur son bras, puis les plongea dans ceux d'Albert White, réchauffés par une lueur bienveillante.

– Je n'ai pas l'intention de bosser pour mon compte, m'sieur. Je versais toujours une commission à Tim Hickey, quoi qu'il arrive.

L'expression de White s'altéra sensiblement, comme s'il n'appréciait pas d'entendre prononcer ce nom dans l'établissement dont il était à présent propriétaire. Il tapota le bras de Joe.

– Je sais, oui. Tu faisais aussi du bon boulot. Excellent, même. Le problème, c'est qu'on ne traite pas avec les outsiders. Et pour nous, un sous-traitant indépendant, c'est un outsider. Or on est en train de constituer une grande et belle équipe, Joe. Une équipe du tonnerre, je t'assure !

Il souleva la carafe de Tim Hickey et se servit sans en proposer à la ronde. Puis, son verre à la main, il se dirigea vers la table de billard, se jucha sur la bordure et s'adressa de nouveau à Joe.

– Je te le dis tout net, mon gars : t'es trop malin pour continuer tes petites combines à la noix avec ces deux crétins de macaronis. Oh, ce sont des copains formidables, je n'en doute pas ; simplement, ils n'ont rien dans la caboche et, crois-moi, ils ne fêteront jamais leur trentième anniversaire. Toi, bien sûr, tu peux toujours poursuivre dans la voie que t'as choisie. Pas de comptes à rendre, pas de vrais amis non plus, pas de foyer. (Il se laissa glisser de la table.) Si tu n'as pas envie d'un foyer, très bien ; personnellement, ça ne me pose pas de problème. Mais tu ne peux pas opérer dans les limites de la ville. Tu veux te faire une place sur la côte sud ? Vas-y, fonce. Tu peux aussi essayer la côte nord, si les Italiens te laissent vivre une fois qu'ils auront appris ton existence. Ici en revanche, à Boston… (Il indiqua le sol.) Nos activités sont organisées, désormais, Joe. Pas de commissions, juste des employés et des employeurs. D'accord ? Y a-t-il une partie de ce discours que tu ne comprends pas ?

– Non.

– Qui te paraît trop vague, peut-être ?

– Non, m'sieur White.

Celui-ci croisa les bras puis inclina la tête, le regard rivé sur ses chaussures.

– T'as quelque chose en vue ? demanda-t-il. Des projets dont je devrais être au courant ?

Joe avait utilisé le reste de l'argent de Hickey pour payer le contact qui lui avait donné les informations dont il avait besoin au sujet de la banque de Pittsfield.

– Non, prétendit-il. Rien du tout.

– T'as besoin de fric ?

White glissa dans sa poche une main qui avait très certainement caressé la toison pubienne d'Emma. Il en retira une liasse de billets, en détacha deux de dix dollars et les flanqua dans la paume de Joe.

– Je préférerais que tu réfléchisses le ventre plein, mon gars.

– Merci.

De cette même main, White lui tapota la joue.

– J'espère que tu prendras la bonne décision.

– On pourrait toujours partir, murmura Emma.

– Comment ça, partir ? Ensemble, tu veux dire ?

Ils étaient dans la chambre d'Emma, en plein milieu de journée, le seul moment où ils ne risquaient pas de croiser dans l'appartement familial une de ses trois sœurs, un de ses trois frères, leur mère aigrie ou leur père perpétuellement en rogne.

– On pourrait toujours partir, répéta-t-elle à voix basse, comme si elle n'y croyait pas elle-même.

– Pour aller où ? Et pour faire quoi ? Tu voudrais qu'on s'enfuie tous les deux, c'est ça ?

Elle ne répondit pas. Par deux fois il avait posé la question, par deux fois elle avait éludé.

– Je n'ai jamais eu de travail honnête, avoua-t-il.

– Rien ne t'y oblige…

Joe parcourut du regard la pièce lugubre qu'elle partageait avec deux de ses sœurs. Le papier peint se décollait par endroits, révélant le plâtre dessous, en particulier près de la fenêtre dont deux carreaux étaient fendillés. Leur souffle les avait embués.

– Il faudrait qu'on aille loin, dit-il. New York, c'est trop près. Philadelphie aussi. Detroit, c'est même pas la peine d'y penser. Chicago, Kansas City, Milwaukee… Il n'y a pas de place là-bas pour moi, sauf si j'accepte d'entrer dans un gang comme homme à tout faire, au bas de l'échelle.

– On n'a qu'à partir à la conquête de l'Ouest, comme qui dirait. Ou descendre vers le sud… (Elle frotta son nez contre le cou de Joe, avant de prendre une profonde inspiration. Elle paraissait radoucie, presque tendre.) On aura besoin d'un bon magot.

– On a un casse prévu samedi, lui révéla-t-il. T'es libre, samedi ?

– Je dois voir qui-tu-sais le soir.

– Qu'il aille se faire foutre.

– C'est l'idée, figure-toi.

– Non, je voulais dire…

– J'avais compris, Joe.

– C'est qu'un putain de pourri, lâcha-t-il, les yeux rivés sur la nuque d'Emma, sur cette tache de naissance couleur de sable mouillé.

Elle le regarda d'un air légèrement déçu, et d'autant plus blessant.

– Non, c'est faux.

– Tu le soutiens ?

– Je dis juste que c'est pas un pourri. C'est pas mon jules, c'est pas non plus quelqu'un que j'aime, ni que j'admire ni rien. Mais il est pas pourri. T'as toujours tendance à tout simplifier.

– Il a tué Tim. Ou ordonné son exécution.

– Et Tim passait sa vie à défendre la veuve et l'orphelin, peut-être ?

– Non, mais…

– Mais quoi ? Y a pas d'un côté les gentils, de l'autre les méchants, Joe. Chacun essaie de s'en sortir comme il peut. (Elle alluma une cigarette et secoua l'allumette pour l'éteindre.) Arrête de toujours juger tout le monde, merde !

Incapable de détacher son regard de cette tache de naissance qui exerçait sur lui une fascination presque hypnotique, Joe dit dans un souffle :

– N'empêche, tu vas aller le retrouver.

– Ah non, pas de ça ! Si on doit vraiment quitter la ville, alors…

– On quitte la ville.

Il se sentait même prêt à quitter le pays si c'était la condition pour qu'aucun autre homme ne la touche plus.

– Pour aller où ?

– À Biloxi, répondit Joe, sous le coup d'une inspiration subite. Tim avait des tas de copains là-bas, des gars que j'ai rencontrés, qui font dans le commerce du rhum. White se fournit au Canada. Lui, il donne dans le whiskey. Alors, si on descend jusqu'au golfe – Biloxi, Mobile, voire La Nouvelle-Orléans –, et si on arrive à se mettre en cheville avec les bonnes personnes, on a peut-être une chance de s'en sortir : là-bas, on sera au pays du rhum.

Elle s'accorda quelques instants de réflexion, la marque de naissance ondulant dans son dos chaque fois qu'elle s'étirait sur le lit pour faire tomber la cendre de sa cigarette.

– Je suis censée assister avec lui à l'inauguration de ce nouvel hôtel, dans Providence Street…, commença-t-elle.

– Le Statler ?

– Oui. On dit qu'il y a la radio dans toutes les chambres. Du marbre importé d'Italie.

– Et ?

– Et il y sera avec sa femme, de toute façon. Il veut quand même que je sois là pour… bah, peut-être parce que ça l'excite de me voir dans les parages alors que sa femme est pendue à son bras. Après, il a prévu d'aller passer quelques jours à Detroit pour discuter avec de nouveaux fournisseurs. Ça nous laissera une marge. Quand il décidera de se lancer à ma recherche, on aura trois ou quatre jours d'avance sur lui.

Joe considéra l'idée.

– Pas mal.

– Je sais, répliqua-t-elle, un sourire aux lèvres. Tu crois que tu peux te faire beau pour me rejoindre au Statler samedi ? Vers sept heures du soir ?

– Pas de problème.

– Alors on est partis, conclut-elle en lui jetant un coup d'œil par-dessus son épaule. Mais ne viens plus me dire qu'Albert est un pourri, d'accord ? L'hiver dernier, il a acheté un manteau à ma mère. Et c'est grâce à lui qu'un de mes frères a obtenu un boulot.

– Dans ce cas…

– J'ai pas envie qu'on se bagarre.

Joe n'y tenait pas non plus. Chaque fois qu'ils se disputaient, il perdait la partie et se retrouvait à s'excuser pour des choses qu'il n'avait pas faites, qu'il n'avait d'ailleurs même pas imaginé faire – à s'excuser aussi de ne pas les avoir faites, de n'avoir même pas pensé à les faire. Il finissait toujours avec un mal de crâne carabiné.

Il lui déposa un baiser sur l'épaule.

– O.K., pas de bagarre.

– Hourrah ! lança-t-elle en battant des cils.

Devant la First National Bank, à Pittsfield, Dion et Paolo venaient tout juste de remonter en voiture quand Joe, au volant, commença par reculer dans un réverbère parce qu'il pensait toujours à cette tache de naissance – à sa couleur de sable mouillé, à la façon dont elle s'était étirée entre les omoplates d'Emma lorsque celle-ci s'était retournée pour lui dire qu'elle l'aimait peut-être, et aussi que White n'était pas un pourri. Un vrai bienfaiteur de l'humanité, ce bon vieil Albert… L'ami du peuple, prêt à offrir un manteau à la mère d'Emma du moment qu'il pouvait compter sur le corps de la fille pour lui tenir chaud ! La marque de naissance avait la forme d'un papillon mais des contours nets et pointus, à l'image d'Emma elle-même, songea Joe, avant de se dire qu'il ferait mieux d'arrêter de ruminer : ils quitteraient la ville le soir même, et tous leurs problèmes seraient résolus. Emma l'aimait, n'était-ce pas l'essentiel ? Le reste, ils le laisseraient derrière eux. Tout ce qui faisait qu'Emma Gould était Emma Gould, il voulait s'en repaître au petit déjeuner, au déjeuner, au dîner, et ce jusqu'à la fin de ses jours : les taches de rousseur le long de sa clavicule et sur l'arête de son nez, la vibration qui montait de sa gorge quand elle avait fini de rire, sa manière si particulière d'accentuer certains mots.

Dion et Paolo sortirent en trombe de la banque.

S'engouffrèrent à l'arrière.

– Roule ! ordonna Dion.

Un grand chauve en chemise grise sur laquelle se détachaient des bretelles noires émergea à son tour de la First National, matraque à la main. Une matraque, c'était déjà moins dangereux qu'une arme à feu, pensa Joe. En attendant, ça pouvait causer de sérieux dégâts en cas de combat rapproché.

Il enclencha brutalement une vitesse et écrasa la pédale d'accélérateur, mais contre toute attente la voiture fit un bond en arrière. De presque cinq mètres. Les yeux du chauve à la matraque s'arrondirent de surprise.

– Oh ! Stop ! hurla Dion.

Joe freina et agrippa le levier pour passer de la marche arrière en première, ce qui n'empêcha pas la collision avec le réverbère. L'impact ne fut pas violent, juste embarrassant. Toute sa vie, le grand chauve parlerait à sa femme et à ses amis de cette fois où il avait tellement effrayé trois malfaiteurs armés qu'ils avaient fait une fausse manœuvre en essayant de s'enfuir.

La voiture redémarra sur les chapeaux de roues, projetant une pluie de poussière et de gravillons à la figure de l'homme à la matraque. Dans l'intervalle, un autre individu était sorti de la banque. Joe le vit dans le rétroviseur – silhouette en chemise blanche sur un pantalon brun – tendre le bras vers eux. Il lui fallut une fraction de seconde pour réagir.

– Baissez-vous ! brailla-t-il.

Paolo et Dion s'affalèrent sur la banquette arrière. Le bras de l'inconnu se tendit une deuxième fois, puis une troisième, jusqu'au moment où le rétroviseur latéral vola en éclats.

Joe tourna dans East Street, où il braqua aussitôt à gauche pour prendre la ruelle qu'ils avaient repérée la semaine précédente. Pied au plancher, il roula ensuite sur plusieurs centaines de mètres parallèlement à la voie ferrée qui bordait l'arrière des usines. La police avait sans doute déjà été prévenue et, si elle n'avait pas encore eu le temps d'installer des barrages routiers ni de mobiliser des effectifs, elle n'aurait aucun mal à déterminer en voyant les traces de pneus devant la banque dans quelle direction étaient partis les fuyards.

Ils avaient volé trois voitures ce matin-là dans la ville de Chicopee, à un peu moins de cent kilomètres au sud : l'Auburn qu'ils occupaient, une Cole noire aux pneus lisses et une Essex Coach 1924 dont le moteur toussait.

Joe traversa la voie ferrée et longea le lac Silver sur encore un kilomètre et demi jusqu'à une ancienne fonderie partie en fumée quelques années plus tôt, dont la carcasse noircie penchait vers la droite dans un champ d'herbes folles et de roseaux. Les deux autres voitures étaient toujours là quand ils débouchèrent à l'arrière du bâtiment, où le mur avait disparu depuis longtemps. Joe se gara près de la Cole et descendit de l'Auburn, imité par les frères Bartolo.

À peine Dion l'eut-il rejoint qu'il souleva Joe par les revers de son pardessus et le plaqua contre le capot de l'Auburn.

– Qu'est-ce qui cloche chez toi, bon Dieu ?

– J'ai fait une connerie, avoua Joe.

– La semaine dernière, ouais, c'était une connerie. Aujourd'hui, ça commence à devenir une putain d'habitude !

À court d'arguments, Joe marmonna :

– Bas les pattes.

Dion le relâcha, respira bruyamment par le nez et lui brandit son index sous le nez.

– Tu nous fous dans la merde.

Joe rassembla chapeaux, foulards et armes, les fourra dans le sac où se trouvait le butin, puis plaça le tout à l'arrière de l'Essex Coach.

– Je sais.

Dion écarta ses mains potelées.

– On est associés depuis qu'on est gosses, mais là, faut que je te le dise : franchement, c'est grave.

– C'est vrai, convint Joe, qui ne jugea pas utile de nier l'évidence.

Les voitures de police – quatre au total – émergèrent d'un rempart de hautes herbes brunâtres à la lisière du champ derrière la fonderie. Elles les aplatirent au passage, révélant un petit campement dans leur sillage. Une femme enveloppée d'un châle gris, serrant contre elle un bébé, se tenait penchée au-dessus d'un feu de camp éteint depuis peu, essayant sans doute de s'imprégner du semblant de chaleur qu'il dégageait encore.

Joe sauta dans l'Essex et démarra en trombe. Quelques secondes plus tard, les frères Bartolo le doublaient au volant de la Cole, dont l'arrière chassa lorsqu'ils passèrent sur une plaque de terre rouge desséchée. Des gerbes de poussière se déposèrent sur le pare-brise de l'Essex, le recouvrant presque entièrement. Joe se pencha par la vitre ouverte pour l'essuyer de la main gauche tout en serrant le volant de la droite. Il sentit quelque chose lui piquer l'oreille au moment où un brusque cahot soulevait le véhicule. Quand il rentra la tête, il voyait beaucoup mieux, mais le sang dégoulinait dans son col et le long de son torse.

Des claquements et des crépitements se firent entendre au niveau du coffre, comme des pièces de monnaie rebondissant sur un pan de tôle, puis la lunette arrière explosa et une balle ricocha sur le tableau de bord. Une voiture de patrouille apparut sur la gauche de Joe, une autre sur sa droite. Le flic à l'arrière de cette dernière appuya le canon d'une Thompson sur l'encadrement de la vitre et ouvrit le feu. Joe écrasa si fort la pédale de frein que les ressorts métalliques du siège s'enfoncèrent dans son dos. Les vitres côté passager furent pulvérisées, de même que le pare-brise. Des petits bouts du tableau de bord déchiqueté lui sautèrent à la figure et tombèrent sur le siège voisin.

Le conducteur à sa droite tenta de freiner en même temps qu'il braquait vers lui. La voiture se cabra, comme soulevée par un brusque coup de vent. Joe eut encore le temps de la voir atterrir sur le côté avant que l'autre véhicule n'emboutisse l'Essex par l'arrière et qu'un rocher ne surgisse des taillis à l'orée d'un bois.

Le capot se ratatina, et le reste se tordit vers la droite. Joe n'avait pas eu l'impression de quitter la voiture quand il heurta un arbre. Il demeura par terre un certain temps, couvert d'éclats de verre et d'aiguilles de pin, tout poisseux de sang. L'image d'Emma lui traversa l'esprit, celle de son père aussi. Une odeur de poils grillés flottait dans l'air, et il palpa ses bras puis sa tête pour vérifier, sans rien remarquer d'inquiétant. Résigné, il s'assit au milieu des aiguilles de pin pour attendre que la police de Pittsfield vienne l'arrêter. De la fumée dérivait à travers les arbres, noire et grasse mais pas trop épaisse. Elle serpentait paresseusement autour des troncs comme si elle cherchait quelqu'un. Au bout d'un moment, Joe commença à se dire que les flics ne viendraient peut-être pas.

Alors il se releva et balaya du regard les alentours par-delà l'Essex défoncée, sans repérer aucune trace de la seconde voiture de patrouille. La première, elle, était toujours là, renversée sur le flanc en plein champ, à une bonne vingtaine de mètres de l'endroit où les roues avaient décollé.

Il avait les mains écorchées par les bouts de verre et autres débris qui avaient volé dans l'habitacle. Ses jambes en revanche avaient été épargnées. Son oreille saignait toujours et, lorsqu'il s'approcha de la seule vitre de l'Essex encore intacte – à l'arrière, côté conducteur –, il comprit pourquoi en voyant son reflet : il n'avait plus de lobe gauche ; la chair avait été tranchée net, comme par le rasoir du barbier. Derrière son reflet, Joe distingua sur la banquette la sacoche de cuir contenant l'argent et les armes. La portière refusant de s'ouvrir, il dut appuyer un pied sur celle du conducteur, qui n'avait plus de portière que le nom. Il tira, et tira encore, de toutes ses forces, jusqu'à en avoir des étourdissements. Enfin, au moment où il envisageait d'aller chercher une pierre, la portière s'ouvrit avec un grincement sonore.

Le temps d'attraper la sacoche, et il s'éloigna du champ pour s'enfoncer dans le sous-bois. Un peu plus loin se dressait un petit arbre sec en flammes, dont les deux plus grosses branches s'incurvaient vers la boule de feu en son centre, donnant l'impression de vouloir taper dessus pour l'éteindre. Des traces de pneus sombres et grasses étaient imprimées sur les broussailles aplaties devant lui, et Joe vit aussi quelques feuilles roussies voltiger dans l'air. En avançant, il découvrit un second arbre ainsi qu'un taillis en train de flamber. Les traces de pneus lui parurent encore plus sombres et plus grasses. Cinquante mètres plus loin, il atteignit un étang. De la vapeur flottait près du bord et au-dessus de la surface, et Joe mit quelques secondes à comprendre ce qui s'était passé : la voiture de patrouille qui l'avait embouti s'était embrasée avant d'entrer dans l'eau ; la carcasse calcinée était immergée jusqu'au bas des vitres, et quelques flammèches bleues dansaient sur le toit. Toutes les glaces avaient explosé. Les impacts de balle que la Thompson avait creusés dans la carrosserie à l'arrière étaient aussi gros que des culs de bouteille. Le corps du conducteur était à moitié sorti du véhicule. Seuls ses yeux n'étaient pas noirs, et se détachaient d'autant plus dans son visage brûlé.

Joe pataugea dans la mare pour se diriger du côté passager. De l'eau jusqu'à la taille, il scruta l'intérieur sans voir personne d'autre. Il alla même jusqu'à passer la tête dans l'habitacle pour s'en assurer, tout en essayant d'ignorer les ondes de chaleur qui émanaient de la chair carbonisée du conducteur. Puis il recula, déconcerté, certain d'avoir aperçu deux flics dans cette voiture quand elle le coursait à travers champ. L'odeur de chair grillée l'assaillit de nouveau, et il baissa les yeux.

Le second policier gisait à ses pieds, sur le fond sableux de l'étang. Il avait les yeux grands ouverts, le côté gauche du corps aussi noir que le cadavre de son équipier, la peau du côté droit racornie mais toujours claire. Joe lui donna le même âge que lui, peut-être un an de plus. Son bras droit était tendu vers le haut. Il avait dû s'en servir pour s'extraire de la voiture en feu, puis il était tombé à plat dos, et quand il avait rendu l'âme son bras était resté dans la même position.

Joe eut l'impression que le mort pointait sur lui un index accusateur, l'air de dire :

C'est à cause de toi si j'en suis là.

De toi, et de toi seul. Personne d'autre n'est responsable.

C'est toi la première termite.

4

Un vide au cœur de tout

De retour en ville, Joe abandonna la voiture qu'il avait volée à Lenox et la remplaça par une Dodge 126 qu'il trouva dans Pleasant Street à Dorchester. Il roula jusqu'à K Street, dans South Boston, et s'arrêta en face de la maison où il avait grandi pour réfléchir à ses options. Elles n'étaient pas légion. À la tombée de la nuit, il n'en aurait sans doute plus du tout.

Toutes les éditions du soir en avaient fait leur une :

TROIS POLICIERS TUÉS PRÈS DE PITTSFIELD
(*Boston Globe*)
TROIS AGENTS DE POLICE SAUVAGEMENT ASSASSINÉS
(*Evening Standard*)
FUSILLADE MORTELLE DANS L'OUEST DU MASSACHUSETTS
(*American*)

Les deux hommes qu'il avait découverts dans l'étang s'appelaient Donald Belinski et Virgil Orten. Tous deux étaient mariés, et Orten avait deux enfants. Après avoir examiné les photos, Joe en avait conclu qu'Orten était le flic au volant et Belinski celui qui, sous l'eau, avait pointé sur lui un doigt accusateur.

Il savait bien que, s'ils étaient morts, c'était avant tout parce qu'un de leurs collègues avait été suffisamment stupide pour tirer à la mitraillette d'une voiture lancée à pleine vitesse sur un terrain accidenté. Mais il savait aussi qu'il était la première termite de Hickey, et que Belinski et Orten n'auraient jamais traversé ce champ si Joe Coughlin et les frères Bartolo n'avaient pas débarqué dans leur petite ville pour cambrioler une de leurs petites banques.

La troisième victime, Jacob Zobe, était un flic d'État qui avait arrêté une voiture à la lisière de la forêt domaniale d'October Mountain. Il avait reçu une première balle dans le ventre, qui l'avait réduit à l'impuissance, et une seconde en plein front, fatale celle-là. Le ou les tireurs lui avaient roulé sur la cheville quand ils s'étaient enfuis, lui brisant l'os.

Cette exécution portait l'empreinte de Dion. C'était bien sa manière de se battre, en attaquant l'adversaire au creux de l'estomac pour le plier en deux, avant de frapper à la tête jusqu'à le sonner. Pour autant que Joe le sache, Dion n'avait encore jamais tué personne, mais il s'en était fallu de peu à plusieurs reprises, sans compter qu'il détestait les flics.

Les enquêteurs n'avaient pas encore identifié de suspects, officiellement du moins. Deux des auteurs de la fusillade étaient décrits comme « corpulents » et « d'origine et d'apparence étrangères » ; quant au troisième, peut-être un étranger lui aussi, il avait été touché à la tête. Joe jeta un coup d'œil à son reflet dans le rétroviseur. D'un point de vue strictement anatomique, ce n'était pas faux, puisque le lobe était rattaché à la tête – ou du moins, dans son cas, l'avait été jusqu'à la course-poursuite.

Si aucun nom ne circulait encore, un portraitiste travaillant pour la police de Pittsfield avait établi un portrait-robot des fuyards, que la plupart des journaux avaient publié au-dessus de la pliure centrale et de la photo des trois policiers morts. Dion et Paolo étaient trop joufflus, et Joe se promit de demander à Emma s'il avait réellement le visage aussi étroit et l'air aussi féroce, mais sinon la ressemblance était saisissante.

L'alerte avait été donnée dans quatre États. Le Bureau of Investigation[1] avait été consulté, et on laissait entendre qu'il enverrait des agents participer aux recherches.

À l'heure qu'il était, songea Joe, son père avait dû voir les journaux – lui, haut gradé de la police de Boston.

Lui, dont le fils était impliqué dans le meurtre de plusieurs flics.

Depuis la mort de sa femme, deux ans plus tôt, Thomas Coughlin se tuait à la tâche six jours par semaine. Maintenant qu'un avis de recherche avait été lancé à l'encontre de son propre fils, il avait dû faire apporter un lit de camp dans son bureau, qu'il ne quitterait sans doute pas avant la conclusion de l'affaire.

La maison des Coughlin, haute de trois étages, était une bâtisse impressionnante, dont la façade de brique rouge s'ornait de plusieurs oriels, de sorte que chaque pièce centrale avait vue sur la rue. L'intérieur, tout d'escaliers en acajou, de parquets et de portes coulissantes, s'organisait autour de six chambres, de deux salles de bains – équipées chacune de toilettes – et d'une salle à manger digne d'un château anglais.

Lorsqu'une femme avait un jour demandé à Joe comment, ayant grandi dans une demeure aussi remarquable et au sein d'une famille aussi respectable, il

1. Ancêtre du FBI, fondé en 1908. (*N.d.T.*)

avait pu devenir gangster, il lui avait répondu, primo, qu'il ne se considérait pas comme un gangster mais comme un hors-la-loi, et secundo, que si la demeure était remarquable, le foyer familial était loin de l'être.

Joe se coula dans la maison paternelle. Du téléphone dans la cuisine, il appela chez les Gould, mais personne ne répondit. La sacoche qu'il avait emportée contenait soixante-deux mille dollars, une somme qui, même divisée par trois, garantissait une vie décente pendant dix ans, voire quinze en faisant attention à ses dépenses. Se sachant peu porté à la frugalité, Joe estimait qu'en temps normal elle lui aurait permis de tenir environ quatre ans ; en cavale, cependant, il l'aurait certainement épuisée au bout de dix-huit mois. Au mieux. Mais, d'ici là, il aurait trouvé une solution. Après tout, il était doué pour l'improvisation.

Tu parles ! railla une voix dans sa tête, qui ressemblait à s'y méprendre à celle de son frère aîné. *C'est fou ce que ça t'a réussi jusque-là !*

Il appela ensuite le bar clandestin de Bobo, sans plus de résultat. Puis il se souvint qu'Emma devait assister à la soirée d'inauguration de l'hôtel Statler, qui débutait à six heures. Il sortit la montre logée dans son gilet : quatre heures moins dix.

Encore deux heures à tuer dans une ville qui, désormais, voulait sa mort.

C'était long, beaucoup trop long. Durant ce laps de temps, les flics n'auraient aucun mal à obtenir son nom et son adresse, ainsi que des informations sur ses complices connus et ses repaires de prédilection. Ils surveilleraient les gares ferroviaires et routières, jusqu'aux plus reculées, et installeraient des barrages sur toutes les routes.

Mais la situation pouvait aussi tourner à son avantage, se dit-il. Le supposant toujours en dehors de la ville, la police érigerait des barrages pour l'empêcher d'y accéder. Personne ne pourrait imaginer qu'il s'y trouvait en ce moment même et projetait d'en ressortir. Et pour cause : seul un parfait idiot aurait pris le risque de revenir dans ses pénates après avoir commis le crime le plus spectaculaire que la région de Boston eût connu depuis cinq ou six ans.

Ce qui faisait de lui un parfait idiot.

Ou un petit génie. Car le seul endroit où les flics ne penseraient pas à le chercher était celui qu'ils avaient juste sous le nez.

Du moins Joe tenta-t-il de s'en convaincre.

Bien sûr, il avait encore la possibilité de s'évanouir dans la nature, ce qu'il aurait déjà dû faire à Pittsfield. De partir sur-le-champ, avec seulement la sacoche et la chemise qu'il portait sur le dos, et non d'attendre encore deux heures à cause d'une fille qui déciderait peut-être de ne pas l'accompagner compte tenu des circonstances. Les routes étaient toutes surveillées, d'accord. Les gares aussi. Même s'il parvenait à atteindre les terres cultivées au sud ou à l'ouest de la ville, et à voler un cheval, il ne serait pas tiré d'affaire pour autant vu qu'il ne savait pas monter.

Restait la mer.

Il aurait besoin d'une embarcation, mais certainement pas d'un navire de plaisance ni d'un de ces bateaux connus pour servir au transport du rhum, comme les skiffs ou les canots à fond plat. Non, il lui faudrait un vieux chalutier aux taquets rouillés et au gréement abîmé, avec sur le pont des piles de casiers à homards cabossés. Il pourrait le trouver amarré à Hull, à Green Harbor ou à Gloucester. S'il embarquait à sept heures du soir, les pêcheurs ne s'apercevraient sans doute pas de la disparition du bateau avant trois ou quatre heures du matin.

Donc, il serait contraint de dérober l'outil du travailleur. De mieux en mieux.

Sauf que le bateau serait immatriculé, songea-t-il. Dans le cas contraire, il en prendrait un autre. Il obtiendrait l'adresse auprès de la capitainerie, et plus tard il enverrait au propriétaire suffisamment d'argent pour se racheter deux chalutiers ou laisser tomber pour toujours la pêche au homard.

Il lui vint alors à l'esprit que ce genre de raisonnement expliquait peut-être pourquoi, malgré les nombreux coups qu'il avait montés, il n'avait presque jamais un sou en poche ; il lui semblait parfois que l'argent volé ne faisait que passer entre ses mains pour finir dans celles des autres. Il n'aurait cependant renoncé à cette vie-là pour rien au monde, parce qu'elle était excitante, parce qu'il était doué et parce qu'elle lui permettait d'élargir ses compétences en lui offrant d'autres possibilités, comme la contrebande d'alcool et les livraisons de rhum, qui lui avaient permis de se familiariser avec la navigation. Quelques mois plus tôt, en juin, il avait effectué la traversée du lac Huron à partir d'un petit village de pêcheurs dans l'Ontario jusqu'à Bay City, dans le Michigan ; en octobre, il était allé en bateau de Jacksonville à Baltimore et, durant l'hiver, il avait transporté par ferry des caisses de rhum tout juste distillé, embarquées à Sarasota, jusqu'à La Nouvelle-Orléans où, en un week-end dans le Carré Français, il avait englouti l'intégralité de ses gains en se livrant à une débauche de péchés dont il ne gardait qu'un souvenir fragmentaire.

Compte tenu de son expérience, il se sentait apte à piloter n'importe quelle embarcation ou presque. S'il quittait la maison maintenant, il pourrait atteindre la côte sud en trente minutes. Le trajet jusqu'à la côte nord lui prendrait un peu plus longtemps, mais à cette époque de l'année il y aurait probablement plus de navires parmi lesquels choisir. En partant de Gloucester ou de Rockport, il ne lui faudrait pas plus de trois ou quatre jours pour rallier la Nouvelle-Écosse. Ensuite, il n'aurait qu'à patienter deux ou trois mois avant de faire venir Emma.

C'était long, deux ou trois mois.

Et alors? Elle l'attendrait. Elle l'aimait. Il en était sûr, même si elle ne l'avait jamais dit. Elle l'aimait. Il l'aimait.

Elle attendrait.

Peut-être devrait-il tout de même faire un saut à l'hôtel, juste pour essayer de l'apercevoir. S'ils disparaissaient tous les deux, personne ne retrouverait leur trace. En revanche, s'il quittait la ville sans elle, puis s'arrangeait plus tard pour qu'elle le rejoigne, il laisserait le temps aux flics ou aux agents fédéraux de découvrir qui elle était et ce qu'elle représentait pour lui. Elle arriverait à Halifax sans se douter qu'elle était suivie, et, quand il ouvrirait la porte pour l'accueillir, ils mourraient ensemble sous les balles.

Elle n'attendrait pas.

Ou il partait avec elle maintenant, ou il renonçait à elle pour toujours.

Perdu dans ses pensées, il croisa soudain son reflet renvoyé par la vitre du vaisselier maternel et se rappela alors seulement pourquoi il était venu dans cette maison: quelle que soit la destination qu'il choisirait, il n'irait certainement pas loin dans cet état. L'épaule gauche de sa veste était tachée de sang, de même que sa chemise déchirée par les branchages, et des traînées de boue séchée maculaient ses chaussures ainsi que ses revers de pantalon.

À la cuisine, il ouvrit la huche à pain pour en sortir une bouteille d'A. Finke's Widow Rum, plus communément appelé Finke's. Puis, ses chaussures dans une main et le rhum dans l'autre, il prit l'escalier de service jusqu'à la chambre de son père. Dans la salle de bains, il nettoya du mieux qu'il pouvait son oreille mutilée, attentif à ne pas décoller la croûte qui s'était déjà formée. Une fois certain que la plaie ne saignerait pas, il s'examina dans la glace afin de juger de l'effet produit sur son visage par l'absence d'un lobe. Au regard des difformités susceptibles d'affliger les humains, c'était mineur ; personne ne se retournerait sur son passage quand la croûte serait tombée. Et, même maintenant, la blessure se remarquait, sans aucun doute, mais pas autant qu'un œil au beurre noir ou un nez cassé, puisque l'essentiel du sang séché se concentrait derrière l'oreille.

Il s'accorda quelques gorgées de Finke's pendant qu'il sélectionnait un costume dans la penderie de son père. Il y en avait une quinzaine au total, soit treize de trop par rapport au salaire moyen d'un officier de police. Pareil pour les chaussures, les chemises, les cravates et les chapeaux. Joe jeta son dévolu sur un complet marron clair à rayures de chez Hart Schaffner & Marx, assorti d'une chemise blanche Arrow – une tenue qu'il compléta par une cravate de soie noire à larges rayures rouges obliques, une paire de chaussures Nettleton et un feutre Knapp-Felt. Il se débarrassa de ses propres vêtements et les plia soigneusement avant de les empiler sur le sol. Il plaça ensuite son pistolet et ses chaussures au sommet de la pile, se rhabilla et logea l'arme dans sa ceinture, sur ses reins.

À en juger par la longueur du pantalon, son père était plus grand que lui, tout compte fait. Quant au chapeau, il était un peu trop petit – un problème auquel Joe remédia en le repoussant légèrement en arrière, se donnant ainsi une allure décontractée. Pour ce qui était du pantalon, il le raccourcit en doublant le revers, et fixa le tissu à l'aide d'épingles trouvées sur la table de couture de sa mère.

Ses anciens habits sous le bras et la bouteille de rhum toujours à la main, il redescendit et se dirigea vers le bureau paternel. En dépit des circonstances, il n'aurait pu nier qu'entrer dans cette pièce en l'absence de son père lui paraissait sacrilège. Immobile sur le seuil, il guetta les bruits familiers de la bâtisse : le léger cliquetis de ses radiateurs en fonte, le bourdonnement du mécanisme des marteaux dans l'horloge du vestibule à l'approche de quatre heures… La maison avait beau être vide, Joe se sentait épié.

Quand les marteaux sonnèrent les quatre coups, Joe pénétra dans le bureau.

La table de travail se dressait devant les hautes baies vitrées surplombant la rue. C'était un meuble ouvragé de style victorien, fabriqué à Dublin au milieu du siècle précédent – le genre d'objet qu'un fils de métayer né du mauvais côté de Clonakilty ne pouvait raisonnablement espérer un jour acquérir pour embellir son foyer. Et il en allait de même pour le reste du décor : la crédence assortie placée sous une fenêtre, le tapis persan, les épais rideaux couleur d'ambre, les carafes en cristal de Waterford, les rayonnages en chêne massif croulant sous les ouvrages reliés de cuir que son père n'avait jamais lus, les tringles en bronze, le canapé et les fauteuils en cuir patiné par les ans, l'humidificateur en noyer.

Joe écarta la porte d'un des cabinets aménagés au bas des rayonnages et s'accroupit devant le coffre-fort dissimulé à l'intérieur. Il composa la combinaison – 3-12-10, les mois de naissance des trois fils Coughlin – et l'ouvrit. Il en connaissait déjà le contenu : des bijoux ayant appartenu à sa mère, cinq cents dollars en liquide, l'acte de propriété de la maison, le certificat de mariage de ses parents, une pile de documents divers et un peu plus de mille dollars en bons du Trésor. Joe sortit le tout et le posa par terre à côté de lui. Il plaça ensuite ses pouces sur les angles supérieurs de la paroi métallique au fond, puis exerça une légère pression pour la faire céder, révélant derrière le cadran d'un second coffre.

La combinaison avait été beaucoup plus difficile à découvrir. Joe avait essayé les dates de naissance des différents membres de sa famille – sans succès. Le numéro de tous les postes de police où son père avait travaillé au fil des ans n'avait pas donné non plus de résultat. En se rappelant que celui-ci disait parfois que la chance, la malchance et la mort surviennent toujours par trois, il avait tenté de jouer avec les multiples de ce chiffre. Là encore, en vain. Il s'était attaqué au problème à quatorze ans. Il en avait dix-sept quand, un jour, il avait remarqué une missive sur le bureau de son père, adressée à un ami qui était devenu chef des pompiers à Lewiston, dans le Maine. La lettre, tapée sur l'Underwood de Thomas Coughlin, n'était qu'un tissu de mensonges habilement entrelacés sur la trame de papier: «Ellen et moi sommes bénis, nous sommes aussi épris l'un de l'autre qu'au premier jour...», «Aiden s'est bien remis des tristes événements de septembre 19...», «Connor a fait des progrès remarquables en dépit de son infirmité...», «Tout porte à croire que Joseph entrera à Boston College à l'automne. Il envisage de devenir courtier...» Au bas de toutes ces fables, il avait signé «Bien à vous, TXC», la formule qu'il utilisait toujours dans sa correspondance. Il n'écrivait jamais son nom en entier, comme s'il avait peur de se compromettre.

TXC.

Thomas Xavier Coughlin.

TXC.

20-24-3.

Joe composa la combinaison, et le second coffre s'ouvrit dans un couinement.

Il faisait une soixantaine de centimètres de profondeur, et l'argent occupait une bonne moitié de l'espace à l'intérieur, sous forme de grosses liasses maintenues par des élastiques rouges. Joe savait que certains billets y avaient été déposés avant sa naissance, et quelques-uns pas plus tard que la semaine précédente. Une vie entière de pots-de-vin, de dessous-de-table et autres transactions occultes… Son père – une figure éminente de la Cité sur la Colline, de l'Athènes américaine, du centre de l'univers – transgressait la loi comme lui-même ne pourrait sans doute jamais réussir à le faire, parce qu'il n'avait pas encore compris comment montrer plus d'un visage au monde extérieur. Thomas Coughlin, lui, en revêtait tellement qu'il était devenu impossible de distinguer les masques de l'original.

Joe n'ignorait pas que la somme contenue dans ce coffre lui permettrait de vivre en cavale pendant dix ans. Ou, s'il parvenait à rallier une destination suffisamment éloignée pour couper court aux recherches, de financer son entrée sur le marché du sucre cubain et/ou de la distillation de la mélasse, et de devenir en deux ou trois ans un roi pirate des temps modernes, assuré jusqu'à la fin de ses jours d'avoir un toit sur la tête et de quoi manger à tous les repas.

Sauf qu'il ne toucherait pas au butin de son père. Il lui avait volé un costume parce que l'idée de quitter la ville habillé comme ce vieux salopard lui plaisait, mais il aurait encore préféré se briser tous les doigts plutôt que de les refermer sur ces liasses.

Après avoir posé ses vêtements soigneusement pliés et ses chaussures boueuses sur le tas d'argent sale, il songea à rédiger un mot, pour finalement y renoncer ; il ne voyait pas quoi dire de plus. Alors il referma la porte, puis fit tourner le cadran. Il remit en place la fausse paroi du premier coffre, qu'il verrouilla également.

Il prit ensuite le temps d'arpenter la pièce en réfléchissant une dernière fois à la situation. Tenter d'aller chercher Emma à une réception réunissant tous les dignitaires de la ville, où les invités se présenteraient en limousine et munis d'un carton en bonne et due forme, serait une véritable folie. Dans la fraîcheur de ce bureau familier, il sembla à Joe qu'un peu du pragmatisme paternel, pour impitoyable qu'il fût, déteignait enfin sur lui. Il devait saisir la chance inespérée qui lui était offerte de fuir cette ville où on le croyait sur le point de revenir. Mais le temps ne jouait pas en sa faveur. Il lui fallait au plus vite quitter cet endroit, sauter dans la Dodge volée et filer vers le nord comme si la route elle-même était en feu.

Il s'approcha de la fenêtre pour jeter un ultime coup d'œil à K Street en cette soirée printanière pluvieuse, tout en se répétant qu'Emma l'aimait, qu'elle l'attendrait.

Une fois dehors, assis au volant de la Dodge, il contempla la maison où il était né et qui avait fait de lui l'homme qu'il était aujourd'hui. Selon les critères de la communauté irlandaise de Boston, il avait grandi dans le luxe : il ne s'était jamais couché avec la faim au ventre, n'avait jamais senti le pavé sous la semelle trouée de ses chaussures ; il avait suivi l'enseignement des bonnes sœurs d'abord, et ensuite des jésuites, jusqu'au moment où, en première, il avait abandonné sa scolarité. Par rapport à la plupart des individus qu'il croisait dans son activité, il avait eu une jeunesse dorée.

Il y avait cependant un vide dans sa vie, une distance immense entre ses parents et lui, qui reflétait à la fois celle qui séparait son père de sa mère, et son père du reste du monde. La guerre qui avait fait rage entre ses parents avant sa naissance s'était soldée par une trêve si fragile que personne n'osait l'évoquer, au risque de la voir voler en éclats. Le champ de bataille était en effet toujours là, entre eux ; Ellen campait sur ses positions d'un côté, Thomas sur les siennes de l'autre. Quant à Joe, il évoluait quelque part au milieu, entre les tranchées, dans la terre ravagée. Le vide au cœur de la maison répondait au vide dans le cœur de ses parents, et un jour il s'était aussi ouvert dans son propre cœur. Il y avait bien eu une époque – quelques années durant son enfance – où il avait cru à un changement possible, mais il ne se rappelait plus aujourd'hui ce qui lui avait donné ce sentiment. Les choses n'étaient jamais telles qu'elles auraient dû être ; elles étaient ce qu'elles étaient, et il fallait composer avec cette vérité toute simple, accepter de ne pas pouvoir modifier une situation par le simple truchement de la volonté.

Il se rendit à la gare routière de l'East Coast, dans St. James Avenue – une petite construction de brique jaune entourée de bâtiments beaucoup plus hauts. Joe était prêt à parier que les flics lancés à ses trousses surveillaient les quais du côté nord de l'édifice, pas la consigne dans l'angle sud-ouest.

Après s'être glissé à l'intérieur par l'issue de secours, il se retrouva mêlé à la cohue des voyageurs à l'heure de pointe. Il se laissa entraîner par la marée humaine sans essayer de résister ni de doubler personne ; pour une fois, il n'avait pas à se plaindre de sa taille moyenne : ainsi perdu parmi les flots d'anonymes, il n'était qu'une tête parmi tant d'autres. Il repéra deux policiers près des portes d'accès aux quais et un autre dans la foule une vingtaine de mètres plus loin.

Porté par le mouvement général, il arriva à la hauteur de la consigne, sachant que ce serait là, dans cette salle déserte à l'atmosphère tranquille, qu'il serait le plus exposé. Il avait préalablement prélevé trois mille dollars sur le butin de Pittsfield. Il tenait la clé du casier 217 dans sa main droite, la sacoche dans la gauche. À l'intérieur du 217 se trouvaient sept mille quatre cent trente-cinq dollars, douze montres de gousset, treize montres-bracelets, deux pinces à billets en argent, une épingle de cravate en or et divers bijoux qu'il ne s'était jamais résolu à vendre, parce qu'il soupçonnait les receleurs de vouloir l'escroquer. Il leva sa main droite, qui ne tremblait que légèrement, et ouvrit le casier.

– Hé ! cria quelqu'un derrière lui.

Joe fit mine de ne pas avoir entendu. Les tremblements de sa main s'accentuèrent quand il écarta la porte en grand.

– J'ai dit : « Hé ! »

Il poussa la sacoche au fond du casier, qu'il referma.

– Hé, vous là-bas ! Hé !

Après avoir verrouillé la porte, il empocha la clé.

– Hé !

Joe se retourna enfin, imaginant déjà le flic qui l'observait, revolver au poing, probablement jeune, probablement nerveux…

Au lieu de quoi, il découvrit un pochard assis par terre près d'une poubelle. Maigre à faire peur, il n'était que tendons, joues cramoisies et yeux rougis.

– Qu'est-ce tu regardes comme ça, bon Dieu ? lança-t-il.

Le rire qui s'échappa de la bouche de Joe ressemblait à un jappement. Il plongea la main dans sa poche et en sortit un billet de dix dollars qu'il tendit au vieil ivrogne.

– Toi, grand-père. C'est toi que je regardais.

L'homme salua cette réponse d'un rot sonore, mais déjà Joe quittait la consigne pour se fondre de nouveau dans la foule.

Dehors, il s'engagea dans St. James Avenue en direction des deux faisceaux lumineux qui balayaient la couche de nuages bas au-dessus du nouvel hôtel. Même si son soulagement n'était que temporaire, il se sentait réconforté par la pensée de son magot bien au chaud et en sécurité dans ce casier, n'attendant que le jour où il déciderait de le récupérer – un projet qui pouvait cependant paraître illogique pour un type envisageant de passer sa vie en cavale, se dit-il au moment de tourner dans Essex Street.

Si t'as vraiment l'intention de t'enfuir, pourquoi laisser l'argent dans cette consigne ?

Pour que je puisse revenir le chercher plus tard.

Mais pourquoi « plus tard » ?

Au cas où je ne m'en sortirais pas ce soir.

Eh bien, voilà, on y est ! C'est ça, la réponse.

Qu'est-ce que tu racontes ? Quelle réponse ?

Tu ne veux pas courir le risque qu'on trouve l'argent sur toi.

Tout juste.

Parce que tu sais que tu vas te faire prendre.

5

À forte partie

Il passa par l'entrée de service pour pénétrer dans l'hôtel Statler. En croisant le regard curieux d'abord d'un portier, ensuite d'un plongeur, il se contenta de soulever son chapeau en les gratifiant d'un sourire confiant assorti d'un salut à deux doigts – l'image même du bon vivant évitant la foule qui se bousculait devant l'établissement. En retour, les deux employés se fendirent d'un hochement de tête accompagné d'un sourire poli.

Des cuisines, Joe distingua le son d'un piano et d'une clarinette pleine d'entrain, tempérée par le rythme régulier d'une contrebasse, provenant vraisemblablement du hall. Il s'engagea dans une cage d'escalier sombre, puis gravit quelques marches en ciment. Après avoir ouvert la porte au sommet, il déboucha près d'un escalier de marbre, dans un royaume tout de lumière, de fumée et de musique.

Joe, qui avait déjà eu l'occasion de se rendre dans des hôtels chic, n'avait cependant jamais rien vu de pareil. Le clarinettiste et le contrebassiste jouaient près des portes d'entrée dont les cuivres brillaient tellement que la lumière, en s'y réfléchissant, transformait en poudre dorée les grains de poussière dans l'air. Des colonnes corinthiennes s'élevaient du marbre au sol jusqu'aux balustrades de fer forgé à l'étage. Le plafond s'ornait de moulures crème, et tous les dix mètres un lustre énorme y était suspendu, dont les pampilles rappelaient celles des candélabres dont le pied faisait près de deux mètres de haut. Des canapés rouge sang étaient disposés sur les tapis persans. Deux pianos à queue, croulant sous les gerbes de fleurs blanches, avaient trouvé leur place de part et d'autre de la salle ; en même temps qu'ils jouaient, les pianistes dialoguaient ensemble et avec la foule.

WBZ avait placé devant l'escalier central trois microémetteurs fixés sur des supports noirs. Une grosse femme en robe bleu clair se tenait à côté, en grande conversation avec un individu en costume beige et nœud papillon jaune. Elle n'arrêtait pas de tapoter son chignon tout en portant à ses lèvres un verre rempli d'un liquide pâle et trouble.

La plupart des hommes dans la foule étaient en smoking. À son grand soulagement, Joe en repéra d'autres en costume de ville, comme lui, mais il était le seul à ne pas avoir enlevé son chapeau. Or, il ne pouvait s'en défaire, au risque de révéler à l'assistance le visage à la une de tous les journaux du soir. Quand il leva les yeux vers la mezzanine, il s'aperçut en revanche que les couvre-chefs y abondaient, car c'était l'endroit choisi par les reporters et les photographes pour se mêler au gratin.

Rentrant le menton, il se dirigea vers l'escalier le plus proche, ralenti toutefois dans sa progression par les flots d'invités qui cherchaient à se rapprocher des radiotéléphones et de la femme gironde en robe bleue. La tête toujours baissée, il aperçut du coin de l'œil Chappie Geygan et Boob Fowler en grande conversation avec Red Ruffing. Même s'il soutenait les Red Sox depuis son plus jeune âge, Joe se doutait bien que ce ne serait pas une bonne idée pour un homme recherché par la police de s'avancer vers les trois joueurs afin de discuter avec eux de leur moyenne de batte. Il se débrouilla néanmoins pour passer juste derrière le trio, espérant en apprendre plus sur les rumeurs de transfert concernant Geygan et Fowler, mais il n'entendit parler que de marché boursier : Geygan disait que la seule façon de gagner de l'argent consistait à acheter des actions sur marge, toute autre stratégie n'étant valable que pour les couillons qui avaient décidé de croupir dans leur misère. C'est alors que la grosse femme en bleu s'avança vers l'un des microphones et s'éclaircit la gorge. L'homme à côté d'elle alla se poster derrière le microphone voisin et leva un bras vers la foule.

– Mesdames et messieurs, commença-t-il. Pour votre plaisir, WBZ, la radio de Boston, sur la fréquence 1030, diffuse en direct du grand hall du célèbre hôtel Statler. Je m'appelle Edwin Mulver et j'ai l'immense privilège de vous présenter ce soir Mlle Florence Ferrel, mezzo-soprano à l'opéra de San Francisco.

Edwin Mulver recula, menton levé, tandis que Florence Ferrel tapotait une fois de plus son chignon, puis relâchait son souffle derrière le micro – lequel souffle se transforma soudain en une note incroyablement aiguë qui emplit tout l'espace jusqu'au plafond, faisant courir un frémissement dans l'assistance. C'était un son tellement inattendu, et en même temps tellement authentique, que Joe se sentit d'un coup envahi par un immense sentiment de solitude. Il lui sembla que la chanteuse portait la parole des dieux, et, alors que le message passait de son corps au sien, il comprit qu'il mourrait un jour. Il le savait déjà en arrivant à l'hôtel, bien sûr, mais il ne s'agissait que d'une éventualité lointaine ; c'était maintenant une réalité brutale, implacable, qui le plongeait dans un abîme de désarroi. Confronté à une preuve aussi flagrante de l'existence de l'au-delà, il ne pouvait plus nier la vérité de sa condition, qui s'imposait à lui avec la force d'une révélation : il était mortel, insignifiant, et depuis sa naissance il s'acheminait inexorablement vers sa fin.

En écoutant l'aria, les notes qui montaient toujours plus haut, se prolongeaient toujours plus longtemps, Joe se représenta la voix de l'artiste comme un vaste océan sombre, sans limite et d'une profondeur insondable. Il regarda autour de lui les hommes en smoking, les femmes en robes de taffetas chatoyant, en fourreaux de soie et étoles de dentelle, la fontaine de champagne érigée au milieu du hall. Il reconnut un juge, le maire Curley, le gouverneur Fuller, et un autre joueur des Red Sox, Baby Doll Jacobson. Près de l'un des pianos, il vit Constance Flagstead, étoile montante de la scène bostonienne, flirter avec Ira Bumtroth, connu pour organiser des loteries clandestines. Certains invités s'esclaffaient, d'autres déployaient de tels efforts pour avoir l'air respectable que c'en était risible. Il vit aussi des hommes austères aux joues mangées par des favoris impressionnants et des rombières desséchées arborant des jupes en forme de cloche. Il reconnut des représentants des vieilles familles de la ville, des aristocrates et des membres des Daughters of the American Revolution[1]. Repéra des bootleggers, des avocats de bootleggers et même le joueur de tennis Rory Johannsen, qui était arrivé en quart de finale à Wimbledon l'année précédente avant d'être battu par le Français Henri Cochet. Remarqua des intellectuels à lunettes lorgnant du côté des coquettes frivoles à la conversation insipide mais aux yeux pétillants et aux jambes sublimes… Savaient-ils, tous, que leurs jours étaient comptés ? Si, dans cin-

1. Association réservée aux femmes, créée en 1890. Elle a pour but de promouvoir la culture et l'histoire américaine, ainsi que l'éducation. (*N.d.T.*)

quante ans, quelqu'un regardait une photographie de cette soirée, la plupart des personnes qui y assistaient seraient mortes, et les autres n'en auraient plus pour longtemps.

Alors que Florence Ferrel achevait son aria, il leva de nouveau les yeux vers la mezzanine, où il découvrit Albert White accompagné de sa femme, qui se tenait modestement derrière lui, sur sa droite. Âgée d'une cinquantaine d'années, elle n'avait rien d'une riche matrone aux proportions généreuses ; au contraire, sa maigreur était effrayante. On ne voyait d'elle que ses yeux, exorbités et hagards, qui ne s'animèrent même pas quand elle sourit machinalement à une remarque de son époux adressée au maire hilare qui venait de les rejoindre, un verre de scotch à la main.

Laissant courir son regard le long de la balustrade en fer forgé, Joe aperçut enfin Emma, en fourreau gris argenté, une coupe de champagne dans la main gauche. Sous la lumière, sa peau prenait les reflets de l'albâtre. Elle paraissait abattue, solitaire, enfermée dans son chagrin. Était-ce le visage qu'elle montrait quand elle le croyait loin d'elle ? se demanda Joe. Quelle était cette douleur secrète qui lui rongeait le cœur ? L'espace d'un instant, il en vint à craindre qu'elle ne saute dans le vide, mais brusquement le désespoir sur ses traits céda la place à un sourire. Et Joe comprit la raison de sa tristesse : elle avait pensé ne plus jamais le revoir.

Son sourire s'élargit au point qu'elle se sentit obligée de le dissimuler vivement derrière sa main – cette même main qui tenait la coupe de champagne –, faisant tomber quelques gouttes sur la foule en contrebas. Un homme effleura ses cheveux d'un air surpris. Une femme imposante s'essuya le front puis cligna de l'œil droit à plusieurs reprises.

Emma s'écarta de la balustrade et, d'un geste discret, indiqua l'escalier le plus proche. Joe hocha la tête.

Il la perdit de vue en se frayant un passage parmi les groupes. Il avait remarqué que la plupart des journalistes sur la mezzanine portaient leur chapeau repoussé en arrière et leur nœud de cravate tout de guingois. À l'approche de l'escalier, il repoussa donc son feutre et desserra sa cravate.

C'est alors que l'agent Donald Belinski se précipita à sa rencontre – un fantôme revenu d'entre les morts, mystérieusement sorti de l'étang et guéri des brûlures sur son corps, qui dévalait les marches vers lui. Mêmes cheveux blonds, même teint marbré, mêmes yeux clairs et mêmes lèvres ridiculement rouges… Quoique, non, à la réflexion, cet homme-là était plus corpulent, il commençait à se dégarnir et ses cheveux tiraient plutôt sur le blond-roux. L'agent Belinski lui avait également paru plus grand, bien qu'il l'eût seulement vu allongé. Et il ne dégageait certainement pas cette odeur d'oignon cru qui fit grimacer Joe quand ils se croisèrent sur les marches. Les yeux plissés, l'inconnu rejeta de sa main libre une mèche grasse égarée sur son front ; de l'autre, il tenait son chapeau, dont le ruban de gros-grain retenait une carte de presse du *Boston Examiner.*

– Excusez-moi, murmura Joe en le contournant.

– Oh, pardon, dit l'autre d'un ton absent.

Joe le sentit néanmoins l'observer tandis qu'il gravissait les marches à toute allure. Il n'en revenait pas de sa propre bêtise : pourquoi avait-il fallu qu'il dévisage ce type – un journaliste, qui plus est ?

– Hé, attendez ! lança l'inconnu derrière lui. Je crois que vous avez perdu quelque chose.

Mais Joe savait qu'il n'avait rien perdu. Il continua de monter, bientôt rejoint par une grappe d'invités qui descendaient, déjà bien éméchés en apparence – dont une femme à moitié affalée sur une autre, qu'elle enveloppait tel un vêtement ample. Joe poursuivit son ascension sans se retourner, le regard fixé droit devant lui.

Droit sur elle.

Emma serrait entre ses doigts une pochette assortie à sa robe et à la plume grise qui agrémentait le bandeau argenté dans ses cheveux. Une petite veine palpitait sur sa gorge, remarqua-t-il. Ses épaules étaient parcourues de frémissements, ses yeux étincelaient. Il n'avait qu'une envie : l'enlacer sur-le-champ et la soulever du sol pour qu'elle lui noue ses jambes autour des hanches et plaque sa bouche sur la sienne. Au lieu de quoi, il passa près d'elle sans ralentir, lâchant à voix basse :

– On m'a reconnu. Je peux pas m'arrêter.

Elle lui emboîta le pas tandis qu'il s'engageait sur le tapis rouge menant à la principale salle de bal. La foule était dense à l'étage, mais pas aussi compacte qu'au rez-de-chaussée ; ils n'eurent aucun mal à se faufiler derrière les groupes.

– L'ascenseur de service se trouve juste après le prochain balcon, lui glissa Emma. Il dessert le sous-sol. Bon sang, j'arrive pas à croire que tu sois venu !

Joe pressa le pas, la tête baissée, le chapeau enfoncé jusqu'aux yeux.

– Pourquoi ?

– Je pensais que tu te serais enfui.

– Pour aller où ?

– J'en sais rien, moi ! C'est ce que tout le monde aurait fait à ta place.

– Je ne suis pas comme tout le monde.

Ils abordaient une partie de la mezzanine où les invités se pressaient en masse. En bas, le gouverneur avait pris le micro pour déclarer que cette journée deviendrait officiellement celle de l'hôtel Statler dans tout le Massachusetts, suscitant aussitôt les acclamations enthousiastes d'une assistance désormais en état d'ébriété avancée. Emma doubla Joe, l'incitant d'un petit coup de coude à se diriger vers la gauche.

Il aperçut alors, à l'intersection de deux couloirs, un recoin sombre derrière les tables de banquet, les lumières, le marbre et le tapis rouge.

Dans le hall, un orchestre de cuivres entama les premières mesures d'un morceau entraînant. La foule sur la mezzanine s'anima, partout les flashs crépitèrent et lancèrent des éclairs. Joe se demanda si, de retour dans leurs salles de rédaction respectives, les photographes de presse remarqueraient la silhouette en feutre et costume brun à l'arrière-plan sur certains clichés.

– Gauche, gauche, le pressa Emma.

Joe se glissa entre deux tables, et le marbre sous ses pieds céda la place à un carrelage noir. Arrivé devant l'ascenseur, il appuya sur le bouton.

Quatre hommes ivres se rapprochaient d'eux. À peine plus âgés que Joe, ils avaient entonné *Soldiers Field*, le chant des supporters de l'équipe de football de Harvard.

– *O'er the stands of flaming Crimson, the Harvard banners fly…*, roucoulèrent-ils, sans se soucier de chanter juste.

Joe appela de nouveau la cabine.

L'un des hommes croisa son regard, puis se fendit d'un sourire lubrique en louchant sur les fesses d'Emma. Il gratifia son plus proche compagnon d'une bourrade complice tout en continuant de chanter :

– *Cheer on, cheer like Volleyed thunder echoes to the sky*.

La main d'Emma effleura la sienne.

– Merde, merde, merde, murmura-t-elle.

Joe s'acharna sur le bouton.

Un serveur fit irruption entre les portes battantes des cuisines sur leur gauche, chargé d'un grand plateau qu'il levait haut. Il ne prêta aucune attention au couple.

Les étudiants de Harvard s'étaient éloignés, mais Joe les entendait toujours :

– *Then fight, fight, fight ! For we win tonight.*

Emma tendit le bras devant lui pour appuyer à son tour sur le bouton.

– *Old Harvard forevermore !*

Joe envisagea de se faufiler dans les cuisines, pour finalement y renoncer. La pièce, sans doute guère plus grande qu'une boîte, ne comporterait au mieux qu'une seule autre issue : un monte-charge pour acheminer les plats des cuisines principales au sous-sol. Avec le recul, il comprenait qu'il aurait mieux valu convaincre Emma de le rejoindre quelque part, plutôt que de vouloir à toute force venir la retrouver au Statler. Mais encore eût-il fallu faire preuve d'un minimum de lucidité – une ressource dont il manquait singulièrement depuis quelque temps.

Il avançait de nouveau la main quand il perçut enfin le vrombissement de la cabine qui s'élevait vers eux.

– S'il y a des gens à l'intérieur, tu leur tournes le dos, dit-il. Ils seront pressés de sortir, de toute façon.

– Pas quand ils m'auront vue de dos, répliqua-t-elle, et il sourit en dépit de ses inquiétudes.

L'ascenseur s'immobilisa mais ne s'ouvrit pas. Le cœur battant, Joe compta jusqu'à cinq. Écarta la grille, ensuite la porte. Personne. Il jeta un coup d'œil à Emma par-dessus son épaule. Elle entra la première et il la suivit, puis referma derrière eux avant de tourner la manivelle.

À peine avaient-ils entamé la descente qu'Emma lui plaquait sa paume sur l'entrejambe, provoquant aussitôt un début d'érection, et l'embrassait fougueusement. Joe venait de glisser une main sous sa robe, cherchant la chaleur de ses cuisses, quand elle laissa échapper un gémissement étouffé. Il sentit des larmes lui mouiller la joue.

– Eh, pourquoi tu pleures ?

– Je crois bien que je suis amoureuse de toi.

– C'est vrai ?

– Oui.

– Alors tout va bien ! Souris !

– Je peux pas, je peux pas…

– Tu connais la gare routière, dans St. James Avenue ?

Elle plissa les yeux.

– Hein ? Oui, bien sûr.

Il lui fourra dans la main la clé de la consigne.

– Au cas où il arriverait quelque chose entre ici et la liberté.

– Non, non, protesta-t-elle. Non, reprends-la, j'en veux pas.

Il balaya d'un geste son refus.

– Mets-la dans ta pochette.

– J'en veux pas, Joe.

– C'est de l'argent.

– Je m'en doute, et j'en veux pas.

Elle tenta une nouvelle fois de lui rendre la clé, mais il leva haut les mains.

– Garde-la.

– Non, Joe. Ce fric, on le dépensera ensemble. Je suis avec toi, maintenant. Je suis avec toi, Joe. Reprends cette foutue clé !

Emma essayait toujours de la lui rendre quand la cabine s'immobilisa au sous-sol.

La vitre ne leur révéla rien, car de l'autre côté les lumières étaient inexplicablement éteintes.

Non, pas « inexplicablement », songea Joe. Il ne pouvait y avoir qu'une seule raison à cette absence d'éclairage.

Au moment où il posait les doigts sur la manivelle, la grille et la porte furent brutalement repoussées de l'extérieur. Brendan Loomis s'engouffra dans la cabine et l'attrapa par sa cravate en même temps qu'il le délestait du pistolet logé sur ses reins pour le lancer dans l'obscurité du sous-sol. Il lui colla ensuite son poing dans la figure et fit pleuvoir les coups sur sa tête. Tout s'était passé si rapidement que Joe n'avait même pas eu le temps d'esquisser un geste.

Lorsqu'il y parvint, il tâtonna à la recherche d'Emma, songeant confusément qu'il pourrait peut-être la protéger. Mais Brendan Loomis continuait de cogner comme un sourd – *vlam, vlam, vlam*. Chaque fois que son poing s'abattait sur le crâne de Joe, celui-ci avait l'impression que son cerveau s'engourdissait un peu plus et que sa vision se brouillait. Ses yeux roulaient dans leurs orbites, incapables de se fixer sur quoi que ce soit. Il entendit son nez se briser, et Loomis le frappa encore trois fois de suite au même endroit.

Enfin, il lâcha la cravate, et Joe tomba à quatre pattes sur le ciment. Il entendit un liquide goutter régulièrement, comme l'eau d'un robinet qui fuit, et souleva péniblement les paupières : son propre sang dégoulinait sur le sol en grosses gouttes si serrées qu'elles prirent rapidement la forme d'amibes, puis de flaques. Il voulut tourner la tête pour voir si Emma avait pu mettre à profit la bagarre pour refermer la porte de l'ascenseur et remonter, mais soit l'ascenseur avait changé de place dans l'intervalle, soit c'était lui qui s'en était éloigné, car il ne distingua plus derrière lui qu'un mur de béton.

Au même instant, Brendan Loomis lui expédia un coup de pied à l'estomac avec suffisamment de force pour le soulever du sol. Quand Joe atterrit par terre, il se recroquevilla sur lui-même, le souffle coupé. Il avait beau essayer d'aspirer, rien ne venait. Lorsqu'il tenta de se mettre à genoux, ses jambes se dérobèrent, et il dut prendre appui sur ses coudes pour redresser le buste, la bouche ouverte comme un poisson hors de l'eau, s'efforçant en vain d'introduire de l'air dans sa trachée ; il lui semblait avoir à la place de la poitrine un bloc de roche noire compacte, sans la moindre ouverture – pas la plus petite fissure susceptible de laisser filtrer l'oxygène.

Il sentit soudain une énorme bulle remonter de son œsophage, lui faisant l'effet d'une baudruche coincée dans le corps d'un stylo plume, puis écraser son cœur, comprimer ses poumons et obstruer sa gorge – jusqu'au moment où, enfin, sa bouche l'expulsa. L'expiration s'accompagna d'un sifflement et de plusieurs hoquets, mais peu importait ; au moins, il respirait.

Le pied de Loomis l'atteignit au bas-ventre.

Joe appuya son front sur le ciment et toussa, secoué de spasmes. Peut-être même vomit-il, il n'aurait su le dire tant la douleur dépassait en intensité tout ce qu'il avait pu imaginer. Il avait l'impression que ses testicules s'étaient logés dans ses intestins ; des flammes léchaient les parois de son estomac ; son cœur cognait si vite qu'il allait lâcher sous peu, forcément ; son crâne l'élançait comme si on l'avait ouvert à mains nues ; ses yeux pleuraient du sang. Il finit par vomir pour de bon, un mélange de bile et de feu. Il pensait la crise calmée quand son estomac se contracta de nouveau. Épuisé, il roula sur le dos et tourna la tête vers Brendan Loomis.

Celui-ci alluma tranquillement une cigarette.

– T'as l'air… mal en point, je dirais.

Il tanguait, et la pièce aussi. Joe se savait immobile, mais tout le reste autour de lui oscillait comme un pendule. Loomis sortit de sa poche une paire de gants noirs et, après les avoir enfilés, plia et déplia les doigts pour bien tendre le cuir. Albert White se matérialisa soudain à côté de lui, porté par le même mouvement de balancier, et tous deux contemplèrent Joe.

– Je vais être obligé de faire de toi un message, je le crains, commença White.

Malgré le sang qui lui coulait dans les yeux, Joe tenta de fixer son regard sur la silhouette en smoking blanc.

– Adressé à tous ceux qui croient pouvoir ignorer mes consignes.

Joe essaya une nouvelle fois de repérer Emma, mais il ne parvenait toujours pas à distinguer l'ascenseur dans ce sous-sol mouvant.

– Ce message ne sera pas joli-joli, reprit Albert White. Et j'en suis navré.

Il s'accroupit. Sur ses traits, la tristesse le disputait à la lassitude.

– Ma mère répétait toujours que rien n'arrive sans raison. J'ignore si c'est vrai, mais, s'il y a bien une chose dont je suis sûr, c'est qu'on devient en général ce qu'on était censé être. Moi, tu vois, j'étais parti pour être flic, et puis la ville m'a pris mon boulot et je suis devenu ce que tu sais. Oh, ne va pas croire que ça me plaît ; je dirais même que la plupart du temps ça me répugne, et pourtant je dois bien reconnaître que ça me vient tout naturellement. C'est inné, en quelque sorte. Quant à toi, t'es naturellement doué pour te foutre dedans, j'en ai peur. Tiens, ce soir par exemple, il te suffisait de fuir pour sauver ta peau, pas vrai ? Je parie que… Hé, regarde-moi quand je te parle !

Joe, dont la tête ballottait vers la gauche, fit un effort pour la redresser et se concentrer sur le visage bienveillant devant lui.

– Je parie que quand tu mourras, disais-je, tu seras convaincu d'avoir agi par amour, poursuivit White en se fendant d'un sourire mélancolique. Alors permets-moi de te détromper, mon petit Joe. T'as merdé parce que c'est dans ta nature : au fond de toi, tu te sens coupable de mener cette existence-là, et du coup tu cherches à te faire prendre. Quand on choisit cette voie, mon gars, on doit affronter sa culpabilité chaque soir. Et, chaque soir, on la tourne dans tous les sens, on la froisse et on la jette au feu. Mais toi, non, tu t'en débarrasses pas ; résultat, t'as passé toute ta courte vie à espérer que quelqu'un finirait un jour par te punir pour tes péchés. Eh bien, ton vœu est exaucé, je suis là.

Lorsque White se releva, Joe fut saisi de vertige, et tout devint flou autour de lui. Croyant apercevoir un reflet gris argenté, il plissa les yeux pour les forcer à accommoder.

Ce qu'il regretta aussitôt.

Si Albert White et Brendan Loomis tanguaient encore un peu, le mouvement de balancier avait cessé. Et Emma se tenait à côté de White, une main posée sur son bras.

Durant quelques instants, la plus grande confusion régna dans l'esprit de Joe. Puis tout s'éclaircit.

Il chercha le regard d'Emma, et, quand leurs yeux se croisèrent, il sut qu'il se fichait éperdument de ce qui pouvait lui arriver. Il ne voyait plus aucune objection à mourir, parce que la seule idée de continuer à vivre était trop douloureuse.

– Je suis désolée, chuchota-t-elle. Désolée.

– Elle est désolée, répéta Albert White d'une voix forte. Comme nous tous. (Il fit un geste à l'adresse d'une présence invisible pour Joe.) Emmène-la.

Un type corpulent en grosse veste de laine et bonnet enfoncé jusqu'aux oreilles attrapa Emma par le bras.

– T'avais promis de pas le tuer, dit-elle.

White haussa les épaules.

– Albert…, insista-t-elle. On avait un accord.

– Et je le respecterai, affirma-t-il. Ne t'inquiète pas.

– Albert, je…

La voix d'Emma s'étrangla.

– Oui, très chère ? demanda-t-il d'un ton beaucoup trop doucereux.

– Je te l'aurais jamais amené si…

Il la gifla d'une main, tandis que de l'autre il lissait sa chemise. Le coup avait été suffisamment brutal pour lui fendre les lèvres.

– Tu te crois intouchable, c'est ça ? Tu t'imagines que je vais me laisser humilier par une petite pute ? Que je suis raide dingue de toi ? Oh, c'était peut-être le cas hier, mais je suis resté debout toute la nuit, figure-toi. Et je t'ai déjà remplacée. Tu me suis ? Tu verras.

– T'avais dit que…

– Fais-la monter dans cette putain de bagnole, Donnie ! l'interrompit White en sortant un mouchoir pour essuyer le sang sur ses doigts. Tout de suite.

Le gros ceintura Emma par-derrière pour l'obliger à reculer.

– Joe ! s'écria-t-elle. Je t'en prie, Albert, arrête de le frapper. Joe, je suis désolée, je suis désolée… (Elle se débattit, donna des coups de pied, tenta en vain de griffer la figure de Donnie.) Joe, je t'aime ! Je t'aime !

La grille de l'ascenseur se referma sur elle et, un instant plus tard, la cabine s'élevait.

White s'accroupit à côté de Joe et lui plaça une cigarette entre les lèvres. Il craqua une allumette, puis embrasa le tabac en disant :

– Vas-y, fume. Tu rassembleras tes esprits beaucoup plus vite.

Joe s'exécuta. Durant une bonne minute, il demeura assis par terre, à tirer sur sa cigarette pendant que

White, toujours accroupi, grillait la sienne et que Brendan Loomis les observait.

– Qu'est-ce que… qu'est-ce que vous allez faire d'elle ? interrogea-t-il lorsqu'il se sentit en état de parler.

– Je te rappelle qu'elle vient de te trahir, mon gars.

– Vous ne lui avez sûrement pas donné le choix… Je me trompe ?

White étouffa un petit rire.

– T'es du genre naïf, toi !

Joe voulut hausser un sourcil, et du sang lui tomba dans les yeux. Il l'essuya.

– Qu'est-ce que vous allez faire d'elle ? insista-t-il.

– Tu devrais plutôt te demander ce que je vais faire de toi.

– Je me le demande, admit Joe. Mais je m'inquiète pour elle.

– Pour le moment, je n'ai encore rien décidé.

White haussa les épaules, ôta un fragment de tabac collé sur sa langue et s'en débarrassa d'une chiquenaude.

– Quant à toi, comme je te le disais, tu vas me servir de message, poursuivit-il. (Il se tourna vers Loomis.) Remets-le debout.

– Quel message ? lança Joe tandis que Loomis l'attrapait par les aisselles pour le hisser sur ses pieds.

– À ton avis ? Tous ceux qui s'aviseront de chercher des crosses à Albert White et à sa bande connaîtront le même sort que Joe Coughlin.

Celui-ci garda le silence. De toute façon, aucune repartie ne lui venait à l'esprit. Il avait vingt ans. C'est tout ce que la vie lui avait offert : vingt années. Il avait pleuré pour la dernière fois à quatorze ans, mais il dut prendre sur lui pour ne pas s'effondrer devant White en le suppliant de ne pas le tuer.

Comme s'il devinait ses pensées, White parut se radoucir.

– Je ne peux pas t'épargner, Joe. Crois-moi, j'aurais préféré ne pas en arriver là, malheureusement je ne vois pas d'autre solution. Si ça peut te consoler, sache que ce n'est pas à cause de cette fille ; les putes, c'est pas ce qui manque dans cette ville. D'ailleurs, dès que j'en aurai fini avec toi, j'irai retrouver une petite nouvelle mignonne comme tout. (Il s'abîma quelques instants dans la contemplation de ses mains.) Le problème, vois-tu, c'est que t'as semé une belle pagaille à Pittsfield, fauché soixante mille dollars sans ma permission et laissé trois cadavres de flics dans ton sillage. Du coup, c'est sur nous tous que rejaillit ta merde : aujourd'hui, il n'y a pas un seul flic en Nouvelle-Angleterre pour penser que les gangsters de Boston sont autre chose que des chiens enragés tout juste bons à abattre. Alors je suis obligé d'apporter un démenti. Où est Bones ? ajouta-t-il à l'adresse de Loomis.

Bones, c'était Julian Bones, un des porte-flingues d'Albert White.

– Dehors, dans la bagnole. Le moteur tourne.

– D'accord, on y va.

White se dirigea vers l'ascenseur, dont il écarta la grille, et Loomis traîna Joe à l'intérieur de la cabine avant de l'agripper par les cheveux pour lui écraser la figure contre la paroi. La cigarette lui tomba des lèvres, et il sentit qu'on lui ramenait les mains dans le dos, puis qu'on lui enroulait une corde râpeuse autour des poignets. Loomis prenait soin de bien serrer à chaque tour, et il termina par un nœud compliqué. Joe, qui s'y connaissait en matière de nœuds, comprit qu'il n'avait aucune chance de s'échapper : même si les deux hommes l'abandonnaient maintenant dans cet ascenseur pour ne pas revenir avant le mois d'avril, il n'aurait toujours pas réussi à se libérer.

Loomis le fit de nouveau pivoter, puis le lâcha pour aller actionner la manivelle. De son côté, White sortit une autre cigarette de son étui en étain, l'inséra entre les lèvres de leur prisonnier et l'alluma. À la flamme de l'allumette, Joe vit dans son regard qu'il ne retirait aucun plaisir de la tâche qu'il s'était fixée ; lorsque lui-même serait au fond de la Mystic River, un nœud coulant autour du cou et des sacs de pierres attachés aux chevilles, Albert White se lamenterait sur le prix à payer pour pouvoir préserver son chiffre d'affaires dans un monde pourri.

Ça lui gâcherait au moins une partie de la soirée.

Au rez-de-chaussée, ils sortirent de l'ascenseur pour déboucher dans un couloir de service. Les bruits de la fête leur parvenaient à travers les murs : pianos qui se répondaient, sections de cuivres s'en donnant à cœur joie, rires en cascade…

Au bout du corridor se dressait une porte indiquant « Livraisons » en lettres jaunes. La peinture était encore humide.

– Je vais m'assurer que la voie est libre, dit Loomis.

Quand il ouvrit, la fraîcheur de l'air nocturne les frappa de plein fouet. Un léger crachin tombait, avivant l'odeur métallique des escaliers de secours. La bâtisse tout entière sentait le neuf, même à l'extérieur, comme si la poussière de grès soulevée par les perceuses flottait toujours dans l'air.

Albert White se tourna vers Joe et entreprit de lui rajuster son nœud de cravate. Il se lécha ensuite les paumes pour lui lisser les cheveux. Il paraissait accablé.

– Entre nous, je n'avais pas imaginé que je deviendrais un jour quelqu'un qui élimine les gens pour préserver ses marges, et pourtant c'est ce que je fais. Je ne me rappelle même plus ce qu'est une bonne nuit de sommeil, tu comprends ? Je me lève tous les matins la peur au ventre, et elle est encore là, en moi, quand je pose ma tête sur l'oreiller le soir. (Il lui remit son col d'aplomb.) Et toi ?

– Quoi ?

– Tu pensais faire autre chose de ta vie ?

– Non.

White lui épousseta rapidement l'épaule.

– J'ai dit à Emma que, si elle te conduisait jusqu'à nous, je ne te tuerais pas. Personne d'autre ne croyait que tu serais assez bête pour te montrer ce soir, mais j'ai pris le pari. Et elle, elle a accepté en pensant te sauver. Or, toi et moi, on sait bien que je suis obligé de te tuer, pas vrai ? (Il posa sur Joe un regard peiné, larmoyant.) Pas vrai ?

Joe hocha la tête.

White l'imita, puis se pencha pour lui glisser à l'oreille :

– Et après, bien sûr, il faudra que je la tue elle aussi.

– Hein ?

– Parce que je l'aimais, tout comme toi. (Il haussa brièvement les sourcils.) Et parce que je vois pas comment t'aurais pu être au courant pour la partie de poker ce matin-là si elle t'avait pas donné le tuyau.

– Eh, attendez… Non, elle n'y est pour rien !

– Évidemment, t'allais pas dire le contraire, répliqua White, qui effaça les plis de sa chemise. Bon, écoute : si vous vous aimez vraiment, tous les deux, eh bien, tant mieux, parce que vous serez réunis ce soir au paradis.

Il ponctua ces mots d'un violent direct à l'estomac, qu'il compléta par un second au plexus. Joe se plia en deux, le souffle encore une fois coupé. Tirant sur la corde qui lui entravait les poignets, il tenta de répondre par un coup de tête, mais White se borna à le repousser d'une simple gifle avant d'aller écarter en grand la porte qui donnait sur la ruelle.

Quand il le saisit par les cheveux pour l'obliger à se redresser, Joe découvrit la voiture qui les attendait, et Julian Bones posté à côté de la portière arrière ouverte. Puis Loomis s'avança vers lui et, le saisissant par le coude, le fit sortir de l'hôtel. Joe percevait déjà l'odeur dégagée par l'habitacle, mélange de crasse et de chiffons maculés de cambouis.

Au moment de le pousser à l'intérieur, cependant, Loomis et Bones le lâchèrent brusquement. Joe tomba à genoux sur les pavés à l'instant même où White s'écriait : « Foutez le camp ! » S'ensuivit le bruit d'une course précipitée sur les pavés. Joe se demanda brièvement si l'un des hommes ne lui avait pas logé une balle dans la tête avant de prendre la fuite, car il était maintenant environné de colonnes de lumière qui semblaient descendues du ciel.

Alors qu'il baignait dans une clarté blanche éblouissante, il vit des lueurs bleu et rouge embraser les bâtiments bordant la ruelle. Des pneus crissèrent, quelqu'un cria quelque chose dans un mégaphone, un premier coup de feu claqua, suivi presque aussitôt par un second.

Puis le regard de Joe fut attiré par une silhouette qui avançait vers lui, celle d'un homme à l'allure impeccable et à la démarche assurée, exsudant l'autorité comme si elle était naturellement inscrite en lui.

Son père.

D'autres formes émergeaient désormais de toute cette blancheur, et bientôt Joe se retrouva entouré par une bonne dizaine d'agents du Boston Police Department.

Thomas Coughlin inclina la tête.

– Te voilà devenu un tueur de flics, Joseph.

– Je… j'ai tué personne, se défendit Joe.

Son père ignora la remarque.

– J'ai l'impression que tes complices allaient t'offrir un petit voyage sans retour. Ils ont dû estimer que tu leur faisais trop de tort…

Autour de lui, plusieurs policiers avaient déjà sorti leur matraque.

– Ils ont emmené Emma, papa. Ils vont la tuer.

– Qui, « ils » ?

– Albert White, Brendan Loomis, Julian Bones et un autre, un certain Donnie.

Plusieurs femmes se mirent à crier dans la rue à l'entrée du passage. Un coup de klaxon retentit, suivi par un fracas de tôles embouties. De nouveaux hurlements s'élevèrent. Dans l'intervalle, le crachin s'était mué en pluie diluvienne.

Thomas Coughlin jeta un coup d'œil à ses hommes, puis reporta son attention sur son fils.

– Bravo, tu choisis bien tes fréquentations. Tu as encore d'autres salades à me raconter ?

– C'est pas…

Joe dut s'interrompre pour cracher du sang.

– C'est pas des salades, papa. Ils vont la tuer.

– Eh bien, nous, on ne te tuera pas, Joseph. Pour ma part, je ne te toucherai même pas. Mais certains de mes amis ici présents aimeraient te dire un mot.

Il se pencha, les mains sur les genoux, pour scruter les traits de son fils.

Joe ne détourna pas les yeux. Quelque part derrière ce regard inflexible, il le savait, résidait l'âme d'un homme qui avait dormi près de lui à l'hôpital pendant trois jours quand il avait failli être emporté par une mauvaise fièvre en 1911, qui lui avait lu chacun des huit quotidiens de la ville, de la première à la dernière page, qui lui avait dit et répété qu'il l'aimait, que si Dieu voulait lui prendre son fils il faudrait d'abord qu'Il l'affronte lui, Thomas Xavier

Coughlin, et Il comprendrait alors qu'il avait affaire à forte partie.

– Papa, je t'en prie, écoute-moi. Elle est…

Son père lui cracha au visage.

– Il est à vous, lança-t-il à ses hommes, avant de s'éloigner.

– Trouve cette voiture ! s'écria Joe. Je t'en prie, trouve Donnie. Elle est avec lui dans…

Le premier coup, donné par un poing, lui ébranla la mâchoire. Le deuxième – assené par une matraque, il l'aurait juré – l'atteignit à la tempe. Après, toutes les lumières furent englouties par les ténèbres.

6

Tous les saints pécheurs

Le conducteur de l'ambulance donna à Thomas Coughlin un premier aperçu du scandale qui allait déferler sur le BPD[1].

Alors que ses collègues sanglaient Joe sur une civière en bois puis le chargeaient à l'arrière de l'ambulance, l'homme demanda :

– Vous l'avez balancé d'un toit, ce gamin ?

La pluie crépitait si fort qu'ils devaient tous crier.

– Il était déjà dans cet état avant notre arrivée, répondit le sergent Michael Pooley, chauffeur et bras droit de Thomas.

– Tiens donc… (Leur interlocuteur les regarda tour à tour, la visière noire de sa casquette blanche dégoulinant d'eau.) Foutaises.

Malgré l'averse, Thomas sentait la température monter dans la ruelle, et il montra son fils sur la civière.

– Cet individu est impliqué dans le meurtre des trois policiers à Pittsfield.

– Ça te soulage de le savoir, connard ? Tu te sens mieux, maintenant ? lança le sergent Pooley au conducteur.

Celui-ci, qui prenait le pouls de Joe, garda les yeux rivés sur sa montre.

1. Boston Police Department : police de Boston. (*N.d.T.*)

– Je lis les journaux, moi. La plupart du temps, c'est même tout ce que je fais – rester assis dans mon ambulance, à lire ces putains de journaux ! Le gamin, là, c'est lui qui était au volant, d'accord, mais ce sont les flics lancés à sa poursuite qui ont tiré sur la bagnole de leurs collègues. (Il replaça le bras de Joe sur son torse.) C'est pas lui qui les a tués.

Thomas contempla le visage meurtri de son fils : lèvres noirâtres et fendues, nez aplati, yeux tuméfiés, une pommette enfoncée, des croûtes de sang séché au coin des paupières, dans les oreilles et à la commissure des lèvres. Ce sang, c'était aussi le sien. Celui de l'être qu'il avait engendré.

– S'il n'avait pas cambriolé une banque, ces hommes ne seraient pas morts, objecta-t-il.

– Si les autres flics s'étaient pas servis de leur putain de mitraillette, ils seraient pas morts non plus, répliqua le conducteur en refermant les portes de l'ambulance.

Quand il se tourna de nouveau vers Pooley et Thomas, ce dernier fut surpris de déceler de la répulsion dans son regard.

– Vos gars l'ont réduit en bouillie, et vous voulez me faire croire que c'est lui le criminel ?

Deux voitures de patrouille vinrent se ranger derrière l'ambulance, et, quelques instants plus tard, les trois véhicules s'éloignaient dans la nuit. Thomas les suivit des yeux en essayant de ne pas penser au blessé comme à son « fils », son enfant, sa chair et son sang – ce sang dont une bonne partie était répandue dans la ruelle. C'était beaucoup trop éprouvant.

– Vous avez lancé un avis de recherche concernant Albert White ? demanda-t-il à Pooley.

Celui-ci confirma d'un signe de tête.

– Oui, pareil pour Loomis, Bones et ce Donnie qui n'a pas de nom de famille, mais dont on suppose qu'il s'agit de Donald Gishler, l'un des hommes de main de White.

– Faites passer ce Gishler en priorité, déclara Thomas. Dites à toutes les unités qu'il y a peut-être une femme dans sa voiture. Où est Forman ?

– Là-bas, répondit le sergent Pooley.

Thomas marcha dans la direction indiquée, le sergent sur ses talons. En arrivant près du groupe de policiers massés devant la porte de service, Thomas évita de regarder la flaque de sang près de son pied droit – le sang de Joe –, suffisamment épaisse pour demeurer rouge vif sous la pluie. Au lieu de quoi, il se concentra sur Steve Forman, le chef de la brigade criminelle.

– Vous avez des précisions sur les voitures ?

Forman ouvrit son calepin.

– Un des plongeurs de l'hôtel nous a dit qu'une Cole Roadster était restée garée dans la ruelle entre huit heures quinze et huit heures trente. Après, la Roadster est partie, et c'est la Dodge qui l'a remplacée.

Autrement dit, le véhicule dans lequel White et ses acolytes voulaient faire monter Joe quand Thomas et la cavalerie étaient arrivés.

– Concentrez-vous sur la Cole Roadster, décréta Thomas. Elle est conduite par Donald Gishler. Il y a peut-être aussi une femme à l'arrière, une certaine Emma Gould. Steve, c'est une Gould de Charlestown. Vous voyez de qui je veux parler ?

– Oh oui, répondit Forman.

– Pas la gosse de Bobo. Celle d'Ollie Gould.

– Compris.

– Envoyez quelqu'un vérifier qu'elle n'est pas tranquillement au lit dans Union Street, ordonna Thomas. Sergent Pooley ? ajouta-t-il en se tournant vers lui.

– Oui, monsieur ?

– Vous pouvez me décrire ce Gishler ?

– Je dirais… un peu moins d'un mètre soixante-dix pour quatre-vingt-quinze kilos. Il porte presque toujours un bonnet noir en laine. La dernière fois que je l'ai vu, il avait une moustache en guidon de vélo. Le Zéro-Six doit avoir sa photo.

– Demandez à l'un de vos hommes d'aller la chercher. Et faites parvenir son signalement à toutes les unités.

Enfin, Thomas se résolut à regarder la flaque pourpre à ses pieds. Une dent se détachait au milieu.

Son fils aîné, Aiden, ne lui parlait plus depuis des années, même s'il lui écrivait de temps à autre une lettre dans laquelle il se contentait de relater des faits, sans jamais y ajouter de commentaires personnels. À ce jour, Thomas ne savait ni où il habitait ni même s'il était encore en vie. Le cadet, Connor, avait perdu la vue lors des émeutes déclenchées par la grève des policiers en 1919. Sur le plan physique, il s'était adapté à son infirmité remarquablement vite, mais au niveau psychique elle avait accentué sa tendance naturelle à s'apitoyer sur son sort, et il avait rapidement sombré dans l'alcool. Après avoir manqué de peu se noyer dedans, il s'était tourné vers la religion. Au terme d'une brève idylle (apparemment, Dieu exigeait plus de ses fidèles qu'un simple engouement pour le martyre), il avait élu domicile à l'école Silas Abbotsford pour aveugles et handicapés, qui l'employait comme gardien – lui qui avait été le plus jeune assistant du procureur de toute l'histoire de l'État en charge d'une affaire où la peine capitale était requise –, et il occupait désormais ses journées, à pousser une serpillière sur des sols qu'il ne voyait même pas. Chaque fois qu'on lui offrait un poste d'enseignant dans l'école, il déclinait l'offre en arguant de sa trop grande timidité. Or, les fils de Thomas Coughlin ne connaissaient pas la timidité ; Connor avait juste décidé de se couper de tous ceux qui l'aimaient – en l'occurrence, de son père.

Et maintenant, c'était au tour du benjamin de lui échapper, parce qu'il avait choisi de mener une existence de criminel parmi les prostituées, les bootleggers et les malfrats – une existence qui faisait toujours miroiter des promesses de richesse et de faste mais qui ne les accordait que rarement. À cause de ses fréquentations et des hommes aux ordres de son propre père, il risquait de ne pas passer la nuit.

Immobile sous la pluie, Thomas se dégoûtait au point d'en avoir la nausée.

– Retrouvez la fille, dit-il à Pooley et Forman.

Un patrouilleur repéra Donnie Gishler et Emma Gould à Salem. Lorsque la course-poursuite s'acheva, neuf voitures de police étaient impliquées, toutes venues de villes de la côte nord – Beverly, Peabody, Marblehead. Plusieurs policiers déclarèrent avoir vu une femme à l'arrière de la Cole Roadster ; d'autres ne l'avaient pas vue ; un agent affirma avoir aperçu au moins deux ou trois filles sur cette banquette arrière, mais il fut rapidement établi qu'il avait bu. Après que Donnie Gishler eut foncé dans deux des véhicules de patrouille, les forçant à sortir de la route et les endommageant toutes les deux, et après qu'il eut commencé à tirer sur ses poursuivants (certes, comme une savate), ceux-ci ouvrirent le feu à leur tour.

La Cole Roadster quitta la route à dix heures moins dix ce soir-là, sous une pluie battante. Les voitures filaient dans Ocean Avenue à Marblehead, le long de Lady's Cove, quand l'un des pneus de Gishler éclata, soit parce qu'un policier l'avait touché, soit – ce qui paraissait plus vraisemblable à soixante kilomètres/heure sous la pluie – parce qu'il était usé. Dans cette partie d'Ocean Avenue, il n'y avait plus beaucoup d'avenue à proprement parler, mais une étendue d'océan quasi illimitée. La Cole Roadster partit en dérapage, s'envola par-dessus l'accotement et s'enfonça dans plusieurs mètres d'eau alors que deux des vitres avaient été pulvérisées. Les policiers n'étaient même pas encore descendus de leurs véhicules qu'elle avait déjà coulé.

Lew Burleigh, patrouilleur à Beverly, eut tôt fait de se dépouiller de sa tenue et de plonger en caleçon, mais il ne vit rien dans les profondeurs ténébreuses, même quand l'un de ses collègues eut l'idée de braquer les phares des voitures de patrouille à l'endroit où la Roadster avait sombré. Burleigh eut beau s'immerger à quatre reprises dans les flots glacés, ce qui lui valut ensuite de passer une journée à l'hôpital pour hypothermie, jamais il ne la trouva.

Ce furent les plongeurs qui la découvrirent le lendemain après-midi, peu après deux heures. Gishler était toujours sur le siège du conducteur. Une partie du volant s'était brisée sous le choc et lui avait perforé l'aisselle, le levier de vitesses lui avait transpercé le bas-ventre. Ce n'était cependant pas ce qui l'avait tué : l'une des cinquante et quelques balles tirées par la police cette nuit-là s'était logée dans sa nuque. Même si le pneu n'avait pas éclaté, la voiture aurait certainement fini sa course dans l'océan.

Les plongeurs récupérèrent aussi dans l'épave un bandeau gris argenté et une plume de la même couleur collée au plafond, mais aucun autre indice attestant la présence d'Emma Gould.

L'échange de coups de feu entre la police et trois gangsters derrière l'hôtel Statler s'inscrivit officiellement dans la mythologie de la ville environ dix minutes après qu'il se fut produit – un retentissement d'autant plus étonnant que personne n'avait été touché et que, dans la confusion générale, peu de balles avaient été tirées. Par chance pour eux, les criminels avaient émergé de la ruelle au moment où la foule des amateurs de théâtre sortait des restaurants pour se diriger vers le Colonial ou le Plymouth. On jouait à guichets fermés une nouvelle adaptation de *Pygmalion* au Colonial depuis trois semaines, et le Plymouth avait encouru les foudres de la Watch and Ward Society[1] en programmant *Le Baladin du monde occidental*. L'association avait bien envoyé sur place des dizaines de manifestantes – des femmes mal fagotées à la bouche grimaçante et aux cordes vocales infatigables –, mais cela n'avait fait qu'attirer l'attention sur la pièce. Leur présence bruyante n'était pas seulement une aubaine pour les affaires du Plymouth, ce fut aussi un cadeau du ciel pour les malfrats : quand le trio déboula de la ruelle, suivi de près par les policiers, les furies de la Watch and Ward Society se mirent à pousser les hauts cris et à gesticuler en voyant les armes. Plusieurs couples qui se rendaient au spectacle se réfugièrent sous des porches, et, alors que le crachin se muait en déluge, un chauffeur braqua brusquement, expédiant la Pierce-Arrow de son employeur dans un réverbère. Lorsque les policiers débordés reprirent leurs esprits, les gangsters avaient déjà réquisitionné une voiture aux abords de Piedmont Street et s'évanouissaient dans une ville noyée sous des trombes d'eau.

La « fusillade du Statler » fut un sujet de choix pour les journalistes. Le récit commençait simplement : des

1. Ligue de vertu fondée à Boston à la fin du XIXe siècle, et chargée d'exercer une censure sur la littérature et les arts de la scène. À partir des années 1920, elle s'emploie également à combattre les jeux de hasard. (*N.d.T.*)

flics héroïques avaient échangé des coups de feu avec des truands tueurs de flics, puis maîtrisé et arrêté l'un d'eux. L'histoire ne tardait cependant pas à devenir plus complexe. Oscar Fayette, chauffeur d'ambulance, déclarait que le malfrat appréhendé avait été si brutalement frappé par les policiers qu'il ne passerait peut-être pas la nuit. Peu après minuit, des rumeurs non confirmées se répandirent dans les salles de rédaction de Washington Street, selon lesquelles une femme aurait été aperçue à l'arrière d'une voiture qui avait plongé dans les eaux de Lady's Cove à Marblehead et coulé en moins d'une minute.

Puis le bruit circula qu'un des bandits impliqués dans la fusillade du Statler n'était autre qu'Albert White, l'homme d'affaires. Jusque-là, White occupait une position enviable sur la scène sociale de Boston : celle d'un supposé bootlegger, probablement impliqué dans la contrebande d'alcool, vraisemblablement hors la loi. Tous les représentants de la bonne société le soupçonnaient de pratiquer l'extorsion de fonds, mais la plupart le pensaient étranger au chaos qui régnait dans les rues des grandes villes. Albert White passait aux yeux de tous pour un « bon » bootlegger – un aimable pourvoyeur de vices inoffensifs qui avait belle allure dans ses costumes clairs et était capable de tenir la foule en haleine en lui racontant ses exploits de guerre ou ses années dans la police. Après la fusillade du Statler, cependant (un honnête citoyen, répondant lui-même au patronyme d'E.M. Statler, tenta en vain de convaincre les journaux de renommer l'événement), la police établit un mandat d'arrêt à son nom et toute bienveillance à son égard disparut. Qu'il soit rattrapé par la justice ou pas, il n'aurait plus l'occasion de frayer avec les riches et les puissants. Dans les petits et les grands salons de Beacon Hill, l'on estima qu'il y avait des limites à côtoyer la dépravation pour se donner des frissons par procuration.

Vint ensuite la question du sort réservé à Thomas Coughlin, commissaire adjoint, considéré jusque-là comme le candidat idéal au poste de commissaire, peut-être même à celui de chef de la police, voire aux plus hautes fonctions de l'administration de l'État. Lorsque les éditions tardives du lendemain révélèrent que le voyou arrêté et tabassé sur place n'était autre que son fils, la plupart des lecteurs s'abstinrent dans un premier temps de porter un jugement sur ses qualités de père, car ils savaient à quel point il était difficile d'élever des enfants vertueux à une époque où régnait la débauche. Mais, dans la foulée, Billy Kelleher, éditorialiste à l'*Examiner*, narra sa rencontre avec Joseph Coughlin dans l'escalier du Statler. C'était lui qui avait appelé la police pour signaler la présence du suspect dans l'établissement ; il avait ensuite débouché dans la ruelle au moment où Thomas Coughlin livrait son fils en pâture aux fauves sous ses ordres. Pour le coup, l'opinion publique s'en émut : ne pas réussir à éduquer correctement son enfant, c'était une chose ; ordonner une punition qui risquait de lui être fatale, c'en était une autre.

Lorsque Thomas fut convoqué dans le bureau du chef de la police, à Pemberton Square, il savait déjà qu'il ne l'occuperait jamais.

Herbert Wilson, debout derrière sa table de travail, l'invita d'un geste à prendre place dans un fauteuil. Wilson dirigeait les services de police depuis 1922, après que son prédécesseur, Edwin Upton Curtis, qui leur avait causé plus de tort que le Kaiser à la Belgique, avait eu l'obligeance de mourir d'une crise cardiaque.

– Je vous en prie, Tom, asseyez-vous.

Thomas Coughlin ne supportait pas qu'on l'appelât Tom ; il détestait la nature dépréciative du diminutif, la familiarité inopportune qu'il impliquait.

Il s'exécuta néanmoins.

– Comment va votre fils ? demanda Wilson.

– Il est dans le coma.

Wilson hocha la tête, puis relâcha son souffle.

– Et chaque jour qu'il passe dans cet état contribue à renforcer son image de martyr. (Il examina longuement les traits de son visiteur.) Vous avez l'air défait, Tom. Vous ne dormez pas ?

– Non, pas depuis…

Il était resté deux nuits au chevet de son fils, à dresser la liste de ses péchés et à prier un Dieu en qui il ne croyait plus beaucoup. Le médecin lui avait dit que, même si Joe sortait du coma, on ne pouvait pas exclure la possibilité de lésions cérébrales. Aveuglé par la rage – cette rage brûlante en lui dont tout le monde, y compris son minable de père et plus tard sa femme et ses fils, avait toujours eu une sainte frayeur, et à juste titre –, Thomas avait ordonné à d'autres de massacrer son propre enfant. Il se représentait désormais sa honte comme une lame d'acier chauffée à blanc, dégageant des serpentins de fumée, dont la pointe pénétrait son abdomen sous la cage thoracique, puis s'enfonçait dans ses entrailles jusqu'à anéantir en lui toute autre sensation.

– Des informations sur ses complices, les Bartolo ? s'enquit le chef de la police.

– Je pensais que vous étiez déjà au courant.

Wilson fit non de la tête.

– J'ai dû assister à des réunions budgétaires toute la matinée.

– Ça vient d'arriver par téléscripteur, expliqua Thomas. Ils ont eu Paolo Bartolo.

– Qui, « ils » ?

– Les policiers du Vermont.
– Vivant ?
Thomas esquissa un mouvement de dénégation.
Pour une raison qu'ils ne comprendraient sans doute jamais, Paolo Bartolo conduisait une voiture bourrée de conserves de jambon ; elles occupaient tout l'arrière du véhicule et s'entassaient sur le plancher devant le siège passager. Quand il avait grillé un feu rouge dans South Main Street à St. Albans, à une vingtaine de kilomètres de la frontière canadienne, un flic de l'État avait tenté de l'arrêter, mais Paolo s'était enfui. Le flic l'avait pris en chasse, bientôt rejoint par d'autres, jusqu'au moment où la voiture du suspect avait quitté la route près d'une laiterie à Enosburg Falls.

Peut-être Paolo avait-il dégainé en sortant de son véhicule en ce bel après-midi printanier ; pour l'heure, le fait restait à établir. Il était possible qu'il ait simplement fait mine de porter la main à sa ceinture ou encore qu'il n'ait pas levé les bras assez vite. Quoi qu'il en soit, dans la mesure où l'un des frères Bartolo avait exécuté l'agent Jacob Zobe sur le bas-côté d'une route très semblable à celle-là, les policiers n'avaient pas voulu prendre de risques : ils avaient tous pressé la détente de leur revolver de service au moins deux fois.

– Il y avait combien de flics sur place ? demanda Wilson.
– Sept, me semble-t-il.
– Et combien de balles ont touché le suspect ?
– J'ai entendu dire onze, mais l'autopsie nous éclairera sur ce point.
– Et Dion Bartolo ?
– Il se terre à Montréal, je suppose. Ou dans les environs. Il a toujours été plus malin que son frère. Personne ne doutait que Paolo serait le premier à sortir de son trou.

Le chef de la police prit un document au sommet d'une des petites piles sur son bureau et le plaça au sommet d'une autre. Il s'absorba ensuite dans la contemplation de la vue derrière la fenêtre, le regard fixe, comme s'il était hypnotisé par la tour de la Custom House qui se dressait quelques centaines de mètres plus loin.

– La police ne peut pas se permettre de vous laisser sortir de ce bureau avec le grade que vous aviez en entrant, Tom. Vous comprenez ?

– Je comprends, oui.

Thomas parcourut du regard la pièce qu'il convoitait depuis dix ans, sans éprouver la moindre tristesse.

– Et si je vous rétrogradais au rang de capitaine, il faudrait que j'aie une division à vous confier.

– Or, vous n'en avez pas.

– Je n'en ai pas, en effet. (Joignant les mains, Wilson se pencha en avant.) À partir de maintenant, vous pouvez prier exclusivement pour votre fils, Thomas, parce que l'apogée de votre carrière est derrière vous.

– Elle n'est pas morte, dit Joe.

Il était sorti du coma depuis quatre heures. Thomas était arrivé à l'hôpital Mass. General dix minutes après avoir reçu l'appel du médecin. Il avait amené avec lui l'avocat Jack D'Jarvis. Petit, d'un âge déjà avancé, D'Jarvis portait toujours des costumes en laine dans les teintes les plus passe-partout – gris-brun écorce, taupe, noirs qui donnaient l'impression d'avoir été exposés trop longtemps au soleil –, assortis de cravates à l'avenant. Ses cols de chemise étaient jaunis et, les rares fois où il arborait un couvre-chef, il le choisissait invariablement trop grand, de sorte que le chapeau reposait sur ses oreilles. Jack D'Jarvis paraissait bon pour la retraite, et ce depuis presque trois décennies, mais seuls ceux qui ne le connaissaient pas pouvaient se laisser abuser par son allure. C'était le meilleur pénaliste de la ville, et de loin. Au fil des ans, Jack D'Jarvis avait réussi à démonter point par point au moins deux dossiers apparemment inattaquables que Thomas avait déposés sur le bureau du procureur. On disait qu'après sa mort Jack D'Jarvis passerait son temps au paradis à faire remonter de l'enfer tous ses anciens clients.

Les médecins examinèrent Joe pendant deux heures tandis que Thomas et D'Jarvis patientaient dans le couloir avec le jeune policier posté devant la porte.

– Je ne peux pas obtenir l'acquittement, déclara D'Jarvis.

– Je sais.

– En attendant, je peux vous garantir que l'accusation d'homicide volontaire est une farce et que le procureur le sait. Mais votre fils devra aller en prison.

– Combien de temps ?

D'Jarvis haussa les épaules.

– Je dirais dix ans.

– À Charlestown ? (Thomas secoua la tête.) Quand il sortira, ce ne sera plus qu'un fantôme.

– Trois policiers sont morts.

– Ce n'est pas lui qui les a tués.

– Raison pour laquelle il évitera la chaise électrique. Si ce n'était pas votre fils, Thomas, vous réclameriez au moins vingt ans de réclusion.

– Mais voilà, c'est mon fils.

Les médecins sortirent de la chambre peu après, et l'un d'eux s'arrêta pour parler à Thomas.

– Je ne sais pas de quoi est fait son crâne, monsieur Coughlin. Franchement, mes confrères et moi-même doutons que ce soit de l'os.

– Pardon ?

– Il va bien, contre toute attente. Pas de saignement intracrânien, pas de perte de mémoire ni d'altération du discours. Il a le nez cassé, plusieurs côtes fracturées, et ce n'est pas demain la veille qu'il pourra uriner sans voir du sang dans la cuvette, mais je n'ai pas constaté de lésions cérébrales.

Thomas et D'Jarvis entrèrent, puis s'assirent au chevet de Joe, qui fixa sur eux ses yeux presque invisibles entre ses paupières enflées et tuméfiées.

– J'ai eu tort, avoua Thomas. Sur toute la ligne. Et bien sûr, je n'ai pas d'excuse.

– Tu… t'aurais pas dû les laisser me tabasser, c'est ça ? murmura Joe, dont les lèvres noircies de points de suture remuaient à peine.

– C'est ça.

– Eh, t'as décidé d'être gentil avec moi ?

Thomas fit non de la tête.

– J'aurais dû te coller moi-même une raclée.

Le rire étouffé de Joe fit vibrer ses narines.

– Avec tout le respect que je te dois, papa, je suis content d'avoir eu affaire à tes hommes. Si t'avais pris les choses en main, je serais sûrement mort à l'heure qu'il est…

Un sourire réchauffa le visage de son père.

– Tu ne me hais pas, alors ?

– Au contraire, c'est peut-être même la première fois en dix ans que j'ai une bonne raison de t'aimer ! (Joe tenta en vain de se redresser.) Où est Emma ?

Jack D'Jarvis ouvrit la bouche pour répondre, mais Thomas lui intima d'un geste le silence. Il regarda son fils droit dans les yeux en lui racontant ce qui s'était passé à Marblehead.

Joe demeura silencieux un moment. Il réfléchissait aux informations que son père venait de lui donner.

– Elle n'est pas morte, dit-il enfin, une note de désespoir dans la voix.

– Elle l'est, fils. Donnie Gishler n'avait pas l'intention de se laisser capturer vivant, et, même si on était intervenus plus tôt, ça n'aurait rien changé. Elle est morte à l'instant où elle est montée dans cette voiture.

– Il n'y a pas de corps, s'entêta Joe. Donc, elle n'est pas morte.

– On n'a pas retrouvé la moitié des passagers embarqués sur le *Titanic*, Joseph. Il n'empêche que ces pauvres diables ne sont plus de ce monde.

– Je ne peux pas le croire.

– Tu ne peux pas, ou tu ne veux pas ?

– C'est pareil.

– Pas du tout, affirma Thomas en secouant la tête avec vigueur. On a reconstitué une partie des événements qui se sont déroulés ce soir-là. Emma était la maîtresse d'Albert White. Elle t'a trahi.

– C'est vrai, admit Joe.

– Ah.

Un sourire étira les lèvres suturées de Joe.

– Mais je m'en fous. Je suis dingue de cette fille.

– Ce n'est pas de l'amour, ça, répliqua son père.

– Et c'est quoi, d'après toi ?

– De la dinguerie.

– Permets-moi de te dire que ce qu'il y avait entre maman et toi, ce n'était pas de l'amour non plus. Je vous ai vus vivre ensemble pendant dix-huit ans.

– Tu as raison, ce n'en était pas. Alors, crois-moi, je sais de quoi je parle. (Thomas soupira.) Quoi qu'il en soit, Emma Gould n'est plus, fils. Elle est aussi morte que ta mère, paix à son âme.

– Et pour Albert ? s'enquit Joe.

Thomas s'assit au bord du lit.

– Envolé.

– Mais on le dit occupé à négocier son retour, intervint Jack D'Jarvis.

Thomas lui jeta un coup d'œil, et l'avocat hocha la tête.

– Qui êtes-vous ? lui demanda Joe.

L'avocat lui tendit la main.

– John D'Jarvis, monsieur Coughlin. La plupart des gens m'appellent Jack.

Les yeux enflés de Joe s'arrondirent légèrement pour la seconde fois depuis que les deux hommes étaient entrés dans la chambre.

– Mince, murmura-t-il. J'ai entendu parler de vous.

– Moi aussi, j'ai entendu parler de vous, déclara D'Jarvis. Comme toute la population de l'État, hélas… Cela dit, il est possible qu'en prenant l'une des plus mauvaises décisions de sa vie, votre père vous ait rendu un service inestimable.

– Comment ça ? s'enquit Thomas.

– Vous avez fait de lui une victime en lui infligeant ce traitement. Le procureur va devoir requérir une peine sévère, mais ce ne sera pas de gaieté de cœur.

– C'est Calvin Bondurant, aujourd'hui, non ? l'interrompit Joe.

– En effet, confirma l'avocat. Vous le connaissez ?

– De réputation seulement, répondit Joe, la peur se lisant sur son visage meurtri.

– Et vous, Thomas, reprit D'Jarvis en le regardant attentivement, vous le connaissez ?

– Oui, déclara Thomas, laconique.

Calvin Bondurant avait épousé une Lenox de Beacon Hill et engendré trois filles sveltes, dont l'une avait récemment beaucoup fait parler d'elle dans les chroniques mondaines en se mariant avec un Lodge. C'était un ardent défenseur de la prohibition, une sorte de chevalier sans peur et sans reproche parti en croisade contre le vice sous toutes ses formes, dont il attribuait la responsabilité aux basses classes et aux races inférieures qui avaient débarqué dans ce beau pays au cours des quelque soixante-dix années précédentes. Dans la mesure où les Italiens et les Irlandais avaient constitué les deux principaux courants d'immigration durant cette période, le message de Bondurant ne brillait pas par sa subtilité. En attendant, lorsqu'il se présenterait au poste de gouverneur, ses donateurs à Beacon Hill et à Back Bay sauraient ainsi qu'il était l'homme de la situation.

Son secrétaire introduisit Thomas dans son bureau de Kirkby Street, puis se retira en refermant les portes derrière lui. Calvin Bondurant, qui se tenait devant la fenêtre, se retourna pour poser sur le nouveau venu un regard froid.

– Je vous attendais.

Dix ans plus tôt, Thomas avait embarqué Bondurant après une descente dans une pension de famille où celui-ci s'octroyait du bon temps en compagnie de plusieurs bouteilles de champagne et d'un jeune Mexicain nu comme au premier jour. Lequel Mexicain, qui avait entamé une carrière prometteuse dans la prostitution, s'était révélé être un ancien membre de la División del Norte de Pancho Villa, recherché dans son pays natal pour trahison. Thomas l'avait renvoyé à Chihuahua et s'était arrangé pour que le nom de Bondurant disparaisse du registre des arrestations.

– Eh bien, je suis là, dit Thomas.

– Vous avez réussi à faire de votre fils une victime alors que c'est un criminel. Un vrai tour de force ! Êtes-vous ingénieux à ce point, monsieur le commissaire adjoint ?

– Non, personne ne peut l'être à ce point.

– Faux. Quelques-uns le sont, dont vous, certainement. Dites-lui de plaider coupable. Trois flics sont morts dans cette malheureuse affaire. Leurs funérailles feront la une de tous les journaux demain. S'il plaide coupable pour le cambriolage de la banque et, je ne sais pas, pour mise en danger de la vie d'autrui, peut-être, je demanderai douze ans.

– C'est beaucoup.

– Pour trois flics, c'est peu, Thomas.

– Cinq.

– Pardon ?

– Cinq ans, répéta Thomas.

– Pas question.

Thomas s'assit dans un fauteuil sans rien ajouter.

Bondurant secoua la tête.

Thomas croisa les jambes.

– Bon, écoutez..., dit Bondurant.

Thomas inclina la tête de côté.

– Laissez-moi éclaircir un point sur lequel, à mon avis, vous vous faites une fausse idée, monsieur le commissaire adjoint.

– Inspecteur principal.

– Excusez-moi ?

– J'ai été rétrogradé hier au rang d'inspecteur principal.

Si le sourire de Bondurant ne transparut pas sur ses lèvres, il éclaira néanmoins fugitivement son regard. Une brève lueur, puis plus rien.

– Dans ce cas, nous pouvons oublier le point en question.

– Je n'entretiens ni fausses idées ni illusions, rétorqua Thomas. Avant tout, je suis pragmatique.

Il tira de sa poche une photographie qu'il posa sur le bureau devant lui.

Bondurant y jeta un coup d'œil. Elle montrait une porte d'un rouge passé, sur laquelle se détachait un nombre : 29. C'était la porte d'une maison à Back Bay. La lueur qui brilla de nouveau dans le regard de Bondurant ne traduisait cette fois aucun plaisir, loin s'en fallait.

Thomas appuya son index sur le cliché.

– Si vous décidez de changer de nid d'amour, je le saurai dans l'heure. Je comprends que vous ayez besoin de vous constituer une caisse noire en prévision des élections au poste de gouverneur. Prévoyez-la suffisamment grande. Un homme qui a les moyens est paré à toute éventualité.

Après avoir recoiffé son chapeau, Thomas en pinça le bord pour rectifier l'inclinaison.

Les yeux de Bondurant revinrent un instant sur la photo.

– Je vais voir ce que je peux faire.

– Ça ne me suffit pas.

– Je ne suis qu'un homme.

– Cinq ans, répéta Thomas. Pas un jour de plus.

Il s'écoula encore deux semaines avant qu'un bras de femme ne s'échouât à Nahant. Trois jours plus tard, un pêcheur qui mouillait au large de Lynn remonta un fémur dans ses filets. Le légiste détermina que le fémur et le bras appartenaient à la même personne : une femme d'une vingtaine d'années, probablement originaire d'Europe du Nord, à la peau claire et parsemée de taches de rousseur.

Au cours du procès « État du Massachusetts contre Joseph Coughlin », Joe plaida coupable de complicité lors d'un cambriolage à main armée. Il fut condamné à une peine d'emprisonnement de cinq ans et quatre mois sans sursis.

Il savait qu'elle était vivante.

Il le savait, parce qu'il ne pouvait en être autrement. L'alternative lui ôtait toute force, tout espoir, toute raison de vivre.

– Elle est morte, lui dit son père juste avant son transfert de la prison du Suffolk au pénitencier de Charlestown.

– Non, impossible.

– Ouvre les yeux, bon sang !

– Personne ne peut jurer qu'elle était dans cette voiture quand elle a quitté la route.

– Je te rappelle qu'il faisait nuit noire et qu'il pleuvait. Mais Emma Gould était bel et bien du voyage, fils. Elle a été tuée au moment de l'accident et emportée par le courant.

– Tant que je n'aurai pas vu le corps, je n'y croirai pas.

– Les morceaux ne te suffisent pas ?

À peine eut-il prononcé ces mots que Thomas leva une main en un geste d'excuse. Lorsqu'il reprit la parole, ce fut d'un ton radouci.

– Que faut-il pour te ramener à la raison ?

– Il n'est pas question de raison. Je sais qu'elle est vivante.

Plus Joe se le répétait, plus il renforçait sa conviction qu'elle était morte. Il le sentait tout comme il avait senti qu'elle l'aimait, malgré sa trahison. Mais, s'il l'admettait, s'il acceptait d'affronter la vérité, que lui resterait-il à part la perspective de passer cinq années dans la prison la plus terrible du Nord-Est ? Pas d'amis, pas de Dieu, pas de famille.

– Elle est vivante, papa.

Son père le considéra quelques instants.

– Qu'est-ce que tu aimais chez elle ?

– Hein ?

– Qu'est-ce qui te plaisait tant chez cette fille, Joseph ?

Celui-ci chercha longtemps ses mots. Aucun ne lui paraissait convenir, et il dut se contenter d'une réponse approximative :

– Avec moi, elle était en train de devenir différente de l'image qu'elle offrait aux autres. Plus… plus douce.

– Donc, tu étais amoureux d'un potentiel, pas d'une personne.

– Comment tu peux dire ça ?

Son père pencha la tête de côté.

– En principe, tu étais celui de nos enfants qui aurait dû combler la distance entre ta mère et moi. Tu le savais ?

– Qu'il existait une distance entre vous ? Oh oui.

– Alors tu as pu constater par toi-même que cette brillante idée n'a pas fonctionné. On ne répare pas ce qui est cassé chez l'autre, Joseph. Et on ne change pas sa destinée.

– Je n'y crois pas.

– Dis plutôt que tu ne veux pas le croire… (Son père ferma brièvement les yeux.) Chaque fois que tu respires, tu le dois à la chance, fils. (Quand il les rouvrit, ils étaient rouges.) La réussite se joue sur un coup de dés : pour s'en sortir, il faut être né au bon endroit au bon moment, en ayant la bonne couleur de peau. Si tu te retrouves au bon endroit au bon moment, et si tu vis assez longtemps, alors tu peux gravir les échelons. Oui, oui, je sais : la capacité de travail et le talent pèsent aussi dans la balance. Ce sont des facteurs cruciaux, d'accord, ce n'est pas moi qui dirai le contraire. N'empêche, le fondement même de l'existence, c'est la chance. Ou la malchance. La chance fait la vie, et la vie fait la chance. Et à peine as-tu l'impression de la tenir dans ta main qu'elle te glisse entre les doigts. Alors ne gâche pas la tienne en te languissant d'une morte qui ne te méritait pas de toute façon.

Joe crispa la mâchoire, se bornant toutefois à répliquer :

– La chance, tu te la crées, papa.

– Parfois, oui, c'est vrai. Mais, parfois aussi, c'est elle qui te façonne.

Ils gardèrent le silence un moment. Joe n'avait jamais senti son cœur battre aussi fort ni aussi vite, et il en venait à le plaindre comme quelque chose d'extérieur à lui – un chien perdu par une nuit pluvieuse, peut-être.

Thomas sortit sa montre, la consulta, puis la rangea dans son gilet.

– Il y aura sûrement quelqu'un pour te menacer au cours de ta première semaine derrière ces murs. Ou de la deuxième au plus tard. Il n'aura même pas besoin de te dire ce qu'il veut, tu le comprendras à son regard.

Joe sentit sa bouche s'assécher.

– Là-dessus, quelqu'un d'autre – avec tous les attributs du brave type – prendra ta défense dans la cour ou au réfectoire. Après, quand il aura convaincu le premier de te laisser tranquille, il t'offrira sa protection pour toute la durée de ta peine. Tu me suis, Joe ? Écoute-moi bien, fils : celui-là, tu dois lui faire mal. Très mal, même, pour qu'il ne puisse jamais récupérer et s'attaquer à toi. Tu lui bousilles le coude ou la rotule. Voire les deux.

– Et après, je… j'aurai la paix ? demanda Joe, avec l'impression que son cœur affolé palpitait dans sa gorge.

Thomas esquissa un sourire crispé, et il s'apprêtait à incliner la tête quand il se ravisa : son sourire s'évanouit, son mouvement s'interrompit net.

– Non, n'y compte pas.

– Quel moyen aurai-je de me défendre, alors ?

Son père détourna les yeux quelques secondes en remuant pensivement la mâchoire. Lorsqu'il les reposa sur son fils, ils étaient secs.

– Aucun.

7

Dans la gueule du loup

Un peu moins de deux kilomètres séparaient la prison du Suffolk du pénitencier de Charlestown. Compte tenu du temps qu'il fallut aux gardiens pour installer les détenus dans le fourgon pénitentiaire, puis pour fixer au plancher leurs bracelets de chevilles, ils auraient eu plus vite fait d'y aller à pied. Ce matin-là, Joe avait trois compagnons de voyage : un Noir maigre et un gros Russe dont il ne devait jamais savoir le nom, ainsi que Norman, un jeune Blanc apeuré et tremblant avec qui il avait déjà eu l'occasion de discuter, car leurs cellules se trouvaient jusque-là l'une en face de l'autre. Norman avait eu le malheur de succomber au charme de la fille de l'homme qui l'employait dans son écurie de Pinckney Street, sur les hauteurs de Beacon Hill. La fille, âgée de quinze ans, était tombée enceinte, et Norman, qui en avait dix-sept et était orphelin depuis ses douze ans, s'était vu accuser de viol et infliger une peine de trois ans ferme dans une prison de haute sécurité.

Il avait confié à Joe qu'il lisait la Bible et se tenait prêt à expier ses fautes. Il semblait persuadé que le Seigneur était avec lui et qu'il y avait de la bonté dans le cœur de chaque homme, peut-être plus encore dans celui du dernier des misérables – aussi s'attendait-il à en découvrir davantage derrière les murs du pénitencier qu'il n'en avait rencontré à l'extérieur.

L'état de terreur dans lequel il vivait dépassait l'entendement de Joe.

Alors que le fourgon bringuebalait le long de Charles River Road, un gardien entreprit de vérifier une nouvelle fois qu'ils étaient solidement entravés. Après leur avoir donné son nom, M. Hammond, il les informa qu'ils seraient logés dans le quartier est, sauf le nègre, bien sûr, qui irait rejoindre ses semblables dans le quartier sud.

– Mais les mêmes règles s'appliquent à chacun de vous, quelle que soit sa couleur de peau ou sa religion. Ne regardez jamais vos gardiens dans les yeux. Ne contestez jamais les ordres d'un gardien. Ne traversez jamais la bande de terre battue qui longe le mur. Évitez tout geste déplacé envers vous-même et envers les autres. Contentez-vous de purger votre peine bien sagement, sans vous plaindre ni manifester de mauvaise volonté, et nous trouverons le moyen d'établir une entente harmonieuse sur le chemin de votre réhabilitation.

Le pénitencier était plus que centenaire ; au fil du temps, des structures de brique rouge avaient été adjointes aux bâtiments d'origine, en granite gris foncé. L'ensemble formait une immense croix, dont les quatre branches partaient d'une tour centrale surmontée d'une coupole où étaient postés en permanence quatre gardiens armés de fusils, chacun surveillant une direction dans laquelle un prisonnier risquait de s'enfuir. Aux alentours, du North End jusqu'à Somerville, s'étendait un paysage de voies ferrées, d'usines, de fonderies et de filatures. Les usines fabriquaient des cuisinières, les filatures du textile et les fonderies puaient le magnésium, le cuivre et les émanations de fonte. Lorsque le fourgon descendit de la colline pour s'engager en terrain plat, le ciel se réfugia derrière un rempart de fumée. Un train de marchandises Eastern Freight fit retentir son sifflet, et leur convoi dut attendre qu'il fût passé pour traverser les rails et parcourir les trois cents derniers mètres jusqu'à l'enceinte de la prison.

Le véhicule venait de s'arrêter, et M. Hammond ainsi qu'un autre gardien déverrouillaient leurs bracelets de chevilles quand Norman, saisi de frissons, éclata brusquement en sanglots, les larmes dégoulinant de sa mâchoire comme des gouttes de sueur.

– Norman…, murmura Joe.

Le jeune garçon lui jeta un coup d'œil.

– Retiens-toi.

Mais Norman en était incapable.

Sa cellule se situait le long de la coursive supérieure du quartier est. Exposée au soleil toute la journée, elle conservait la chaleur la nuit. Il n'y avait pas l'électricité dans les cellules elles-mêmes ; les seules parties de la prison à en bénéficier étaient les coursives, le réfectoire et la chaise électrique dans le quartier des condamnés à mort. Entre leurs quatre murs, les détenus devaient s'éclairer à la bougie et, en l'absence d'installations sanitaires, se soulager dans des seaux en bois. Dans la cellule de Joe, conçue pour un prisonnier, s'entassaient quatre couchettes. Les trois autres occupants s'appelaient Oliver, Eugene et Tooms. Oliver et Eugene étaient des petits malfrats originaires de Revere et de Quincy, qui avaient eu l'occasion de traiter avec le gang de Hickey. Ils n'avaient jamais collaboré personnellement avec Joe, ni même entendu parler de lui, mais, après avoir échangé quelques noms, ils comprirent qu'il était réglo et que cela ne servirait à rien de s'en prendre à lui juste pour marquer le coup.

Tooms était plus âgé, plus discret aussi. Il avait de longs cheveux fins, des membres à l'avenant et une lueur sournoise au fond des yeux qui n'incitait pas à le dévisager. Le premier soir, alors qu'il était assis sur la couchette du haut, les jambes pendantes, Joe le surprit plusieurs fois à le fixer de son regard vide, et il dut faire un effort pour lui opposer une expression impassible puis détourner la tête comme si de rien n'était.

Lui-même s'était vu attribuer l'une des couchettes du bas, en face d'Oliver. La couchette s'affaissait, la paillasse était inconfortable au possible, et le drap rêche, mangé aux mites, puait le chien mouillé. Il s'assoupit brièvement, par intermittence, sans jamais réellement s'endormir.

Au matin, Norman s'approcha de lui dans la cour. Il avait les deux yeux au beurre noir et son nez paraissait cassé. Joe s'apprêtait à l'interroger sur ce qu'il lui était arrivé quand, soudain, le jeune garçon fronça les sourcils, se mordit la lèvre inférieure et lui expédia son poing dans le cou. Joe se déporta sur la droite, à peine conscient de la douleur, songeant surtout à lui demander ce qu'il lui prenait, mais déjà Norman revenait vers lui, les bras maladroitement levés. S'il le frappait au thorax, Joe se savait perdu. Ses côtes n'étaient pas encore remises ; le seul fait de se redresser le matin lui coûtait tellement qu'il en voyait des étoiles. Il s'écarta tant bien que mal, les talons raclant la poussière. Loin au-dessus d'eux, les gardes dans leurs miradors surveillaient le fleuve à l'ouest et l'océan à l'est. Au moment où Norman lui portait un coup de l'autre côté de la gorge, Joe lui projeta son pied dans la rotule.

L'adolescent partit à la renverse, la jambe droite tordue sous lui. Il roula sur lui-même avant de prendre appui sur un coude pour se mettre à quatre pattes. Lorsque Joe lui écrasa le genou, la moitié de la cour entendit l'os se briser. Le son qui s'échappa alors de la bouche de Norman ne ressemblait pas vraiment à un cri ; c'était quelque chose de plus doux, de plus grave aussi, une sorte de râle semblable à celui qu'aurait pu pousser un chien réfugié sous une véranda pour mourir.

Il s'effondra de nouveau, les bras inertes, et les larmes jaillies de ses yeux coulèrent dans ses oreilles. Même s'il ne courait plus aucun danger, Joe ne l'aida pas à se relever, car une telle intervention n'aurait pas manqué d'être interprétée par les autres comme un signe de faiblesse de sa part. Alors il s'éloigna. Au moment de traverser la cour déjà étouffante à neuf heures du matin, il prit conscience des nombreux regards braqués sur lui – ceux de tous les détenus qui l'observaient, réfléchissant sans doute à l'épreuve suivante, se demandant combien de temps encore ils allaient s'amuser avec la souris avant de sortir les griffes.

Norman n'était rien. Norman n'était qu'un échauffement. Joe savait que, si un seul des prisonniers dans cette cour pouvait deviner à quel point ses côtes le rendaient vulnérable – combien il lui était douloureux de marcher et même de respirer –, il ne serait bientôt plus qu'un tas d'ossements.

Il avait repéré Oliver et Eugene près du mur ouest, mais quand il fit mine de se diriger vers eux ils se détournèrent pour se fondre dans la foule. De toute évidence, ils s'abstiendraient de le fréquenter tant que durerait le suspense. Joe continua d'avancer vers un groupe d'hommes qu'il ne connaissait pas ; s'il s'arrêtait maintenant pour regarder autour de lui, il aurait l'air idiot. Or, en ces lieux, « idiot » était synonyme de « démuni ».

Quand il parvint au fond de la cour, près du mur, ce fut pour voir le groupe s'écarter à son tour.

Il en alla ainsi toute la journée : à aucun moment on ne lui adressa la parole. À croire qu'il souffrait d'une maladie contagieuse que personne n'avait envie d'attraper.

En regagnant sa cellule ce soir-là, il la découvrit vide. Une seule paillasse traînait par terre – la sienne, toute bosselée. Les couchettes avaient disparu. Ne restait que cette paillasse, le drap rêche et le seau à merde. Joe se retourna vers M. Hammond qui verrouillait la porte derrière lui.

– Où sont les autres ?

– Partis, répondit le gardien, avant de s'éloigner dans la coursive.

Pour la deuxième nuit consécutive, Joe demeura allongé dans la petite pièce étouffante sans parvenir à trouver le sommeil. Pas seulement à cause des élancements dans ses côtes, et pas seulement à cause de la peur : la pestilence à l'intérieur de la prison n'avait d'égale que celle des usines alentour. Une fenêtre minuscule s'ouvrait dans le mur de la cellule, à environ trois mètres du sol. Peut-être avait-elle été percée dans une intention charitable, pour donner aux prisonniers un aperçu ne serait-ce qu'olfactif du monde extérieur. En l'occurrence, elle attirait les fumées d'usine, la puanteur des textiles et celle des feux de charbon. Dans cette atmosphère viciée, alors que les cafards filaient le long des murs et que les hommes geignaient, Joe n'imaginait pas survivre cinq jours – et encore moins cinq ans. Il avait perdu Emma, il avait perdu sa liberté, et à présent il sentait son âme vaciller. On allait lui dérober tout ce qu'il lui restait.

La journée du lendemain se déroula peu ou prou de la même façon. Idem pour le surlendemain. Tous ceux qu'il essayait d'approcher dans la cour s'éloignaient de lui. Tous ceux dont il croisait le regard détournaient les yeux. Pourtant, il se sentait épié en permanence. Les autres – tous les hommes de la prison, jusqu'au dernier – ne faisaient que l'observer.

Ils attendaient.

– Mais quoi ? murmura-t-il à l'heure de l'extinction des feux, quand M. Hammond tourna la clé dans la serrure. Qu'est-ce qu'ils attendent ?

De l'autre côté des barreaux, le gardien lui opposa un visage inexpressif.

– Je ne demande qu'à m'expliquer avec ceux que j'ai offensés, poursuivit Joe. Au cas où j'aurais offensé quelqu'un. Parce que, si j'ai causé du tort à quiconque, ce n'était pas volontaire. Alors je veux bien...

– T'es dans la gueule du loup, l'interrompit M. Hammond, avant de scruter la coursive derrière lui. C'est lui qui va décider de te faire rouler encore un peu sur sa langue ou de te planter ses crocs dans le corps. Ou peut-être même de te recracher, qui sait... Mais c'est lui qui commande, pas toi. (Il fit décrire un cercle à son énorme trousseau de clés avant de le raccrocher à sa ceinture.) T'as plus qu'à prendre ton mal en patience.

– Combien de temps ? demanda Joe.

– Aussi longtemps que ça lui chantera, répondit le gardien.

Ce fut ensuite au tour d'un gamin de l'agresser. Un gamin à peine sorti de l'adolescence, tremblant, nerveux en diable et d'autant plus dangereux. Joe attendait dans la file pour la douche du samedi quand une silhouette, une dizaine d'hommes plus loin, sortit du rang pour s'avancer vers lui.

S'il comprit aussitôt qu'il allait être la cible d'une nouvelle attaque, Joe n'avait cependant aucun moyen d'y échapper. En pantalon et tunique rayée de prisonnier, le gamin s'était muni comme tous les autres d'une serviette ainsi que d'un pain de savon, sauf qu'il dissimulait aussi dans sa main droite un épluche-légumes dont il avait affûté le fer sur une pierre à aiguiser.

Au moment où ils se croisaient, le jeune garçon fit mine de poursuivre son chemin, avant de lâcher brusquement serviette et savon pour propulser son bras vers la tête de Joe. Celui-ci feinta à droite, mais son assaillant avait dû prévoir sa réaction car il plongea aussitôt sur sa gauche et lui planta l'économe à l'intérieur de la cuisse. Joe n'avait même pas encore pris conscience de la douleur qu'il entendit le gamin retirer l'arme improvisée. Le son, qui rappelait celui des entrailles de poisson aspirées par une bonde, le mit hors de lui. C'était sa chair, son sang, que lui arrachait cette lame…

À la tentative suivante, le jeune garçon visa l'abdomen ou le bas-ventre ; Joe n'aurait su le dire tant leur corps à corps, ponctué de halètements sourds et de gesticulations désordonnées – gauche-droite droite-gauche – était chaotique. Se portant soudain à la rencontre de son adversaire, il lui agrippa l'arrière de la tête et la plaqua contre son propre torse. L'autre le poignarda alors dans la hanche. Le coup, qui manquait de force, lui fit cependant plus mal qu'une morsure de chien. Lorsqu'il sentit le gamin ramener son bras en arrière pour le frapper de nouveau, Joe le repoussa brutalement, lui expédiant le crâne contre le mur de granite.

Le gamin poussa un soupir, lâcha l'économe, et Joe lui cogna la tête contre le mur deux fois de plus pour le neutraliser. Il le laissa ensuite glisser jusqu'au sol.

Il ne l'avait jamais vu.

À l'infirmerie, un médecin empestant les produits chimiques désinfecta ses blessures, sutura celle de la cuisse et l'enveloppa étroitement dans de la gaze. Il lui recommanda ensuite de ne solliciter ni sa jambe ni sa hanche pendant un moment.

– Comment voulez-vous que je fasse? demanda Joe.

Ignorant la question, le praticien poursuivit:

– Veillez aussi à bien nettoyer les plaies. Et à changer le pansement deux fois par jour.

– Vous avez des pansements à me donner?

– Non, répliqua le médecin d'un ton vif, comme agacé par l'ineptie de la question.

– Alors, comment…

– Voilà, vous êtes tiré d'affaire, l'interrompit son interlocuteur en s'écartant.

Joe attendit que les gardiens viennent l'informer de la punition qui lui serait infligée pour s'être battu. Il attendit de savoir si son agresseur était vivant ou mort. En vain. Personne ne lui dit rien. À croire qu'il avait imaginé toute la scène.

À l'heure de l'extinction des feux, il demanda à M. Hammond s'il avait entendu parler de la bagarre dans la file d'attente pour la douche.

– Non.

– Comment ça, non? Vous n'êtes pas au courant?

– Non, répéta le gardien, qui lui tourna le dos.

Il s'écoula encore quelques jours avant qu'un détenu ne lui adressât enfin la parole. Sa voix n'avait pas grand-chose de spécial, sinon qu'elle était éraillée et teintée d'un léger accent étranger, sans doute italien, mais après une semaine de silence presque total Joe en trouva le son tellement bouleversant qu'il sentit sa gorge se nouer et sa poitrine se gonfler d'allégresse.

C'était un vieil homme aux lunettes beaucoup trop grosses pour son visage. Il aborda Joe alors que celui-ci boitillait dans la cour. Il était dans la file d'attente pour la douche le samedi précédent ; Joe s'en souvenait, parce qu'en le voyant si fragile on se demandait forcément comment il avait pu résister à toutes les terribles épreuves que la prison avait dû lui infliger au fil des ans.

– Tu crois qu'ils seront encore nombreux à vouloir t'affronter ? demanda-t-il en guise de préambule.

Il était à peu près de la taille de Joe. Chauve au sommet, son crâne s'ornait sur les côtés de courts cheveux d'une nuance de gris semblable à celle de sa fine moustache. Il avait de longues jambes, qui contrastaient avec son torse épais et ramassé. Et des mains minuscules. Il y avait quelque chose de délicat dans sa manière de bouger ; il paraissait avancer sur la pointe des pieds, comme un monte-en-l'air professionnel, pourtant son regard était aussi innocent et brillant d'espoir que celui d'un enfant au matin de son premier jour d'école.

– Bah, c'est pas les candidats qui manquent, répondit Joe.

– Tu vas finir par te fatiguer, alors ?

– Oui, bien sûr. Mais je lutterai tant que j'en aurai la force.

– T'es rudement rapide, gamin.

– Pas assez, hélas.

– Oh, si. (Le vieillard ouvrit une petite bourse en toile, d'où il sortit deux cigarettes. Il en tendit une à Joe.) J'étais là quand tu t'es battu. Les deux fois. T'es tellement rapide que la plupart des gars n'ont même pas remarqué que tu cherchais à protéger tes côtes.

Joe s'arrêta pour lui laisser le temps d'allumer leurs cigarettes avec une allumette qu'il avait craquée sur l'ongle de son pouce.

– Je protège rien du tout, prétendit-il.

Son interlocuteur salua cette affirmation d'un sourire finaud.

– Il y a bien longtemps, dans une autre vie, avant celle-là, précisa-t-il en indiquant un point au-delà des murs et des barbelés, j'ai entraîné quelques boxeurs. Oh, je n'ai jamais gagné beaucoup d'argent, mais j'ai rencontré pas mal de jolies filles. Vois-tu, les boxeurs attirent les jolies filles, et les jolies filles sont toujours entourées d'autres jolies filles… (Il haussa les épaules avant de reprendre sa promenade.) Bref, je sais quand un homme protège ses côtes. Elles sont fracturées ?

– Y a pas de problème avec mes côtes, s'obstina Joe.

– Bon, écoute, je te jure que si on m'envoie te casser la figure, je me contenterai de t'attraper par les chevilles et de serrer fort.

Joe lâcha un petit rire.

– C'est tout ?

– Il est possible que je vise aussi le nez, si j'en ai l'occasion.

Joe lui coula un regard de biais. Cet homme devait être ici depuis si longtemps qu'il avait vraisemblablement connu toutes les humiliations imaginables et vu tous ses espoirs s'éteindre les uns après les autres. Si on le laissait tranquille aujourd'hui, c'était sans doute parce qu'il avait réussi à survivre en dépit des mauvais traitements qu'on lui faisait subir. Ou juste parce qu'il n'était plus qu'une vieille carcasse ridée dont on ne pouvait rien tirer. Un être totalement inoffensif.

– Alors, comme je veux épargner mon nez… (Joe tira une longue bouffée de tabac. Il avait oublié à quel point on pouvait apprécier une cigarette quand on ne savait pas quand ni comment se procurer la suivante.) Il y a trois ou quatre mois, je me suis cassé six côtes. Les autres étaient fêlées.

– Dans ce cas, t'en as encore pour deux mois à déguster. Les côtes cassées, mon gars, c'est comme les cœurs brisés, il faut au moins six mois pour s'en remettre.

Pas plus ? s'étonna Joe en son for intérieur.

– Si seulement les repas pouvaient durer aussi longtemps... (Le vieil homme frotta sa petite bedaine.) Comment tu t'appelles ?

– Joe.

– Pour Joseph ?

– Oui, mais tout le monde m'appelle Joe. Sauf mon père.

Le vieillard hocha la tête, puis exhala un long jet de fumée avec un plaisir évident.

– Cet endroit est tellement... désespérant, observa-t-il. Même si tu n'y as pas encore passé beaucoup de temps, je suis sûr que tu es déjà parvenu à la même conclusion.

Joe acquiesça.

– Ça vous bouffe un homme, poursuivit son interlocuteur. Sans jamais en recracher le moindre petit bout.

– Et vous ? Vous êtes là depuis combien de temps ?

– Oh, ça fait des années que j'ai arrêté de compter, répondit le vieil homme, qui leva les yeux vers le ciel bleu sale en ôtant un fragment de tabac collé sur sa langue. Il n'y a rien ici que j'ignore. Si tu as besoin d'aide pour comprendre les règles, viens m'en parler.

Tout en le soupçonnant de ne pas être autant au fait des usages qu'il se l'imaginait, Joe déclara :

– D'accord. Merci pour la proposition.

Ils avaient atteint l'extrémité de la cour. Au moment où ils s'apprêtaient à partir dans l'autre sens, le vieil homme lui passa un bras autour des épaules.

Toute la cour les regardait, constata Joe.

Après avoir expédié son mégot dans la poussière, le vieillard tendit la main. Joe la serra.

– Je m'appelle Tommaso Pescatore, mais tout le monde m'appelle Maso. Considère que tu es sous ma protection.

Joe connaissait le nom : Maso Pescatore régnait sur le North End et avait la mainmise sur la plupart des filles et des salles de jeu le long de la côte nord. De derrière ces murs, il contrôlait une bonne partie de l'alcool importé de Floride. Pour avoir été souvent en affaires avec lui au fil des ans, Tim Hickey répétait à l'envi que la plus extrême prudence s'imposait vis-à-vis d'un tel personnage.

– Je ne vous ai rien demandé, Maso.

– Combien de choses dans la vie, bonnes ou mauvaises, t'arrivent sans que t'aies rien demandé ? (Pescatore ôta le bras qu'il lui avait posé sur les épaules et plaça sa main au-dessus de ses sourcils pour se protéger du soleil. Si Joe avait cru déceler de l'innocence dans son regard, il n'y voyait plus désormais que de la ruse.) À partir de maintenant, Joseph, appelle-moi M. Pescatore. Et donne ça à ton père la prochaine fois que tu le verras, ajouta-t-il en lui glissant un papier dans la main.

Joe jeta un coup d'œil à l'adresse griffonnée dessus : « 1417 Blue Hill Ave. » Rien d'autre – pas de nom, pas de numéro de téléphone, juste une adresse.

– Remets ce mot à ton père, insista Pescatore. C'est tout. Je n'exige rien d'autre de toi.

– Et si je refuse ?

Pescatore parut sincèrement dérouté. La tête inclinée de côté, il dévisagea Joe en silence, les lèvres étirées par un petit sourire énigmatique – lequel finit par s'élargir, avant de se muer en rire assourdi. Puis, portant deux doigts à sa tempe en guise de salut, il se dirigea vers le mur près duquel l'attendaient ses hommes.

Au parloir, Thomas regarda son fils boiter jusqu'au siège de l'autre côté du grillage.

– Qu'est-ce qui s'est passé ? s'enquit-il.

– Un type m'a poignardé à la jambe.

– Pourquoi ?

Joe secoua la tête sans répondre. Quand il fit glisser sa paume sur la table, Thomas aperçut le papier dessous. Il posa une main sur celle de son fils, prolongeant le contact quelques secondes de plus que nécessaire en essayant de se rappeler pourquoi il ne l'avait pas initié plus tôt durant toutes ces années. Incapable d'apporter une réponse à cette question, il prit discrètement le mot pour le dissimuler dans sa poche. Alors qu'il contemplait son cadet, ses yeux cernés et le reflet sur ses traits de son âme souillée, il comprit soudain de quoi il retournait.

– J'obéis aux ordres, dit Joe.

– De qui, Joseph ?

– De Maso Pescatore.

Thomas se cala contre le dossier de sa chaise en se demandant jusqu'à quel point il aimait son fils.

Joe devina sans peine la question qu'il se posait.

– N'essaie pas de me faire croire que t'as les mains propres, papa.

– Je ne traite qu'avec des partenaires civilisés. Là, tu me demandes de lécher les bottes d'une poignée de macaronis à peine sortis de l'âge des cavernes.

– Il ne s'agit pas de leur lécher les bottes.

– Ah non ? C'est quoi, ce papier ?

– Une adresse.

– Rien qu'une adresse ?

– Oui. Je n'en sais pas plus.

Son père hocha la tête à plusieurs reprises en soufflant par le nez.

– T'es encore qu'un gosse tellement naïf ! Un rital te refile une adresse à transmettre à ton père, haut placé dans la hiérarchie de la police, et tu ne vois même pas que ça ne peut être que l'emplacement du stock clandestin d'un rival.

– Un stock de quoi ?

– Un entrepôt bourré d'alcool, selon toute probabilité.

Thomas leva les yeux vers le plafond et passa une main sur ses courts cheveux blancs.

– Il a dit rien qu'une fois, se défendit Joe.

Son père le gratifia d'un sourire narquois.

– Et tu l'as cru, bien sûr.

Il sortit de la prison.

Une fois dehors, Thomas se dirigea vers sa voiture dans l'atmosphère saturée d'odeurs chimiques. Les cheminées d'usine crachaient de grosses colonnes de fumée anthracite qui coloraient le ciel en brun et la terre en noir. Ici et là, des trains traversaient le paysage ; pour une raison inexplicable, ils lui firent penser à des loups rôdant autour d'un hôpital de campagne.

Il avait envoyé au moins un millier d'hommes à Charlestown au cours de sa carrière. Beaucoup étaient morts derrière ces hauts murs de granite. Si certains se faisaient des illusions sur la décence en pénétrant dans l'enceinte du pénitencier, ils ne tardaient pas à les perdre définitivement. Il y avait trop de prisonniers et trop peu de gardiens pour que la prison pût devenir autre chose que ce qu'elle était : un dépotoir, et un terrain d'affrontement. Ceux qui étaient encore des hommes à leur arrivée ressortaient à l'état de bêtes sauvages. Ceux qui étaient déjà des bêtes sauvages y affûtaient leurs griffes.

Il redoutait que Joseph ne fût trop fragile. En dépit de toutes ses incartades, de son obstination à n'en faire qu'à sa tête, de son incapacité à obéir à son père, aux règles ou aux lois, quelles qu'elles fussent, il restait le plus ouvert de ses fils. On lisait en lui comme s'il était transparent.

Thomas s'approcha d'une borne d'appel téléphonique au bout de l'allée, qu'il ouvrit à l'aide de la clé attachée à sa chaîne de montre. Il regarda l'adresse dans sa main : 1417 Blue Hill Avenue, à Mattapan. En plein territoire juif. Autrement dit, l'entrepôt appartenait certainement à Jacob Rosen, l'un des fournisseurs attitrés d'Albert White.

White était revenu en ville. Il n'avait jamais passé une seule nuit derrière les barreaux, sans doute parce qu'il avait toujours payé Jack D'Jarvis pour assurer sa défense.

Thomas se tourna vers la prison où était enfermé son fils – une tragédie, mais qui n'avait rien de surprenant. Ignorant les objections et les remontrances paternelles pendant des années, Joseph avait lui-même choisi la voie qui l'avait conduit entre ces murs. Thomas savait que, s'il utilisait cette borne d'appel, il se lierait à vie au clan de Pescatore, aux représentants d'un peuple qui avaient apporté sur les côtes de ce pays l'anarchisme et ses terroristes, des assassins et la Main Noire, et qui aujourd'hui, par le biais d'une structure que l'on disait s'appeler *omertà organiza*, contrôlaient tout le marché clandestin de l'alcool.

Et il était censé leur en donner encore plus ?

Travailler pour eux ?

Baiser les bagues à leurs doigts ?

Il referma la borne, rangea la montre dans sa poche et marcha jusqu'à sa voiture.

Pendant deux jours, il ne pensa qu'à ce morceau de papier. Pendant deux jours, il adressa des prières à un Dieu dont il craignait qu'il n'existe pas. Il lui demanda de lui accorder la clairvoyance. Et de protéger son fils derrière ces murs de granite.

Le samedi après-midi, profitant de ce qu'il était en congé, Thomas se tenait en haut d'une échelle, occupé à repeindre en noir les appuis de fenêtres de la maison de K Street, quand un inconnu le héla pour lui demander son chemin. Il faisait lourd, et dans le ciel quelques nuages violets roulaient vers lui. Il regarda par la fenêtre du deuxième étage l'ancienne chambre de leur fils Aiden, restée vide pendant trois années et dont sa femme Ellen avait fait une lingerie. Ellen était morte dans son sommeil deux ans plus tôt, aussi la pièce était-elle de nouveau vide à l'exception d'une machine à coudre et d'un portant en bois où étaient encore suspendus les vêtements à repriser. Thomas trempa son pinceau dans le pot. Ce serait toujours la chambre d'Aiden.

– Je crois bien que je suis perdu.

Thomas jeta un coup d'œil à l'homme sur le trottoir quelques mètres plus bas. Il portait un costume en seersucker bleu pâle sur une chemise blanche rehaussée d'un nœud papillon rouge. Pas de chapeau.

– Je peux vous aider ? s'enquit Thomas.

– Je cherche les bains municipaux de L Street.

De son perchoir, Thomas apercevait les bains, et pas seulement le toit, mais l'édifice tout entier. Il voyait la lagune au-delà, et encore au-delà l'Atlantique qui s'étendait jusqu'à son pays natal.

– Au bout de la rue, déclara Thomas, qui tendit la main, salua l'inconnu d'un signe de tête puis se remit à l'ouvrage.

– De cette rue, vous voulez dire ? Juste là ?

Thomas se retourna et confirma.

– Des fois, je m'obstine dans l'erreur, dit son interlocuteur. Ça ne vous arrive jamais ? Vous avez beau savoir ce qu'il faut faire, vous vous obstinez dans l'erreur ?

Il était blond et fade, plutôt bel homme, et en même temps pas du genre à marquer les esprits : ni grand ni petit, ni maigre ni gros.

– Ils ne le tueront pas, ajouta-t-il d'un ton aimable.

– Pardon ?

Cette fois, Thomas abandonna son pinceau dans le pot de peinture.

Le blond posa une main sur l'échelle.

À partir de là, tout était possible.

Il observa Thomas en plissant les yeux, puis reporta son attention sur la rue.

– En attendant, ils lui feront regretter d'être en vie. Jour après jour.

– Vous vous adressez à un gradé de la police de Boston, dit Thomas.

– Oh, il songera au suicide, bien sûr… Mais ils le tiendront en menaçant de s'en prendre à vous s'il passe à l'acte. Et tous les jours, ils trouveront de nouveaux moyens de le mettre à l'épreuve.

Une Ford Model T noire, garée jusque-là le long du trottoir, démarra et vint se ranger à côté de lui. L'homme y grimpa, et, quelques secondes plus tard, le véhicule disparaissait au premier coin de rue.

Thomas descendit de l'échelle. À sa grande surprise, le tremblement de ses bras ne se calma pas même après qu'il fut entré dans la maison. Il se faisait vieux – trop vieux pour grimper sur des échelles, trop vieux pour s'accrocher à ses principes.

Or les vieux étaient censés laisser la place aux jeunes, et ce, le plus élégamment possible.

Il appela Kenny Donlan, le capitaine du 3e district à Mattapan. Pendant cinq ans, Donlan avait été son lieutenant au 6e district, à South Boston. Comme beaucoup de gradés de sa génération, il devait en grande partie sa réussite à Thomas Coughlin.

– Que me vaut l'honneur ? demanda-t-il quand son secrétaire lui passa Thomas. Vous êtes de repos aujourd'hui, non ?

– Bah, il n'y a pas de repos pour les braves comme nous, mon garçon.

– C'est bien vrai, approuva Donlan. Bon, qu'est-ce que je peux faire pour vous, Thomas ?

– Un quatre un sept, Blue Hill Avenue. C'est un entrepôt censé contenir du matériel pour les salles de jeu.

– Mais ce n'est pas ce qu'on y trouvera.

– Non.

– Vous voulez frapper fort ?

– Jusqu'à la dernière bouteille, répondit Thomas, qui eut l'impression que quelque chose en lui se recroquevillait pour mourir. Jusqu'à la dernière goutte.

8

Dans la pénombre

Cet été-là, au pénitencier de Charlestown, on prépara l'exécution de deux anarchistes célèbres. Rien n'aurait pu détourner l'État de sa mission, semblait-il, ni les protestations qui s'élevaient de toutes parts ni les multiples procédures et recours prévus par la loi. Après que Sacco et Vanzetti eurent été transférés de Dedham à Charlestown, puis conduits dans le couloir de la mort en attendant de passer sur la chaise électrique, Joe fut souvent tiré du sommeil la nuit par les cris de citoyens indignés réunis de l'autre côté des murs de granite gris. Ils restaient là parfois jusqu'au petit matin, à chanter des chansons, à interpeller les autorités ou à scander des slogans amplifiés par les porte-voix. À plusieurs reprises aussi, réveillé par une odeur de poix en train de se consumer, Joe les supposa munis de torches pour ajouter une note médiévale à leur rassemblement.

Exception faite de quelques heures de repos troublées ici et là, le destin des deux condamnés à mort n'eut cependant aucun effet notable sur la routine de Joe ni sur celle des autres détenus – sauf pour Maso Pescatore, que les manifestations au-dehors avaient contraint de renoncer à ses promenades nocturnes au sommet des murs de la prison.

En cette fameuse nuit de la fin août, la surtension provoquée par l'électrocution des deux infortunés Italiens affecta le réseau électrique de la prison : les lumières des coursives tremblotèrent, faiblirent ou s'éteignirent complètement. Les dépouilles des deux anarchistes furent ensuite emmenées à Forest Hills pour y être incinérées. Devant le pénitencier, les rangs des protestataires se clairsemèrent peu à peu, jusqu'au moment où il n'en resta plus aucun.

Maso Pescatore put alors reprendre le rituel du soir qu'il observait depuis dix ans : marcher au sommet des murs, le long des épais rouleaux de grillage et des miradors sombres qui dominaient d'un côté la cour, de l'autre un paysage d'usines et de taudis.

Joe était souvent invité à l'accompagner, comme s'il représentait une sorte de symbole. Maso Pescatore voyait-il en lui la preuve vivante qu'il tenait désormais sous sa coupe un haut gradé de la police ? Un membre potentiel de son organisation ? Ou juste un chiot divertissant ? Joe n'aurait su le dire, et il ne posa pas la question. Pourquoi demander, quand sa seule présence à côté du boss signifiait clairement aux autres qu'il était sous protection ?

– Vous croyez qu'ils étaient coupables ? l'interrogea-t-il un soir.

Le vieil homme haussa les épaules.

– On s'en fiche. Ce qui compte, c'est le message.

– Quel message ? Les autorités ont exécuté deux types qui étaient peut-être innocents.

– C'était ça, le message, affirma Maso. Et tous les anarchistes du pays l'ont reçu.

Au cours de l'été, le pénitencier de Charlestown fut plongé dans un véritable bain de sang. Au début, Joe crut à l'expression d'une sauvagerie innée, à une explosion de violence gratuite uniquement motivée par le désir d'imposer la loi du plus fort chez des individus prêts à s'entretuer pour une histoire d'ego – une place dans la file d'attente, le droit d'arpenter la cour dans le sens choisi sans se faire bousculer, pousser du coude ou écraser les pieds.

Or les choses se révélèrent beaucoup plus compliquées.

Un détenu du quartier est perdit la vue quand on lui enfonça des éclats de verre dans les yeux. Dans le quartier sud, des gardiens découvrirent un homme poignardé à une dizaine de reprises sous les côtes – des blessures qui, à en juger par l'odeur, avaient perforé le foie ; les prisonniers perçurent les relents de son agonie jusqu'à deux coursives en dessous. Joe entendit parler de viols collectifs perpétrés toute la nuit dans le bloc Lawson, ainsi nommé parce que trois générations de Lawson – le grand-père, un de ses fils et trois de ses petits-fils – y avaient été incarcérés en même temps. Le dernier, Emil Lawson, qui avait autrefois été le plus jeune prisonnier du clan, restait de loin le plus brutal et ne sortirait jamais. Le total de ses condamnations atteignait cent quatorze ans – une bonne nouvelle pour la ville de Boston, une mauvaise pour le pénitencier de Charlestown. Lorsqu'il n'incitait pas sa bande à faire subir les derniers outrages aux petits nouveaux, Emil Lawson tuait pour le compte de tous ceux qui étaient prêts à le payer, même si la rumeur le disait exclusivement au service de Maso Pescatore depuis le début de la dernière vague de règlements de comptes sanglants.

La guerre faisait rage à cause du rhum. Elle sévissait à l'extérieur, bien sûr, provoquant un certain émoi dans l'opinion publique, mais également à l'intérieur de la prison, où personne ne pensait à regarder, et où de toute façon le sort des hommes enfermés ne suscitait qu'indifférence. Albert White, qui achetait son whiskey dans le Nord, avait décidé de se diversifier avant la libération de Maso Pescatore en développant les importations de rhum en provenance du Sud. Tim Hickey avait été la première victime du conflit White-Pescatore ; à la fin de l'été, il y en avait déjà une bonne dizaine d'autres.

Pour ce qui était du whiskey, des fusillades éclatèrent à Boston et à Portland, ainsi que le long de petites routes qui partaient de la frontière canadienne. Des camions furent déroutés aux abords de villes comme Massena, dans l'État de New York, Derby (Vermont), Allasgash (Maine). Pour la plupart, les transporteurs n'écopaient que d'un passage à tabac, mais l'un des meilleurs chauffeurs de White fut forcé de s'agenouiller sur un lit d'aiguilles de pin et reçut une balle en pleine mâchoire pour avoir osé défier ses assaillants.

Quant au rhum, tout était mis en œuvre pour l'empêcher de remonter vers le nord. Des camions furent bloqués au sud dans les États de Caroline, et aussi au nord jusqu'au Rhode Island. Après avoir convaincu les chauffeurs de se garer sur le bas-côté et d'abandonner leur cabine, les hommes de White incendiaient les véhicules, qui brûlaient comme les barques funéraires vikings, emplissant le ciel nocturne d'une fumée jaune visible à des kilomètres à la ronde.

– Il a une réserve quelque part, déclara Maso un soir, pendant la promenade. Quand il n'y aura plus une goutte de rhum en Nouvelle-Angleterre, White débarquera tel le sauveur avec son propre stock.

– Qui serait assez stupide pour l'approvisionner ? demanda Joe, qui connaissait presque tous les fournisseurs du sud de la Floride.

– Ça n'a rien de stupide, au contraire, répliqua Maso. C'est ce que je ferais si je devais choisir entre un beau parleur comme White et un vieil homme qui était déjà derrière les barreaux avant que le tsar perde la Russie.

– Mais qui a des yeux et des oreilles partout…

Maso hocha la tête.

– C'est vrai, sauf que ce ne sont pas tout à fait mes yeux ni mes oreilles, et qu'ils ne sont pas reliés à ma main. Or c'est ma main qui détient le pouvoir.

Ce soir-là, un des gardiens dont il graissait la patte arrosait la fin de son service dans un bar clandestin de South End quand il fut accosté par une femme que personne n'avait jamais vue. Une vraie beauté, soit dit en passant, et de toute évidence une professionnelle. Le gardien fut retrouvé trois heures plus tard affalé sur un banc à Franklin Square, une entaille béante à la place de la pomme d'Adam, plus mort que Thomas Jefferson.

Trois mois seulement séparaient Maso de sa libération et, plus la date se rapprochait, plus les attaques de White prenaient un tour désespéré et violent. La veille encore, Boyd Holter, le meilleur faussaire de Maso, avait été poussé du sommet de l'Ames Building, en plein centre-ville. Il avait atterri sur le coccyx, et des petits bouts de sa colonne brisée avaient giclé jusque dans sa boîte crânienne.

Les hommes de Maso répondirent en faisant exploser dans Morton Street une boucherie qui servait de façade aux activités de White. Le salon de coiffure et la mercerie adjacents partirent également en fumée, et plusieurs voitures garées dans la rue furent endommagées par la déflagration.

Jusque-là, pas de vainqueur, rien que le chaos.

En haut du mur, Joe et Maso s'arrêtèrent pour regarder la lune, orange et presque aussi grande que le ciel lui-même, se lever au-dessus des cheminées d'usine, illuminant aux alentours les champs noircis par la suie et par les dépôts empoisonnés. Puis le vieil homme lui remit un papier plié en deux.

Joe ne les regardait même plus ; il se contentait de les replier pour pouvoir les glisser à l'intérieur de la fente qu'il avait pratiquée dans la semelle de sa chaussure, où ils demeuraient jusqu'à la visite suivante de son père.

– Lis, ordonna cette fois Maso sans lui laisser le temps de dissimuler la feuille.

Dans la nuit éclairée comme en plein jour, Joe le dévisagea en silence.

Maso l'encouragea d'un signe de tête.

Du pouce, Joe souleva la partie supérieure de la feuille. Au début, il ne put donner un sens aux deux mots qui y étaient inscrits :

Brendan Loomis.

– Il a été arrêté hier soir, après avoir tabassé un homme devant Filene[1], expliqua Maso. Apparemment, ils voulaient tous les deux le même pardessus, et comme Loomis n'est qu'une brute sans cervelle il s'est déchaîné. Mais la victime a des amis haut placés, alors il serait souhaitable qu'Albert White soit définitivement amputé de son bras droit. (Le visage nuancé d'orange par la lune, il regarda Joe.) Tu le détestes, n'est-ce pas ?

– Bien sûr.

– Parfait, déclara le vieil homme en lui tapotant le bras. Transmets le message à ton père.

Au bas de la cloison grillagée qui séparait les détenus des visiteurs, au parloir, se trouvait un interstice suffisamment large pour y glisser des papiers. Joe ne

1. Grand magasin fondé à Boston par William Filene et ses fils à la fin du XIXe siècle. (*N.d.T.*)

pouvait cependant se résoudre à faire passer à son père le mot de Maso.

Durant l'été, le visage de Thomas Coughlin était devenu presque translucide, comme une pelure d'oignon, et les veines qui saillaient sur ses mains avaient pris des teintes de bleu et de rouge étrangement vives. Il avait les paupières tombantes, les épaules affaissées, les cheveux clairsemés. Il faisait désormais beaucoup plus que ses soixante ans.

Ce matin-là, pourtant, son discours avait recouvré un certain allant, et une étincelle de vie réchauffait le vert éteint de ses yeux.

– Tu ne devineras jamais qui vient nous voir, dit-il.

– Non, qui ?

– Aiden en personne.

Ah. Bien sûr, songea Joe. Voilà qui expliquait tout : le retour du fils prodigue bien-aimé.

– C'est vrai, Danny va venir ? Où il était passé ?

– Oh, il a roulé sa bosse un peu partout. Il m'a envoyé une lettre que j'ai mis un bon quart d'heure à lire. Il est allé à Tulsa, à Austin et même à Mexico ! Récemment, si j'ai bien compris, il a séjourné à New York. En principe, il devrait arriver demain.

– Avec Nora ?

– Il n'a pas parlé d'elle, répondit Thomas d'un ton laissant supposer qu'il ne tenait pas non plus à aborder le sujet.

– Tu sais ce qui l'amène ?

– Non, il a juste dit qu'il nous rendrait une petite visite…

La voix de Thomas se perdit dans un murmure tandis qu'il contemplait les murs autour de lui comme s'il ne pouvait s'habituer à cet environnement. De fait, comment était-il possible de s'y habituer ?

– Tu tiens le coup ? reprit-il.

– Je…

Joe haussa les épaules.

– Quoi ?

– Je fais de mon mieux, papa. Je fais de mon mieux.

– De toute façon, tu n'as pas le choix.

– Non.

Ils se regardèrent à travers le grillage, jusqu'au moment où Joe trouva enfin le courage de pousser la feuille vers son père.

Celui-ci la déplia, puis contempla le nom qui y était inscrit. Le silence entre eux était tel que Joe osait à peine respirer. Enfin, le mot claqua :

– Non.

– Quoi ?

– Non, répéta Thomas en repoussant la note vers lui. C'est non.

– Ça ne va pas plaire à Maso, papa.

– Parce que tu l'appelles « Maso », maintenant ?

Cette fois, Joe ne dit rien.

– Je n'assassine pas sur commande, Joseph.

– Ce n'est pas ce qu'on te demande, répliqua Joe.

Et de songer aussitôt : Ou peut-être que si…

– Jusqu'où peut-on aller dans la naïveté avant que ça devienne impardonnable ? lança son père, qui relâcha bruyamment son souffle. Si ces voyous te donnent le nom d'un gardé à vue, c'est pour une seule raison : ils veulent que cet homme soit retrouvé pendu dans sa cellule ou abattu d'une balle dans le dos alors qu'il essayait de s'enfuir. Alors, Joseph, compte tenu de ton obstination délibérée à t'aveugler sur de telles pratiques, je vais devoir t'expliquer certaines choses. Et tu vas m'écouter attentivement.

Dans le regard que son père posait sur lui, Joe fut surpris de découvrir l'expression d'un amour et d'un chagrin sans bornes. Il lui semblait évident maintenant que Thomas Coughlin touchait au terme de son voyage, et les mots qu'il prononça ensuite le confortèrent dans cette impression, sans doute parce qu'ils résumaient le sens de toute une vie.

– Je ne tuerai jamais un homme sans raison, Joseph.

– Même un meurtrier ?

– Même un meurtrier.

– Qui se trouve aussi avoir provoqué la mort de la femme que j'aimais.

– Tu m'as répété assez souvent que tu la croyais toujours en vie.

– Ce n'est pas le problème, rétorqua Joe.

– Non, en effet. Le problème, c'est que je refuse de commettre un meurtre. Personne ne peut m'y contraindre, et certainement pas ce sale métèque auquel tu as fait allégeance.

– C'est une question de survie, se défendit Joe.

– Je sais, déclara son père, les yeux plus brillants qu'à l'accoutumée. Et je ne te jugerai pas, quoi que tu fasses. Pour autant, il n'est pas question que j'obéisse.

– Même pour moi ?

– Surtout pour toi.

– Alors je mourrai ici, papa.

– Possible, oui.

Joe se concentra sur la table devant lui, dont le plateau en bois, comme tout le reste, était devenu flou.

– Bientôt, ajouta-t-il.

– Si ça doit arriver, dit son père dans un souffle, je mourrai juste après, le cœur brisé. En attendant, je ne deviendrai pas un meurtrier à cause de toi, fils. Tuer pour te protéger ? Oui, ça, je peux le concevoir. Mais abattre un homme de sang-froid juste parce que tu me le demandes ? Non, jamais.

Joe leva les yeux.

– Je t'en prie…, dit-il, honteux du son étranglé que rendait sa voix.

Son père secoua la tête. Doucement. Lentement.

Joe fit mine de se redresser.

– Attends, ordonna Thomas, qui jeta un coup d'œil au gardien posté près de la porte derrière Joe. Celui-là, il est aussi à la solde de Maso ?

– Oui. Pourquoi ?

Son père sortit sa montre. En ôta la chaîne.

– Non, papa. Non…

Thomas remit la chaîne dans la poche de son gilet et poussa la montre vers son fils.

– Je… je ne peux pas accepter, bredouilla Joe en s'efforçant de refouler ses larmes.

– Oh si, tu peux. Et tu vas la prendre. (Thomas semblait animé d'une ardeur nouvelle qui avait soudain balayé sur ses traits toute trace d'épuisement et de résignation.) Ce bout de métal vaut une fortune. Mais ce n'est que ça : un bout de métal. Alors tu vas t'en servir pour sauver ta peau. Tu m'entends ? Tu la donnes à ce sale métèque pour qu'il t'épargne.

Joe referma la main sur la montre, tiède au toucher, dont il sentit le tic-tac vibrer contre sa paume comme des battements de cœur.

Il annonça la nouvelle à Maso Pescatore dans le réfectoire. Il n'avait pas prévu de le faire si tôt ; il pensait avoir le temps. En général, Joe prenait ses repas avec d'autres membres de la bande, mais pas à la table du boss. C'est ainsi qu'il se retrouvait souvent assis à côté de Rico Gastemeyer, qui s'occupait de la loterie quotidienne, et de Larry Kahn, qui fabriquait un gin exécrable dans le sous-sol du quartier des gardiens. Ce jour-là, après son entrevue avec son père, il s'installa en face de Gastemeyer et d'Ernie Rowland, un faussaire de Saugus, lesquels furent cependant obligés de se pousser sur le banc pour céder leur place à Hippo Fasini, l'un des plus proches soldats de Maso. Un instant plus tard, Joe faisait face à Maso lui-même, flanqué d'un côté par Naldo Aliente et de l'autre par Hippo Fasini.

– Alors, c'est pour quand ? demanda le vieil homme.

– Monsieur ?

Maso parut frustré, comme chaque fois qu'il devait se répéter.

– Joseph…

À la seule pensée de la réponse qu'il allait donner, celui-ci sentit sa gorge se nouer et l'air lui manquer.

– Il ne le fera pas.

Naldo Aliente lâcha un petit rire et secoua la tête.

– Il a refusé ?

Joe confirma d'un signe de tête.

Maso se tourna d'abord vers Aliente, ensuite vers Fasini. Le silence se prolongea quelques instants. Joe se concentra sur son assiette, conscient que le contenu refroidissait et qu'il aurait intérêt à manger, parce qu'il n'était pas question de perdre des forces en sautant un repas.

– Joseph ? Regarde-moi.

Joe s'exécuta. Le visage en face de lui reflétait un mélange de curiosité et d'amusement, et il eut l'impression de contempler un loup en train de se pourlécher les babines devant un nid d'oisillons sur lequel il serait tombé par hasard.

– Pourquoi ne t'es-tu pas montré plus convaincant ?

– J'ai essayé, monsieur Pescatore.

Une nouvelle fois, Maso prit ses hommes à témoin.

– Il a essayé.

Naldo Aliente sourit, révélant une rangée de dents pareilles à des chauves-souris suspendues au plafond d'une grotte.

– Tu n'y as pas mis assez de conviction, apparemment.

– Écoutez, reprit Joe, il… il m'a donné un truc.

– Hein? fit Maso, une main en coupe derrière son oreille.

– Pour vous, ajouta Joe en lui tendant la montre.

Maso survola du regard le boîtier en or. Après l'avoir ouvert, il contempla le cadran puis le cache-poussière où *Patek Philippe* avait été gravé en lettres élégantes. Ses sourcils se soulevèrent en une mimique appréciative.

– C'est le modèle 1902, dix-huit carats, précisa-t-il à l'intention d'Aliente. Il n'y en a que deux mille en circulation. Elle vaut plus cher que ma maison. Comment se fait-il qu'elle se soit retrouvée dans la poche d'un flic? demanda-t-il à Joe.

– Il a empêché le hold-up d'une banque en 1908, répondit Joe, répétant une histoire que son oncle Eddie lui avait racontée une bonne centaine de fois, mais dont son père ne parlait jamais. À Codman Square. Il a tué un des voleurs, qui menaçait de s'en prendre au directeur.

– Du coup, le directeur reconnaissant lui a offert cette montre?

– C'est le président de la banque qui lui en a fait cadeau, expliqua Joe. Le directeur était son fils.

– Et, aujourd'hui, il est prêt à s'en séparer pour sauver son propre fils?

Joe hocha la tête.

– J'ai moi-même trois garçons, Joseph. Tu le savais?

– Oui.

– Alors je peux comprendre les sentiments qui unissent un père à ses enfants.

Maso examina la montre encore quelques instants. Enfin, il poussa un profond soupir, la glissa dans sa poche et se pencha en avant pour tapoter à trois reprises la main de Joe.

– La prochaine fois que tu vois ton paternel, mon gars, dis-lui merci de ma part. (Il se leva.) Ensuite, dis-lui qu'il a foutrement intérêt à faire ce que j'ai demandé !

Entouré de ses hommes, il quitta le réfectoire.

Lorsqu'il regagna sa cellule après sa journée de travail à l'atelier, Joe, crasseux et en nage, découvrit à l'intérieur trois hommes qu'il n'avait jamais vus. Les couchettes n'avaient pas été réinstallées, mais ils avaient apporté leurs paillasses, sur lesquelles ils étaient assis. La sienne était disposée derrière eux, sous la fenêtre en hauteur, le plus loin possible des barreaux. En y regardant de plus près, Joe trouva un air vaguement familier au plus petit des trois, un individu d'une trentaine d'années au visage étroit et au menton aussi pointu que son nez et le bout de ses oreilles. Il passa mentalement en revue les noms et les visages qui lui étaient familiers dans la prison, pour conclure qu'il s'agissait de Basil Chigis, l'un des acolytes d'Emil Lawson, condamné à perpétuité comme son patron, sans possibilité de libération conditionnelle. Censé avoir dévoré les doigts d'un gamin qu'il avait tué dans une cave à Chelsea.

Joe considéra tour à tour chacun des membres du trio afin de bien montrer qu'il n'avait pas peur, même s'il crevait de trouille, et les autres soutinrent son regard sans un mot, se bornant à ciller de temps en temps. Il ne dit rien non plus.

Au bout d'un moment, les nouveaux arrivants parurent se lasser de cette séance d'observation et sortirent un jeu de cartes. En guise de mise, ils utilisaient des os minuscules – peut-être ceux d'une caille, de jeunes poulets ou d'un quelconque volatile de taille modeste –, qu'ils gardaient sur eux dans des pochettes en toile. Blanchis à l'eau bouillante, ils s'entrechoquaient chaque fois qu'un des joueurs les réunissait en un pot gagnant. Quand la luminosité déclina, les trois détenus continuèrent de jouer, n'échangeant que de brefs : « Je relance » ou « Je me couche ». Parfois, l'un d'eux jetait un rapide coup d'œil à Joe avant de se replonger dans la partie.

Lorsque l'obscurité au-dehors fut totale, les lumières le long de la coursive s'éteignirent. Les joueurs tentèrent de finir leur main, jusqu'au moment où l'un d'eux s'exclama dans le noir : « Fais chier ! » S'ensuivirent le bruissement des cartes rassemblées sur le ciment et le léger cliquetis des os rangés dans les pochettes.

Puis ce fut le silence, seulement troublé par leur respiration.

Ce soir-là, Joe perdit toute notion du temps. Restèrent-ils ainsi trente minutes ? Plusieurs heures ? Il n'aurait su le dire. Des hommes en face de lui, il percevait juste le souffle et l'odeur nauséabonde. Celui sur sa droite sentait particulièrement mauvais : il dégageait des relents de vieille sueur séchée aussi âcres que du vinaigre.

Peu à peu, cependant, ses yeux s'accoutumaient à la pénombre ambiante, et il finit par distinguer de nouveau leurs silhouettes. Ils étaient assis en tailleur, les bras reposant sur les genoux, les yeux fixés sur lui.

Dans l'une des usines alentour, un coup de sifflet retentit.

Même s'il avait eu une lame sur lui, Joe se doutait bien qu'il lui aurait été impossible de les poignarder tous les trois. Dans la mesure où il n'avait jamais poignardé personne, il aurait à peine pu espérer en toucher un avant de voir son arme retournée contre lui.

Il savait que les autres guettaient le moment où il prendrait la parole ; il ne savait pas comment il le savait, juste qu'il le savait. Ce serait pour eux le signal de passer à l'acte. Or, s'il ouvrait la bouche maintenant, il les supplierait. Jamais encore il n'avait eu à implorer la pitié de quiconque, mais le simple fait de s'adresser à eux serait interprété comme une supplique en soi. Et ils se moqueraient de lui avant de le tuer.

Les yeux de Basil Chigis avaient cette nuance de bleu si particulière que prennent les eaux d'une rivière avant de geler ; leur couleur, occultée au début par la pénombre, était désormais visible. Joe s'imagina un instant la sensation brûlante de ces prunelles claires sous ses pouces lorsqu'il les enfoncerait dans les orbites de Chigis.

Ce sont des hommes, pas des démons, se dit-il pour se rassurer. Un homme, on peut le supprimer. Trois aussi. Il suffit d'agir en conséquence.

Étrangement, alors qu'il contemplait le feu bleuté du regard de Chigis en essayant de se persuader que ses adversaires ne détenaient aucun pouvoir particulier, qu'ils étaient comme lui, ni plus ni moins – esprit, corps et volonté ne faisant qu'un –, il lui sembla petit à petit échapper à leur emprise, au point d'envisager la possibilité de les vaincre.

Mais que se passerait-il ensuite ? Où irait-il ? Sa cellule ne mesurait que deux mètres cinquante de long sur trois mètres cinquante de large.

Mets-toi dans la tête que tu dois te débarrasser d'eux. Frappe le premier. Une fois qu'ils seront à terre, brise-leur la nuque.

À peine cette idée lui avait-elle traversé l'esprit qu'il en mesura toute l'inanité. S'il n'avait eu qu'un seul combattant à affronter, et s'il avait pu miser sur l'effet de surprise, peut-être aurait-il eu une chance. À un contre trois, cependant, et en tenant compte du temps qu'il lui faudrait pour se relever et passer à l'offensive, c'était perdu d'avance.

La peur le submergeait, nouant ses intestins, formant une boule dans sa gorge. Elle lui comprimait le cerveau comme un étau. Il suait à grosses gouttes et ses bras tremblaient sous ses manches.

Les attaques fusèrent simultanément, de sa droite et de sa gauche. Une seconde plus tard, il sentit la pointe d'un couteau s'enfoncer dans chacune de ses oreilles. S'il ne voyait pas ces deux armes, il distingua parfaitement en revanche celle que Basil Chigis avait retirée des plis de son uniforme : une fine baguette métallique, grande comme la moitié d'une queue de billard, dont il lui appuya l'extrémité effilée sur la gorge tandis que, de son autre main, il récupérait un objet logé dans son dos, sous sa tunique. Joe écarquilla les yeux, incapable de croire à la réalité de ce qu'il découvrait : c'était un maillet que Chigis brandissait maintenant au-dessus de la longue lame.

Je vous salue Marie, pleine de grâce…, récita-t-il mentalement.

Il avait oublié la suite. Il avait été enfant de chœur pendant six ans, et pourtant il avait oublié.

Les yeux de Basil Chigis n'exprimaient rien de particulier. Il tenait toujours la baguette métallique dans la main gauche et le maillet dans la droite. Il n'aurait qu'à frapper un seul coup pour lui transpercer la gorge et atteindre le cœur.

… le Seigneur soit avec vous. Bénissez-nous, Seigneur, et que ces bienfaits…

Non, non. Ça, c'était le bénédicité, qui précédait le dîner. C'était quoi, la suite du *Je vous salue, Marie*, déjà ?

Impossible de s'en souvenir.

Notre Père, qui êtes aux cieux, pardonnez-nous nos offenses comme nous…

La porte de la cellule s'ouvrit soudain, livrant passage à Emil Lawson. Celui-ci s'avança vers le cercle, s'accroupit à la droite de Basil Chigis et pencha la tête de côté en regardant Joe.

– J'avais entendu dire que t'avais une belle petite gueule, commença-t-il. C'est vrai, on m'avait pas menti. (Il frotta d'une main ses joues bleuies.) Bon, à ton avis, est-ce qu'il y a un seul truc que je peux pas te prendre, là, maintenant ?

Mon âme, peut-être ? pensa Joe. Mais ici, au cœur des ténèbres, ces hommes pouvaient probablement la lui dérober aussi.

– Tu réponds, mon mignon, ou je t'arrache un œil pour le donner à bouffer à Basil.

– Non, murmura Joe. Vous pouvez tout me prendre.

Lawson essuya le sol avant de s'asseoir.

– Tu veux qu'on s'en aille, c'est ça ? Qu'on te laisse tranquille dans ta cellule ?

– J'aimerais bien, oui.

– Pourquoi t'as refusé d'obéir aux ordres de M. Pescatore ?

– Je n'ai pas refusé. C'est juste que la décision finale ne m'appartient pas.

La lame appuyée contre la gorge de Joe glissa sur sa peau humide de sueur, l'écorchant au passage. Chigis la remit en place.

– Ton papa, reprit Lawson. Le flic. Qu'est-ce qu'il était censé faire ?

La question prit Joe de court.

– Vous le savez très bien.

– Imagine que je suis pas au courant et explique-moi.

Joe inspira à fond.

– Brendan Loomis, lâcha-t-il.

– Quoi, Brendan Loomis ?

– Il est en garde à vue. Il comparaîtra devant le juge après-demain.

Les mains croisées derrière la nuque, Lawson sourit.

– Et ton papa devait le tuer mais il a pas voulu.

– C'est ça.

– Bon, tu vas dire au premier gars de Pescatore que tu croiseras que ton père a changé d'avis, que t'as eu le message par un gardien. Il est d'accord pour régler son compte à Loomis, et il a aussi découvert où Albert White roupillait la nuit. Du coup, t'as une adresse à filer au vieux. Mais tu la donneras qu'à lui, seul à seul. Tu me suis, belle petite gueule ?

Joe hocha la tête.

Lawson lui tendit un objet enveloppé dans de la toile enduite – une autre lame, presque aussi fine qu'une aiguille. Il s'agissait sans doute à l'origine d'un minuscule tournevis semblable à ceux utilisés pour resserrer les branches des lunettes, dont la pointe était à présent aussi piquante qu'une épine de rose. Quand il la fit courir sur sa paume, Joe vit apparaître un sillon sombre.

Les armes pressées sur ses oreilles et sur sa gorge disparurent.

Lawson se pencha vers lui.

– Quand tu seras assez proche de Pescatore pour lui chuchoter cette adresse à l'oreille, tu lui enfonceras ce putain de surin dans la cervelle. (Il haussa les épaules.) Ou dans le cou, comme tu veux. Du moment que tu l'achèves.

– Je croyais que… que vous bossiez pour lui, risqua Joe.

– Je bosse pour mon compte. (Lawson secoua la tête.) J'ai fait quelques boulots pour son gang à une certaine époque. Aujourd'hui, c'est quelqu'un d'autre qui me paie.

– Albert White, devina Joe.

– C'est mon nouveau patron, ouais, admit Lawson en lui assenant une claque sur la joue. Et le tien aussi.

Sur le petit bout de terrain derrière sa maison de K Street, Thomas Coughlin cultivait un potager. Selon les années, il avait vu ses efforts plus ou moins bien récompensés, mais depuis la mort d'Ellen il y consacrait tout son temps, et son jardin donnait tellement qu'il lui permettait de gagner un peu d'argent en vendant le surplus de légumes.

Un jour, quand Joe avait cinq ou six ans, il avait décidé d'aider son père à récolter début juillet. Thomas dormait encore, épuisé par les effets conjugués d'un double service et des quelques verres qu'il avait partagés après avec Eddie McKenna. Il s'était réveillé en entendant la voix de son fils dans la cour. Joe parlait souvent tout seul, en ce temps-là – ou peut-être s'adressait-il à un ami imaginaire –, sans doute parce qu'on ne lui parlait pas beaucoup à la maison. Thomas était trop pris par son travail, et à ce stade Ellen préférait déjà à la compagnie de son fils celle de la Tincture N° 23, un remède miracle qu'on lui avait administré pour la première fois après l'une des fausses couches qui avaient précédé la naissance de Joe. Cette dépendance ne constituait cependant pas encore le problème qu'elle deviendrait par la suite – ou du moins Thomas tentait-il de s'en convaincre. En attendant, il avait bien été obligé de revoir son jugement ce matin-là, car il lui paraissait évident que Joe était livré à lui-même. Allongé sur son lit, il avait écouté l'enfant baragouiner en multipliant les allées et venues du jardin à la véranda, et au bout d'un moment il avait commencé à se demander ce qu'il fabriquait.

Alors il avait fini par se lever. En robe de chambre et pantoufles, il avait traversé la cuisine où Ellen était assise devant une tasse de thé, le regard éteint mais un sourire aux lèvres, puis il avait ouvert la porte de derrière.

En découvrant la scène, il avait eu envie de hurler. Littéralement. De tomber à genoux et de maudire le ciel. Carottes, panais et tomates – encore en pleine maturation – s'entassaient sous la véranda, leurs racines échevelées, pleines de terre, étalées sur le bois. Au même instant, Joe était revenu du potager, chargé cette fois de betteraves. On aurait dit une taupe tant il avait la figure et les cheveux crasseux. Les seules taches blanches dans son visage étaient celles de ses yeux et de ses dents, qu'il avait révélées en un large sourire dès qu'il avait aperçu son père.

– Hé, papa !

Thomas en avait perdu l'usage de la parole.

– T'as vu ? Je t'aide, avait dit Joe en déposant une betterave à ses pieds.

Il était ensuite reparti poursuivre son œuvre de destruction, et devant l'ampleur des dégâts – une année de travail gâchée, l'argent de la récolte automnale envolé –, Thomas avait senti grandir en lui une irrépressible envie de rire dont il avait été le premier surpris. Il avait ri si fort que les écureuils perchés sur les branches basses de l'arbre le plus proche s'étaient enfuis – si fort qu'il avait senti la véranda trembler autour de lui.

Le souvenir de cette matinée lui arracha un sourire.

Il avait dit récemment à son fils que la chance faisait la vie. Mais la mémoire lui apportait beaucoup aussi, avait-il compris en vieillissant : l'évocation de certains moments se révélait souvent plus riche que l'expérience de ces moments.

Par habitude, il chercha sa montre, avant de se rappeler qu'elle n'était plus dans sa poche. Elle lui manquerait, même si son histoire était en réalité plus compliquée que la légende à laquelle elle avait donné naissance. Oui, il s'agissait d'un cadeau offert par

Barrett W. Stanford Senior. Et, oui, dans l'exercice de ses fonctions, il avait risqué sa vie afin de sauver Barrett W. Stanford II, le directeur de la First Boston à Codman Square, et pressé la détente de son arme de service pour loger une balle dans la tête de Maurice Dobson, vingt-six ans, le tuant sur le coup.

Sauf qu'à l'instant précis où il pressait cette détente, Thomas avait vu quelque chose que personne d'autre n'avait remarqué : la véritable intention de Maurice Dobson. Il avait raconté une histoire différente d'abord à l'otage, Barrett W. Stanford II, puis à Eddie McKenna, ensuite à son supérieur hiérarchique et enfin aux membres de la commission d'enquête interne du BPD. Avec leur permission, il avait répété sa version aux journalistes et aussi à Barrett W. Stanford Senior qui, débordant de gratitude, lui avait donné une montre achetée à Zurich auprès de Joseph Emile Philippe en personne. Thomas avait tenté par trois fois de refuser ce cadeau extravagant, mais Barrett W. Stanford Senior n'avait rien voulu entendre.

Alors il avait porté cette montre, motivé moins par la fierté, comme tant d'autres l'imaginaient, que par une sorte de déférence solennelle profondément ancrée en lui. La légende voulait que Maurice Dobson ait eu l'intention de tuer Barrett W. Stanford II, et comment contester cette interprétation, puisqu'il lui appuyait un pistolet contre la gorge ?

Or, ce que Thomas avait lu dans le regard de Dobson en cet ultime instant – et c'était rapide, un instant –, c'était l'intention de se rendre. Il se tenait à un peu plus d'un mètre de sa cible, l'index sur la détente de son arme, tellement déterminé à tirer – sinon, pourquoi aurait-il dégainé ? – qu'en découvrant la résignation dans les yeux gris caillou de Maurice Dobson, la preuve qu'il acceptait son destin, l'idée que tout était fini et qu'il irait en prison, lui-même s'était senti injustement privé de quelque chose. De quoi, il n'aurait su le dire au début. Au moment où il tirait, cependant, il avait compris.

La balle était entrée dans l'œil gauche du malheureux Maurice Dobson, devenu feu Maurice Dobson avant même de toucher le sol, et la chaleur dégagée par le tir avait imprimé une trace juste sous la tempe de Barrett W. Stanford II. À ce moment-là seulement, Thomas avait eu la révélation à la fois de ce dont il avait été privé et de la raison pour laquelle il avait réagi ainsi.

Lorsque deux hommes se menaçaient mutuellement d'une arme, un contrat était établi devant Dieu, et le seul moyen d'en respecter les termes était de s'assurer que l'une des parties renvoyait l'autre à son créateur.

Du moins était-ce ainsi qu'il envisageait les choses à l'époque.

Par la suite, Thomas n'avait jamais confié à personne ce qu'il avait réellement vu dans les yeux de Maurice Dobson ce jour-là – même pas quand il avait trop bu, même pas à Eddie McKenna, qui pourtant connaissait presque tous ses secrets. Il avait beau ne retirer aucune fierté de ce qui s'était passé dans cette banque, ni par conséquent de la montre qui lui avait été offerte, il ne quittait jamais sa maison sans elle, parce qu'elle était devenue le symbole de la responsabilité qui définissait sa profession : on ne fait pas respecter la loi des hommes mais la volonté de la nature. Dieu n'avait rien d'une figure souveraine en longue robe blanche perchée sur son nuage et portée par sentimentalisme à se mêler des affaires humaines. Il était l'acier qui constituait le cœur du monde et le feu dans les entrailles des hauts-fourneaux qui brûlaient depuis une centaine d'années. Dieu était la loi de l'acier et la loi du feu. Dieu était la nature, la nature était Dieu : l'un ne pouvait exister sans l'autre.

Et toi, Joseph, mon petit dernier, mon romantique dévoyé, mon tendre rebelle, c'est à toi maintenant de rappeler cette loi aux hommes – aux pires d'entre eux. Ou d'accepter de mourir par faiblesse, par manque de volonté ou de force morale.

Je prierai pour toi, parce qu'il ne reste plus que la prière à ceux qui ont perdu le pouvoir. Le mien s'est éteint. Je ne peux pas t'atteindre derrière ces murs de granite. Je ne peux ni ralentir ni arrêter le cours du temps ; d'ailleurs, je n'ai même plus la possibilité d'en mesurer le passage.

Il regarda son potager, où les légumes arriveraient bientôt à maturité. Il pria pour Joe. Il pria pour tous ses ancêtres, qu'il ne connaissait pas pour la plupart, et qu'il voyait pourtant si clairement : une diaspora d'âmes voûtées, tourmentées par l'alcool, la famine et les pulsions les plus sombres. Il implora Dieu de leur accorder le repos éternel, et de lui donner un petit-fils.

Apercevant Hippo Fasini dans la cour, Joe alla lui annoncer que son père avait changé d'avis.

– Ça arrive, observa Fasini.

– Il m'a aussi indiqué une adresse.

– Ah oui ? (Le gros Italien changea de position et laissa son regard se perdre dans le vide.) L'adresse de qui ?

– Celle d'Albert White.

– Il habite Ashmont Hill.

– J'ai entendu dire qu'on ne le voyait plus beaucoup là-bas.

– Alors file-la-moi, cette adresse.

– Va te faire foutre.

Fasini baissa la tête et contempla le sol, son triple menton s'enfonçant dans les plis de son uniforme rayé.

– Je crois que j'ai pas bien entendu, là.
– Dis à Maso de me rejoindre ce soir sur le mur.
– T'es pas en position de négocier, gamin.
Joe le regarda jusqu'au moment où Fasini releva les yeux.
– Oh si, affirma-t-il.
Sur ces mots, il s'éloigna.

Une heure avant son rendez-vous avec Maso Pescatore, il vomit deux fois dans son seau en bois. Ses bras tremblaient, des spasmes contractaient son menton et ses lèvres. Son sang lui martelait les tympans. Il avait attaché la lame à son poignet à l'aide d'un lacet en cuir fourni par Emil Lawson. En principe, il devait la cacher entre ses fesses. Lawson lui avait conseillé de se l'enfoncer dans l'anus, mais Joe y avait renoncé en songeant qu'un des hommes de Maso pouvait le forcer à s'asseoir pour une raison ou pour une autre. Il avait prévu de procéder au transfert dix minutes avant de sortir, afin d'avoir le temps de s'habituer à marcher avec ce handicap, sauf qu'un gardien se présenta devant sa cellule trois quarts d'heure plus tôt que prévu pour lui annoncer qu'il avait un visiteur.
La nuit tombait. Les visites étaient terminées depuis longtemps.
– Qui ? demanda-t-il.
Alors qu'il emboîtait le pas au gardien, il se rendit compte qu'il n'avait pas déplacé la lame.
– Quelqu'un qui sait graisser les bonnes pattes.
– Ah, murmura Joe en essayant de ne pas se laisser distancer. Mais qui ?
L'homme déverrouilla la porte du parloir puis le poussa de l'autre côté.
– Il s'est présenté comme ton frère.

Il entra dans la pièce en ôtant son chapeau. Au moment de passer sous le linteau, il avait dû se baisser, lui qui dominait tout le monde d'une bonne tête. Son front s'était légèrement dégarni et quelques fils d'argent parsemaient sa chevelure noire. Joe fit le calcul, pour conclure qu'il avait aujourd'hui trente-cinq ans. Il avait toujours belle allure, même si son visage était plus marqué.

Il portait un costume trois pièces sombre à col tailleur, légèrement élimé. C'était la tenue d'un contremaître dans un entrepôt à grain ou d'un homme appelé à se déplacer souvent – un représentant de commerce ou un syndicaliste. Danny l'avait assorti d'une chemise blanche sans cravate.

Il posa son chapeau sur le comptoir devant lui et regarda Joe à travers le grillage.

– Ben dis donc ! s'exclama-t-il. T'as plus treize ans, hein ?

À cet instant seulement, Joe remarqua qu'il avait les yeux rouges.

– Et toi, t'en as plus vingt-cinq.

Quand Danny alluma une cigarette, l'allumette trembla entre ses doigts. Une grande cicatrice, plissée en son centre, courait sur le dos de sa main.

– Mais je suis toujours capable de te coller une bonne rouste, mon gars !

– T'avance pas trop, répliqua Joe. J'apprends à me battre en traître.

Danny arqua les sourcils en soufflant un jet de fumée.

– Il est mort, frangin.

Joe comprit aussitôt de qui il parlait. Il s'en doutait depuis la dernière fois qu'il avait posé les yeux sur lui dans cette salle. En même temps, il ne pouvait pas – il ne voulait pas – l'accepter.

– Qui ?

Son frère contempla le plafond pendant quelques secondes, puis reporta son attention sur lui.

– Papa. Papa est mort.

– Comment ?

– Crise cardiaque, j'imagine.

– T'étais là ?

Danny secoua la tête.

– Je l'ai manqué d'une demi-heure. Il était toujours chaud quand je l'ai trouvé.

– T'es sûr que c'est pas…

– Quoi ?

– … un crime ?

– Qu'est-ce qu'ils te fourrent dans le crâne, ici ? (Danny balaya la pièce du regard.) Non, Joe, c'était un infarctus ou une crise cardiaque.

– Comment tu le sais ?

Danny plissa les yeux.

– Il souriait.

– Quoi ?

– T'as bien entendu, frangin. Tu sais, ce petit sourire qu'il avait parfois, lorsqu'on lui en avait raconté une bien bonne ou qu'il lui revenait un souvenir du passé, de sa vie avant qu'on soit là… Tu vois ce que je veux dire ?

– Oui. Oui, je vois, répondit Joe, se surprenant à murmurer.

– Il n'avait pas sa montre sur lui.

– Hein ? fit Joe, les oreilles bourdonnantes.

– Sa montre. Il ne l'avait pas. Jamais je…

– C'est moi qui l'ai, l'interrompit Joe. Il me l'avait donnée, au cas où j'aurais des emmerdes ici, ajouta-t-il, l'estomac noué au souvenir de la main de Maso se refermant sur le boîtier.

– Ah. Tout va pour le mieux, alors.

– Oh non. C'est même tout le contraire. Un sacré merdier.

Ils gardèrent le silence quelques instants. Le sifflet d'une usine retentit au loin, de l'autre côté des murs.

– Tu sais où je peux trouver Connor? demanda enfin Danny.

– À Abbotsford.

– L'école pour aveugles? Qu'est-ce qu'il fout là-bas?

– Il y habite. Un beau matin, il a décidé de tout plaquer.

– Une blessure de ce genre, ça rendrait amer n'importe qui.

– Il était déjà amer avant, observa Joe.

Son frère marqua son approbation d'un hochement de tête à peine perceptible, et le silence entre eux se prolongea encore une fois.

– Où il était quand tu l'as trouvé? s'enquit Joe.

– À ton avis? (Danny fit tomber sa cigarette par terre puis l'écrasa sous sa chaussure en laissant la fumée s'échapper d'entre ses lèvres.) Derrière, assis dans ce fauteuil sous la véranda, d'où il contemplait son…

Il baissa la tête et agita la main.

– … son potager, acheva Joe.

9

Le sort du vieux

Même en prison, les nouvelles du monde extérieur parvenaient à filtrer. Cette année-là, les discussions sportives tournèrent essentiellement autour des New York Yankees et de leur « rang de meurtriers » : Combs, Koenig, Ruth, Gehrig, Meusel et Lazzeri. À lui seul, Ruth accomplit un véritable tour de force en frappant soixante home runs ; quant à ses cinq coéquipiers, ils dominaient les autres de si loin que le suspense se limitait à essayer de deviner par quel score humiliant ils balaieraient les Pirates pendant les World Series.

Joe, qui faisait figure d'encyclopédie vivante du base-ball, aurait adoré voir jouer son équipe, parce qu'il savait cet état de grâce appelé à ne pas durer. En même temps, son expérience à Charlestown lui inspirait également un souverain mépris pour ceux qui osaient qualifier de « meurtriers » un groupe de joueurs.

Les « rangs de meurtriers », ce n'est pas ce qui manque ici, songea-t-il ce soir-là, juste après la tombée de la nuit. L'entrée de la promenade sur le mur de la prison se trouvait de l'autre côté d'une porte à l'extrémité du bloc F, au dernier étage du quartier nord. Il était impossible d'approcher de cette porte sans être vu. Et, rien que pour accéder à cet étage, il fallait franchir trois grilles différentes. La troisième donnait sur un couloir désert. Même dans une prison aussi bondée que Charlestown, il y avait en permanence douze cellules vides là-haut, plus propres que les fonts baptismaux avant un baptême.

Quand Joe s'engagea dans la coursive, il comprit pourquoi elles étaient si propres : dans chacune, un détenu de confiance passait la serpillière. Or, les hautes fenêtres, identiques à la sienne, ne révélaient qu'un carré de ciel crépusculaire d'un bleu si foncé qu'il en était presque noir, et Joe se demanda si ces hommes voyaient quelque chose à l'intérieur, d'autant que toute la lumière se concentrait dans le couloir. Mais peut-être les gardiens attendaient-ils la nuit pour leur apporter des lanternes ?

Sauf qu'il n'y avait pas de gardiens, à part celui qui le précédait – ce même gardien qui l'avait emmené au parloir d'un pas trop rapide, une négligence qui ne manquerait pas de lui attirer des ennuis un jour, car le règlement imposait de laisser le détenu marcher en tête. Dans le cas contraire, il pouvait se produire à son insu toutes sortes de choses désagréables ou insolites – comme, par exemple, cinq minutes plus tôt, le transfert d'une lame d'un poignet au bas d'un dos. Joe aurait cependant préféré avoir le temps de s'entraîner : marcher les fesses serrées en ayant l'air naturel n'avait décidément rien de facile.

Où étaient donc les autres gardiens ? Les soirs où Maso se promenait sur le mur, ils se faisaient en général discrets à cet étage ; tous n'étaient pas à la solde du boss, mais ceux qui ne l'étaient pas n'iraient jamais dénoncer leurs collègues. En attendant, il n'y en avait aucun nulle part. De plus en plus intrigué, Joe regarda attentivement les détenus qui nettoyaient les cellules.

Un authentique « rang de meurtriers », sans le moindre doute.

Ce fut le crâne pointu de Basil Chigis, identifiable malgré le calot réglementaire, qui l'alerta. Chigis passait la serpillière dans la septième cellule. Dans la huitième, Joe reconnut le type malodorant qui lui avait appuyé sa lame contre l'oreille droite, et dans la dixième Dom Pokaski, qui avait allumé l'incendie dans lequel toute sa famille avait péri – sa femme, ses deux filles, sa belle-mère, sans parler des trois chats qu'il avait enfermés à la cave.

Hippo Fasini et Naldo Aliente se tenaient près de la porte au bout de la coursive. S'ils trouvaient étrange le nombre inhabituel de détenus à cet étage et l'absence totale de gardiens, ils se débrouillaient comme des chefs pour ne pas le montrer : leur visage n'exprimait rien d'autre que la suffisance typique de la classe dirigeante.

Vous auriez peut-être intérêt à vous préparer au changement, les gars, se dit Joe.

– Mains en l'air, lui ordonna Fasini. Faut que je te fouille.

Joe obéit, tout en regrettant de ne pas avoir suivi les conseils d'Emil Lawson en ce qui concernait la lame. Quoique petit, le manche formait au bas de son dos une protubérance anormale que Fasini risquait de sentir, auquel cas il ne donnait pas cher de sa peau. Il garda cependant les bras levés, surpris par le calme qu'il parvenait à afficher : pas de tremblements, pas de sueur, pas de manifestations extérieures de peur. Fasini lui palpa les jambes, remonta le long des côtes, puis lui passa une main sur le torse et l'autre dans le dos. Quand ses doigts s'approchèrent du manche, Joe serra plus fort les fesses, conscient que sa vie en dépendait.

Enfin, Fasini le saisit par les épaules pour le forcer à se retourner.

– Ouvre la bouche.

Joe s'exécuta.

– Plus grand, dit Fasini en se penchant pour l'examiner. O.K., c'est bon, dit-il, avant de reculer.

Alors que Joe marchait vers la porte, Aliente lui barra le passage et scruta ses traits avec attention, comme s'il pouvait voir tous les mensonges derrière.

– Ton sort est lié à celui du vieux, gronda-t-il. Tu piges ?

Joe inclina la tête. Il ne savait pas encore ce qu'il adviendrait de lui ni de Pescatore, mais une chose était sûre : Aliente vivait ses dernières minutes sur cette terre.

– Tu parles.

Aliente s'écarta, Fasini ouvrit la porte, et Joe s'avança. De l'autre côté, il n'y avait qu'un escalier métallique en colimaçon qui montait jusqu'à une trappe ouverte sur la nuit. Joe retira la lame à l'arrière de son pantalon et la plaça dans la poche de sa tunique en grosse toile rayée. Parvenu en haut des marches, il agita la main droite dans l'ouverture, doigts écartés, jusqu'à ce que le garde dans le plus proche mirador l'eût repérée. La lumière du projecteur se déplaça vers la gauche, vers la droite, puis décrivit de nouveau un rapide mouvement droite-gauche – le signal qui signifiait : la voie est libre. Joe déboucha dehors et balaya du regard les environs jusqu'à distinguer la silhouette de Maso, une quinzaine de mètres plus loin, immobile devant la tour de guet centrale.

En se dirigeant vers lui, Joe sentit la lame rebondir légèrement sur sa hanche. Le seul endroit invisible depuis la tour de guet centrale était celui occupé par Maso, juste en dessous. Lorsque Joe le rejoignit, le vieil homme fumait l'une de ces cigarettes françaises amères qu'il affectionnait, les jaunes en papier maïs, le regard rivé sur un point à l'ouest, au-delà du paysage désolé.

Il dévisagea Joe pendant quelques secondes sans rien dire. Il se bornait à inhaler et exhaler la fumée en laissant échapper de petits sons mouillés.

Enfin, il murmura :

– Désolé pour ton père.

Joe, qui tâtonnait à la recherche de ses propres cigarettes, interrompit son geste. Il lui sembla que le ciel nocturne s'abattait sur lui comme une épaisse couverture, le privant d'air jusqu'à lui donner le tournis.

Maso ne pouvait pas savoir, songea-t-il. Malgré son influence, malgré tous ses contacts, il ne pouvait pas être au courant. Danny lui avait dit avoir prévenu le commissaire Michael Crowley en personne, que leur père avait connu du temps où ils étaient tous les deux îlotiers et dont il espérait hériter le poste avant cette triste nuit derrière l'hôtel Statler. Le corps de Thomas Coughlin avait été transporté de l'arrière de sa maison jusqu'à une voiture anonyme, qui l'avait emmené à la morgue municipale en passant par l'entrée souterraine.

« Désolé pour ton père. »

Non, se dit Joe. Il ne sait pas. Impossible.

Il trouva enfin une cigarette, qu'il ficha entre ses lèvres. Maso craqua une allumette sur le parapet et la lui tendit, le regard empreint de cette bienveillance qu'il était capable de feindre sur commande.

– Pourquoi ? demanda Joe.

Maso haussa les épaules.

– Un homme ne devrait pas être obligé de faire ce qui va à l'encontre de sa nature, Joseph, même si c'est pour aider un proche. Ce qu'on a exigé de lui, et de toi aussi, ce n'était pas juste. Mais tu peux me dire où est la justice dans ce putain de monde pourri ?

Joe sentit s'apaiser ses battements de cœur.

Leur cigarette à la main, les deux hommes s'accoudèrent au parapet. Au loin, les lumières des barges sur la Mystic River trouaient la grisaille telles des étoiles exilées. Les fonderies crachaient des serpents de fumée blanche qui ondulaient dans la direction du pénitencier. L'air de la nuit était chargé de la chaleur du jour et de l'odeur de la pluie qui refusait de tomber.

– Je ne vous demanderai plus rien d'aussi difficile, ni à ton père ni à toi, Joseph, reprit Maso, appuyant ses propos d'un hochement de tête solennel. Je te le promets.

Joe le regarda droit dans les yeux.

– Je n'en doute pas, Maso.

– Monsieur Pescatore, Joseph.

– Toutes mes excuses.

Quand sa cigarette lui échappa, Joe se baissa pour la ramasser. Au lieu de quoi, il referma ses mains autour des chevilles de Maso, qu'il déséquilibra.

– Ne criez pas. (Joe se redressa, et le buste du vieil homme s'inclina dans le vide.) Si vous criez, je vous lâche.

Le souffle court, Maso lui bourrait les côtes de coups de pied.

– Et arrêtez aussi de vous démener, ou je ne pourrai pas vous tenir longtemps, l'avertit Joe.

Il s'écoula encore quelques secondes, mais les jambes du vieil homme finirent par s'immobiliser.

– Vous avez des armes sur vous ? interrogea Joe. Ne me racontez pas d'histoires.

– Oui, répondit Maso d'une voix étouffée.

– Combien ?

– Une seule.

Joe lui lâcha les chevilles.

Maso battit désespérément des bras comme s'il voulait apprendre à voler. Son torse glissa le long du parapet et disparut dans l'obscurité. Il aurait sans doute hurlé si Joe ne l'avait pas agrippé par la ceinture de son uniforme, le retenant d'une main tandis qu'il appuyait son pied contre le mur pour faire contrepoids.

Le vieil homme poussait maintenant de petits piaillements suraigus – des sons étranges évoquant les vagissements d'un nouveau-né.

– Combien ? répéta Joe.

Seuls d'autres halètements lui répondirent. Puis :

– Deux.

– Où ?

– Un rasoir sur la cheville, des clous dans ma poche.

Des clous ? Intrigué, Joe se servit de sa main libre pour lui palper les poches jusqu'à sentir sous sa paume une forme étrange. Après l'avoir sortie, il considéra ce qu'il aurait pu prendre de prime abord pour un peigne : quatre petites pointes soudées à une barre métallique à laquelle étaient fixés quatre anneaux irréguliers.

– Les anneaux, c'est pour passer les doigts dedans ?

– Oui, dit Maso.

– C'est vicieux.

Joe posa le coup-de-poing sur le parapet puis récupéra le coupe-chou – un Wilkinson au manche de nacre – dans la chaussette de Maso. Il le plaça à côté de la première arme.

– Vous avez la tête qui tourne ?

Un « Oui » assourdi.

– Je m'en doute. (Joe resserra sa prise sur la ceinture de l'uniforme.) Nous sommes bien d'accord que, si je vous lâche, vous êtes mort ?

– Oui.

– À cause de vous, j'ai un trou dans la jambe fait par un putain d'épluche-légumes !

– Je… je… vé.

– Comment ? Articulez, bon sang !

Maso répéta dans un sifflement :

– Je t'ai sauvé.

– Bien sûr. Pour pouvoir accéder à mon père.

Joe lui pressa son coude entre les omoplates.

– Qu’est-ce… qu’est-ce que tu veux ? gémit le vieil homme.

– Emma Gould, ça vous dit quelque chose ?

– Non.

– Albert White l’a tuée.

– Je n’ai jamais entendu parler d’elle.

Joe le redressa, puis le retourna sans ménagement avant de reculer d’un pas pour le laisser recouvrer son souffle.

Quelques instants plus tard, il claqua des doigts.

– La montre.

Sans hésiter, Maso la sortit de la poche de son pantalon et la lui remit. Lorsqu’il perçut le tic-tac familier au creux de sa paume, Joe eut l’impression qu’il se communiquait à tout son être.

– Mon père est mort aujourd’hui, annonça-t-il.

Il avait conscience de ne pas tenir des propos très cohérents, à passer ainsi de son père à Emma et de nouveau à son père, mais il s’en fichait. Il avait besoin de mettre des mots sur ce qui par essence était inexprimable.

Le vieil homme détourna brièvement les yeux en se frottant la gorge.

– Une crise cardiaque, ajouta Joe. Je m’en veux beaucoup. (Il donna un petit coup de pied dans la chaussure de Maso, qui tressaillit et plaqua instinctivement les deux mains sur le parapet. Joe sourit.) Je vous en veux aussi, peut-être encore plus.

– Alors vas-y, tue-moi, répliqua Maso d’une voix qui manquait de conviction.

Il jeta un rapide coup d’œil par-dessus son épaule.

– C’est vrai que j’en ai reçu l’ordre, admit Joe.

– Qui ? Qui te l’a ordonné ?

– Lawson. Son armée vous attend en bas : Basil Chigis, Pokaski et toute sa clique de phénomènes de foire. Vos deux gars, là, Aliente et Fasini… (Joe secoua la tête.) Ils sont déjà hors jeu. Si j'échoue, vous pouvez être sûr que les autres ne vous rateront pas.

– Et tu t'imagines qu'ils te laisseront la vie sauve ? rétorqua Maso, une lueur de défi dans le regard.

– Je crois, oui, répondit Joe, qui avait longuement réfléchi à la question. Cette guerre que vous avez déclenchée a déjà fait pas mal de victimes ; aujourd'hui, on n'est plus si nombreux, parmi les survivants, à en avoir un minimum dans le ciboulot. Sans compter que je connais Albert White ; lui et moi, on avait quelque chose en commun, autrefois. À mon avis, c'était sa façon de me proposer une trêve : vous éliminer et rentrer dans le rang.

– Qu'est-ce qui t'en empêche ?

– C'est lui que je veux détruire, pas vous.

– Comment ça, le détruire ? Tu vas le tuer ?

– Peut-être, je ne sais pas encore. Mais le détruire, c'est sûr.

Maso plongea une main dans sa poche à la recherche de ses cigarettes françaises. Il en sortit une et l'alluma, la respiration toujours laborieuse.

– T'as ma bénédiction, Joseph.

– Je m'en passerai.

– Écoute, je ne vais pas essayer de t'en dissuader, mais je n'ai jamais bien compris moi-même quel profit on pouvait tirer d'une vengeance.

– Il ne s'agit pas de profit.

– Dans la vie, il est toujours question de profit. Ou de succession. (Maso s'absorba quelques instants dans la contemplation du ciel.) Bon, à partir de là, comment on redescend ?

– Est-ce que certains des gardes dans les tours vous sont acquis ?

– Celui qui est au-dessus de nous, répondit Maso. Les deux autres ne sont fidèles qu'à l'argent.

– Il pourrait prévenir ses collègues à l'intérieur, non ? Leur dire de cerner la bande de Lawson et de la maîtriser…

– C'est trop risqué. Si l'un d'eux est à la solde de Lawson, il s'empressera d'alerter les types qui nous attendent, et on sera faits comme des rats.

– Merde, marmonna Joe, qui souffla un long jet de fumée en regardant autour de lui. Alors il va falloir les prendre en traître.

Alors que Maso s'entretenait avec le garde de la tour, Joe rebroussa chemin jusqu'à la trappe. S'il devait mourir, c'était maintenant ou jamais ; il en venait à redouter à chaque pas la balle qui lui transpercerait le cerveau ou lui fracasserait la colonne.

Parvenu près de l'ouverture, il se retourna. Maso avait disparu, il n'y avait derrière lui que les miradors et la nuit de plus en plus noire. Pas d'étoiles, pas de lune, juste les ténèbres.

Il souleva la trappe et cria dans le vide :

– Il est mort.

– T'es blessé ? demanda Chigis.

– Non, mais je vais avoir besoin de fringues propres.

Quelqu'un s'esclaffa dans l'obscurité.

– Bon, vas-y, descends.

– Non, vous, montez, dit Joe. Faut déplacer le corps.

– On peut…

– Le signal, c'est main droite levée, index et majeur dressés. S'il y en a un parmi vous qui a perdu ces doigts-là, vaut mieux pas l'envoyer.

Il recula, mettant un terme à l'échange.

Au bout de quelques instants, il entendit le premier grimper. Une main apparut hors du trou, deux doigts dressés comme il l'avait recommandé. La lumière de la tour la balaya dans un sens, puis dans l'autre.

– La voie est libre, annonça Joe.

Pokaski, l'homme qui avait rôti sa famille, passa prudemment la tête dehors et regarda autour de lui.

– Grouille, le pressa Joe. Et dis à tes potes de se ramener. Ce sera plus facile de le traîner à trois. Il pèse aussi lourd qu'un âne mort, et j'ai les côtes en compote.

Un sourire mauvais étira les lèvres de Pokaski.

– Je croyais que t'étais pas blessé.

– Pas mortellement, répliqua Joe. Allez, dépêche.

Pokaski se pencha vers l'ouverture pour lancer :

– Y en faut deux de plus !

Basil Chigis apparut à son tour, suivi d'un freluquet affligé d'un bec-de-lièvre dont Joe se rappelait le nom – Eldon Douglas – pour l'avoir entendu mentionner un jour au réfectoire, mais pas le crime.

– Où est le vieux ? demanda Chigis.

Joe lui montra un point un peu plus loin.

– On n'a qu'à…

Le faisceau lumineux éclaira Chigis au moment précis où la balle entrait dans sa nuque pour ressortir de l'autre côté, lui pulvérisant le nez au passage. Stupéfait, Pokaski cilla ; ce fut son dernier mouvement sur cette terre : une porte s'ouvrit dans sa gorge, libérant un flot de rouge, et il tomba à plat dos, les jambes agitées de spasmes convulsifs. Eldon Douglas voulut sauter dans l'ouverture, mais la troisième balle tirée par le garde de la tour le toucha en pleine tête et il s'effondra à droite de la trappe, le haut du crâne emporté.

Baigné par la lumière, Joe contempla les trois cadavres autour de lui. En bas, les acolytes de Chigis criaient en prenant la fuite, et il regretta de ne pas pouvoir les rejoindre. Son plan témoignait d'une telle naïveté ! Dans la clarté aveuglante des projecteurs, il se savait le point de mire de plusieurs armes braquées sur sa poitrine, et il se représenta les balles comme les enfants violents dont son père lui avait parlé ; il n'allait plus tarder à rencontrer non seulement son créateur, mais aussi sa progéniture… Sa seule consolation, c'était l'idée qu'il aurait droit à une mort rapide. D'ici à quinze minutes, il prendrait une bière avec son père et son oncle Eddie.

La lumière s'éteignit.

Quelque chose de doux lui effleura le visage avant de tomber sur son épaule. Il cligna des yeux à plusieurs reprises avant de parvenir à identifier l'objet dans la pénombre : une petite serviette.

– Essuie-toi la figure, dit Maso. T'en as partout.

Lorsqu'il se fut exécuté, Joe se concentra sur la silhouette du vieil homme qui fumait tranquillement à quelques pas de lui.

– T'as cru que j'allais te tuer ?

– Ça m'a traversé l'esprit, avoua Joe.

– D'accord, je ne suis qu'un rustre de macaroni qui a grandi dans le quartier d'Endicott Street. Quand je vais manger dans un restaurant chic, je ne sais jamais quelle fourchette utiliser. En attendant, si je ne brille ni par mon instruction ni par mes bonnes manières, je ne suis pas un traître. J'ai été réglo avec toi, comme tu l'as été avec moi.

Joe acquiesça de la tête en regardant les trois cadavres à ses pieds.

– Et eux ? Je dirais qu'on les a trahis, et pas qu'un peu.

– Qu'ils aillent se faire foutre ! gronda Maso. Ils l'ont bien cherché. (Après avoir enjambé le corps de Pokaski, il s'approcha de Joe.) Tu vas sortir d'ici plus tôt que tu ne l'imagines. T'es prêt à bosser quand tu seras dehors ?

– Bien sûr.

– Les intérêts de la famille Pescatore doivent toujours passer avant les tiens. Ça te paraît acceptable ?

En sondant le regard du vieil homme, Joe acquit deux certitudes : ils gagneraient beaucoup d'argent ensemble, mais il ne pourrait jamais se fier à lui.

– Oui, m'sieur.

– Marché conclu, alors, déclara Maso, la main tendue.

Joe essuya le sang sur la sienne avant de la lui serrer.

– Marché conclu.

– Monsieur Pescatore ? lança une voix venue du dessous.

– J'arrive, répondit Maso. (Il marcha vers la trappe.) Viens, Joseph.

– Appelez-moi Joe. Il n'y avait que mon père pour m'appeler Joseph.

– Entendu. C'est tout de même quelque chose, la relation père-fils…, dit encore Maso alors qu'il descendait l'escalier en colimaçon dans l'obscurité. Un homme peut bien partir à la conquête du monde, bâtir un empire, devenir roi, souverain des États-Unis ou même Dieu, pourquoi pas ? Quelles que soient ses ambitions, il les réalisera toujours dans l'ombre de son père. Impossible d'y échapper.

Joe s'engagea à sa suite dans l'escalier sombre.

– Je n'en ai pas spécialement envie.

10

Apparitions

Après la cérémonie religieuse qui se déroula en l'église Gate of Heaven, à South Boston, Thomas Coughlin fut mis en terre au cimetière de Cedar Grove, à Dorchester. Joe ne fut pas autorisé à assister aux obsèques, mais il en lut le compte rendu dans un exemplaire du *Traveler* qu'un des gardiens à la solde de Maso lui apporta ce soir-là.

Le maire de la ville, James Michael Curley, était présent, ainsi que deux de ses prédécesseurs, Honey Fitz et Andrew Peters. Deux ex-gouverneurs s'étaient également déplacés, de même que cinq anciens procureurs et deux ministres de la Justice de l'État.

Les flics avaient afflué en nombre. À la retraite ou encore en activité, appartenant à la police municipale aussi bien qu'à la police de l'État, ils étaient venus pour certains d'aussi loin que le Delaware au sud et de Bangor, dans le Maine, au nord. Tous les grades étaient représentés, tous les services aussi. Sur la photo qui accompagnait l'article, Joe voyait à peine la Neponset serpenter tout au bout du cimetière tant il y avait de casquettes et d'uniformes bleus massés devant.

Un hommage digne d'un homme de pouvoir, songea-t-il. D'un homme qui laissait derrière lui un héritage substantiel.

Et dans la foulée : *Et alors ?*

Alors, les funérailles de son père avaient rassemblé un millier de personnes dans un cimetière sur les berges de la Neponset. Et un jour, peut-être, les cadets étudieraient dans le bâtiment *Thomas X. Coughlin* à l'académie de police de Boston, ou les passagers des trains de banlieue traverseraient le pont Coughlin pour se rendre au bureau le matin.

Formidable.

En attendant, il était bel et bien mort. Et enterré. Aucun édifice, aucun héritage ni aucun pont ne pourrait rien y changer.

On n'avait droit qu'à une vie sur cette terre ; autant la vivre à fond.

Joe posa le journal à côté de lui sur le lit. Quand il avait regagné sa cellule la veille, au retour de l'atelier, il avait eu la surprise d'y trouver une nouvelle paillasse, une petite table de chevet, une chaise et une lampe à pétrole. Il y avait des allumettes dans le tiroir de la table de chevet, ainsi qu'un peigne.

Il souffla sur la flamme de la lampe pour l'éteindre puis resta assis dans le noir, à fumer en écoutant le bruit des usines au-dehors et des barges qui se signalaient en se croisant sur les voies de navigation étroites. Il ouvrit le boîtier de la montre paternelle, le referma, le rouvrit. Ouvert, fermé, ouvert, fermé – ses doigts continuèrent de s'activer tandis que l'odeur chimique des usines s'insinuait par l'unique fenêtre de la cellule.

Son père n'était plus de ce monde. Lui-même ne pouvait plus se définir comme un fils.

Il n'avait plus de passé, plus de comptes à rendre. Une page blanche.

Il se faisait l'effet d'être un voyageur qui, après avoir quitté le rivage d'une patrie qu'il ne reverrait plus, puis traversé une mer d'encre sous un ciel également d'encre, s'apprêtait à débarquer dans un monde nouveau, informe, en attente depuis toujours.

En attente d'un homme comme lui, qui lui donnerait un nom, le créerait à son image pour qu'il puisse épouser ses valeurs et les diffuser autour du globe.

Joe serra la montre dans sa main et ferma les yeux pour mieux visualiser la côte de son nouveau pays, et aussi le ciel noir au-dessus, dans lequel brillait un lointain semis d'étoiles blanches les illuminant, lui et la petite étendue d'eau qui le séparait encore du littoral.

Tu vas me manquer, papa. Et j'aurai du chagrin. Mais aujourd'hui je renais. Et cette fois je suis véritablement libre.

Deux jours après l'enterrement de leur père, Danny lui rendit une dernière visite.

Il se pencha vers le grillage pour demander :

– Comment ça va, p'tit frère ?

– Pas trop mal, répondit Joe. Je prends mes marques. Et toi ?

– Bah, y a du bon et du moins bon, si tu vois ce que je veux dire.

– Non, justement, je ne vois pas. Je ne sais rien sur toi, Danny. T'es parti à Tulsa avec Nora et Luther il y a huit ans ; depuis, je n'ai entendu que des rumeurs.

Danny accueillit cette repartie d'un petit hochement de tête pensif. Il sortit ses cigarettes, en alluma une et tira une longue bouffée avant d'expliquer :

– Avec Luther, on a monté une affaire là-bas. Dans le bâtiment. On construisait des maisons dans le quartier noir, et ça marchait plutôt bien. Oh, on ne roulait pas sur l'or, mais on se maintenait à flot. J'ai aussi été adjoint du shérif. T'imagines ?

Malgré lui, Joe sourit.

– T'avais un chapeau de cow-boy ?

– Et même deux six-coups, mon gars, répliqua son frère d'une voix nasillarde. Un sur chaque hanche.

Joe éclata de rire.

– Une petite cravate toute fine ?

– Tu parles ! s'exclama son frère en s'esclaffant à son tour. Et des bottes.

– Avec des éperons ?

Danny plissa les yeux et secoua la tête.

– Nan. Y a des limites au ridicule.

Joe était toujours hilare quand il demanda :

– Alors, qu'est-ce qui s'est passé ? On a parlé d'une émeute…

Le regard de Danny s'assombrit brusquement.

– Tout a brûlé.

– Tulsa, tu veux dire ?

– Le quartier noir de Tulsa, oui – Greenwood, où habitait Luther. Un soir, des Blancs se sont rassemblés devant la prison pour lyncher un jeune Noir accusé d'avoir mis la main aux fesses d'une Blanche dans un ascenseur… La vérité, c'est qu'ils s'étaient fréquentés en secret pendant plusieurs mois, que le gamin avait rompu et que la fille avait décidé de se venger en portant plainte contre lui. On avait été obligés de l'arrêter, et on s'apprêtait à le relâcher faute de preuves quand tous les bons citoyens blancs de Tulsa se sont pointés avec leurs cordes. Là-dessus, un groupe de Noirs, dont Luther, s'est porté à la rescousse du prisonnier. Ils étaient armés, et ça personne ne s'y attendait. Du coup, les partisans du lynchage ont battu en retraite. Pour la nuit, du moins… (Danny écrasa son mégot sous son talon.) Le lendemain matin, ils ont traversé la voie ferrée pour montrer aux Noirs ce qui se passe quand on les menace d'un flingue.

– D'où l'émeute, c'est ça ?

Danny esquissa un mouvement de dénégation.

– En fait d'émeute, ç'a été un vrai massacre, Joe. Les Blancs ont abattu ou brûlé vifs tous les Noirs qu'ils voyaient : les gosses, les femmes, les vieux – ils ont tiré dans le tas. Et tous ces bras armés, c'étaient ceux des notables, des membres du Rotary Club et des fidèles à la messe du dimanche... Pour finir, certains ont même survolé le quartier dans des petits avions agricoles pour lâcher des grenades et des bombes artisanales. Quand les Noirs sortaient en courant des bâtiments en flammes, les Blancs les cueillaient à la mitraillette. Ils en ont fauché des centaines. Des centaines, Joe ! Tués en pleine rue... On aurait dit des tas de vieilles frusques abandonnées dehors, tachées de rouge. (Danny croisa les mains derrière sa nuque et relâcha son souffle.) Après, je les ai arpentées dans tous les sens, ces rues, pour ramasser les cadavres et les charger dans des camions. Et je n'arrêtais pas de me dire : Mais où est le pays que je connaissais ? Qu'est-ce qu'il est devenu ?

Les deux frères gardèrent le silence un long moment. Enfin, Joe demanda :

– Et Luther ?

Danny leva une main.

– Il s'en est sorti. La dernière fois que je l'ai vu, il partait pour Chicago avec sa femme. Le problème quand on survit à ce genre de... d'épreuve, Joe, c'est la honte qui s'empare de toi. Je ne peux même pas l'expliquer. Du jour au lendemain elle est là, en toi, dans chaque fibre de ton corps. Et tous les autres survivants la ressentent aussi. Du coup, on est incapables de se regarder dans les yeux. Cette honte, on la porte sur nous comme une odeur tellement écœurante qu'on se demande comment on va pouvoir continuer à vivre avec. Dans ces conditions, on en arrive à ne plus vouloir approcher ses semblables, pour ne pas accentuer la puanteur.

– T'es toujours avec Nora ?
– Toujours, oui.
– Vous avez des gosses ?
– Tu crois que je ne te l'aurais pas dit si t'étais tonton ?
– Je ne t'ai vu qu'une fois en huit ans, Dan. Je n'ai aucune idée de ce que tu ferais ou pas.

Quand Danny hocha de nouveau la tête, Joe eut la confirmation de ce qu'il soupçonnait depuis le début de leur conversation : quelque chose s'était brisé chez son frère. Quelque chose de vital.

Mais, à l'instant même où cette pensée lui traversait l'esprit, un sourire matois éclaira les traits de son aîné, ressuscitant brièvement l'ancien Danny.

– Nora et moi, on était à New York ces dernières années.
– Ah bon ? Vous faisiez quoi, là-bas ?
– On montait des productions – des films, si tu préfères ; à New York, on parle toujours de « productions ». Je sais, c'est un peu ambigu, parce qu'on parle aussi de productions pour les pièces de théâtre. Bref, on tournait des films. Pour le cinéma.
– Tu bosses dans le cinéma ?

Le regard de Danny s'anima.

– Grâce à Nora, oui. Elle a décroché une place dans cette firme, la Silver Frame. Elle est dirigée par des Juifs, mais ce sont des types bien. Nora a été embauchée comme comptable, et petit à petit elle a été amenée à s'occuper des relations publiques et même des costumes. L'organisation avait un côté familial, tu comprends, tout le monde mettait la main à la pâte : les réalisateurs préparaient le café, les cameramen promenaient le toutou de l'actrice principale…
– Tu joues dans des films ? insista Joe.

Danny éclata de rire.

– Attends, je ne t'ai pas dit le meilleur ! Ses patrons m'ont rencontré, et l'un d'eux, Herm Silver – un fonceur, qui a toujours des tas de projets en tête –, m'a demandé… T'es prêt à entendre ça ? Il m'a demandé si j'avais déjà fait des cascades.

– C'est quoi, des cascades ?

Joe alluma une autre cigarette.

– Quand tu vois un acteur tomber de cheval, eh bien, c'est pas lui. C'est un cascadeur, une doublure. L'acteur glisse sur une peau de banane, trébuche sur un trottoir, fonce dans une rue… ? Regarde attentivement l'écran la prochaine fois que t'iras au cinéma, parce que c'est pas lui. C'est moi, ou quelqu'un comme moi.

– Eh, doucement… Dans combien de films t'a joué ?

Danny s'absorba dans ses réflexions.

– Je dirais… peut-être soixante-quinze.

– Quoi ?

Stupéfait, Joe ôta la cigarette fichée entre ses lèvres.

– Dont beaucoup de courts-métrages, précisa Danny. Tu sais, ceux qui…

– Arrête, je sais ce que c'est qu'un court-métrage !

– C'est pas toi qui avais jamais entendu parler de cascades ?

En guise de réponse, Joe lui montra son majeur.

– Donc, j'ai fait de la figuration, reprit Danny. J'ai aussi écrit quelques histoires.

Cette fois, Joe en resta bouche bée.

– Oh, juste des trucs sans prétention, ajouta aussitôt son frère. Des gamins du Lower East Side veulent laver le chien d'une dame riche, ils le perdent, la dame riche appelle les flics, s'ensuit toute une série de quiproquos… Tu vois le genre.

Joe lâcha sa cigarette, qui menaçait de lui brûler les doigts.

– Et t'en as écrit combien ?

– Jusque-là, cinq, mais Herm pense que je suis doué, il voudrait que je bosse sur un long-métrage, que je devienne scénariste à plein temps.

– C'est quoi, un scénariste ?

– Un type qui écrit des films, banane, répliqua Danny en brandissant le majeur à son tour.

– Et Nora ? Où elle intervient dans tout ça ?

– Elle est partie en Californie.

– Ben, je croyais que vous habitiez à New York…

– On y a habité, mais la Silver Frame a récemment produit quelques films à petit budget qui ont fait un tabac. Entre-temps, Edison s'est mis en tête d'intenter des poursuites contre tous ses concurrents à New York qui utilisent des caméras, pour de sombres histoires de brevets d'invention ; or, ils n'ont aucune valeur juridique en Californie. Sans compter que le soleil brille là-bas trois cent soixante jours sur trois cent soixante-cinq, et que tout le monde a envie d'aller s'y installer. Alors les frères Silver se sont dit que c'était le moment ou jamais. Nora a été envoyée sur place il y a une semaine, parce qu'elle a été nommée directrice de la production – autant dire qu'elle gravit les échelons à une vitesse record –, et moi je dois commencer dans trois semaines le tournage d'un film intitulé *The Lawmen of the Pecos*. J'étais juste venu prévenir papa que je repartais vers l'ouest, et qu'il pourrait peut-être nous rendre visite quand il aurait pris sa retraite. Je ne savais pas quand je le reverrais. Ni quand je te reverrais toi, d'ailleurs.

– Je suis content pour toi, murmura Joe, dépassé par tout ce qu'il venait d'entendre.

La vie de Danny – tour à tour boxeur, flic, syndicaliste, homme d'affaires, adjoint du shérif, cascadeur, écrivain en puissance – était l'exemple même à ses yeux d'un parcours personnel typiquement américain.

– Tu pourrais venir, suggéra son frère.

– Hein ?

– Quand tu sortiras d'ici, rejoins-nous. Qu'est-ce qui t'en empêche ? Tu gagneras ta vie en tombant de cheval comme si t'avais été touché par une balle, ou en te jetant à travers une vitre faite de sucre pour imiter le verre. Le reste du temps, tu pourras te dorer au soleil et rencontrer des starlettes au bord de la piscine.

L'espace d'un instant, Joe se prit à rêver d'une autre vie, d'eaux turquoise paradisiaques, de femmes à la peau couleur de miel, de palmiers…

– C'est à portée de main, frangin : deux semaines de train, et tu y es.

Tout à ses visions idylliques, Joe laissa échapper un petit rire.

– Je t'assure, ça vaut le coup, insista Danny. Si tu décides de nous rejoindre, je t'apprendrai le métier.

Toujours souriant, Joe fit non de la tête.

– Y a rien de malhonnête là-dedans, souligna son frère.

– Je sais.

– Tu ne serais plus obligé de surveiller constamment tes arrières.

– C'est pas le problème.

– Alors c'est quoi, le problème ? demanda Danny, l'air sincèrement intrigué.

– La nuit. Elle a ses propres règles.

– Le jour en a aussi.

– Sûr. Sauf qu'elles ne me plaisent pas.

Ils se regardèrent un long moment à travers le grillage.

– Je ne comprends pas, murmura enfin Danny.

– Forcément ! Toi, t'as toujours été persuadé que le monde se partageait en deux camps : les gentils et les méchants. Un usurier casse la jambe d'un type qui n'a pas remboursé ses dettes, un banquier en expulse un autre de chez lui pour la même raison, mais pour toi c'est pas pareil – comme si le banquier se contentait de faire son boulot alors que l'usurier est un criminel. Moi, je préfère l'usurier : lui, au moins, il assume ce qu'il est. Quant au banquier, je pense sincèrement qu'il devrait se trouver à ma place. Alors, non, si tu veux tout savoir, j'ai pas envie de payer mes putains d'impôts, ni de courir chercher une limonade à mon patron pendant la fête de l'entreprise, ni de prendre une assurance-vie. J'ai pas envie non plus d'attendre d'être vieux et gros pour pouvoir entrer dans un de ces clubs privés de Back Bay et fumer le cigare avec une poignée de connards dans une arrière-salle en parlant de mes matchs de squash ou des notes de mes gosses à l'école. Pas question pour moi d'être de ceux qui cassent leur pipe au bureau, et dont le nom disparaît de la porte avant même que la première poignée de terre tombe sur leur cercueil.

– N'empêche, c'est ça, la vie, observa Danny.

– C'est une façon de vivre, admit Joe. Tu veux jouer selon les règles imposées ? Très bien, vas-y. Mais ne me demande pas d'adhérer à toutes ces conneries. Pour moi, il n'y a pas d'autres règles que celles qu'on se fixe soi-même.

De nouveau, ils se dévisagèrent longuement à travers le grillage. Durant toute son enfance, Joe avait considéré Danny comme son héros. Son dieu, même. Et aujourd'hui, son dieu se révélait n'être qu'un homme qui gagnait sa vie en tombant de cheval ou en faisant semblant d'avoir été touché par une balle.

– Ben dis donc, reprit Danny à voix basse. T'as drôlement grandi.

– Ouais.

Danny glissa ses cigarettes dans sa poche, puis se leva.

– Dommage.

À l'intérieur de la prison, la guerre White-Pescatore fut partiellement remportée le soir où trois soldats de White furent abattus sur un toit alors qu'ils « essayaient de fuir ».

Les règlements de comptes ne cessèrent pas pour autant, empoisonnant le quotidien. Au cours des six mois qui suivirent, Joe apprit que les guerres ne s'arrêtent jamais vraiment. Maso et lui avaient beau consolider leur pouvoir à Charlestown, ils n'avaient aucun moyen de savoir si tel ou tel gardien avait été payé pour s'en prendre à eux, ni si tel ou tel détenu était fiable.

Micky Baer fut poignardé dans la cour par un prisonnier qui, découvrit-on, était marié à la sœur de feu Dom Pokaski. Baer survécut à ses blessures, mais il aurait toute sa vie du mal à pisser. Le bruit courait qu'un des gardiens, Colvin, plaçait des paris avec Syd Mayo, un des associés de White. Et que Colvin perdait.

Là-dessus, Holly Peletos, un autre soldat de White, écopa de cinq ans à Charlestown pour homicide involontaire. À peine arrivé, il commença à se faire remarquer dans le réfectoire en réclamant un changement de régime. Il fallut donc le balancer du haut d'une coursive.

Certaines semaines, il arrivait à Joe de passer plusieurs nuits blanches d'affilée parce qu'il avait peur, ou parce qu'il essayait de considérer la situation sous tous les angles, ou simplement parce que son cœur cognait si fort dans sa poitrine qu'il semblait sur le point d'exploser.

Il se disait qu'il ne se laisserait pas atteindre.

Il se disait que cet endroit ne lui volerait pas son âme.

Surtout, il se disait : *Je ne vais pas mourir.*

Je sortirai d'ici.

À n'importe quel prix.

Maso fut libéré un matin du printemps 1928.

– La prochaine fois que tu me verras, dit-il à Joe, ce sera le jour des visites. Je serai de l'autre côté de ce grillage.

Joe lui serra la main.

– Faites attention à vous.

– J'ai demandé à mon bavard de plancher sur ton dossier. Tu seras bientôt dehors. D'ici là, ouvre l'œil, gamin, et tâche de rester en vie.

Joe tenta de puiser un certain réconfort dans ces mots, mais il savait bien que ce n'étaient que des mots, justement, et que sa peine risquait de lui paraître deux fois plus longue s'il laissait l'espoir entrer dans son cœur. Or, Maso pouvait très bien décider de l'abandonner à son sort dès qu'il aurait quitté la prison.

Ou de lui agiter la carotte sous le nez pour qu'il continue à diriger les opérations en son nom, sans avoir la moindre intention de le recruter une fois dehors.

Dans tous les cas, Joe n'avait pas d'autre solution que d'attendre de voir comment les choses allaient évoluer.

Lorsque Maso retrouva la rue, les conséquences furent spectaculaires. Ce qui couvait à l'intérieur prit à l'extérieur les proportions d'un brasier arrosé d'essence. Au cours du mois de mai, qualifié de « sanglant » par tous les torchons de la ville, se produisit un déchaînement de violence semblable à celui qui gangrenait les rues de Detroit ou de Chicago. Les soldats de Maso débusquèrent ceux de White, ainsi que ses bookmakers, ses distillateurs et ses camions comme si la saison de la chasse était ouverte. De fait, elle l'était. En un mois, Maso Pescatore réussit à se débarrasser de son rival, qui prit la fuite, entraînant dans son sillage une poignée de fidèles.

À Charlestown, le calme revenait peu à peu. Les tueries s'interrompirent. Jusqu'à la fin de l'année 1928, plus personne ne plongea inopinément d'une coursive ni ne fut poignardé dans la file d'attente au réfectoire. Joe sut que la paix régnait enfin lorsqu'il parvint à négocier un accord avec deux des meilleurs distillateurs de White, incarcérés eux aussi, et à les convaincre d'exercer leur activité entre les murs. Bientôt, les gardiens sortaient en douce du gin de la prison elle-même – une gnôle dont le succès lui valut rapidement un nom dans la rue : Code pénal.

Pour la première fois depuis qu'il avait franchi les portes du pénitencier, au printemps 1927, Joe connut de vraies nuits de sommeil. La trêve lui donna également du temps pour faire le deuil de son père et celui d'Emma, une démarche qu'il s'était interdite jusque-là afin de ne pas se laisser entraîner trop loin par ses pensées quand il avait besoin de toutes ses facultés pour affronter ceux qui complotaient contre lui.

Le tour le plus cruel que Dieu lui joua durant la seconde moitié de l'année 1928 fut de lui envoyer Emma en songe. Il sentait sa jambe s'insinuer entre les siennes, humait les effluves de la goutte de parfum qu'elle déposait derrière ses oreilles, ouvrait les yeux pour découvrir les siens à quelques centimètres de lui, allait même jusqu'à percevoir la caresse de son souffle. Alors il levait les bras pour l'enlacer. Et ses yeux s'ouvraient pour de bon.

Sur le vide.

L'obscurité.

Dans ces moments-là, il se mettait à prier. Il demandait à Dieu de faire en sorte qu'elle fût toujours en vie, même s'il ne devait jamais la revoir. *Je vous en prie, faites qu'elle soit vivante.*

Et surtout, mon Dieu, morte ou vive, s'il vous plaît, bannissez-la de mes rêves. Je n'en peux plus de la perdre encore et encore. C'est trop dur, trop cruel. Mon Dieu, je vous en prie, ayez pitié.

Mais le Seigneur demeura inflexible.

Les apparitions se poursuivirent – et se poursuivraient jusqu'à la fin du séjour de Joe au pénitencier de Charlestown.

Son père, en revanche, ne lui rendait jamais visite dans son sommeil. Pourtant, Joe sentait sa présence comme il ne l'avait jamais sentie de son vivant. Parfois, il s'asseyait sur sa couchette, la montre à la main, et il ouvrait et fermait le boîtier en imaginant les conversations qu'ils auraient pu avoir si le spectre des attentes déçues et des péchés du passé ne s'était pas dressé entre eux.

– *Parle-moi de maman.*

– *Qu'est-ce que tu veux savoir, fils ?*

– *Qui était-elle ?*

– *Un être consumé par la peur. Une peur immense, Joseph.*

– *De quoi avait-elle si peur ?*

– *Du monde extérieur.*

– *Pourquoi ? Qu'avait-il de si effrayant pour elle ?*

– *Il recelait tout ce qu'elle ne comprenait pas.*

– *Est-ce qu'elle m'aimait ?*

– *À sa façon, oui.*

– *Ce n'est pas de l'amour.*

– *Pour elle, c'en était. Ne va pas croire qu'elle t'avait abandonné.*

– *Qu'est-ce que je dois penser, alors ?*

– *Elle a tenu le coup grâce à toi. Sinon, elle nous aurait quittés beaucoup plus tôt.*

– *Elle ne me manque pas.*

– *C'est drôle. À moi, si.*

Joe scrutait les ténèbres.

– *Toi, tu me manques, papa.*
– *Tu me reverras bien assez vite.*

Une fois que Joe eut organisé les opérations de distillerie et de contrebande dans l'enceinte de la prison, ainsi que le système d'enveloppes nécessaire à leur bonne marche, il eut tout le loisir de lire. Il écuma ainsi les rayonnages de la bibliothèque qui, grâce à Lancelot Hudson III, étaient bien fournis.

De mémoire de Bostonien, Lancelot Hudson III était le seul citoyen fortuné ayant jamais été condamné à une peine ferme au pénitencier de Charlestown. Mais il avait commis un crime si révoltant, et de manière si flagrante – en 1919, il avait poussé son épouse volage, Catherine, du haut de leur maison de trois étages dans Beacon Street, la précipitant droit sur le défilé de l'Independance Day qui descendait de Beacon Hill –, que les patriarches des vieilles familles de la ville avaient reposé leurs tasses de thé en porcelaine fine, juste le temps de décréter que le moment était sans doute venu pour eux de jeter l'un des leurs en pâture à la plèbe. Lancelot Hudson III avait donc passé sept ans à Charlestown pour homicide involontaire. S'il n'avait pas réellement connu l'enfer, l'épreuve n'en avait pas moins été rude, et adoucie seulement par les livres qu'il avait fait apporter à la prison – un arrangement qu'il avait pu négocier à la condition de ne pas les reprendre quand il sortirait. Sur l'ensemble de la collection Hudson, Joe lut au moins une bonne centaine d'ouvrages, reconnaissables à l'inscription qui figurait en pattes de mouche dans l'angle supérieur droit de la page de titre : « Ceci était à l'origine la propriété de Lancelot Hudson III. Je vous emmerde. » C'est ainsi qu'il découvrit les œuvres de Dumas, de Dickens et de Twain. Se familiarisa avec Malthus,

Adam Smith, Marx et Engels, Machiavel, *Le Fédéraliste* et les *Sophismes économiques* de Bastiat. Lorsqu'il eut épuisé la collection Hudson, il dévora tout ce qui lui tombait sous la main – surtout des romans de gare et des histoires de cow-boys, de même que tous les magazines et les journaux autorisés dans le pénitencier. Peu à peu, il devint un véritable expert de la censure, capable d'identifier les mots et expressions raturés.

Un jour, alors qu'il parcourait un numéro du *Traveler*, il tomba sur un article qui parlait d'un incendie ayant ravagé la gare routière de l'East Coast dans St. James Avenue. Un fil électrique dénudé avait mis le feu au sapin de Noël dans la gare, et, très vite, le bâtiment tout entier s'était embrasé. Joe sentit le souffle lui manquer quand il étudia les photos des décombres. Le casier où il avait caché ses économies, dont le butin du cambriolage de Pittsfield, apparaissait dans le coin d'un des clichés, renversé sous une poutre effondrée, aussi noir que du terreau.

Joe n'aurait su dire ce qui lui était le plus pénible : l'impression qu'il ne pourrait plus jamais respirer, ou celle d'être à deux doigts de vomir des flots de bile brûlante.

D'après le journaliste, le bâtiment était totalement détruit. Rien n'avait pu être sauvé. Joe en doutait. Un jour, lorsqu'il aurait le temps, il chercherait lequel, parmi les employés de la gare routière, avait pris une retraite anticipée et s'était installé à l'étranger où, d'après la rumeur, il menait la belle vie.

Dans l'intervalle, il aurait besoin d'un boulot.

Maso le lui proposa à la fin de l'hiver, le jour où il lui apprit que la procédure en appel avançait à grands pas.

– Tu seras bientôt dehors, lui assura-t-il une nouvelle fois à travers le grillage.

– Sauf votre respect… c'est quand, « bientôt » ?

– Cet été.

Joe s'autorisa un sourire.

– Sans blague ?

– Sans blague, confirma Maso. Mais les juges, ça coûte cher. Il va falloir que tu bosses pour me rembourser.

– On pourrait peut-être considérer qu'on est quittes ? Après tout, je ne vous ai pas tué…

Maso plissa les yeux. Il avait belle allure, désormais, dans son pardessus en cachemire sur un costume de laine dont l'un des revers s'ornait d'un œillet blanc assorti au ruban en soie sur son feutre.

– Ça me paraît envisageable, répondit-il. Oh, à propos, notre ami commun, M. White, fait beaucoup parler de lui à Tampa.

– En Floride ?

Le vieil homme hocha la tête.

– Il a conservé quelques activités là-bas. Je ne peux pas intervenir, parce que les gangs de New York en contrôlent une partie et qu'on m'a clairement signifié que je n'avais pas intérêt à les emmerder. White emprunte aussi nos circuits pour convoyer son rhum, et là non plus je n'y peux rien. Mais comme il empiète sur mon territoire dans le Sud, les gars de New York nous ont donné l'autorisation de le repousser.

– Elle va jusqu'où, cette autorisation ? s'enquit Joe.

– Tout sauf la mort.

– O.K. Alors, qu'est-ce que vous comptez faire ?

– Pas moi, Joe. C'est toi qui vas t'en occuper. Je veux que tu reprennes les rênes.

– Mais c'est Lou Ormino qui dirige les affaires là-bas, non ?

– Il va y renoncer sous peu. Ça lui donne trop de migraines.

– Quand, au juste ?

– Oh, une dizaine de minutes après ton arrivée.

Durant quelques instants, Joe s'absorba dans ses réflexions.

– À Tampa, donc…, murmura-t-il.

– Il y fait chaud.

– Je ne crains pas la chaleur.

– Celle-là, crois-moi, c'est quelque chose.

Le sachant porté à l'exagération, Joe haussa les épaules.

– Je vais avoir besoin d'un homme de confiance sur place, déclara-t-il.

– Je me doutais que tu dirais ça, déclara Maso. J'ai déjà réglé la question. Il est là-bas depuis six mois.

– Il vient d'où ?

– De Montréal.

– Six mois ? s'étonna Joe. Mais depuis combien de temps vous préparez votre coup ?

– Depuis que Lou Ormino s'est mis en tête d'empocher une partie de mes gains et qu'Albert White s'est pointé pour rafler le reste. (Maso se pencha en avant.) Tu descends en Floride, tu t'assures que tout rentre dans l'ordre, et après, mon petit Joe, à toi la vie de pacha.

– Si je reprends le contrôle des opérations, on sera associés à parts égales ?

– Non, décréta Maso.

– Lou Ormino l'est bien, lui.

– Et tu vois où ça va le mener.

De l'autre côté du grillage, Maso le gratifia d'un regard appuyé, sans chercher à dissimuler son vrai visage.

– Combien je toucherai ? demanda Joe.

– Vingt pour cent.

– Vingt-cinq.

– D'accord, déclara Maso, dont les yeux s'éclairèrent d'une lueur satisfaite laissant supposer qu'il aurait accepté de monter jusqu'à trente. Mais t'as intérêt à les mériter.

DEUXIÈME PARTIE

Ybor

1929-1933

11

Ce qui se fait de mieux en ville

Lorsque Maso Pescatore avait proposé à Joe de reprendre le contrôle de ses opérations dans l'ouest de la Floride, il l'avait mis en garde contre la chaleur. Joe était cependant loin d'imaginer une telle fournaise quand, en ce matin d'août 1929, il posa le pied sur le quai de l'Union Station de Tampa. Il avait choisi un costume léger en prince-de-Galles dont il avait laissé le gilet dans sa valise, et pourtant, alors qu'il attendait sur la plateforme, veste sur le bras et cravate desserrée, le retour du porteur parti chercher ses bagages, il se retrouva en nage avant même d'avoir fini sa cigarette. Il avait ôté son feutre Wilton à sa descente du train, de peur que la gomina dans ses cheveux ne souillât la doublure de soie en ramollissant, mais il s'en recoiffa pour protéger son crâne des rayons impitoyables du soleil qui faisaient dégouliner la sueur sur son torse et le long de ses bras.

Le problème ne provenait toutefois pas tant du soleil lui-même, qui brillait haut dans un ciel si limpide qu'il semblait n'avoir jamais vu un nuage (et peut-être n'y en avait-il jamais eu dans cet État, après tout ; Joe n'en savait rien), que de la moiteur tropicale : Joe avait l'impression d'être enveloppé de paille de fer mise à chauffer dans l'huile tandis qu'une main invisible tournait le bouton du brûleur pour augmenter la flamme dessous.

Les autres hommes descendus du train avaient tout comme lui enlevé leur veste ; certains, sans gilet ni cravate, avaient retroussé leurs manches, d'autres avaient remis leur couvre-chef et quelques-uns s'en servaient pour s'éventer. Les passagères aussi avaient la tête protégée par des chapeaux en velours à large bord, des cloches en feutre ou encore des capelines. Une poignée d'entre elles avait opté pour des étoffes plus épaisses ou même des protège-oreilles. Elles arboraient des robes de crêpe et des foulards en soie, mais, à voir leur mine défaite – joues rouges, frisottis et mèches rebelles s'échappant de leurs coiffures soignées, chignons s'affaissant dans la nuque –, ce n'était pas la tenue idéale.

Il était assez facile de repérer les natifs de la région. Les hommes portaient des canotiers, des chemises à manches courtes et des pantalons de gabardine. Ils étaient chaussés de souliers bicolores, ainsi que le voulait la mode masculine, dans des teintes cependant plus vives que ceux des autres passagers du train. Quant aux femmes, elles étaient pour la plupart coiffées de chapeaux-cloches en paille et vêtues de robes sans fioritures déclinant diverses nuances de blanc – comme celle qui s'avançait vers lui en cet instant, dont la jupe blanche et le corsage assorti, légèrement élimés qui plus est, n'avaient vraiment rien de spécial. Le corps ondulant sous le fin tissu, en revanche, avait tout d'une créature proscrite qui aurait eu intérêt à quitter la ville avant que les puritains n'aient vent de sa présence. Joe eut l'impression d'entrevoir le paradis : un rêve de peau mate, de formes opulentes et de fluidité.

Lorsque l'inconnue croisa son regard, Joe en conclut que la touffeur ambiante avait dû ralentir ses réflexes, car jamais auparavant il ne se serait laissé surprendre à lorgner ainsi une fille. Celle-ci – une mulâtre ou peut-être même une négresse tant elle avait la peau sombre, d'une nuance cuivre foncé – le gratifia d'une œillade appuyée avant de s'éloigner. À cause de la chaleur, peut-être, ou de ses deux années passées derrière les barreaux, Joe ne pouvait s'arracher à la contemplation de cette silhouette en mouvement. Le balancement langoureux de ses hanches, qui imprimait un rythme tout aussi sensuel à ses fesses, était un véritable hymne à l'harmonie du corps. Bon sang, je suis resté trop longtemps en taule! songea Joe en remarquant la petite mèche qui lui tombait dans le cou, échappée du chignon qui rassemblait sa chevelure noire frisée. Quand elle se retourna, il baissa vivement les yeux, comme un gamin pris en faute au moment où il s'apprête à tirer les couettes d'une fille dans la cour de récréation. Pour se demander aussitôt de quoi il devrait avoir honte; après tout, c'était elle qui s'était retournée!

Elle avait disparu dans la foule à l'autre bout du quai lorsqu'il releva la tête. *Tu n'as rien à craindre,* aurait-il voulu lui dire. *Tu ne me briseras jamais le cœur et je ne briserai jamais le tien. Pour moi, les affaires de cœur, c'est fini.*

Il lui avait fallu deux ans pour se résigner à l'idée que non seulement Emma était morte, mais qu'il n'aimerait plus jamais personne. Même s'il se mariait un jour, ce serait avant tout une union dictée par la raison, qui lui permettrait de s'élever dans la hiérarchie du crime et d'avoir des héritiers. Il aimait bien l'idée associée à ce terme d'« héritiers » : les travailleurs avaient des fils; les hommes qui réussissaient, des héritiers. Dans l'intervalle, il fréquenterait les prostituées. Peut-être la fille qui avait joué de la prunelle à son passage était-elle une prostituée affectant la pruderie? Auquel cas, il se ferait un plaisir de recourir à ses services : une superbe putain mulâtre, c'était exactement ce qu'il fallait à un prince hors la loi.

Quand le porteur déposa ses bagages devant lui, Joe lui donna un pourboire sous forme de billets devenus eux aussi humides. On lui avait dit que quelqu'un l'attendrait à sa descente du train, mais il n'avait pas pensé à demander comment cette personne pourrait le reconnaître parmi les passagers. Il tourna lentement sur lui-même, cherchant dans la foule un individu qui se distinguerait par son allure patibulaire, au lieu de quoi il vit la mulâtre revenir dans sa direction. Une seconde mèche rebelle lui effleurait la tempe, qu'elle repoussa de sa main libre. Son autre bras était glissé sous celui d'un Latino-Américain en canotier, pantalon de soie fauve au pli impeccable et chemise blanche sans col boutonnée jusqu'en haut. Il n'y avait pas trace de transpiration sur son visage, pas plus que sur sa chemise, même au niveau du premier bouton sous sa pomme d'Adam. Il se mouvait avec une indolence semblable à celle de sa compagne – un mouvement souple qui prenait naissance dans ses chevilles, alors que ses pieds frappaient le sol avec suffisamment de force pour faire claquer ses semelles sur le quai.

Au moment où ils le croisaient, Joe les entendit s'exprimer en espagnol à une cadence rapide et chantante. La fille lui coula un bref coup d'œil au passage – si bref, à vrai dire, que Joe se demanda s'il ne l'avait pas imaginé. Puis l'homme indiqua un point à l'autre bout du quai en disant quelque chose, et tous deux étouffèrent un petit rire en s'éloignant.

Joe se détournait encore une fois pour essayer de repérer quiconque était venu le chercher quand il sentit qu'on le soulevait du quai brûlant comme s'il ne pesait pas plus lourd qu'un sac de linge. Il regarda les deux bras énormes refermés autour de son bassin tandis que lui parvenait une odeur familière, mélange d'oignons crus et d'eau de Cologne Arabian Sheik.

À peine l'avait-on reposé qu'il fit volte-face, pour se retrouver devant son vieux copain, qu'il n'avait pas revu depuis cette terrible journée à Pittsfield.

– Dion…

De grassouillet, celui-ci était devenu franchement corpulent. Il portait un costume à quatre boutons, couleur champagne, à rayures blanches. Sa chemise bleu lavande s'ornait d'un col blanc et d'une cravate rouge sang rayée de noir. Ses chaussures lacées, noir et blanc, lui remontaient haut sur les chevilles. Si Joe avait demandé à un vieillard myope posté cent mètres plus loin de lui indiquer le seul gangster sur le quai, il n'aurait pas manqué de pointer sur Dion son index tremblant.

– Joseph, répliqua ce dernier d'un ton guindé.

Puis son visage rond se fendit d'un large sourire, et il souleva de nouveau Joe du sol, de face cette fois, en le serrant à l'étouffer.

– Désolé pour ton père, chuchota-t-il.

– Désolé pour ton frère.

– Merci, dit Dion d'une voix étrangement enjouée. Tout ça pour des conserves de jambon… (Toujours souriant, il le libéra.) Si j'avais su qu'il aimait tant le porc, je lui en aurais payé sur pattes !

Alors qu'ils s'éloignaient sur le quai, Dion prit d'autorité l'une des valises de Joe.

– Le jour où Lefty Downer est venu me trouver à Montréal pour me raconter que les Pescatore voulaient me recruter, j'ai d'abord cru à une embrouille, expliqua-t-il. Et puis, quand j'ai appris que t'étais en taule avec le boss en personne, je me suis dit : « Si y a bien quelqu'un qui est capable de charmer le diable lui-même, c'est mon vieux pote. » (Il passa un bras épais autour des épaules de Joe.) C'est chouette de te revoir.

– C'est bon d'être dehors, tu peux me croire.

– Charlestown, c'était… ?

Joe hocha la tête.

– Encore pire que ce qu'on raconte. Mais j'ai trouvé un moyen de rendre la vie supportable.

– Ça m'étonne pas.

Le soleil cognait encore plus fort sur le parking, sans doute parce qu'il était réfléchi par les carrosseries et par les fragments de coquillages au sol. Ébloui, Joe plaça une main en visière au-dessus de ses yeux, sans parvenir à en atténuer l'éclat.

– Et dire que t'as même pas l'air d'avoir chaud, alors que tu te balades en costard trois pièces ! lança-t-il à Dion.

– Attends, je vais t'expliquer, déclara ce dernier en posant la valise près d'une Marmon 34. La prochaine fois que t'entres dans un grand magasin, rafle toutes les chemises dans ta taille. J'en change quatre fois par jour.

Du menton, Joe indiqua la chemise de son ami.

– T'as réussi à en trouver quatre de cette teinte-là ?

– Huit, même. (Dion ouvrit la portière arrière, puis fourra le bagage à l'intérieur.) On va pas loin, mais avec cette chaleur…

Joe se dirigeait vers la portière côté passager quand Dion se précipita pour la lui ouvrir.

– Tu déconnes, là…

– Pas du tout, affirma Dion. Je bosse pour toi, maintenant. C'est toi le patron, Joseph Coughlin.

– Oh, arrête.

En proie à un étrange sentiment d'irréalité, Joe secoua la tête et monta en voiture.

– Au fait, regarde sous ton siège, lui dit Dion au moment de sortir du parking. Y a un copain qui t'attend.

Joe s'exécuta, pour découvrir un Savage .32 automatique. Plaquette à tête d'Indien et canon de trois pouces et demi. Il le glissa dans la poche droite de son pantalon avant de faire remarquer à Dion qu'il aurait besoin d'un étui, légèrement irrité à l'idée que celui-ci n'eût pas pensé à en apporter un.

– Tu veux le mien ? proposa Dion.

– Non, ça ira pour le moment.

– Parce que je peux te le donner, tu sais.

– Non, répéta Joe en se disant qu'il allait décidément lui falloir un certain temps pour s'habituer à être le patron. Débrouille-toi juste pour m'en apporter un le plus vite possible.

– Ce soir, déclara Dion. Pas plus tard, promis.

Les automobilistes avançaient au ralenti, à l'image de tout le reste, apparemment. Quand Dion entra dans Ybor City, Joe constata que dans le ciel chauffé à blanc s'étiraient désormais les traînées bronze des fumées d'usine. C'étaient les cigares qui avaient donné naissance à ce quartier, expliqua Dion. Il montra à son ami les manufactures en brique couronnées de hautes cheminées et entourées de bâtisses plus petites – dont certaines n'étaient que des cabanes en bois aux portes ouvertes à l'avant et à l'arrière –, devant lesquelles des ouvriers penchés sur des tables roulaient des cigares.

En même temps, il énuméra les noms : El Reloj, Cuesta-Rey, Bustillo, Celestino Vega, El Paraiso, La Pila, La Trocha, El Naranjal, Perfecto Garcia… Il apprit à Joe que la position la plus enviable dans toutes ces fabriques était celle de lecteur – un employé assis toute la journée sur une chaise au milieu de l'atelier, qui lisait à voix haute de grands romans pendant que les ouvriers s'activaient. Il ajouta que le fabricant de cigares s'appelait un *tabaquero*, les manufactures modestes des *chinchals*, et que les odeurs de cuisine alléchantes qui filtraient à travers la puanteur de la fumée étaient celles des *bolos* ou des *empanadas*.

Joe émit un petit sifflement admiratif.

– Impressionnant ! Tu parles la langue comme le roi d'Espagne en personne !

– Quand tu vis ici, il faut s'y mettre, t'as pas le choix. Pareil pour l'italien, d'ailleurs. Tu vas devoir réviser tes connaissances.

– Toi, tu parles l'italien, mon frère le parlait aussi, mais moi je ne l'ai jamais maîtrisé.

– Bah, t'as toujours eu des facilités pour apprendre. Ça m'étonnerait que tu les aies perdues ! En fait, si on s'est implantés à Ybor, c'est avant tout parce que le reste de la ville nous fout la paix. Aux yeux des habitants de Tampa, on n'est qu'une bande de sales métèques ; du moment qu'on fait pas trop de vagues ou que les ouvriers des manufactures votent pas une nouvelle grève, obligeant les propriétaires à réclamer l'intervention des flics et des gros bras, ils nous laissent tranquilles.

Il tourna dans la Septième Avenue, apparemment l'une des artères principales à en juger par la foule qui se pressait le long des trottoirs en planches. Ceux-ci bordaient des bâtisses d'un étage dont les façades de brique ou de stuc, agrémentées de larges balcons et de treillis en fer forgé, rappelèrent à Joe son week-end de folie à La Nouvelle-Orléans quelques années plus tôt. Des rails couraient au milieu de la chaussée, et il ne tarda pas à apercevoir un tramway au loin, qui se dirigeait vers eux, l'avant frissonnant dans la brume de chaleur.

– On pourrait croire que tout le monde s'entend bien, reprit Dion, mais c'est loin d'être le cas. Les Italiens et les Cubains restent entre eux, O.K. En attendant, les Cubains noirs détestent les Cubains blancs, qui les considèrent comme des nègres, et tous les

Cubains méprisent les autres, en particulier les Espagnols. De leur côté, les Espagnols les prennent pour des crétins prétentieux qui pètent plus haut que leur cul depuis que les États-Unis les ont libérés en 1898. Le seul point sur lequel les Cubains et les Espagnols sont d'accord, c'est pour mépriser les Portoricains, et tout le monde conchie les Dominicains. Les Italiens ne te respectent que si t'arrives directement par bateau de la Botte. Quant aux Americanos, ils s'imaginent parfois que leur opinion intéresse quelqu'un.

– Je rêve, ou tu nous as traités d'*Americanos* ?

– Je suis italien, déclara Dion, qui tourna à gauche pour s'engager dans une nouvelle avenue, tout aussi large mais non goudronnée. Et autant te dire qu'ici, j'en suis fier.

Joe aperçut les eaux bleues du golfe, les bateaux à l'amarre et les flèches des grues. Il décelait dans l'air des odeurs d'iode, de flaques d'huile, de marée.

– Le port de Tampa, annonça Dion en faisant un grand geste.

Il conduisait d'une main sûre le long des rues de brique rouge, louvoyant entre des chariots élévateurs dont les moteurs Diesel crachaient une fumée noire, passant sous des palettes de deux tonnes charriées par des grues loin au-dessus de leurs têtes et dont les ombres se croisaient sur le pare-brise. Joe entendit un sifflet à vapeur.

Enfin, Dion s'arrêta près d'une cale de déchargement, et ils sortirent de voiture. En bas, des hommes déballaient une cargaison de sacs en toile sur lesquels étaient imprimés les mots : « Escuintla, Guatemala ». Aux arômes qui lui parvenaient, Joe devina que certains sacs contenaient du café et d'autres du cacao. Les quelques dockers présents eurent tôt fait de les décharger tous, la grue remonta le filet et la palette vide, et les hommes en contrebas disparurent par une porte invisible d'en haut.

Dion le mena vers une échelle et descendit le premier.

– Où on va ? demanda Joe.

– Tu verras.

Au pied des barreaux, Joe constata que les dockers avaient refermé la porte derrière eux. Dion et lui se trouvaient sur une surface de terre battue qui dégageait les senteurs de toutes les marchandises jamais débarquées sous le soleil de Tampa : bananes, ananas et céréales ; huile, pommes de terre, essence et vinaigre ; poudre à canon ; fruits pourris et café frais, dont les grains éparpillés crissaient sous la semelle... Dion posa sa paume sur le mur en ciment en face de l'échelle et la déplaça vers la droite, entraînant la cloison dans son mouvement ; elle rentra dans une ouverture que Joe ne pouvait distinguer, alors même qu'il se tenait à moins d'un mètre. Une porte apparut derrière, à laquelle Dion toqua d'abord deux fois, puis quatre, après avoir égrené les secondes à voix basse. Une voix s'éleva de l'autre côté :

– C'est qui ?

– Cheminée, répondit Dion.

La porte s'ouvrit.

Un long couloir étroit s'étendait devant eux, d'aspect aussi lugubre que le portier à l'entrée, en pantalon de toile marron et chemise qui avait peut-être été blanche un jour avant d'être définitivement jaunie par la sueur. Il portait également un foulard autour du cou et un chapeau de cow-boy. Un six-coups était logé dans sa ceinture. Il adressa un signe de tête à Dion, s'effaça pour laisser passer les deux hommes, puis referma derrière eux.

Le corridor était si exigu que les épaules de Dion, qui précédait Joe, en effleuraient les murs de part et d'autre. Des ampoules nues, fixées à une canalisation courant le long de la voûte au-dessus d'eux, diffusaient leur faible clarté tous les cinq mètres environ – une clarté d'autant plus insuffisante que la moitié avait grillé. Joe crut cependant apercevoir une porte tout au bout, mais à une distance telle – au moins cinq cents mètres – qu'il s'agissait peut-être juste d'une illusion d'optique. Alors qu'il pataugeait dans les flaques formées par l'eau qui gouttait du plafond, Dion lui expliqua que les tunnels étaient régulièrement inondés ; de temps à autre, on y retrouvait au matin le cadavre d'un ivrogne qui avait eu la mauvaise idée de s'aventurer sous terre pour faire un petit somme.

– C'est une blague ? demanda Joe.

– Absolument pas. Et tu veux que je te dise le pire ? Des fois, les rats se sont pointés avant nous.

Joe regarda autour de lui.

– C'est le truc le plus répugnant que j'aie entendu depuis au moins un mois.

Dion haussa les épaules sans ralentir, tandis que Joe continuait de scruter le couloir. Aucun rat nulle part. Pour le moment du moins.

– Le fric de la banque de Pittsfield, lâcha soudain Dion devant lui, t'en as fait quoi ?

– Il est en sécurité.

Joe entendit au-dessus de lui le grondement des roues d'un tramway sur la chaussée, suivi par un claquement lourd et régulier qu'il supposa produit par les sabots d'un cheval.

– Où ça ? s'enquit Dion en lui jetant un coup d'œil par-dessus son épaule.

– Comment les flics pouvaient-ils le savoir ?

En même temps que Joe posait la question, plusieurs coups de klaxon retentirent à l'extérieur, et un moteur rugit.

– Savoir quoi ?

À cet instant seulement Joe remarqua que son vieil ami présentait un début de tonsure : si ses cheveux restaient épais et lustrés sur les côtés, ils se faisaient plus fins et plus rares au sommet du crâne.

– Où on avait laissé les bagnoles.

Dion tourna de nouveau la tête vers lui.

– Une intuition ?

– Sûrement pas. On avait repéré les lieux des semaines plus tôt. Les flics n'avaient aucune raison d'aller dans ce coin – il n'y avait rien à protéger, là-bas, ni personne à servir.

Dion inclina sa grosse tête.

– Ben, ils l'ont pas appris par moi.

– Ni par moi, affirma Joe.

La porte qu'il avait aperçue se dressait maintenant devant eux, toute d'acier brossé et munie d'un verrou. Les bruits de la rue avaient cédé la place aux échos lointains d'une cuisine de restaurant : cliquetis des couverts et des assiettes entrechoquées qu'on empilait, pas précipités des serveurs courant en tous sens… Joe sortit de sa poche la montre de son père et ouvrit le boîtier : midi.

Pour sa part, Dion avait pêché une clé de bonne taille dans les profondeurs de son pantalon. Il déverrouilla les serrures, tira le verrou puis, après avoir ôté la clé de son trousseau, il la tendit à Joe.

– Prends-la. T'auras l'occasion de t'en servir, crois-moi.

Docilement, Joe la glissa dans sa poche.

– À qui appartient cet endroit ?

– C'était à Ormino, avant.

– Avant quoi ?

– Oh… t'as pas encore lu les journaux ?

– Non.

– Il s'est fait trouer la carcasse hier soir.

Dion poussa le battant, révélant une échelle qu'ils gravirent jusqu'à une autre porte qui, elle, n'était pas fermée à clé. Elle donnait sur une vaste pièce en ciment, humide et froide, où des tables s'alignaient le long des cloisons, chargées de tous les ustensiles que Joe s'attendait à voir en un tel lieu : fermenteurs, extracteurs, cornues, becs Bunsen, béchers, cuves et filtres.

– Ce que l'argent peut acheter de mieux, commenta Dion en montrant les thermomètres fixés aux murs et reliés aux alambics par des tubes en caoutchouc. Tu veux un rhum blanc ? Il suffit d'effectuer un fractionnement à une température comprise entre soixante-quinze et quatre-vingt-cinq degrés. Vaut mieux pas se louper, si tu veux éviter que les gens passent l'arme à gauche en avalant ta gnôle. Ces petites merveilles sont infaillibles, elles…

– Je connais le processus, le coupa Joe. Après deux ans de taule, je serais capable de condenser n'importe quelle substance. Si ça se trouve, je serais même foutu de distiller tes putains de godasses ! En attendant, il me semble qu'il manque ici deux trucs essentiels à la fabrication.

– Ah oui ? Et lesquels, d'après toi ?

– La mélasse et les petites mains.

– J'aurais dû te prévenir : c'est justement là qu'est le problème.

Ils traversèrent un bar vide, prononcèrent de nouveau « Cheminée » pour se faire ouvrir une autre porte fermée et pénétrèrent dans les cuisines d'un restaurant italien d'East Palm Avenue. Dans la salle à manger adjacente, ils optèrent pour une table avec vue sur la rue, rafraîchie par un ventilateur noir si énorme qu'il avait sans doute fallu au moins trois hommes et un bœuf pour le transporter.

– Notre distributeur n'a plus rien à livrer, commença Dion.

Il déplia sa serviette, la glissa dans son col puis la lissa du plat de la main.

– Comment ça se fait ? demanda Joe.

– Ses bateaux ont coulé, si j'ai bien compris.

– Et c'est qui, ce distributeur ?

– Un certain Gary L. Smith.

– Ellsmith, tu dis ?

– Non, L, c'est l'initiale de son deuxième prénom. Il tient à ce qu'on l'utilise.

– Ah bon ? Pourquoi ?

– Apparemment, c'est la coutume ici, dans le Sud.

– Une coutume ou une lubie d'illuminé ?

– Va savoir.

Quand le serveur leur apporta la carte, Dion commanda d'emblée deux limonades en assurant à Joe qu'il n'en avait sans doute jamais bu d'aussi bonne.

– Pourquoi est-ce qu'on a besoin d'un intermédiaire ? interrogea ce dernier. On ne peut pas négocier directement avec le fournisseur ?

– Le problème, c'est qu'il y en a beaucoup, des fournisseurs, et qu'ils sont tous cubains. Smith traite avec eux pour nous éviter d'avoir à le faire. Il traite aussi avec les États du Sud – tous les trafiquants entre ici et la Virginie. Ils transportent la marchandise à travers la Floride et le long du littoral.

– Or, vous avez perdu pas mal de cargaisons, observa Joe.

– Mouais.

– Et, à partir d'un certain nombre de bateaux coulés et de camions détournés, on peut imaginer que ce n'est plus seulement de la malchance, pas vrai ?

– Mouais, répéta Dion, manifestement à court de repartie.

Joe avala une gorgée de limonade. Il n'aurait su dire si c'était la meilleure qu'il eût jamais bue ; dans tous les cas, ce n'était que de la limonade. Pas de quoi s'exciter.

– T'as fait ce que je t'avais demandé dans mon courrier ? s'enquit-il.

– Bien sûr. J'ai suivi tes consignes à la lettre.

– Et t'en as repéré combien là où je le pensais ?

– Un pourcentage élevé.

Joe parcourut le menu à la recherche d'un plat qu'il reconnaîtrait.

– Essaie l'osso-buco, lui conseilla Dion. C'est le meilleur de la ville.

– Avec toi, c'est toujours le meilleur de tout ! La limonade, les thermomètres…

Dion haussa les épaules en ouvrant la carte à son tour.

– Qu'est-ce que tu veux, j'ai des goûts raffinés.

– Ben voyons… (Joe accrocha le regard du serveur.) Bon, on mange, et après on va rendre une petite visite à notre cher Gary L. Smith.

– Avec plaisir, déclara Dion, toujours plongé dans la lecture de la carte.

L'édition matinale du *Tampa Tribune* était posée sur une table dans la salle d'attente du bureau de Gary L. Smith. On y voyait le cadavre de Lou Ormino affalé dans une voiture aux vitres brisées et aux sièges maculés de sang. La photo, en noir et blanc, dépouillait le mort de toute dignité. Le titre proclamait :

UNE CÉLÈBRE FIGURE DU MILIEU
ASSASSINÉE

– Tu le connaissais bien ? demanda Joe.

– Ouais, répondit Dion.

– T'avais de l'affection pour lui ?

– C'était pas un mauvais bougre. Il lui est arrivé de se couper les ongles des doigts de pied pendant une réunion, c'est vrai, mais il m'a donné une dinde à Noël dernier.

– Vivante ?

– Elle l'était jusqu'à ce que j'arrive chez moi.

– Pourquoi Maso tenait-il à l'éliminer ?

– Il te l'a pas dit ?

– Non.

Dion haussa les épaules.

– À moi non plus.

Durant une bonne minute, Joe ne fit rien d'autre qu'écouter le tic-tac d'une horloge et le bruissement des pages du magazine *Photoplay* que feuilletait la secrétaire de Gary L. Smith – une dénommée miss Roe, dont les cheveux noirs étaient coupés en un carré cranté. Elle portait un chemisier gris à manches courtes, rehaussé d'une cravate en soie noire qui tombait sur ses seins comme une prière exaucée. Elle avait une façon bien particulière de changer discrètement de position sur sa chaise, en esquissant un déhanchement à peine perceptible, qui amena Joe à replier le journal pour s'éventer.

Bon sang, j'ai vraiment besoin de tirer un coup ! se dit-il.

De nouveau, il se pencha en avant.

– Il avait de la famille ? murmura-t-il.

– Hein ? Qui ?

– À ton avis ?

– Lou ? Ouais, il en avait. (Dion fronça les sourcils.) Pourquoi tu me demandes ça ?

– Je me posais la question, c'est tout.

– Bah, je suis sûr qu'il se gênait pas non plus pour se couper les ongles devant eux. Ils doivent être contents de plus avoir à ramasser les rognures…

Un bourdonnement s'éleva de l'interphone sur le bureau de la secrétaire, et une voix grêle énonça :

– Miss Roe ? Envoyez-moi ces deux garçons.

Joe et Dion se redressèrent.

– Des garçons ? marmonna Dion.

– Des garçons, confirma Joe, qui ajusta les poignets de sa chemise et aplatit ses cheveux.

Gary L. Smith avait des dents à peine plus grosses que des grains de maïs, et presque aussi jaunes. Il les dévoila dans un sourire lorsque sa secrétaire fit entrer les deux visiteurs avant de refermer la porte derrière eux, mais il ne se leva pas pour les accueillir, et, à bien y regarder, ce sourire manquait singulièrement de conviction. Derrière son bureau, des persiennes intérieures formaient un rempart contre le soleil de West Tampa, qui perçait cependant suffisamment pour baigner la pièce d'une luminosité ambrée. Smith était vêtu en vrai gentleman du Sud : costume blanc sur chemise blanche, fine cravate noire. Son expression reflétait une perplexité que Joe interpréta comme de la peur quand ils prirent place en face de lui.

– Alors c'est vous, la nouvelle recrue de Maso, dit-il à Joe en poussant vers lui l'humidificateur posé sur la table. Servez-vous. Ce sont les meilleurs de la ville.

Si Joe déclina la proposition, Dion attrapa quatre cigares à la fois, en glissa trois dans sa poche et sectionna d'un coup de dents l'extrémité du quatrième. Après l'avoir crachée dans sa paume, il la plaça au bord du bureau devant lui.

– Je peux savoir ce qui vous amène ? interrogea Smith.

– On m'a demandé de m'occuper des affaires de Lou Ormino pendant un moment, répondit Joe.

– Mais ce n'est pas définitif, souligna Smith en allumant son propre cigare. Je tiens à le préciser, parce que les gens d'ici préfèrent traiter avec des personnes de connaissance. Or, sans vouloir vous offenser, vous êtes un parfait inconnu.

– Dans ce cas, qui verriez-vous à ma place dans l'organisation ?

Smith réfléchit à la question.

– Rickie Pozzetta.

Dion inclina la tête de côté.

– Pozzetta ? Y serait même pas foutu d'emmener pisser un clébard contre une borne d'incendie.

– Delmore Sears, peut-être ?

– Tout aussi abruti, commenta Dion.

– Bon, alors pourquoi pas moi ? suggéra Smith.

– Ça ne me paraît pas une mauvaise idée, déclara Joe.

Gary L. Smith écarta les mains.

– Seulement si vous m'en jugez capable, bien sûr.

– C'est possible, répliqua Joe. Mais d'abord on aimerait savoir pourquoi, d'après vous, les trois dernières livraisons ont été interceptées.

– Celles qui partaient vers le nord, vous voulez dire ?

Joe acquiesça d'un signe de tête.

– La faute à pas de chance, affirma Smith. Je ne vois pas d'autre explication. Ça arrive.

– Pourquoi ne pas changer les itinéraires ?

Smith saisit un stylo et griffonna quelques mots sur un bout de papier.

– C'est une bonne suggestion, monsieur Coughlin. Formidable, même. J'y penserai, je vous le promets.

Joe le regarda en silence fumer dans la lumière diffuse qui filtrait à travers les persiennes et auréolait le haut de son crâne. Il le regarda un long moment, tant et si bien que Smith finit par froncer les sourcils d'un air dérouté.

– Et comment expliquez-vous les problèmes avec les bateaux, monsieur Smith ?

– Oh ça, c'est aux Cubains qu'il faut le demander, répondit aussitôt l'intéressé. Nous n'avons aucun contrôle sur le transport maritime.

– Y a deux mois, intervint Dion, vous avez reçu quatorze livraisons en une semaine, trois semaines plus tard le chiffre est tombé à cinq, et la semaine dernière à zéro.

– Eh, ce n'est pas aussi prévisible que la préparation du ciment ! fit remarquer Gary L. Smith. Il ne suffit pas d'ajouter un tiers d'eau pour obtenir la même consistance chaque fois… Il faut prendre en compte différents fournisseurs qui ont eux-mêmes des impératifs ou qui doivent faire face à des contretemps, comme, je ne sais pas, une grève dans une fabrique de sucre, un capitaine de bateau qui tombe malade…

– Vous n'avez qu'à en trouver d'autres, l'interrompit Joe.

– Ce n'est pas si simple, monsieur Coughlin.

– Pourquoi ?

Smith prit un air las, comme si on lui demandait une fois de plus d'expliquer la mécanique aéronautique à un chat.

– Parce qu'ils versent tous une commission au même groupe.

Joe tira de sa poche un petit calepin qu'il ouvrit.

– Vous voulez parler de la famille Suarez, je suppose ?

– C'est ça, confirma Smith en lorgnant le carnet. Les Suarez possèdent le Tropicale, dans la Septième Avenue.

– Donc, ce sont les seuls fournisseurs.

– Non, ce n'est pas ce que j'ai dit. Les Suarez nous approvisionnent, c'est vrai, mais il y en a beaucoup d'autres. Tenez, je traite aussi avec ce type, Ernesto ; il a une main en bois, vous imaginez ? Il…

– Si tous les autres dépendent des Suarez, je dirais que ce sont les seuls fournisseurs, s'obstina Joe. Ils fixent les prix, et tout le monde s'aligne, non ?

Smith laissa échapper un soupir d'exaspération.

– C'est une façon de voir les choses, je suppose. Mais, je vous le répète, ce n'est pas si simple.

– Pourquoi ?

Dans le silence qui suivit, Smith ralluma son cigare.

– Il y a d'autres fournisseurs, dit-il enfin. Ils ont des bateaux, et…

– Ce sont des sous-traitants, le coupa Joe. C'est tout. Moi, je veux entrer directement en relation avec le donneur d'ordres. On va avoir besoin de rencontrer les Suarez le plus vite possible.

– Non.

– Pardon ?

– Vous ne comprenez pas comment se passent les choses à Ybor, monsieur Coughlin, j'en ai peur. Je traite avec Esteban Suarez et sa sœur, comme avec tous les intermédiaires.

Joe poussa le téléphone vers lui.

– Appelez-les.

– Vous ne m'écoutez pas, monsieur Coughlin.

– Je peux vous assurer que si, décréta Joe. Alors décrochez ce téléphone pour dire aux Suarez que mon associé et moi avons l'intention de dîner ce soir au Tropicale. Dites aussi que nous apprécierions de bénéficier de leur meilleure table et de quelques minutes de leur temps quand nous aurons fini.

– Pourquoi ne pas prendre d'abord deux ou trois jours pour vous familiariser avec les façons de faire d'ici ? objecta Smith. Après, croyez-moi, vous me remercierez de ne pas avoir appelé. Et nous irons les voir ensemble. Je vous le promets.

Joe plongea la main dans sa poche. Il en sortit quelques pièces de monnaie qu'il laissa tomber sur la table, avant de placer à côté ses cigarettes, la montre de son père et enfin son calibre .32, qu'il posa près du sous-main, le canon pointé sur Smith. Il alluma ensuite une cigarette sans quitter des yeux son interlocuteur, qui finit par décrocher le combiné pour demander une ligne extérieure.

La conversation se déroula en espagnol, et Dion en traduisit une partie pour Joe.

– Il nous a réservé une table pour neuf heures, dit-il quand Smith eut raccroché.

– Je vous ai réservé une table pour neuf heures, confirma leur vis-à-vis.

– Merci. (Joe appuya sa cheville gauche sur son genou droit.) Si j'ai bien compris, les Suarez forment un tandem – le frère et la sœur, c'est bien ça ?

– Esteban et Ivelia Suarez, oui.

– Bon, j'ai une autre question pour vous, mon cher Gary, poursuivit Joe en retirant de sa chaussette une fine cordelette. Est-ce que vous travaillez directement pour Albert White ? (Il agita la cordelette puis la lâcha sur le tapis.) Ou y a-t-il encore un intermédiaire dont vous auriez omis de nous parler ?

– Je… je ne vois pas ce que vous…

– On a marqué vos bouteilles, Smith.

– Vous avez fait quoi ?

– Y a deux mois de ça, on a tracé un petit signe distinctif sur l'alcool que vous avez distillé, répondit Dion. Des points minuscules, en haut à droite.

Smith leur sourit comme s'il n'avait jamais entendu pareille absurdité.

– Toutes ces livraisons qui ne sont jamais arrivées à destination…, reprit Joe. Eh bien, figurez-vous que la plupart de ces bouteilles ont atterri dans les bars d'Albert White. (Il fit tomber sa cendre sur le bureau.) Comment expliquez-vous ça ?

– Je n'en ai aucune idée.

– Ah non ? lança Joe en reposant le pied gauche par terre.

– Non, je vous assure, je ne sais pas comment c'est possible.

Joe tendit la main vers son arme.

– Et moi, je suis certain du contraire.

Smith sourit. Arrêta de sourire. Sourit de nouveau.

– Non, je ne comprends pas. Eh, doucement…

– Vous avez renseigné Albert White sur nos circuits de livraison vers le nord-est, affirma Joe, qui éjecta le chargeur du calibre .32 et caressa du pouce la première balle.

– Doucement, répéta Smith.

Après avoir inspecté le viseur, Joe s'adressa à Dion.

– Il en reste une dans la chambre.

– Faut toujours en laisser une. Au cas où.

– Au cas où quoi ?

Joe retira la balle en question et la plaça sur le bureau, la pointe dirigée vers Gary L. Smith.

– Bah, où y se passerait des trucs que t'aurais pas vus venir, répondit Dion.

Joe réinséra le chargeur dans la poignée, logea une balle dans la chambre et laissa reposer l'arme sur sa cuisse.

– Tout à l'heure, j'ai demandé à Dion de me montrer où vous habitiez, reprit-il. Vous avez une sacrée belle maison, Gary. Dion m'a dit que ce quartier s'appelait Hyde Park…

– En effet.

– C'est drôle.

– Pourquoi ?

– On a aussi un Hyde Park à Boston.

– Ah. Je vois.
– Bon, d'accord, ce n'est pas hilarant ni rien. Juste intéressant, disons.
– Euh, oui.
– C'est du stuc ?
– Hein ?
– La maison, elle est en stuc ?
– Oui, à part la charpente, bien sûr, qui est en bois.
– Oh. Je me suis trompé, alors.
– Non, pas du tout.
– Si, puisque vous avez parlé de bois.
– Pour la charpente seulement. Le reste, c'est du stuc.
– Vous y tenez, à cette maison en stuc ?
– En fait, elle est un peu grande pour nous, maintenant que les gosses sont partis.
Joe se gratta la tête avec le canon du calibre .32.
– Tant mieux, parce qu'il va falloir la débarrasser de tout ce que vous y avez entassé.
– Je ne…
– Remarquez, vous pouvez aussi embaucher quelqu'un pour le faire à votre place, continua Joe en indiquant le téléphone. Et pour vous expédier vos effets personnels là où vous choisirez d'aller.
Smith tentait en vain de se raccrocher à ce qui avait disparu de son bureau quinze minutes plus tôt – l'illusion de maîtriser la situation.
– Je n'ai pas l'intention de partir ! s'exclama-t-il.
Joe se leva et glissa la main dans la poche de sa veste.
– Vous vous la tapez ?
– Quoi ? Qui ?
Du pouce, Joe indiqua la porte derrière lui.
– Miss Roe.
– Quoi ? piailla Smith.
– Il se la tape, dit Joe à l'intention de Dion.

Celui-ci se leva à son tour.

– C'est évident.

Joe sortit deux billets de train.

– Je vous comprends, mon vieux : c'est une vraie beauté, cette fille-là. La baiser, ça doit être comme entrevoir le paradis. Après, forcément, on se dit que tout ira bien.

Il flanqua les billets sur le bureau entre eux.

– Bon, je me fous de savoir qui vous emmenez – votre femme, miss Roe, les deux ou aucune. Mais vous prendrez le Seabord de onze heures pour quitter la ville, Gary. Ce soir même.

L'intéressé éclata d'un rire bref.

– Je ne crois pas que vous ayez saisi…

Joe le gifla si fort que Gary L. Smith tomba de son fauteuil et se cogna la tête contre le radiateur.

Il lui fallut quelques instants pour se relever. Après avoir redressé le fauteuil, il se rassit, livide, la joue et la lèvre mouchetées de sang. Dion lui expédia un mouchoir qui atterrit sur son torse.

– Vous montez de votre plein gré dans ce train, Gary, ou on s'arrange pour que vous finissiez sous les roues, dit encore Joe en récupérant la balle sur la table.

– T'étais sérieux ? demanda Dion en se dirigeant vers la voiture.

– On ne peut plus sérieux.

Une fois de plus, Joe se sentait irrité, sans trop savoir pourquoi. Il aurait aimé dire que ces brusques sautes d'humeur ne l'affectaient que depuis son séjour en prison, mais en réalité il en avait toujours souffert, du plus loin qu'il s'en souvînt. La plupart du temps, elles se produisaient inopinément, sans raison. En l'occurrence, c'était peut-être l'allusion aux enfants de Smith qui l'avait mis dans cet état ; il avait du mal à supporter l'idée qu'un homme qu'il venait d'humilier pût avoir une vie en dehors de la contrebande.

– Autrement dit, s'il monte pas dans ce train, t'es prêt à le buter ? insista Dion.

Ou peut-être qu'il était juste un esprit tourmenté porté aux ruminations.

– Non. (Joe s'arrêta près de la voiture.) Les hommes qui bossent pour nous s'en chargeront. (Il gratifia Dion d'un regard noir.) Tu me prends pour un putain de sous-fifre ou quoi ?

Sans répondre, Dion lui ouvrit la portière. Joe s'engouffra à l'intérieur.

12

Musique et flingues

Joe avait demandé à Maso Pescatore de le loger à l'hôtel. Dans un premier temps, peut-être un mois, il tenait en effet à se concentrer sur les affaires, sans avoir à se soucier de ses repas, du nettoyage de ses draps et de ses vêtements ou de toute autre considération d'ordre pratique. Maso s'était donc engagé à lui prendre une chambre au Tampa Bay, ce qui a priori lui convenait parfaitement. Jugeant que le nom manquait de fantaisie, il avait imaginé un établissement banal avec des lits corrects, une nourriture insipide mais mangeable, et des oreillers plats.

Au lieu de quoi, Dion le conduisit jusqu'à un véritable palace. Lorsque Joe en fit la remarque, son ami confirma.

– C'est d'ailleurs comme ça qu'on l'appelle : le palace de Plant.

C'était Henry Plant qui avait fait bâtir l'hôtel – une étape parmi d'autres dans le développement de l'État, dont il était l'instigateur –, afin de séduire les investisseurs fonciers que le Sud attirait par nuées entières depuis deux décennies.

À l'approche du Tampa Bay, Dion fut obligé de s'arrêter pour laisser passer un train – et pas un train miniature, comme il devait y en avoir aussi en Floride, mais un convoi transcontinental de plusieurs centaines de mètres de long. Immobilisés près du parking, Joe et Dion regardèrent les passagers débarquer : une foule d'hommes et de femmes riches, accompagnés de leur riche progéniture. Tout en patientant, Joe compta plus de cent fenêtres sur la façade de l'hôtel. Au sommet se détachaient d'imposants chiens-assis, derrière lesquels se trouvaient sans doute les suites. Ils voisinaient avec six minarets qui s'élevaient encore plus haut vers le ciel d'un blanc éblouissant : un palais d'hiver russe au beau milieu des terres marécageuses asséchées.

Un couple élégant, vêtu de blanc de la tête aux pieds, descendit du train, suivi par trois nounous et trois enfants pareillement élégants. Deux porteurs nègres, dans leur sillage, poussaient des chariots à bagages croulant sous le poids d'énormes malles.

– On reviendra plus tard, dit Joe.

– Pourquoi ? s'étonna Dion. On n'a qu'à se garer ici et traverser avec tes valises. À la réception, on...

– On reviendra, décréta Joe, les yeux rivés sur le couple qui s'engouffrait dans l'établissement avec l'aisance des habitués du grand luxe. J'ai pas envie de faire la queue.

Dion ouvrit la bouche comme pour soulever une objection, mais au dernier moment il se ravisa. Après avoir laissé échapper un léger soupir, il effectua un demi-tour pour reprendre la route qui passait sur de petits ponts en bois et longeait un terrain de golf. Joe aperçut un couple âgé assis dans un rickshaw tiré par un petit Latino-Américain en chemise blanche à manches longues sur un pantalon blanc. Autour d'eux, des pancartes en bois indiquaient les différents loisirs proposés à la clientèle : terrains de palet, réserve de chasse, canoës, courts de tennis et champ de courses. Le parcours de golf lui-même était plus verdoyant que Joe ne l'aurait cru possible par une telle chaleur, et la plupart des gens qu'il voyait portaient du blanc et s'abritaient sous des ombrelles, même les hommes. Leurs rires lointains résonnaient dans l'air.

Enfin, Dion s'engagea dans Lafayette Street en direction du centre-ville. Il expliqua à Joe que personne ne savait grand-chose sur les Suarez, sinon qu'ils se rendaient souvent à Cuba. Ivelia Suarez, disait-on, avait été mariée à un homme qui était mort pendant la révolte des ouvriers du sucre, en 1912. Certains affirmaient cependant que cette histoire n'était qu'une invention destinée à dissimuler ses tendances lesbiennes.

– Esteban Suarez possède un grand nombre d'entreprises, ici comme à Cuba, continua Dion. Il est jeune, pourtant – beaucoup plus jeune que sa sœur. Mais brillant. Son père était en affaires avec Ybor lui-même, à l'époque où celui-ci…

– Attends un peu, le coupa Joe. C'est lui qui a donné son nom à la ville ?

– Ben oui. Vicente Ybor. Un grand ponte du cigare.

– Waouh ! Si c'est pas ça, le pouvoir…

Joe regarda par la vitre Ybor City à l'est, magnifique vue de loin, lui rappelant encore une fois La Nouvelle-Orléans, mais en nettement plus modeste.

– Ouais, peut-être, approuva Dion. Tiens, qu'est-ce que tu dirais de Coughlin City ? (Il secoua la tête.) Nan, pas terrible.

– Tout à fait d'accord. Coughlin County, ça sonne mieux, non ?

– Tu sais quoi ? lança Dion, hilare. C'est pas si mal…

– C'est surtout plus adapté.

– Eh, t'as pris combien de tour de tête pendant que t'étais en taule ?

– Te gêne pas, rêve petit si t'en as envie.

– Pourquoi pas Coughlin Country, alors ? Non, attends, j'ai trouvé : Coughlin Continent !

Joe éclata de rire, et quand il vit Dion s'esclaffer de plus belle en frappant le volant, il mesura soudain à quel point son ami lui avait manqué durant toutes ces années, et à quel point il serait malheureux s'il devait ordonner son exécution avant la fin de la semaine.

Alors qu'ils tournaient dans Jefferson Street en direction des tribunaux et des bâtiments administratifs, leur progression fut ralentie par un embouteillage, et la chaleur s'abattit de nouveau sur la voiture.

– C'est quoi, la prochaine étape du programme ? demanda Joe.

– Qu'est-ce qui te ferait plaisir ? Héroïne ? Morphine ? Cocaïne ?

Joe secoua la tête.

– Pas question. J'ai tout laissé tomber pour le carême.

– Bon, ben si jamais tu décidais de t'y remettre, sache que c'est l'endroit idéal : Tampa, la plaque tournante du trafic des narcotiques dans le Sud.

– La chambre de commerce est au courant ?

– Et comment ! Ils en sont malades, tu peux me croire. Bref, ce que je voulais dire, c'est que…

– Oh, parce qu'il y avait un fil conducteur dans ce discours ?

– Je ne parle pas toujours à tort et à travers, figure-toi !

– Eh bien, allez-y, cher monsieur, je suis tout ouïe.

– Un des hommes d'Esteban Suarez, un certain Arturo Torres, s'est fait pincer la semaine dernière en possession de cocaïne. En principe, il aurait dû sortir dans la demi-heure, mais il se trouve qu'une équipe fédérale est venue ici fourrer son nez un peu partout. Des types du fisc ont débarqué au début de l'été, accompagnés par une poignée de juges, et du coup la pression a augmenté. Arturo va être extradé.

– En quoi ça nous concerne ?

– C'est le meilleur distillateur des Suarez. Dans la région, quand tu vois une bouteille de rhum avec ses initiales sur le bouchon, tu peux être sûr qu'elle te coûtera deux fois plus cher.

– Et on doit l'extrader quand ?

– Dans deux heures.

Joe baissa son chapeau sur son visage et s'enfonça dans son siège. Il se sentait soudain rattrapé par la fatigue après son long voyage en train, épuisé par la chaleur, les discussions, la vision étourdissante de tous ces riches Blancs dans leurs belles tenues immaculées.

– Réveille-moi quand on sera arrivés.

Après leur entrevue avec le juge au tribunal, Joe et Dion rendirent une visite de courtoisie à Irving Figgis, le chef de la police de Tampa.

En découvrant que le poste se situait au croisement de Florida Avenue et de Jackson Street, Joe, qui commençait à s'orienter dans la ville, se rendit compte qu'il serait obligé de passer tous les jours devant quand il quitterait son hôtel pour aller à Ybor. Il n'en fut pas autrement surpris : les flics, comme les bonnes sœurs, ont le chic pour vous faire savoir qu'ils vous ont à l'œil.

– C'est lui qui a demandé à te voir, expliqua Dion quand ils gravirent les marches à l'entrée du bâtiment. Ça lui évite d'avoir à se déplacer pour te rencontrer.

– Comment il est ?

– C'est un flic, donc un emmerdeur. Sinon, il est réglo.

Dans son bureau, Figgis était entouré de photographies montrant les trois mêmes personnes : une femme, un fils et une fille – tous les trois blond vénitien, et d'une beauté saisissante. Les enfants en particulier avaient l'air de deux anges. Irving Figgis serra la main de Joe en le regardant droit dans les yeux, puis l'invita à s'asseoir. Il n'était ni grand ni particulièrement corpulent ou musclé. Mince, de taille moyenne, les cheveux grisonnants coupés court, il semblait du genre à traiter avec respect quiconque lui accorderait en retour sa considération, mais à déchaîner ses foudres sur le premier qui s'aviserait de le prendre pour un idiot.

– Je ne vous ferai pas l'insulte de vous demander la nature de vos activités, monsieur Coughlin, commença-t-il. Ainsi, vous ne me ferez pas l'insulte de me mentir. Sommes-nous d'accord sur ce point ?

Joe hocha la tête.

– Est-il vrai que vous êtes le fils d'un capitaine de police ?

– Oui, monsieur.

– Donc, vous êtes à même de comprendre que ce qui se passe entre nous – il pointa son index sur le torse de Joe, puis sur le sien – est lié à nos modes de vie. Le reste, ajouta-t-il en indiquant les photos autour de lui, eh bien, c'est notre raison de vivre.

– Et les deux ne doivent jamais se rencontrer, n'est-ce pas ? répliqua Joe.

Figgis s'autorisa un sourire.

– J'ai entendu dire que vous aviez reçu de l'instruction, monsieur Coughlin. (Il jeta un bref coup d'œil à Dion.) C'est rare, dans votre branche…

– Dans la vôtre aussi, rétorqua Dion.

Toujours souriant, Figgis inclina la tête. Son expression se teinta de bienveillance quand il reporta son attention sur Joe.

– Avant de m'établir ici, j'ai été soldat et ensuite marshal. J'ai tué sept hommes dans ma vie, révéla-t-il sans le moindre soupçon de fierté dans la voix.

Sept ? La vache !

– Je les ai tués parce que c'était mon boulot, poursuivit le chef de la police. Je n'y ai pris aucun plaisir, et, à dire vrai, leurs visages hantent mes nuits. Mais, si je devais en tuer un huitième demain pour protéger et servir cette ville, mon bras ne tremblerait pas et mon regard ne se troublerait pas. Vous me suivez, monsieur Coughlin ?

– Oui.

Figgis se tourna vers un plan de la ville fixé au mur derrière son bureau. De l'index, il traça lentement un cercle autour d'Ybor.

– Si vous concentrez vos activités ici – au nord de la Seconde et au sud de la Vingt-Septième Avenue, à l'ouest de la 34e Rue et à l'est de Nebraska Avenue –, vous et moi n'aurons guère l'occasion d'entrer en conflit. (Il haussa les sourcils.) Qu'en pensez-vous ?

– Ça me paraît tout à fait acceptable, répondit Joe en se demandant à quel moment son interlocuteur allait annoncer son prix.

Celui-ci dut lire la question dans ses yeux, car les siens s'assombrirent légèrement.

– Il n'est pas question de pots-de-vin avec moi, déclara-t-il. Si c'était le cas, trois des sept morts que j'ai mentionnés seraient encore parmi nous aujourd'hui. (Il s'interrompit le temps d'aller s'asseoir sur un coin de table, puis continua à voix basse.) Croyez-moi, jeune homme, je ne me fais aucune illusion sur la manière dont les transactions commerciales s'effectuent dans cette ville. Si vous me demandiez en privé de vous donner mon opinion sur le Volstead Act[1], je vous parlerais sans doute d'une bouilloire sur le point d'exploser. Je n'ignore pas que bon nombre de mes hommes acceptent, moyennant finances, de détourner les yeux. Je sais que je sers une ville qui nage dans la corruption, et je sais aussi que nous vivons dans un

---

1. Loi votée en octobre 1919, qui vint renforcer le 18e amendement, ratifié en janvier 1919, pour interdire la fabrication, la vente ou le transport des boissons alcoolisées sur le territoire des États-Unis. (*N.d.T.*)

monde décadent. Mais j'ai beau moi-même respirer un air vicié et côtoyer des individus pourris jusqu'à la moelle, je ne suis pas corruptible ; n'allez surtout pas vous imaginer le contraire, ce serait une grave erreur.

Joe scruta les traits de l'homme en face de lui à la recherche de signes de vantardise, d'orgueil ou de mégalomanie – les faiblesses habituelles qu'il associait aux individus capables de réussir à la force du poignet.

Dans le regard que lui opposait Figgis, il ne décela qu'une probité sans faille.

Ne jamais sous-estimer le chef de la police de Tampa, conclut-il.

– Je ne commettrai pas cette erreur, lui assura-t-il.

Figgis lui tendit la main, et Joe la serra.

– Je vous remercie d'être venu. Et méfiez-vous du soleil, ajouta-t-il, les yeux brillant d'une lueur amusée. Pâle comme vous êtes, vous risquez de vous enflammer.

– Heureux de vous avoir rencontré, monsieur.

Joe se dirigea vers la porte. Dion l'ouvrit en grand, révélant de l'autre côté une adolescente hors d'haleine, vibrante d'énergie. C'était la fille présente sur la plupart des photos, belle à couper le souffle, le teint radieux. Joe lui donna peut-être dix-sept ans. Sa perfection était telle qu'il en eut la gorge nouée, et que seul un « Mademoiselle… » hésitant s'échappa de ses lèvres. La beauté de la nouvelle venue n'était cependant pas du genre à éveiller le désir charnel ; elle touchait au contraire à l'essence même de la pureté, et donnait envie d'épargner à jamais toute souillure à la fille d'Irving Figgis, voire de la béatifier.

– Oh pardon, père, dit-elle. Je vous croyais seul.

– Ne t'inquiète pas, Loretta, ces messieurs allaient partir. N'oublie pas tes bonnes manières, s'il te plaît.

– Oui, père, je vous prie de m'excuser. (Elle se retourna pour gratifier Joe et Dion d'une petite révérence.) Bonjour, messieurs, je m'appelle Loretta Figgis.

– Joe Coughlin, mademoiselle. Ravi de faire votre connaissance.

Au moment de lui serrer la main, Joe dut résister au désir incongru de s'agenouiller devant elle. L'impression de délicatesse et d'innocence qui émanait d'elle l'avait frappé au point qu'il y pensa tout l'après-midi, en se disant qu'il devait être terriblement difficile pour des parents de protéger une créature aussi fragile.

Plus tard ce soir-là, ils dînèrent au Vedado Tropicale, à une table disposée près de la scène qui leur offrait une vue imprenable sur les danseuses et sur l'orchestre. Comme il était encore tôt, les musiciens – un batteur, un pianiste, un trompettiste et un trombone – jouaient des airs entraînants, sans toutefois se déchaîner. Les danseuses ne portaient guère que des tuniques d'une blancheur de glace, assorties à des parures pour cheveux de styles différents : deux d'entre elles arboraient des bandeaux pailletés, rehaussés d'une aigrette au milieu du front qui formait une courbe gracieuse ; d'autres s'étaient coiffées de résilles argentées, ornées de rosettes et d'une frange en perles de verre dépoli. Toutes dansaient une main plaquée sur la hanche et l'autre levée en l'air ou tournée vers les spectateurs, exhibant juste assez de peau nue et de déhanchements lascifs pour émoustiller madame sans pour autant l'offenser, et pour s'assurer que monsieur reviendrait une heure plus tard.

Quand Joe demanda à Dion si la cuisine de l'établissement était la meilleure de la ville, son ami sourit en même temps qu'il se régalait d'une bouchée de *lechón asado* et de beignets de fleurs de yucca.

– Du pays, même, répondit-il.

– Ce n'est pas mauvais, je dois bien l'avouer.

Pour sa part, Joe avait commandé la *ropa vieja* accompagnée de haricots noirs et de riz jaune. Il termina son assiette en regrettant de ne pas avoir eu droit à une portion plus généreuse.

Quelques instants plus tard, le maître d'hôtel vint les informer que leurs hôtes les attendaient pour prendre le café. Les deux hommes le suivirent dans la salle carrelée de blanc jusque derrière la scène, où un rideau de velours noir masquait un couloir lambrissé de chêne rouge – ce même chêne rouge qui servait à fabriquer les fûts de rhum, et Joe se demanda si les Suarez en avaient fait venir quelques centaines juste pour tapisser le corridor. La vue du bureau dans lequel ils pénétrèrent l'amena cependant à réviser ses estimations, car les murs en étaient eux aussi recouverts.

Il y régnait une agréable fraîcheur, grâce sans doute à la présence de dalles sombres au sol et de gros ventilateurs métalliques fixés aux poutres du plafond. Les lamelles des persiennes en bois blond étaient orientées de façon à laisser entrer l'air du soir et le bourdonnement incessant des libellules.

Esteban Suarez était un homme mince à la peau couleur de thé à peine infusé. Il avait des yeux d'un brun clair tirant sur le doré qui rappelaient ceux d'un chat, et ses cheveux lissés en arrière présentaient la même nuance brun foncé que le rhum dans la bouteille sur la table basse. Silhouette élégante en smoking et nœud papillon noir, il se porta à la rencontre de ses visiteurs, qu'il gratifia d'un large sourire et d'une vigoureuse poignée de main. Il les invita ensuite à prendre place dans des fauteuils à oreillettes installés autour de la table basse au plateau en cuivre. S'y trouvaient déjà quatre verres d'eau, quatre minuscules tasses de café cubain et une bouteille de rhum Suarez Reserve dans une corbeille en osier.

À cet instant seulement, Ivelia Suarez se leva pour les accueillir. Joe s'inclina, saisit délicatement la main qu'elle lui tendait et l'effleura de ses lèvres. Les doigts de son hôtesse sentaient le gingembre et la sciure. Elle était beaucoup plus âgée que son frère, à l'évidence, et s'en distinguait par un visage allongé aux pommettes saillantes et au front proéminent. Sous des sourcils épais qui se rejoignaient au milieu, ses yeux s'ouvraient démesurément, comme s'ils essayaient en vain d'échapper à la prison de son crâne.

– Avez-vous bien dîné, messieurs ? demanda Esteban Suarez quand ils s'assirent.

– Nous nous sommes régalés, répondit Joe. Merci.

Suarez leur servit un verre de rhum et porta un toast.

– À une collaboration que j'espère fructueuse, dit-il.

Dès la première gorgée, Joe fut étonné par la texture du breuvage, à la fois riche et onctueuse – celle d'un alcool dont la distillation a pris plus d'une heure et la fermentation plus d'une semaine. Un pur nectar.

– Exceptionnel, fit-il remarquer.

– C'est le quinze ans d'âge, expliqua Suarez. Je n'ai jamais été d'accord avec le dictat espagnol d'autrefois, selon lequel le rhum blanc était supérieur. (Il secoua la tête comme pour souligner l'absurdité du propos, puis croisa les jambes.) Bien sûr, nous autres Cubains avons néanmoins adhéré à ce principe, parce que nous avons toujours été d'avis que plus une chose est claire, mieux c'est – cheveux, yeux, teint.

Les Suarez avaient eux-mêmes le teint clair ; sans doute étaient-ils d'origine espagnole, et non africaine.

– Il est vrai que ma sœur et moi ne sommes pas issus des classes les plus défavorisées, reprit Suarez. Ce qui ne signifie pas pour autant que nous approuvons l'ordre social établi sur notre île.

Il porta son verre à ses lèvres, et Joe l'imita.

– Ce serait bien si on pouvait vendre cette petite merveille dans le Nord, intervint Dion.

Ivelia Suarez éclata d'un rire aussi bref que cassant.

– Un jour, peut-être…, dit-elle. Quand votre gouvernement se résoudra à nous traiter comme des adultes.

– Le plus tard possible, alors, répliqua Joe. Sinon, on serait tous obligés de chercher du boulot.

– Le problème ne se poserait pas pour nous, déclara Suarez. En plus de ce restaurant, ma sœur et moi en possédons deux autres à La Havane et un à Key West. Nous avons aussi une plantation de canne à sucre à Cárdenas et une de café à Marianao.

– Dans ce cas, qu'est-ce qui vous pousse à rester dans ce secteur ? demanda Joe.

Suarez haussa les épaules sous sa belle veste de smoking.

– L'argent.

– Plus d'argent, vous voulez dire ?

– Vous savez, monsieur Coughlin, il y a d'autres façons de le dépenser que d'acquérir toutes ces… choses matérielles, acheva-t-il en embrassant la pièce d'un grand geste.

– Ainsi parle l'homme qui en a lui-même acquis beaucoup, commenta Dion, s'attirant un coup d'œil sévère de la part de Joe.

Au même moment, celui-ci remarqua que le mur ouest du bureau était entièrement recouvert de photographies en noir et blanc : des scènes de rue pour la plupart, quelques façades de night-clubs, plusieurs portraits et deux ou trois vues de villages tellement misérables qu'ils paraissaient sur le point de s'écrouler au premier coup de vent.

– C'est mon frère qui les a prises, déclara Ivelia Suarez en suivant la direction de son regard.

– J'en profite quand je retourne au pays, renchérit Esteban. C'est l'un de mes passe-temps favoris.

– Ce n'est pas un simple passe-temps, objecta Ivelia. Les photos de mon frère ont été publiées dans le magazine *Time* !

Suarez balaya la remarque d'un sourire modeste.

– Elles sont très belles, dit Joe.

– Peut-être qu'un jour je vous photographierai aussi, monsieur Coughlin, qui sait ?

Joe fit non de la tête.

– Je partage l'opinion des Indiens sur ce point, j'en ai peur.

Le sourire de Suarez se teinta d'ironie.

– À propos d'âmes captives, j'ai été désolé d'apprendre la mort du *señor* Ormino hier soir.

– Oh, c'est vrai ? ironisa Dion.

Suarez salua la remarque d'un petit rire si discret qu'il ressemblait à un soupir.

– Et des amis m'ont rapporté que Gary L. Smith avait été vu pour la dernière fois à bord du Seaboard Limited, avec sa femme dans un Pullman et sa *puta maestra* dans un autre. On m'a dit que ses bagages paraissaient faits à la hâte mais qu'il y en avait beaucoup.

– Un homme a parfois besoin d'un changement de décor pour repartir du bon pied, déclara Joe.

– Est-ce le cas pour vous, monsieur Coughlin ? demanda Ivelia. Êtes-vous venu à Ybor chercher une nouvelle vie ?

– Je suis venu raffiner, distiller et distribuer le « démon rhum[1] ». Mais, avec de tels problèmes de

1. Image utilisée pour représenter le fléau de l'alcool pendant la Prohibition. (*N.d.T.*)

livraison, je risque d'avoir du mal à tenir mes objectifs.

– On ne peut pas contrôler tous les skiffs, tous les agents des douanes et tous les quais, souligna Esteban.

– Bien sûr que si.

– On ne contrôle pas les marées.

– Ce ne sont pas les marées qui ont empêché les bateaux d'arriver à Miami.

– Je ne m'occupe pas des bateaux qui vont à Miami.

– Je sais, confirma Joe. C'est Nestor Famosa qui s'en charge. Et il a assuré à mes associés que la mer avait été calme et prévisible tout l'été. Or j'ai entendu dire que Nestor Famosa était quelqu'un de fiable.

– Contrairement à moi ? C'est ce que vous insinuez, monsieur Coughlin ? demanda Suarez en leur servant un autre verre de rhum. Vous avez aussi mentionné le *señor* Famosa, j'imagine, pour me laisser supposer qu'il risque de s'approprier mes circuits de distribution si vous et moi ne trouvons pas un accord...

Joe prit son verre et y trempa les lèvres.

– Si j'ai mentionné Famosa – bon sang, ce rhum est fabuleux ! –, c'est uniquement pour appuyer mes propos, selon lesquels la mer a été calme cet été. Exceptionnellement calme, même, m'a-t-on dit. Je n'utilise pas de double langage, *señor* Suarez, et je ne parle pas par énigmes ; demandez donc à Gary L. Smith. En l'occurrence, je tiens à traiter directement avec vous, sans passer par des intermédiaires. En contrepartie, vous aurez le droit d'augmenter un peu vos prix. Je m'engage à acheter tous vos stocks de mélasse et de sucre. Je vous propose également de cofinancer une distillerie mieux équipée que celles qui servent actuellement à engraisser les rongeurs le long de la Septième Avenue. Je n'ai pas seulement hérité les responsabilités de feu Lou Ormino, j'ai aussi gagné un accès à tous les conseillers municipaux, flics et juges qu'il avait dans sa poche.

Or, parmi eux, ils seront nombreux à ne pas vouloir vous adresser la parole, juste parce que vous êtes cubain – et peu importe que vous soyez bien né. Vous pourrez dialoguer avec eux à travers moi.

– Voyez-vous, monsieur Coughlin, si le *señor* Ormino avait accès à ces juges et à la police, c'était pour une seule raison : il passait par le *señor* Smith, qui lui servait d'entremetteur. Ces hommes ne veulent pas plus faire affaire avec les Cubains qu'avec les Italiens. Nous sommes tous des Latins pour eux, tous des chiens basanés qui ne sont bons qu'à trimer.

– Une chance que je sois irlandais ! Je crois que vous connaissez un certain Arturo Torres…

Déconcerté par le changement de sujet, Suarez haussa les sourcils.

– J'ai entendu dire qu'il devait être extradé, ajouta Joe.

– C'est ce que j'ai entendu dire aussi.

– Considérez ceci comme un gage de ma bonne foi : Torres a été libéré il y a une heure. Il doit déjà être ici.

Joe vit le long visage d'Ivelia Suarez s'allonger encore sous l'effet de la surprise, et peut-être aussi de la joie. Elle jeta un coup d'œil à son frère, qui hocha la tête, puis alla décrocher le téléphone sur le bureau. Pour tromper l'attente, les trois hommes sirotèrent leur rhum.

Enfin, Ivelia raccrocha et revint s'asseoir.

– Il est au bar, dit-elle.

Suarez se carra dans son fauteuil et, les yeux fixés sur Joe, écarta les mains.

– Vous voudriez un droit d'exclusivité sur notre mélasse, j'imagine.

– Non, il n'est pas question d'exclusivité. Mais vous ne pourrez pas vendre votre marchandise à l'organisation de White ou à ses affiliés. Toutes les petites structures qui n'ont aucun rapport avec eux ou avec nous auront la possibilité de poursuivre leur activité ; un jour ou l'autre, nous finirons bien par les convaincre de nous rejoindre.

– Et c'est à ce prix que j'aurai accès à vos politiques et à vos policiers ?

– Ainsi qu'à mes juges, affirma Joe. Ceux qui nous sont déjà acquis, comme ceux qui grossiront nos rangs demain.

– Le magistrat que vous avez vu aujourd'hui a été nommé par le gouvernement fédéral.

– Il a aussi eu trois enfants avec une négresse à Ocala, dont sa femme et Herbert Hoover seraient bien surpris d'apprendre l'existence.

Suarez regarda sa sœur un long moment avant de reporter son attention sur Joe.

– Albert White est un bon client. Il l'est depuis longtemps.

– Deux ans, précisa Joe. Depuis que quelqu'un a tranché la gorge de Clive Green dans un claque de la Vingt-Quatrième Est.

Comme son interlocuteur paraissait étonné, il expliqua :

– J'ai été emprisonné en mars 1927, *señor* Suarez. Je n'avais rien d'autre à faire que mes devoirs. Est-ce qu'Albert White peut vous offrir l'équivalent de ce que je vous propose ?

– Non. Mais si je le mets à l'écart, je déclenche une guerre que je n'ai pas les moyens de mener. Je ne peux pas me le permettre, tout simplement. J'aurais dû vous rencontrer il y a deux ans.

– Eh bien, vous me rencontrez aujourd'hui, monsieur Suarez. Je vous donne la possibilité de toucher des juges, des policiers et des politiques, ainsi que de mettre en place un modèle de distillation centralisé qui nous permettrait de partager équitablement les profits. J'ai éliminé les deux maillons les plus faibles de mon organisation et empêché votre meilleur distillateur d'être extradé. Si j'ai agi ainsi, c'est pour vous convaincre de lever votre embargo sur les opérations de Maso Pescatore à Ybor, parce que j'ai pensé que vous nous adressiez un message. Je suis venu en personne vous dire que, ce message, je l'avais reçu. Alors demandez-moi ce que vous voudrez, vous l'obtiendrez. En échange, vous devez me fournir ce dont j'ai besoin.

Nouvel échange de regards entre le frère et la sœur.

– Il y a en effet quelque chose que vous pourriez faire pour nous, dit Ivelia.

– Allez-y.

– Mais ce que nous convoitons est extrêmement bien gardé et il faudra se battre pour l'obtenir.

– Pas de problème, déclara Joe. On y arrivera.

– Attendez, vous ne savez même pas de quoi il s'agit.

– Si on réussit, est-ce que vous vous engagez à couper les ponts avec Albert White et ses associés ?

– Oui.

– Au risque de provoquer un bain de sang ?

– Ça me paraît inévitable, hélas, répondit Suarez.

– En effet, confirma Joe.

Suarez s'absorba quelques instants dans ses réflexions, laissant l'atmosphère de la pièce se charger de tristesse. Quand il reprit la parole, ce fut d'un ton ferme qui suffit à dissiper la mélancolie ambiante.

– Si vous faites ce que je demande, Albert White ne verra plus une seule goutte de la mélasse des Suarez ni de leur rhum distillé. Plus une seule, monsieur Coughlin.

– Est-ce que vous lui vendrez quand même du sucre en gros ?

– Non.

– Marché conclu, dit Joe. De quoi avez-vous besoin ?

– D'armes.

– D'accord. Lesquelles ?

Suarez tendit le bras derrière lui pour attraper un papier sur son bureau, puis chaussa ses lunettes avant de lire.

– Fusils automatiques Browning, pistolets automatiques et mitraillettes calibre .50 avec trépied.

Joe jeta un coup d'œil à Dion et tous deux gloussèrent.

– Autre chose ? demanda Joe.

– Oui. Des grenades et des mines.

– Des quoi ?

– Vous les trouverez sur le bateau.

– Quel bateau ?

– Le navire militaire de transport, intervint Ivelia. Quai numéro sept. (Elle inclina la tête vers le mur du fond.) À neuf rues d'ici.

– Vous voulez qu'on attaque un bâtiment militaire ?

– Tout juste, confirma Suarez. Et le plus vite possible, car il doit quitter le port dans deux jours.

Il tendit à Joe une feuille pliée. Joe l'ouvrit lentement, le cœur serré à la pensée qu'il avait autrefois porté à son père des papiers tels que celui-là. Il avait passé deux ans à se dire que le poids de ces messages n'avait pas tué Thomas Coughlin. Certains soirs, il avait presque réussi à s'en convaincre.

Círculo Cubano, 8 heures.

– Allez là-bas demain matin, monsieur Coughlin. Vous y rencontrerez une certaine Graciela Corrales. Elle vous donnera des instructions.

Joe empocha le papier.

– Je ne reçois pas d'ordres d'une femme.

– Si vous tenez à chasser Albert White de Tampa, je vous conseille de vous conformer aux siens, répliqua Suarez.

13

Une faille dans le cœur

Quand Dion s'arrêta pour la seconde fois devant l'hôtel, Joe lui demanda d'attendre un peu au cas où il déciderait de ressortir dans la soirée.

Le chasseur, habillé d'une veste en velours rouge et calot assorti, comme un singe de cirque, émergea de derrière l'un des palmiers en pot placés à l'entrée de l'établissement, prit les bagages apportés par Dion et escorta Joe à l'intérieur. Dion alla se poster près de la voiture tandis que Joe se présentait au comptoir de la réception, puis signait le registre avec le stylo plume en or que lui tendait un Français austère au sourire éclatant et aux yeux aussi éteints que ceux d'une poupée. On lui remit une clé en laiton attachée à une cordelette de velours rouge à laquelle était accrochée une lourde plaque dorée comportant le numéro de la chambre : 509.

Celle-ci se révéla être une suite, meublée d'un lit aussi vaste que South Boston, de belles chaises françaises ouvragées et d'un bureau pareillement français et ouvragé, placé devant les fenêtres surplombant le lac. Non seulement Joe disposait d'une salle de bains privée, mais elle était plus grande que sa cellule à Charlestown. Le chasseur lui montra les différentes prises électriques et les interrupteurs qui commandaient l'éclairage et les ventilateurs. Il lui indiqua également la penderie en cèdre, puis le poste de radio – un luxe dont bénéficiaient toutes les chambres, précisa-t-il –, et Joe eut une pensée pour Emma le soir de l'inauguration du Statler. Après avoir gratifié l'employé d'un généreux pourboire, il le mit dehors et alla s'asseoir sur une belle chaise française pour allumer une cigarette. Il la fuma pensivement, les yeux fixés sur l'image de l'hôtel imposant réfléchie par les eaux sombres du lac, en se demandant si son père et Emma pouvaient le voir. Si tel était le cas, que voyaient-ils d'autre ? Le passé et l'avenir, peut-être ? De vastes mondes que sa propre imagination était incapable de concevoir ? Ou au contraire ne voyaient-ils rien, parce qu'ils n'étaient eux-mêmes plus rien ? Juste deux morts redevenus poussière, de simples ossements dans une boîte – et encore, incomplets pour ce qui était d'Emma.

Cette pensée fit resurgir en lui la peur qu'il n'y eût pas d'après. Plus que la peur, à dire vrai. Assis sur cette chaise ridicule d'où il contemplait le reflet mouvant des fenêtres jaunes sur l'eau noire, il en avait même la certitude : la mort n'ouvrait pas les portes d'un monde meilleur ; ce monde meilleur était là, ici-bas, accessible par le simple fait d'être en vie. Le paradis n'était pas un ailleurs idyllique dans les nuages ; c'était l'air qu'on respirait sur cette terre.

Il regarda la pièce autour de lui – le haut plafond, le lustre énorme au-dessus du lit disproportionné, les tentures épaisses – et se sentit brusquement oppressé.

– Je suis désolé, chuchota-t-il à l'adresse de son père, dont il doutait cependant qu'il pût l'entendre. Ce n'était pas censé tourner comme ça, ajouta-t-il en balayant de nouveau la chambre du regard.

Le temps d'écraser sa cigarette, et il sortit.

Autour d'Ybor, Tampa était le royaume exclusif des Blancs. Dion lui montra quelques commerces au-delà de la 24e Rue qui affichaient clairement à l'aide de pancartes leur position sur la question. Ainsi, un épicier dans la Dix-Neuvième Avenue tenait à faire savoir que son magasin était « Interdit aux chiens et aux Latinos » et une pharmacie dans Columbus Drive avait apposé un panneau de chaque côté de la porte : « Interdit aux Latinos » à gauche et « *No dagos* » à droite.

– Ça ne te gêne pas ? demanda Joe.

– Bien sûr que si, mais qu'est-ce que tu veux y faire ?

Joe porta à ses lèvres la flasque de Dion, puis la lui rendit.

– Je suis sûr qu'on peut trouver quelques cailloux dans le coin…

La pluie qui tombait depuis peu n'apportait aucune fraîcheur ; au contraire, elle donnait même l'impression de déposer un voile de sueur sur la peau. Il était près de minuit, et la chaleur semblait encore plus intense, l'humidité rendant l'air étouffant. Joe s'installa au volant, levier de vitesse au point mort, pendant que Dion allait fracasser les deux vitrines de la pharmacie. Une fois son forfait accompli, ce dernier remonta en voiture et ils reprirent la direction d'Ybor. Il expliqua que les Italiens vivaient majoritairement à l'écart du centre-ville, entre la 15e et la 23e Rue ; les Latino-Américains à la peau plus claire entre la 10e et la 15e ; et les nègres entre la 10e et l'ouest de la Douzième Avenue, où se concentraient presque toutes les fabriques de cigares.

Ils s'arrêtèrent devant une gargote au bout d'un semblant de route qui passait devant la Vayo Cigar Factory avant de disparaître dans l'enchevêtrement de végétation d'une mangrove où poussaient des cyprès.

L'établissement était une simple baraque en bois sur pilotis surplombant un marécage. Des filets étaient suspendus aux arbres le long des berges, d'autres protégeaient la baraque elle-même, les méchantes tables disposées à côté et la véranda à l'arrière.

La musique qu'on jouait à l'intérieur impressionna Joe. Il n'avait jamais rien entendu de pareil : une version de la rumba cubaine, mais en beaucoup plus insolente et provocante. D'ailleurs, il put constater en entrant que les mouvements des silhouettes sur la piste évoquaient plus les ébats amoureux que la danse. Il n'y avait pratiquement que des gens de couleur dans la salle : surtout des Noirs cubains, auxquels se mêlaient quelques Noirs américains. Quant à ceux qui avaient la peau moins foncée, ils n'avaient pas les traits fins des Cubains ou des Espagnols bien nés ; leurs visages étaient plus ronds, leurs cheveux plus crépus. La moitié d'entre eux connaissaient Dion. La barmaid, une femme d'un certain âge, lui tendit d'autorité une bouteille de rhum et deux verres.

– C'est toi, le nouveau patron ? demanda-t-elle à Joe.

– Ça se pourrait. Je m'appelle Joe. Et vous ?

– Phyllis, répondit-elle en lui tendant une main sèche. C'est chez moi, ici.

– Chouette bar. S'appelle comment ?

– Chez Phyllis.

– Évidemment.

– Alors, qu'est-ce que tu penses de lui ? demanda Dion à Phyllis.

– Il est trop mignonnet, dit-elle en reportant son attention sur Joe. Va falloir t'encanailler un peu, mon gars.

– J'y penserai.

– Oublie pas, conclut-elle avant d'aller servir un autre client.

Ils emportèrent la bouteille dehors, sous la véranda, la posèrent sur une petite table et s'approprièrent deux fauteuils à bascule. Une fois installés, ils contemplèrent le marécage à travers les filets. La pluie avait cessé dans l'intervalle, et des libellules voltigeaient autour d'eux. Soudain, Joe entendit du mouvement dans les taillis – un gros animal, apparemment. Un autre, tout aussi gros, se déplaçait sous la véranda.

– Des reptiles, dit Dion, laconique.

Joe souleva aussitôt les pieds.

– Quoi ?

– Des alligators, précisa Dion.

– Tu te paies ma tête ?

– Moi non. Mais eux ne demandent que ça.

– Qu'est-ce qu'on fout dans ce trou infesté d'alligators ? s'écria Joe en levant plus haut les genoux.

Dion haussa les épaules.

– Y en a partout, ici. Partout. Dès que tu vois de l'eau, tu peux être sûr qu'y en a dix à l'affût. (Il agita les doigts en écarquillant les yeux.) N'attendant que le moment où ces crétins de Yankees auront envie de faire trempette.

Joe entendit l'animal en dessous d'eux s'éloigner pesamment et s'évanouir dans la mangrove.

Dion étouffa un petit rire.

– Suffit de pas aller dans l'eau.

– Ni de trop s'en approcher.

– Exact.

Ils continuèrent de boire tandis que le ciel se dégageait petit à petit. Quand la lune reparut, Joe distingua Dion aussi nettement que s'ils étaient à l'intérieur. Surprenant son vieil ami en train de le dévisager, Joe le dévisagea en retour. Durant un long moment, aucun d'eux ne souffla mot, et pourtant cet échange de regards donna à Joe le sentiment d'avoir tout dit. Il fut soulagé, et il devinait que Dion l'était aussi, de pouvoir enfin crever l'abcès.

Dion avala encore une gorgée du tord-boyaux maison, puis s'essuya les lèvres d'un revers de main.

– Comment t'as su que c'était moi ?

– C'était pas moi, en tout cas, répliqua Joe.

– Ç'aurait pu être mon frangin.

– Paix à son âme, mais ton frangin n'était pas assez malin pour jouer les balances.

Dion hocha la tête, avant de s'absorber quelques instants dans la contemplation de ses chaussures.

– Au fond, ce serait une délivrance.

– De ?

– Mourir, répondit Dion en levant les yeux vers lui. Mon frère a été tué à cause de moi, Joe. T'imagines même pas ce que ça fait de vivre avec un tel poids sur la conscience.

– Oh, j'en ai une petite idée.

– Je vois pas comment tu…

– Crois-moi.

– Il avait deux ans de plus, mais c'était moi l'aîné, tu comprends ? J'étais censé veiller sur lui. Tu te rappelles quand on a commencé à traîner ensemble, et à démolir les kiosques à journaux ? Paolo et moi, on avait un autre frère, Seppi… Tu t'en souviens ?

Joe acquiesça, en songeant qu'il n'avait pas repensé à ce môme depuis des années :

– Il a eu la polio.

– C'est ça. Et il en est mort. À huit ans. Ma mère s'en est jamais vraiment remise. J'ai dit à Paolo à l'époque qu'on n'aurait rien pu faire pour sauver Seppi ; c'était la volonté de Dieu, et les voies du Seigneur sont impénétrables. Restait que nous deux… (Il croisa les pouces et les porta à ses lèvres.) Alors on se protégerait l'un l'autre.

Derrière eux, la cabane tremblait sous les assauts des corps et les vibrations des basses. Devant eux, les nuées de moustiques tournoyaient au-dessus du marécage comme des tourbillons de poussière éclairés par la lune.

– Qu'est-ce qui va se passer, maintenant ? reprit Dion. C'est toi qui m'as réclamé depuis la prison, non ? C'est toi qui as envoyé ces gars me chercher à Montréal pour me traîner jusqu'ici et me permettre de mener la belle vie. À quoi je dois m'attendre ?

– Pourquoi t'as fait ça ? demanda Joe.

– Parce qu'il me l'a demandé.

– White ?

– Qui veux-tu que ce soit ?

Joe ferma les yeux quelques secondes en s'obligeant à respirer lentement.

– Il t'a demandé de tous nous balancer ?

– C'est ça.

– Il t'a payé ?

– Non, pas question. Oh, il me l'a proposé, mais j'en voulais pas, de son putain de fric. Qu'il aille se faire foutre.

– Tu bosses toujours pour lui ?

– Non.

– Pourquoi je te croirais, D ?

Dion retira de sa botte un cran d'arrêt, qu'il plaça sur la petite table entre eux. Il y posa ensuite deux .38 à canon long et un calibre .32 à canon court, auxquels il ajouta une matraque lestée de plomb, ainsi qu'un coup-de-poing américain. Après s'être essuyé les mains, il montra ses paumes à Joe.

– Quand je serai plus là, tâche de trouver un certain Brucie Blum. On le voit parfois aux alentours de la Sixième Avenue. Il marche bizarrement, parle bizarrement et se rappelle plus qu'il a été un jour un cador. Y a encore six mois, il était au service de White. Un vrai tombeur de ces dames, en plus, avec ses beaux costards… Aujourd'hui, il se traîne en agitant une sébile devant les passants, il se pisse dessus et il est infoutu de nouer ses lacets. Tu veux savoir la dernière chose qu'il a faite quand c'était encore un baron ? Il m'a abordé dans un bar de Palm pour me dire : « Albert veut te parler. T'as intérêt à pas le décevoir, sinon… » J'ai choisi « sinon » et je lui ai défoncé la tête. Alors, non, je bosse plus pour Albert White. Ç'a été la seule ct unique fois. T'as qu'à demander à Brucie Blum.

Plongé dans ses pensées, Joe avala une gorgée de mauvais rhum.

– Tu vas t'en charger toi-même ou tu vas déléguer ? murmura Dion.

Joe le regarda droit dans les yeux.

– Je te descendrai moi-même.

– D'accord.

– Si je décide de te descendre.

– Je préférerais que tu te décides assez vite, dans un sens ou dans l'autre.

– Je me fous de tes préférences, D.

Ce fut au tour de Dion de garder le silence. Dans la cabane derrière eux, le bruit et la musique s'atténuaient. De plus en plus de voitures quittaient les abords de la gargote pour s'engager sur le chemin boueux en direction de la fabrique de cigares.

– Mon père est mort, reprit Joe au bout d'un moment. Emma et Paolo aussi. Mes propres frères m'ont abandonné, chacun à sa manière. Bordel, D, t'es une des rares personnes que je connaisse encore. Si je te perds, qu'est-ce que je deviens ?

Dion se borna à le dévisager, les larmes roulant sur ses grosses joues.

– Si c'était pas pour le fric, D, qu'est-ce qui t'a poussé à nous trahir ?

– T'allais tous nous faire tuer, répondit Dion après avoir pris une profonde inspiration. À cause de cette nana. T'étais plus toi-même. Rappelle-toi ce qui s'est passé ce jour-là devant la banque… T'allais nous entraîner dans un merdier dont on pourrait pas se dépêtrer. Et mon frangin le paierait de sa vie, parce qu'il était lent à la détente, Joe, il était pas comme nous. Alors, je me suis dit, je me suis dit… (Il inspira de nouveau, à plusieurs reprises.) Je me suis dit que je devais trouver un moyen de nous sortir de la rue pendant un an. C'était ça, le deal. White était en cheville avec un juge. On devait tous écoper d'un an ferme, pas plus ; c'est pour ça qu'on n'a pas dégainé pendant le cambriolage. Un an. D'ici là, la nana de White t'aurait oublié, et avec un peu de chance tu l'aurais oubliée aussi.

– Nom de Dieu ! s'exclama Joe. Tout ça parce que je suis tombé amoureux de la nana d'Albert White ?

– White et toi, vous étiez comme des chiens enragés. Je t'assure, t'étais plus le même quand il s'agissait de cette fille. Et ça, ça me dépassera toujours. Elle avait rien de plus que les autres, bon sang !

– Oh si…

– Ah oui ? Et quoi ?

Joe finit son rhum.

– Avant de la rencontrer, je m'étais pas rendu compte qu'il y avait cette faille en moi, là. (Il posa l'index sur son torse.) Juste là. J'en ai pris conscience quand elle l'a comblée. Aujourd'hui, elle est morte et la faille s'est rouverte. Sauf qu'elle est beaucoup plus large, et beaucoup plus profonde. Et je voudrais tellement qu'Emma revienne d'entre les morts pour la combler encore une fois…

Dion, dont les larmes séchaient déjà, riva son regard au sien.

– Vu de l'extérieur, Joe, c'était elle la faille.

Lorsque Joe rentra à l'hôtel, le réceptionniste de nuit lui remit une liasse de messages. Tous émanaient de Maso Pescatore.

– Vous avez un standardiste vingt-quatre heures sur vingt-quatre ? demanda Joe à l'employé.

– Bien sûr, monsieur.

Arrivé dans sa chambre, Joe décrocha le combiné, et l'opérateur assura la liaison. Le téléphone sonna sur la côte nord de Boston, et enfin Maso décrocha. Joe alluma une cigarette en lui narrant par le menu sa première longue journée en Floride.

– Ils ont vraiment parlé d'attaquer un bateau ? s'étonna Maso.

– Un navire militaire, oui.

– Et pour le reste ? Tu as ta réponse ?

– Je l'ai, oui.

– Alors ?

– Ce n'est pas Dion qui m'a balancé. (Joe ôta sa chemise, puis la laissa tomber par terre.) C'est son frère.

14

Boum

Le Círculo Cubano était le plus récent des clubs cubains. Les Espagnols avaient construit le premier de ces établissements, le Centro Español, dans la Septième Avenue, à la fin du XIXe siècle ; au début du XXe, un groupe d'Espagnols du Nord s'en était détaché pour créer le Centro Asturiano, au croisement de la Neuvième et de Nebraska Avenue.

L'Italian Club se trouvait également dans la Septième Avenue, à environ deux cents mètres du Centro Español, dans le même quartier recherché d'Ybor. Compte tenu de leur place au bas de l'échelle sociale, les Cubains avaient dû s'installer dans une partie de la ville beaucoup moins prisée. Le Círculo Cubano se dressait à l'intersection de la Neuvième Avenue et de la 14e Rue, en face d'un atelier de couturière et d'une pharmacie – deux commerces d'aspect tout juste convenable qui, eux-mêmes, jouxtaient le claque de Silvana Padilla. La clientèle de l'établissement en question se composait surtout d'ouvriers des fabriques de cigares, pas des directeurs, si bien que des bagarres au couteau y éclataient fréquemment, et que les prostituées étaient souvent malades et négligées.

Au moment où Joe et Dion se garaient le long du trottoir, une fille vêtue d'une robe chiffonnée, sans doute la même que la veille, émergea d'une ruelle deux portes plus loin. Elle passa près d'eux en lissant les volants de sa tenue ; elle paraissait brisée, très âgée, et de toute évidence elle aurait eu bien besoin d'un remontant. Joe lui donna environ dix-huit ans. L'homme qui déboucha de la ruelle après elle, en costume et canotier blancs, s'éloigna dans la direction opposée en sifflotant, et Joe éprouva l'envie irrationnelle de se lancer à sa poursuite et de lui cogner le crâne contre l'un des bâtiments de brique bordant la 14e Rue. Encore et encore, jusqu'à voir le sang jaillir de ses oreilles.

– Il est à nous ? demanda Joe en pointant le menton vers le lupanar.

– On en possède une partie, oui.

– Alors, dans cette partie-là, la règle dit que les filles ne bossent pas dehors.

Dion le regarda pour s'assurer qu'il ne plaisantait pas.

– D'accord. Je verrai ça, père Joe. Bon, est-ce qu'on peut se concentrer sur l'affaire qui nous occupe ?

– Je me concentre, figure-toi !

Joe vérifia sa cravate dans le rétroviseur avant de descendre de la voiture. Il posa le pied sur un trottoir déjà tellement bouillant à huit heures du matin qu'il en perçut la chaleur à travers ses semelles, pourtant de bonne qualité. Ce n'était pas facile pour lui de réfléchir dans une telle fournaise. Or il avait besoin de rassembler ses esprits : si beaucoup d'hommes se sentaient plus forts, plus courageux et valeureux quand ils portaient une arme, Joe se savait pour sa part capable d'affronter n'importe quel adversaire sur le terrain de la repartie, voire de remporter le combat. Il aurait eu toutefois plus de chances, lui semblait-il, si la température avait baissé de quelques degrés…

Concentre-toi. Concentre-toi. On va te soumettre un problème auquel tu seras obligé d'apporter une solution : comment soulager la marine de soixante caisses de munitions sans te faire tuer ni blesser ?

Alors que Dion et lui gravissaient les marches à l'entrée du Círculo Cubano, la porte s'ouvrit devant eux.

Au départ, Joe avait bien une idée sur la façon de s'approprier les armes, mais elle lui sortit de l'esprit dès que son regard croisa celui de la femme sur le seuil, dont les yeux reflétèrent une surprise comparable à la sienne. C'était la mulâtre qu'il avait vue sur le quai de la gare la veille, la fille à la peau cuivrée et aux longs cheveux dont la nuance de noir inédite n'avait d'égale que celle de ses prunelles rivées sur lui.

– *Señor* Coughlin ?

Elle lui tendit la main.

– Oui.

Il la serra.

– Graciela Corrales. (Elle dégagea doucement ses doigts.) Vous êtes en retard.

Elle précéda les deux hommes dans le vestibule carrelé de noir et blanc jusqu'à un escalier de marbre blanc. Il faisait beaucoup plus frais à l'intérieur, sans doute parce que les hauts plafonds, les lambris sombres, le carrelage et le marbre constituaient un rempart efficace contre la chaleur.

Graciela Corrales prit la parole sans se retourner.

– Vous êtes de Boston, c'est ça ?

– Oui, répondit Joe.

– Est-ce que tous les Bostoniens ont pour habitude de lorgner les femmes sur les quais de gare ?

– Pour un peu, on en ferait un métier.

Elle leur jeta un coup d'œil par-dessus son épaule.

– Ce sont des manières très grossières.

– Eh, je suis pas de Boston, moi ! protesta Dion. Je suis italien.

– Il y a aussi beaucoup d'individus grossiers, en Italie…

En haut de l'escalier, elle les fit entrer dans une salle de bal dont les murs s'ornaient de photographies montrant des groupes de Cubains réunis dans cette même pièce. Sur certains clichés, les sujets posaient ; d'autres, pris sur le vif, avaient réussi à capturer toute la frénésie des nuits de danse – bras levés, déhanchements marqués, jupes tourbillonnantes. Graciela Corrales avançait vite, et les deux hommes devaient presser l'allure pour ne pas se laisser distancer, mais Joe eut l'impression de la reconnaître sur l'une des photos. Il n'aurait toutefois pu en jurer, car la femme sur le cliché riait aux éclats, la tête renversée et les cheveux dénoués, et il ne parvenait pas à imaginer Graciela Corrales ainsi libérée de toute retenue.

Après la salle de bal, ils traversèrent une salle de billard, et Joe commençait à se dire que certains Cubains avaient la belle vie quand leur guide les introduisit dans une bibliothèque aux fenêtres encadrées d'épais rideaux blancs, où étaient disposées quatre chaises en bois. L'homme qui les attendait s'approcha, le visage éclairé par un large sourire.

Esteban Suarez. Il serra la main aux visiteurs comme s'il ne les avait pas rencontrés la veille.

– Esteban Suarez, messieurs. Je vous remercie d'être venus. Mais asseyez-vous donc…

Les trois hommes prirent place sur les chaises.

– Vous êtes deux ? demanda Dion.

– Pardon ?

– On a passé une heure avec vous hier soir, monsieur Suarez. Or vous vous comportez comme si on était de parfaits inconnus.

– Eh bien, hier soir, vous avez rencontré le propriétaire d'El Vedado Tropicale. Ce matin, vous rencontrez le secrétaire rapporteur du Círculo Cubano.

(Il sourit tel un professeur essayant de réconforter deux écoliers promis au redoublement.) Quoi qu'il en soit, merci pour votre aide.

Joe et Dion hochèrent la tête en silence.

– Je dispose de trente hommes, déclara Suarez, mais j'estime qu'il m'en faudrait trente de plus. Combien pouvez-vous…

– Il n'est pas question pour nous d'engager des hommes pour le moment, l'interrompit Joe. En fait, il n'est pas question de s'engager à quoi que ce soit pour le moment.

– Ah bon ? (Graciela se tourna vers Suarez.) Je ne suis pas sûre de comprendre.

– On est venus pour écouter, dit Joe. Il sera toujours temps après de décider si on vous suit.

La jeune femme s'assit à côté de Suarez.

– Je vous en prie, monsieur Coughlin, ne faites pas comme si vous aviez le choix, dit-elle. Vous êtes des gangsters dont les activités dépendent d'un produit fourni par un homme, et un seul. Si vous refusez, vos livraisons s'assécheront.

– Auquel cas, ce sera la guerre, trancha Joe. Et nous gagnerons, parce qu'on a l'avantage du nombre, contrairement à vous, Esteban. Je me suis renseigné. Vous voulez que je risque ma vie en défiant l'armée des États-Unis ? Je préfère affronter quelques dizaines de Cubains dans les rues de Tampa. Au moins, je saurai pourquoi je me bats.

– Le profit, affirma Graciela.

– Un moyen de gagner sa vie, rétorqua Joe.

– Un moyen criminel.

– Et vous, qu'est-ce que vous faites ? (Joe se pencha en avant et parcourut la pièce du regard.) Vous restez toute la journée assise ici à compter vos tapis persans ?

– Je roule des cigares à La Trocha, monsieur Coughlin. Je m'assois sur une chaise, c'est vrai, et je les roule de dix heures du matin à huit heures du soir. Quand vous m'avez reluquée à la gare hier…

– Je ne vous ai pas « reluquée »…

– … c'était mon premier jour de congé depuis deux semaines. Et quand je ne travaille pas, je fais du bénévolat ici. (Elle lui adressa un sourire amer.) Alors ne vous laissez pas abuser par une jolie robe.

La robe en question paraissait encore plus élimée que celle dont elle était vêtue la veille. Coupée dans un coton fin, ornée d'une large ceinture au niveau des hanches qui retenait une jupe à volants, elle était passée de mode depuis au moins un an sinon deux. À force d'avoir été portée et lavée, elle avait perdu sa couleur d'origine, qui se situait maintenant entre le beige et le brun clair.

– Ce sont les dons qui ont permis de fonder ce club, déclara Suarez d'un ton posé. Et qui permettent aujourd'hui d'en maintenir les portes ouvertes. Quand les Cubains sortent, le vendredi soir, ils veulent aller dans un endroit où ils peuvent se mettre sur leur trente et un, un endroit qui leur donne l'impression d'être revenus à La Havane – un endroit qui a du panache. Du style et du rythme, vous voyez ? (Il claqua des doigts.) Ici, personne ne nous traite de métèques ni de nègres. Nous sommes libres de parler notre langue, de chanter nos chansons et de réciter nos poèmes.

– Eh bien, tant mieux pour vous. Dans ce cas, expliquez-moi donc en vers pourquoi je devrais attaquer un bâtiment militaire pour votre compte plutôt que de renverser votre organisation ?

Graciela Corrales ouvrait déjà la bouche, une lueur de colère enflammant son regard, quand Suarez lui posa une main sur le genou pour la réfréner.

– Vous avez raison, monsieur Coughlin, vous pourriez probablement anéantir toutes mes opérations. Mais pour obtenir quoi, à part quelques bâtisses ? Mes fournisseurs, mes contacts à La Havane, toutes les personnes avec qui je travaille à Cuba... aucun n'accepterait de travailler avec vous. Alors, seriez-vous prêt à tuer la poule aux œufs d'or juste pour quelques murs et de vieilles caisses de rhum ?

Joe lui rendit son sourire. Il lui semblait qu'ils commençaient à se comprendre. S'ils n'en étaient pas encore à se respecter, cette possibilité ne lui paraissait pas exclue.

Du pouce, il indiqua un point derrière lui.

– C'est vous qui avez pris ces photos dans la salle ?

– Pour la plupart, oui.

– Qu'est-ce que vous ne faites pas, Esteban ?

Celui-ci ôta la main qu'il avait laissée sur le genou de Graciela, puis se radossa à sa chaise.

– Vous intéressez-vous à la politique de Cuba, monsieur Coughlin ?

– Non, répondit Joe. Et je n'en vois pas l'utilité. Ça ne m'aidera pas à faire ce boulot.

Suarez croisa les chevilles.

– Et que savez-vous du Nicaragua ?

– On y a écrasé une rébellion il y a quelques années, si je me rappelle bien.

– C'est là-bas qu'iront les armes, intervint Graciela. Et il n'y a pas eu de rébellion. Votre pays occupe le leur, tout comme il occupe le mien quand bon lui semble.

– Exigez donc une révision de l'amendement Platt.

Elle arqua un sourcil étonné.

– Oh, vous ne seriez pas totalement ignare, pour un gangster ?

– Je ne suis pas un gangster, je suis un hors-la-loi, affirma Joe, sans trop savoir si c'était encore vrai. Et, à part lire, il n'y avait pas grand-chose à faire là où j'ai passé ces deux dernières années. Alors, pourquoi la marine livrerait-elle des armes au Nicaragua ?

– Les Américains ont ouvert un camp d'entraînement militaire dans ce pays, répondit Suarez. Pour apprendre à la police et à l'armée du Nicaragua, du Guatemala et bien sûr de Panama comment convaincre les paysans de rester à leur place.

– Si je comprends bien, vous allez voler des armes à la marine américaine pour les redistribuer aux rebelles du Nicaragua ?

– Je ne me bats pas pour le Nicaragua, répliqua Suarez.

– Autrement dit, vous allez armer les rebelles cubains.

– Tout juste. Machado n'est pas un président. Ce n'est qu'un vulgaire voyou qui brandit un pistolet.

– Et vous voulez voler nos militaires pour renverser les vôtres ?

Suarez confirma d'une légère inclinaison de la tête.

– Vous y voyez une objection ? intervint Graciela.

– Je m'en fous. (Joe jeta un coup d'œil à Dion.) Et toi ? Tu y vois une objection ?

Dion s'adressa à Graciela.

– Vous vous êtes jamais dit que si vous étiez capables de maintenir l'ordre chez vous, et peut-être de choisir un dirigeant qui s'abstienne de vider les caisses cinq minutes après avoir prêté serment, on serait pas obligés d'aller tout le temps occuper votre pays ?

Elle lui opposa un regard froid.

– Je pense surtout que, si on n'avait pas des ressources susceptibles de générer beaucoup de profits, vous n'auriez jamais entendu parler de Cuba.

Dion reporta son attention sur Joe.

– Bah, quelle importance ? Qu'ils nous expliquent donc leur plan.

Joe se tourna vers Esteban Suarez.

– Vous avez un plan, j'imagine…

Pour la première fois depuis le début de l'entretien, celui-ci parut se vexer.

– Un de nos hommes doit monter sur le bateau ce soir. Il s'arrangera pour créer une diversion dans un compartiment à l'avant, et…

– Quel genre de diversion ? interrogea Dion.

– Un incendie. Quand l'équipage se précipitera pour l'éteindre, on en profitera pour descendre dans la cale chercher les armes.

– Elle sera fermée, cette cale.

Suarez se fendit d'un sourire confiant.

– On a des tenailles pour ça.

– Vous avez eu l'occasion de voir les serrures ?

– On me les a décrites.

Dion se pencha en avant.

– Mais vous ne savez pas en quoi elles sont faites. Si ça se trouve, c'est un matériau capable de résister à vos tenailles.

– Alors on tirera dessus.

– Ce qui ne manquera pas d'alerter l'équipage en train de combattre l'incendie, souligna Joe. Sans parler du danger lié aux éventuels ricochets des balles.

– On agira vite.

– Vite ? Avec soixante caisses de fusils et de grenades ?

– On pourra compter sur trente hommes. Peut-être soixante si vous nous amenez du renfort.

– Ils en auront trois cents, fit remarquer Joe.

– Mais pas trois cents *Cubanos*. Le soldat américain se bat pour défendre sa fierté. Le *Cubano* se bat pour défendre son pays.

– Conneries ! lâcha Joe.

Le sourire d'Esteban Suarez se teinta de suffisance.
– Vous doutez de notre courage ?
– Pas de votre courage, non. Plutôt de votre intelligence.
– Je n'ai pas peur de mourir, affirma Suarez.
– Moi si. (Joe alluma une cigarette.) Et, même si ce n'était pas le cas, je préférerais mourir pour une meilleure raison. Il faut deux hommes pour soulever une caisse de fusils ; autrement dit, à soixante, ils devront faire deux voyages sur un bâtiment en feu. Vous croyez vraiment que c'est possible ?
– On nous a informés de la présence de ce bateau il y a deux jours seulement, expliqua Graciela. Si on avait eu plus de temps, on aurait rassemblé des effectifs supplémentaires et mieux préparé notre plan, mais il se trouve que le navire quitte le port demain.
– Pas forcément, répliqua Joe.
– Comment ça ?
– Vous m'avez dit que vous pouviez faire monter un homme à bord.
– Exact.
– Donc, vous avez déjà quelqu'un sur place ?
– Et alors ?
– Je vous ai posé une putain de question, Esteban ! Vous avez mis un de ces marins dans votre poche, oui ou non ?
– Oui, répondit Graciela.
– À quel poste ?
– Il bosse dans la salle des machines.
– Qu'est-ce qu'il devait faire pour vous ?
– Provoquer une panne de moteur.
– J'en déduis que c'est un mécanicien ?
Cette fois, Graciela et Suarez hochèrent la tête de concert.

– Donc, il se pointe pour réparer le moteur, il allume l'incendie et vous lancez l'offensive sur la cale où se trouvent les armes.

– Exactement, confirma Suarez.

– On m'a déjà exposé des plans plus mauvais.

– Merci.

– Ne me remerciez pas, répliqua Joe. Je n'ai pas dit pour autant qu'il était bon. C'est prévu pour quand ?

– Ce soir, à dix heures. La lune ne devrait pas nous gêner.

– En plein milieu de la nuit, mettons vers trois heures du matin, ce serait mieux. Presque tout le monde dormira, y compris les héros et les témoins potentiels. À mon avis, c'est le seul moyen de donner à votre homme une chance de redescendre de ce bateau. (Il croisa les mains derrière sa nuque en réfléchissant.) Votre mécanicien, il est cubain ?

– Oui.

– Il a la peau sombre ?

– Je ne vois pas…, commença Esteban.

– Vous diriez qu'il est plutôt comme vous, ou plutôt comme elle ?

– Il a la peau très claire.

– Donc, il pourrait passer pour un Espagnol.

Suarez jeta un coup d'œil à Graciela, puis se concentra de nouveau sur Joe.

– Sûrement, oui.

– Où voulez-vous en venir ? s'enquit Graciela.

– Après ce qu'on va faire à la marine américaine, votre gars sera activement recherché.

– Et qu'est-ce qu'on va lui faire, à la marine américaine ? le pressa Graciela.

– Pour commencer, un beau trou dans la coque de ce rafiot.

La bombe ne ressemblait en rien à ces boîtes de clous et de rondelles métalliques qu'on pouvait acheter pour trois fois rien au premier anarchiste venu. C'était un mécanisme autrement plus complexe et précis, du moins à ce qu'on leur expliqua.

Un des barmen employés par le bar clandestin de Pescatore dans Central Avenue, à St. Petersburg – un dénommé Sheldon Boudre –, avait passé une bonne partie de ses années de trentenaire à désamorcer des bombes pour les marines. En 1915, il avait perdu une jambe en Haïti à cause d'un matériel de communication défectueux pendant l'occupation de Port-au-Prince ; depuis, il n'avait pas décoléré. À la demande de Joe et de Dion, il leur fabriqua un petit bijou d'engin explosif : un rectangle métallique grand comme une boîte à chaussures d'enfant. Il leur confia qu'il l'avait rempli de billes de roulement, de boutons de porte en laiton, et d'une quantité de poudre à canon suffisante pour creuser un tunnel à travers le Washington Monument.

– Veillez à placer ce truc directement sous le moteur, dit-il en posant sur le comptoir la bombe enveloppée de papier kraft.

– Ce n'est pas seulement le moteur qu'on veut atteindre, souligna Joe. On veut aussi endommager la coque.

En voyant Boudre passer sa langue sur ses fausses dents du haut, les yeux obstinément fixés sur le bar, Joe comprit qu'il l'avait vexé. Il garda cependant le silence, attendant sa réaction.

– Qu'est-ce qui arrivera, à votre avis, quand un moteur de la taille d'une putain de Studebaker passera à travers la coque pour finir dans la baie de Hillsborough ? grommela Boudre.

– On tient pas à faire sauter tout le port, lui rappela Dion.

– C'est toute l'ingéniosité de cette merveille, répliqua Boudre en tapotant le paquet. Elle est ciblée, elle partira pas en feu d'artifice. Faut juste éviter de se coller devant au moment où elle explosera.

– Et c'est… elle est, hum, sensible ? demanda Joe.

Les yeux de Boudre se mirent à briller.

– Bourrez-la de coups de marteau toute la journée, elle vous le pardonnera. (Il caressa le papier autour de la bombe comme s'il flattait le dos d'un chat.) Balancez-la en l'air, et c'est même pas la peine de vous écarter quand elle retombera.

Il hocha la tête à plusieurs reprises, les lèvres toujours en mouvement, et Joe échangea un coup d'œil inquiet avec Dion. Ils avaient peut-être affaire à un grand malade, et ils s'apprêtaient à charger une bombe de sa fabrication dans leur voiture pour lui faire traverser la baie de Tampa.

Boudre agita l'index.

– Y a quand même une petite réserve.

– À savoir ?

– Un détail que vous avez intérêt à connaître.

– Qui est… ?

Il leur adressa un sourire contraint.

– Celui qui allume la mèche a intérêt à courir vite.

Il y avait un peu moins de quarante kilomètres entre St. Petersburg et Ybor, mais Joe trouva le trajet interminable. Il était conscient de chaque mètre parcouru, de chaque trou dans le bitume, de chaque cahot de la voiture. Le moindre grincement du châssis lui semblait annoncer une mort imminente. Dion et lui n'avaient même pas besoin d'évoquer leur peur à haute voix : elle emplissait leurs yeux, imprégnait l'habitacle, accentuait l'odeur âcre de leur sueur. Ils ne quittèrent pratiquement pas la chaussée du regard quand ils traversèrent le Gandy Bridge, sauf pour jeter de temps en temps un rapide coup d'œil à la bande de littoral d'un blanc éblouissant qui se détachait de part et d'autre sur fond d'eaux bleues étales. Pélicans et aigrettes perchés sur les garde-fous s'égaillèrent à leur approche. Les pélicans se figeaient souvent en plein vol avant de tomber du ciel comme s'ils avaient été abattus. Ils plongeaient dans une mer d'huile, puis reprenaient leur essor avec dans le bec un poisson frétillant qu'ils finissaient toujours par engloutir, quelle que fût sa taille.

Dion passa sur un nid-de-poule, sur un joint de dilatation et encore sur un nid-de-poule. Joe garda les paupières closes.

Le soleil se précipitait à la rencontre du pare-brise et soufflait son haleine de feu à travers la vitre.

De l'autre côté du pont, les deux voies se réduisirent à une seule, et le bitume céda la place à un revêtement de gravier mêlé de coquillages écrasés – une surface inégale qui présentait des consistances diverses.

– Je veux dire..., commença Dion, qui ne termina jamais sa phrase.

Ils avancèrent encore cahin-caha sur une centaine de mètres avant d'être bloqués dans la circulation, et Joe dut résister à l'envie de se ruer hors de la voiture, d'abandonner Dion, d'oublier toute cette histoire. Franchement, quel individu sain d'esprit pouvait accepter de son plein gré de transporter une putain de bombe dans sa bagnole ?

Un dingue. Un type suicidaire, convaincu que le bonheur n'était qu'un mensonge servi au peuple pour le rendre docile. Or Joe avait connu le bonheur, il en avait fait l'expérience. Et aujourd'hui il prenait le risque de ne plus jamais le connaître, parce qu'il se baladait avec un explosif suffisamment puissant pour projeter un moteur de trente tonnes à travers une coque en acier…

Il ne resterait rien de lui. Ni de ses vêtements, ni de la voiture. Ses trente dents s'éparpilleraient dans la baie comme autant de piécettes jetées dans une fontaine. Avec un peu de chance, les plongeurs retrouveraient une phalange à expédier au cimetière de Cedar Grove, où elle serait ensevelie dans la concession familiale.

Le dernier kilomètre fut le plus terrible. Après Gandy Boulevard, ils longèrent une voie de chemin de fer, sur une piste de terre battue parsemée de crevasses traîtresses, qui s'affaissait sur la droite à cause de la chaleur. Elle dégageait des relents de salpêtre et de créatures engluées dans la boue tiède, mortes depuis longtemps déjà et en cours de fossilisation. Ils traversèrent ensuite une mangrove foisonnant de hauts palétuviers, où les flaques d'eau alternaient avec des trous particulièrement profonds, et, après deux ou trois minutes à bringuebaler sur ce terrain accidenté, ils atteignirent enfin la cabane de leur contact, Daniel Desouza, qui savait comme personne concevoir toutes sortes de caches.

Il leur avait fabriqué une boîte à outils équipée d'un double fond. Conformément aux instructions qu'il avait reçues, il l'avait salie, noircie et patinée, au point qu'elle ne sentait pas seulement le cambouis, la graisse et la crasse ; elle était aussi imprégnée de l'odeur de l'usure, de l'ancienneté. Les outils qu'il avait placés à l'intérieur, dont certains enveloppés dans de la toile enduite, étaient en revanche de première qualité et bien entretenus. Tous avaient été récemment nettoyés et graissés.

Quand les trois hommes furent assis à la table de cuisine dans l'unique pièce de la cabane, Desouza montra à Joe et Dion comment actionner l'ouverture du double fond. Sa femme enceinte les contourna d'une démarche pesante pour se rendre aux toilettes dehors, tandis que leurs deux enfants jouaient par terre avec des poupées, en fait de simples assemblages de chiffons grossièrement cousus ensemble. Joe remarqua un matelas sur le sol pour les petits, et un autre pour les adultes, sans draps ni oreillers. Un bâtard n'arrêtait pas d'entrer et sortir en reniflant partout, des nuées de mouches et de moustiques tournoyaient dans l'air, mais Daniel Desouza n'en avait que pour l'engin de Sheldon Boudre, qu'il examinait sous tous les angles. Par simple curiosité, ou parce qu'il était complètement fêlé, Joe n'aurait su le dire ; à ce stade, il ne s'inquiétait même plus, il attendait juste de rencontrer son créateur alors que Desouza introduisait un tournevis dans la bombe, et que sa femme, revenue dans l'intervalle, gesticulait pour chasser le chien de la maison. Les gosses commencèrent à se battre pour l'une des poupées en poussant des piaillements stridents, jusqu'au moment où leur père jeta un coup d'œil réprobateur à sa femme. Elle laissa aussitôt le chien tranquille et entreprit de corriger les gosses, leur distribuant des taloches sur le visage et dans le cou.

Les bambins gémirent de douleur et d'indignation.

– Vous vous êtes dégotté une sacrée belle mécanique, les gars, dit Desouza. On va en entendre parler.

Le plus jeune des deux enfants, un garçonnet d'environ cinq ans, cessa brusquement de pleurer. Il avait laissé échapper une longue plainte pour protester contre la punition maternelle, et il s'arrêta net, comme si une petite flamme avait été éteinte en lui par un coup de vent. Le visage vidé de toute expression, il ramassa l'une des clés anglaises qui traînaient par terre et en assena un grand coup sur la tête du chien. Celui-ci montra les crocs et parut sur le point de lui sauter dessus, mais au dernier moment il se ravisa et fila hors de la cabane.

– Un de ces jours, je vais en massacrer un des deux, commenta Desouza sans quitter des yeux la boîte à outils. Le clébard ou le gosse, je sais pas encore.

Joe rencontra Manny Bustamente, l'homme qui allait poser la bombe, dans la bibliothèque du Círculo Cubano, où tout le monde sauf Joe fumait le cigare, y compris Graciela. Il en allait de même dans la rue, où l'on voyait partout des gamins de neuf ou dix ans avec dans la bouche des cigares bon marché gros comme leur cuisse. Chaque fois que Joe allumait une de ses cigarettes Murad grêles, il avait l'impression que toute la ville se moquait de lui, mais les cigares lui collaient la migraine. Ce soir-là, quand il découvrit dans la bibliothèque l'épaisse nappe de fumée brune qui stagnait au-dessus des têtes, il se dit qu'il allait devoir s'habituer à souffrir de maux de tête.

Manny Bustamente avait été ingénieur en génie civil à Cuba. Malheureusement, son fils avait fait partie de la Fédération étudiante à l'université de La Havane, qui s'était élevée contre le régime de Machado. Celui-ci avait commencé par faire fermer l'université et dissoudre la fédération. Et puis, un jour, plusieurs hommes en uniforme militaire étaient arrivés chez Manny Bustamente quelques minutes après le coucher du soleil. Ils avaient forcé son fils à s'agenouiller dans la cuisine et l'avaient abattu d'une balle en pleine figure. Ils avaient ensuite fait subir le même sort à la femme de Manny lorsqu'elle les avait traités de bêtes sauvages. Manny, lui, avait été envoyé en prison. À sa libération, on lui avait laissé entendre que quitter le pays serait sans doute la meilleure solution pour lui.

Il raconta toute son histoire à Joe dans la bibliothèque à dix heures ce soir-là. Peut-être, supposa Joe, pour mieux le convaincre de son dévouement à leur cause. Or Joe ne doutait pas de son dévouement, il se posait des questions sur sa capacité à se déplacer rapidement : Manny faisait à peine plus d'un mètre soixante, et il était bâti comme une boîte de conserve. Joe avait remarqué qu'il avait eu du mal à reprendre son souffle après avoir gravi une volée de marches.

Ils parlèrent ensuite de l'agencement du navire, dont Manny avait inspecté les machines dès son arrivée au port.

Dion lui demanda pourquoi la marine ne recourait pas aux services de ses propres mécaniciens.

– Oh, ils le font, répondit Manny. Mais, s'ils peuvent trouver un… *especialista* pour jeter un coup d'œil à ces vieux moteurs, ils n'hésitent pas. Ce rafiot a vingt-cinq ans. À l'origine, il a été construit pour servir de… de…

Il claqua des doigts puis s'adressa à Graciela dans un espagnol rapide.

– Un paquebot de luxe, traduisit-elle pour l'assemblée.

– C'est ça, confirma Manny.

Il s'adressa de nouveau à Graciela, lui débitant au moins tout un paragraphe d'explications. Lorsqu'il eut terminé, elle leur dit que le bâtiment avait été vendu à la marine pendant la Grande Guerre et transformé en navire-hôpital par la suite. Récemment, il avait été reconverti en bateau de transport avec un équipage de trois cents hommes.

– Où est la salle des machines ? s'enquit Joe.

Manny s'entretint avec Graciela, qui traduisit.

– En bas, à la poupe.

– Si on vous demande d'intervenir à bord en pleine nuit, qui vous accueillera ?

Manny commença à répondre à Joe, puis se tourna vers Graciela pour lui poser une question.

– La police ? murmura-t-elle, les sourcils froncés.

Il fit non de la tête, avant de lui glisser encore quelques mots.

– Ah ! s'exclama-t-elle. *Veo, veo, sí*... (Elle s'adressa à Joe.) Il veut dire : la police navale.

– La police militaire de la marine, déclara Joe en regardant Dion. Tu connais ?

– Tu parles ! Je connais qu'eux.

– Donc, après avoir été contrôlé par la police militaire, vous descendez à la salle des machines, récapitula Joe, les yeux fixés sur Manny. Où sont les couchettes les plus proches ?

– Sur le pont supérieur, à l'autre bout, répondit Manny.

– Autrement dit, vous vous retrouvez seul en bas avec deux mécaniciens ?

– Oui.

– Et comment comptez-vous les faire sortir ?

De l'endroit où il s'était posté, près de la fenêtre, Esteban Suarez déclara :

– On tient de source sûre que le chef-mécanicien est un pochetron. Même s'il allait jeter un coup d'œil à la salle des machines pour voir ce que fabrique Manny, il ne resterait pas.

– Mais s'il restait quand même ? intervint Dion.

Suarez haussa les épaules.

– On improvisera.

– Pas question, décréta Joe. On n'improvise pas.

Au même moment, Manny créa la surprise en sortant de sa botte un Derringer à un coup avec une crosse de nacre.

– Je m'occuperai de cet homme s'il ne part pas.

Joe fit les gros yeux à Dion, assis à côté de Manny.

– Donnez-moi ça, ordonna Dion, qui lui arracha le pistolet des mains.

– Vous avez déjà tiré sur quelqu'un, Manny? demanda Joe. Vous avez déjà tué un homme?

– Non, avoua-t-il en s'adossant à sa chaise.

– Bon. Vous ne commencerez pas ce soir.

Dion lança l'arme à Joe, qui la rattrapa et la brandit sous le nez du petit Cubain.

– Vous pouvez bien tuer qui vous voulez, je m'en fiche, déclara-t-il, sans trop savoir toutefois si c'était vrai. Mais, s'ils vous avaient fouillé, ils auraient trouvé ce pistolet. Ensuite, forcément, ils se seraient intéressés de près à votre boîte à outils, et ils auraient découvert la bombe. Or votre principal objectif ce soir, Manny, c'est de ne pas tout faire foirer. Vous pensez pouvoir y arriver?

– Oui, affirma Manny. J'en suis sûr.

– Alors, si le mécanicien en chef reste dans cette salle, vous réparez le moteur et vous partez.

– Non! s'écria Esteban Suarez en s'écartant de la fenêtre.

– Oh si, décréta Joe. On parle d'un acte de trahison perpétré contre le gouvernement des États-Unis, vous saisissez? Je n'ai pas l'intention de me faire arrêter et pendre haut et court à la prison militaire de Leavenworth. Si vous sentez que c'est mal engagé, Manny, vous descendez de ce putain de bateau et on reprend tout de zéro. Mais surtout – regardez-moi, Manny –, surtout, vous n'improvisez pas. *¿Comprende?*

Au bout de quelques secondes, son interlocuteur finit par hocher la tête.

Joe indiqua la bombe dans le sac de toile à ses pieds.

– Cet engin est équipé d'une mèche très, très courte.

– Je sais. (Manny cilla pour chasser la goutte de sueur qui venait de lui tomber dans l'œil, puis s'essuya le front d'un revers de main.) Je suis prêt à mourir pour la cause.

Génial. Il est trop gros et trop à cran.

– Et c'est tout à fait admirable, déclara Joe qui, en croisant le regard de Graciela, y lut une inquiétude semblable à celle que devait refléter le sien. Mais, Manny, vous devez aussi vous engager à quitter ce bateau vivant. Je ne dis pas ça parce que je suis gentil et que je me soucie de vous ; croyez-moi, ce n'est pas le cas. Le problème, c'est que, si vous y laissez votre peau et qu'on vous identifie comme un nationaliste cubain, toute l'opération tombe à l'eau.

Manny se pencha en avant, serrant entre ses doigts un cigare gros comme un barreau de chaise.

– Je veux la liberté pour mon peuple, je veux que Machado meure et je veux que les États-Unis quittent mon pays. Je me suis remarié, monsieur Coughlin. J'ai trois *niños*, qui ont tous moins de six ans. J'aime ma seconde femme – Dieu me pardonne – plus que la première. J'ai atteint un âge où je préfère continuer à vivre en lâche plutôt que de mourir en héros.

Joe lui adressa un sourire reconnaissant.

– Alors c'est vous qu'il nous faut pour poser cette bombe.

L'*USS Mercy* jaugeait dix mille tonnes. C'était un navire à étrave verticale de cent vingt mètres de long sur quinze de large, surmonté de deux cheminées et de deux mâts. Sur le grand mât était installé un poste de vigie qui, aux yeux de Joe, ressemblait à une relique d'un autre temps, quand les pirates sillonnaient les mers. Les deux croix d'un rouge délavé encore visibles sur les cheminées témoignaient de son passé de navire-hôpital, tout comme la peinture blanche qui recouvrait la coque. Si le bâtiment paraissait usé et délabré, sa silhouette claire ne s'en détachait pas moins majestueusement sur l'eau noire et le ciel nocturne.

Leur groupe – Joe, Dion, Graciela et Esteban – se tenait sur la passerelle au-dessus d'un silo à grain à l'extrémité de McKay Street, et tous les regards convergeaient vers le bateau amarré au quai 7. À cet endroit s'élevaient une dizaine de silos dans les vingt mètres de haut, où toute la cargaison de grain d'un navire de la Cargill avait été entreposée l'après-midi même. Le veilleur de nuit avait été soudoyé, et on lui avait donné pour consigne de raconter à la police le lendemain que c'étaient des Espagnols qui l'avaient ligoté. Dion l'avait ensuite assommé de deux bons coups de matraque afin de rendre son histoire plus crédible.

Graciela demanda à Joe ce qu'il pensait.

– De quoi ?

– De nos chances de succès.

Un cigare long et fin entre les doigts, elle soufflait par-dessus la rambarde des ronds de fumée qu'elle regardait dériver vers le large.

– Franchement ? Minces, voire nulles, répondit Joe.

– C'est votre plan, pourtant.

– Et c'est le meilleur qui me soit venu à l'esprit.

– Il me semble plutôt bon.

– C'est un compliment ?

Elle fit non de la tête. Il crut toutefois voir tressaillir ses lèvres, peut-être pour réprimer un sourire.

– Une affirmation, monsieur Coughlin. Si vous étiez un bon guitariste, je vous le dirais aussi, mais ce n'est pas pour autant que je vous apprécierais.

– Parce que je vous ai reluquée à la gare ?

– Parce que vous êtes arrogant.

– Oh.

– Comme tous les Américains.

– Et les Cubains sont comment, selon vous ?
– Fiers.
Joe sourit.
– D'après ce que j'ai lu dans les journaux, vous êtes également paresseux, prompts à vous emporter, incapables d'économiser, et puérils.
– Vous croyez que c'est vrai ?
– Non, affirma Joe. Je crois surtout que les généralités à propos d'un pays ou d'un peuple dans son ensemble sont complètement idiotes.
Elle tira sur son cigare en le considérant d'un air pensif. Enfin, elle reporta son attention sur l'*USS Mercy*.
Les lumières du front de mer coloraient en rouge pâle les confins du ciel. Au-delà du chenal, la ville était assoupie dans la brume. Au niveau de la ligne d'horizon, des éclairs dessinaient un fin réseau de veines blanches sur la face du monde. Leur lumière vive et soudaine révélait la présence de gros nuages aussi sombres que des prunes, massés au loin telle une armée ennemie. À un moment, un petit avion passa directement au-dessus d'eux – un seul moteur, quatre points lumineux dans le ciel à une centaine de mètres de hauteur –, qui avait peut-être décollé pour un motif autorisé, même s'il était difficile d'imaginer lequel à trois heures du matin. Sans compter que, depuis son arrivée à Tampa, Joe n'avait pas vu beaucoup d'activités qu'il aurait pu qualifier d'autorisées.
– Vous pensiez vraiment ce que vous avez dit à Manny, tout à l'heure ? reprit Graciela. Ça vous est égal qu'il vive ou qu'il meure ?
Ils apercevaient à présent le Cubain grassouillet ; il longeait le quai en direction du bateau, sa boîte à outils à la main.
Joe s'accouda à la rambarde.
– Oui.
– Comment devient-on aussi dur ?

– Oh, ça vient plus vite que vous ne l'imaginez.

Manny s'arrêta au pied de la passerelle, où deux représentants de la police militaire se portèrent à sa rencontre. Il leva les bras pendant que l'un d'eux le palpait et que l'autre ouvrait la boîte à outils, fourrageait dans le plateau supérieur, puis l'ôtait pour le poser sur le quai.

– Si tout se déroule comme prévu, vous contrôlerez la distribution du rhum à Tampa, dit encore Graciela.

– Dans une bonne moitié de la Floride, même.

– Vous serez puissant.

– Sûrement, oui.

– Votre arrogance atteindra de nouveaux sommets, alors.

– Bah, l'espoir fait vivre…

La fouille terminée, Manny baissa les bras, mais le militaire qui l'avait palpé se rapprocha de son partenaire, et tous deux se penchèrent vers la boîte. Ils échangèrent quelques mots, la tête basse, puis l'un d'eux porta la main à la crosse de son calibre .45.

Joe regarda Dion et Esteban, un peu plus loin. Ils s'étaient figés et, la nuque raide, gardaient les yeux rivés sur la boîte à outils.

Les militaires firent signe à Manny de les rejoindre. Il alla se placer entre eux et se pencha à son tour. Quand l'un des deux hommes qui le flanquaient agita la main, Manny fouilla parmi les outils et en extirpa deux petites bouteilles de rhum.

– Merde, murmura Graciela. Qui lui a dit de les soudoyer ?

– Pas moi, répondit Esteban.

– Il improvise, ce con ! gronda Joe. De mieux en mieux…

Dion assena une claque sur le parapet.

– Ce n'est pas moi qui lui ai dit de faire ça, répéta Esteban.

– Et moi, je lui ai spécifiquement recommandé de ne pas le faire, renchérit Joe. « Surtout, vous n'improvisez pas. » Vous êtes témoins…

– Regardez, ils acceptent, le coupa Graciela.

Les yeux plissés, Joe vit chacun des militaires faire disparaître une bouteille dans sa vareuse, puis reculer.

Le temps de refermer la boîte, et Manny s'engagea sur la passerelle.

Durant un moment, personne ne prononça un mot.

Dion fut le premier à rompre le silence :

– Je crois que je viens de recracher mon trou du cul.

– Ça a marché, murmura Graciela.

– O.K., il est à bord, convint Joe. Mais rien n'est joué : il faut encore qu'il fasse son boulot et qu'il redescende.

Il consulta la montre de son père : trois heures pile.

Il jeta ensuite un coup d'œil à Dion, qui lut dans ses pensées.

– À mon avis, ça doit bien faire dix minutes qu'ils ont déclenché la bagarre.

Ils patientèrent. Le métal de la passerelle, chauffé toute la journée par le soleil d'août, était encore tiède.

Cinq minutes plus tard, l'un des militaires se dirigea vers un téléphone qui sonnait sur le pont. Il revint en courant, dévala la passerelle et assena une claque sur le bras de son partenaire. Tous deux se ruèrent vers un véhicule de reconnaissance, dans lequel ils s'engouffrèrent. Ils longèrent le quai puis tournèrent à gauche en direction d'Ybor et de ce club de la 17e Rue où dix des hommes de Dion étaient, en ce moment même, en train de se colleter avec une vingtaine de marins.

– Jusque-là, tu dois bien l'admettre…, commença Dion en souriant à Joe.

– Admettre quoi ?

– Que tout se passe comme prévu.

– Jusque-là, souligna Joe.

À côté de lui, Graciela tira sur son cigare.

Quand le bruit leur parvint, ce ne fut que l'écho d'une déflagration étonnamment assourdie – un son relativement faible –, pourtant l'onde de choc fit osciller jusqu'à la passerelle où ils se tenaient, les amenant tous à tendre les bras comme s'ils étaient juchés sur la même bicyclette. L'*USS Mercy* frémit. L'eau tout autour frissonna, et de petites vagues vinrent se briser contre le quai. Puis d'épais tourbillons de fumée grise jaillirent d'un trou dans la coque de la taille d'un piano.

La fumée s'épaissit encore, devint plus sombre, et à force de la scruter Joe finit par distinguer une boule jaune derrière, qui palpitait comme un cœur. Il continua de regarder, jusqu'au moment où il vit des flammes rouges se mêler au jaune, mais bientôt les deux couleurs furent masquées par des panaches de fumée aussi noirs que du goudron frais. Ils envahirent le chenal, obscurcissant la ville et même le ciel au-delà.

Dion éclata de rire. Lorsqu'il croisa le regard de Joe, il s'esclaffa de plus belle en hochant la tête.

Joe savait ce que signifiait ce geste : c'était pour ça qu'ils étaient devenus des hors-la-loi. Pour vivre des moments que tous les vendeurs d'assurances du monde, les chauffeurs de camion, les avocats, les employés de banque et les promoteurs immobiliers ne connaîtraient jamais. Des moments où ils évoluaient sans filet – sans rien pour les rattraper ni les envelopper. Joe regarda son ami et se rappela ce qu'il avait ressenti la première fois qu'ils avaient renversé ce kiosque à journaux dans Bowdoin Street lorsqu'ils avaient treize ans : *On ne fera sans doute pas de vieux os*.

Mais combien d'hommes, sentant leur dernière heure venir et se préparant à traverser les champs enténébrés vers la nébuleuse de l'autre monde, pouvaient jeter un ultime coup d'œil en arrière et se dire : *Un jour, j'ai saboté un navire de dix mille tonnes* ?

Les yeux fixés sur son ami, Joe sentit le rire vibrer dans sa gorge.

– Il n'est pas redescendu.

Graciela, à côté de lui, observait toujours le bateau presque complètement dissimulé par la fumée.

Joe garda le silence.

– Manny, ajouta-t-elle – une précision superflue.

Joe inclina la tête.

– Est-ce qu'il est mort ?

– Je ne sais pas, répondit-il.

Et de penser : Je l'espère.

15

Les yeux de sa fille

À l'aube, les marins déchargèrent les caisses d'armes et les placèrent sur le quai, où elles demeurèrent tandis que le soleil se levait, puis faisait s'évaporer la rosée qui s'était déposée sur le bois. Plusieurs bateaux plus petits s'amarrèrent à côté du navire endommagé. D'autres marins en descendirent, suivis par des officiers, et tous allèrent jeter un coup d'œil au trou dans la coque de l'*USS Mercy*. Joe, Esteban et Dion, qui déambulaient au milieu des badauds massés derrière les cordons de sécurité tendus par la police de Tampa, apprirent que le bâtiment s'était échoué dans le port; personne ne savait encore s'il serait possible de le sauver. En principe, la marine allait envoyer de Jacksonville une grue chargée sur une barge afin d'essayer de répondre à cette question. Pour ce qui était des armes, elle prévoyait de faire venir à Tampa un navire capable de les transporter. Entre-temps, il faudrait les entreposer quelque part.

Au bout d'un moment, Joe quitta le quai pour aller retrouver Graciela dans un café de la Neuvième Avenue. Ils s'installèrent dehors, sous un portique de pierre, et regardèrent un tramway s'approcher en ferraillant sur les rails au milieu de l'avenue puis s'arrêter en face d'eux. Quelques passagers montèrent, une poignée descendirent, et le tram s'ébranla de nouveau.

– Vous l'avez vu quelque part ? demanda Graciela.

Joe fit non de la tête.

– Mais Dion continue de surveiller le port. Il a aussi posté deux ou trois de ses hommes dans la foule, alors…

Il haussa les épaules et but une gorgée de café. Il était resté debout toute la nuit et n'avait pas dormi beaucoup la précédente, mais du moment qu'on l'approvisionnait en café cubain, il pourrait sans doute rester éveillé une semaine entière.

– Qu'est-ce qu'ils mettent là-dedans ? lança-t-il. De la cocaïne ?

– C'est juste du café, répondit Graciela.

– C'est comme si vous me disiez que la vodka c'est juste du jus de patates, répliqua Joe qui, après avoir vidé sa tasse, la reposa sur la soucoupe. Vous avez la nostalgie du pays ?

– De Cuba, vous voulez dire ?

– C'est ça.

– Oh oui !

– Alors qu'est-ce que vous faites là ?

Elle fixa son regard sur un point au bout de la rue comme si elle pouvait distinguer La Havane au loin.

– Vous n'aimez pas la chaleur, n'est-ce pas, monsieur Coughlin ?

– Pardon ?

– Vous n'arrêtez pas de vous éventer avec votre main ou avec votre chapeau… Et vous grimacez tout le temps en levant les yeux vers le soleil. On croirait que vous le suppliez de se coucher plus vite.

– Je ne m'étais pas rendu compte que c'était aussi évident.

– Tenez, je vous prends en flagrant délit.

Elle avait raison, constata-t-il en s'apercevant qu'il agitait son couvre-chef près de sa figure.

– Certains diraient sûrement qu'affronter une telle fournaise, ça revient à vivre sur le soleil, déclara-t-il. Moi, j'ai l'impression d'être carrément dedans. Bon sang ! Comment réussissez-vous à supporter des températures pareilles ?

Elle se redressa sur sa chaise et appuya sa jolie nuque brune contre le dossier de fer forgé.

– Il ne fait jamais trop chaud pour moi.

– Alors vous êtes folle.

Quand Graciela éclata de rire, il observa avec fascination les vibrations de sa gorge. Elle ferma les yeux.

– Vous détestez le climat, et pourtant vous êtes là, murmura-t-elle.

– Oui.

Elle rouvrit les yeux, inclina la tête et riva son regard au sien.

– Pourquoi ?

Il pensait – non, il savait – que ce qu'il avait ressenti pour Emma autrefois était de l'amour. Un amour authentique. Les émotions qu'éveillait en lui Graciela Corrales relevaient donc plutôt du désir, sauf qu'il n'avait jamais rien éprouvé de pareil. Avait-il déjà vu des yeux aussi noirs ? Il y avait quelque chose de tellement sensuel dans chacun de ses gestes – marcher, fumer un cigare, ne serait-ce que saisir un crayon –, qu'il n'avait aucun mal à imaginer son corps s'enroulant souplement autour de lui, et le long soupir qu'elle pousserait lorsqu'il viendrait en elle. Sa lascivité n'évoquait pas la paresse mais plutôt la précision. Le temps ne la soumettait pas, c'était elle qui le pliait à sa volonté.

Pas étonnant que les bonnes sœurs se soient élevées si violemment contre les péchés de luxure et de convoitise, songea-t-il. Ils vous rongeaient un homme plus sûrement qu'un cancer. Et ils étaient sans doute capables de le tuer deux fois plus vite.

– Pourquoi ? répéta-t-il, conscient d'avoir perdu le fil de la conversation.

Elle le dévisagea avec curiosité.

– Oui, pourquoi ?

– Le boulot.

– Je suis là pour la même raison, monsieur Coughlin.

– Pour rouler des cigares ?

Léger hochement de tête.

– La paie est bien plus intéressante que ce qu'on propose à La Havane. J'envoie presque tout à ma famille. Quand mon mari sera libéré, on décidera ensemble de l'endroit où on veut vivre.

– Oh. Vous êtes mariée ?

– Oui.

Il crut voir une lueur de triomphe briller dans ses yeux – ou n'était-ce qu'un effet de son imagination ?

– Et donc votre mari est en prison.

Nouveau hochement de tête.

– Mais pas parce qu'il a fait la même chose que vous, ajouta-t-elle.

– C'est-à-dire ?

Elle balaya la question d'un revers de main.

– Des petites magouilles minables.

– Oh, merci de me l'apprendre. Je me posais la question, justement.

– Adán se bat pour quelque chose de plus important que lui-même.

– Et ça lui a valu quel genre de peine ?

L'expression de Graciela s'assombrit d'un coup. L'heure n'était plus à la plaisanterie.

– On l'a torturé pour qu'il dénonce ses complices : Esteban et moi. Mais il n'a rien dit. Rien du tout, malgré ce qu'on lui a infligé. (Sa mâchoire s'était crispée et ses yeux lançaient des éclairs rappelant à Joe ceux qu'il avait vus dans la nuit.) Je n'envoie pas d'argent à ma famille au pays, parce que je n'ai pas de famille. Je l'envoie aux proches d'Adán pour qu'ils puissent l'aider à sortir de ce trou à rats et me le rendre.

Était-ce juste du désir qu'il éprouvait pour elle, ou un sentiment plus complexe qu'il ne parvenait pas à définir ? La fatigue y était pour beaucoup, sans doute, de même que ses deux années de prison. Et la chaleur. Oui, sûrement. Pourtant, il ne pouvait se défaire de l'impression qu'il était attiré par cette partie d'elle qu'il devinait brisée – une source à la fois de peur, de colère et d'espoir. Quelque chose au plus profond d'elle qui trouvait un écho au plus profond de lui.

– Il a de la chance, dit-il.

Elle ouvrit la bouche, avant de se raviser : cette remarque n'appelait pas de réponse.

– Beaucoup de chance. (Joe se leva et posa des pièces sur la table.) Il est temps de passer ce coup de téléphone.

Ils appelèrent d'une cabine au fond d'une fabrique de cigares désaffectée, située dans les quartiers est d'Ybor. Ils s'assirent sur le sol poussiéreux dans un bureau vide, et Joe composa le numéro pendant que Graciela jetait un dernier coup d'œil au message qu'il avait tapé la veille vers minuit.

– Service des nouvelles locales, j'écoute, dit l'homme à l'autre bout de la ligne.

Joe tendit le combiné à Graciela.

– J'assume la responsabilité de la victoire d'hier sur l'impérialisme américain. Vous avez entendu parler de la bombe qui a fait exploser l'*USS Mercy* ?

Joe distingua la réponse : « Oui, oui, je suis au courant. »

– Les peuples unis de l'Andalousie revendiquent cette opération. Nous nous en prendrons directement aux marins eux-mêmes et à toutes les forces armées américaines jusqu'à ce que Cuba soit rendue à son propriétaire légitime, le peuple d'Espagne. Au revoir.

– Attendez, attendez… Les marins. Parlez-moi de l'attaque contre…

– Quand je raccrocherai, ils seront déjà morts.

Elle reposa le combiné, puis leva les yeux vers Joe.

– Bon, ça devrait suffire à faire bouger les choses, observa-t-il.

Joe arriva au port juste à temps pour voir les militaires escorter les camions du convoi sur le quai. Par groupes d'une cinquantaine d'hommes, ils se déplaçaient rapidement en scrutant le sommet des toits autour d'eux.

Les camions, qui transportaient chacun une vingtaine de marins, s'éloignèrent l'un à la suite de l'autre, puis se séparèrent immédiatement, le premier partant vers l'est, le deuxième vers le sud-ouest, le troisième vers le nord, etc.

– Toujours aucun signe de Manny ? demanda Joe à Dion.

Affichant une mine sinistre, celui-ci lui indiqua un point derrière la foule, au-delà des caisses d'armes. Joe vit alors une housse mortuaire en toile posée sur le quai, entourée d'une corde au niveau des jambes, du torse et du cou. Au bout d'un moment, une fourgonnette blanche se gara à côté. Une fois le corps chargé à l'intérieur, le véhicule redémarra, suivi par une voiture de la police militaire.

Peu après, le dernier camion s'ébranla. Il fit demi-tour, s'arrêta dans un crissement de freins presque aussi strident que le piaillement des mouettes, puis recula vers les caisses. Un marin baissa le hayon arrière. Les quelques hommes d'équipage restés sur l'*USS Mercy* commencèrent à débarquer en file indienne, tous munis de fusils automatiques et la plupart d'une arme de poing. Un adjudant-chef attendait sur le quai qu'ils se soient tous rassemblés près de la passerelle.

Sal Urso, qui travaillait au bureau central des paris contrôlé par Pescatore à South Tampa, rejoignit les deux hommes et tendit des clés à Dion.

Celui-ci le présenta à Joe, et ils se serrèrent la main.

– Il est garé à une vingtaine de mètres derrière nous, annonça Urso. Le réservoir est plein, les uniformes sur le siège. (Il examina Dion de la tête aux pieds.) Ç'a pas été facile de trouver votre taille, m'sieur.

Dion lui assena une petite tape sur la tempe.

– C'est comment, là-bas ?

– Y a des flics partout. Mais ils cherchent les Espagnols.

– Pas les Cubains ?

Sal Urso secoua la tête.

– Z'avez semé une belle pagaille dans cette ville, fiston.

Les derniers marins avaient débarqué dans l'intervalle, et l'adjudant-chef leur donnait des ordres en indiquant les caisses.

– Il est temps d'y aller, dit Joe. Ravi de vous avoir rencontré, Sal.

– Moi de même, m'sieur. Je vous retrouve sur place.

Joe et Dion s'éloignèrent de la foule pour se diriger vers le véhicule garé à l'endroit indiqué par Sal. C'était un camion de deux tonnes, avec un plateau et des arceaux métalliques recouverts d'une bâche. Les deux hommes grimpèrent dans la cabine, Joe enclencha la première, et peu après ils s'engageaient dans la 19e Rue.

Vingt minutes plus tard, ils s'arrêtaient le long de la Route 41, en bordure d'une forêt où se mêlaient diverses essences de pins – des pins à longues aiguilles, incroyablement hauts, des pins de Floride et des pins des marais de taille plus modeste. À en juger par l'odeur, il devait aussi y avoir un marécage un peu plus à l'est. Graciela les attendait près d'un arbre fendu par la foudre. Elle avait passé une robe de soirée en tulle noir, découpée en pointe dans le bas, rebrodée de perles dorées et de paillettes également noires. Le décolleté profond, qui dévoilait la naissance de ses seins et les bonnets de son soutien-gorge, complétait l'impression recherchée : celle d'une fêtarde qui, après avoir fait la noce toute la nuit, se serait retrouvée au grand jour dans un monde beaucoup plus cruel.

Joe la contempla à travers le pare-brise. Il percevait l'écho de sa respiration.

– Je peux m'en charger, si tu veux, proposa Dion.

– Non, dit Joe. C'est mon plan, ma responsabilité.

– Ah oui ? T'as pas eu de problèmes pour déléguer d'autres tâches, pourtant…

– T'insinues quoi, là ? Que j'en ai envie, peut-être ?

– Bah, j'ai déjà remarqué la façon dont vous vous regardiez, tous les deux… (Dion haussa les épaules.) Peut-être qu'elle a un penchant pour l'amour vache. Et peut-être que toi aussi.

– C'est quoi, ces conneries sur la façon dont on se regarde ? T'aurais intérêt à te concentrer sur ton boulot, pas sur elle !

– Avec tout le respect que je te dois, mon vieux, toi aussi !

Merde, songea Joe. Dès qu'un homme avait acquis l'assurance que son meilleur copain ne le buterait pas, il se permettait de le moucher.

Il descendit du camion, conscient que Graciela ne le quittait pas des yeux. Elle avait pris les devants : sa robe s'ornait d'une belle déchirure près de l'épaule gauche, des griffures zébraient son sein gauche, et elle s'était mordu la lèvre inférieure jusqu'au sang. Quand il s'approcha, elle sortit un mouchoir pour se tamponner délicatement la bouche.

Dion les rejoignit quelques secondes plus tard, et leur montra l'uniforme que Sal Urso avait laissé sur le siège à son intention.

– Faites ce que vous avez à faire, dit-il. Moi, je vais me changer.

Il retourna vers l'arrière du camion en lâchant un petit rire.

Graciela tendit le bras droit.

– Dépêchez-vous, le temps presse.

Brusquement, Joe se sentit désemparé. Son idée lui semblait irréalisable.

– Allez-y, insista-t-elle.

Il lui prit la main. À force de rouler des cigares toute la journée, ses paumes avaient la dureté de la pierre. Quant à ses doigts fuselés, ils étaient aussi fermes et lisses que l'ivoire.

– Maintenant ? lui demanda-t-il.

– Ce serait mieux, oui.

Il lui agrippa le poignet de sa main gauche et, de la droite, lui lacéra l'avant-bras. Au niveau du creux du coude, il dut s'interrompre pour prendre une profonde inspiration, car il lui semblait que son cerveau s'était subitement ramolli.

Elle dégagea son bras pour examiner les égratignures.

– Faut que ça fasse vrai.

– C'est le cas, non ?

– Peuh ! Ces griffures sont superficielles. Et elles s'arrêtent au coude. Il vaudrait mieux qu'elles saignent, *bobo niño*, et qu'elles descendent jusqu'à la main. D'accord ? Vous vous rappelez ?

– Bien sûr que je me rappelle. C'était mon plan.

– Alors mettez-y plus de conviction. (Elle lui tendit de nouveau le bras.) Déchaînez-vous.

Joe n'aurait pu en jurer, mais il crut entendre un rire s'élever à l'arrière du camion. Il attrapa plus fermement le bras de Graciela, puis enfonça les ongles dans sa chair, approfondissant les marques qu'il y avait déjà laissées. La jeune femme ne resta pas aussi impassible qu'elle l'aurait voulu : ses yeux s'écarquillèrent, et un frémissement courut sur sa peau.

– Oh merde. Désolé.

– Vite, vite.

Elle riva son regard au sien tandis qu'il lui griffait l'intérieur du bras, déchirant la peau. Quand il atteignit le creux du coude, elle siffla entre ses dents et tourna le bras de façon à lui présenter la face externe, qu'il laboura jusqu'au poignet.

À peine l'avait-il relâchée qu'elle le giflait de toutes ses forces.

– Eh ! protesta-t-il. Je fais pas ça par plaisir !

– Ça, c'est vous qui le dites.

La seconde gifle atteignit Joe en travers de la mâchoire.

– Oh, bon sang ! s'écria-t-il. Je peux pas me pointer devant les gardes avec la gueule en feu !

– Alors défendez-vous, rétorqua-t-elle, le bras déjà levé.

Il n'eut aucun mal à parer le coup, cette fois, car il s'y attendait. Il passa alors à l'étape suivante, dont ils avaient discuté entre eux mais qu'il n'avait pu se résoudre à mettre en œuvre avant qu'elle ne le frappe pour l'inciter à agir : son poing s'écrasa sur la joue de Graciela. Elle s'inclina sur le côté, ses cheveux lui balayèrent le visage et elle resta ainsi penchée un long moment, à respirer fort. Lorsqu'elle se redressa, elle avait le visage rouge et un muscle tressaillait sous sa paupière droite. Elle cracha dans les palmiers nains au bord de la route.

– À partir de là, c'est à moi de jouer, déclara-t-elle sans le regarder.

Il aurait voulu dire quelque chose, sauf que les mots ne lui vinrent pas. Il se contenta donc de retourner vers le camion, d'où Dion l'observait. Au moment d'ouvrir la portière, il lança à l'adresse de Graciela :

– Ça ne m'a pas amusé, croyez-moi.

– En attendant, c'était votre idée, répliqua-t-elle.

Et de cracher encore une fois sur la route.

– Bon, moi non plus j'aime pas leur taper dessus, dit Dion en reprenant la route. Mais des fois, c'est le seul langage qu'une fille comprend.

– Je ne l'ai pas frappée parce qu'elle le méritait, souligna Joe.

– Non, tu l'as frappée pour l'aider à mettre la main sur des caisses de mitraillettes et de Browning destinées à tous ses petits copains sur l'île du Péché. (Dion haussa les épaules.) C'est un coup tordu, alors on est obligés de faire des trucs tordus. Elle t'a demandé de lui procurer des flingues. T'as trouvé un moyen de les obtenir.

– On ne les a pas encore, fit remarquer Joe.

Ils s'arrêtèrent sur le bas-côté une dernière fois, pour donner le temps à Joe d'enfiler son uniforme. Dion toqua à la paroi séparant la cabine de l'arrière du camion, avant de lancer :

– Faites pas plus de bruit que des greffiers quand y a des clebs dans le coin. *¿Comprende?*

À l'arrière s'éleva un chœur de « *Sí* », puis seul celui des insectes dans les arbres troubla le silence.

– Prêt ? demanda Joe.

Dion expédia un coup de poing contre sa portière.

– C'est pour ça que je me lève le matin, vieux.

L'armurerie de la Garde nationale se situait loin de Tampa, à la frontière septentrionale du comté de Hillsborough, au milieu d'un paysage inhospitalier qui mêlait des plantations d'agrumes, des marécages où poussaient les cyprès chauves et des étendues de plantes herbacées desséchées par le soleil, n'attendant que le moment de s'enflammer et de rendre tout le pays noir de suie.

Deux gardes étaient postés près de la barrière à l'entrée, l'un armé d'un Colt .45, l'autre d'un fusil automatique Browning – ces mêmes armes que Joe et sa bande étaient venus voler. L'homme au Colt, grand et maigre, avait des cheveux noirs hérissés et les joues creuses d'un vieillard ou d'un tout jeune homme à la denture gâtée. L'autre semblait à peine sorti de ses couches ; il avait des cheveux brun-roux et un regard éteint. Un semis de points noirs lui saupoudrait le visage.

Ce n'était pas lui qui inquiétait Joe, mais plutôt son collègue dégingandé. On le sentait trop tendu, trop avide d'agir. Il dévisagea les nouveaux venus sans se presser ni se soucier de ce qu'ils pensaient.

– C'est vous qui avez failli sauter ? lança-t-il.

Ses dents, constata Joe, étaient bel et bien grises et plantées de travers ; certaines penchaient même vers l'intérieur de sa bouche telles de vieilles pierres tombales dans un cimetière inondé.

Dion hocha la tête.

– On a un sacré trou dans la coque.

Le grand maigre se tourna vers lui.

– Dis donc, gras-double, t'as payé combien pour obtenir ton certificat d'aptitude militaire ?

Son collègue plus petit sortit de la guérite, le Browning logé sous le bras, canon incliné en travers de sa hanche. Il longea le flanc du camion, la bouche entrouverte comme s'il espérait que l'eau allait tomber du ciel.

Celui près de la portière insista :

– Je t'ai posé une question, gras-double.

Dion se fendit d'un sourire aimable.

– Cinquante billets.

– C'est tout ?

– Mouais, répondit Dion.

– Tu t'en es bien sorti. Et tu les as filés à qui, ces billets ?

– Hein ?

– Nom et grade de l'homme que t'as payé, répliqua le garde.

– Premier maître Brogan, répondit Dion. Pourquoi ? T'as envie de t'engager dans la marine ?

Le grand maigre cilla et leur adressa à tous les deux un sourire glacial qui s'évanouit peu à peu.

– Moi, je suis pas du genre à accepter les pots-de-vin.

– C'est bien, ça, dit Joe, dont les nerfs commençaient à flancher.

– Ah ouais ? Tu trouves ?

Joe hocha la tête et résista à l'envie de sourire comme un idiot pour lui montrer à quel point il était de bonne volonté.

– Je sais que c'est bien, confirma le garde. Je vous ai donné l'impression que j'avais besoin de votre avis sur la question, les gars ?

Cette fois, Joe jugea plus prudent de ne pas répondre.

– Non, je vous ai rien demandé.

Un bruit sourd se fit entendre à l'arrière du camion. Le militaire chercha le regard de son collègue et, quand il reporta son attention sur Joe, ce dernier lui appuya sur le nez le canon de son Savage .32.

Le grand maigre loucha vers l'arme tandis que sa respiration se faisait plus laborieuse. Dion descendit de la cabine, s'approcha de lui et le soulagea de son Colt.

– Quand on a des dents aussi pourries, on se permet pas de commenter les défauts des autres, gronda-t-il. Quand on a des dents aussi pourries, on ferme sa gueule, un point c'est tout.

– Oui, m'sieur, murmura le garde.

– Tu t'appelles comment ?

– Perkin, m'sieur.

– Eh bien, mon cher « Perkin-m'sieur », il va falloir qu'à un moment ou à un autre, mon associé et moi on se consulte pour déterminer si on doit te laisser vivre. Si on décide de t'épargner, tu le sauras parce que tu seras pas mort. Dans le cas contraire, ça t'apprendra qu'il vaut mieux se montrer poli avec les gens que tu connais pas. Maintenant, les mains dans le dos, et plus vite que ça !

Les gangsters de Pescatore descendirent du camion les premiers. Ils étaient quatre, en costume d'été et cravate de couleur vive. Ils poussèrent le rouquin devant eux – Sal Urso lui pointant son propre fusil dans le dos, le gamin balbutiant qu'il ne voulait pas mourir ce jour-là, surtout pas ce jour-là. Les Cubains, qui étaient peut-être une trentaine, sortirent à leur tour, pour la plupart vêtus d'une ample chemise blanche sur un pantalon large retenu par un cordon – un costume qui n'était pas sans rappeler un pyjama. Ils étaient tous armés d'un fusil ou d'un pistolet. L'un d'eux était muni d'une machette et un autre brandissait deux grands couteaux. Esteban Suarez ouvrait la marche. Il portait une tunique vert foncé et un pantalon de la même couleur qui, supposa Joe, devaient constituer la tenue de terrain privilégiée par les révolutionnaires dans les républiques bananières. Il adressa un signe de tête à Joe quand ses hommes et lui pénétrèrent sur le site puis se déployèrent pour contourner le bâtiment.

– Combien d'hommes à l'intérieur ? demanda Joe à Perkin.

– Quatorze.

– Comment se fait-il qu'ils soient si peu nombreux ?

– On est en plein milieu de la semaine. Si vous aviez débarqué le week-end, vous seriez tombés sur de sacrés coriaces, ajouta-t-il, recouvrant un peu de combativité.

– J'en doute pas, répliqua Joe en descendant du camion. Mais pour le moment, Perkin, je vais devoir me contenter de toi.

Le seul à réagir quand il vit trente Cubains armés jusqu'aux dents envahir l'armurerie était un géant. Un mètre quatre-vingt-quinze, estima Joe. Peut-être plus. Tête énorme, longue mâchoire et épaules de déménageur. Il chargea d'emblée trois Cubains, qui avaient reçu l'ordre de ne pas tirer. Ils tirèrent quand même, manquèrent leur cible et touchèrent un de leurs compatriotes qui se précipitait dans le dos du géant.

Joe et Dion étaient juste derrière le Cubain lorsque la balle l'atteignit. Il tournoya sur lui-même et s'écroula devant eux comme une quille de bowling.

– Cessez le feu ! s'écria Joe.

– *¡Dejar de disparar! ¡Dejar de disparar!* renchérit Dion.

Les hommes obéirent, mais Joe n'aurait su dire si c'était juste pour recharger leurs vieilles pétoires. Il récupéra le fusil du blessé, l'attrapa par le canon et le balança de toutes ses forces en direction du géant, qui s'était tapi au sol quand la fusillade avait éclaté et se redressait déjà. Le garde alla percuter le mur avant de foncer sur lui en moulinant des bras. Ignorant ses gesticulations, Joe lui expédia la crosse en pleine figure. Il entendit l'os du nez puis celui de la pommette se briser, et il lâcha l'arme au moment où le colosse s'effondrait. Après avoir sorti de sa poche une paire de menottes, il saisit l'un des poignets du géant. Dion se précipita pour agripper l'autre, et ils lui immobilisèrent les mains dans le dos tandis qu'il soufflait comme un bœuf, son sang formant déjà une flaque sur le sol.

– Vous vous en remettrez ? lui demanda Joe.

– Je te ferai la peau, connard.

– Bon, apparemment, vous vous en remettrez. (Joe se tourna vers les trois Cubains à la gâchette facile.) Emmenez ce lascar en cellule.

Il regarda l'homme abattu. Il était recroquevillé sur le sol, haletant, la bouche ouverte. Il paraissait mal en point – le teint blafard, une tache pourpre s'élargissant au niveau du bassin –, et sa respiration sifflante laissait présager le pire. Joe s'agenouilla à côté de lui, mais au même moment le blessé mourut. Ses yeux étaient grands ouverts, fixés sur un point à sa droite comme s'il essayait de se rappeler la date d'anniversaire de sa femme ou l'endroit où il avait posé son portefeuille. Il était couché sur le flanc, un bras replié sous lui, l'autre tendu derrière la tête. Sa chemise remontée sur sa cage thoracique dévoilait son abdomen.

Les trois hommes qui l'avaient tué se signèrent au passage avant d'entraîner le géant hors de la salle.

Lorsque Joe ferma les yeux du Cubain, il fut frappé par sa jeunesse : il avait peut-être entre seize et vingt ans. Joe le fit rouler sur le dos et lui ramena les bras sur la poitrine. Il lui croisa les mains sur le sternum, à l'endroit où un sang rouge foncé coulait d'un trou gros comme une pièce de dix *cents*.

Dion et ses hommes firent s'aligner les gardes contre le mur. Ils leur ordonnèrent ensuite de se déshabiller et de ne garder que leur caleçon.

Le mort portait un simple anneau de fer-blanc en guise d'alliance. Sans doute conservait-il une photo de sa femme sur lui, se dit Joe, qui n'avait cependant pas l'intention de la chercher.

Il avait aussi perdu une chaussure, probablement au moment de sa chute. Joe eut beau regarder, il ne la vit nulle part près de la dépouille. Alors que les Cubains escortaient hors de la salle les gardes en sous-vêtements, il scruta le couloir derrière eux.

Rien. Peut-être était-elle sous le corps. Joe songea à le déplacer pour vérifier – il lui paraissait de la plus haute importance de la retrouver –, mais le temps pressait : on l'attendait à l'entrée et il lui fallait encore changer d'uniforme.

Il lui sembla agir sous le regard de dieux indifférents ou morts d'ennui quand il baissa la chemise de la victime sur son abdomen, puis l'abandonna ainsi, un pied chaussé, l'autre nu, baignant dans son sang.

Les armes arrivèrent cinq minutes plus tard par camion. Le chauffeur était un marin sans doute guère plus âgé que le Cubain mort devant Joe, mais à côté de lui se trouvait un officier d'environ trente-cinq ans au visage buriné. Il portait sur la hanche un Colt .45 de 1917 à la crosse patinée par l'usage. À son regard limpide, Joe comprit que si les trois Cubains avaient chargé cet homme dans l'armurerie, plutôt que le géant, ce seraient eux qu'on aurait recouverts d'un drap.

D'après leurs papiers, il s'agissait du matelot Orwitt Pluff et du premier maître Walter Craddick. Joe les leur rendit, accompagnés des ordres signés que lui avait remis Craddick.

Celui-ci inclina la tête en contemplant la main de Joe immobilisée entre eux.

– C'est pour votre supérieur, précisa-t-il.

– Oh, euh, bien sûr. (Joe retira sa main en esquissant un sourire contraint.) Je crois que je me suis un peu trop amusé hier soir à Ybor. Vous savez ce que c'est…

– Non, je ne sais pas, le coupa Craddick. Je ne bois pas. C'est interdit par la loi. (Il jeta un coup d'œil à travers le pare-brise.) Faut qu'on recule jusqu'à cette rampe d'accès ?

– Oui, confirma Joe. Si vous voulez, vous pouvez décharger dehors, et on se débrouillera pour tout rentrer.

Craddick jeta un coup d'œil aux chevrons sur l'épaule de Joe.

– Nous avons reçu l'ordre de mettre ces armes à l'abri, caporal. Nous les transporterons nous-mêmes dans la chambre-forte.

– Parfait, dit Joe. Allez-y, vous pouvez reculer.

Au moment où il soulevait la barrière, il croisa le regard de Dion. Ce dernier glissa quelques mots à Lefty Downer, le plus futé de ses quatre acolytes, puis s'éloigna en direction de l'armurerie.

Joe et les quatre hommes de Pescatore, tous en uniforme de caporal, suivirent le camion jusqu'à la rampe de déchargement. Lefty avait été choisi pour cette mission parce qu'il était rusé et ne perdait pas facilement son sang-froid ; les trois autres – Cormarto, Fasani et Parone –, parce qu'ils parlaient anglais sans accent. Ils pouvaient sans trop de problème passer pour des militaires, même si, remarqua Joe en leur emboîtant le pas, Parone avait les cheveux trop longs pour un membre de la Garde nationale.

Il n'avait pratiquement pas dormi depuis deux jours, et la fatigue s'abattait désormais sur lui, entravant ses pas, ralentissant ses pensées.

Alors que le camion allait s'adosser au bâtiment, il vit Craddick l'observer, et il se demanda si l'officier était soupçonneux de nature ou s'il avait lui-même éveillé sa méfiance. Et soudain, il eut une révélation qui lui donna la nausée.

Il avait abandonné son poste.

Il avait laissé la barrière sans surveillance. Aucun soldat n'aurait fait une chose pareille, pas même un garde aux prises avec une sérieuse gueule de bois.

Il tourna rapidement la tête, s'attendant déjà à découvrir l'entrée du site déserte, à recevoir une balle dans le dos tirée par le .45 de Craddick et à entendre le hululement des alarmes ; au lieu de quoi, c'est Esteban Suarez qu'il découvrit, en uniforme de caporal, droit comme un I dans la guérite, militaire jusqu'au bout des ongles.

Bon sang, Esteban ! pensa-t-il. Je te connais à peine mais je te sauterais volontiers au cou…

En reportant son attention sur le camion, il constata que Craddick ne faisait plus attention à lui. Il disait quelque chose à son jeune subordonné, qui freina puis coupa le moteur.

Le premier maître descendit de la cabine et lança des ordres en direction de l'arrière du camion. Lorsque Joe le rejoignit, le hayon était baissé et les marins avaient pris position sur la rampe d'accès.

– Tenez, vous n'avez qu'à parapher la première et la troisième page, et à signer la deuxième, déclara Craddick en lui tendant une planchette. Ces documents stipulent clairement que nous laissons ces armes sous votre garde pendant trois heures minimum et trente-six heures maximum.

Joe signa « Albert White, sergent-chef, Garde nationale des États-Unis », parapha les autres pages, puis rendit la planchette à Craddick.

Celui-ci regarda tour à tour Lefty, Cormarto, Fasani et Parone, avant de s'adresser de nouveau à Joe.

– Vous n'êtes que cinq ?

– On nous a dit que vous deviez amener les gros bras, répondit Joe en indiquant la dizaine de marins sur le quai de déchargement.

– C'est bien l'armée de terre, ça ! marmonna Craddick. Chez vous, on est toujours prêt à se défiler quand faut bosser.

Joe cilla ostensiblement.

– C'est pour ça que vous êtes en retard, les gars ? Vous bossiez dur ?

– Pardon ?

Joe carra les épaules pour mieux feindre l'indignation.

– Vous étiez censés vous présenter ici il y a une demi-heure.

– Quinze minutes, rectifia Craddick. On a été retardés.

– Par quoi ?

– Je ne crois pas que ce soient vos affaires, caporal. (Craddick se rapprocha.) Mais, si vous voulez vraiment le savoir, on a été retardés par une femme.

Après avoir cherché le regard de Lefty et de ses hommes, Joe éclata de rire.

– C'est vrai qu'elles peuvent nous donner du boulot, des fois !

Lefty gloussa, imité par ses compagnons.

– D'accord, d'accord. (Craddick leva une main et sourit pour montrer qu'il appréciait la plaisanterie.) Celle-là, les gars, c'était une vraie beauté. Pas vrai, matelot Pluff ?

– Sûr, m'sieur. Une chouette fille.

– Un peu trop foncée à mon goût, cela dit, ajouta Craddick. Bref, elle a surgi juste devant nous, en plein milieu de la route. De toute évidence, son petit copain métèque l'avait bousculée. Une chance pour elle qu'il ne lui ait pas fait tâter de sa lame, ces gars-là aiment tellement jouer du couteau…

– Vous l'avez laissée sur place ?

– Avec un de nos marins, répondit Craddick. On doit le récupérer au retour, quand vous nous aurez enfin donné la possibilité de décharger ces armes.

– Allez-y, dit Joe, qui s'écarta.

Si Craddick avait relâché d'un cran sa vigilance, il n'en restait pas moins sur le qui-vive. Son regard était partout à la fois. Joe ne le lâchait pas d'une semelle, allant jusqu'à l'aider à soulever les caisses par les poignées de chanvre fixées de chaque côté. Du corridor menant à la chambre-forte, ils apercevaient par les fenêtres le couloir voisin et les bureaux au-delà. Dion y avait placé tous les Cubains à la peau claire, dos aux vitres, et chacun d'eux faisait semblant de taper sur son Underwood ou de parler au téléphone, le combiné calé entre l'épaule et l'oreille. Pourtant, lors de leur second trajet jusqu'à la chambre-forte, Joe fut frappé par un détail : toutes les têtes qu'ils voyaient étaient couronnées de cheveux noirs. Il n'y avait pas une seule chevelure blonde ou châtaine dans le lot.

Craddick le précédait, sans se douter apparemment que le couloir entre les bureaux et celui où ils se trouvaient avait été quelques minutes plus tôt le théâtre d'une invasion armée et de la mort d'un homme.

– Vous avez servi à l'étranger, n'est-ce pas ? demanda Joe. Où exactement ?

– Comment le savez-vous ? répliqua Craddick sans quitter des yeux les bureaux.

Merde, les impacts ! songea Joe. Ces foutus Cubains pressés de tirer avaient dû cribler les murs d'impacts de balles.

– Vous avez l'air d'un homme qui a pas mal bourlingué.

Cette fois, Craddick tourna la tête vers lui.

– Vous êtes capable de reconnaître un homme qui est allé au front ?

– Dans votre cas, oui.

– J'ai bien failli flinguer cette nana, tout à l'heure.

– Ah bon ?

– Hier soir, ce sont des métèques qui ont essayé de nous faire sauter. Et mes gars l'ignorent encore, mais ces mêmes métèques ont menacé de s'en prendre à tout l'équipage.

– Je n'étais pas au courant.

– Parce que l'annonce n'a pas été rendue publique. Alors quand j'ai vu cette basanée en train de gesticuler au beau milieu de la Route 41, je me suis dit : « Walter, t'aurais intérêt à lui loger une balle entre les nichons. »

Ils avaient atteint la chambre-forte, et ils placèrent la caisse au sommet de la première pile sur leur gauche. Puis Craddick sortit un mouchoir pour se tamponner le front en regardant ses hommes apporter les derniers chargements.

– Et je crois bien que je l'aurais fait si elle n'avait pas eu les yeux de ma fille.

– Qui ?

– La métèque. J'ai eu une gosse en République dominicaine. Oh, je ne la vois jamais ni rien, mais sa mère m'envoie des photos de temps en temps. Elle a de grands yeux bruns, comme la plupart des Caribéennes… Cette métèque, aujourd'hui, avait les mêmes, alors j'ai rengainé mon .45.

– Vous aviez déjà dégainé ?

– À moitié. (Craddick hocha la tête.) J'étais décidé à l'abattre, vous comprenez ? Pourquoi prendre un risque inutile ? Sans compter que les Blancs encourent au maximum un blâme s'ils descendent un moricaud. Mais… (Il haussa les épaules.) Elle avait les yeux de ma fille.

Joe garda le silence. Il était assourdi par le bourdonnement du sang dans ses oreilles.

– Finalement, j'ai préféré envoyer un de mes gars à sa poursuite, reprit Craddick.

– Quoi ?

– Il s'appelle Cyrus, je crois. Il passe son temps à attendre une guerre qui n'éclate pas. Dès que la fille a croisé son regard, elle a détalé. Cyrus a grandi dans les marécages à la frontière de l'Alabama, il a du sang de chien de chasse dans les veines ; il devrait la retrouver en deux temps trois mouvements.

– Où allez-vous l'emmener ?

– Oh, nulle part. Elle nous a attaqués, vieux. Pas elle personnellement, bien sûr, mais ceux de son peuple. Alors, quand il aura fini de s'amuser avec elle, Cyrus laissera le reste aux reptiles. (Craddick logea une moitié de cigare entre ses lèvres puis craqua une allumette sur la semelle de sa botte. Les yeux plissés, il contempla Joe par-dessus la flamme.) Pour ce qui est de votre intuition, ouais, c'est vrai, je suis allé au front. J'ai buté un Dominicain et des Haïtiens à la pelle. Quelques années plus tard, j'ai fauché trois Panaméens d'une seule rafale de Thompson parce qu'ils étaient serrés les uns contre les autres, en train de me supplier de ne pas le faire. Vous voulez savoir la vérité ? Et surtout, n'allez pas écouter ceux qui vous disent le contraire, hein ? (Il alluma le cigare et expédia l'allumette par-dessus son épaule.) Ben, j'ai pris mon pied.

16

Gangster

Aussitôt après le départ des marins, Esteban courut chercher un véhicule plus léger parmi tous ceux qui étaient garés sur le site. Joe changea d'uniforme pendant que Dion faisait reculer le camion jusqu'à la rampe de déchargement et que les Cubains commençaient à sortir les caisses de la chambre-forte.

– Tu maîtrises ? demanda Joe à Dion.

– Tu parles ! répliqua son ami, radieux. Occupe-toi d'aller la récupérer, d'accord ? Rendez-vous dans une heure à l'endroit convenu.

Esteban, qui avait pris le volant d'un *scout car*, s'arrêta près d'eux. Joe grimpa à côté de lui, et ils filèrent en direction de la Route 41. Cinq minutes plus tard, ils aperçurent le camion de transport à quelques centaines de mètres devant eux, roulant sur une route si droite et plate qu'on pouvait pratiquement apercevoir l'Alabama à l'autre bout.

– Si on les voit, ils peuvent nous voir aussi, fit remarquer Joe.

– Pas pour longtemps, déclara Esteban.

Une piste apparut sur leur gauche, qui traversait une étendue de palmiers nains, puis la chaussée d'éclats de coquillages devant eux, avant de s'enfoncer de nouveau dans les taillis et les palmiers nains de l'autre côté. Esteban s'y engagea en trombe, les ballottant sur un mélange de gravier et de terre battue boueuse. À sa manière de conduire, nerveuse et brutale, Joe le devina aussi anxieux que lui.

– Comment il s'appelait ? demanda-t-il au bout d'un moment. Le gosse qui est mort.

– Guillerm.

L'image des yeux du jeune Cubain en train de se fermer obsédait Joe. Il redoutait d'arriver trop tard pour empêcher ceux de Graciela de se clore définitivement eux aussi.

– On n'aurait jamais dû l'abandonner, dit Esteban.

– Je sais.

– On aurait dû se douter qu'ils enverraient quelqu'un à sa poursuite.

– Je sais.

– On aurait dû laisser un de nos hommes avec elle, planqué quelque part.

– Je sais, merde ! lâcha Joe. À quoi ça sert de revenir là-dessus maintenant ?

Sans un mot, Esteban appuya sur l'accélérateur, et ils s'envolèrent par-dessus une bosse, pour atterrir si brutalement de l'autre côté que Joe se demanda si le *scout car* n'allait pas se retourner sous le choc.

Pour autant, il n'incita pas Esteban à ralentir.

– On n'était pas plus grands que les chiens dans la ferme de ma famille quand j'ai connu Graciela, révéla ce dernier.

Joe ne fit aucun commentaire. Un marécage s'étendait sur leur gauche, visible à travers les pins. Des cyprès, des copalmes d'Amérique et des plantes que Joe aurait été bien en peine d'identifier défilaient de part et d'autre de la piste, se fondant en des traînées de vert et de jaune qui évoquaient des coups de pinceau sur un tableau.

– Ses parents étaient des ouvriers agricoles saisonniers, expliqua Esteban. Si vous pouviez voir le village qu'elle considérait comme son foyer quelques mois par an… En comparaison, l'Amérique n'a aucune idée de ce qu'est la pauvreté. Mon père a été frappé par la vivacité d'esprit de Graciela, et il a demandé à sa famille s'il pouvait l'embaucher comme apprentie femme de chambre. En réalité, il me payait une amie. Je n'en avais pas, à l'époque ; je passais tout mon temps en compagnie des chevaux et du bétail.

Un nouveau cahot les secoua.

– Le moment est plutôt mal choisi pour me raconter tout ça, non ? s'étonna Joe.

– Je l'aimais, poursuivit Esteban en élevant la voix pour couvrir le vrombissement du moteur. Aujourd'hui, j'en aime une autre, mais pendant de nombreuses années je me suis cru amoureux de Graciela.

Il tourna la tête vers Joe, qui fronça les sourcils en indiquant la route.

– Regardez devant vous, s'il vous plaît.

Le véhicule fit encore un bond qui les souleva de leurs sièges.

– Elle dit se battre pour son mari, reprit Joe.

Parler l'aidait à contenir sa peur, à se sentir moins démuni.

– Ah ! s'exclama Esteban. Ce n'est pas un mari, ni même un homme, digne de ce nom.

– Je croyais que c'était un révolutionnaire.

Cette fois, son voisin cracha.

– Ce n'est qu'un voleur, un… un… *estafador*. Vous dites « escroc », n'est-ce pas ? Il porte l'habit du révolutionnaire, il en connaît le discours par cœur, et elle s'est laissé embobiner. Elle a tout perdu à cause de lui : sa famille, tout son argent – et elle n'en a jamais eu beaucoup –, presque tous ses amis sauf moi… (Esteban secoua la tête.) Elle ne sait même pas où il est.

– Il n’est pas en prison ?

– Il en est sorti il y a deux ans.

Le *scout car* fit une brusque embardée, chassa, et l’aile arrière du côté de Joe fut violemment griffée par une branche de pin avant qu’Esteban ne redresse la trajectoire.

– En attendant, Graciela continue d’envoyer de l’argent à sa belle-famille, observa Joe.

– Ils lui ont menti. Ils lui ont raconté qu’il s’était échappé, qu’il se cachait dans les collines et qu’il était traqué par les hommes de Machado, et aussi par un gang de *los chacales* tout juste sortis de la prison de Nieves Morejón. Ils lui ont dit qu’elle ne pouvait pas rentrer à Cuba pour le voir, parce que ce serait trop dangereux pour elle et pour lui. La vérité, Joseph, c’est que seuls ceux à qui il doit de l’argent recherchent ce misérable. Mais on ne peut pas raisonner Graciela ; quand il s’agit de lui, elle ne veut rien entendre.

– Pourquoi ? Elle est intelligente, il me semble.

Esteban lui coula un bref regard et haussa les épaules.

– On se laisse tous abuser par certains mensonges qu’on trouve plus réconfortants que la vérité. Elle est comme tout le monde, à cette différence près que, dans son cas, le mensonge est énorme.

Ils venaient de dépasser un embranchement quand Joe l’aperçut du coin de l’œil et ordonna à Esteban de s’arrêter. Ce dernier freina si brutalement qu’ils dérapèrent sur une vingtaine de mètres avant de s’immobiliser. Puis il recula, et ils prirent la bifurcation.

– Combien d’hommes avez-vous tués ? demanda soudain Esteban.

– Aucun, avoua Joe.

– Vous êtes un gangster, pourtant…

Joe ne jugea pas utile d'établir la distinction entre un gangster et un hors-la-loi ; de fait, il ne savait même plus s'il en existait une.

– Tous les gangsters ne sont pas des meurtriers.

– Mais ça doit vous démanger, non ?

– Quelquefois. Comme vous, j'imagine.

– Je suis un homme d'affaires, répliqua Esteban. Je réponds à la demande pour un produit. Je ne tue pas.

– Vous armez les révolutionnaires cubains.

– C'est une cause.

– Qui va faire de nombreux morts.

– Ce n'est pas pareil, affirma Esteban. Je tue au nom de quelque chose.

– Ah oui ? Et de quoi ? D'un putain d'idéal ?

– Tout juste.

– Et quel est-il, cet idéal ?

– Personne n'a le droit de gouverner la vie de ses semblables.

– C'est drôle, les hors-la-loi tuent pour la même raison, observa Joe.

Elle n'était plus là.

Quand ils émergèrent de la pinède pour s'approcher de la Route 41, ils ne virent aucun signe nulle part de Graciela ni du marin chargé de la rattraper et de l'éliminer. Il n'y avait autour d'eux que la chaleur, le bourdonnement des libellules et la chaussée blanche.

Ils parcoururent encore quelques centaines de mètres, avant de reprendre la piste de terre battue et de faire un peu moins d'un kilomètre vers le nord. Lorsqu'ils rebroussèrent chemin une nouvelle fois, Joe crut entendre le cri d'une corneille ou d'un rapace.

– Coupez le moteur, ordonna-t-il. Vite, coupez le moteur !

Esteban s'exécuta. Une fois le *scout car* à l'arrêt, tous deux scrutèrent les environs – les pins, le marécage où abondaient les cyprès et le ciel dont la blancheur impitoyable rivalisait avec celle de la route.

Toujours rien, hormis ce bourdonnement que Joe soupçonnait de ne jamais cesser – un bruit de fond perpétuel, du matin au soir, qui donnait l'impression d'avoir en permanence l'oreille collée à un rail de chemin de fer juste après le passage du train.

Esteban se radossa à son siège, et Joe s'apprêtait à l'imiter quand il se figea.

Il lui avait semblé distinguer quelque chose à l'est, dans la direction d'où ils étaient arrivés, quelque chose qui…

– Là !

Au moment où il tendait le bras, Graciela jaillit de derrière un bosquet de pins. Elle ne courut pas vers eux – ce qui aurait été une erreur, comprit Joe : si elle l'avait fait, il lui aurait fallu traverser sur une bonne cinquantaine de mètres une étendue de jeunes pins et de palmiers nains qui n'offraient aucune protection.

À côté de lui, Esteban redémarra, franchit l'accotement, plongea dans un fossé et remonta de l'autre côté. Joe, qui s'appuyait d'une main au pare-brise, entendait désormais les coups de feu – des claquements qui résonnaient de manière étrangement assourdie dans cet environnement pourtant désert. De la voiture, il ne voyait toujours pas le tireur, mais il se doutait que Graciela tentait de se rapprocher du marécage devant eux. Il donna un petit coup de pied à Esteban et lui fit signe de se diriger sur sa gauche, légèrement vers le sud-ouest.

Esteban tournait le volant lorsque, en un éclair, Joe entrevit d'abord une tache bleu foncé, puis une tête d'homme. Une nouvelle détonation déchira le silence, et Graciela tomba à genoux. Joe n'aurait su dire si elle avait trébuché ou si elle avait été touchée par une balle. Au moment où Esteban ralentissait pour s'engager dans le marécage, Joe, sachant le tireur sur leur droite, sauta hors du véhicule.

Il aurait pu tout aussi bien débarquer dans un autre monde – sur la lune, peut-être, eût-elle été verte. Les cyprès chauves émergeaient des eaux glauques tels des œufs géants, et des banians d'allure préhistorique, possédant chacun une bonne dizaine de troncs, semblaient monter la garde comme des sentinelles. Alors qu'Esteban roulait sur sa droite, Joe aperçut Graciela sur sa gauche, qui filait entre deux cyprès. Il sentit quelque chose de lourd lui grimper sur les pieds au moment où claquait un autre coup de feu, beaucoup plus proche cette fois. La balle arracha des morceaux d'écorce sur le tronc derrière lequel s'était réfugiée Graciela.

Le tireur apparut entre les arbres environ trois mètres plus loin. Le dénommé Cyrus était un jeune marin au visage étroit surmonté d'une tignasse flamboyante, qui avait à peu près la même corpulence que lui, constata Joe. Il avait épaulé son Springfield et visait le cyprès abritant Graciela. Joe leva son 32 automatique et tira en relâchant son souffle. Quand il vit le fusil s'envoler et pirouetter dans les airs, il crut n'avoir touché que l'arme. Mais, au moment où celle-ci retombait dans le marécage couleur de thé, Cyrus s'effondra lui aussi, et le sang jailli de sous son aisselle gauche assombrit l'eau autour de lui.

– Graciela ? appela Joe. Vous n'êtes pas blessée ?

Elle risqua un œil hors de sa cachette. Esteban, arrivé derrière elle au volant du *scout car*, s'arrêta pour lui permettre de monter, puis ils se dirigèrent vers Joe.

Ce dernier ramassa le fusil avant de se tourner vers le jeune marin. Il était assis dans l'eau, les bras posés sur les genoux et la tête baissée, comme s'il essayait de reprendre son souffle après un gros effort.

En descendant du véhicule, Graciela perdit l'équilibre. Lorsque Joe lui passa un bras autour de la taille pour la soutenir, il la sentit se raidir.

Derrière le blessé, quelque chose remua dans la mangrove – une forme allongée, d'un vert si foncé qu'il paraissait presque noir.

Le marin leva les yeux vers Joe en respirant par saccades.

– Vous… vous êtes blanc.

– Exact, dit Joe.

– Alors pourquoi vous m'avez tiré dessus, bordel ?

Joe regarda ses deux compagnons.

– Si on le laisse ici, il va se faire bouffer dans les deux minutes, déclara-t-il. Alors, soit on l'emmène, soit…

Il s'interrompit, alerté par d'autres mouvements furtifs, tandis que le sang du rouquin continuait de se répandre dans les eaux verdâtres.

– Je disais, soit on l'emmène avec nous, soit…

– Il l'a vue, le coupa Esteban.

– Je sais.

– C'était un jeu pour lui, intervint Graciela.

– Quoi ?

– Quand il me poursuivait, je n'arrêtais pas de l'entendre glousser comme une fille.

Joe contempla le jeune marin, qui soutint son regard. La peur se lisait dans ses yeux, mais toute son attitude exprimait le défi et une détermination bornée.

– Si vous croyez que je vais vous supplier, commença-t-il, vous vous gour…

Joe lui tira une balle en pleine tête. Des éclaboussures roses maculèrent les fougères autour de lui, et les alligators impatients s'agitèrent dans le marécage.

Graciela poussa un petit cri, auquel répondit peut-être celui de Joe, qui n'en eut cependant pas conscience. Esteban chercha son regard et inclina légèrement la tête – sa façon de le remercier d'avoir fait ce que tous trois savaient inévitable, mais qu'il n'avait pour sa part pas pu assumer. Joe lui-même, qui percevait encore l'écho du coup de feu et l'odeur de la cordite tandis qu'un filet de fumée s'élevait du canon de son arme, n'arrivait pas à croire qu'il eût réellement pressé la détente.

Un homme mort gisait à ses pieds. Un homme qui, fondamentalement, avait perdu la vie parce que Joe Coughlin était venu au monde.

Sans un mot, ils retournèrent vers le *scout car*. Comme s'ils n'avaient attendu que ce moment, deux alligators se dirigèrent en même temps vers le corps ; l'un avait émergé de la mangrove en se dandinant tel un chien trop gros, l'autre avait sinué souplement entre les nénuphars à la surface de l'eau près des pneus du véhicule.

Les deux reptiles atteignaient le corps lorsque Esteban démarra. Le premier se jeta sur un bras, le second sur une jambe.

De retour dans la pinède, Esteban prit la direction du sud-ouest, préférant rouler parallèlement à la route, le long de la mangrove, plutôt que de s'y engager tout de suite.

Joe s'était assis sur la banquette arrière à côté de Graciela. Les alligators et les humains n'étaient pas les seuls prédateurs à rôder dans le marécage ce jour-là, découvrit-il soudain : une panthère sur la berge en lapait l'eau cuivrée. Son pelage brun clair se fondait parmi les arbres, et, à une vingtaine de mètres de distance, il ne l'aurait peut-être pas vue si elle n'avait pas levé la tête à leur passage. Elle avait un corps souple, d'un bon mètre cinquante de long, tout en muscles et membres déliés. Son ventre et sa gorge étaient d'un blanc laiteux, et Joe vit de la vapeur se dégager de ses poils humides tandis qu'elle contemplait la voiture. Non, pas la voiture, se dit-il : elle le contemplait lui, de ses yeux aux profondeurs insondables, aussi immémoriales, dorées et impitoyables que le soleil. Durant un moment, étourdi par l'épuisement, il crut entendre la voix du fauve dans sa tête.

Tu ne peux pas échapper à tout ça.

À quoi ? aurait-il voulu demander, mais au même instant Esteban braqua pour s'éloigner des abords du marécage, et ils tressautèrent violemment en passant sur les racines d'un arbre mort. Quand Joe tourna de nouveau la tête, la panthère avait disparu. Il scruta le sous-bois pour essayer de la repérer – en vain.

– Vous avez vu ? lâcha-t-il dans un souffle.

Graciela se borna à le dévisager d'un air perplexe.

– La panthère, précisa-t-il en écartant les bras.

Elle fit non de la tête, les sourcils froncés comme si elle craignait chez lui les effets d'un coup de chaleur. Elle-même était dans un état lamentable : il semblait y avoir plus de griffures que de peau sur son corps, sa joue avait enflé à l'endroit où il l'avait frappée, et, à en juger par la multitude de cloques blanches cernées de rouge sur ses pieds et ses mollets, les insectes – moustiques, taons et même fourmis rouges – s'en étaient donné à cœur joie. Sa robe, dont le bas était en lambeaux, s'ornait de déchirures au niveau de l'épaule et de la hanche gauche. Elle avait en outre perdu ses chaussures.

– Vous pouvez le ranger, dit-elle.

Surpris, Joe suivit la direction de son regard, pour s'apercevoir qu'il tenait toujours le calibre .32 dans sa main droite. Après avoir remis le cran de sûreté, il le fourra dans l'étui sur ses reins.

Esteban tourna de nouveau pour prendre la 41, et il accéléra si brusquement que la voiture frémit avant de filer sur la route. Joe se concentra un moment sur le revêtement d'éclats de coquillages qui disparaissait sous les roues, puis sur le soleil implacable dans un ciel tout aussi implacable.

– Il m'aurait tuée.

Les cheveux humides de Graciela voltigeaient devant son visage et dans son cou.

– Je sais.

– Il m'a chassée comme un gibier pour son déjeuner. Il répétait tout le temps : « Eh, chérie, je vais t'en coller une dans la jambe, d'accord ? Après, je te ferai un sort. » Est-ce que ça veut dire qu'il…

Joe confirma d'un signe de tête.

– Si vous l'aviez laissé vivre, reprit-elle, j'aurais été arrêtée. Et ensuite, vous aussi.

– Oui, murmura-t-il.

Il considéra les piqûres d'insecte qui déformaient les chevilles de la jeune femme, puis la regarda droit dans les yeux. Elle détourna rapidement les siens, pour les fixer sur l'orangeraie qui défilait le long de la route. Quelques secondes plus tard, il la surprit à le dévisager.

– Vous croyez que je me sens coupable, c'est ça ? demanda-t-il.

– Je n'en ai aucune idée.

– Ce n'est pas le cas.

– Vous n'avez rien à regretter.

– Pour autant, je ne suis pas fier de moi, reprit Joe.

– Vous n'avez aucune raison de l'être.

– Mais je ne me sens pas coupable, insista-t-il.

Ce qui, pour lui, résumait assez bien la situation.

Je ne suis plus un hors-la-loi, songea-t-il. Je suis un gangster. Et j'ai trouvé mon gang.

À l'arrière du *scout car*, alors que le parfum piquant des agrumes cédait la place une fois encore aux émanations nauséabondes d'un marécage, Graciela soutint son regard sur plus d'un kilomètre, mais aucun d'eux ne reprit la parole avant d'atteindre West Tampa.

17

Un moment particulier

En arrivant à Ybor, Esteban déposa ses passagers devant la bâtisse où Graciela occupait une chambre au-dessus d'un café. Joe l'accompagna à l'étage pendant qu'Esteban allait rejoindre Sal Urso. Tous deux se chargeraient d'abandonner le *scout car* à South Tampa.

La chambre de Graciela était minuscule et parfaitement ordonnée. Le lit en fer forgé était du même blanc que la cuvette en porcelaine placée sous un miroir ovale. Il y avait aussi une penderie en pin tout abîmée, qui semblait plus vieille encore que l'édifice lui-même, mais que Graciela avait su préserver de la poussière et de la moisissure – un exploit sous un tel climat, pensa Joe. L'unique fenêtre, dont le store était baissé pour conserver la fraîcheur, donnait sur la Onzième Avenue. Un paravent fait du même bois brut que la penderie se dressait dans un coin, et Graciela invita d'un geste Joe à se tourner vers la fenêtre tandis qu'elle se glissait derrière.

– Alors maintenant, vous êtes roi, dit-elle tandis qu'il soulevait légèrement le store pour jeter un coup d'œil dehors.

– Pardon ?

– Vous avez accaparé le marché du rhum. Vous allez devenir un souverain tout-puissant.

– Un prince, peut-être, admit-il. Il faut encore que je règle le problème Albert White.

– Pourquoi ai-je dans l'idée que vous avez déjà un plan ?

Il alluma une cigarette, puis s'assit sur l'appui de fenêtre.

– Tant qu'on ne les a pas exécutés, les plans ne sont que des rêves…

– Cette vie-là, c'est ce que vous avez toujours voulu ?

– Oui.

– Dans ce cas, félicitations.

Joe lui jeta un coup d'œil par-dessus son épaule. La robe de soirée crasseuse reposait sur le haut du paravent, et Graciela avait les épaules nues.

– Vous ne le pensez pas.

Elle lui fit signe de se retourner.

– Si, affirma-t-elle. Vous avez obtenu ce que vous vouliez. Vous avez concrétisé vos projets. C'est admirable, en un sens.

Il étouffa un petit rire.

– En un sens, hein ?

– Mais comment comptez-vous garder le pouvoir, maintenant que vous l'avez ? C'est un point intéressant, il me semble.

– Pourquoi ? Je ne suis pas assez fort, à votre avis ?

Il la regardait de nouveau, et cette fois elle le laissa faire, car dans l'intervalle elle avait passé un chemisier blanc.

– Je ne sais pas si vous êtes assez cruel, répliqua-t-elle, une lueur farouche brillant dans ses prunelles sombres. Et si vous l'êtes, alors c'est bien triste.

– Les puissants ne sont pas nécessairement cruels.

– Le plus souvent, si… (La tête de Graciela disparut derrière le paravent quand elle se pencha pour enfiler sa jupe.) Bon, maintenant que vous m'avez vue m'habiller et que je vous ai vu tuer un homme, puis-je vous poser une question personnelle ?

– Bien sûr.

– Qui est-ce ?

– Qui ?

Elle se redressa derrière le paravent.

– La fille que vous aimez.

– Qu'est-ce qui vous fait croire que je suis amoureux ?

– Je ne le crois pas, j'en suis sûre. (Elle haussa les épaules.) Une femme sent ces choses-là. Elle vit en Floride ?

Il sourit, puis secoua la tête.

– Elle a disparu.

– Elle vous a quitté ?

– Elle est morte.

Graciela cilla avant de scruter ses traits avec attention, cherchant manifestement à savoir s'il était sérieux. Quand elle se rendit compte qu'il ne plaisantait pas, elle murmura :

– Je suis désolée.

Il préféra changer de sujet.

– Vous êtes contente, pour les armes ?

Elle appuya ses bras sur le haut du paravent.

– Très. Quand le jour viendra de mettre un terme à la dictature de Machado – et ce jour viendra bientôt, je peux vous l'assurer –, nous aurons un… (Elle claqua des doigts et le regarda d'un air interrogateur.) Aidez-moi, je ne trouve pas le mot.

– Un arsenal ? suggéra-t-il.

– C'est ça. Un arsenal.

– Donc, ce ne sont pas les seules armes dont vous disposez.

Elle fit non de la tête.

– Ce ne sont pas les premières et ce ne seront pas les dernières, déclara-t-elle. Lorsqu'il sera temps d'agir, nous serons prêts. (Elle émergea de derrière le paravent, vêtue de la tenue typique d'une rouleuse de cigares : chemisier blanc rehaussé d'une fine cravate, sur une jupe brun clair.) Vous pensez que je suis folle de faire ça ?

– Pas du tout. J'estime votre engagement noble. Mais vous défendez une cause qui n'est pas la mienne.

– Et la vôtre, c'est… ?

– Le rhum.

– Vous n'aspirez pas à la noblesse d'âme ? Au moins un tout petit peu ? ajouta-t-elle en levant la main, pouce et index rapprochés.

– Je n'ai rien contre les esprits nobles, c'est juste que j'ai remarqué qu'ils dépassaient rarement la quarantaine.

– Ça leur fait au moins un point commun avec les gangsters.

– Exact. Sauf que nous, entre-temps, on fréquente de meilleurs restaurants.

Elle sortit de sa penderie une paire de sandales de la même couleur que sa jupe, puis se laissa choir sur le lit.

– Admettons que vous la fassiez un jour, cette révolution, reprit Joe, toujours assis à la fenêtre.

– Oui.

– Est-ce que les choses changeront pour autant ?

– Les gens, eux, peuvent changer, répondit-elle en enfilant l'une des chaussures.

– Le monde change, c'est vrai, mais les gens, non ; ils restent plus ou moins pareils. Alors, même si vous renversez Machado, il y a de bonnes chances pour que son remplaçant se révèle encore pire. Dans l'intervalle, vous pourriez être blessée, ou…

– Je pourrais mourir, oui. (Elle se pencha pour mettre la seconde chaussure.) J'en suis consciente, Joseph.

– Joe.

– Joseph, répéta-t-elle. Je pourrais mourir parce qu'un camarade m'aura trahie pour de l'argent. Je pourrais être capturée par des hommes brisés, comme celui d'aujourd'hui ou peut-être encore plus abîmés par la vie, qui me tortureront jusqu'à ce que mon corps ne soit plus capable d'endurer la souffrance. Et il n'y aura rien de noble dans ma mort, parce que la mort n'est jamais noble : vous pleurez, vous suppliez, la merde vous inonde au moment où vous expirez. Et vos assassins rient et crachent sur votre cadavre. Ensuite, on vous oublie. Comme si… (Elle claqua des doigts.) Comme si vous n'aviez jamais existé. Oh oui, je sais tout ça.

– Alors pourquoi continuer ?

Elle se leva et lissa sa jupe.

– J'aime mon pays.

– J'aime aussi le mien, mais…

– Il n'y a pas de mais. C'est toute la différence entre nous. Votre pays, c'est ce que vous voyez par cette fenêtre, n'est-ce pas ?

– Plus ou moins, oui.

– Eh bien, mon pays, il est là. (Elle se tapota la poitrine, ensuite la tempe.) Et je sais également qu'il ne me sera jamais reconnaissant pour mes efforts, qu'il ne me rendra jamais mon amour. Ce serait impossible, parce que je n'aime pas seulement les habitants, les maisons et les odeurs de ma terre natale ; j'aime aussi l'idée que je m'en suis faite. Or, ça, c'est une pure invention de ma part, alors j'aime ce qui n'est pas – comme vous, vous aimez cette morte.

Incapable de trouver une repartie, Joe se borna à la suivre des yeux tandis qu'elle allait récupérer la robe en lambeaux sur le paravent. Elle la lui tendit quand ils sortirent de la chambre.

– Vous voulez bien la brûler, Joseph ?

Les armes étaient destinées à la province de Pinar del Río, à l'ouest de La Havane. Elles quittèrent St. Petersburg à trois heures de l'après-midi, à bord de cinq chalutiers amarrés jusque-là dans la baie de Boca Ciega. Dion, Joe, Esteban et Graciela assistèrent à leur départ. Joe avait troqué son costume souillé par les eaux du marécage contre le modèle le plus léger qu'il possédât. Graciela l'avait regardé jeter le sale au feu en même temps que sa robe, et à présent elle était rattrapée par la fatigue après son expérience éprouvante de proie pourchassée dans le marécage. Assise sur un banc au pied d'un réverbère, elle n'arrêtait pas de piquer du nez ; pourtant, elle refusait obstinément d'aller se reposer dans l'une des voitures ou de laisser quelqu'un la raccompagner à Ybor.

Quand le dernier des capitaines de chalutier eut pris congé d'eux et mis le cap sur le large, les membres de leur petit groupe se dévisagèrent longuement sans rien dire. Joe se rendit alors compte qu'ils étaient tous désemparés. Quelle conclusion apporter aux deux folles journées qu'ils venaient de vivre ? Au-dessus d'eux, le ciel avait viré au rouge. Plus loin sur le littoral découpé, au-delà d'une mangrove touffue, une voile ou une bâche claquait, agitée par le vent chaud. Joe regarda Esteban, puis Graciela appuyée contre le réverbère, les yeux clos. Il regarda Dion et le pélican qui passait au-dessus de lui – silhouette étrange dont le bec était plus gros que le ventre. Enfin, il regarda les bateaux qui s'éloignaient, désormais à peine plus gros que des bonnets d'âne, et soudain il partit d'un grand rire. Impossible de résister, c'était plus fort que lui. Dion et Esteban l'imitèrent presque aussitôt, et tous trois s'esclaffèrent de plus belle. Graciela commença par se couvrir le visage avant de se mettre à pouffer elle aussi – et à pleurer, remarqua Joe –, en risquant un œil entre ses doigts comme une gamine, jusqu'au moment où elle laissa complètement retomber ses bras. Toujours hilare et en larmes, elle se passa les mains dans les cheveux à plusieurs reprises pour se calmer, et finit par s'essuyer le visage avec le col de son chemisier. Tous quatre marchèrent jusqu'au bord du quai, et, peu à peu, leurs rires se muèrent d'abord en gloussements sporadiques, ensuite en échos de gloussements, et ils contemplèrent en silence l'eau qui devenait violette sous le ciel rouge. Les chalutiers atteignirent la ligne d'horizon et disparurent derrière, l'un après l'autre.

Joe ne devait pas se rappeler grand-chose du reste de cette journée. Ils allèrent dans l'un des bars clandestins de Maso Pescatore, situé au croisement de la Quinzième et de Nebraska Avenue, derrière un cabinet vétérinaire. Esteban s'arrangea pour se faire livrer une caisse de rhum brun vieilli en fûts de chêne, et tous ceux qui avaient participé au vol des armes se donnèrent le mot ; bientôt, les gangsters de Pescatore se mêlaient aux révolutionnaires de Suarez. Les femmes arrivèrent un peu plus tard, en robes de soie et chapeaux rehaussés de paillettes. Un orchestre s'installa sur scène, et peu après le boui-boui vibrait d'une énergie propre à fissurer les murs.

Dion dansa avec trois femmes en même temps, les faisant passer derrière son dos large et entre ses jambes courtaudes avec une agilité surprenante. Mais pour ce qui était de la danse, justement, la surprise vint d'Esteban, qui se révéla un véritable artiste. Il évoluait aussi souplement qu'un chat sur les plus hautes branches d'un arbre, et se distinguait par une maîtrise si totale de ses mouvements que l'orchestre ne tarda pas à s'adapter à son rythme, au lieu de l'inverse. Joe avait l'impression de voir Valentino dans le film où il jouait un matador, tant Esteban dégageait une impression de grâce virile. En un rien de temps, la moitié au moins des femmes présentes tentèrent de reproduire ses pas ou de se l'approprier pour la nuit.

– J'imaginais pas qu'un gars puisse bouger comme ça, confia Joe à Graciela.

Elle était assise dans l'angle d'un box, et lui par terre devant elle. Elle se pencha pour lui parler à l'oreille.

– C'était sa principale occupation quand il est arrivé ici.

– Comment ça ?

– Il était *taxi dancer*. On le payait pour danser avec des cavalières, c'était son métier.

– Non, vous me faites marcher… (Les yeux toujours fixés sur elle, Joe inclina la tête.) Oh, bon sang ! Est-ce qu'il y a un domaine dans lequel il n'excelle pas ?

– Il était danseur professionnel à La Havane, expliqua Graciela. Un très bon danseur, jamais en tête d'affiche dans les productions, mais toujours très sollicité. C'est ce qui lui a permis de payer ses études à la fac de droit.

Joe faillit cracher dans son verre.

– Il est avocat ?

– À La Havane, oui.

– Il m'a dit qu'il avait grandi dans une ferme.

– C'est vrai. Ma famille travaillait pour la sienne. Mes parents étaient, euh…

Elle le regarda d'un air interrogateur.

– Saisonniers ? suggéra-t-il.

– C'est le bon mot, vous êtes sûr ? (Sans le quitter des yeux, elle fit la grimace ; de toute évidence, elle était au moins aussi grise que lui.) Non, non, ils étaient métayers.

– Donc, votre père louait des terres au sien et le payait sous forme de récoltes ?

– Non.

– C'est ça, le métayage. Je le sais, parce que mon grand-père était métayer en Irlande. (Joe aurait voulu paraître sobre et érudit, mais compte tenu des circonstances c'était un défi impossible à relever.) Un saisonnier va de ferme en ferme pour proposer ses services selon les saisons et les récoltes.

– Ah, dit-elle, manifestement mécontente de cette explication. Bien sûr, vous êtes tellement brillant, Joseph ! Vous savez tout sur tout.

– Eh, c'est vous qui m'avez interrogé, *chica* !

– Je rêve, ou vous venez de m'appeler « *chica* » ?

– Vous avez bien entendu.

– Vous avez un accent épouvantable.

– Votre gaélique ne vaut pas mieux, rétorqua-t-il.

– Quoi ?

Il agita la main.

– Non, rien. J'ai encore des progrès à faire.

– Son père était un homme bien, reprit Graciela, les yeux brillants. Il m'a accueillie chez lui et m'a donné une chambre pour moi toute seule, avec des draps propres. J'ai appris l'anglais avec un professeur particulier – moi, une simple paysanne.

– Et qu'est-ce qu'il a exigé en retour ?

Elle lui jeta un regard noir.

– Vous êtes dégoûtant.

– La question ne me paraît pas déplacée…

– Il n'a rien exigé, figurez-vous ! Peut-être que sa tête a enflé un peu, à cause de tout ce qu'il avait offert à cette petite pauvresse, mais c'est tout.

– D'accord, d'accord. Désolé.

– Vous voyez toujours le pire chez les meilleurs des hommes, Joseph, et le meilleur même chez les pires.

Ne sachant quel argument lui opposer, il se contenta de hausser les épaules en attendant que le silence et l'alcool eussent apaisé la tension entre eux.

– Venez danser, dit-elle soudain en se redressant.

Elle le prit par les mains.

– Je ne sais pas danser, protesta-t-il.

– Ce soir, Joseph, tout le monde danse.

Il finit par céder, même s'il lui semblait épouvantablement embarrassant de partager la piste avec des danseurs tels qu'Esteban et, dans une moindre mesure, Dion.

Bien entendu, ce dernier se moqua de lui, mais Joe était trop soûl pour s'en soucier. Il laissa Graciela mener, en faisant de son mieux pour la suivre, et bientôt il parvint plus ou moins à trouver son rythme. Ils restèrent longtemps sur la piste, buvant à la même bouteille de rhum brun Suarez. À un certain moment, Joe se retrouva pris entre deux images de Graciela qui se télescopaient : l'une était celle d'une fugitive courant à perdre haleine dans le marécage, l'autre celle de la créature sensuelle qui dansait à quelques centimètres de lui, ondulant des hanches, faisant doucement osciller sa tête et ses épaules tandis qu'elle portait la bouteille à ses lèvres.

Il avait tué pour protéger cette fille. Et pour se protéger lui aussi. Mais une question le tracassait, à laquelle il n'avait pas encore pu répondre : pourquoi avait-il visé le visage du jeune marin ? On ne tuait pas un homme ainsi, à moins d'être fou de rage. On lui tirait plutôt dans le cœur. Alors pourquoi lui avoir pulvérisé la figure ? Parce qu'il en avait fait une affaire personnelle, voilà pourquoi, se dit-il, fasciné par les mouvements de Graciela qui évoluait toujours devant lui. Il avait vu clairement dans les yeux de Cyrus tout le mépris qu'elle lui inspirait ; pour lui, violer une femme de couleur n'était pas un péché, juste un moyen de se faire plaisir en profitant de la situation. Qu'elle vive ou qu'elle meure, peu importait.

Elle leva les bras au-dessus de sa tête, la bouteille toujours dans une main, et croisa les poignets, les yeux mi-clos, un petit sourire en coin éclairant son visage tuméfié.

– À quoi pensez-vous ? demanda-t-elle.

– À la journée qu'on vient de passer.

– Un moment en particulier ?

Elle dut lire la réponse dans ses yeux, car elle baissa les bras et lui tendit la bouteille. Sans se concerter, ils retournèrent près du box pour boire tranquillement.

– Je me contrefous de ce type, dit Joe. Mais je crois que j'aurais préféré me débarrasser de lui par un autre moyen.

– Il n'y en avait pas.

Il hocha la tête.

– Je sais. C'est pour ça que je n'ai pas de remords. N'empêche, je regrette qu'on ait été obligés d'en arriver là.

Elle lui reprit la bouteille.

– Comment remercie-t-on un homme qui vous a sauvé la vie après l'avoir mise en risque ?

– En « risque » ?

Elle s'essuya la bouche d'un revers de main.

– Oui. Alors ?

Il inclina la tête en la gratifiant d'un regard appuyé.

– Ah non, pas question ! s'exclama-t-elle, avant d'éclater de rire. Trouvez autre chose, *chico*.

– Dans ce cas, dites-lui juste merci.

Joe s'empara de la bouteille et avala une gorgée de rhum.

– Merci, Joseph.

Quand il voulut faire un grand geste théâtral suivi d'une courbette, il trébucha et s'affala contre elle. Graciela poussa un cri perçant, lui donna une petite tape sur le crâne et l'aida à se redresser. En riant, ils titubèrent vers une table.

– Nous ne serons jamais amants, affirma-t-elle.

– Pourquoi ?

– Nous aimons chacun quelqu'un d'autre.

– La femme que j'aimais est morte.

– L'homme que j'aime l'est peut-être aussi.

– Oh.

Elle secoua la tête à plusieurs reprises, comme pour dissiper les effets de l'alcool.

– Donc, nous aimons des fantômes, conclut-elle.

– Oui.

– Ce qui fait de nous des fantômes.

– Vous êtes ivre, Graciela.

Elle s'esclaffa de plus belle.

– Non, c'est vous qui êtes ivre !

– C'est indiscutable.

– Nous ne serons jamais amants.

– Vous l'avez déjà dit.

La première fois qu'ils firent l'amour dans la petite chambre au-dessus du café, ce fut digne d'un carambolage. Ils se cognèrent l'un à l'autre, dégringolèrent du lit, renversèrent une chaise, et lorsqu'il la pénétra elle lui mordit l'épaule jusqu'au sang. Ce fut terminé en un clin d'œil.

La deuxième fois, une demi-heure plus tard, Graciela lui versa sur le torse du rhum qu'elle lécha ensuite avec application. Joe lui rendit la pareille, et ils s'accordèrent le temps d'explorer le corps de l'autre, de découvrir son rythme. Elle avait décrété « Pas question de s'embrasser », ce qui ne l'empêcha pas d'oublier très vite cette résolution, tout comme elle avait oublié qu'ils ne devaient jamais être amants. Ils échangèrent des baisers langoureux, des baisers fougueux, des baisers du bout des lèvres ou juste avec la langue.

Jamais Joe n'aurait imaginé qu'ils y prendraient autant de plaisir. Il avait couché en tout et pour tout avec sept femmes dans sa vie, mais il n'avait fait l'amour – du moins, au sens où il l'entendait – qu'avec Emma. Et si leurs ébats étaient torrides à l'époque, voire inspirés à l'occasion, elle ne se laissait jamais complètement aller. Il la surprenait parfois à observer leurs rapports comme si une partie d'elle restait extérieure à la scène. Et après, elle rentrait encore plus profondément dans sa coquille.

Graciela, elle, n'avait aucune retenue : elle lui tirait les cheveux, lui agrippait la nuque si fort de ses mains calleuses de rouleuse de cigares qu'il en venait presque à craindre de sentir ses cervicales se briser, lui enfonçait ses dents dans la chair et le muscle jusqu'à l'os… Il en résultait un risque élevé de blessures, mais c'était une façon pour elle d'essayer de l'envelopper complètement – d'aller jusqu'au bout de ce qui, pour Joe, s'apparentait à un désir de se dissoudre dans l'autre, comme s'il devait se réveiller au matin pour découvrir qu'elle se serait fondue en lui, ou lui en elle.

Lorsqu'il se réveilla le lendemain, l'absurdité de cette idée le fit sourire. Graciela dormait sur le côté, ne lui montrant que son dos et ses cheveux emmêlés répandus sur l'oreiller. Il se demanda s'il ne ferait pas mieux de se glisser hors du lit, de récupérer ses vêtements et de s'éclipser au plus vite, avant d'être obligé de se lancer dans une inévitable discussion sur l'excès d'alcool la veille et le manque de discernement qui en avait résulté. Avant de donner prise aux regrets. Au lieu de quoi, il lui déposa un léger baiser sur l'épaule, et elle roula aussitôt vers lui. Quand elle le recouvrit de son corps, il se dit que les regrets pourraient attendre.

– Ce sera un arrangement professionnel, lui expliqua-t-elle quand ils prirent leur petit déjeuner dans le café en dessous de sa chambre.

– C'est-à-dire ?

Il mordit dans son toast, conscient du sourire béat qui s'étalait sur sa figure.

– Nous comblerons ce besoin que nous avons l'un de l'autre jusqu'à…

– « Nous comblerons ce besoin… » ? Waouh ! Ton professeur particulier a fait du bon boulot.

Elle s'adossa à sa chaise.

– Je parle très bien anglais.

– Tout à fait d'accord. À part quand tu dis « mettre en risque » au lieu de « mettre en danger », tu maîtrises parfaitement la langue.

Elle se redressa légèrement.

– Merci.

– De rien, répliqua-t-il, souriant toujours comme un idiot. Donc, nous en étions à combler ce, hum, besoin l'un de l'autre, jusqu'à quand au juste ?

– Jusqu'à ce que j'aille rejoindre mon mari à Cuba.

– Et moi ?

– Toi ?

Elle planta sa fourchette dans un petit morceau d'œuf au plat.

– Oui, moi. Tu vas retrouver ton mari. Et moi, qu'est-ce qu'il me reste ?

– Tu vas devenir roi de Tampa.

– Prince, rectifia-t-il.

– Prince Joseph… Ça sonne plutôt bien, mais à mon avis ce n'est pas fait pour toi. Un prince ne doit-il pas se montrer bienveillant ?

– Contrairement à ?
– Un gangster qui ne pense qu'à son intérêt.
– Et à celui de son gang.
– Si tu veux.
– Ce qui témoigne d'une certaine bienveillance, pas vrai ?

Dans le regard qu'elle posa sur lui, la frustration le disputait au dégoût.

– Alors, es-tu un prince ou un gangster ?
– Je ne sais pas. Je préférerais me considérer comme un hors-la-loi, mais aujourd'hui j'ai bien peur que ce ne soit plus qu'un fantasme.
– Eh bien, tu seras mon prince hors la loi jusqu'à ce que je rentre chez moi. Qu'en penses-tu ?
– J'adorerais. Quelles seront mes obligations ?
– Tu vas devoir rendre ce qu'on t'a donné.
– Entendu. (À ce stade, elle aurait exigé son pancréas qu'il le lui aurait offert avec joie.) On commence par quoi ?
– Manny Bustamente, répondit-elle, le regard soudain grave.
– Il avait une famille, déclara Joe. Une femme et trois enfants en bas âge.
– Tu n'as pas oublié.
– Bien sûr que non.
– Tu as dit que ça t'était égal qu'il vive ou qu'il meure.
– J'ai peut-être exagéré un peu.
– Tu t'occuperas de ses proches, Joseph ?
– Pendant combien de temps ?
– Pour toujours. Il a donné sa vie pour toi.

Cette fois, Joe esquissa un mouvement de dénégation.

– Il l'a donnée pour toi, Graciela. Pour toi et pour la cause que tu défends.
– Et donc… ?

Elle immobilisa son toast à quelques centimètres de ses lèvres.

– Donc, dans l'intérêt de la cause que tu défends, je serai heureux de faire parvenir aux Bustamente un gros paquet de billets dès que j'en aurai un à ma disposition. Voilà. Satisfaite ?

Un grand sourire illumina le visage de Graciela, qui mordit dans sa tartine.

– Très.

– Eh bien, tu peux considérer que c'est fait. À propos, on ne t'a jamais appelée autrement que Graciela ?

– Non, pourquoi ? Comment voudrais-tu qu'on m'appelle ?

– Bah, je sais pas… Gracie ?

Elle fit la grimace.

– Grazi ?

Nouvelle mimique.

– Ella ? risqua-t-il.

– Mais enfin, pourquoi voudrais-tu changer mon nom ? C'est celui que mes parents ont choisi pour moi !

– Tout comme mes parents en ont choisi un pour moi aussi.

– Sauf que toi, tu l'as coupé en deux.

– Je m'appelle Joe. Comme José.

– J'avais compris, répliqua-t-elle en terminant son petit déjeuner. En attendant, chez nous, on utilise José pour Joseph. Pas pour Joe.

– Je croirais entendre mon père ! Il n'y avait que lui pour m'appeler Joseph.

– Parce que c'est ton nom, conclut-elle. Tu picores dans ton assiette, ajouta-t-elle sans transition. Comme un oiseau.

– On me l'a déjà dit.

À cet instant, les yeux de Graciela se portèrent sur un point derrière lui, et il se retourna juste à temps pour voir Albert White franchir la porte de derrière. Son rival n'avait pas pris une ride, constata Joe, qui le trouva néanmoins plus grassouillet que dans son souvenir ; une petite bedaine de banquier s'était formée au-dessus de sa ceinture. Il aimait toujours les costumes blancs, manifestement, de même que les chapeaux blancs et les chaussures blanches. Et sa démarche avait conservé cet allant suggérant que, pour lui, le monde était une vaste cour de récréation conçue uniquement dans le but de le divertir. Il entra flanqué de Bones et de Brenny Loomis, et attrapa une chaise au passage. Ses deux acolytes l'imitèrent, puis disposèrent les sièges autour de la table qu'occupaient Joe et Graciela. White s'assit près de lui, Loomis et Bones prirent place de part et d'autre de Graciela, avant de considérer Joe d'un air impassible.

– Ça fait... quoi ? commença White. Un peu plus de deux ans ?

– Deux ans et demi, répondit Joe, avant d'avaler une gorgée de café.

– Si tu le dis... Après tout, c'est toi qui es allé en prison, et s'il y a bien une chose que je sais au sujet des détenus, c'est qu'ils ne manquent jamais de compter les jours ! (Il se pencha par-dessus le bras de Joe, prit une saucisse dans son assiette et se mit à la grignoter comme une cuisse de poulet.) Pourquoi n'as-tu pas encore sorti ton flingue ?

– Peut-être que je ne suis pas armé...

– Peuh ! Réponds-moi franchement.

– Eh bien, vous êtes un homme d'affaires, Albert, et nous sommes dans un lieu public qui ne se prête guère à une fusillade.

– Permets-moi de ne pas être d'accord. (White balaya du regard la salle.) Les conditions me semblent au contraire tout à fait propices à un échange de coups de feu : bonne luminosité, lignes de tir dégagées, pas trop d'obstacles pour arrêter les balles…

La propriétaire du café, une Cubaine d'une cinquantaine d'années, paraissait de plus en plus nerveuse. Elle avait à l'évidence perçu la tension entre les quatre hommes attablés dans son établissement, et il était clair qu'elle aurait donné cher pour les voir sortir – par la porte ou par la fenêtre, peu importait du moment qu'ils débarrassaient le plancher. Pendant ce temps, un couple âgé, installé près d'elle au comptoir, poursuivait une conversation animée comme si de rien n'était, incapable de décider apparemment s'il valait mieux aller voir un film le soir même au Tampa Theater ou l'orchestre de Tito Broca au Tropicale.

Il n'y avait personne d'autre dans la salle.

Joe jeta un coup d'œil à Graciela. Elle avait les yeux légèrement écarquillés et une veine palpitait au milieu de sa gorge, mais sinon elle parvenait à afficher le plus grand calme : ses mains ne tremblaient pas, son souffle était régulier… White s'accorda encore une bouchée de saucisse avant de s'adresser à elle.

– C'est quoi ton petit nom, ma belle ?

– Graciela.

– T'es une négresse claire ou une métèque foncée ? J'avoue que j'ai du mal à me prononcer.

Elle lui sourit de toutes ses dents.

– Je suis autrichienne. Pourquoi ? Ça ne se voit pas ?

White rugit de rire. Il se frappa la cuisse, puis abattit son poing sur la table. Pour le coup, le couple âgé, indifférent jusque-là à ce qui se passait dans la salle, tourna la tête vers eux.

– Elle est bonne, celle-là ! s'exclama White, qui répéta à l'adresse de ses porte-flingues : Autrichienne.

Ils lui opposèrent un regard vide.

– Autrichienne ! répéta-t-il encore une fois, plus fort, en écartant les mains, dont l'une tenait toujours la saucisse. (Il poussa un profond soupir.) C'est bon, laissez tomber. (Il reporta son attention sur la femme en face de lui.) Alors, Graciela d'Autriche, tu as bien un nom de famille ?

– Corrales. Graciela Dominga Maela Corrales.

Il émit un petit sifflement admiratif.

– On en a plein la bouche, mais j'imagine que tu as toi-même l'expérience de ce genre de chose, hein, ma belle ?

– Ne faites pas ça, intervint Joe. Ne… Albert ? Ne la mêlez pas à nos histoires.

White le dévisagea posément en mâchonnant le reste de la saucisse.

– Notre passé commun me laisse supposer que je ne suis pas doué pour écarter les dames de nos discussions, mon cher Joe.

– Qu'est-ce que vous voulez ?

– D'abord, j'aimerais comprendre pourquoi tu n'as rien appris en taule. T'étais trop occupé à te faire mettre, c'est ça ? Tu sors, tu débarques ici, et en moins de deux jours tu commences déjà à m'emmerder ? Ils t'ont ramolli le cerveau, au trou, ou quoi ?

– Peut-être que j'essayais juste d'attirer votre attention…

– Dans ce cas, c'est réussi ! Je viens d'apprendre aujourd'hui que les gérants de mes clubs, de mes restaurants, de mes salles de billard, de tous mes bars clandestins entre ici et Sarasota, ne me verseront plus rien. Non, c'est toi qu'ils paieront. Tu penses bien que je suis allé trouver Esteban Suarez, mais il est tout d'un coup plus protégé qu'une imprimerie de billets. Monsieur n'a pas daigné me recevoir. Tu crois vraiment qu'avec ton gang de macaronis et de… de nègres, d'après ce que j'ai entendu dire, tu vas…

– Cubains, corrigea Joe.

White lui prit cette fois un morceau de toast.

– Tu crois vraiment que tu vas pouvoir me chasser de cette ville ?

– Entre nous, Albert, c'est déjà fait.

Celui-ci secoua la tête.

– Dès que tu seras mort, les Suarez rentreront dans le rang. Tu peux être sûr que tous les autres suivront.

– Vous ne seriez pas là si vous vouliez ma mort, rétorqua Joe. Vous êtes venu négocier.

– Oh, tu te trompes : je veux que tu disparaisses, et il n'est pas question de négocier. Je tenais juste à te prouver que j'avais changé. Je suis devenu un tendre, vois-tu. Alors on va sortir par la porte de derrière sans la fille. On ne touchera pas un cheveu de sa tête, et Dieu sait pourtant qu'avec une telle crinière elle pourrait se permettre d'en perdre quelques-uns… (Il se leva, boutonna sa veste sur son ventre mou, puis redressa le bord de son chapeau.) Si tu résistes, on l'emmène avec nous et on vous descend tous les deux.

– C'est à prendre ou à laisser, je suppose ?

– Tout juste.

Joe hocha la tête, récupéra un morceau de papier dans la poche de sa veste et le posa sur la table. Le lissa. Leva les yeux vers White et commença à lire les noms qui y étaient inscrits.

– Pete McCafferty, Dave Kerrigan, Gerard Mueler, Dick Kipper, Fergus Dempsey, Archibald…

White s'empara de la feuille pour la parcourir.

– Vous ignorez où ils sont, n'est-ce pas ? poursuivit Joe. Tous vos meilleurs soldats, et ils ne répondent ni au téléphone ni aux coups de sonnette. Vous avez beau vous répéter que c'est seulement une coïncidence, vous n'y croyez pas une seconde. On les a convaincus de nous rejoindre – tous, jusqu'au dernier. Et, Albert, ça me fend le cœur de vous l'annoncer aussi brutalement, mais ils ne vous reviendront jamais.

Un petit rire s'échappa de la bouche de White, dont le teint d'ordinaire rubicond était devenu d'un blanc d'ivoire. Il regarda Bones, puis Loomis, et gloussa de plus belle. Si Bones alla jusqu'à ricaner, Loomis en revanche était verdâtre.

– Tant qu'on en est à parler de votre organisation, reprit Joe, comment m'avez-vous trouvé ?

White, dont le visage recouvrait déjà quelques couleurs, jeta un coup d'œil à Graciela.

– Avec toi, Joe, c'est facile : il n'y a qu'à suivre la chatte.

Graciela serra les dents.

– Une formule intéressante, à défaut d'être raffinée, observa Joe. En attendant, à moins de savoir où j'étais la nuit dernière – et vous ne le saviez pas, parce que personne ne le savait –, vous n'aviez aucun moyen de me débusquer ici.

– Bravo, tu m'as coincé. (White leva les mains.) Mettons que j'aie employé d'autres méthodes.

– Genre, en passant par un des hommes de mon organisation ?

Le sourire de White transparut dans ses yeux. Il l'effaça d'un battement de paupières.

– Celui qui vous a conseillé aussi de me tomber dessus dans le café, pas dans la rue ? poursuivit Joe.

Il n'y avait plus trace de gaieté dans le regard d'Albert White, qui était à présent aussi morne qu'un jour sans soleil.

– Il vous a expliqué que si vous vous pointiez dans ce café, je serais docile à cause de la fille, pas vrai ? Et que je vous conduirais jusqu'à un sac de billets caché dans un hôtel miteux à Hyde Park ?

– Butez-le, boss, intervint Loomis. Butez-le maintenant.

– Vous auriez dû le faire en franchissant cette porte, déclara Joe.

– Qui te dit qu'il est trop tard ? répliqua White.

– Moi, affirma Dion, qui s'approcha de Loomis et de Bones par-derrière, un .38 à canon long pointé sur chacun d'eux.

Sal Urso et Lefty Downer passèrent par l'entrée principale, vêtus tous les deux d'un imperméable malgré un ciel parfaitement dégagé.

La propriétaire du café et le couple au comptoir ne cachaient plus leur inquiétude : le vieil homme n'arrêtait pas de se tapoter la poitrine, et la propriétaire égrenait son chapelet en silence, remuant frénétiquement les lèvres.

– Tu peux aller leur dire qu'on ne leur fera pas de mal ? demanda Joe à Graciela.

Elle s'en chargea aussitôt.

– La trahison est définitivement devenue ta marque de fabrique, hein, le gros ? lança White à Dion.

– J'ai merdé qu'une fois, espèce de dandy de mes deux ! rétorqua ce dernier. T'aurais dû réfléchir sérieusement au traitement que j'avais infligé à ton sous-fifre, Blum, avant de gober toutes mes conneries.

– Ils sont combien, dehors ? s'enquit Joe.

– Quatre bagnoles pleines, répondit Dion.

Joe se leva.

– J'aimerais autant ne buter personne dans ce café, Albert, mais donnez-moi ne serait-ce qu'une demi-raison de le faire et je n'hésiterai pas à tirer.

Bien que désarmé et cerné par l'ennemi, White se fendit d'un sourire suffisant.

– On ne te donnera même pas le quart d'une raison. Qu'est-ce que t'en penses ? Tu nous trouves suffisamment coopératifs ?

Joe lui cracha au visage.

Les yeux de White s'étrécirent.

Durant un long moment, personne ne remua un cil.

– Je vais sortir mon mouchoir de ma poche, dit enfin White.

– Avise-toi de plonger la main dans ta putain de poche, et on te refroidit sur place ! gronda Joe, changeant de ton. T'as qu'à t'essuyer avec ta manche.

Le sourire de White reparut tandis qu'il s'exécutait, mais une lueur assassine brillait dans son regard.

– Donc, soit tu me flingues, soit tu m'évinces de la ville.

– Exact.

– Qu'est-ce que tu choisis ?

Joe considéra la propriétaire du café, dont les doigts agrippaient toujours le rosaire, et Graciela à côté d'elle, qui lui avait posé une main sur l'épaule.

– Je ne suis pas sûr d'avoir envie de te liquider aujourd'hui, Albert. Tu n'as ni les armes ni les fonds nécessaires pour déclencher une guerre, et il te faudra des années pour pouvoir former de nouvelles alliances propres à menacer mon organisation.

White se rassit, l'air parfaitement à l'aise. Comme s'il rendait visite à de vieux amis. Joe resta debout.

– Tu prépares ton coup depuis ce fameux soir au Statler, n'est-ce pas, Joe ?

– En effet.

– Dis-moi au moins que tu fais ça aussi parce que les affaires l'exigent.

– Non, Albert. Mes motivations sont uniquement d'ordre personnel.

Son rival s'accorda quelques instants de réflexion, puis hocha la tête.

– Tu n'as pas envie de me poser des questions sur elle ?

Joe sentait peser sur lui le regard de Graciela. Et de Dion.

– Pas spécialement. Tu la baisais, je l'aimais, tu l'as tuée. Je ne vois pas ce qu'on pourrait dire de plus.

White haussa les épaules.

– Je l'aimais aussi, Joe. Plus que tu ne pourrais l'imaginer.

– Ne sous-estime pas mon imagination.

– Tu n'en as pas assez, je t'assure.

Joe scruta les traits de son rival pour tenter de voir son véritable visage derrière le masque. Peu à peu, tout comme ce soir-là dans le couloir de service de l'hôtel Statler, il acquit la certitude qu'Albert White avait éprouvé des sentiments pour Emma au moins aussi forts que les siens.

– Alors pourquoi l'avoir tuée ?

– Ce n'est pas moi qui l'ai tuée, c'est toi, rétorqua White. T'as signé son arrêt de mort dès que tu l'as fourrée. Il y avait des milliers de filles dans cette ville, et t'es plutôt beau gosse, mais il a fallu que tu me la prennes. Quand tu décides de cocufier un homme, tu ne lui laisses que deux options : t'encorner ou s'encorner lui-même.

– En l'occurrence, c'est elle que t'as encornée.

Si White haussa les épaules en feignant l'indifférence, Joe devina qu'il souffrait encore de la disparition d'Emma. Elle a emporté une part de chacun de nous dans la tombe, songea-t-il.

– Ton maître m'a chassé de Boston, Joe. Aujourd'hui, c'est ton tour de me chasser de Tampa, c'est ça ?

– C'est l'idée, oui.

De la main, White désigna Dion.

– Tu sais que c'est lui qui t'a balancé, pour le hold-up de Pittsfield ? Que c'est à cause de lui que t'as fait deux ans de taule ?

– Je suis au courant, oui. Eh, D ?

Sans quitter du regard Bones et Loomis, Dion marmonna :

– Ouais ?

– Tu lui en colles deux dans la cervelle.

Les yeux de White parurent sur le point de lui sortir de la tête, et la propriétaire du café émit un piaillement étouffé quand Dion contourna la table le bras tendu. Sal Urso et Lefty Downer écartèrent les pans de leurs imperméables respectifs pour révéler les mitraillettes Thompson avec lesquelles ils tinrent en respect Loomis et Bones. Dion appuya le canon de son arme sur la tempe de White, qui leva les mains.

– Attends, dit Joe.

Dion se figea.

Joe remonta légèrement les jambes de son pantalon avant de s'accroupir devant son rival.

– Regarde bien les yeux de mon ami, Albert.

Celui-ci tourna la tête vers Dion.

– Est-ce que tu y vois de l'amour pour toi ?

– Non. (White cilla.) Non, je n'en vois pas.

Sur un signe de Joe, Dion baissa son arme.

– T'es venu ici en voiture, Albert ?

– Oui.

– Parfait. Alors tu vas remonter dans cette voiture, prendre la direction du nord et sortir de l'État. Je te suggère d'essayer du côté de la Géorgie, car à partir d'aujourd'hui je contrôle l'Alabama, la côte du Mississippi et toutes les villes entre ici et La Nouvelle-Orléans. (Joe sourit.) D'ailleurs, j'ai un rendez-vous à La Nouvelle-Orléans la semaine prochaine.

– Comment je peux être sûr que tu ne vas pas ordonner à tes hommes de me suivre ?

– Voyons, Albert, évidemment que je vais leur ordonner de te suivre ! En fait, ils vont même t'accompagner jusqu'à la frontière. Pas vrai, Sal ?

– J'ai fait le plein, m'sieur Coughlin.

– Qu'est-ce qui me dit qu'ils ne vont pas nous descendre en route ? demanda White en indiquant la mitraillette de Sal Urso.

– Rien, répondit Joe. Mais si tu ne quittes pas Tampa tout de suite et pour de bon, je peux te garantir que tu ne verras pas le jour se lever demain. Et je sais que t'as envie de voir le jour se lever demain, parce que c'est à ce moment-là que tu commenceras à préparer ta revanche.

– Pourquoi m'épargner, alors ?

– Pour que tout le monde sache que je t'ai tout pris, et que t'as pas eu assez de couilles pour m'en empêcher. (Joe se redressa.) Je ne t'ôte pas la vie, Albert. Elle est tellement misérable que je me demande bien qui pourrait vouloir te la prendre.

18

Fils de personne

Durant les années fastes, Dion répéta souvent à Joe :

– La chance tourne.

Et Joe de répliquer :

– La malchance aussi.

– C'est juste que la chance te sourit depuis si longtemps que personne se rappelle plus que t'as eu la scoumoune.

Il fit construire une maison pour Graciela et lui au croisement de la Neuvième Avenue et de la 19e Rue. Il embaucha des artisans espagnols, des artisans cubains, des Italiens pour le travail du marbre, et alla chercher des architectes à La Nouvelle-Orléans afin de s'assurer que les différentes influences s'harmonisaient pour recréer l'atmosphère typique du Vieux Carré. Il s'y rendit à plusieurs reprises avec Graciela pour puiser des idées dans le quartier français, et se promena aussi longuement avec elle dans Ybor. Pour finir, ils s'accordèrent sur une architecture qui empruntait à la fois au style néoclassique et au style colonial espagnol. La bâtisse présentait une façade de brique rouge, ponctuée de balcons en ciment clair aux balustrades de fer forgé. Les encadrements de fenêtres étaient peints en vert, et les persiennes toujours fermées, de sorte que la demeure paraissait assez quelconque vue de la rue, et qu'il était difficile de savoir à quel moment elle était occupée.

À l'arrière, en revanche, les vastes pièces à haut plafond de cuivre, séparées par d'élégantes arcades, donnaient sur une cour, un bassin et un jardin où monardes ponctuées, violettes et coréopsis s'épanouissaient auprès des palmiers nains. Les murs de stuc disparaissaient sous le lierre. En hiver, les tons éclatants des bougainvillées rivalisaient avec le jaune vif du jasmin de Caroline qui, le printemps venu, cédait la place à des bignones de Virginie aux fleurs couleur d'orange sanguine. Des allées de pierre serpentaient autour d'une fontaine au milieu du patio, puis passaient sous les arcades de la loggia en direction d'un escalier qui s'élevait dans la maison le long de murs coquille d'œuf.

Toutes les portes, qui faisaient bien quinze centimètres d'épaisseur, étaient munies de gonds « cornes de bélier » et de serrures en fer forgé noir. Joe avait aidé à concevoir les plans du salon au deuxième étage, qui se caractérisait par un plafond voûté et l'accès à une petite terrasse, une *azotea,* dominant la ruelle de derrière. Ce dernier ajout était superflu, dans la mesure où le balcon du premier courait tout autour de la bâtisse, et où la galerie couverte du deuxième, bordée par une balustrade de fer forgé, était aussi large que la rue ; de fait, il arrivait souvent à Joe d'oublier complètement sa présence.

Mais une fois lancé dans les travaux d'aménagement, ce fut comme s'il ne pouvait plus s'arrêter. Ceux qui avaient la chance d'être invités aux dîners caritatifs organisés par Graciela ne manquaient pas de remarquer le salon imposant, l'immense vestibule d'où partait un escalier à double volée, les draperies en soie importées, les chaises italiennes style « trône d'évêque », la psyché Napoléon III à laquelle étaient fixés des candélabres, les manteaux de cheminée en marbre de Florence, ou encore les tableaux aux cadres dorés, achetés à une galerie parisienne recommandée par Esteban. Des cloisons de briques apparentes estampillées Augusta Block alternaient avec des murs couverts de papier peint satiné, de motifs au pochoir ou, ainsi que le voulait la mode, de stuc fissuré. Aux parquets dans les pièces côté rue succédaient des sols dallés à l'arrière pour mieux conserver la fraîcheur à l'intérieur. En été, le mobilier était enveloppé de housses de coton blanc, et de la gaze ruisselait des lustres pour les protéger des insectes. Une moustiquaire enveloppait le lit des maîtres de maison, et une autre la baignoire à pieds de griffon dans la salle de bains où ils se retrouvaient souvent en fin de journée pour partager une bouteille de vin, bercés par les bruits du dehors qui montaient jusqu'à eux.

Graciela perdit pas mal d'amies à cause de cette opulence – essentiellement des ouvrières qu'elle avait connues à l'usine et des bénévoles qui, tout comme elle, avaient donné de leur temps au Círculo Cubano à ses débuts. Le problème ne venait pas de ce qu'elles jalousaient sa bonne fortune et sa soudaine richesse (même si c'était le cas pour certaines), mais plutôt de leur crainte de renverser et de casser un objet précieux. Mal à l'aise, elles ne tenaient pas en place, et, ayant de moins en moins d'intérêts communs avec Graciela, elles se retrouvèrent bientôt à court de sujets de conversation.

À Ybor, la maison était surnommée la *Mansión del alcalde* – la demeure du maire. Joe ne l'apprendrait cependant qu'au moins un an plus tard, car les voix de la rue ne résonnaient jamais assez fort pour qu'il les entendît distinctement.

Entre-temps, le partenariat Coughlin-Suarez permit de créer une stabilité enviable dans un secteur dont ce n'était pas la caractéristique première. Joe et Esteban installèrent une distillerie à l'intérieur du Landmark Theater, dans la Septième Avenue, et une autre derrière les cuisines de l'hôtel Romero, qu'ils veillèrent à garder propres et en activité constante. Ils s'assurèrent en outre la collaboration de toutes les entreprises familiales de production, y compris celles qui avaient travaillé pour Albert White, en leur offrant un pourcentage plus intéressant et une matière première de meilleure qualité. Ils achetèrent des bateaux plus rapides et remplacèrent tous les moteurs de leurs camions et de leurs voitures de transport. Ils allèrent même jusqu'à faire l'acquisition d'un hydravion biplace pour assurer la protection des cargaisons qui traversaient le golfe. L'appareil était piloté par Farruco Diaz, un ancien révolutionnaire mexicain aussi habile du manche qu'il était fêlé. Diaz, sorte de monstre de foire au visage ravagé par la vérole et aux longs cheveux filasse semblables à des spaghettis trop cuits, insista pour faire installer une mitraillette sur le siège du passager, « au cas où ». Lorsque Joe lui signala que, dans la mesure où il volait en solo, il n'y aurait personne pour sulfater « au cas où », Diaz accepta un compromis : il aurait le droit d'embarquer le support, pas la mitraillette.

Au sol, ils investirent dans des circuits leur donnant accès à tout le sud de l'État et au littoral est. Joe s'était dit que, s'ils versaient aux divers gangs de la région une commission pour emprunter leurs itinéraires, ceux-ci s'arrangeraient à leur tour pour arroser les autorités locales ; ainsi, le nombre d'arrestations et de chargements perdus baisserait de trente à trente-cinq pour cent.

En l'occurrence, il chuta de soixante-dix pour cent.

En un rien de temps, Joe et Esteban avaient transformé une opération qui rapportait un million de dollars par an en entreprise juteuse dont le chiffre d'affaires annuel atteignait les six millions.

Et ce, dans un contexte économique particulièrement défavorable, alors que la crise financière mondiale ne faisait que s'aggraver : jour après jour, mois après mois, chaque nouvelle onde de choc se révélait plus dévastatrice que la précédente. Les gens avaient besoin de travail, ils avaient besoin d'un toit et surtout ils avaient besoin d'espoir. Comme rien de tout cela ne se profilait à l'horizon, ils s'offraient à boire.

Le vice, avait compris Joe, était à l'épreuve de la crise.

Contrairement à presque tout le reste. Si leurs activités n'en souffraient pas, Joe était néanmoins abasourdi par l'ampleur du naufrage national en quelques années seulement. Depuis le krach boursier de 1929, dix mille banques avaient fait faillite et treize millions de personnes avaient perdu leur emploi. Hoover, confronté à la perspective d'une bataille imminente pour sa réélection, évoquait souvent la lumière au bout du tunnel, mais pour la majorité des citoyens c'était celle d'un train fonçant droit sur eux. Alors Hoover tenta une ultime manœuvre pour sortir de l'ornière : il fit passer le taux d'imposition sur les plus riches de vingt-cinq à soixante-trois pour cent, et perdit ainsi les seuls électeurs qui le soutenaient encore.

Dans la périphérie de Tampa, étrangement, l'économie se portait bien : la construction navale et les conserveries prospéraient. Ybor en revanche ne fut pas épargné. Les manufactures de cigares commencèrent à couler plus vite que les banques, les machines à rouler remplacèrent les humains, les radios supplantèrent les lecteurs dans les ateliers. Les cigarettes, qui ne coûtaient presque rien en comparaison, devinrent le nouveau vice légal de la nation, et les ventes de cigares s'effondrèrent de plus de cinquante pour cent. Les employés d'une dizaine de fabriques se mirent en grève, pour voir leur mouvement anéanti presque aussitôt par les gros bras au service de la direction, la police et le Ku Klux Klan. Les Italiens désertèrent Ybor. Les Espagnols ne tardèrent pas à suivre leur exemple.

Graciela aussi dut céder son poste à une machine. Pour Joe, ce fut plutôt une bonne nouvelle : il espérait depuis des mois qu'elle quitterait La Trocha, car par ailleurs elle apportait une aide précieuse à son organisation. C'était elle qui accueillait les Cubains à leur arrivée au port et les emmenait dans les clubs de la communauté, à l'hôpital ou dans des hôtels cubains, en fonction de leurs besoins. Si elle en repérait un qu'elle pensait capable de travailler pour Joe, elle lui parlait d'une opportunité de carrière exceptionnelle.

Ce fut le penchant naturel de Graciela pour la philanthropie, associé à la nécessité pour les deux associés de blanchir leur argent, qui amena Joe à racheter environ cinq pour cent d'Ybor City. Il acquit ainsi deux fabriques de cigares désaffectées, dont il réembaucha tous les ouvriers, transforma en école un grand magasin qui avait fermé ses portes et en clinique gratuite les locaux d'un fournisseur d'installations sanitaires acculé à la ruine. Il créa huit bars clandestins dans des bâtiments abandonnés qui, vus de la rue, offraient l'image de commerces respectables : une mercerie, un marchand de tabac, deux fleuristes, trois bouchers et un petit restaurant grec qui, à la grande surprise de tous – et surtout de Joe –, connut un succès tel qu'il fallut faire venir d'Athènes toute la famille du cuisinier et ouvrir une annexe sept rues plus à l'est.

Mais Graciela avait la nostalgie de l'usine. Elle regrettait les échanges de plaisanteries et d'anecdotes avec les autres rouleuses de cigares, la voix du lecteur qui leur narrait en espagnol ses romans préférés, la possibilité de s'exprimer dans sa langue natale toute la journée.

Même si elle rentrait chaque soir dormir dans leur maison, elle avait gardé sa chambre au-dessus du café où, pour autant que Joe pût en juger, elle ne faisait que passer pour se changer. Et encore, pas très souvent ; chez eux, Joe lui avait rempli une penderie entière de toilettes qu'il lui avait offertes.

– C'est toi qui les as choisies, disait-elle quand il lui demandait pourquoi elle ne les portait que rarement. J'aimerais pouvoir m'acheter mes propres affaires.

Elle n'en avait cependant pas les moyens, dans la mesure où elle envoyait tout son argent à Cuba, soit à la famille de son bon à rien de mari, soit à ses amis dans le mouvement anti-Machado. Esteban se rendait parfois sur l'île à sa requête – des déplacements dont l'objectif officiel était de lever des fonds, et qui coïncidaient avec l'inauguration de tel ou tel night-club. En rentrant, il leur annonçait en général des nouvelles encourageantes pour les opposants au régime, mais Joe le savait d'expérience condamné à être déçu la fois suivante. Il continuait aussi de rapporter moult photographies ; grâce à son œil de plus en plus exercé, il n'avait pas son pareil pour capturer des scènes frappantes, et il maniait désormais son appareil comme un violoniste virtuose manie l'archet. Son nom circulait dans tous les cercles d'insurgés en Amérique latine – une réputation acquise en grande partie après le sabotage de l'*USS Mercy*.

– Tu vis avec une femme très perturbée, dit-il à Joe un soir, au retour de son dernier voyage.

– Tu ne m'apprends rien, Esteban !
– Est-ce que tu comprends pourquoi elle est dans cet état ?
Joe leur servit à chacun un verre de Suarez Reserve.
– Non, avoua-t-il. On a aujourd'hui la possibilité de s'acheter ou de faire à peu près tout ce qu'on désire. Elle peut avoir les plus belles robes, fréquenter les meilleurs salons de beauté, dîner dans les plus beaux restaurants…
– Du moins, ceux qui acceptent les Latino-Américains.
– Évidemment.
– Tu crois que c'est si évident que ça ? répliqua Esteban, qui décroisa les jambes et se pencha en avant.
– Ce que je voulais dire, c'est qu'on a fait le plus dur, elle et moi. On peut se détendre, maintenant, envisager de vieillir ensemble…
– Tu penses réellement que c'est ce qu'elle veut – être la femme d'un homme riche ?
– Ce n'est pas ce que veulent presque toutes les femmes ?
Esteban esquissa un petit sourire énigmatique.
– Un jour, Joseph, tu m'as raconté que tu n'avais pas connu la pauvreté dans ta jeunesse, contrairement à la plupart des gangsters.
– Ma famille n'était pas riche à proprement parler, mais…
– Mais vous aviez une belle maison, l'estomac plein, la possibilité d'aller à l'école…
– Oui.
– Ta mère était-elle heureuse ?
Joe garda le silence un long moment.
– J'en déduis que non, reprit Esteban.
– Mes parents se comportaient l'un envers l'autre plutôt comme des cousins éloignés, déclara enfin Joe. Graciela et moi, ça n'a rien à voir. On se parle tout le

temps. On… (Il baissa d'un ton.) On baise tout le temps. On est bien ensemble.

– Où est le problème, alors ?

– Pourquoi est-ce qu'elle ne m'aime pas ?

Esteban partit d'un grand rire.

– Bien sûr qu'elle t'aime !

– Elle ne le dit jamais.

– Qu'elle le dise ou pas, quelle importance ?

– Ça compte pour moi, Esteban. D'autant qu'elle ne veut pas divorcer de l'autre tête de nœud.

– Pour le coup, je suis dépassé. Je pourrais vivre encore mille ans que je ne comprendrais pas comment ce *pendejo* peut avoir autant d'ascendant sur elle.

– Tu l'as déjà vu ?

– Chaque fois que je prends la rue la plus mal famée de La Havane, il est là, dans un bar, à boire l'argent qu'elle lui envoie.

Mon argent, songea Joe. Le mien.

– On la recherche encore, là-bas ?

– Son nom est sur une liste, répondit Esteban.

Joe s'accorda quelques instants de réflexion.

– Combien de temps faudrait-il pour lui obtenir de faux papiers ? demanda-t-il. Vingt-quatre heures ?

– Oui. Peut-être même moins.

– Si je l'envoyais là-bas, elle verrait ce connard vautré sur son tabouret de bar, et elle… elle ferait quoi, Esteban ? À ton avis, ce serait suffisant pour qu'elle le quitte ?

Esteban haussa les épaules.

– Écoute-moi bien, Joseph. Elle t'aime. Je la connais depuis toujours, et je l'ai déjà vue amoureuse, mais avec toi… Pssshhhh ! (Il écarquilla les yeux en s'éventant le visage avec son chapeau.) C'est différent de tout ce qu'elle a pu ressentir jusque-là. En attendant, tu ne dois pas oublier qu'elle a passé les dix dernières années à se définir comme révolutionnaire ; or, aujourd'hui, elle se rend compte que son souhait le plus cher, ce serait de tout balancer par la fenêtre – ses convictions, son pays, son sens de la mission, et même son abruti de minable de mari – pour vivre avec un gangster américain. Tu crois vraiment qu'elle est prête à l'admettre ?

– Qu'est-ce qui l'en empêche ?

– Il lui faudrait reconnaître qu'elle est juste une rebelle de café, que son engagement n'est qu'une imposture… Je pense qu'elle va plutôt choisir de réaffirmer son dévouement à la cause et de prendre ses distances avec toi. (Il secoua la tête et leva les yeux vers le plafond d'un air songeur.) Dit comme ça, ça paraît complètement dingue.

Joe se frotta le visage.

– C'est sûr.

Cela faisait bien deux ou trois ans qu'aucun grain de sable n'était venu enrayer la machine – un répit exceptionnel dans leur secteur d'activité –, lorsque Robert Drew Pruitt arriva en ville.

Le lundi suivant la discussion que Joe avait eue avec Esteban, Dion vint l'informer que RD avait encore cambriolé un de leurs clubs. Robert Drew Pruitt, dit RD, sorti de prison huit semaines plus tôt, paraissait déterminé à entamer une nouvelle carrière criminelle à Ybor, ce qui ne laissait pas d'inquiéter tout le monde.

– Si on le descendait ? suggéra Joe.

– Le klavern[1] risque de pas apprécier.

Le Ku Klux Klan exerçait depuis quelque temps une influence grandissante à Tampa. Ses membres avaient toujours été des fanatiques de l'abstinence :

1. Division régionale du Ku Klux Klan. (*N.d.T.*)

s'ils ne la pratiquaient pas eux-mêmes – au contraire, ils buvaient beaucoup, et tout le temps –, ils étaient persuadés que l'alcool donnait des illusions de pouvoir aux nègres, conduisait à la fornication entre les races et faisait partie d'un vaste complot papiste visant à affaiblir les adeptes de la vraie religion, qui à terme assurerait le triomphe du catholicisme dans le monde.

Avant la crise, le Klan n'avait pas cherché à s'implanter à Ybor. Mais, quand l'économie eut sombré, son message axé sur la prédominance des Blancs trouva un écho de plus en plus large chez des hommes acculés au désespoir, tout comme les prédicateurs promettant les flammes de l'enfer aux pécheurs voyaient grossir les rangs des fidèles sous leurs tentes. Les citoyens se sentaient perdus, ils avaient peur, et, comme ils ne pouvaient pas lyncher banquiers et agents de change, ils cherchaient des cibles plus proches d'eux.

C'est ainsi qu'ils s'en prirent aux ouvriers des manufactures de cigares, qui avaient derrière eux une longue histoire marquée par les conflits du travail et la pensée radicale. Le Klan mit fin à la dernière grève qu'ils avaient déclenchée. Chaque fois que les grévistes décidaient de se réunir, les membres du KKK faisaient irruption dans les rassemblements, tirant des coups de fusil et assommant à coups de crosse tous ceux qui passaient à leur portée. Ils firent brûler une croix dans le jardin d'un ouvrier, lancèrent une bombe incendiaire sur la maison d'un autre dans la 17e Rue et violèrent deux employées de la manufacture Celestino Vega qui rentraient chez elles.

Le mouvement de protestation fut définitivement enterré.

RD Pruitt avait intégré le Klan bien avant d'être envoyé à l'ombre pour deux ans au pénitencier de Raiford, aussi paraissait-il probable qu'il eût rejoint l'organisation dès sa sortie. Le premier bar clandestin qu'il dévalisa, installé à l'arrière d'une bodega dans la Vingt-Septième Avenue, se situait près de la voie ferrée, juste en face d'une vieille cabane que la rumeur désignait comme le siège du klavern dirigé par Kelvin Beauregard. Au moment d'empocher la recette de la soirée, Pruitt avait indiqué le mur le plus proche des rails en disant :

– On vous a à l'œil, alors vaudrait mieux que les flics se pointent pas.

Lorsque cette remarque revint aux oreilles de Joe, il sut tout de suite qu'il avait affaire à un crétin : qui s'aviserait de prévenir la police en cas de hold-up d'un débit de boissons illégal ? En même temps, le « On » lui donna à réfléchir, car de toute évidence il constituait lui-même une cible idéale pour le Klan : un Yankee catholique qui ne trouvait rien de mieux à faire que de travailler main dans la main avec les Latino-Américains, les Italiens et les nègres, de se mettre à la colle avec une Cubaine, et de gagner sa vie en vendant le démon rhum. Ne représentait-il pas tout ce qu'on pouvait haïr ?

De fait, il s'aperçut rapidement que c'était la stratégie adoptée par les membres du Klan à son égard : ils le diabolisaient. Si le gros des soldats d'infanterie n'était qu'un ramassis de décérébrés consanguins quasiment analphabètes, les dirigeants avaient plus de plomb dans la cervelle. Outre Kelvin Beauregard, propriétaire d'une conserverie locale et conseiller municipal, on disait que le groupe pouvait compter sur le soutien du juge Franklin, de la 13e chambre correctionnelle, d'une dizaine de flics et même de Hopper Hewitt, éditeur du *Tampa Examiner*.

Un autre problème venait singulièrement compliquer la situation, du moins aux yeux de Joe : le beau-frère de RD Pruitt n'était autre qu'Irving Figgis, surnommé Irv Œil-de-lynx, mais plus connu sous la dénomination officielle de chef de la police de Tampa.

Depuis leur première rencontre en 1929, Figgis avait convoqué Joe à plusieurs reprises pour lui poser quelques questions, et surtout lui rappeler la nature antagoniste de leur relation. Il lui arrivait de demander à sa secrétaire de leur apporter de la limonade pendant que Joe s'asseyait dans le bureau, puis se perdait une nouvelle fois dans la contemplation des photos sur la table de travail – la femme superbe et les deux enfants blond-roux : Caleb, le portrait craché de son père, et Loretta, tellement belle que Joe sentait ses idées s'embrouiller chaque fois qu'il posait les yeux sur elle. Elle avait été élue reine du lycée de Hillsborough et avait remporté toutes sortes de prix d'art dramatique dans la région. Par conséquent, personne n'avait été surpris quand, à la fin de ses études secondaires, elle avait mis le cap sur Hollywood. Comme tout le monde, Joe s'attendait à la voir sur grand écran d'un jour à l'autre. Elle possédait une aura qui attirait les foules, comme la lumière attire les papillons de nuit.

Au milieu des images de cette famille parfaite, Figgis avait souvent averti Joe que, si ses services trouvaient un élément quelconque le reliant au sabotage de l'*USS Mercy*, ils le ligoteraient sur-le-champ – et qui sait ce que feraient les fédéraux à partir de là ? Peut-être décideraient-ils de le pendre avec la corde qui l'entravait... En règle générale, cependant, il laissait Joe, Esteban et leurs hommes tranquilles, du moment qu'ils ne mettaient pas les pieds dans le Tampa blanc.

Et puis RD Pruitt cambriola le quatrième bar clandestin de Pescatore en un mois, comme s'il implorait Joe d'organiser des représailles.

– Les quatre barmen ont tous dit la même chose au sujet de ce gamin, lui rapporta Dion. C'est un vicieux.

Il le porte sur lui. Il finira par descendre quelqu'un, la prochaine fois ou celle d'après.

Pour avoir côtoyé pas mal d'individus en prison qui correspondaient à cette description, Joe savait qu'il n'existait que trois moyens de les neutraliser : les enrôler, les convaincre de garder leurs distances ou les éliminer. Or il n'était pas question pour lui d'engager RD Pruitt ; de toute façon, celui-ci n'accepterait jamais de se mettre aux ordres d'un catholique ou d'un Cubain. Ne restaient donc que la deuxième et la troisième options.

Un matin de février, il retrouva Irving Figgis au Tropicale. La journée s'annonçait belle, sans le moindre nuage en vue ; Joe savait maintenant que, de la fin octobre à la fin avril, le climat de la Floride était d'une douceur incomparable. Alors que les deux hommes buvaient un café additionné d'une bonne rasade de Suarez Reserve, le chef de la police fouilla d'un regard fébrile la Septième Avenue tout en s'agitant sur sa chaise.

Depuis quelque temps, il semblait y avoir quelque chose en lui qui essayait désespérément de ne pas sombrer. Une sorte de second cœur dont les battements affolés résonnaient à ses oreilles, vibraient dans sa gorge et, parfois, l'amenaient à écarquiller les yeux.

Joe n'avait pas la moindre idée de ce qui avait pu mal tourner dans la vie de cet homme – peut-être sa femme l'avait-elle quitté, ou peut-être avait-il perdu un être cher –, mais il était évident qu'un mal secret le rongeait, lui sapait son énergie et le privait également de ses certitudes.

– Vous savez que la manufacture Perez va mettre la clé sous la porte ? demanda soudain Figgis.

– Ah, merde. Elle employait... combien ? Quatre cents ouvriers ?

– Cinq cents. Cinq cents personnes sans emploi, cinq cents paires de mains inactives, prêtes à exécuter les basses œuvres du diable. Sauf que même le diable n'embauche plus, de nos jours. Alors ces gens-là ne vont probablement rien faire d'autre que boire, se bagarrer, voler et me donner encore plus de travail – mais moi, au moins, j'en ai un.

– J'ai entendu dire que Jeb Paul allait fermer son bazar.

– Moi aussi. La ville n'avait même pas encore de nom que la boutique était déjà dans la famille.

– C'est malheureux.

– Rudement malheureux, c'est sûr.

Chacun portait sa tasse à ses lèvres quand RD Pruitt entra dans l'établissement d'un pas guilleret. Il portait un costume de golf brun clair, dont la veste s'ornait de larges revers, une casquette de golf blanche et des richelieus bicolores ; on aurait pu le croire sur le point d'aborder les neuf derniers trous d'un parcours. Il faisait rouler un cure-dents sur sa lèvre inférieure.

Dès qu'il s'assit, pourtant, Joe lut clairement la peur sur son visage. Elle se terrait au fond de ses yeux, suintait de tous ses pores. La plupart des gens se laissaient sans doute abuser, parce qu'ils prenaient ses manifestations évidentes – la haine et l'agressivité – pour de la rage. Mais Joe, qui avait eu largement le temps de l'étudier pendant deux ans à Charlestown, s'était aperçu que les détenus les plus redoutables étaient aussi les plus terrifiés – terrifiés à l'idée d'être démasqués, d'apparaître eux-mêmes comme des lâches ou pis, comme des victimes, ou encore d'affronter d'autres individus pareillement redoutables et terrifiés. Ils vivaient dans l'angoisse perpétuelle du nouvel arrivant, susceptible à la fois de leur inoculer une dose supplémentaire de poison et de les priver du leur. Cet effroi ne faisait cependant que traverser fugitivement leur regard, et il ne fallait surtout pas passer à côté quand on les rencontrait pour la première fois, au risque de ne plus jamais le revoir. Mais lors de ce contact initial, alors qu'ils se composaient une façade, il était possible de repérer la peur animale en eux au moment où elle filait se réfugier dans son antre – et, à sa grande consternation, Joe découvrit chez RD Pruitt le spectre d'une frayeur sans bornes, qui devait le rendre d'autant plus vicieux et déraisonnable.

Il lui tendit néanmoins la main comme si de rien n'était.

Pruitt l'ignora.

– Je serre pas la main aux papistes. (Un sourire aux lèvres, il écarta les bras, paumes vers le haut.) Sans vouloir vous vexer.

– Aucun problème, répliqua Joe, le bras toujours tendu. Vous vous sentiriez mieux si je vous disais que je n'ai pas mis les pieds dans une église depuis des années ?

Son interlocuteur gloussa en secouant la tête avec vigueur.

Joe ramena sa main à lui, puis s'adossa à sa chaise.

À cet instant seulement, Figgis intervint :

– On raconte que t'as repris tes vieilles habitudes à Ybor, RD.

Celui-ci posa sur son beau-frère un regard tout de candeur.

– Comment ça ?

– On a entendu dire que t'avais cambriolé un certain nombre d'endroits.

– Quel genre d'endroits ?

– Des bars.

– Oh, fit Pruitt, les yeux soudain étrécis. Tu veux parler de ces endroits qui existent pas dans une ville respectueuse de la loi ?

– Oui.

– Qui sont illégaux et qui devraient par conséquent être fermés ?

– Tout juste.

Pruitt remua sa petite tête en affichant de nouveau un air angélique.

– Désolé, je suis pas au courant.

Quand Joe échangea un coup d'œil avec Figgis, il eut l'impression que le chef de la police se retenait de soupirer lui aussi.

– Ah ha ! s'esclaffa Pruitt. Ah ha ! (Il dévisagea tour à tour chacun des deux hommes.) C'était pour rire. Et vous le savez très bien.

Figgis esquissa un geste vers Joe.

– Écoute, RD, ce monsieur est venu ici traiter des affaires. Je te conseille de négocier avec lui.

– Vous le savez, hein, que je rigolais ? lança Pruitt à Joe.

– Bien sûr. C'était juste une plaisanterie.

– C'est ça, confirma Pruitt. Vous avez tout compris. (Il sourit à Figgis.) Il a tout compris.

– Parfait, conclut le chef de la police. Donc, on est entre amis.

Son beau-frère fit les gros yeux.

– J'ai jamais dit ça.

Figgis cilla à plusieurs reprises.

– On peut s'entendre, en tout cas.

– Cet homme, commença RD Pruitt en pointant sur Joe un index accusateur, est un bootlegger qui fornique avec des négresses. Il faut le couvrir de goudron et de plumes, certainement pas traiter avec lui.

Joe sourit en contemplant le doigt brandi sous son nez. Il n'avait qu'une envie : l'attraper et le briser net.

Sans lui laisser le loisir de passer à l'acte, Pruitt s'exclama d'une voix forte :

– Nan, c'est une blague ! Je vous taquinais, c'est tout. Vous êtes pas du genre susceptible, hein ?

Joe ne répondit pas.

– Hein que vous êtes pas susceptible ? Hein ? l'aiguillonna Pruitt en tendant le bras pour lui donner un coup dans l'épaule.

Joe n'avait jamais vu un visage aussi amical que celui de RD Pruitt en cet instant ; c'était l'image même de la bienveillance. Il ne le lâcha pas des yeux, jusqu'au moment où il vit de nouveau la peur animale traverser en un éclair son regard hanté dégoulinant de bonté.

– Non, je ne suis pas susceptible.

– Mais faut pas trop vous chercher, c'est ça ?

– C'est ça, oui. Au fait, mes amis m'ont dit que vous fréquentiez le Parisian.

Pruitt plissa les yeux comme s'il essayait de se souvenir de l'endroit.

– Et que vous aimiez beaucoup la cuvée française soixante-quinze qu'on y sert, ajouta Joe.

– Et alors ? fit Pruitt, qui remonta sa jambe de pantalon.

– Alors, il me semble que vous devriez devenir plus qu'un simple habitué.

– C'est-à-dire ?

– Un associé.

– Tiens donc. Et j'y gagnerais quoi ?

– Dix pour cent de la recette.

– Pourquoi vous feriez ça ?

– Mettons que je respecte l'ambition.

– C'est tout ?

– Et que je sais reconnaître le talent.

– Dans ce cas, vous conviendrez que le mien vaut plus de dix pour cent.

– Vous l'estimeriez à combien ?

La figure de Pruitt se vida de toute expression, offrant l'image d'une belle façade lisse.

– Je pensais à soixante.

– Vous voulez soixante pour cent de la recette d'un des clubs les plus prospères de la ville ?

Toujours imperturbable, Pruitt confirma d'un signe de tête.

– En échange de quoi ? s'enquit Joe.

– La garantie que mes amis vous regarderont d'un œil un peu moins hostile.

– Et qui sont ces amis ?

– Soixante pour cent, décréta Pruitt.

– N'y comptez pas, fils.

– Je suis pas votre fils, répliqua Pruitt. Je suis le fils de personne.

– Au grand soulagement de votre père, j'imagine.

– Hein ?

– Quinze pour cent, dit Joe.

– Je te massacrerai, chuchota Pruitt.

Ce fut du moins ce que Joe crut entendre.

– Pardon ?

Pruitt se frotta la mâchoire si fort que sa barbe naissante crissa sous sa paume.

– Je disais : ça me paraît intéressant, comme proposition, déclara-t-il en fixant Joe de son regard à la fois vide et trop brillant.

– Quoi donc ?

– Quinze pour cent. Vous monteriez pas jusqu'à vingt, des fois ?

Joe jeta un coup d'œil au chef de la police, avant de répondre :

– Je pense que quinze pour cent est une offre extrêmement généreuse pour un travail qui ne requiert même pas votre présence.

Après avoir gratté une nouvelle fois ses joues bleuies en contemplant la table, Pruitt gratifia les deux hommes de son sourire le plus juvénile.

– Vous avez raison, m'sieur Coughlin. C'est tout à fait convenable. Et j'accepte volontiers.

Figgis s'adossa à son siège et croisa les mains sur son ventre plat.

– Je suis heureux pour toi, Robert Drew. J'étais sûr qu'on parviendrait à un accord.

– Tu vois, c'est fait, confirma son beau-frère. Bon, comment je récupère ma part ?

– Passez au bar chaque deuxième mardi du mois vers sept heures du soir, expliqua Joe. Demandez Sian.

– Schwan ?

– Presque. Sian McAlpin.

– C'est un papiste, lui aussi ?

– C'est une femme, et je ne lui ai jamais posé la question.

– Sian McAlpin. Au Parisian. Le mardi soir. (Pruitt plaqua ses paumes sur la table, puis se leva.) Non, franchement, c'est formidable. Ce fut un plaisir de traiter avec vous, m'sieur Coughlin. Irv…

Il inclina le bord de son chapeau en guise de salut, puis leur fit au revoir de la main.

Durant une bonne minute, aucun des deux hommes ne reprit la parole.

Enfin, Joe se tourna légèrement sur sa chaise pour demander à Figgis :

– Jusqu'à quel point il est atteint, ce gamin ?

– Il est irrécupérable.

– C'est bien ce qui me fait peur. Vous croyez vraiment qu'il va accepter le marché ?

Figgis haussa les épaules.

– Seul le temps nous le dira.

Lorsque RD Pruitt se présenta au Parisian pour toucher son enveloppe, il ne manqua pas de remercier Sian McAlpin qui la lui avait remise. Il lui demanda également d'épeler son nom et, quand elle se fut exécutée, il lui dit qu'il le trouvait charmant. Il espérait que c'était le début d'une longue collaboration, ajouta-t-il avant d'aller boire un verre au bar. Il se montra aimable envers tous ceux qu'il rencontrait. Puis il sortit, monta dans sa voiture et passa devant la Vayo Cigar Factory en allant Chez Phyllis, le premier bar où Joe avait mis les pieds à son arrivée à Ybor.

La bombe que Pruitt lança dans l'établissement manquait de puissance, mais sa cible n'en exigeait pas beaucoup: la salle principale était tellement petite qu'on pouvait à peine applaudir à l'intérieur sans se cogner les coudes contre les murs.

Si personne ne fut tué, un batteur du nom de Cooey Cole eut le pouce gauche arraché par le souffle de l'explosion, ce qui l'empêcherait définitivement de jouer, et une adolescente de dix-sept ans venue chercher son père pour le ramener à la maison y laissa un pied.

Joe envoya trois équipes de deux hommes sur les traces de RD Pruitt. Elles écumèrent Ybor, puis West Tampa, puis Tampa. En vain. Il resta introuvable.

Une semaine plus tard, il entra dans un autre des bars clandestins de Joe – un endroit situé à l'est de la ville, fréquenté exclusivement par des Cubains noirs. À son arrivée, l'orchestre se déchaînait et les danseurs se trémoussaient à qui mieux mieux. Il avança tranquillement jusqu'à la scène, tira une balle dans le genou du trombone et une autre dans le ventre du chanteur. Le temps de jeter une enveloppe sur l'estrade, et il sortit par la porte de derrière.

La lettre était adressée à « M. Joseph Coughlin, baiseur de négresses ».

Elle ne contenait que trois mots :

Soixante pour cent.

Joe se rendit à la conserverie de Kelvin Beauregard. Il emmena avec lui Dion et Sal Urso, et tous trois se dirigèrent sans hésiter vers le bureau du directeur au fond du bâtiment. La pièce donnait sur l'atelier de conditionnement, où des dizaines de femmes en robe, tablier et foulard sur la tête s'activaient autour d'un système complexe de tapis roulants. Beauregard les observait par une grande baie vitrée. Il ne se leva pas à l'arrivée de Joe et de ses hommes. Pendant une bonne minute, il ne les regarda même pas. Puis il fit pivoter sa chaise, sourit et indiqua du pouce la vitre derrière lui.

– Je surveillais la petite nouvelle, dit-il. Intéressant, pas vrai ?

– Bah, la nouveauté, ça dure jamais longtemps, répliqua Dion.

Kelvin Beauregard arqua un sourcil.

– Vous n'avez pas tort. Bien. Que puis-je faire pour vous, messieurs ?

Il sortit un cigare d'un humidificateur posé sur sa table de travail, sans en proposer à ses visiteurs.

Joe croisa les jambes, puis pinça le revers de son pantalon pour en effacer un pli.

– Nous aimerions savoir s'il vous serait possible de raisonner RD Pruitt.

– On ne peut pas dire que beaucoup de gens y soient parvenus.

– Ce ne sera sans doute pas facile, concéda Joe, mais nous souhaiterions quand même que vous fassiez une tentative.

Beauregard sectionna d'un coup de dents l'extrémité de son cigare et la cracha dans une poubelle.

– RD est un grand garçon, vous savez. Il n'a pas sollicité mes conseils, et par conséquent il me paraîtrait assez malvenu de les lui imposer. D'autant que je ne suis pas sûr de comprendre pourquoi je devrais intervenir.

Joe le laissa l'observer par-dessus la flamme de l'allumette tandis qu'il allumait son cigare. Il ne reprit pas la parole tout de suite, se bornant à soutenir son regard.

– S'il tient à la vie, dit-il enfin, RD aurait tout intérêt à ne plus semer le bordel dans mes clubs et à me rencontrer pour que nous puissions trouver un arrangement.

– Vos clubs ? Quel genre de clubs, au juste ?

Joe regarda Dion et Sal sans rien dire.

– Des clubs de bridge, peut-être ? poursuivit Beauregard. Ou le Rotary ? Je suis moi-même membre du Rotary Club de Tampa, et je ne me rappelle pas vous y avoir jamais vu…

– Je suis venu vous parler entre hommes d'une affaire sérieuse, l'interrompit Joe. Alors je vous conseille d'arrêter vos petits jeux à la con.

Kelvin Beauregard posa les pieds sur son bureau.

– Ah oui ?

– C'est vous qui avez envoyé ce gamin nous provoquer. Vous vous doutiez bien qu'il était assez dingue pour accepter. Mais au final, vous ne réussirez qu'à le faire tuer.

– J'aurais envoyé qui, exactement ?

Joe prit une profonde inspiration.

– Vous êtes le grand manitou du Klan dans la région. Parfait, tant mieux pour vous. En attendant, vous pensez vraiment qu'on en serait là où on en est aujourd'hui si on s'était laissé intimider par une bande de dégénérés consanguins comme vous et vos copains ?

– Eh ! protesta Beauregard avec un petit rire chargé de lassitude. Vous vous trompez lourdement sur notre compte. Notre mouvement rassemble des employés municipaux, des huissiers, des gardiens de prison et des banquiers. Nous comptons même dans nos rangs des policiers et un juge. Et il se trouve qu'entre gens de bonne compagnie, nous avons pris une décision, monsieur Coughlin. (Il ôta ses pieds de la table.) Nous sommes déterminés à vous écraser – vous, vos macaronis et vos métèques –, ou à vous chasser de la ville. Si vous êtes assez stupide pour vous rebeller, nous ferons pleuvoir les feux de l'enfer sur vous et sur tous ceux que vous aimez.

– Donc, vous êtes en train de me menacer au nom d'une bande d'individus plus puissants que vous ?

– Tout juste.

– Dans ce cas, pourquoi est-ce que je perds mon temps à vous parler ? lança Joe, qui esquissa un signe de tête à l'adresse de Dion.

Kelvin Beauregard ouvrait déjà la bouche pour répliquer, quand Dion lui logea dans le crâne une balle qui répandit sa cervelle sur l'immense baie vitrée.

Il récupéra ensuite le cigare tombé sur la poitrine du mort et le ficha entre ses lèvres. Puis il dévissa le silencieux Maxim monté sur son pistolet et siffla entre ses dents en le laissant tomber dans la poche de son imperméable.

– Aïe, c'est chaud, ce truc-là !

– Ah, ce que tu peux être chochotte ! railla Sal Urso.

Les trois hommes sortirent du bureau et descendirent l'escalier métallique jusqu'à l'atelier. Ils avaient incliné leurs feutres de façon à dissimuler leur visage, et ils portaient des pardessus clairs sur des costumes voyants ; ainsi, les ouvrières verraient clairement qu'ils étaient des gangsters et ne seraient pas tentées de les regarder de trop près. De toute façon, même si l'une d'elles les reconnaissait pour les avoir croisés dans Ybor, elle serait forcément au courant de leur réputation, ce qui suffirait à déclencher un phénomène de myopie collective dans la conserverie de feu Kelvin Beauregard.

Joe, installé sous la véranda d'Irving Figgis à Hyde Park, jouait distraitement avec la montre de son père, dont il ne cessait d'ouvrir et de fermer le boîtier. La maison du chef de la police était un bungalow traditionnel, embelli par des fioritures de style Arts and Crafts. Murs bruns, encadrements de fenêtres coquille d'œuf. Figgis avait utilisé de larges planches d'hickory pour construire sa véranda, où il avait disposé des meubles en rotin et une balancelle peinte elle aussi dans une nuance coquille d'œuf.

Enfin, Figgis arrêta sa voiture devant la maison, en descendit et s'engagea dans l'allée de brique rouge au milieu de la pelouse impeccablement entretenue.

– Vous venez chez moi ? s'étonna-t-il.

– Bah, ça vous évite d'avoir à me traîner au poste.

– Pourquoi je ferais une chose pareille ?

– Certains de mes hommes m'ont dit que vous me cherchiez.

– Ah oui, oui. (Figgis posa le pied sur la première marche de la véranda.) Vous avez abattu Kelvin Beauregard d'une balle en pleine tête ?

Joe plissa les yeux.

– Qui ?

– D'accord, j'ai compris, fin de l'interrogatoire. Bon, je vous offre une bière ? Disons que ça ressemble à de la bière, et que ce n'est pas trop mauvais.

– Avec plaisir.

Figgis entra chez lui, pour ressortir quelques instants plus tard avec deux substituts de bière dans les mains et un chien sur les talons. Les boissons étaient fraîches, et le chien – un limier gris aux oreilles duveteuses grandes comme des feuilles de bananier –, manifestement âgé. Il se coucha entre Joe et la porte, et se mit à ronfler les yeux ouverts.

– Il faut que je voie RD, dit Joe après avoir remercié Figgis pour la bière.

– Je m'en doutais.

– Vous savez comment ça va se terminer si vous ne m'aidez pas.

– Non, déclara le chef de la police. Non, je ne sais pas.

– Il y aura encore des cadavres, encore des effusions de sang, encore des articles intitulés « Massacre dans la ville du cigare », et ainsi de suite. Pour finir, vous serez mis hors jeu.

– Vous aussi.

Joe haussa les épaules.

– Possible.

– La différence entre nous, Coughlin, c'est que vous le serez définitivement, d'une balle dans la nuque.

– Si RD disparaît, la guerre est finie. Retour à la paix.

Figgis fit non de la tête.

– Pas question que je balance le frère de ma femme.

Joe contempla la rue – une belle rue de brique, bordée de bungalows coquets, peints dans des tons gais, de quelques vieilles résidences typiques du Sud, avec de larges vérandas, et même, tout au bout, de deux ou trois bâtisses de grès brun avec des fenêtres à encorbellement. Des chênes majestueux s'élevaient de part et d'autre, et l'air embaumait le gardénia.

– J'aurais préféré ne pas en arriver là, déclara-t-il.

– Comment ça ?

– Malheureusement, vous m'y obligez.

– Je ne vous oblige à rien, Coughlin.

– Bien sûr que si, répliqua Joe à voix basse.

Il prit la première des photos dans la poche intérieure de sa veste, puis la plaça sur le plancher à côté de Figgis. Celui-ci sut tout de suite qu'il ne fallait pas regarder ; son instinct le lui soufflait. Durant quelques instants, il parvint bel et bien à résister. Mais ce fut plus fort que lui, il finit par baisser les yeux vers ce que Joe avait posé devant lui, à quelques centimètres de la porte d'entrée, et devint blanc comme un linge.

Joe le vit l'observer à la dérobée, puis survoler une nouvelle fois l'image du regard, et il porta l'estocade.

Il plaça une deuxième photo à côté de la première.

– Elle n'est jamais arrivée à Hollywood, Irv. Elle n'a pas été plus loin que Los Angeles.

Irving Figgis jeta au second cliché un rapide coup d'œil qui suffit cependant à faire affluer les larmes. Les paupières closes, il murmura, encore et encore :

– Ce n'est pas possible, ce n'est pas possible…

Avant de se mettre à pleurer. Les mains sur le visage, la tête baissée, les épaules secouées de sanglots.

Lorsqu'il se fut un peu calmé, le chien s'approcha de lui, pressa la tête contre sa cuisse et resta ainsi, le corps parcouru de frémissements, la langue pendante.

– On l'a confiée à un spécialiste, dit Joe.

Figgis baissa les bras et le fixa de ses yeux rougis, emplis de haine.

– Quel genre de spécialiste ?

– Le genre qui aide les gens à réapprendre à vivre sans héroïne, Irv.

– Ne m'appelez plus jamais par mon prénom ! rugit Figgis. Pour vous, je serai toujours M. Figgis, chef de la police de Tampa ! Compris ?

– Ce n'est pas nous qui lui avons fait ça, souligna Joe. On l'a juste tirée de l'endroit, ou plutôt du cloaque, où elle s'était retrouvée.

– Et ensuite vous vous êtes demandé comment vous pourriez en tirer profit. (Figgis montra la photo où l'on voyait Loretta en compagnie de trois hommes, affublée d'un collier métallique auquel était fixée une chaîne.) Vous autres, vous marchandez la dignité de ces filles. Que ce soit la mienne ou celle de quelqu'un d'autre.

– Pas moi, rétorqua Joe, conscient néanmoins de la faiblesse de l'argument. Je ne m'occupe que de la contrebande du rhum.

Figgis s'essuya les yeux avec ses paumes, puis avec le dos de la main.

– Les profits générés par le rhum permettent à l'organisation de s'offrir tout le reste. Surtout, n'essayez pas de prétendre le contraire. Allez-y, dites-moi combien vous voulez.

– Pour ?

– Pour me dire où est ma fille. (Il regarda Joe droit dans les yeux.) Dites-le-moi, Coughlin. Dites-moi où elle est.

– Entre les mains d'un bon médecin.

Figgis assena un coup de poing sur la véranda.

– Dans un établissement qui réunit toutes les conditions d'hygiène, ajouta Joe. Je ne peux pas vous révéler où.

– Sauf si je collabore, c'est ça ?

Joe le regarda un long moment en silence.

Pour finir, Figgis se leva, imité par le chien. Il ouvrit la porte-moustiquaire, et Joe l'entendit composer un numéro de téléphone. Lorsqu'il prit la parole, ce fut d'une voix plus aiguë et éraillée que de coutume.

– RD ? Tu vas accepter un nouveau rendez-vous avec ce gars, et il n'est pas question de discuter.

Sous la véranda, Joe alluma une cigarette. Des coups de klaxon retentissaient au loin, vers Howard Avenue.

– Oui, poursuivit Figgis. Je serai là aussi.

Joe décolla de sa langue un fragment de tabac et le confia à la brise.

– Il ne t'arrivera rien. J'y veillerai.

Après avoir raccroché, le chef de la police demeura quelques instants immobile de l'autre côté de la porte-moustiquaire. Enfin, il la poussa pour ressortir, toujours suivi par le chien.

– Il vous retrouvera à Longboat Key, sur le chantier du Ritz, à dix heures ce soir. Il a insisté pour que vous veniez seul.

– D'accord.

– Quand me donnerez-vous l'adresse, Coughlin ?

– À mon retour de Longboat Key. Si je suis encore vivant, bien sûr.

Joe se dirigeait déjà vers sa voiture lorsque Figgis lança :

– Faites-le vous-même.

– Quoi ?

– Si vous voulez le tuer, ayez au moins le courage de presser vous-même la détente. Il n'y a aucun mérite à confier à d'autres des tâches qu'on est trop lâche pour exécuter soi-même.

– C'est vrai dans beaucoup de domaines, souligna Joe.

– Vous vous trompez. Tous les matins, lorsque je me regarde dans la glace, je sais que je suis quelqu'un d'intègre. Mais vous… ?

Il laissa sa phrase en suspens.

Joe ouvrit la portière.

– Attendez…

Il se tourna vers l'homme sous la véranda – un homme désormais diminué, parce qu'on venait de lui dérober une part cruciale de son être.

L'air hagard, Figgis indiqua la veste de Joe.

– Vous en avez d'autres ? demanda-t-il d'une voix tremblante.

Joe les sentait peser dans sa poche, répugnantes et obscènes.

– Non, prétendit-il, avant de monter en voiture et de démarrer.

19

Le rêve du bon vieux temps

John Ringling, homme de cirque et grand bienfaiteur de la ville de Sarasota, avait fait construire le Ritz-Carlton sur Longboat Key en 1926, juste avant de rencontrer de gros problèmes financiers. Il avait alors arrêté les travaux, abandonnant l'édifice inachevé au bord d'une crique, dos au golfe, avec ses chambres sans mobilier et ses murs nus, dépourvus de corniches.

Peu après son arrivée à Tampa, Joe avait exploré la côte à la recherche d'endroits où décharger ses cargaisons d'alcool de contrebande. Esteban et lui pouvaient compter sur une petite flotte pour leur livrer la mélasse dans le port de Tampa, et ils avaient tellement bien verrouillé la ville qu'ils ne perdaient en moyenne qu'un chargement sur dix. Mais ils payaient également des bateaux pour transporter jusqu'en Floride le rhum en bouteilles, l'*anis* espagnol et l'*orujo* en provenance de La Havane. Si cet arrangement leur permettait de ne pas procéder à la distillation sur le sol américain, ce qui leur épargnait une étape longue et fastidieuse, il augmentait le risque pour leurs navires de tomber sur des défenseurs acharnés du Volstead Act, dont les agents du Trésor, ceux du Gouvernement et les gardes-côtes. Or, Farruco Diaz avait beau être un pilote hors pair et une tête brûlée, il n'avait pas les moyens de stopper les autorités quand il les repérait – ce qui expliquait entre autres son insistance à réclamer une mitraillette et un tireur pour aller avec le trépied installé à côté de lui.

En attendant, tant que Joe et Esteban ne déclaraient pas la guerre aux gardes-côtes et aux hommes de J. Edgar Hoover, le chapelet de petites îles qui s'étendait au large du littoral – Longboat Key, Casey Key, Siesta Key et beaucoup d'autres – constituaient des planques idéales pour se mettre à l'abri ou entreposer temporairement une cargaison.

Le revers de la médaille, c'était qu'elles pouvaient tout aussi bien se transformer en souricières, vu qu'on n'y accédait que par deux moyens : la mer et un pont. Un seul pont. Alors, si les flics l'empruntaient à leur tour, hurlant dans leurs mégaphones tandis que leurs projecteurs balayaient les alentours, et si on ne disposait pas d'un avion pour décoller au plus vite, c'était l'assurance d'un aller simple pour la prison.

Au fil des ans, les hommes de Joe et d'Esteban avaient utilisé une bonne dizaine de fois le Ritz de Longboat Key comme entrepôt de stockage provisoire pour leur marchandise. Ce n'était pas Joe lui-même qui s'en était chargé, mais il avait souvent entendu parler du site. Une fois la structure érigée, Ringling avait fait installer la plomberie et couler une dalle, puis il l'avait laissée en l'état : un vaste chantier de trois cents chambres dans le style méditerranéen d'influence espagnole, tellement imposant que, si toutes les pièces avaient été éclairées, on aurait sans doute pu en voir les lumières briller à La Havane.

Joe arriva avec une heure d'avance. Il avait demandé à Dion de lui procurer une lampe torche puissante, et si effectivement elle éclairait bien il fallait toutefois lui ménager des répits fréquents. Le faisceau clignotait, faiblissait peu à peu, et finissait invariablement par s'éteindre. Joe devait ensuite attendre un petit moment avant de la rallumer, pour se heurter aux mêmes difficultés quelques minutes plus tard. Alors qu'il attendait dans la vaste salle obscure du deuxième étage, qu'il pensait à l'origine conçue pour accueillir le restaurant du Ritz, il lui vint soudain à l'esprit que les êtres humains eux-mêmes étaient semblables à des lampes torches : ils s'éclairaient, ensuite leur éclat faiblissait, vacillait et finissait par s'éteindre. Il avait bien conscience du côté à la fois morbide et puéril de l'image, mais, sur le trajet jusqu'à Longboat Key, il avait été assailli par toutes sortes d'idées lugubres, nées de sa colère à l'encontre de RD Pruitt. Une colère d'autant plus brûlante qu'il savait pertinemment que Pruitt n'était qu'un adversaire parmi tant d'autres : ce n'était pas une exception, c'était la règle. Par conséquent, même s'il parvenait à résoudre le problème ce soir-là, un nouvel RD Pruitt ne tarderait pas à se mettre en travers de sa route.

Dans la mesure où leurs activités étaient illégales, elles avaient forcément aussi un caractère criminel. Et les activités criminelles attiraient les tordus en tout genre – des individus à l'esprit aussi étroit que leur cruauté était sans limite.

Joe sortit sur la terrasse de travertin blanc, d'où il écouta les vagues se briser sur la plage et le vent chaud agiter les palmiers royaux importés par John Ringling.

Les anti-alcool perdaient du terrain : le pays dans son ensemble faisait bloc contre le 18e amendement. Le règne de la prohibition s'achèverait sous peu, Joe n'en doutait pas ; peut-être dans dix ans, peut-être même plus tôt. À ce stade, son oraison funèbre était déjà rédigée, il ne restait plus qu'à la publier. En prévision de ce moment, Joe et Esteban avaient investi dans des entreprises d'importation tout le long du golfe et de la côte est. Ils se retrouvaient actuellement à court de liquidités, mais, dès le premier matin où l'alcool redeviendrait légal, ils n'auraient qu'à appuyer sur un bouton pour révéler au grand jour une organisation parfaitement en place : les distilleries fonctionnaient déjà, les compagnies de transport maritime étaient spécialisées dans la verrerie, les usines de mise en bouteilles travaillaient pour les fabricants de sodas. L'après-midi même de ce premier jour d'une ère nouvelle, ils seraient prêts à rafler ce qu'ils estimaient désormais à leur portée : seize à dix-huit pour cent du marché du rhum aux États-Unis.

Joe ferma les yeux puis inspira l'air iodé en se demandant combien de RD Pruitt il devrait encore affronter avant d'atteindre cet objectif. Au fond, il ne comprenait pas les hommes comme lui – obsédés par l'idée de vaincre le monde entier, engagés dans une compétition qui n'existait que dans leur tête et ne pouvait se solder que par leur mort, le seul moyen pour eux de connaître la paix et la délivrance. Mais ce qui l'inquiétait peut-être davantage encore que l'existence d'individus comme Pruitt et ses semblables, c'était ce qu'il fallait faire soi-même pour mettre un terme à leurs agissements : patauger dans la fange avec eux, par exemple, ou encore obliger un père de famille respectable tel qu'Irving Figgis à regarder des photos de sa fille en train de se prostituer, une chaîne autour du cou et des traces de piqûres sinuant sur ses bras.

Rien ne l'avait obligé à placer la seconde photo devant le chef de la police ; il l'avait sortie uniquement pour accélérer les choses. Et c'était sans doute ce qui le troublait par-dessus tout dans ces activités auxquelles il avait lié son destin : il devenait un peu plus facile chaque fois de sacrifier une petite part de son âme sur l'autel du pragmatisme.

Quelques soirs plus tôt, Graciela et lui étaient partis boire un verre au Riviera, puis dîner au Columbia avant d'aller voir un spectacle au Satin Sky. Ils étaient accompagnés par Sal Urso, qui officiait désormais comme chauffeur à plein temps, et escortés par la voiture de Lefty Downer, qui les surveillait quand Dion avait d'autres affaires à régler. Au Riviera, le barman avait trébuché et manqué s'étaler en se précipitant pour avancer la chaise de Graciela avant même que celle-ci n'eût atteint la table. Plus tard, lorsque la serveuse du Columbia avait renversé un verre sur la nappe et qu'un peu de liquide était tombé sur le pantalon de Joe, le maître d'hôtel d'abord, le manager ensuite et enfin le propriétaire étaient venus lui présenter des excuses. Joe avait dû les convaincre de ne pas renvoyer la malheureuse employée ; il avait affirmé qu'elle ne l'avait pas fait exprès, et que la qualité de son service était irréprochable, comme chaque fois qu'elle s'était occupée d'eux jusque-là. Sur le moment, les trois hommes avaient abondé dans son sens. « Mais que voulais-tu qu'ils fassent d'autre ? avait lancé Graciela plus tard, alors qu'ils allaient au Satin Sky. Rien ne dit que cette pauvre fille aura encore sa place la semaine prochaine… » Au Satin Sky, les tables étaient toutes prises, et ils s'apprêtaient à ressortir quand le gérant, Pepe, s'était rué vers eux pour leur glisser que quatre clients venaient justement de payer leur addition. Joe et Graciela avaient vu deux hommes s'approcher d'une table de quatre convives, murmurer à l'oreille des couples qui y étaient assis, puis les prendre par le coude pour hâter leur départ.

Une fois installés, Joe et Graciela avaient gardé le silence pendant de longues minutes, buvant leur verre à petites gorgées tandis qu'ils regardaient l'orchestre. Graciela avait observé la salle, puis Sal derrière la vitre, posté près de la voiture, qui ne les quittait pas des yeux. Elle avait ensuite fixé son attention sur les clients et sur les serveurs qui feignaient de ne pas les voir.

– Je suis devenue comme ces gens pour qui mes parents travaillaient autrefois, avait-elle conclu.

Joe n'avait pas répondu, car il ne pouvait penser à aucun argument qui ne fût pas un mensonge.

Quelque chose se perdait entre eux, quelque chose qui commençait à vivre le jour, dans un univers peuplé de rupins, d'agents d'assurances et de banquiers, où l'on assistait à des réunions municipales, où l'on agitait de petits drapeaux dans les défilés, où l'on troquait sa véritable identité contre un personnage inventé de toutes pièces.

Mais le long des trottoirs éclairés par la faible lueur jaune des réverbères, au fond des ruelles et dans les terrains vagues, des êtres au désespoir suppliaient les passants de leur donner de la nourriture et des couvertures. Et si eux-mêmes n'obtenaient rien, leurs enfants postés au coin de rue suivant tentaient leur chance en tendant la main à leur tour.

Joe devait cependant bien admettre qu'il aimait le personnage qu'il s'était créé. Il le préférait de loin à la réalité – celle d'un individu déclassé, débraillé et décalé : il ne s'était pas débarrassé de son accent bostonien, ne savait pas comment s'habiller et ruminait trop de pensées que beaucoup auraient qualifiées de « bizarres ». En réalité, il n'était qu'un gamin effrayé, oublié dans un coin par ses parents comme une paire de lunettes égarée, bénéficiant des attentions occasionnelles de frères plus âgés qui débarquaient à l'improviste et repartaient sans prévenir. En réalité, il n'était qu'un petit garçon solitaire dans une grande maison vide, guettant le moment où quelqu'un viendrait frapper à la porte de sa chambre pour lui demander si tout allait bien.

Son personnage, en revanche, était celui d'un prince gangster. D'un homme aussi riche qu'influent, qui disposait d'un garde du corps et d'un chauffeur à plein temps. D'un homme à qui les autres cédaient leur place juste parce qu'il la convoitait.

Graciela avait raison : ils étaient aujourd'hui comme ces gens pour qui ses parents travaillaient autrefois. En mieux, cependant. Et ses parents, qui vivaient à l'époque avec la faim au ventre, s'en seraient sans doute réjouis. On ne pouvait pas lutter contre les nantis ; la seule solution, c'était de devenir encore plus nantis qu'eux, et de leur offrir ce dont ils manquaient.

Toujours plongé dans ses réflexions, Joe quitta la terrasse pour rentrer dans l'hôtel. Après avoir rallumé sa lampe torche, il contempla l'immense salle où les membres de la bonne société auraient dû se réunir pour boire, manger, danser et faire toutes sortes de choses.

Quelles choses, d'ailleurs ?

Sur le moment, la réponse ne lui vint pas.

À quoi s'occupaient donc les gens ?

Ils travaillaient, quand ils avaient un emploi. Sinon, ils élevaient leurs enfants, conduisaient leur voiture s'ils pouvaient payer l'entretien et l'essence, allaient au cinéma ou au spectacle, écoutaient la radio, fumaient…

Et les riches ?

Les riches jouaient.

Joe eut une vision éblouissante. Alors que le reste du pays faisait la queue pour un bol de soupe et tendait la main pour quelques pièces de monnaie, les riches restaient riches. Et oisifs. Et dévorés par l'ennui.

Ce restaurant qu'il traversait en ce moment même, ce restaurant qui n'avait jamais vu le jour, n'était pas un restaurant du tout : c'était un casino. Il imagina la roulette au milieu de la salle, les tables de crap au sud, les tables de cartes au nord, les tapis persans partout, les lustres en cristal ruisselant de pampilles en rubis et en diamant…

Il sortit de la pièce pour s'engager dans le couloir. Les salles de réunion devant lesquelles il passa se transformèrent en cabarets, avec un *big band* dans la première, une revue dans la deuxième, un orchestre de jazz cubain dans la troisième et, pourquoi pas, un écran de cinéma dans la quatrième.

Et les chambres ? Joe gravit les marches jusqu'au troisième étage et explora celles qui dominaient le golfe. Elles offraient une vue à couper le souffle. Chaque étage serait placé sous la responsabilité d'un majordome, prêt à accueillir les clients dès qu'ils sortiraient de l'ascenseur ; il serait à leur service vingt-quatre heures sur vingt-quatre. Toutes les chambres seraient équipées d'une radio, bien sûr. Ainsi que d'un ventilateur. Et peut-être aussi de ces bidets français dont il avait entendu parler, qui permettaient de se laver les fesses… Il y aurait des masseuses sur demande, un room-service accessible pendant douze heures, deux, non, trois concierges… Joe redescendit au premier. La lampe torche avait de nouveau besoin d'un répit, aussi l'éteignit-il ; de toute façon, il était désormais capable de se repérer dans l'escalier. Au premier, il n'eut aucun mal à localiser la salle de bal. Située au centre du bâtiment, elle se prolongeait par une large terrasse en rotonde – un endroit d'où contempler le panorama par une belle soirée de printemps, et aussi les riches en train de danser sous les étoiles peintes du plafond voûté.

Ce qui lui apparaissait clairement en cet instant – plus clairement que tout ce qu'il avait jamais envisagé –, c'était que les riches afflueraient au Ritz, attirés par les paillettes, l'élégance et le risque de tout perdre sur un coup de dés pipés – une partie truquée comme l'était celle qu'ils jouaient contre les pauvres depuis des siècles.

De son côté, il leur passerait tous leurs caprices. Il les encouragerait. Et il en tirerait profit.

Personne – pas même Rockefeller, ni Du Pont, ni Carnegie, ni J.P. Morgan – ne pourrait faire sauter la banque. À moins d'être le propriétaire des lieux. Or, dans ce casino, le seul propriétaire, ce serait lui.

Il secoua la lampe à plusieurs reprises avant de la rallumer.

Contre toute logique, il fut surpris de voir RD Pruitt l'attendre, flanqué de deux comparses. Pruitt arborait un nœud papillon noir et un pantalon brun clair au pli impeccable, dont les revers qui s'arrêtaient juste au-dessus de ses chaussures noires révélaient des chaussettes blanches. Les deux jeunes avec lui – des bouilleurs de cru à en juger sur les apparences, qui sentaient le maïs, le *sour mash* et le méthanol – ne portaient pas de costume, juste des cravates courtes sur des chemises à col rond, et des pantalons de laine retenus par des bretelles.

Ils braquèrent leurs trois lampes sur Joe, qui fit de son mieux pour ne pas cligner des yeux.

– Vous êtes venu, observa Pruitt.

– Je suis venu, oui.

– Où est mon beau-frère ?

– Il n'est pas là, répondit Joe.

– C'est aussi bien. (Pruitt indiqua le jeune à sa droite.) Je vous présente Carver Pruitt, mon cousin. (Il indiqua l'autre, sur sa gauche.) Et là, c'est son cousin du côté maternel, Harold LaBute. Messieurs, déclara-t-il à leur adresse, vous avez devant vous le meurtrier de Kelvin. Attention, il est bien possible qu'il veuille vous tuer aussi.

Carver Pruitt épaula aussitôt son fusil.

– Ça risque pas.

– Méfie-toi de lui, reprit Pruitt en avançant dans la salle, le doigt pointé sur Joe. C'est un rusé. T'avise pas de quitter des yeux cette pétoire, ou il aura tôt fait de mettre la main dessus.

– Vous me flattez, là, dit Joe.

– Êtes-vous un homme de parole ? demanda Pruitt.

– Tout dépend de celui à qui je la donne, biaisa Joe.

– Donc, vous êtes pas venu seul comme je vous l'avais demandé.

– Non, en effet.

– Où sont les autres ?

– Voyons, RD… Si je vous le disais maintenant, ça gâcherait tout le plaisir.

– On vous a guetté, expliqua son interlocuteur. On est là depuis trois heures. Vous vous êtes pointé largement en avance. Pourquoi ? Vous pensiez que ça vous donnerait un avantage sur nous ? (Il gloussa.) On sait que vous êtes arrivé seul. Alors ?

– Croyez-moi, vous vous trompez.

Pruitt s'immobilisa au milieu de la salle, où ses deux acolytes vinrent le rejoindre.

Le cran d'arrêt que Joe avait apporté était déjà ouvert, le manche coincé sous le bracelet de la montre qu'il portait uniquement dans ce but. Un simple mouvement du poignet lui suffirait à faire glisser la lame dans sa paume.

– Je me fous complètement des soixante pour cent, affirma Pruitt.

– J'avais compris, dit Joe.

– Et je veux quoi, à votre avis ?

– Je l'ignore. Néanmoins, si je devais deviner, je pencherais pour… mettons, un retour à l'ordre des choses tel qu'il était avant, peut-être. Est-ce que je chauffe, au moins ?

– Vous brûlez, même.

– Sauf que c'est impossible. C'est tout le problème, RD. Pendant deux ans, en prison, je n'ai pratiquement fait que lire. Vous savez ce que j'ai découvert ?

– Non, mais vous allez me le dire, pas vrai ?

– J'ai découvert qu'on avait toujours été pourris jusqu'à la moelle. Depuis que le monde est monde, les hommes tuent, violent, pillent et dévastent tout sur leur passage. C'est dans leur nature, RD. Il n'y a jamais eu de jours meilleurs. Le bon vieux temps, c'est un rêve, ça n'existe pas.

– Ah.

– Vous avez une idée de ce que pourrait devenir cet endroit ? lança Joe. Vous vous rendez compte de ce qu'on pourrait en faire ?

– Non.

– Le plus grand casino des États-Unis.

– Personne autorisera jamais les jeux de hasard.

– Désolé de vous contredire, RD, mais toute la nation a sombré. Les banques coulent les unes après les autres, des villes entières sont ruinées, les gens n'ont plus de travail…

– Fallait pas élire un communiste à la présidence.

– Ce n'est pas un communiste, loin s'en faut. Quoi qu'il en soit, je ne suis pas là pour parler politique avec vous, RD. Je suis là pour vous avertir que la prohibition ne durera pas, parce que…

– Un pays qui vit dans la crainte de Dieu peut pas revenir là-dessus.

– Oh si. Parce que ce pays a désespérément besoin de tous les millions qu'il ne touche plus depuis dix ans, et que lui rapportaient les taxes douanières, les taxes sur les importations, sur la distribution, sur le transport inter-État… Et quand je dis des millions, c'est peut-être des milliards auxquels il a renoncé. Alors, les politiques vont nous demander, à moi et à tous les gens comme moi – à vous aussi, peut-être –, de nous enrichir encore plus en vendant légalement de l'alcool pour sauver les États-Unis. Et c'est dans cette même perspective qu'ils autoriseront la Floride à légaliser les jeux de hasard. Il nous suffira d'acheter les bons administrateurs de comté, les bons conseillers municipaux et les bons sénateurs. C'est ce qui va se produire, RD. Et vous pourriez faire partie de cette organisation.

– Il est pas question que je bosse avec vous.

– Dans ce cas, pourquoi avoir accepté ce rendez-vous ?

– Pour une raison simple : je voulais vous dire en face que vous êtes un cancer. Vous êtes le fléau qui va mettre notre nation à genoux – vous, votre pute négresse et tous vos petits copains métèques. Alors, d'abord, je vais mettre la main sur le Parisian, parce que c'est pas soixante pour cent que je veux, c'est la totalité. Après, je mettrai la main sur vos autres clubs, et sur tout ce que vous possédez. Il se pourrait même que je passe chez vous, dans votre belle baraque, pour sauter cette négresse avant de lui couper la gorge. (Il éclata de rire, jeta un coup d'œil à ses deux porte-flingues, puis reporta son attention sur Joe.) Vous l'avez peut-être pas encore compris, mais vous quittez la ville ce soir, vieux. C'est juste que vous avez oublié vos bagages.

Ses yeux brillaient d'un éclat mauvais. Joe avait l'impression de voir ceux d'un chien si souvent battu, affamé et maltraité qu'il ne savait plus se défendre qu'en montrant les crocs.

L'espace d'un instant, il éprouva de la pitié pour lui.

RD Pruitt en décela l'expression dans son regard. Le sien refléta alors une rage indicible. Et l'éclair d'une lame. Joe devina la présence du couteau à la lueur de folie meurtrière dans les prunelles de son adversaire, et il ne l'avait même pas encore vu que RD le poignardait à l'abdomen.

Joe lui agrippa le poignet avec force pour l'empêcher d'élargir la blessure. Son cran d'arrêt tomba par terre. Les dents serrées, les deux hommes s'affrontèrent.

– Je t'ai eu ! gronda Pruitt. Je t'ai eu !

Brusquement, Joe le relâcha, lui plaqua ses paumes sur le torse et le repoussa. La lame se dégagea de la plaie, lui-même s'effondra, et Pruitt s'esclaffa, imité par les deux cousins.

– Je t'ai eu ! s'écria encore Pruitt en s'avançant vers lui.

Les yeux fixés sur le couteau dégoulinant de son propre sang, Joe leva une main.

– Non, attends…

– Ils disent toujours ça, ironisa Pruitt.

– C'est pas à toi que je parlais, répliqua Joe, qui leva les yeux vers les étoiles peintes au plafond. Maintenant !

– Qu'est-ce que tu racontes ? demanda Pruitt avec un temps de retard, comme toujours – ce qui expliquait sans doute pourquoi il était aussi bête que méchant.

Dion et Sal Urso allumèrent les projecteurs qu'ils avaient installés dans l'après-midi sur la terrasse en surplomb. Ce fut comme si la pleine lune émergeait soudain de derrière un amoncellement de nuages d'orage : une clarté blanche inonda la salle.

Quand les balles commencèrent à pleuvoir, RD Pruitt, son cousin Carver et le cousin de celui-ci, Harold, entamèrent une sorte de fox-trot macabre, comme s'ils étaient pris de violentes quintes de toux en même temps qu'ils couraient sur des braises incandescentes. Dion, qui depuis peu était devenu un véritable artiste de la Thompson, traça un X sur la poitrine et sur le dos de RD

Pruitt. Lorsque les mitraillettes se turent, il y avait des morceaux de corps éparpillés dans toute la pièce.

Joe entendit ensuite les deux hommes dévaler l'escalier pour le rejoindre.

– Va chercher le toubib, vite ! cria Dion à Sal en s'approchant de Joe.

Le temps de s'agenouiller près de lui, et il lui déchira sa chemise.

– Ah, la vache !

– Quoi ? C'est si moche que ça ?

Dion se défit d'un coup d'épaules de son manteau puis ôta sa propre chemise, qu'il roula en boule pour l'appliquer sur la blessure.

– C'est moche ? insista Joe.

– C'est pas joli-joli, répondit Dion. Comment tu te sens ?

– J'ai les pieds gelés et le ventre en feu. Ah, et puisque tu me poses la question, je crois que j'ai aussi envie de hurler.

– Vas-y, te gêne pas. Y a personne dans le coin.

Joe laissa remonter du plus profond de lui un cri dont la force le surprit, et qui se répercuta dans tout l'hôtel.

– Ça va mieux ? demanda Dion.

– Tu veux que je te dise ? Ben non.

– Alors c'est pas la peine de recommencer. T'inquiète pas, le toubib va arriver.

– Vous l'avez amené ?

Dion hocha la tête.

– Il est sur le bateau. Sal a déjà dû allumer la lampe pour le prévenir. Le doc va accoster d'une minute à l'autre.

– Bonne nouvelle.

– Pourquoi t'as pas crié quand il t'a attaqué ? On te voyait pas, nous, de là-haut ! On attendait ton signal…

– Je sais pas, répondit Joe. Ça me paraissait important de pas lui donner cette satisfaction… Oh, putain, ça fait un mal de chien !

Son ami lui tendit sa main et Joe la serra fort.

– Pourquoi tu l'as laissé t'approcher, bon Dieu ? marmonna Dion. C'est toi qui étais censé le planter.

– J'aurais… j'aurais jamais dû lui montrer ces photos, D.

– Tu lui as montré des photos ?

– Non. Hein ? Non, je veux dire, à Figgis. J'aurais jamais dû lui infliger ça.

– Merde, Joe ! Y avait pas d'autre solution pour éliminer ce chien enragé.

– Le prix à payer était trop élevé pour… pour Figgis.

– Dommage pour lui, mais c'est comme ça. Et c'était pas une raison pour te précipiter sur la lame de cette sous-merde.

– Si tu le dis…

– Eh, t'endors pas !

– Arrête de me filer des baffes, D.

– Alors garde les yeux ouverts.

– Ce sera un sacré beau casino.

– Hein ?

– Je t'assure.

20

Mi Gran Amor

Cinq semaines.

C'est le temps que passa Joe sur un lit d'hôpital. D'abord à la clinique Gonzalez de la 14e Rue, à une centaine de mètres du Círculo Cubano, puis, sous le pseudonyme de Rodrigo Martinez, à l'hôpital Centro Asturiano, situé quelques rues plus à l'est. Si les Cubains se liguaient contre les Espagnols, les Espagnols du Sud contre ceux du Nord, et les trois ethnies ensemble contre les Italiens et les nègres américains, sur le plan médical en revanche Ybor constituait un remarquable terrain d'entraide collective. Parce que tout le monde savait que personne, à Tampa, ne lèverait le petit doigt pour venir en aide à un homme de couleur touché au cœur si au même moment un Blanc avait besoin d'un traitement, ne serait-ce que pour un vulgaire panaris.

Joe bénéficia des soins d'une équipe des meilleurs praticiens qu'avaient pu trouver Graciela et Esteban : un chirurgien cubain, qui pratiqua la première laparotomie, un spécialiste espagnol de médecine thoracique qui supervisa la reconstruction de la paroi abdominale lors des deuxième, troisième et quatrième opérations, et un médecin américain à l'avant-garde de la pharmacologie, qui avait accès au vaccin contre le tétanos et contrôlait l'administration de la morphine.

Toutes les interventions initiales – irrigation, nettoyage de la plaie, exploration, débridement et suture – avaient été assurées par la clinique Gonzalez, qui ne put cependant aller plus loin, car la présence de Joe Coughlin dans l'établissement s'ébruita rapidement. Le second soir, des cavaliers du KKK déboulèrent au grand galop dans la Neuvième Avenue, brandissant des torches dont les relents nauséabonds s'élevèrent jusqu'aux fenêtres munies de grilles. Joe n'était pas réveillé au moment de leur passage – il ne garderait que des souvenirs fragmentaires de ses deux premières semaines d'hospitalisation –, mais Graciela lui fournirait des détails durant les mois de sa convalescence.

Quand les cavaliers quittèrent Ybor, dans un grondement de tonnerre ponctué par les coups de feu qu'ils tiraient en l'air tout au long de la Septième Avenue, Dion envoya aussitôt ses hommes à leur poursuite – deux par cheval. Juste avant l'aube, des inconnus firent irruption dans les foyers de huit membres du Klan, disséminés entre Tampa et St. Petersburg ; ils les passèrent à tabac devant leur famille et les laissèrent pratiquement pour morts. Quand une femme voulut s'interposer à Temple Terrace, ils lui brisèrent les bras à coups de batte ; lorsqu'un fils, à Egypt Lake, tenta d'intervenir à son tour, ils le ligotèrent à un arbre puis l'abandonnèrent aux fourmis et aux moustiques. Leur victime la plus en vue, le docteur Victor Toll, un dentiste dont on disait qu'il avait remplacé Kelvin Beauregard à la tête du klavern, fut attaché au capot de sa voiture après avoir été frappé. Baignant dans son sang, il regarda sa maison partir en fumée.

Cette expédition punitive devait beaucoup affaiblir la puissance du Ku Klux Klan à Tampa pendant trois ans, mais, comme la famille Pescatore et le gang Coughlin-Suarez n'avaient aucun moyen de le savoir, ils ne prirent pas de risques : Joe fut transféré à l'hôpital

Centro Asturiano. Là, on lui posa un drain afin de favoriser l'écoulement de saignements internes dont le premier médecin ne s'expliquait pas l'origine, raison pour laquelle un confrère espagnol – un homme d'une grande douceur, qui d'après Graciela possédait les plus beaux doigts du monde – fut consulté.

À ce stade, tout risque de choc hémorragique, la principale cause de décès chez les personnes poignardées à l'abdomen, était presque écarté. Le plus grand danger potentiel venait ensuite du foie. Or, dans le cas de Joe, il se révéla indemne – et ce, lui diraient les médecins beaucoup plus tard, grâce à la montre de son père : le boîtier avait fait dévier la lame du couteau, y gagnant au passage une nouvelle rayure.

Le premier praticien avait fait de son mieux pour recenser les éventuels dommages causés au niveau du duodénum, du rectum, du côlon, de la vésicule biliaire, de la rate et de l'iléon, mais les conditions n'étaient pas idéales. Joe avait reçu les premiers soins sur le sol crasseux d'un bâtiment abandonné, ensuite il avait été transporté à travers la baie par bateau. Quand on l'avait enfin amené en salle d'opération, plus d'une heure s'était écoulée depuis l'agression.

Le médecin espagnol qui l'examina en vint rapidement à se demander si, compte tenu de l'angle de pénétration de la lame, la rate n'avait pas été touchée, et il fallut rouvrir. Il avait vu juste. Après avoir opéré l'organe, il évacua la bile toxique qui avait déjà attaqué la paroi abdominale. Ce n'était cependant pas suffisant pour réparer les dégâts, et Joe dut encore subir deux autres interventions avant la fin du mois.

Après la deuxième, il se réveilla pour découvrir une silhouette assise au pied du lit. Sa vision était trouble, pourtant il finit par distinguer une tête épaisse et une longue mâchoire. Ainsi qu'une queue, qui fouettait le drap sur sa jambe. Puis les différents éléments s'assemblèrent, et la panthère apparut devant lui, le fixant de ses yeux jaunes avides. Joe sentit sa gorge se nouer et sa peau se couvrir de sueur.

Le fauve se lécha les babines et le nez.

Quand il bâilla, Joe aurait préféré ne jamais voir ces crocs impressionnants, d'un blanc semblable à celui de tous les os qu'ils avaient déchiquetés.

La panthère referma la gueule, et, le maintenant captif de ses yeux jaunes, posa les deux pattes avant sur son estomac pour s'approcher de lui.

– Quelle panthère ? demanda Graciela.

Il tenta de se concentrer sur son visage en cillant pour chasser les gouttes de sueur accrochées à ses cils. C'était le matin ; l'air qui entrait par les fenêtres était frais et chargé du parfum des camélias.

Après les opérations, on lui interdit les rapports sexuels pendant trois mois. De même, il dut renoncer à l'alcool, à la nourriture cubaine, aux coquillages, aux fruits secs et au maïs. S'il avait craint au départ (et Graciela aussi) que l'impossibilité de faire l'amour ne les éloignât, elle eut au contraire l'effet inverse. Dès le deuxième mois, il apprit à la satisfaire avec sa bouche – une pratique qu'il avait expérimentée occasionnellement au fil des ans, et qui devint vite sa méthode de prédilection pour lui donner du plaisir. Agenouillé devant elle, les mains sous ses fesses, les lèvres effleurant l'entrée de son intimité – une entrée qu'il en était arrivé à considérer à la fois comme sacrée, sacrilège et délicieusement humide –, il lui semblait avoir enfin trouvé une bonne raison de se prosterner. Si, pour connaître des émotions aussi intenses et pures que celles auxquelles il accédait entre les cuisses de Graciela, il fallait abandonner toutes les idées préconçues sur ce qu'un homme était censé offrir à une femme et recevoir d'elle, il en venait à regretter de ne pas y avoir renoncé des années plus tôt. Quant à Graciela, ses protestations initiales – « non, je ne veux pas ; un homme ne fait pas ça ; il faut que j'aille me laver ; c'est dégoûtant » – cédèrent rapidement la place à un enthousiasme qui s'apparentait à une dépendance. Au cours du dernier mois avant qu'elle pût lui rendre la pareille, Joe s'aperçut qu'ils se livraient en moyenne à cinq actes quotidiens de gratification orale.

Lorsque les médecins lui donnèrent finalement l'autorisation tant attendue, Graciela et lui fermèrent toutes les persiennes de leur maison dans la Neuvième Avenue, remplirent la glacière au premier de provisions et de champagne, et passèrent deux jours entiers entre leur lit à baldaquin et la baignoire à pieds de griffon. Au soir de la seconde journée, alors que la lumière rouge du couchant entrait par les persiennes rouvertes sur la rue et que le ventilateur séchait la sueur sur leurs corps, Graciela déclara :

– Il n'y en aura jamais d'autre.

– Mmm ?

– Il n'y aura jamais d'autre homme que toi. (Elle caressa l'abdomen de Joe, couturé de cicatrices.) Jamais, jusqu'à ma mort.

– C'est vrai ?

Les lèvres tout près de son cou, elle répondit dans un souffle :

– Oui, oui, oui…

– Et Adán ?

Pour la première fois, il vit le regard de Graciela se charger de mépris à la mention de son mari.

– Adán n'est pas un homme. Toi, si, *mi gran amor*.

– Et toi, tu es une vraie femme, répliqua-t-il. Je me perds en toi.

– Moi aussi, je me perds en toi.

– Alors…

Joe balaya la pièce du regard. Il espérait ce moment depuis si longtemps qu'il n'était pas sûr de savoir comment réagir.

– Tu n'obtiendras jamais le divorce à Cuba, hein ?

Elle fit non de la tête.

– Même si je pouvais retourner là-bas sous ma véritable identité, l'Église ne l'autoriserait pas.

– Donc, tu resteras mariée à cet homme.

– Je porte son nom, c'est tout.

– Et qu'est-ce qu'un nom, pas vrai ?

Elle éclata de rire.

– Je suis bien d'accord.

Il la fit venir sur lui, contempla longuement son corps cuivré et chercha ensuite ses grands yeux bruns.

– *Tú eres mi esposa.*

Graciela s'essuya les paupières, tandis qu'un petit rire étranglé montait de sa gorge.

– Et toi, tu es mon mari.

– *Para siempre.*

Elle lui plaça ses paumes chaudes sur la poitrine.

– Oui. Pour toujours.

21

Guide-moi de ta lumière

Les affaires étaient toujours florissantes.

Joe s'employa à préparer le rachat du Ritz. Mais si John Ringling voulait bien vendre le bâtiment, il refusait de céder le terrain. Joe avait donc demandé à ses avocats de travailler avec ceux du propriétaire de l'hôtel afin d'essayer de trouver un compromis satisfaisant pour tout le monde. Récemment, les deux parties s'étaient penchées sur la possibilité d'un bail de quatre-vingt-dix-neuf ans, pour se retrouver bloquées par le comté sur une question de droits d'aménagement de l'espace aérien. En parallèle, Joe envoya un premier groupe d'émissaires soudoyer les inspecteurs du comté de Sarasota chargés de vérifier les normes de construction, un deuxième essayer de rallier à leur cause les responsables politiques locaux à Tallahassee, et un troisième cibler les agents du fisc et les sénateurs de Washington qui fréquentaient les claques, les tripots clandestins et les fumeries d'opium dans lesquelles la famille Pescatore avait des parts.

Sa première victoire fut d'obtenir la dépénalisation du loto dans le comté de Pinellas. Il parvint ensuite à faire mettre sur la liste des dossiers en instance un projet de loi visant à étendre cette mesure à l'ensemble de la Floride, lequel serait examiné lors de la session d'automne et peut-être soumis au vote dès le début de

1932. Ses amis à Miami – une ville beaucoup plus facile à acheter – jouèrent également un rôle important dans l'assouplissement de la législation de l'État sur les jeux de hasard quand les comtés de Dade et de Broward légalisèrent le pari mutuel. Joe et Esteban avaient pris d'énormes risques pour leur acheter des terres qui allaient devenir des champs de courses.

Maso Pescatore en personne avait pris l'avion pour venir jeter un coup d'œil au Ritz. Il était tout juste remis d'un cancer dont personne, hormis ses médecins et lui, ne savait rien. Il affirmait avoir triomphé sans problème de la maladie, qui l'avait cependant laissé chauve et affaibli. Certains chuchotaient même qu'il n'avait plus toute sa tête, ce que pour sa part Joe ne trouvait pas évident. Le vieil homme s'était enthousiasmé pour le site et souscrivait sans réserve aux arguments avancés : c'était le moment ou jamais de s'attaquer au tabou sur les jeux de hasard, alors même que la prohibition se désintégrait sous leurs yeux. L'argent que leur ferait perdre la légalisation de l'alcool irait directement dans la poche du Gouvernement, mais les sommes que leur feraient perdre celle des casinos et l'instauration de taxes sur les champs de courses seraient largement compensées par les profits qu'ils tireraient d'une clientèle suffisamment bête pour parier en masse.

De leur côté, les émissaires de Joe commencèrent à lui envoyer des informations confirmant que la situation se présentait bien. En Floride comme partout ailleurs, les municipalités étaient à court de liquidités. Or Joe avait chargé ses hommes d'agiter la promesse de dividendes infinis : taxes sur le casino, sur l'hôtel, sur la nourriture et la boisson, sur les divertissements, sur les chambres, sur la licence permettant de vendre de l'alcool… Sans compter – et c'était sans doute la plus séduisante aux yeux des politiques – une taxe sur les dépassements de revenus : si, en un jour donné, le casino gagnait plus de huit cent mille dollars, il en reverserait deux pour cent à l'État. Dans les faits, chaque fois que le casino approcherait de la limite fatidique, il suffirait de vider la caisse. Les politiques, affamés comme ils l'étaient, n'avaient cependant pas besoin de le savoir.

À la fin de l'année 1931, Joe avait réussi à mettre dans sa poche deux sénateurs seniors, neuf membres de la Chambre des représentants des États-Unis, quatre sénateurs juniors, treize représentants des comtés, onze conseillers municipaux et deux juges. Il avait également acheté son ancien rival du KKK, Hopper Hewitt, éditeur du *Tampa Examiner*, qui, dans un certain nombre d'éditoriaux et d'articles en une, s'interrogeait sur une question cruciale : pourquoi laisser tant de gens mourir de faim, quand l'ouverture d'un casino grand luxe dans le golfe du Mexique pourrait leur permettre de trouver du travail, et ainsi de gagner l'argent nécessaire au rachat de toutes ces maisons hypothéquées ? Une fois enclenché, le processus exigerait en outre de tirer de la misère des avocats, qui à leur tour auraient besoin de clercs pour s'assurer que tous les documents étaient correctement établis.

Lorsque Joe le conduisit à la gare le jour de son départ, Maso déclara :

– Ne recule devant rien pour mener à bien ce projet. Je te donne carte blanche.

– Merci. Je m'en occupe.

– T'as fait du bon boulot, Joe. (Il lui tapota le genou.) Dis-toi que ce sera pris en considération.

Joe se demanda comment interpréter cette remarque. Il avait construit quelque chose à partir de rien, et Maso le félicitait comme s'il lui avait juste trouvé une nouvelle épicerie à rançonner. Peut-être les rumeurs de sénilité étaient-elles fondées, finalement.

– Ah, j'allais oublier, reprit Maso tandis qu'ils approchaient de l'Union Station. On m'a rapporté qu'il y avait encore un indépendant dans la région. C'est vrai ?

Il fallut quelques secondes à Joe pour comprendre de quoi il parlait.

– Oh, le bouilleur de cru qui refuse de payer ?

– C'est ça.

Le bouilleur de cru en question s'appelait Turner John Belkin. Ses trois fils et lui distribuaient dans toute la région de Palmetto la gnôle sortie de leurs alambics. Turner John Belkin ne cherchait pas délibérément les ennuis, il voulait juste continuer de vendre sa production aux habitants du coin qui, depuis une génération, venaient se servir chez lui, continuer aussi de laisser les joueurs se réunir dans son arrière-salle, et d'offrir les services de quelques filles qui officiaient dans une maison proche. Pas question pour lui de rentrer dans le rang, de payer la moindre commission, ni d'écouler la marchandise du gang de Pescatore. Il tenait à poursuivre ses activités en indépendant, comme il l'avait toujours fait, comme son père et ses grands-pères l'avaient fait avant lui, à une époque où Tampa s'appelait encore Fort Brooke et où la fièvre jaune tuait trois fois plus que la vieillesse.

– J'y travaille, déclara Joe.

– Depuis déjà six mois, à ce qu'on m'a rapporté.

– Trois, admit Joe.

– Débarrasse-toi de lui.

La voiture s'arrêta. Seppe Carbone, le garde du corps de Maso, vint lui ouvrir la portière et attendit, immobile sous le soleil.

– Mes gars s'occupent du problème, lui assura Joe.

– Je ne veux pas qu'on s'en occupe, je veux qu'on le règle une bonne fois pour toutes. Veilles-y, quitte à intervenir personnellement au besoin.

Quand Maso fut descendu du véhicule, Joe l'accompagna jusqu'à son train malgré ses protestations. Pas par courtoisie, juste parce qu'il voulait le voir s'en aller ; il en avait besoin, pour se sentir capable de se détendre, de respirer à nouveau librement. La présence du boss lui pesait, telle celle d'un oncle qui se serait invité chez lui pour deux ou trois jours et ne manifesterait aucune intention de repartir. Persuadé, qui plus est, de lui faire un immense honneur.

Quelques jours après le départ de Maso Pescatore, Joe envoya deux de ses hommes causer une petite frayeur à Turner John Belkin. Contre toute attente, ce fut lui qui leur flanqua la frousse ; il en expédia même un à l'hôpital, et ce sans l'aide d'une arme ni de ses fils.

Joe le rencontra une semaine plus tard.

Après avoir ordonné à Sal Urso de l'attendre dans la voiture, Joe s'avança sur la piste de terre battue qui menait à la maison de Belkin, une cabane au toit de cuivre dont la véranda s'affaissait d'un côté. À l'autre bout se dressait une glacière Coca-Cola d'un beau rouge vif, tellement brillante que Joe soupçonna ses propriétaires de lui donner un coup de chiffon tous les jours.

Les fils de Belkin – trois garçons corpulents qui portaient des caleçons longs et pas grand-chose d'autre, même pas des chaussures (bien que l'un d'eux, pour une raison inexplicable, arborât un pull rouge en laine avec pour motifs des flocons de neige) – fouillèrent Joe une première fois, puis une seconde après l'avoir délesté de son Savage .32.

Ensuite seulement, il fut autorisé à entrer dans la cabane et à s'asseoir en face de Belkin à une table en pin dont les pieds étaient inégaux. Il commença par tenter de la stabiliser, avant d'y renoncer et de demander à son vis-à-vis pourquoi il avait tabassé ses hommes. Turner John Belkin, un grand maigre à l'air sévère, aux yeux et aux cheveux d'une nuance de brun semblable à celle de son costume, lui expliqua qu'il avait décelé dans leur regard des menaces si explicites qu'il n'avait pas jugé utile de leur accorder l'occasion de les proférer.

Savait-il que, pour sauver la face, lui-même devrait le tuer ? s'enquit Joe. Belkin répondit qu'il s'en doutait.

– Alors, pourquoi l'avoir fait malgré tout ? Pourquoi ne pas accepter de verser un petit quelque chose ?

– Votre père est-il toujours de ce monde, monsieur Coughlin ?

– Non, il est mort.

– Mais vous êtes toujours son fils, pas vrai ?

– En effet.

– Même quand vous aurez vingt petits-enfants, vous serez toujours son fils.

Un flot d'émotion inattendu submergea Joe, qui fut obligé de détourner les yeux pour ne pas révéler son trouble.

– C'est juste.

– Et vous aimeriez qu'il soit fier de vous, n'est-ce pas ? Qu'il voie en vous un homme ?

– Oui, bien sûr.

– Ben, c'est pareil pour moi. Mon père était quelqu'un de bien. S'il me donnait une correction, c'est que je l'avais méritée, et jamais il me frappait lorsqu'il avait bu. À la rigueur, je recevais une tape sur la tête quand je ronflais trop fort. Je suis champion du ronflement, vous savez, et des fois il était tellement éreinté qu'il le supportait pas. Sinon, y avait pas plus gentil que lui. Et pour un fils, c'est important que son père puisse se rendre compte que ses enseignements ont porté. En ce moment même, le mien me regarde et me dit :

« Turner John, je t'ai pas élevé pour que tu paies un type qui a pas pataugé dans la boue avec toi pour gagner sa vie. » (Il montra à Joe ses larges paumes balafrées.) Vous voulez mon argent, monsieur Coughlin ? Eh bien, préparez-vous à nous donner un coup de main, à moi et aux garçons, pour exploiter l'alambic et faire tourner la ferme, labourer la terre, s'occuper des semailles, traire les vaches… Vous me suivez ?

– Je vous suis.

– Sinon, on a rien à se dire.

Joe le dévisagea quelques secondes, puis leva les yeux vers le plafond.

– Vous croyez vraiment qu'il nous regarde ?

Belkin lui dévoila deux rangées de dents argentées.

– J'en suis sûr, m'sieur.

Le temps de baisser sa braguette, et Joe sortit le Derringer qu'il avait pris à Manny Bustamente quelques années plus tôt. Il le braqua sur la poitrine de son interlocuteur.

Celui-ci poussa un profond soupir.

– Quand un homme se fixe une tâche, il est censé l'accomplir, déclara Joe. N'est-ce pas ?

Sans quitter le canon des yeux, Belkin s'humecta la lèvre inférieure.

– Vous savez de quel genre d'arme il s'agit ? demanda Joe.

– Un pistolet de femme.

– Non, c'est ce qu'on appelle un « ça a bien failli ». (Il se leva.) Bon, vous pouvez faire tout ce que vous voulez, ici, à Palmetto. On est d'accord ?

Belkin cilla en signe d'assentiment.

– Mais ne me donnez pas l'occasion de voir vos étiquettes ni de goûter votre production à Hillsborough, dans le comté de Pinellas ou à Sarasota, Turner John. On s'est bien compris ?

De nouveau, Belkin cligna des yeux.

– J'ai besoin de l'entendre, insista Joe.

– On s'est compris, m'sieur Coughlin, déclara Belkin. Vous avez ma parole.

Joe hocha la tête.

– Qu'en pense votre père ?

Belkin contempla une nouvelle fois le canon de l'arme, puis laissa son regard remonter le long du bras de Joe jusqu'à rencontrer ses yeux.

– Qu'y s'en est fallu d'un cheveu pour que je recommence à l'embêter avec mes ronflements, répondit-il.

Cette année-là, alors que Joe mettait tout en œuvre pour racheter l'hôtel Ritz et obtenir la légalisation des jeux de hasard, Graciela se pencha elle aussi sur la question du logement. Mais, s'il cherchait à séduire une clientèle habituée aux petits fours et au champagne, elle voulait pour sa part offrir un toit aux femmes privées de mari et aux enfants privés de père. C'était devenu un fléau national : les hommes quittaient leur famille comme en temps de guerre. Ils sortaient des Hoovervilles[1], de leurs immeubles ou, dans le cas de Tampa, des longues cabanes allongées que les habitants appelaient *casitas*, pour aller acheter du lait, quémander une cigarette, ou encore parce qu'ils avaient entendu parler d'une possibilité de travail, et ils ne revenaient jamais. En l'absence d'un époux pour les protéger, les femmes étaient souvent victimes de viols ou forcées à se prostituer dans les conditions les plus sordides. Les enfants, devenus brusquement orphelins de leur père et parfois de leur mère, se retrouvaient à la rue. Quand par la suite on

1. Terme désignant les bidonvilles nés de la crise de 1929. (*N.d.T.*)

entendait parler d'eux, c'était rarement pour apprendre de bonnes nouvelles.

Graciela rejoignit Joe un soir alors qu'il prenait un bain. Elle avait apporté deux tasses de café additionné de rhum. Elle se déshabilla, puis se glissa dans l'eau en face de lui, et, à brûle-pourpoint, lui demanda si elle pouvait porter son nom.

– Tu veux m'épouser ?

– Pas à l'église, tu sais bien que c'est impossible. Mais c'est comme si nous étions mariés, n'est-ce pas ?

– Oui.

– Alors j'aimerais porter ton nom de famille.

– Graciela Dominga Maela Rosario Maria Concetta Corrales… Coughlin ?

– Eh ! protesta-t-elle en lui donnant une petite tape sur le bras. Je n'ai pas autant de prénoms !

Il se pencha pour l'embrasser.

– Graciela Coughlin ?

– *Sí.*

– J'en serais très honoré.

– Tant mieux. Bon, maintenant, je peux te le dire : j'ai acheté plusieurs bâtiments.

– Comment ça, plusieurs ? s'inquiéta Joe.

Elle le fixa de ses grands yeux de biche – la candeur même.

– Trois, plus exactement. Tu vois ce, hum… cet ensemble près de la vieille manufacture Perez ?

– Dans Palm Avenue ?

– Oui. J'aimerais offrir un refuge aux épouses abandonnées et à leurs enfants.

Joe n'en fut pas surpris. Depuis quelque temps, Graciela n'en avait que pour ces femmes.

– Qu'est devenu ton engagement pour un changement de politique en Amérique latine ?

– Entre-temps, je suis tombée amoureuse de toi.

– Et ?

– Ça restreint ma mobilité.

Il éclata de rire.

– Tiens donc…

– Terriblement, même. (Elle sourit.) C'est possible, j'en suis sûre. Peut-être même qu'un jour ça pourrait devenir un système rentable, et pourquoi pas un modèle pour le reste du monde.

Graciela rêvait d'une vaste réforme agraire, de droits accordés aux ouvriers agricoles et d'une répartition plus juste des richesses. Elle croyait en l'équité – un concept dont Joe était sûr qu'il avait disparu à l'époque où la planète était sortie de ses couches.

– Pour ce qui est du reste du monde, j'ai des doutes, observa-t-il.

– Mais pourquoi ? Pourquoi ce ne serait pas possible d'avoir une vie meilleure ?

Elle l'éclaboussa pour lui montrer qu'elle n'était qu'à demi sérieuse, mais il savait bien que la question lui tenait particulièrement à cœur.

– Tu veux dire, une vie qui permettrait à chacun de satisfaire ses besoins, de passer son temps à chanter des chansons et à… à quoi, d'ailleurs ? Sourire tout le temps ?

Cette fois, elle lui envoya de l'eau savonneuse dans les yeux.

– Tu m'as très bien comprise. Pourquoi ne pourrait-on pas améliorer les choses ?

– L'appât du gain, répondit-il. (D'un geste ample, il indiqua leur salle de bains.) Regarde comment on vit.

– Mais toi, tu partages, souligna-t-elle. L'année dernière, tu as donné un quart de ta fortune à la clinique Gonzalez.

– Ils m'ont sauvé la vie.

– L'année d'avant, tu avais fait construire la bibliothèque.

– Pour inciter les responsables à se procurer les livres que j'aime.

– Ils sont tous en espagnol, ces livres.

– À ton avis, comment j'ai appris la langue ?

Elle cala une cheville sur son épaule et se frotta l'intérieur du pied contre ses cheveux pour soulager une démangeaison. Quand Joe lui déposa un baiser sur la jambe, il se sentit envahi, comme souvent dans ces moments-là, par une impression de paix si profonde qu'il ne pouvait concevoir de bonheur comparable. Rien n'égalait pour lui la sérénité procurée par la voix de Graciela, par sa tendresse, par la douce pression de ce pied sur son épaule.

– On peut faire le bien…, reprit-elle en baissant les yeux.

– On essaie, non ?

– … après tout le mal qu'on a fait.

Elle s'absorba dans la contemplation des gouttes d'eau sous ses seins, perdue dans ses pensées, à mille lieues désormais de cette baignoire. À tout moment maintenant, elle allait attraper une serviette.

– Eh ! dit-il.

Graciela redressa la tête.

– On n'est pas mauvais. Peut-être qu'on n'est pas bons non plus, je ne sais pas. Tout ce que je sais, c'est qu'on a peur.

– Qui ?

– Tous autant qu'on est. On se dit qu'on croit en tel ou tel dieu, en tel ou tel au-delà, et en même temps on se dit : « Et si je me trompais ? S'il n'y avait rien d'autre ? Auquel cas, merde, j'ai intérêt à m'acheter au plus vite une grosse baraque, une grosse voiture, tout un assortiment d'épingles de cravate, une canne à pommeau de nacre et aussi…

Elle riait à présent.

– … un bidet qui me laverait les fesses *et* les dessous de bras. Parce qu'il me les faut absolument. » (L'écho de son propre rire fut étouffé par l'eau mousseuse.) « Ah non, mais attends, je crois en Dieu, histoire d'assurer mes arrières. Et je crois aussi à l'appât du gain, pour la même raison. »

– Tu penses vraiment que tout se résume à ça : la peur ?

– Je ne pourrais pas affirmer qu'elle explique tout. Je ne suis sûr que d'une chose : elle est là, en chacun de nous.

Graciela drapa autour de son cou des rubans de mousse, puis hocha la tête.

– J'aimerais tellement que notre passage sur terre ait un sens…

– Je comprends. Bon, écoute, tu veux sauver ces femmes et leurs gosses ? Très bien. C'est entre autres pour ça que je t'aime. En attendant, je crains que certains individus malintentionnés ne soient prêts à tout pour empêcher ces femmes de leur échapper.

– Oh, je sais, répliqua-t-elle d'une voix chantante suggérant qu'il aurait été naïf de supposer le contraire. C'est pour ça que j'aurais besoin de quelques-uns de tes hommes.

– Ah oui ? Combien au juste ?

– Quatre pour commencer. Mais, *mi amado*, poursuivit-elle en souriant, je tiens à ce que ce soient les quatre plus coriaces.

Ce fut aussi l'année où la fille d'Irving Figgis, Loretta, revint à Tampa.

Elle descendit du train accompagnée par son père, qui lui donnait le bras. Loretta Figgis était tout de noir vêtue, comme si elle portait le deuil, et, à voir la façon dont Irving la soutenait, c'était peut-être le cas.

Il l'enferma aussitôt dans la maison familiale de Hyde Park, dont ils ne sortirent plus ni l'un ni l'autre pendant des mois. Figgis avait pris un congé avant de partir pour Los Angeles, où il était allé la récupérer, et à son retour il l'avait fait prolonger jusqu'à l'automne. Sa femme finit par déménager en emmenant leur fils avec elle. Les voisins affirmèrent n'entendre plus que des prières entre ces murs. Ou des cantiques, peut-être. La question divisait.

Quand son père et elle reparurent, à la fin du mois d'octobre, Loretta arborait du blanc. À l'occasion d'un rassemblement pentecôtiste plus tard ce soir-là, elle déclara que la décision de revêtir du blanc n'était pas la sienne, mais celle de Jésus-Christ, dont elle avait épousé les enseignements. Ce même soir, debout sur l'estrade installée sous une tente dans Fiddlers Cove Field, elle parla de sa descente dans l'enfer du vice, des démons de l'alcool, de l'héroïne et de la marijuana qui l'avaient conduite à la déchéance, de la fornication débridée qui menait à la prostitution, qui elle-même menait à plus d'héroïne et à des nuits de débauche telles que Jésus les avait effacées de sa mémoire pour l'empêcher de se supprimer. Pourquoi tenait-il tant à ce qu'elle restât en vie ? Parce qu'il l'avait investie d'une mission : transmettre la vérité divine aux pécheurs de Tampa, de St. Petersburg, de Sarasota et de Bradenton. S'il le jugeait nécessaire, elle irait répandre sa parole dans toute la Floride, voire dans tout le pays.

La principale différence entre Loretta et la multitude de prédicateurs qui s'adressaient à leurs adeptes lors des *revivals*, c'était qu'elle ne tempêtait pas en leur promettant les feux de l'enfer. Elle n'élevait jamais la voix. De fait, elle parlait si doucement que son auditoire devait tendre l'oreille pour comprendre ce qu'elle disait. Tout en coulant de temps à autre un coup d'œil furtif à son père, désormais retranché derrière un masque d'austérité qui le rendait inabordable, elle livrait son triste témoignage à un monde déchu. Elle ne prétendait pas tant connaître la volonté de Dieu que se faire l'écho du désarroi du Christ devant les égarements de ses enfants. Or le bien existait en ce monde, et la vertu ne demandait qu'à s'y épanouir, pour peu qu'on sût la semer.

– On nous dit que ce pays va bientôt replonger dans les tourments liés à la libre consommation de l'alcool, qu'il sera de nouveau ravagé par le désespoir quand les maris battront leur femme à cause du rhum, rapporteront chez eux des maladies vénériennes à cause du whiskey, tomberont dans la paresse et perdront leur travail à cause du gin, ce qui amènera les banques à jeter à la rue encore plus de petits êtres sans défense... Mais ne blâmez pas les banques. Surtout, ne blâmez pas les banques, répétait-elle à voix basse. Blâmez plutôt ceux qui tirent profit du péché, du commerce de la chair et de la faiblesse à laquelle la condamnent les spiritueux. Blâmez les bootleggers, les propriétaires de lupanars et ceux qui les autorisent à répandre le vice dans notre belle ville, sous les yeux de Dieu. Priez pour eux. Et implorez Dieu de vous guider de sa lumière.

Dieu choisit apparemment de guider certains des bons citoyens de Tampa vers quelques-uns des clubs du gang Coughlin-Suarez, et d'armer leurs bras de haches pour défoncer les tonneaux de rhum et de bière qu'ils y trouvèrent. Lorsque Joe l'apprit, il demanda à Dion de se mettre en relation avec un fabricant de fûts métalliques à Valrico. Leurs hommes en apportèrent dans tous leurs bars, placèrent les tonneaux en bois à l'intérieur, puis attendirent de voir comment allaient réagir les partisans de la vertu quand ils se démettraient l'épaule en voulant démolir l'objet de leur courroux.

Un jour que Joe était assis au comptoir d'accueil de sa société d'exportation de cigares – une entreprise tout ce qu'il y avait de plus légal ; ils perdaient d'ailleurs chaque année une petite fortune à exporter du tabac de qualité supérieure vers des pays comme l'Irlande, la Suède et la France, où les cigares n'avaient jamais vraiment eu le vent en poupe –, il eut la surprise de recevoir la visite d'Irving et de Loretta Figgis.

L'ancien chef de la police le salua d'un rapide hochement de tête, mais sans le regarder. Depuis le jour où Joe lui avait montré ces photos de sa fille, Figgis se détournait invariablement chaque fois qu'il le croisait dans la rue, ce qui avait déjà dû se produire une bonne trentaine de fois.

– Loretta aimerait vous dire quelques mots, annonça-t-il.

Joe reporta son attention sur la belle jeune femme en robe blanche qui lui faisait face, dont les grands yeux brillaient d'un éclat ardent.

– Bien sûr, mademoiselle. Je vous en prie, asseyez-vous.

– Je préfère rester debout, monsieur.

– Comme vous voudrez.

– Monsieur Coughlin, commença-t-elle en croisant les mains devant elle, mon père m'a confié qu'il y avait autrefois un homme bon en vous.

– Je ne savais pas qu'il était parti, fit remarquer Joe.

Loretta s'éclaircit la gorge.

– Nous sommes au courant de vos actes de philanthropie. Et de ceux de la femme avec qui vous avez choisi de cohabiter.

– La femme avec qui j'ai choisi de cohabiter, répéta Joe lentement, juste pour entendre comment sonnaient les mots dans sa bouche.

– En effet. Nous avons appris qu'elle avait fait beaucoup pour aider les plus démunis à Ybor et même dans les environs de Tampa.

– Elle a un nom, souligna Joe.

– Ses bonnes œuvres sont de nature purement temporelle, hélas. Elle refuse toute affiliation religieuse et rejette toute tentative pour la convaincre de rejoindre les rangs de ceux qui croient au seul véritable Dieu.

– Elle s'appelle Graciela. Et elle est catholique.

– Mais, tant qu'elle n'aura pas publiquement reconnu que la main de Dieu la guidait dans ses efforts, et même si elle est animée des meilleures intentions du monde, elle continuera de servir le diable.

– Ah. J'avoue que j'ai perdu le fil, là, déclara Joe.

– Pas moi, monsieur Coughlin, rassurez-vous. Vous et moi savons tous les deux que vos bonnes actions sont contrebalancées par le poids de vos fautes et par la distance que vous maintenez avec le Seigneur.

– Comment ça ?

– Vous tirez profit des faiblesses de vos semblables. Vous exploitez leurs penchants pour la paresse, pour la gourmandise et pour les comportements licencieux. (Elle lui adressa un sourire à la fois triste et doux.) Mais vous pouvez vous libérer de tout cela.

– Je n'y tiens pas, répliqua-t-il.

– Bien sûr que si.

– Écoutez, mademoiselle, vous semblez être une personne tout à fait charmante. Et, si j'ai bien compris, le révérend Ingalls a vu le nombre de ses ouailles tripler depuis que vous avez commencé à prêcher devant elles.

Le regard fixé sur ses chaussures, Irving Figgis leva cinq doigts.

– Oh, pardon, dit Joe. Donc, leur nombre a été multiplié par cinq. Impressionnant !

Loretta ne s'était pas départie de son petit sourire mélancolique, suggérant qu'elle savait déjà ce qu'il allait dire et jugeait d'avance ses arguments futiles.

– Je vais être plus clair, reprit Joe. Je vends aux habitants de ce pays une marchandise qu'ils apprécient tellement qu'il est question d'abroger le dix-huitième amendement dans le courant de l'année.

– Vous vous trompez, intervint Figgis d'un ton cassant.

– Possible, mais je ne crois pas. Dans tous les cas, la prohibition vit ses derniers moments. Elle devait servir à ramener l'ordre chez les pauvres, et de ce point de vue la mesure a été un échec total. Elle devait servir aussi à rendre les classes moyennes plus industrieuses, au lieu de quoi elle a éveillé leur intérêt. On n'a jamais consommé autant d'alcool que ces dix dernières années, pour la bonne raison que tout le monde le souhaitait et que personne n'avait envie de se heurter à une interdiction.

– Entre nous, monsieur Coughlin, je pourrais vous faire la même remarque à propos de la fornication, observa Loretta d'un ton posé. Les gens la souhaitent et n'ont pas envie de se heurter à une interdiction.

– Et pour cause !

– Pardon ?

– Si nos semblables veulent forniquer, je ne vois pas pourquoi on devrait les en empêcher, mademoiselle Figgis.

– Même s'ils se livrent à la débauche avec des animaux ?

– C'est le cas ?

– Pour quelques-uns, oui. Et leur maladie se propagera si vous poursuivez dans la voie que vous avez choisie.

– J'ai bien peur de ne voir aucune relation de cause à effet entre la consommation d'alcool et la fornication avec des animaux.

– Ce qui ne veut pas dire qu'elle est inexistante.

Les mains toujours croisées devant elle, Loretta s'assit.

– Bien sûr que si, répliqua Joe. Et je maintiens ma position.

– Votre opinion n'engage que vous.

– Certains pourraient vous répondre qu'il en va de même pour votre croyance en Dieu.

– Vous n'avez donc pas la foi, monsieur Coughlin ?

– Pas en votre Dieu, Loretta, non.

Joe tourna la tête vers Figgis, qu'il sentait bouillir, mais celui-ci gardait obstinément les yeux fixés sur ses poings serrés.

– Eh bien, sachez que lui, il a foi en vous, affirma Loretta. Un jour, vous renoncerez à vous fourvoyer, monsieur Coughlin. Je n'ai qu'à vous regarder pour en avoir la certitude : vous vous repentirez de vos fautes et vous serez prêt à recevoir Jésus-Christ. Vous ferez un grand prophète. Je le vois aussi clairement que je vois une ville épargnée par le péché se dresser sur une colline, ici même, à Tampa. Et, oui, monsieur Coughlin, avant que vous ne m'en fassiez la remarque, je sais qu'il n'y a pas de collines à Tampa.

– Disons qu'elles sont suffisamment discrètes pour passer inaperçues, même en roulant vite…

Loretta le gratifia cette fois d'un authentique sourire – de ceux qu'elle lui adressait quelques années plus tôt quand il la croisait au drugstore Morin, devant le distributeur de sodas ou dans le rayon des magazines.

Mais, déjà, il redevenait triste et figé. Son regard recouvra tout son éclat fébrile quand elle se leva pour lui tendre une main gantée par-dessus le bureau. Joe la serra en songeant aux traces de piqûres dont elle était couverte.

– Je réussirai un jour à vous ramener dans le droit chemin, monsieur Coughlin. N'en doutez pas. Je le sens au plus profond de moi.

– Ce n'est pas pour autant que c'est vrai, objecta-t-il.

– Rien ne dit non plus que c'est faux.

– Je vous le concède. (Il la regarda droit dans les yeux.) De votre côté, vous pourriez peut-être accorder aussi à mes opinions le bénéfice du doute, vous ne croyez pas ?

Le sourire triste de Loretta se fit lumineux.

– Non, monsieur Coughlin. Parce qu'elles sont erronées.

Malheureusement pour Joe, Esteban et la famille Pescatore, la popularité croissante de Loretta Figgis ne faisait que renforcer sa légitimité. Au bout de quelques mois, son prosélytisme commença à mettre sérieusement en péril le rachat du Ritz. Ceux qui, au départ, l'avaient poussée à se produire en public cherchaient surtout à la ridiculiser ou à satisfaire leur curiosité quant aux circonstances qui l'avaient menée là où elle était : une jeune fille incarnant toutes les valeurs de l'Amérique, enfant unique d'un officier de police, s'en va à Hollywood, pour revenir transformée en folle délirante aux bras couverts de traces de piqûres, qui prend pour des stigmates la preuve de ses erreurs passées. Peu à peu, cependant, le ton changea, en raison non seulement du nombre grandissant de personnes qui, en voiture ou à pied, encombraient les routes les soirs où Loretta Figgis était censée apparaître à un revival, mais aussi de l'image qu'elle offrait de plus en plus souvent aux habitants de la ville. Loin de vivre retranchée, Loretta n'hésitait pas à se montrer, aussi bien à Hyde Park qu'à West Tampa, dans le quartier du port ou même à Ybor, où elle aimait acheter du café – son seul vice.

Elle ne parlait pas beaucoup de religion dans la journée. Elle faisait toujours preuve d'une extrême courtoisie envers ses interlocuteurs, mettant un point d'honneur à s'enquérir de leur santé et de celle de leurs proches. Elle n'oubliait jamais un nom. Et, si les marques laissées par ce qu'elle appelait ses « épreuves » l'avaient vieillie, elle demeurait néanmoins d'une beauté saisissante – une beauté qui, par ailleurs, se rapprochait de l'idéal américain en la matière : lèvres pleines, de la même nuance ambrée que ses cheveux, grands yeux bleus respirant la franchise, teint aussi blanc et lisse que le lait frais livré chaque matin par le laitier.

Les premiers évanouissements survinrent fin 1931, après que la crise bancaire européenne eut entraîné le reste du monde dans un tourbillon vertigineux et anéanti tout espoir de redressement financier. Loretta perdait connaissance d'un coup, sans effets dramatiques, alors que rien ne laissait prévoir un accès de faiblesse. Elle entamait son prêche en parlant des fléaux de l'alcool, de la luxure, ou encore, de plus en plus souvent, des jeux de hasard – toujours d'une voix douce, animée d'un très léger vibrato –, et des visions que Dieu lui avait envoyées d'un Tampa consumé par ses propres péchés : un paysage ravagé, où les ruines fumantes des maisons s'amoncelaient sur la terre noircie. Elle rappelait ensuite à son auditoire le sort de la femme de Loth et l'implorait de ne pas regarder en arrière, jamais, mais au contraire droit devant, vers une cité éblouissante à l'horizon, toute de maisons blanches, d'habits blancs et d'êtres blancs unis par l'amour du Christ, par la prière et par un désir sincère de laisser derrière eux un monde dont leurs enfants pourraient être fiers. À un certain moment, ses yeux roulaient vers la gauche, puis vers la droite, entraînant son corps dans leur mouvement, et brusquement elle s'écroulait. Parfois elle était prise de convulsions, parfois aussi un peu de salive moussait sur ses lèvres charnues. La plupart du temps, cependant, elle paraissait juste endormie. Les mauvaises langues ne manquèrent d'ailleurs pas de suggérer que, si sa cote de popularité atteignait des sommets, c'était en partie grâce à l'image touchante qu'elle offrait quand elle reposait sur l'estrade, vêtue d'un crêpe immaculé si fin qu'il laissait voir ses petits seins parfaits et ses longues jambes fuselées.

Dans ces moments-là, Loretta Figgis apparaissait comme la preuve vivante de l'existence de Dieu, car lui seul avait le pouvoir de créer un être aussi beau, aussi fragile et en même temps aussi puissant.

C'est ainsi que beaucoup, parmi ses adeptes toujours plus nombreux, se rallièrent aux causes qu'elle défendait, en particulier la lutte contre les tentatives d'un gangster local pour semer le chaos en répandant la malédiction du jeu. Bientôt, les représentants du Congrès et les conseillers municipaux opposèrent aux émissaires de Joe un « Non » catégorique, ou encore un « Nous avons encore besoin de temps pour évaluer les différents facteurs ». Leurs scrupules ne les empêchaient pourtant pas de garder son argent, remarqua-t-il.

Le contexte lui était de moins en moins favorable.

Il en vint à se dire que, si Loretta Figgis devait connaître une fin prématurée – qui, bien sûr, aurait toutes les apparences d'un « accident » –, et au terme d'une période de deuil qu'il jugerait convenable, il aurait toute latitude pour relancer son projet de casino. Puisqu'elle aimait Jésus à ce point, autant lui rendre service en les réunissant.

Il savait quoi faire ; il ne lui restait plus qu'à en donner l'ordre.

Auparavant, il décida d'aller assister à l'un de ses prêches. Il ne se rasa pas pendant une journée et opta pour une tenue qui évoquait un vendeur de matériel agricole ou le propriétaire d'un magasin d'aliments pour bétail : salopette propre, chemise blanche, fine cravate, veste de toile et chapeau de cow-boy enfoncé bas sur le front. Il demanda à Sal de le déposer près du terrain où le révérend Ingalls avait organisé un rassemblement ce soir-là, puis il s'avança sur un chemin qui serpentait au milieu d'une petite pinède jusqu'à atteindre les derniers rangs de la foule.

Une modeste estrade fabriquée à l'aide de caisses en bois avait été édifiée sur la berge d'un étang. Loretta y avait pris place, entre son père à sa gauche et le révérend à sa droite. Tous trois avaient la tête baissée. Elle racontait un rêve, ou peut-être une vision (Joe était arrivé trop tard pour entendre les explications), qu'elle avait eu récemment. Dos à l'étang sombre, en robe blanche et coiffe assortie, elle se détachait dans la nuit comme la pleine lune dans un ciel privé d'étoiles. Une famille de trois personnes, disait-elle – le père, la mère et un nourrisson –, était arrivée dans un pays inconnu. Le père, un homme d'affaires envoyé par son entreprise dans ce territoire étrange, avait reçu comme consigne d'attendre leur chauffeur à l'intérieur de la gare et de ne surtout pas s'aventurer dehors. Mais il faisait chaud dans la gare, ils venaient de loin et ils avaient hâte de découvrir leurs nouveaux horizons. Alors ils étaient sortis, pour être aussitôt attaqués par un léopard aussi noir que l'intérieur d'un seau à charbon. Avant même qu'ils aient pu comprendre ce qui leur arrivait, le léopard leur avait déchiqueté la gorge. Le père gisait sur le sol, à l'agonie, les yeux fixés sur le léopard en train de se repaître du sang de sa femme, quand un autre homme était apparu et avait abattu le fauve. Il avait dit au mourant qu'il avait été engagé par l'entreprise pour leur servir de chauffeur, et qu'il leur aurait suffi d'attendre.

Mais ils avaient désobéi. Pourquoi ?

– Il en va de même avec Jésus, dit Loretta. Êtes-vous capables de l'attendre ? De résister aux tentations de ce monde susceptibles de déchirer votre famille ? De protéger les vôtres, jusqu'au retour de notre Sauveur, de tous les prédateurs à l'affût ? Ou êtes-vous trop faibles ?

– Non !

– Je sais bien, moi, que dans mes moments les plus sombres je suis trop faible.

– Non !

– Oh si, affirma Loretta. Mais il me donne la force. (Elle leva une main vers le ciel.) Il remplit mon cœur. J'ai néanmoins besoin de vous pour m'aider à réaliser ses desseins. J'ai besoin de votre soutien pour pouvoir transmettre sa parole, accomplir ses œuvres et empêcher les léopards noirs de dévorer nos enfants et de répandre dans nos cœurs la souillure indélébile du péché. Alors, serez-vous avec moi ?

Un chœur de « Oui », « Amen » et « Oh oui » s'éleva en réponse. Lorsque Loretta ferma les yeux et commença à osciller, la foule rouvrit les siens et se porta en avant. Lorsqu'elle soupira, l'assistance gémit. Lorsqu'elle tomba à genoux, tous les membres de son auditoire retinrent leur souffle. Et, lorsqu'elle s'allongea sur le flanc, ils le relâchèrent avec un bel ensemble. Ils tendirent la main vers elle, sans pour autant se rapprocher de l'estrade, comme si une barrière invisible les retenait. Ils essayaient d'atteindre quelque chose qui n'était pas Loretta. Ils l'appelaient de tous leurs vœux. Lui promettaient de tout donner en échange.

Loretta était le moyen d'y accéder, la porte qui ouvrait sur un monde sans péché, sans obscurité, sans peur. Un monde où la solitude n'existait pas. Parce qu'il y avait Dieu. Parce qu'il y avait Loretta.

– Ce soir, déclara Dion, qui avait rejoint Joe chez lui, sur la galerie du deuxième étage. Elle doit disparaître ce soir.

– Tu t'imagines que je n'ai pas réfléchi au problème, peut-être ?

– Ben, il est plus temps de réfléchir, boss. Maintenant, faut agir.

Joe eut la vision du Ritz brillant de tous ses feux : ses lumières se réfléchissaient sur les eaux sombres de l'océan, la musique s'échappait de sous les arcades pour aller se perdre au large du golfe, tandis qu'à l'intérieur les dés s'entrechoquaient sur les tables de jeu, et que la foule acclamait un gagnant sous le regard vigilant du maître de cérémonie qu'il était lui-même.

Et de se demander une fois de plus, comme il l'avait fait si souvent au cours des semaines écoulées : que représente une vie ?

Chaque jour des hommes mouraient sur des chantiers ou en posant des rails sous le soleil. Partout dans le monde, ils étaient victimes d'électrocution ou de catastrophes industrielles. Pourquoi ? Parce qu'ils contribuaient à édifier des ouvrages utiles, qui donneraient du travail à leurs semblables, qui permettraient d'assurer la subsistance de la race humaine.

En quoi la mort de Loretta serait-elle différente ?

– Non, ce n'est pas pareil, murmura-t-il.

– Hein ?

Joe leva une main en un geste d'excuse.

– Je ne peux pas faire ça.

– Moi, si, affirma Dion.

– Quand tu choisis d'ignorer la loi, en principe tu connais les conséquences, ou en tout cas tu devrais les connaître. Mais tous ceux qui dorment la nuit pendant que nous, on s'active, qui vont au boulot le matin et tondent leur pelouse… Eh bien, eux, ils n'ont pas pris cette décision ; autrement dit, ils n'encourent pas les mêmes châtiments pour prix de leurs erreurs.

Dion soupira.

– Elle met en péril toute cette putain d'opération, Joe !

– Je sais.

Au fond, Joe était soulagé d'avoir cette conversation après le couchant, dans la pénombre protectrice qui régnait sur la galerie. Ainsi, Dion ne pouvait pas voir ses yeux et se rendre compte à quel point il doutait, à quel point il était près de franchir définitivement une limite et de ne plus jamais regarder en arrière. Ce n'était qu'une femme, bon sang !

– Mais c'est décidé, trancha-t-il. On ne touche pas un cheveu de sa tête.

– Tu le regretteras, lui prédit Dion.

– Tu parles…

Une semaine plus tard, lorsque les larbins de John Ringling demandèrent à le rencontrer, Joe sut que tout était fini. Ou du moins, reporté à une date indéterminée. Le pays s'apprêtait à jeter la tempérance aux orties dans une atmosphère de ferveur et de joie, mais Tampa, sous l'influence de Loretta Figgis, resserrait la vis. Si elle n'avait pas eu gain de cause en ce qui concernait l'alcool, dont la légalisation n'était plus suspendue qu'à une signature, elle avait remporté une victoire éclatante sur le terrain des jeux de hasard. Les hommes de Ringling informèrent Joe et Esteban que leur patron avait décidé de conserver le Ritz encore un moment, d'attendre que l'économie soit sortie de l'ornière, et de reconsidérer ultérieurement ses options.

La réunion eut lieu à Sarasota. Après, Joe et Esteban roulèrent jusqu'à Longboat Key, où ils contemplèrent un long moment les vestiges de ce splendide rêve méditerranéen qui avait failli voir le jour sur le golfe du Mexique.

– On aurait pu en faire un casino magnifique, observa Joe.

– On aura peut-être une autre chance. La roue tourne.

Joe fit non de la tête.

– Pas toujours.

22

N'éteignez pas l'esprit

Ce fut au début de l'année 1933 que Joe et Loretta Figgis se virent pour la dernière fois. La semaine précédente avait été marquée par de fortes pluies. Ce matin-là, le soleil brillait dans un ciel enfin dégagé, et la vapeur qui montait des rues d'Ybor formait au sol une brume si épaisse qu'on avait l'impression de marcher dans les nuages. Joe avançait sur le trottoir de planches le long de Palm Avenue, l'esprit ailleurs, Sal Urso progressait au même rythme que lui sur le trottoir d'en face, et Lefty Downer roulait au pas entre eux, en plein milieu de la chaussée. Joe venait d'avoir la confirmation d'une rumeur selon laquelle Maso Pescatore envisagerait un autre voyage en Floride – le second en un an –, et le fait que le boss lui-même ne lui en eût pas encore parlé ne laissait pas de le troubler. Pour couronner le tout, les journaux du jour annonçaient que le président Roosevelt projetait de signer le Cullen-Harrison Act dès que quelqu'un placerait un stylo dans sa main, ce qui sonnerait définitivement le glas de la prohibition. S'il savait depuis longtemps le système promis à une fin imminente, Joe se rendait compte qu'il n'y était pas préparé pour autant. Et si lui n'y était pas préparé, alors comment allaient réagir tous les gangsters dans les villes qui s'étaient développées grâce aux fortunes rapportées par la contrebande, comme Kansas City, Cincinnati, Chicago, New York ou encore Detroit ? Assis dans son lit en début de matinée, il avait tenté de lire tout l'article afin de déterminer plus précisément à quel moment de l'année Roosevelt brandirait ce stylo appelé à devenir célèbre, mais il avait du mal à se concentrer car il entendait Graciela rendre la paella de la veille dans la salle de bains attenante. Alors qu'elle pouvait d'ordinaire avaler n'importe quoi ou presque, depuis quelque temps le souci lié à l'administration de trois foyers pour les démunis et de huit organisations caritatives mettait à mal son système digestif.

– Joseph ? l'avait-elle appelé du seuil, en s'essuyant la bouche d'un revers de main. Je crois qu'on va devoir s'adapter.

– Mmm ? Comment ça, ma douce ?

– On va bientôt être trois.

Sur le coup, Joe s'était dit qu'elle avait dû ramener chez eux un gosse des rues. Il était même allé jusqu'à jeter un coup d'œil derrière elle, avant de comprendre.

– Tu es… ?

Un sourire avait éclairé le visage de Graciela.

– Je suis enceinte.

Il s'était levé pour la rejoindre, hésitant toutefois à la serrer dans ses bras parce qu'il avait peur, soudain, qu'elle ne se brisât.

Elle lui avait noué ses bras autour du cou.

– Tout va bien, Joseph. Tu vas devenir papa.

Elle l'avait embrassé, les mains posées dans sa nuque, à l'endroit où il sentait sa peau parcourue de picotements. De fait, il avait l'impression que son corps tout entier le picotait, comme s'il avait mué au cours de la nuit et s'était réveillé enveloppé d'une peau neuve.

– Tu ne dis rien ? avait-elle demandé en le regardant d'un air intrigué.

– Merci.

C’est tout ce qui lui était venu à l’esprit.

– Merci ?

Graciela était partie d’un grand rire, avant de l’embrasser une nouvelle fois avec fougue.

– Tu seras une mère formidable.

Elle avait appuyé son front contre le sien.

– Et toi un père extraordinaire.

Si je reste en vie, avait-il ajouté in petto.

En se doutant bien que Graciela y pensait également.

Aussi n’était-il pas tout à fait lui-même ce matin-là quand il entra au Nino’s Coffee Shop sans prendre la peine de jeter au préalable un coup d’œil par la fenêtre.

Il n’y avait que trois tables dans la salle – une aberration pour un établissement qui servait un café aussi exceptionnel –, dont deux étaient occupées par des membres du Klan. Un observateur non averti n’aurait sans doute pas pu les identifier en tant que tels, mais Joe n’avait aucun mal à reconnaître des encagoulés même quand ils sortaient sans leur déguisement : Clement Dover, Drew Altman et Brewster Engals, les aînés et les têtes pensantes du groupe, étaient réunis à une table ; l’autre rassemblait Julius Stanton, Haley Lewis, Carl Joe Crewson et Charlie Bailey – quatre imbéciles bien capables de se brûler en essayant de mettre le feu à une croix. Le problème, c’était que, comme beaucoup d’imbéciles qui ne mesurent pas la profondeur de leur bêtise, ils se distinguaient également par une grande sournoiserie et par une cruauté sans bornes.

Joe comprit à l’instant où il franchissait le seuil qu’il ne s’agissait pas d’un piège. Leurs regards lui disaient clairement qu’ils ne s’attendaient pas à le voir. Ils étaient juste venus boire un café, peut-être aussi intimider les propriétaires pour mieux les convaincre de leur verser une commission. Conscient que Sal Urso était resté dehors, Joe écarta les pans de sa veste et immobilisa sa main à quelques centimètres de son arme, les yeux fixés sur Engals, le chef de cette petite bande, par ailleurs pompier à la caserne de l'Engine 9, à Lutz Junction.

Engals inclina la tête, les lèvres étirées par un léger sourire, puis indiqua du regard un point derrière Joe, au niveau de la troisième table. Joe se détourna légèrement, pour découvrir Loretta Figgis qui, assise près de la fenêtre, observait la scène. Il éloigna aussitôt sa main de sa hanche, laissant retomber les pans de sa veste. Pas question de déclencher une fusillade en présence de la Madone de la baie de Tampa.

Il inclina la tête en retour à l'adresse d'Engals, qui déclara :

– Une prochaine fois, peut-être…

Joe porta les doigts à son chapeau, et il s'apprêtait à sortir quand Loretta l'interpella :

– Monsieur Coughlin ? Je vous en prie, venez vous asseoir.

– Non, non, miss Loretta, répliqua Joe. Je préfère vous laisser savourer tranquillement votre café.

– J'insiste, dit-elle au moment où Carmen Arenas, la femme du propriétaire, s'approchait de sa table.

Cette fois, Joe céda et ôta son couvre-chef.

– Pour moi, Carmen, ce sera comme d'habitude.

– Bien, monsieur Coughlin. Mademoiselle Figgis ?

– J'en reprendrai un autre, oui. Ces messieurs ne vous apprécient pas ? demanda-t-elle quand il se fut installé en face d'elle, son chapeau sur les genoux.

À cet instant seulement, Joe remarqua qu'elle ne portait pas de blanc ce jour-là : sa robe tirait plutôt sur le rose pêche. Sur une autre qu'elle, la nuance serait sans doute passée inaperçue, mais le blanc immaculé était devenu tellement indissociable de Loretta Figgis que, eût-elle été nue, l'effet aurait à peine moins choqué.

– Disons qu'ils ne risquent pas de m'inviter à partager leur repas dominical, répondit-il.

– Pourquoi ?

Loretta se pencha vers la table lorsque Carmen leur apporta leurs cafés.

– Je couche avec une femme de couleur, je travaille et je fraternise avec des gens de couleur… (Il jeta un coup d'œil par-dessus son épaule.) J'ai oublié quelque chose, Engals ?

– Juste que vous avez descendu quatre des nôtres.

Joe le remercia pour cette précision, puis reporta son attention sur Loretta.

– Oh, et ils pensent que j'ai tué quatre des leurs.

– Et c'est vrai ?

– Vous n'êtes pas en blanc, aujourd'hui, éluda-t-il.

– C'est presque blanc, monsieur Coughlin.

– Comment vos… (Il chercha le mot adéquat, pour finalement se rabattre sur le seul qui lui venait)… disciples vont-ils réagir à un tel changement ?

– Je ne sais pas, répondit-elle.

Il n'y avait pas trace d'enthousiasme forcé dans sa voix, pas plus que de sérénité affectée dans son regard.

Les membres du klavern se levèrent, et, les uns après les autres, se dirigèrent vers la porte, s'arrangeant qui pour bousculer au passage la chaise de Joe, qui pour lui heurter le pied.

– On se reverra, lui assura Dover, avant d'incliner son chapeau en direction de Loretta. Madame…

Quand ils furent tous partis, le silence s'abattit sur la petite salle, seulement troublé par le *ploc-ploc* régulier de l'eau qui, après les averses nocturnes, tombait de la gouttière du balcon sur les planches au-dehors. Joe examina la jeune femme tout en buvant son café. Il ne décelait plus dans ses yeux cette lueur fébrile qui les éclairait depuis le jour où elle était ressortie de la maison paternelle, deux ans plus tôt, après s'être dépouillée de la robe noire dans laquelle elle avait pleuré sa mort pour revêtir la tenue blanche de sa renaissance.

– Pourquoi mon père vous déteste-t-il autant ? demanda-t-elle enfin.

– Je suis un criminel. Il était chef de la police.

– Mais il vous aimait bien, avant. Je me rappelle même qu'un jour, quand j'étais encore au lycée, il m'a dit en vous voyant passer dans la rue : « Voilà le maire d'Ybor. C'est lui qui maintient la paix. »

– Il a vraiment dit ça ?

– Oui.

Joe avala une gorgée de café.

– C'était une autre époque, je suppose. Plus innocente.

– Alors, qu'avez-vous fait pour devenir l'objet de son ressentiment ? s'enquit-elle en portant sa tasse à ses lèvres.

Il ne répondit pas.

Ce fut au tour de Loretta de le soumettre à un examen aussi attentif qu'embarrassant. Joe s'efforça malgré tout de soutenir son regard pendant qu'elle scrutait les profondeurs du sien. Jusqu'au moment où il vit qu'elle avait compris.

– C'est par vous qu'il a su où me retrouver.

Joe se borna à serrer les mâchoires.

– Par vous, répéta-t-elle en contemplant la table entre eux. Comment vous y êtes-vous pris ?

Elle le dévisagea encore une fois un long moment.

– J'avais des photos, avoua-t-il enfin.

– Que vous lui avez montrées ?

– Je lui en ai montré deux.

– Vous en aviez combien ?

– Des dizaines.

Loretta s'absorba de nouveau dans la contemplation de la table, avant de faire tourner sa tasse sur sa soucoupe.

– Nous irons tous en enfer.

– Je ne pense pas, miss Loretta.

– Ah non ? (La tasse crissait toujours en tournant sur la soucoupe.) Savez-vous ce que j'ai appris durant ces deux dernières années passées à prêcher, à m'évanouir et à exposer mon âme à Dieu ?

Il esquissa un mouvement de dénégation.

– Eh bien, j'ai appris que le paradis est ici. (Elle indiqua la rue, puis le toit au-dessus de leurs têtes.) Nous y sommes, en ce moment même.

– Alors comment se fait-il qu'il ressemble autant à l'enfer ?

– Parce qu'on a tout gâché. (Son sourire empreint de douceur et de sérénité reparut.) Le paradis était à portée de main. Mais on l'a perdu.

Joe ne s'attendait pas à éprouver une telle tristesse en constatant qu'elle ne croyait plus. Pour des raisons qu'il n'aurait pu s'expliquer, il était convaincu que si quelqu'un pouvait communiquer directement avec le Tout-Puissant, c'était Loretta Figgis.

– Vous aviez pourtant la foi au début, non ?

Elle posa sur lui un regard limpide.

– J'étais animée d'une telle force de conviction que, pour moi, elle ne pouvait être que d'inspiration divine, confirma-t-elle. Il me semblait que du feu circulait dans mes veines… Oh, pas un feu propre à me consumer, plutôt une chaleur constante qui ne refluait jamais. Un peu comme ce que j'avais éprouvé dans mon enfance, lorsque je me sentais en sécurité, aimée et tellement sûre qu'il en serait toujours ainsi… J'aurais toujours mon papa et ma maman, le monde ressemblerait toujours à Tampa et tous ceux que je croiserais connaîtraient mon nom et ne souhaiteraient que mon bonheur. Malheureusement j'ai grandi, et je suis partie à la conquête de l'Ouest. Et quand toutes mes certitudes se sont révélées n'être que des illusions, quand j'ai découvert que je n'étais ni spéciale ni à l'abri du danger… (Elle lui montra ses avant-bras ravagés.) Je n'ai pas très bien réagi.

– Mais une fois rentrée, après vos…

– Mes épreuves ?

– Oui.

– Mon père m'a ramenée à la maison, il en a chassé ma mère et il m'a frappée, et frappée encore, pour me délivrer du diable. Il m'a réappris à prier à genoux, sans rien demander pour mon propre bénéfice – à prier comme une suppliante, comme une pécheresse. Jusqu'au moment où la flamme est revenue. Je passais toutes mes journées à genoux près du lit où j'avais couché enfant, je n'avais pratiquement pas dormi de la semaine, et soudain j'ai senti la flamme réchauffer mon sang, mon corps et mon cœur. Je retrouvais enfin la certitude, vous comprenez ? Vous voulez savoir à quel point le manque avait été cruel ? Cette privation me paraissait encore plus terrible que celle de la drogue, de l'amour, de la nourriture – peut-être même plus insupportable que celle du Dieu qui me la transmettait. La certitude, monsieur Coughlin. La certitude… C'est le mensonge le plus éblouissant de tous.

Aucun d'eux ne reprit la parole pendant un moment. Dans l'intervalle, Carmen leur rapporta d'autres tasses, pleines celles-là.

– Ma mère est morte la semaine dernière, reprit Loretta. Vous êtes au courant ?

– Non, je l'ignorais. Toutes mes condoléances.

Elle balaya d'un geste la formule et trempa les lèvres dans son café.

– Les croyances de mon père et les miennes l'ont obligée à fuir son foyer. Elle lui répétait souvent : « Ce n'est pas Dieu que tu aimes, c'est l'idée de représenter quelque chose de spécial pour lui. Tu veux croire qu'il te voit. » Quand j'ai appris sa mort, j'ai compris ce qu'elle avait voulu dire. Je n'ai pas trouvé de réconfort en Dieu. Je ne le connais même pas. Je voulais juste que ma maman revienne auprès de moi.

Elle hocha la tête à plusieurs reprises, comme pour appuyer ses dires.

La clochette accrochée à la porte tinta lorsqu'un couple entra dans le café. Carmen émergea de derrière le comptoir pour aller les placer.

– Je ne sais pas si Dieu existe, reprit Loretta en tripotant l'anse de sa tasse. Je l'espère sincèrement. Et j'espère aussi qu'il est bienveillant à notre égard. Ne serait-ce pas formidable, monsieur Coughlin ?

– Certainement.

– Je ne crois pas un seul instant qu'il condamne les hommes aux feux d'un enfer éternel pour avoir forniqué – et sur ce point je suis d'accord avec vous. Ni pour avoir adoré une version de lui, disons, pas très orthodoxe… Je crois, ou du moins j'aimerais croire, qu'il n'y a pas pires péchés à ses yeux que ceux qui sont commis en son nom.

Joe, qui l'observait attentivement, ajouta à voix basse :

– Ou qu'on commet contre soi-même par désespoir.

– Oh ! s'exclama-t-elle d'un ton enjoué. Mais je ne suis pas désespérée. Et vous ?

– Moi non plus. Loin de là, même !

– Quel est votre secret ?

Il étouffa un petit rire.

– C'est un sujet un peu trop personnel pour une conversation dans un café, miss Loretta.

– Je vous en prie, dites-le-moi. Vous semblez tellement… (Elle parcourut la salle du regard, et l'espace d'un instant son expression trahit un égarement absolu.) Tellement équilibré.

Un sourire aux lèvres, Joe secoua la tête.

– Si, si, insista-t-elle. Je vous assure.

– Non.

– Oh si, c'est frappant. Alors, quel est votre secret ?

Durant quelques secondes, il se borna à caresser la soucoupe devant lui.

– Allez, monsieur Cough…

– Elle.

– Pardon ?

– Elle, répéta-t-il. Graciela, ma femme. (Il plongea son regard dans le sien.) Moi aussi, j'espère que Dieu existe. Je l'espère du plus profond de mon cœur. Mais, si jamais je devais découvrir qu'il n'existe pas… eh bien, tant pis, Graciela me suffit.

– Que se passerait-il si vous la perdiez ?

– Je ne la perdrai pas.

– Mais si vous la perdiez quand même ? le pressa-t-elle en se penchant vers lui.

– Alors je ne serai plus qu'un esprit. Mon cœur sera mort.

Le silence entre eux se prolongea. Carmen s'approcha pour les resservir. Au moment de sucrer son café, Joe regarda Loretta et éprouva l'envie presque irrépressible de l'étreindre en lui disant que tout irait bien.

– Qu'allez-vous faire, maintenant ? demanda-t-il.

– Que voulez-vous dire ?

– Vous êtes une personnalité dans cette ville. Rendez-vous compte, vous vous êtes dressée contre moi quand j'étais au sommet de ma puissance, et vous avez gagné. Même le Klan n'y était pas parvenu. Ni la police. Vous, si.

– Je n'ai pas éliminé l'alcool.

– Mais vous avez réussi à tuer le jeu dans l'œuf. Or, avant votre arrivée, c'était gagné.

Elle dissimula un sourire derrière sa main.

– C'est moi qui ai accompli ça, n'est-ce pas ?

Joe sourit à son tour.

– C'est vous, oui. Des milliers de gens sont prêts à vous suivre, Loretta. N'importe où, quitte à se jeter du haut d'une falaise derrière vous.

Elle laissa échapper un petit rire mouillé, puis leva les yeux vers le plafond de tôle.

– Je ne veux pas qu'on me suive. Nulle part.

– Vous leur avez dit ?

– Il ne m'écoute pas.

– Qui ? Votre père ?

– Oui.

– Donnez-lui du temps.

– Il aimait tellement ma mère, autrefois, que je me rappelle l'avoir vu trembler parfois quand il s'approchait d'elle. Il mourait d'envie de poser la main sur elle, sauf que ce n'était pas possible : nous, les enfants, nous étions tout le temps dans leurs jambes, alors ce n'était pas convenable. Aujourd'hui, elle est morte, et il n'est même pas allé à l'enterrement. Pourquoi ? Parce que le Dieu qu'il imagine aurait désapprouvé. Le Dieu qu'il imagine ne partage pas. Mon père s'assoit dans son fauteuil tous les soirs pour lire la Bible, fou de rage à l'idée que des hommes aient pu toucher sa fille comme il touchait jadis sa femme, et lui faire subir les pires outrages… (Elle se pencha pour recueillir sur son index un grain de sucre sur la table.) La nuit, il erre dans la maison en disant toujours les mêmes mots.

– Lesquels ?

– « Repentez-vous. » (Elle releva les yeux vers lui.) « Repentez-vous, repentez-vous, repentez-vous… »

– Donnez-lui du temps, répéta Joe, qui ne savait pas quoi dire d'autre.

Au bout de quelques semaines seulement, Loretta Figgis ressortit ses robes blanches. Ses prêches continuaient d'attirer les foules. Elle les avait pimentés de quelques nouveautés – de la comédie, raillaient certains –, dont des passages débités en langue étrangère, la bave aux lèvres. Et sa voix avait gagné à la fois en puissance et en volume.

Joe vit une photo d'elle dans le journal un matin. Elle se tenait devant la foule, lors d'une réunion du Conseil général des assemblées de Dieu, dans le comté de Lee, et au début il ne la reconnut pas, même si rien dans son apparence n'avait changé.

Le président Roosevelt signa le Cullen-Harrison Act au matin du 23 mars 1933, qui légalisait la fabrication et la vente de la bière et du vin n'excédant pas une teneur en alcool de 3,2 pour cent. Dès la fin de l'année, promit-il, le 18e amendement de la Constitution serait relégué aux oubliettes.

Ce jour-là, Joe retrouva Esteban au Tropicale. Il arriva après l'heure convenue – un manque de ponctualité contraire à ses habitudes, qui devenait cependant de plus en plus fréquent car, depuis quelque temps, la montre de son père retardait. La semaine précédente, elle avait régulièrement perdu cinq minutes par jour. À présent, elle retardait d'environ dix, voire quinze minutes. Joe avait bien envisagé de la faire réparer, mais cela signifiait s'en séparer pour une durée indéterminée, et, même s'il savait sa réaction irrationnelle, il ne pouvait s'y résoudre.

Quand il entra dans le bureau du fond, il découvrit Esteban occupé à encadrer l'une des photos qu'il avait rapportées de son dernier voyage à La Havane. Celle-là avait été prise pendant l'inauguration du Zoot, le nouveau club qu'il avait ouvert dans la vieille ville. Il la montra à Joe, qui la trouva semblable à beaucoup d'autres : on y voyait des rupins sur leur trente et un, ivres, accompagnés d'une épouse, d'une petite amie ou d'une maîtresse d'un soir, ainsi que deux ou trois danseuses regroupées près de l'orchestre – et tous avaient autant l'air réjoui que le regard vague. Joe y jeta à peine un coup d'œil avant d'émettre le petit sifflement admiratif de rigueur, et Esteban retourna le cliché pour l'appuyer contre le verre placé sur le sous-main. Après leur avoir servi des boissons qu'il posa sur la table, au milieu des différentes pièces du cadre, il entreprit d'assembler celles-ci. L'odeur de la colle était si forte qu'elle l'emportait même sur celle du tabac dans son bureau, ce que Joe aurait cru impossible jusque-là.

– Souris, dit soudain Esteban en lui portant un toast. Nous sommes sur le point de devenir extrêmement riches.

– À condition que Pescatore me laisse prendre mon indépendance, souligna Joe.

– S'il fait des difficultés, il suffira de lui proposer d'investir dans une entreprise légale.

– Il n'acceptera jamais de se ranger.

– Il est vieux.

– Il a des associés, Esteban. Surtout, il a des fils.

– Oh, je sais tout de ses fils : un pédéraste, un opiomane, et une brute qui frappe sa femme et toutes ses maîtresses parce qu'il ne veut pas admettre qu'il préfère les hommes.

– D'accord, mais je ne suis pas sûr qu'il soit du genre à céder au chantage. Et son train arrive demain.

– Déjà ?

– C'est ce que j'ai cru comprendre.

– Eh, ne fais pas cette tête ! Je traite depuis toujours avec des hommes de sa trempe. On trouvera les arguments pour le convaincre… (Esteban leva de nouveau son verre.) Tu mérites qu'on se donne du mal pour toi.

– Merci, répliqua Joe, qui s'accorda cette fois une gorgée d'alcool.

Esteban se pencha de nouveau sur le cadre.

– Alors souris.

– J'essaie.

– C'est Graciela qui t'inquiète ?

– Oui.

– Pourquoi ? Qu'est-ce qui se passe ?

Joe et Graciela avaient décidé de ne rien dire tant que son état ne se verrait pas. Le matin même, avant de partir travailler, elle lui avait montré le petit renflement qui tendait sa robe en affirmant qu'elle savait, au plus profond de son cœur, leur secret appelé à être révélé ce jour-là.

Ce fut par conséquent avec l'impression de se libérer d'un poids énorme que Joe annonça :

– Elle est enceinte.

Les yeux soudain embués, Esteban frappa dans ses mains avant de contourner son bureau pour venir le serrer contre lui. Il alla même jusqu'à lui taper dans le dos à plusieurs reprises, beaucoup plus fort que Joe ne s'y attendait.

– Te voilà devenu un homme ! s'exclama-t-il.

– Oh, c'est donc comme ça qu'on s'y prend ?

– Pas toujours, mais dans ton cas… (Il agita la main, Joe fit semblant de lui expédier un coup de poing, et Esteban en profita pour l'étreindre encore une fois.) Je suis vraiment heureux pour toi, mon ami.

– Merci.

– Elle rayonne ?

– Tu veux que je te dise ? Eh bien oui. C'est bizarre, je serais incapable de l'expliquer, mais oui, elle dégage une énergie différente.

Ils portèrent un toast à la paternité, tandis que leur parvenaient du dehors, au-delà des persiennes, du jardin luxuriant, des lumières dans les arbres et du mur de pierre, les échos de l'animation d'un vendredi soir à Ybor.

– Tu te plais, ici, Joe ?

– Quoi ?

– Quand tu es arrivé, tu étais si pâle… Je me rappelle, tu avais cette affreuse coupe de cheveux de taulard, et tu parlais comme une mitraillette.

Joe éclata de rire, imité par Esteban.

– Tu regrettes la vie à Boston ?

– Oui, avoua Joe.

C'était vrai : sa ville natale lui manquait terriblement, parfois.

– Pourtant, aujourd'hui, tu te sens chez toi à Ybor.

– Je crois, oui, déclara Joe, étonné de constater qu'il le pensait sincèrement.

– Je sais ce que tu éprouves. Je ne connais toujours pas le reste de Tampa, même après toutes ces années, mais je connais Ybor aussi bien que La Havane, et je ne suis pas sûr de ce que je ferais si je devais choisir un jour.

– D'après toi, Machado va…

– Il est fini, à plus ou moins brève échéance. Les communistes s'imaginent pouvoir le remplacer, sauf que l'Amérique ne leur en laissera jamais la possibilité. Mes amis et moi avons trouvé la solution idéale, en la personne d'un homme modéré, malheureusement je ne suis pas sûr que quiconque soit prêt pour la modération dans le contexte actuel. (Il grimaça.) C'est compliqué, la modération, ça demande de la réflexion, ça donne la migraine… Les gens veulent des positions tranchées, pas des subtilités.

Il plaça sur le cadre la vitre avec la photo, puis appuya un carré de liège à l'arrière et appliqua encore un peu de colle. Après en avoir ôté l'excédent à l'aide d'un torchon, il recula d'un pas pour mieux juger de son ouvrage. Manifestement satisfait, il alla remplir au bar leurs verres vides.

– Tu es au courant de ce qui est arrivé à Loretta Figgis, je suppose, dit-il en tendant le sien à Joe.

– Quoi ? Quelqu'un l'a vue marcher sur les eaux de la Hillsborough River ?

Esteban le dévisagea posément, aussi immobile qu'une statue.

– Elle s'est tuée.

Joe, qui portait son verre à ses lèvres, suspendit son geste.

– Quand ?

– Hier soir.

– Comment ?

Sans répondre, Esteban retourna derrière son bureau.

– Comment, Esteban ?

Celui-ci contempla son jardin.

– J'imagine qu'elle avait dû reprendre de l'héroïne. Sinon, elle n'aurait jamais pu le faire.

– Esteban…

– Elle s'est tailladé les parties génitales, Joseph. Après…

– Oh non. Oh, putain, non…

– Après, elle s'est ouvert la gorge.

Joe se couvrit le visage de ses mains. Il revoyait Loretta Figgis dans ce café un mois plus tôt, il la revoyait adolescente dans l'escalier du poste de police, en jupe à carreaux, chaussettes blanches et chaussures plates, des livres sous le bras. En même temps, une autre vision s'imposait à lui, imaginaire mais deux fois plus nette : Loretta en train de se mutiler dans une baignoire remplie de son sang, la bouche ouverte sur un hurlement silencieux.

– Elle était dans une baignoire ?

Esteban fronça les sourcils.

– Hein ?

– Elle s'est tuée dans une baignoire ?

– Non. Dans un lit. Celui de son père, en fait.

Joe se cacha de nouveau le visage derrière ses mains.

– Ne me dis pas que tu te reproches sa mort, risqua Esteban au bout d'un moment.

N'obtenant aucune réponse, il insista :

– Regarde-moi, Joseph.

Celui-ci laissa retomber ses bras en poussant un long soupir.

– Elle a voulu tenter sa chance dans l'Ouest, et comme tant d'autres filles elle représentait une proie facile. Ce n'est pas toi qui l'as piégée.

– Mais ce sont des hommes comme nous qui l'ont détruite… (Joe posa son verre sur un coin de table, puis se mit à arpenter la pièce en cherchant ses mots.) Dans notre activité, les différents secteurs se financent mutuellement. Les gains de la vente d'alcool servent à acheter des filles, qui achètent à leur tour les narcotiques nécessaires pour rendre d'autres filles dépendantes et les convaincre de baiser des inconnus afin de nous rendre encore plus riches. Si elles essaient de se passer de cette merde ou de se rebeller, elles sont tabassées, Esteban, tu le sais parfaitement. Si elles veulent s'en sortir, elles deviennent une cible de choix pour n'importe quel flic un peu plus malin que ses collègues. Alors on leur tranche la gorge avant de les balancer dans la rivière. Tu veux que je te dise, Esteban ? Depuis dix ans, on fait pleuvoir les balles sur la concurrence, quand on ne se mitraille pas allègrement entre nous. Et tout ça pour quoi ? Pour du fric.

– C'est le lot de tous ceux qui choisissent de vivre en dehors de la loi.

– Et merde ! On n'est pas des hors-la-loi. On est des gangsters.

Esteban soutint son regard un moment, puis déclara :

– C'est inutile de discuter quand tu es dans cet état. (Il retourna le cadre posé sur son bureau et se pencha pour examiner la photo.) Personne n'est responsable de son prochain, Joseph. En fait, c'est même insultant pour lui de le supposer incapable de se prendre en charge.

Loretta, pensa Joe. Oh, Loretta… On t'a dépouillée de tout, et pourtant, même privée de l'essentiel, il aurait fallu que tu continues d'avancer comme un bon petit soldat.

Esteban lui montra la photo.

– Regarde ces gens. Ils dansent, ils boivent, ils profitent de la vie. Parce que demain, ils seront peut-être morts. On pourrait aussi mourir demain, toi et moi. Si un de ces noceurs – tiens, celui-là, par exemple…

Il indiqua un homme aux bajoues de bouledogue qui arborait un smoking blanc. Une nuée de femmes scintillant de l'éclat du lamé et des paillettes se pressaient derrière lui, comme si elles s'apprêtaient à le hisser sur leurs épaules.

– … s'était tué au volant de sa voiture en rentrant chez lui, parce qu'il avait trop abusé du Suarez Reserve pour y voir encore clair, est-ce que ce serait notre faute ?

Joe détailla un instant l'homme-bouledogue avant de s'intéresser aux filles autour de lui – toutes des Cubaines ravissantes aux cheveux et aux yeux semblables à ceux de Graciela.

– Alors ? le pressa Esteban.

Toutes sauf une. Une femme plus petite, qui ne regardait pas l'objectif mais un point à l'extérieur du champ, comme si quelqu'un était entré dans la pièce et l'avait appelée au moment où le flash crépitait. Une femme aux cheveux couleur sable et aux yeux gris comme un ciel d'hiver.

– Quoi ?

– Ce serait notre faute ? répéta Esteban. Si un *mamón* décidait de…

– Quand a-t-elle été prise ?

– Cette photo ? Le mois dernier, à l'inauguration du Zoot.

– Tu en es sûr ?

Esteban éclata de rire.

– Évidemment que j'en suis sûr ! C'est mon restaurant.

Joe vida son verre d'un trait.

– Tu n'aurais pas pu la prendre avant et la ranger par erreur avec celles du mois dernier ?

– Hein ? Non, impossible. Tu voudrais qu'elle date de quand ?

– Six ou sept ans.

Toujours souriant, Esteban fit non de la tête. Peu à peu, cependant, l'étincelle de gaieté dans son regard céda la place à l'inquiétude.

– Non, Joseph. Non, j'en suis certain. Je l'ai prise il y a un mois. Pourquoi ?

– Tu vois cette femme ? répliqua Joe en posant son index sur Emma Gould. Elle est morte en 1927.

TROISIÈME PARTIE

Tous les enfants violents

1933-1935

23
Une petite réduction

– T'es sûr que c'est elle ? demanda Dion le lendemain matin dans le bureau de Joe.

De sa poche intérieure, Joe sortit la photographie qu'Esteban avait enlevée du cadre la veille au soir. Il la plaça sur la table devant son ami.

– Qu'est-ce que t'en penses ?

Les yeux de Dion survolèrent le groupe sur le cliché, puis se fixèrent sur un point et s'arrondirent légèrement.

– Ouais, d'accord, c'est elle. (Il gratifia Joe d'un bref regard.) T'en as parlé à Graciela ?

– Non.

– Pourquoi ?

– Tu racontes toujours tout à tes nanas, toi ?

– Je leur raconte que dalle, mais t'es plus délicat que moi. Sans compter qu'elle porte ton môme.

– Exact. (Joe contempla le plafond en cuivre.) Je ne lui en ai pas encore parlé parce que je ne sais pas comment présenter ça.

– Facile ! T'as qu'à sortir un truc du genre : « Hé, chérie, mon petit cœur d'amour, tu te rappelles cette fille dont j'étais raide dingue avant toi ? Je t'avais dit qu'elle avait fini les lolos en l'air ? Ben, figure-toi qu'elle est vivante, qu'elle se balade dans ta ville

natale et qu'elle est toujours mignonne à croquer... »
À propos, on mange quoi ce soir ?

Sur le seuil, Sal Urso tourna la tête pour dissimuler un sourire.

– Tu t'amuses bien ? lança Joe.

– Comme un petit fou, répondit Dion, la chaise tremblotant sous son poids.

– Merde, D, je te parle de six années de colère ! De six années de... (Joe écarta les mains en un geste d'impuissance, incapable qu'il était de trouver les mots adéquats.) J'ai survécu à Charlestown grâce à cette colère, tu comprends ? C'est elle qui m'a poussé à pratiquement précipiter Maso dans le vide, à chasser Albert White de Tampa, et à... à...

– ... à bâtir un empire.

– Possible, oui.

– Alors, quand tu reverras ta copine, dis-lui merci de ma part, déclara Dion.

Joe, qui ouvrait déjà la bouche, la referma. Il était à court de repartie.

– Bon, écoute, reprit Dion. Je l'ai jamais aimée, cette gonzesse, et tu le sais. Mais faut reconnaître qu'elle t'a inspiré, boss. Et si je t'ai demandé si t'en avais parlé à Graciela, c'est parce que, elle, je l'aime bien. Beaucoup, même.

– Moi aussi, je l'aime bien, intervint Sal, amenant les deux autres à tourner la tête vers lui. (Il leva la main droite en signe d'excuse, la gauche serrant toujours sa Thompson.) Oups, désolé.

– Eh ! Lui et moi, on peut se permettre de causer comme ça parce qu'on se flanquait des dérouillées quand on était gosses, lui expliqua Dion. Mais, pour toi, il reste le boss.

– Pigé. Ça se reproduira pas.

Dion se concentra de nouveau sur Joe.

– On s'est jamais flanqué de dérouillées quand on était gosses, observa ce dernier.

– Bien sûr que si.

– Non, c'est toi qui m'as dérouillé.

– Tu m'avais balancé une brique à la tête.

– Pour que t'arrêtes de me dérouiller, justement.

– Oh. (Dion garda le silence quelques instants.) J'avais un truc à te dire, pourtant…

– Quand ?

– Quand j'ai passé cette porte. Ah, faut qu'on parle de la visite de Maso. Au fait, t'es au courant, pour Irv Figgis ?

– J'ai appris pour Loretta, oui.

– Non, non, ça, on le sait tous. Mais, hier soir, Irv s'est pointé chez Arturo – apparemment, c'est là que Loretta s'est procuré sa dernière fiole de marchandise avant-hier soir…

– Et ?

– Et Irv l'a pratiquement laissé pour mort.

– Tu déconnes ?

– Nan, il arrêtait pas de répéter « Repentez-vous » en le bourrant de coups de poing. Arturo risque de perdre un œil.

– Merde. Et Irv ?

De l'index, Dion se tapota la tempe.

– En observation pendant soixante jours chez les zinzins de Temple Terrace.

– Oh bon sang ! s'exclama Joe. Mais qu'est-ce qu'on leur a fait, à ces pauvres gens ?

Soudain écarlate, Dion se tourna vers Sal Urso.

– Toi, t'as rien vu. Compris ?

– Vu quoi ? demanda Sal au moment où Dion giflait Joe.

Il y avait mis tant de force que Joe se cogna la tête contre la table. Quand il se redressa, il serrait son calibre .32, dont il enfonça le canon dans les plis de chair sous le menton de Dion.

– T'as beau me menacer, gronda ce dernier, je refuse de te regarder encore une fois te jeter délibérément dans la gueule du loup pour te punir d'un truc dont t'es pas responsable. Tu veux me buter ? (Il écarta largement les bras.) Vas-y, presse cette putain de détente.

– Tu penses que j'en suis pas capable ?

– T'as qu'à tirer, je m'en fous, rétorqua Dion. Ça m'évitera de te voir chercher la mort. T'es mon frère. Tu piges, pauvre crétin d'Irlandais ? Je suis plus lié à toi qu'à Seppi ou à Paolo, paix à leur âme. Et je supporterai pas de perdre encore un frère. Je le supporterai pas, c'est tout.

D'un geste vif, il lui attrapa le poignet, puis referma son index sur celui que Joe maintenait appuyé sur la détente et enfonça plus profondément le canon dans sa chair. Les yeux fermés, il pinça les lèvres.

– Bon, c'est pas tout ça, reprit-il au bout de quelques secondes, mais tu comptes y aller quand ?

– Où ?

– À Cuba.

– Qu'est-ce qui te fait croire que je vais y aller ?

Dion fronça les sourcils.

– Tu viens de découvrir que cette morte dont tu t'étais amouraché est toujours de ce monde, qu'elle respire le bon air à quatre cent cinquante kilomètres d'ici, et tu vas rester là sans rien faire ?

Joe écarta son Savage .32 et le glissa dans son étui. Son regard se posa sur Sal, blanc comme un linge et inondé de sueur.

– Je compte partir après mon entrevue avec Maso, répondit-il. Ça peut prendre un certain temps, tu sais à quel point il est bavard…

– C'est ce que je voulais voir avec toi, justement. (Dion ouvrit le calepin relié de moleskine qu'il emportait partout avec lui, puis en tourna quelques pages.) Y a pas mal d'aspects qui me plaisent pas.

– Par exemple ?

– À eux seuls, son escorte et lui occupaient la moitié du train qui les a amenés ici. Ça fait beaucoup de monde, non ?

– Il est vieux et malade, D : il a besoin d'une infirmière en permanence, peut-être aussi d'un médecin, et il ne sort jamais sans ses quatre porte-flingues.

Dion hocha la tête.

– Y en a au moins vingt ce coup-ci – et je te parle pas des infirmières. Il a réservé à l'hôtel Romero, dans la Huitième Avenue. Tout l'hôtel, je précise. Pourquoi ?

– Par précaution.

– D'habitude, il loge toujours au Tampa Bay, dont il réserve seulement un étage pour garantir sa sécurité. Alors pourquoi réquisitionner un hôtel entier en plein centre d'Ybor ?

– Je crois qu'il devient de plus en plus parano.

Joe se demanda ce qu'il lui dirait en la voyant. *Salut, tu te souviens de moi ?*

Ou était-ce trop banal ?

– Tu veux bien m'écouter une seconde, boss ? Il a pas pris tout de suite le Seaboard pour venir ici. Il a d'abord pris l'Illinois Central, qui a fait halte à Detroit, à Kansas City, à Cincinnati et à Chicago.

– Parce que c'est là que sont tous ses associés qui contrôlent le marché du whiskey.

– Et tous les grands patrons aussi, je te signale. Tous ceux qui comptent en dehors de New York et de Providence. Et comme par hasard, devine où Maso est allé y a deux semaines ?

Joe observa son ami de l'autre côté du bureau.

– À New York et à Providence.

– Tout juste.

– Qu'est-ce que t'en conclus ?

– J'en sais rien.

– D'après toi, il ferait la tournée des pontes pour leur demander la permission de nous éliminer, c'est ça ?

– Peut-être.

– Non, D, ça n'a pas de sens. En cinq ans, on a multiplié par quatre les bénéfices de son organisation. Quand je suis arrivé ici, cette ville lui rapportait que dalle. Rien que l'année dernière, on a engrangé dans les onze millions grâce au rhum.

– Onze millions et demi, précisa Dion. Et on a plus que quadruplé les bénéfices.

– Alors pourquoi foutre en l'air une opération aussi rentable ? C'est vrai, je ne crois pas une seconde à toutes les conneries de Maso, genre « T'es comme un fils pour moi, Joseph », blablabla. Mais une chose est sûre, il respecte les chiffres. Et nos chiffres sont irréprochables.

Dion hocha la tête.

– Je suis d'accord avec toi que ce serait stupide de nous éliminer. N'empêche, j'aime pas trop ce que je vois. J'aime pas trop non plus ce que ça me fait à l'estomac.

– Accuse plutôt la paella d'hier soir…

Dion se fendit d'un petit sourire.

– T'as raison, c'est peut-être ça.

Joe se leva, puis souleva les lamelles des stores pour jeter un coup d'œil à ses locaux. Dion n'était pas tranquille, mais après tout il était payé pour s'inquiéter ; c'était son boulot. Dans leur domaine, Joe le savait, tout le monde ne cherchait qu'à gagner le plus d'argent possible. C'était aussi simple que ça. Or, de l'argent, lui-même en gagnait beaucoup – des sacs et des sacs de billets qui remontaient la côte en même temps que les bouteilles de rhum, et qui allaient remplir le coffre-fort de Maso dans sa propriété de Nahant. Chaque année, le nombre de sacs augmentait. Maso avait toujours été impitoyable, et il était devenu un peu moins prévisible depuis que sa santé déclinait, mais il demeurait avant tout cupide. Or, cette cupidité, lui-même veillait à la rassasier, à la maintenir repue et satisfaite. Par conséquent, il ne voyait pas pourquoi Maso prendrait le risque de s'affamer de nouveau pour le remplacer. D'autant qu'il n'avait franchi aucune ligne rouge. Jamais il n'avait pratiqué l'écrémage. Il ne menaçait en rien le pouvoir de Maso Pescatore.

Joe se détourna de la fenêtre.

– Prends toutes les mesures nécessaires pour assurer ma sécurité pendant cette entrevue.

– Justement, c'est pas possible, répliqua Dion. Il veut que tu le rejoignes dans un hôtel dont il a loué toutes les chambres. À l'heure qu'il est, ses gars sont probablement déjà en train d'inspecter les lieux, si bien que je peux ni envoyer mes soldats sur place, ni planquer des armes quelque part, ni rien. Tu vas devoir te pointer là-bas sans aucune garantie. Et nous, dehors, on en aura pas non plus. S'ils décident que tu dois pas ressortir vivant… (Du bout de l'index, Dion tapota la table à plusieurs reprises)… ben t'en ressortiras pas vivant.

Joe contempla son ami durant un long moment.

– Qu'est-ce qui te tracasse autant, bon Dieu ?

– J'ai un mauvais pressentiment.

– Mais moi, je m'appuie sur les faits, déclara Joe. Ils nous disent que Maso n'a aucun intérêt à me supprimer. Ma mort ne profiterait à personne.

– Ça, c'est que tu crois.

L'hôtel Romero était un immeuble en brique rouge de dix étages situé à l'angle de la Huitième Avenue et de la 17e Rue. Il accueillait les représentants de commerce qui n'étaient pas suffisamment importants pour que leur société leur paye une chambre au Tampa Bay. L'établissement avait beau être tout à fait convenable – chaque chambre disposait de toilettes et d'un lavabo, les draps étaient changés tous les deux jours, et le room-service était proposé le matin, ainsi que les vendredis et samedis soir –, il n'avait rien d'un palace.

Joe, Sal Urso et Lefty Downer furent accueillis à l'entrée par Adamo et Gino Valocco, des frères originaires de Calabre. Joe, qui avait connu Gino à Charlestown, engagea la conversation avec lui en traversant le hall.

– T'habites où, maintenant ? demanda-t-il.

– À Salem, répondit Gino. C'est pas trop mal.

– Tu t'es casé ?

Gino hocha la tête.

– Je me suis trouvé une belle petite Italienne. On a deux gosses.

– Deux ? Ben dis donc, t'as pas perdu de temps !

– J'aime les grandes familles. Et toi, t'es papa ?

Même s'il appréciait cet échange, Joe n'avait pas l'intention de révéler sa paternité imminente à l'un des porte-flingues de Maso.

– J'y pense.

– Attends pas trop, lui conseilla Gino. Les petits, ça te bouffe toute ton énergie.

C'était l'un des aspects de leur activité que Joe trouvait à la fois plaisant et absurde : cinq hommes armés, dont quatre portaient une mitraillette en plus de leurs pistolets, se dirigeaient vers un ascenseur, et deux d'entre eux se demandaient des nouvelles de leur femme et de leurs enfants.

En chemin, Joe fit encore parler Gino de ses gosses, tout en s'efforçant de flairer un éventuel piège. Une fois dans la cabine, il le savait, ses hommes et lui ne pourraient plus se bercer d'illusions sur la possibilité d'une échappatoire.

De toute façon, des illusions, ils n'en avaient déjà plus. Dès l'instant où ils avaient franchi la porte d'entrée, ils avaient renoncé à leur liberté – voire à la vie si Maso, pour quelque raison dont la logique échappait à Joe, avait décidé de se passer définitivement de leurs services. L'ascenseur n'était qu'une petite boîte à l'intérieur d'une plus grande. Dans tous les cas, ils étaient enfermés.

Peut-être Dion avait-il vu juste.

Ou pas.

Il n'y avait qu'un moyen de le savoir.

Ils se séparèrent des frères Valocco pour monter dans l'ascenseur. Joe reconnut aussitôt le liftier : Ilario Nobile, qu'une hépatite avait laissé décharné et jaunâtre pour le restant de ses jours, mais qui, une arme à la main, devenait un vrai magicien. On le disait capable de loger une balle dans le cul d'une puce pendant une éclipse solaire, ou de signer son nom à la Thompson sur un rebord de fenêtre sans ébrécher une seule vitre.

Pendant l'ascension jusqu'au dernier étage, Joe engagea la conversation avec lui aussi facilement qu'il l'avait fait avec Gino Valocco. Dans le cas de Nobile, il suffisait de lui parler de ses chiens : il élevait des beagles chez lui, à Revere, dont les connaisseurs vantaient le caractère accommodant et les oreilles particulièrement duveteuses.

Mais, tout en bavardant, Joe se demanda une nouvelle fois si Dion n'avait pas mis en plein dans le mille. Les frères Valocco et Ilario Nobile se distinguaient tous les trois par leurs talents de tireurs. Ce n'étaient ni des gros bras ni des cerveaux. C'étaient des tueurs.

Au dixième étage, cependant, seul Fausto Scarfone les attendait – un autre as de la gâchette, indiscutablement ; pour autant, il n'y avait que lui, ce qui plaçait à égalité les forces en présence dans le couloir : deux hommes dans le camp de Pescatore, deux dans celui de Joe.

Ce fut Maso lui-même qui ouvrit à Joe les portes de la suite Gasparilla, la plus belle de l'hôtel. Il lui donna l'accolade et lui prit le visage à deux mains pour l'embrasser sur le front. Puis il le serra de nouveau dans ses bras avant de le gratifier d'une bonne bourrade dans le dos.

– Comment vas-tu, mon fils ?

– Très bien, monsieur Pescatore. Merci.

– Fausto ? Assure-toi que ses hommes ne manquent de rien.

– Je les désarme, monsieur Pescatore ?

Celui-ci prit un air réprobateur.

– Bien sûr que non.

Et d'ajouter, à l'intention de la garde de Joe :

– Je vous en prie, messieurs, faites comme chez vous ; nous ne devrions pas en avoir pour longtemps. Si quelqu'un a envie d'un sandwich ou d'autre chose, Fausto n'aura qu'à appeler le room-service. Ne vous gênez pas, surtout, commandez ce que vous voulez.

Il invita Joe à entrer et referma les portes derrière eux. D'un côté, une enfilade de fenêtres surplombait une ruelle bordée par un bâtiment de brique jaune – les anciens locaux d'un facteur de pianos qui avait fait faillite en 1929. Ne subsistaient qu'une carcasse vide aux ouvertures condamnées par des planches, et un nom peint sur la façade, *Horace R. Porter*, dont les lettres s'effaçaient. Des autres fenêtres de la suite, en revanche, le client jouissait d'un panorama épargné par les signes de la crise : elles dominaient Ybor et tout le réseau de canaux reliés à la baie de Hillsborough.

Au milieu du salon, quatre fauteuils entouraient une table basse en chêne, sur laquelle étaient disposés une cafetière en argent, ainsi que le pot à lait et le sucrier assortis – un service complété par une bouteille d'anisette et trois petits verres déjà remplis. Le deuxième fils de Maso, Santo, occupait l'un des fauteuils. Il regarda Joe approcher, en même temps qu'il se servait un café puis plaçait sa tasse à côté d'une orange.

Santo Pescatore avait trente et un ans, et tout le monde le surnommait le Fossoyeur, sans que personne, même pas l'intéressé, se rappelât pourquoi.

– Tu te souviens de Joe ? lui demanda son père.

Santo se souleva à demi du fauteuil pour tendre à Joe une main molle et moite.

– Je sais pas. Peut-être…

– Heureux de vous revoir, dit Joe en prenant place en face de lui.

Pour sa part, Maso choisit de s'installer près de son fils.

Celui-ci entreprit d'éplucher l'orange, dont il jeta les pelures sur la table basse. Il fronçait en permanence les sourcils, ce qui conférait à son visage étroit une expression à la fois perplexe et soupçonneuse, comme s'il essayait en vain de comprendre la dernière blague qu'on lui avait racontée. Il avait des cheveux noirs bouclés qui se clairsemaient en haut du front, un menton et un cou empâtés, et les yeux de son père, brun foncé et aussi perçants qu'une mine de crayon. Son regard était cependant étrangement éteint. Il ne possédait ni la ruse ni le charme paternels, sans doute parce qu'il n'avait jamais eu besoin de les acquérir.

Maso offrit à leur hôte une tasse de café.

– Alors, Joseph, comment vas-tu ?

– Très bien, monsieur, merci. Et vous ?

Le vieil homme agita la main.

– Bah, il y a des bons et des mauvais jours.

– Plus de bons que de mauvais, j'espère.

Saisissant un verre d'anisette, Maso porta un toast.

– Jusque-là, oui. Heureusement. *Salud.*

– *Salud*, dit Joe en levant son verre à son tour.

De son côté, le Fossoyeur enfourna un quartier d'orange qu'il se mit à mastiquer la bouche ouverte.

Il vint alors à l'esprit de Joe – ce n'était d'ailleurs pas la première fois qu'il se faisait cette réflexion – que, dans leur milieu pourtant caractérisé par une extrême violence, on rencontrait un nombre étonnant d'individus normaux : des hommes qui aimaient leur femme, emmenaient leurs enfants en excursion le samedi après-midi, entretenaient leur voiture, racontaient des blagues au snack-bar du coin, s'inquiétaient de ce que leur mère pensait d'eux, et allaient à l'église demander à Dieu de leur pardonner toutes les choses terribles qu'ils avaient dû faire afin de pouvoir assurer leur subsistance quotidienne.

Mais c'était aussi un secteur peuplé d'un nombre au moins égal de purs salopards. Des êtres dont la bêtise le disputait à la cruauté, et dont le principal talent résidait dans la capacité à ne pas faire plus de cas de leurs semblables que d'une mouche bourdonnant sur un rebord de fenêtre à la fin de l'été.

Santo Pescatore le Fossoyeur était de ceux-là. Et comme beaucoup de représentants de son espèce, il avait pour père l'un des fondateurs d'une organisation à laquelle tous leurs descendants se retrouvaient mêlés, intégrés, soumis.

Au fil des ans, Joe avait eu l'occasion de rencontrer les trois fils de Maso. De même que le seul fils de Tim Hickey, Buddy. Il avait aussi croisé les fils de Cianci à Miami, ceux de Barrone à Chicago et de DiGiacomo à La Nouvelle-Orléans. Leurs géniteurs étaient tous des hommes implacables qui ne devaient leur réussite qu'à eux-mêmes. Des hommes à la volonté de fer, plus ou moins inspirés par une vision, qui ne connaissaient pas la compassion. Mais avant tout des hommes, assurément.

Alors que leurs rejetons, pensa Joe en écoutant le Fossoyeur mâcher bruyamment, étaient une insulte à la race humaine.

Pendant que le Fossoyeur finissait son orange, puis en épluchait une seconde, Joe et Maso parlèrent du voyage qui avait mené les Pescatore père et fils jusqu'en Floride, de la chaleur, de Graciela et du bébé qu'elle attendait.

Une fois tous ces sujets épuisés, Maso s'empara du *Tampa Tribune* coincé entre l'assise et le bras du fauteuil à côté de lui. Il prit la bouteille posée sur la table basse, vint s'asseoir à côté de Joe, et, après avoir rempli leurs verres, ouvrit le journal à une page où figurait la photo de Loretta Figgis, sous le titre :

MORT D'UNE MADONE

– C'est elle, la fille qui nous a causé tous ces problèmes avec le casino ? demanda-t-il.

– Oui, c'est elle, répondit Joe.

– Pourquoi ne pas l'avoir éliminée ?

– Les conséquences auraient été trop lourdes. Tout l'État avait les yeux rivés sur nous.

Maso chipa à son fils un quartier d'orange.

– C'est vrai, mais ce n'est pas la réponse que j'attendais de ta part.

– Comment ça ?

Le vieil homme secoua la tête.

– Pourquoi tu n'as pas abattu ce bouilleur de cru comme je te l'avais ordonné, en 31 ?

– Belkin ?

– Oui.

– Parce qu'on a trouvé un arrangement, expliqua Joe.

– On ne t'avait pas demandé de trouver un arrangement, mais de buter ce fils de pute. Tu ne l'as pas fait à l'époque, tout comme tu n'as pas supprimé cette *puttana pazza*, pour une seule raison : t'es pas un tueur, Joseph. Et ça, ça me pose un problème.

– Ah bon ? Et depuis quand ?

– Depuis que je l'ai décidé. T'es pas un gangster.

– Vous cherchez à me vexer, Maso ?

– T'es qu'un hors-la-loi, un petit voyou dans un beau costume. J'ai entendu dire que tu envisageais de te ranger ?

– J'y pense, oui.

– Tu ne verras donc aucune objection à ce que je te remplace ?

Joe sourit sans savoir pourquoi. Gloussa. Chercha ses cigarettes et en alluma une.

– Quand je suis arrivé ici, Maso, vos opérations dans la région vous rapportaient de l'ordre d'un million brut par an.

– Je sais.

– Depuis, on tourne en moyenne à onze millions annuels.

– Principalement grâce au rhum, Joseph. Or cette époque-là touche à sa fin. T'as négligé les filles et les narcotiques.

– Foutaises.

– Pardon ?

– Je me suis concentré sur le rhum parce que, oui, c'était l'activité la plus rentable. Mais nos ventes de narcotiques ont également augmenté de soixante-cinq pour cent. Quant aux filles, on a ouvert quatre maisons de passe depuis que j'ai repris le flambeau.

– Tu aurais pu en ouvrir plus. Et les putes se plaignent de ne pas recevoir assez de raclées.

Joe se surprit à contempler le visage de Loretta. Il releva les yeux en relâchant longuement son souffle.

– Maso, je…

– Monsieur Pescatore, s'il te plaît.

Cette fois, Joe garda le silence.

– Écoute-moi bien, mon petit Joseph : il se trouve que notre ami Charlie aimerait opérer quelques changements dans notre manière de procéder ici.

« Notre ami Charlie », c'était Lucky Luciano, à New York. Le roi des rois. L'empereur du crime.

– Lesquels ? s'enquit Joe.

– Dans la mesure où Lucky lui-même a pour bras droit un youpin, ses exigences peuvent paraître un peu ironiques, je dirais même injustes. Autant être franc avec toi.

Joe le gratifia d'un sourire crispé en attendant la suite.

– Voilà : il veut des Italiens, et seulement des Italiens, aux postes-clé.

Maso ne plaisantait pas – un comble. Tout le monde savait que si Lucky Luciano avait de la ressource, et Dieu sait qu'il en avait, il n'était rien sans Meyer Lansky. Lansky, un Juif du Lower East Side, avait fait plus que quiconque au sein de leur organisation pour transformer en véritable corporation un simple réseau d'épiceries de quartier.

Mais pour sa part, Joe n'avait jamais visé le sommet. Il se trouvait bien ainsi, à gérer de petites opérations à l'échelle locale.

Il s'en ouvrit à Maso.

– Tu es beaucoup trop modeste, déclara ce dernier.

– Pas du tout. Je contrôle Ybor. Et aussi le rhum, même si la situation est appelée à changer, comme vous l'avez fait remarquer.

– Oh, ton influence s'étend bien au-delà d'Ybor et de Tampa, Joseph… C'est de notoriété publique. Tu as la mainmise sur tout le golfe du Mexique, d'ici à Biloxi. Tu as verrouillé tous les circuits de distribution jusqu'à Jacksonville et la moitié de ceux qui remontent vers le nord. Je me suis plongé dans les livres de comptes avant de venir. Tu as remarquablement consolidé nos positions dans le Sud.

Et c'est comme ça que vous me remerciez ? eut envie de répliquer Joe. Au lieu de quoi, il opta pour :

– Si je ne peux plus diriger les opérations sous prétexte que Charlie veut bannir les Irlandais, qu'est-ce que je deviens ?

– Je vais t'expliquer, intervint le Fossoyeur qui, ayant avalé sa seconde orange, essuyait ses paumes poisseuses sur les accoudoirs du fauteuil.

Maso adressa à Joe un regard qui signifiait « Ne fais pas attention à lui », puis répondit :

– *Consigliere*. Tu formes Santo, tu lui apprends les ficelles du métier, tu le présentes aux personnes qui comptent dans cette ville… Au besoin, tu lui donnes quelques leçons de golf ou de pêche.

Le Fossoyeur riva sur Joe ses petits yeux porcins.

– Je sais déjà me raser et nouer mes lacets tout seul.

Mais ça te demande de sacrément cogiter, hein ? Joe retint de justesse la réplique qui lui venait aux lèvres.

Maso lui tapota le genou.

– Il va falloir que tu acceptes de réduire un peu tes gains. Mais ne t'inquiète pas, on va déployer nos forces dans le port cet été, reprendre les rênes de toute l'entreprise, et ce n'est pas le boulot qui manquera.

Joe hocha la tête.

– Une réduction de quel ordre, exactement ?

– Santo récupère ta part. Toi, tu rassembles une bande et tu gardes ce que tu gagnes, moins une petite commission, bien sûr.

Joe tourna la tête vers les fenêtres surplombant la ruelle, puis vers celles qui donnaient sur la baie. Il compta lentement jusqu'à dix.

– Vous me rétrogradez au rang de chef de bande ?

Nouvelle tape amicale sur le genou.

– Il ne s'agit que d'un réajustement, Joseph. Sur la demande expresse de Charlie Luciano.

– Il vous a dit : « Remplacez Joe Coughlin à Tampa » ?

– Non, il a dit : « Je ne veux que des Italiens au sommet de l'échelle. »

Si Maso continuait de s'exprimer d'un ton posé, et même bienveillant, Joe n'en décelait pas moins une certaine frustration dans sa voix.

Lui-même s'accorda quelques secondes pour affermir la sienne, parce qu'il savait son interlocuteur capable à tout moment de laisser tomber le masque du vieux gentleman courtois pour révéler son visage de cannibale affamé.

– Je crois en effet que c'est une très bonne idée de confier à Santo la direction des affaires, prétendit-il. À nous deux, on devrait réussir à conquérir tout l'État, et peut-être même Cuba, tant qu'on y est. J'ai suffisamment de relations pour y parvenir, mais pour ça il faut que mes gains restent proches de ce qu'ils sont actuellement. En tant que simple chef de bande, je toucherais peut-être un dixième de ce que je touche aujourd'hui. Et encore, pour couvrir les frais fixes, je serais obligé d'envoyer des collecteurs de fonds auprès de… de qui, au juste ? Des syndicats de dockers et des propriétaires de manufactures de cigares ? Ce n'est pas là que se trouve l'argent.

– Qui te dit que c'est pas ça, l'idée ? lança le Fossoyeur, qui sourit pour la première fois, révélant des petits bouts d'orange coincés entre ses dents du haut. Sers-toi donc de ta tête, toi qui es si malin…

Joe se tourna vers Maso.

Celui-ci soutint son regard sans ciller.

– J'ai développé nos activités dans cette ville, déclara Joe.

Le vieil homme hocha la tête.

– Je me suis débrouillé pour qu'elles vous rapportent dix fois plus que du temps de Lou Ormino.

– Parce que je t'ai laissé faire, observa Maso.

– Vous aviez besoin de moi.

– On a pas besoin de toi, le petit génie, gronda le Fossoyeur. Personne est indispensable.

Maso lui intima le silence d'un geste autoritaire, comme on calme un chien turbulent. Le Fossoyeur se carra docilement dans son fauteuil, et son père se concentra de nouveau sur Joe.

– Tu pourrais nous être utile, Joseph. Très utile, même. Mais je sens chez toi un manque de gratitude certain.

– C'est drôle, je sens la même chose chez vous, rétorqua Joe.

Cette fois, la main du vieil homme lui enserra le genou avec force.

– Tu travailles pour moi, mon gars. Pas pour toi, ni pour tous ces métèques et ces nègres dont tu t'entoures. Alors, si je te demande d'aller nettoyer la merde dans mes chiottes, qu'est-ce que tu fais ? (Il sourit, l'air plus indulgent que jamais.) Je pourrais tuer la pute qui vit avec toi et réduire ta belle maison à un tas de cendres s'il m'en prenait l'envie. Tu ne l'ignores pas, Joseph. Il se trouve que ta tête a enflé depuis que t'es ici, c'est tout. Oh, ce n'est pas la première fois que je vois ça… (Il ôta la main qu'il avait placée sur le genou de Joe et lui tapota la joue.) Alors, tu veux devenir chef de bande ? Ou est-ce que tu préfères nettoyer la merde dans mes chiottes les jours où j'ai la diarrhée ? J'accepte ta candidature à ces deux postes.

S'il jouait le jeu, raisonna Joe, il aurait une marge de quelques jours pour se mettre en relation avec tous ses contacts, rassembler ses troupes, disposer stratégiquement ses pions sur l'échiquier. Pendant que Maso et ses soldats remonteraient vers le nord en train, il prendrait l'avion pour New York, où il demanderait à s'entretenir personnellement avec Lucky Luciano. Là, il montrerait au grand patron, bilans à l'appui, que ses intérêts seraient mieux servis par Joe Coughlin que par un débile comme Santo Pescatore. Selon toute vraisemblance, Luciano se rangerait à son avis, et ainsi le problème serait réglé en limitant les effusions de sang.

– Chef de bande, déclara Joe.

– Ah ! s'exclama Maso avec un large sourire. T'es un bon garçon. (Il lui pinça les joues.) Un bon garçon.

Lorsqu'il se leva, Joe l'imita. Ils se serrèrent la main. Se donnèrent l'accolade. Maso lui embrassa les deux joues à l'endroit même où il les avait pincées.

Joe serra ensuite la main du Fossoyeur en affirmant qu'il était impatient de travailler avec lui.

– De travailler pour moi, tu veux dire, rectifia ce dernier.

– Bien sûr, pour vous, confirma Joe, avant de se diriger vers la porte.

– Dîner ce soir ? lança Maso.

Joe s'arrêta.

– Avec plaisir. Le Tropicale, neuf heures ?

– Parfait.

– Entendu. Je nous réserverai la meilleure table.

– Je m'en réjouis d'avance, déclara Maso. D'ici là, assure-toi qu'il est bien mort.

– Hein ? fit Joe, qui ramena à lui la main qu'il avait déjà posée sur la poignée. Qui ?

– Ton copain, répondit Maso en se servant du café. Le gros.

– Dion ?

– C'est ça.

– Il n'a rien fait, objecta Joe.

Maso le dévisagea.

– Qu'est-ce que vous lui reprochez ? demanda Joe. Je ne comprends pas. C'est un de nos meilleurs éléments et un excellent tireur.

– C'est une balance, rétorqua Maso. Il y a six ans, c'est lui qui t'a donné. Autrement dit il recommencera, peut-être dans six minutes, dans six jours ou dans six mois. Je ne peux pas me permettre de laisser une balance bosser pour mon fils.

– Non, déclara Joe.

– Non quoi ?

– Ce n'est pas lui qui m'a donné, c'est son frère. Je vous l'ai dit à l'époque.

– Je sais ce que tu m'as dit, Joseph. Je sais aussi que tu m'as menti. Admettons, je t'accorde un mensonge. (Il leva l'index tandis qu'il ajoutait de la crème dans son café.) Pas deux. Débarrasse-nous de ce minable avant le dîner.

– Maso ? Écoutez-moi. C'était son frère. J'en ai la preuve.

– Tiens donc…

– Vous pouvez me croire.

– Tu ne me mens pas ?

– Non.

– Tu as bien conscience que les conséquences seraient terribles si c'était le cas, j'espère.

Parce que ça pourrait être pire ? Vous êtes venu jusque-là dans le seul but de me déposséder de tout ce que j'avais acquis, pour en faire bénéficier votre pauvre crétin de fils. Vous m'avez déjà tout volé.

– J'en ai conscience.

– Tu t'en tiens à ton histoire, alors.

Maso fit tomber un morceau de sucre dans son café.

– Je m'y tiens, parce que c'est la vérité, répliqua Joe.

– La vérité, et rien que la vérité ?

– La vérité, rien que la vérité, affirma Joe.

La mine chagrine, Maso secoua lentement la tête. Au même moment, la porte s'ouvrit derrière Joe, et Albert White entra dans la pièce.

24

Rendez-vous avec la mort

Joe fut d'abord frappé de voir à quel point son rival avait vieilli en trois ans. Disparus, les costumes blancs ou beiges et les souliers bicolores à cinquante dollars la paire. Les chaussures d'Albert White présentaient à peine mieux que celles en carton portées par tous ceux qui, dans une bonne partie du pays, vivaient désormais dans la rue ou sous des tentes. Les poignets de sa veste marron étaient élimés et les coudes lustrés. Il avait l'air de s'être fait couper les cheveux par une épouse distraite.

Ensuite seulement, Joe remarqua la Thompson de Sal Urso dans sa main droite. Il la reconnut tout de suite aux marques sur la culasse : Sal avait l'habitude de la frotter de la main gauche quand il était assis avec la mitraillette sur les genoux. Il portait toujours son alliance, bien que sa femme eût été emportée par le typhus en 1923, à l'époque où il venait lui-même de rejoindre le gang de Lou Ormino à Tampa. Lorsque Sal frottait la Thompson, la bague rayait le métal. Aujourd'hui, après des années de ce traitement, il ne restait pratiquement plus de bronzage.

White l'épaula en s'avançant vers Joe, dont il jaugea d'un œil appréciateur le costume trois pièces.

– Anderson & Sheppard ? demanda-t-il.

– H. Huntsman, répondit Joe.

Sur un hochement de tête, White écarta le pan gauche de sa veste pour lui montrer l'étiquette : Kresge's.

– J'ai connu quelques revers de fortune depuis mon dernier séjour dans la région, admit-il.

Joe garda le silence. Qu'aurait-il pu dire ?

– Je suis retourné à Boston, expliqua White. Encore un peu, et je faisais la manche… Encore un peu, et j'en étais réduit à vendre des putains de stylos dans la rue, Joe ! Jusqu'au jour où je suis tombé sur Beppe Nunnaro dans ce petit bar en sous-sol du North End. Beppe et moi, on était copains, autrefois – oh, il y a longtemps, bien avant que se produise cette regrettable succession de malentendus avec M. Pescatore. Et lui et moi, Joe, on a commencé à parler. Ton nom n'a pas été cité tout de suite, mais celui de Dion, si. Figure-toi que, gamin, Beppe vendait des journaux avec Dion et son idiot de frère, Paolo. Tu le savais ?

– Oui, confirma Joe.

– Alors tu vois sûrement où je veux en venir. Beppe m'a raconté qu'il connaissait bien Paolo et qu'il ne le croyait pas capable de balancer ses complices, surtout son propre frère et le fils d'un capitaine de police… (White le prit par le cou.) Et c'est là que je lui ai dit : « Ce n'est pas lui qui les a balancés, c'est Dion. Je suis bien placé pour le savoir, Beppe, parce que c'est à moi qu'il les a donnés. » (Il se dirigea vers la fenêtre qui dominait la ruelle et la manufacture désaffectée de Horace Porter. Joe n'eut d'autre solution que de le suivre.) Du coup, Beppe m'a conseillé d'avoir une petite conversation avec M. Pescatore… (Ils s'arrêtèrent devant la vitre.) Et c'est comme ça qu'on se retrouve aujourd'hui. Mains en l'air.

Joe s'exécuta, puis se laissa fouiller pendant que Maso et son fils s'approchaient à leur tour. White le délesta de son Savage .32, du Derringer fixé à sa cheville droite et du cran d'arrêt caché dans sa chaussure gauche.

– Rien d'autre ? demanda-t-il.

– En général, c'est suffisant, répondit Joe.

– T'es décidé à jouer les fortes têtes jusqu'à la fin, hein ?

White lui passa un bras autour des épaules.

– La grande force de M. White, intervint Maso, et tu l'as sans doute déjà compris, mon petit Joseph, c'est qu'il a déjà tous ses repères à Tampa.

– Ce qui fait que tu deviens nettement moins « indispensable », renchérit le Fossoyeur. Pauvre con.

– Surveille ton langage, s'il te plaît, le réprimanda son père.

Les quatre hommes se tournèrent vers la fenêtre, tels des gamins attendant le lever de rideau sur un spectacle de marionnettes.

White brandit la mitraillette sous le nez de Joe.

– Bel engin… J'ai cru comprendre que tu connaissais le propriétaire ?

– Je le connais, oui, murmura Joe d'une voix chargée de tristesse. Je le connais.

Ils restèrent ainsi immobiles une longue minute avant que Joe n'entende un cri. Aussitôt après, une ombre se dessina sur le mur de brique jaune en face de lui. Il vit Sal dégringoler derrière la vitre, les bras battant frénétiquement l'air. Il fut stoppé net dans sa chute. Sa tête se redressa d'un coup et ses pieds tressautèrent violemment quand le nœud coulant lui brisa la nuque. Son corps heurta le bâtiment à deux reprises, puis se mit à tournoyer dans le vide. Sans doute était-il prévu, dans cette mise en scène macabre, qu'il s'immobilisât juste à leur hauteur, songea Joe, sauf que quelqu'un avait mal calculé la longueur de la corde ou sous-estimé l'effet du poids. En conséquence, ils ne distinguaient plus à présent de Sal que le haut de son crâne, tandis qu'il continuait d'osciller entre le neuvième et le dixième étage.

Il n'en alla pas de même pour Lefty Downer. Il tomba sans crier, les mains libres et crispées sur le nœud coulant. Il avait l'air résigné, comme si on venait de lui révéler un secret qu'il aurait préféré ne jamais apprendre, tout en sachant que c'était inévitable. Dans la mesure où il retenait la corde et la soulageait ainsi d'une partie de son poids, sa nuque ne se brisa pas. Il se matérialisa devant les quatre hommes tel un lapin sorti du chapeau d'un magicien, rebondit plusieurs fois, puis demeura suspendu dans le vide. Il se mit alors à balancer des coups de pied vers les fenêtres. Ses mouvements n'avaient rien de désespéré ni de désordonné, ils étaient au contraire étrangement précis et souples. À aucun moment il ne se départit de son expression mélancolique, même quand il découvrit Joe et les trois autres en train de le regarder. La langue collée à la lèvre inférieure, il continuait de tirer sur la corde qui lui écrasait la trachée.

Ses forces le désertèrent d'abord lentement, puis d'un coup. La vie le quitta tel un oiseau hésitant à prendre son essor. Mais, une fois partie, elle s'envola à tire-d'aile. La seule consolation de Joe fut de voir ses paupières battre au tout dernier moment, avant de se clore définitivement.

Il contempla le visage endormi de Lefty devant lui, ensuite le haut du crâne de Sal, et implora leur pardon.

Je vous rejoindrai bientôt, tous les deux. Je rejoindrai bientôt mon père aussi. Et Paolo Bartolo. Et ma mère.

Puis :

Je ne suis pas assez courageux pour affronter ça. Oh, Seigneur, non.

Puis :

Je vous en prie. Mon Dieu, je vous en prie. Je ne veux pas plonger dans le noir. Je ferais n'importe quoi pour y échapper. Je vous en supplie. Je ne peux pas mourir aujourd'hui, ce n'est pas possible. Je vais devenir papa, Graciela va devenir maman. On sera de bons parents. On élèvera bien notre enfant.

Je ne suis pas prêt.

Il entendit l'écho de son propre souffle quand les trois autres l'entraînèrent vers les fenêtres qui donnaient sur la Huitième Avenue, les rues d'Ybor et la baie au-delà. Ils ne les avaient même pas encore atteintes que la fusillade éclata au-dehors. De cette hauteur, les silhouettes en contrebas, armées de Thompson, d'armes de poing et de fusils automatiques, paraissaient minuscules. Parmi les feutres, les pardessus et les costumes, on distinguait des uniformes de policier.

Les flics faisaient feu aux côtés des gangsters de Pescatore. Certains de ses hommes gisaient déjà dans les rues, constata Joe, et quelques-uns avaient été fauchés en essayant de sortir de leur voiture. Les survivants continuaient de tirer, mais ils se repliaient. Eduardo Arnaz reçut une rafale de mitraillette en pleine poitrine et s'affala contre la vitrine d'un atelier de couture. Noel Kenwood fut abattu d'une balle dans le dos, tomba à plat ventre et demeura ainsi, à griffer le bitume autour de lui. À mesure que le gros des affrontements se déplaçait vers l'ouest, Joe se trouva dans l'incapacité d'identifier les autres. L'un d'eux encastra une Plymouth Phaeton dans le réverbère à l'angle de la 16e Rue. Il n'eut pas le temps de s'en extraire ; déjà, les policiers et deux ou trois soldats de Pescatore cernaient le véhicule et le criblaient de balles. Joe savait que Giuseppe Esposito possédait une Phaeton, mais de si loin il aurait été bien en peine de dire si c'était lui qui conduisait.

Barrez-vous, les gars. Barrez-vous.

Comme s'ils l'avaient entendu, ils cessèrent brusquement de tirer et s'éparpillèrent dans toutes les directions.

– C'est fini, fils, annonça Maso en lui posant une main dans la nuque.

Joe garda le silence.

– J'aurais aimé que ça se passe autrement.

– Ah oui ? J'en doute…

La plupart des voitures de Pescatore et de la police de Tampa fonçaient dans la Huitième Avenue. Joe en vit aussi plusieurs s'engager dans la 17e Rue en direction du nord ou du sud, avant de tourner dans la Neuvième Avenue et dans la Sixième vers l'est afin de prendre ses hommes en tenaille.

Sauf que ses hommes avaient disparu.

Quelques instants plus tôt, ils couraient encore partout, et à présent il n'y avait plus trace d'eux nulle part. Les véhicules de leurs poursuivants se retrouvaient face à face à chaque coin de rue, les tireurs à l'intérieur cherchant désespérément une cible, puis reprenaient la traque.

Ils abattirent quelqu'un sous le porche d'une *casita* dans la 16e Rue, mais ce fut apparemment le dernier membre du gang Coughlin-Suarez qu'ils parvinrent à débusquer.

Ils s'étaient tous volatilisés. Évaporés, les uns après les autres. La police et les soldats de Pescatore sillonnaient à présent les rues, faisant de grands gestes, s'apostrophant entre eux.

– Où sont-ils passés, bordel ? demanda Maso à Albert White.

Comme celui-ci levait les mains en signe d'ignorance, il se tourna ensuite vers Joe.

– Joseph ? Explique-moi.

– Ne m'appelez pas Joseph.

La gifle de Maso claqua sur sa joue.

– Réponds-moi ! Où sont-ils ?

– Envolés, répondit Joe en rivant son regard à celui, vide, du vieil homme. Un coup de baguette magique et… pouf !

– Tu vas me dire où ils sont, nom de Dieu ? rugit Maso, laissant éclater sa colère.

– Et merde ! s'exclama White, qui claqua des doigts. Les tunnels ! Ils se sont enfuis par les tunnels.

Maso se tourna vers lui.

– Quels tunnels ?

– Il y en a partout dans ce putain de quartier, expliqua White. C'est comme ça que leurs équipes font entrer l'alcool en ville.

– Vous avez qu'à y envoyer vos gars, intervint le Fossoyeur.

– Impossible, aucun de nous n'en connaît l'emplacement exact. (Du pouce, White indiqua Joe derrière lui.) Contrairement à ce petit con. Hein, Joe ?

– Exact, confirma-t-il. Cette ville est à nous.

– Plus maintenant, rétorqua White, avant de lui assener un coup de crosse à l'arrière du crâne.

25

En position de force

Joe reprit conscience dans l'obscurité.

Il ne voyait rien du tout, et il ne pouvait pas ouvrir la bouche. Sur le moment, il eut peur d'avoir les lèvres cousues, mais au bout de quelques secondes il se demanda si ce qui lui chatouillait le nez n'était pas du ruban adhésif. Plus il y pensait, plus il lui semblait que cela expliquerait la sensation poisseuse qu'il éprouvait au bas du visage, comme si on lui avait étalé du chewing-gum sur la peau.

On ne lui avait cependant pas bandé les yeux, et, peu à peu, ce qui lui était apparu tout d'abord comme le noir total se révéla être un tissu épais, ou de la toile de jute.

Une cagoule, lui souffla son intuition. Ils t'ont mis une cagoule.

Il avait les mains menottées dans le dos. Ce n'était pas de la corde qui les entravait, mais du métal, il en eut rapidement la certitude. Ses jambes aussi étaient attachées, de façon cependant plus lâche, car il put les déplacer d'environ trois centimètres avant d'être bloqué.

Il gisait sur le flanc droit, la joue appuyée contre du bois chaud, environné par des odeurs de marée, de poisson et de sang de poisson. Le grondement régulier qu'il entendait depuis déjà un petit moment était celui d'un moteur, comprit-il soudain. Il s'était déplacé suffisamment souvent en bateau dans sa vie pour reconnaître le bruit. Ce constat lui permit de mieux cerner les impressions diffuses que lui transmettaient ses sens : le clapotement des vagues contre la coquc, le mouvement de tangage sous lui… Il eut beau se concentrer pour tenter d'isoler les différents sons qui lui parvenaient, il ne distingua pas d'autres grondements de moteur. Il entendit des voix masculines et des pas sur le pont, et même, au bout d'un moment, quelqu'un tirer sur une cigarette à proximité de l'endroit où il gisait. Mais pas d'autres moteurs. Et ils avançaient à vitesse modérée, du moins lui semblait-il. Conclusion, les hommes à bord ne cherchaient pas à fuir. Personne ne les poursuivait.

– Allez prévenir Albert. Il est réveillé.

Quelques instants plus tard, Joe sentit qu'on le soulevait : une main lui agrippa les cheveux à travers la cagoule, deux autres se glissèrent sous ses aisselles. On le traîna sur le pont, avant de l'asseoir brutalement sur un siège en bois. Des doigts s'activèrent autour de ses poignets, puis les bracelets furent déverrouillés. À peine étaient-ils ouverts qu'on lui tirait les bras derrière le dossier pour le menotter de nouveau. En même temps, quelqu'un lui ligotait le torse si étroitement qu'il craignit de ne plus pouvoir respirer. Ensuite, cette personne-là, ou peut-être une autre, lui attacha les jambes aux montants de la chaise, serrant si fort les liens qu'il n'était plus question pour lui de bouger.

Lorsque le siège fut incliné vers l'arrière, Joe hurla derrière le ruban adhésif – un cri monté de sa gorge qui explosa dans ses oreilles –, parce qu'on allait le jeter par-dessus bord, il en était sûr. Il ferma les yeux sous sa cagoule, conscient de ne plus respirer que par saccades précipitées, désespérées. S'il avait pu supplier l'ennemi rien que par son souffle, il l'aurait fait.

La chaise fut arrêtée par une cloison, et Joe demeura ainsi, penché à un angle d'environ quarante degrés. Il devina ses pieds et ceux de la chaise à environ quarante ou cinquante centimètres du sol.

Quelqu'un lui ôta ses chaussures. Ensuite ses chaussettes. Et enfin sa cagoule.

Il cilla à plusieurs reprises, ébloui par la soudaine clarté. Et pas n'importe laquelle : la luminosité particulière de la Floride, incroyablement ardente même si elle était diffusée par des amoncellements de gros nuages gris. Joe ne distingua pas le soleil, qui pourtant se réfléchissait sur une mer d'airain. D'une certaine façon, la lumière résidait au cœur même de la grisaille, des nuages, des flots. Elle ne brillait pas suffisamment fort pour qu'il pût en déterminer la source exacte – juste assez pour lui permettre d'en ressentir l'effet.

Lorsque ses yeux eurent cessé de larmoyer, la première chose qu'il vit fut la montre de son père, qui se balançait sous son nez. Puis le visage d'Albert White se matérialisa derrière elle. Il accorda à Joe le temps de bien la regarder, avant d'écarter ostensiblement la poche de son gilet miteux pour la laisser tomber dedans.

– Et dire que je me contentais jusque-là d'une Elgin ! lança-t-il.

Il se pencha en avant, les mains sur les genoux, un petit sourire aux lèvres. Joe aperçut derrière lui deux hommes qui traînaient quelque chose de lourd dans leur direction. Une sorte de cuve métallique noire. Avec des poignées argentées. Quand ils furent tout proches, White fit un pas de côté, assorti d'une courbette et d'un grand geste de la main, pour les laisser apporter leur chargement jusqu'aux pieds nus de Joe.

C'était un bac à rafraîchir. Semblable à ceux dont on se servait dans les réceptions de plein air en été, que les hôtes faisaient remplir de glace pour maintenir au frais bouteilles de vin blanc et bières. En l'occurrence, il n'y avait pas de glace dans celui-là. Ni de vin. Ni de bière.

Juste du ciment.

Joe tenta en vain de se dégager de ses liens ; autant essayer d'ébranler un mur.

White le contourna, poussa le dossier de la chaise, et les pieds de Joe s'enfoncèrent dans le ciment.

Revenu devant lui, son rival le regarda lutter – ou du moins essayer – en affichant une curiosité détachée digne d'un scientifique qui pratiquerait une expérience. Joe ne pouvait remuer que la tête. Impossible pour lui de bouger les pieds. Quant à ses jambes, solidement entravées des chevilles aux genoux, elles étaient complètement immobilisées. Le ciment avait été préparé un peu plus tôt, à en juger par sa texture plus pâteuse que liquide.

Sans le quitter des yeux, White finit par s'asseoir devant lui tandis que la matière commençait à prendre. Joe la sentait s'affermir peu à peu sous ses voûtes plantaires et autour de ses chevilles.

– Ça met un moment à durcir, l'informa White. Plus longtemps qu'on ne le pense généralement.

Joe crut reconnaître sur sa gauche une petite île qui ressemblait furieusement à Egmont Key. Sinon, il n'y avait autour d'eux que l'eau et le ciel.

Au bout d'un moment, Ilario Nobile apporta à White une chaise pliante en toile qu'il déposa devant lui sans regarder leur prisonnier. White se releva et disposa le siège de façon à se protéger le visage de la lumière réfléchie par l'eau. Une fois installé, il se pencha en avant puis joignit les mains entre ses genoux. Ils étaient sur un remorqueur, constata Joe, et sa chaise se trouvait derrière la timonerie, en face de la poupe. Le choix de l'embarcation était judicieux, il devait bien le reconnaître ; malgré ce que laissaient supposer les apparences, les remorqueurs étaient rapides et capables de virer de bord en un clin d'œil.

White fit tourner la montre de Thomas Coughlin au bout de sa chaîne pendant une bonne minute, puis, pareil à un gamin qui s'amuse avec un yo-yo, il la lança en l'air et la fit claquer dans sa paume.

– Elle retarde, dit-il. Tu le savais ?

Même s'il avait pu parler, Joe n'aurait sans doute pas répondu.

– Une grosse tocante comme ça, qui coûte la peau des fesses et qui est même pas foutue de donner l'heure exacte… (White haussa les épaules.) Tu vois, Joe, t'as beau avoir tout l'argent du monde, y a certains trucs que tu peux pas influencer… (Il contempla le ciel gris, puis les eaux d'airain.) On est tous engagés dans cette course pour gagner, pas pour arriver deuxième. Chacun de nous en connaît les enjeux. Tu te plantes, tu meurs. Tu fais confiance à la mauvaise personne ? Tu mises sur le mauvais cheval ? (Il claqua des doigts.) Rideau. T'as une femme ? Des gosses ? C'est malheureux. Tu prévoyais d'aller visiter cette bonne vieille Angleterre l'été prochain ? Changement de programme. Tu pensais que tu respirerais encore demain ? Que tu pourrais baiser, bouffer, prendre un bain ? Eh bien, tu te trompes. (Il se pencha en avant et enfonça son index dans la poitrine de Joe.) Tu seras assis au fond du golfe du Mexique, et t'auras plus conscience de rien. Tiens, si deux petits poissons te remontent dans les narines et que leurs copains te grignotent les yeux, tu t'en rendras même pas compte. Tu seras avec Dieu, peut-être, ou avec le diable. Ou encore nulle part. Mais s'il y a bien un endroit où tu seras pas… (Il leva les mains vers les nuages)… c'est ici. Alors admire la vue une dernière fois. Inspire à fond, remplis-toi les poumons de bon air marin. (Il glissa la montre dans sa poche, s'approcha de Joe, lui saisit le visage entre ses mains et lui embrassa le sommet du crâne.) Parce que tu vas mourir.

Joe grimaça. Le ciment, qui avait durci dans l'intervalle, lui broyait les orteils, les talons, les chevilles. La pression était si forte qu'il pensait certains os déjà brisés. Peut-être même tous.

Il chercha le regard de White et indiqua du menton sa propre poche intérieure gauche.

– Mettez-le debout, ordonna White.

– Non, essaya de dire Joe. Regardez dans ma poche.

– Mmmm ! Mmmm ! Mmmm ! ironisa White en écarquillant les yeux pour l'imiter. Allons, Coughlin, un peu de classe ! Évite de me supplier…

Les soldats de Pescatore coupèrent la corde autour du torse de Joe. Gino Valocco, armé d'une scie à métaux, s'accroupit pour scier les montants avant de la chaise.

– Albert ? reprit Joe derrière le ruban adhésif. Regarde dans ma poche. Ma poche. Celle-là…

Chaque fois qu'il prononçait le mot « poche », il dirigeait sa tête et ses yeux vers la gauche.

White s'amusait toujours à le parodier. Certains des hommes du groupe se mirent de la partie, Fausto Scarfone allant jusqu'à imiter un singe : il fit « hou, hou, hou » en se grattant les aisselles. En face d'eux, Joe continuait d'incliner la tête vers la gauche.

Le premier montant de la chaise céda. Valocco s'attaqua à l'autre.

– Les menottes sont pas foutues, dit White à Ilario Nobile. Récupère-les. Il ira nulle part, de toute façon.

Joe voyait cependant bien qu'il avait réussi à éveiller la curiosité de son rival. White brûlait de jeter un coup d'œil à la poche en question, mais il devait trouver un moyen de le faire sans paraître céder aux instances de sa victime.

Après avoir ôté les bracelets, Nobile les jeta aux pieds de White. Joe en déduisit qu'il ne le respectait pas suffisamment pour les lui tendre.

Le pied droit du siège céda à son tour. Joe sentit qu'on enlevait la chaise et qu'on le redressait dans le bac.

– T'as le droit de te servir de ta main une seule fois, expliqua White. Soit t'arraches ton bâillon, soit tu me montres avec quoi t'espères sauver ta peau. C'est l'un ou l'autre.

Joe n'hésita pas une seconde : il plongea la main dans sa poche, en sortit la photo et la lança devant White.

Au moment où celui-ci se penchait pour la ramasser, Joe distingua un point minuscule au-dessus de son épaule gauche, juste après Egmont Key. White se redressa, et, arquant un sourcil, examina le cliché quelques instants avant de se fendre de son sale petit sourire suffisant ; il n'avait rien remarqué de spécial. Il le détailla de nouveau, plus lentement, et soudain il se figea.

Le point derrière lui devint un triangle sombre, qui fendait les eaux grises à une vitesse que le remorqueur ne pourrait jamais égaler.

Le regard qu'Albert White posa sur Joe était à la fois pénétrant et chargé de colère. Une colère qui n'était toutefois pas dirigée contre lui, comprit Joe. De toute évidence, son rival était furieux d'avoir été tenu dans l'ignorance toutes ces années.

Lui aussi l'avait crue morte.

Tu vois, Albert, elle nous a roulés dans la farine tous les deux, eut-il envie de dire.

Malgré les quinze centimètres de ruban adhésif sur sa bouche, Joe savait que White pouvait le voir sourire.

Le triangle sombre se révéla être un bateau – un hors-bord modifié de façon à pouvoir accueillir à la poupe des passagers ou des cargaisons de bouteilles. Sa vitesse initiale s'en trouvait réduite d'un tiers, mais il restait bien plus rapide que n'importe quelle autre embarcation. Sur le pont du remorqueur, plusieurs hommes le montrèrent en se poussant du coude.

White arracha le bâillon de Joe.

Le bruit du moteur leur parvenait, à présent. Ce n'était encore qu'un bourdonnement, comme un essaim de guêpes au loin.

– Elle est morte, affirma White en lui fourrant la photo sous le nez.

– Elle a pourtant l'air bien vivante, non ?

– Où est-elle ? demanda White d'une voix si altérée que deux ou trois de ses acolytes tournèrent la tête vers lui d'un air surpris.

– Sur cette foutue photo, Albert.

– Dis-moi où elle a été prise.

– Bien sûr. Ensuite tu m'épargneras, c'est ça ?

White lui écrasa ses poings sur les oreilles, et Joe vit soudain le ciel se mettre à tournoyer furieusement.

Gino Valocco cria quelque chose en italien, la main tendue à tribord.

Un second hors-bord venait d'apparaître, dissimulé jusque-là par un banc de gravats à environ quatre cents mètres d'eux. Le bateau, lui aussi modifié, transportait quatre passagers.

– Où est-elle ?

Joe, à moitié sonné, avait l'impression d'entendre des cymbales résonner dans son crâne. Il secoua la tête à plusieurs reprises.

– J'aimerais beaucoup te le dire, Albert. Mais je n'ai aucune envie de finir au fond de l'eau.

White indiqua les deux hors-bord.

– C'est pas eux qui vont nous arrêter. T'es complètement idiot ou quoi ? Où est-elle ?

– Laisse-moi réfléchir…

– Où, bordel ?

– Sur la photo.

– C'en est une vieille. T'as mis la main sur une vieille…

– C'est ce que j'ai cru aussi, au début. Jette un coup d'œil au connard en smoking. Le grand, à droite, appuyé contre le piano… Regarde bien le journal posé près de son coude, Albert. Tu lis le gros titre ?

LE PRÉSIDENT ROOSEVELT ÉCHAPPE
À UNE TENTATIVE D'ASSASSINAT
À MIAMI

– C'était le mois dernier, précisa Joe.

Les deux embarcations n'étaient plus qu'à trois cent cinquante mètres.

White tourna la tête vers elles, observa les hommes de Maso, puis revint à Joe. Il relâcha longuement son souffle à travers ses dents serrées.

– Tu t'imagines qu'ils vont réussir à te sauver ? Ils sont deux fois plus petits que nous, et on a un avantage certain sur eux. Même s'ils étaient six, on n'aurait aucun mal à en faire des putains d'allumettes. Allez, débarrassez-vous d'eux, ordonna-t-il à ses acolytes.

Ceux-ci se postèrent le long des plats-bords. Joe compta qu'ils étaient douze au total : cinq à tribord, cinq à bâbord, plus Nobile et Valocco partis chercher quelque chose dans la cabine. La plupart étaient munis de mitraillettes et de quelques armes de poing, mais, étrangement, aucun n'avait de fusil automatique pour les tirs à longue portée.

Il comprit mieux pourquoi en voyant Nobile et Valocco traîner une énorme caisse hors de la cabine.

À ce moment-là seulement, il remarqua le trépied en bronze boulonné au pont près du plat-bord. Une boîte à outils était posée à côté. Sauf qu'il ne s'agissait pas vraiment d'un trépied, plutôt d'un affût destiné à recevoir une arme. Une très grosse arme. Nobile fouilla dans la caisse et en sortit deux bandes de munitions calibre .30-06. Puis Valocco et lui en retirèrent une mitrailleuse Gatling de 1903. Après l'avoir placée sur le support, ils entreprirent de la fixer.

Le grondement des moteurs devenait de plus en plus sonore. Les deux hors-bord se trouvaient maintenant à environ deux cent cinquante mètres du remorqueur ; à une telle distance, seule la Gatling pourrait les atteindre. Or, une fois en place, elle serait capable de tirer neuf cents balles à la minute. Pour peu que l'un des bateaux essuyât une rafale prolongée, il ne resterait de ses occupants que de la viande hachée pour les requins.

– Dis-moi où elle est, reprit White, et je m'arrangerai pour en finir vite. Une balle, une seule. Tu sentiras rien. Mais si tu m'obliges à te faire cracher le morceau, je continuerai à te tailler en pièces bien après que t'auras avoué. Et j'empilerai tous les bouts…

Autour d'eux, les hommes sur le pont s'apostrophèrent et changèrent de position quand les hors-bord commencèrent à se déplacer de façon imprévisible : celui à bâbord opta pour une trajectoire sinueuse tandis que l'autre enchaînait les brusques zigzags, emballant le moteur.

– Dis-le-moi, répéta White.

Joe fit non de la tête.

– Je t'en prie…

Cette fois, il avait parlé si doucement que personne d'autre ne put l'entendre. Entre le vacarme des moteurs et l'agitation autour de la Gatling, Joe lui-même eut du mal à distinguer les mots.

– Je l’aime, ajouta White.
– Moi aussi, je l’aimais.
– Non, je l’aime.
La Gatling était enfin installée. Nobile inséra la bande de munitions dans le guide d’alimentation et souffla dans le caisson d’approvisionnement pour en chasser d’éventuelles saletés.
White se pencha vers Joe, puis balaya du regard les alentours.
– C’est pas ça que je veux, tu comprends ? Tu peux me dire qui aurait envie d’un bordel pareil ? Non, ce que je voudrais, c’est revivre des moments comme on en a connu tous les deux, quand je la faisais rire ou qu’elle m’expédiait un cendrier à la tête… J’en ai même rien à foutre du cul. Je voudrais juste la regarder boire son café dans un peignoir d’hôtel. Tu connais ça, à ce qu’on m’a rapporté. Avec ta métèque…
– C’est vrai.
– Elle est quoi, d’ailleurs ? Négresse ou métèque ?
– Les deux.
– Et ça ne te dérange pas ?
– Pourquoi ça me dérangerait, Albert ?
Nobile, un vétéran de la guerre hispano-américaine, manœuvra le levier d’armement de la Gatling pendant que Valocco s’asseyait sous l’arme, la première des bandes de munitions posée sur ses genoux comme la couverture d’une grand-mère.
White dégaina son .38 à canon long et le braqua sur le front de Joe.
– Dis-le-moi.
Quand ils entendirent le quatrième moteur, il était trop tard.
Joe sonda le regard de White plus intensément qu’il ne l’avait jamais fait jusque-là, pour découvrir dans ses profondeurs un être plus terrifié que tous ceux qu’il avait pu croiser dans sa vie.

– Non.

L'avion de Farruco Diaz émergea des nuages à l'ouest. Il volait haut, mais il ne tarda pas à piquer vers eux. Dion, debout sur le siège du passager, avait fixé sa mitraillette au support dont Farucco Diaz avait rebattu les oreilles de Joe pendant des mois, jusqu'à obtenir gain de cause. Il avait chaussé de grosses lunettes et semblait tout réjoui.

La première chose qu'il visa, ce fut la Gatling.

Au moment où Nobile se penchait vers la gauche, les balles de Dion lui emportèrent l'oreille avant de lui ouvrir la gorge comme une faux. En ricochant sur l'arme, sur le support, sur le pont, elles touchèrent Fausto Scarfone, dont les bras s'agitèrent quelques secondes près de sa tête. Il finit par basculer en crachant du rouge.

Le pont crachait lui aussi – du bois, du métal, des étincelles. Les hommes se baissaient, s'accroupissaient, se roulaient en boule. Ils hurlaient, tentaient en vain de viser l'appareil… Deux d'entre eux passèrent par-dessus bord.

Puis l'avion de Farruco Diaz vira, remonta vers les nuages, et les hommes de Maso se ressaisirent. Ils se redressèrent et firent feu à leur tour. Plus l'avion s'élevait, plus ils tiraient à la verticale.

Jusqu'au moment où certaines des balles retombèrent.

White en reçut une dans l'épaule. Un autre de ses comparses n'eut que le temps de plaquer sa main dans sa nuque avant de s'écrouler.

Les bateaux étaient maintenant suffisamment proches pour constituer des cibles atteignables. Sauf que tous les soldats de Maso leur avaient tourné le dos pour suivre la trajectoire de l'avion. Ceux de Joe n'étaient pas des as de la gâchette, sans compter qu'ils se trouvaient à bord d'embarcations en train de louvoyer frénétiquement, mais peu importait la précision des tirs : ils parvinrent à toucher des hanches, des genoux et des abdomens, et bientôt un tiers des hommes à bord du remorqueur s'effondraient sur le pont, poussant le genre de gémissements que les hommes poussent en général quand ils sont touchés à la hanche, au genou ou à l'abdomen.

L'avion revint vers eux pour un second passage. Les occupants des hors-bord tiraient toujours, et, à voir Dion actionner sa mitraillette, on aurait pu croire qu'il s'agissait d'une lance d'incendie et qu'il était le chef des pompiers. White, qui se tenait l'épaule, assura son équilibre et pointa son .38 sur Joe. Au même moment, l'arrière du remorqueur se transforma en un tourbillon de poussière, de débris et d'êtres humains essayant en vain d'échapper à une pluie de plomb, et Joe le perdit de vue.

Il fut lui-même touché au bras par un fragment de balle et à la tête par un morceau de bois de la taille d'une capsule, qui lui arracha une partie du sourcil gauche et lui entailla le haut de l'oreille gauche avant d'aller se perdre dans le golfe. Avisant un Colt .45 tombé devant le bac, il le ramassa, fit glisser le chargeur dans sa main juste le temps de compter six balles à l'intérieur, puis le remit en place.

Lorsque Carmine Parone le rejoignit, le sang qui inondait le côté gauche de son visage laissait supposer une blessure plus grave qu'elle n'était en réalité. Carmine lui tendit une serviette, et, avec l'un des petits nouveaux, Peter Wallace, attaqua à la hache l'intérieur du bac. Le ciment n'avait pas encore complètement séché, contrairement à ce que Joe avait supposé, aussi suffit-il pour le dégager d'une quinzaine de coups de hache et du recours à une pelle que Carmine avait dénichée dans la cambuse.

Farruco Diaz amerrit quelques instants plus tard et coupa le moteur, laissant l'appareil glisser dans leur direction. Dion grimpa à bord tandis que les hommes de leur gang s'occupaient d'achever les blessés.

– Comment ça va ? demanda-t-il à Joe.

Celui-ci vit Ricardo Cormarto traquer un jeune qui se traînait vers la proue. Le blessé, qui avait les jambes en miettes, semblait apprêté pour une soirée en ville : costume beige sur une chemise crème, cravate couleur mangue jetée sur l'épaule, comme s'il se préparait à manger une bisque de homard. Quand Cormarto lui logea une balle dans la colonne, il poussa un soupir indigné, ce qui lui en valut aussitôt une autre dans la tête.

Joe contempla les cadavres empilés sur le pont, puis s'adressa à Wallace :

– Si White est encore vivant, amenez-le-moi.

– Oui, m'sieur.

Il voulut assouplir ses chevilles, mais c'était trop douloureux. Une main posée sur l'échelle sous la timonerie, il lança à Dion :

– C'était quoi ta question, déjà ?

– Comment tu vas ?

– Oh. Bah, on fait aller…

Un homme près du plat-bord suppliait en italien qu'on l'épargne. Carmine Parone l'abattit d'une balle dans la poitrine avant de le jeter par-dessus bord.

D'un coup de pied, Fasani retourna Gino Valocco sur le dos. Le flanc ensanglanté, Valocco se cachait le visage derrière ses mains. Joe se rappela leur conversation quelques heures plus tôt, quand ils avaient parlé du meilleur moment pour avoir un enfant.

Valocco dit la même chose que les autres.

– Attendez, ne…

Fasani l'acheva d'une balle dans le cœur puis l'expédia dans le golfe.

Joe détourna les yeux, pour découvrir le regard pensif de Dion fixé sur lui.

– Ils nous auraient tous tués jusqu'au dernier, Joe. Ils nous auraient donné la chasse. Tu le sais.

Joe cilla en signe d'assentiment.

– Et pourquoi ? Hein, Joe, pourquoi ?

Silence.

– La cupidité, déclara Dion. Mais attention, pas une cupidité normale, raisonnable… Non, une cupidité sans limites. Parce qu'ils en ont jamais assez ! (Il se pencha vers Joe, rouge de colère, jusqu'à coller le nez contre le sien.) Ils en ont jamais assez, ces cons !

Lorsqu'il recula, Joe l'observa, et dans le silence qui se prolongeait entre eux il entendit quelqu'un crier qu'il ne restait plus personne à tuer.

– On est comme eux, D. On n'en a jamais assez. Ni toi, ni moi, ni Pescatore. On aime trop ça.

– Ça quoi ?

– La nuit. On ne s'en lasse pas. Si tu vis le jour, tu suis les règles de la société. Nous, on vit la nuit et on suit les nôtres. Le problème, D… c'est qu'on n'a pas vraiment de règles.

Dion s'accorda quelques instants de réflexion.

– Pas trop, non, admit-il.

– Et je commence à trouver ça usant.

– Je sais. Je m'en rends compte.

Fasani et Wallace s'approchèrent, traînant derrière eux Albert White, qu'ils abandonnèrent aux pieds de Joe.

Il lui manquait l'arrière de la tête et il y avait une grosse tache de sang noir sur sa poitrine, à l'endroit du cœur. Joe s'accroupit près du cadavre et chercha la montre de son père dans la poche du gilet. Il vérifia rapidement qu'elle n'était pas cassée, puis la glissa dans sa propre poche avant de s'asseoir sur le pont.

– J'étais censé le regarder droit dans les yeux.

– Comment ça ? s'étonna Dion.

– J'étais censé regarder White droit dans les yeux et dire : « Tu croyais avoir ma peau, mais c'est moi qui ai eu la tienne. »

– T'as eu ta chance y a quatre ans, souligna Dion, qui lui tendit la main pour l'aider à se relever.

– J'aurais voulu en avoir une autre.

– Merde, Joe ! Personne a droit deux fois à ce genre de chance.

26

Retour aux ténèbres

Le tunnel qui conduisait à l'hôtel Romero partait du quai numéro 12. Il passait ensuite sous huit des rues d'Ybor, et il fallait en général une bonne quinzaine de minutes pour le parcourir, quand il n'était pas inondé par la marée ou envahi par les rats la nuit. Heureusement pour Joe et ses hommes, ils l'atteignirent en milieu de journée, alors que la mer était basse. Ils étaient brûlés par le soleil, déshydratés, et pour certains, dont Joe, plus ou moins gravement blessés. En rentrant d'Egmont Key, Joe avait cependant bien fait comprendre à ses troupes qu'il n'y avait pas de temps à perdre : prudent comme il l'était, Maso avait dû se fixer une limite pour recevoir des nouvelles d'Albert White. S'il supposait que les choses avaient mal tourné, il s'empresserait de déguerpir.

Au bout du tunnel se dressait une échelle qui permettait d'accéder à la chaufferie de l'hôtel. Ensuite, c'étaient les cuisines, puis le bureau du directeur, puis la réception. De chacune de ces trois pièces, ils pourraient voir et entendre ce qui se passait derrière les portes, mais entre le sommet de l'échelle et la chaufferie résidait un sacré point d'interrogation. La porte métallique à cet endroit était toujours verrouillée, et ne s'ouvrait que si on donnait le bon mot de passe. Jusque-là, il n'y avait jamais eu de descente au

Romero, entre autres parce que Joe et Esteban payaient les propriétaires pour graisser à leur tour les bonnes pattes. De plus, l'établissement n'attirait pas l'attention : il n'abritait pas de bar clandestin, rien que des opérations de distillation et de distribution.

Après plusieurs minutes de débat animé pour essayer de savoir comment franchir une porte métallique dont les trois verrous se trouvaient de l'autre côté, ils décidèrent que le meilleur tireur de l'équipe – dans ce cas, Carmine Parone – couvrirait le haut de l'échelle, pendant que Dion tenterait de résoudre le problème à coups de fusil.

– S'il y a quelqu'un derrière cette porte, on est tous faits comme des rats, observa Joe.

– Non, répliqua Dion. Pas tous, juste Carmine et moi. Merde, je suis même pas sûr qu'on échappe aux ricochets ! Mais vous, les femmelettes ? (Il sourit à Joe.) Vous aurez qu'à tirer dans le tas.

Joe et les autres redescendirent l'échelle pour aller se poster dans le tunnel, d'où ils entendirent Dion lancer « C'est parti ! » à Parone, et tirer une première fois dans les gonds. Le bruit fut assourdissant : du métal heurtant du métal dans un espace clos, lui-même en métal et en béton. Dion ne s'arrêta pas pour autant. L'écho du premier coup de feu ne s'était pas encore dissipé que deux nouvelles détonations retentissaient, amenant Joe à supposer que, si les hommes de Maso étaient encore dans l'hôtel, ils ne manqueraient pas de se précipiter à leur rencontre. Même du dixième étage, ils avaient dû percevoir le vacarme.

– Allez, on y va ! cria Dion.

Carmine Parone ne s'en était pas sorti. Dion souleva le corps pour l'écarter du passage, puis l'assit contre le mur afin de permettre aux autres de remonter. Un morceau de métal – détaché d'on ne sait où – lui avait traversé un œil pour aller se ficher dans son cerveau, et il fixait ses camarades de l'autre, une cigarette non allumée toujours logée entre ses lèvres.

Les hommes arrachèrent le battant à ses gonds, avant de traverser la chaufferie, la distillerie et les cuisines. La porte entre les cuisines et le bureau du directeur comportait un hublot en son centre qui donnait sur un petit passage au sol recouvert de caoutchouc. Elle était entrebâillée, laissant voir dans la pièce au-delà les traces d'un conseil de guerre récent : papier sulfurisé moucheté de miettes, tasses de café, une bouteille vide de whiskey, cendriers débordants de mégots…

Dion embrassa les lieux du regard.

– Bah, j'ai jamais pensé faire de vieux os, de toute façon.

Joe relâcha son souffle et franchit le seuil. Quand ses hommes et lui débouchèrent derrière la réception, ils avaient déjà compris que l'hôtel était vide – pas déserté temporairement en prévision d'une embuscade, juste vide. Dans tous les cas, le meilleur endroit pour les piéger aurait été la chaufferie. Si leurs adversaires avaient voulu les laisser pénétrer un peu plus loin pour s'assurer qu'il ne restait personne à la traîne, les cuisines auraient à la rigueur pu faire l'affaire. Le hall en revanche était un véritable cauchemar stratégique : trop de refuges possibles, trop de surface pour s'éparpiller, et la rue à moins de dix pas.

Ils envoyèrent des éclaireurs au dixième – certains par l'ascenseur, d'autres par l'escalier, au cas où Maso aurait voulu leur tendre un guet-apens, même si Joe ne voyait pas trop comment il aurait pu s'y prendre. Quand ils redescendirent, les hommes rapportèrent que le dixième étage était désert, mais qu'ils avaient trouvé Sal et Lefty allongés sur des lits dans la 1009 et la 1010.

– Remontez les chercher, ordonna Joe.

– Bien, m'sieur.

– Et que quelqu'un aille aussi récupérer Carmine, ajouta-t-il.

– J'arrive pas à croire que j'aie pu le toucher en pleine figure, observa Dion en allumant un cigare.

– C'est pas toi qui lui as tiré dessus, objecta Joe. Il a pris un projectile dans la tête par ricochet.

– T'ergotes, là.

Joe alluma une cigarette et laissa Pozzetta, qui avait été infirmier militaire au Panama, examiner son bras.

– Vaudrait mieux soigner ça rapidement, boss, déclara Pozzetta. Je vais aller chercher des drogues.

– On en a, des drogues, souligna Dion.

– Je parlais pas de celles-là, répliqua Pozzetta.

– Sors par-derrière, lui dit Joe. Procure-toi ce qu'il faut et débrouille-toi pour m'amener le toubib.

– Oui, m'sieur.

Dion et Joe appelèrent ensuite la demi-douzaine de flics à leur solde. L'un d'eux se présenta au volant d'une ambulance, et Joe fit ses adieux à Sal, à Lefty et à Carmine Parone qui, une heure et demie plus tôt, l'avait aidé à se dégager du ciment. C'était néanmoins la mort de Sal Urso qui l'affectait le plus ; avec le recul, il prenait la mesure du lien créé entre eux par leurs cinq années de collaboration. Il l'avait invité à dîner chez lui à d'innombrables reprises, lui avait parfois apporté des sandwichs dans sa voiture quand il montait la garde la nuit… Il lui avait confié sa vie, et celle de Graciela.

Dion lui posa une main réconfortante sur l'épaule.

– C'est un rude coup.

– On ne l'a pas ménagé.

– Qu'est-ce que tu veux dire ?

– Ce matin, dans mon bureau. Toi et moi. On ne l'a pas ménagé, D.

– Ouais, c'est vrai. (Dion opina du chef, puis se signa.) Pourquoi on a fait ça, déjà ?

– J'en sais même rien, figure-toi.
– On devait bien avoir une raison.
– J'aimerais croire que tout ça a un sens, murmura Joe, qui recula pour permettre à ses hommes de charger le corps dans l'ambulance.
– Oh, pour moi, c'est clair, répliqua Dion. Ça signifie qu'on devrait au plus vite régler leur compte aux salopards qui ont causé sa mort.
Le médecin attendait à la réception quand ils rentrèrent dans l'hôtel. Il nettoya la blessure et la sutura pendant que Joe s'entretenait avec les policiers.
– Vos collègues, ceux qui ont participé à la fusillade, ils sont tous à la solde de Pescatore ? demanda-t-il au sergent Bick, du 3e district.
– Non, monsieur Coughlin.
– Ils étaient au courant que c'étaient mes hommes qu'ils traquaient dans les rues ?
Le sergent Bick contempla le sol à ses pieds.
– J'en ai bien peur.
– Ouais, moi aussi.
– On peut pas tuer les flics, intervint Dion.
Sans quitter des yeux le sergent, Joe lança :
– Pourquoi ?
– C'est mal vu.
– Vous les connaissez, ceux qui ont rejoint Pescatore ? reprit Joe à l'intention de Bick.
– Tous ceux qui ont tiré aujourd'hui sont en train de rédiger leur rapport en ce moment même. Le maire n'est pas content. La chambre de commerce est verte de rage.
– Oh, le maire n'est pas content ? ironisa Joe. Et cette putain de chambre de commerce non plus ? (D'un revers de main, il expédia à terre le chapeau du sergent.) Eh bien, moi non plus, je ne suis pas content ! Foutrement pas content, bordel !

Un silence embarrassé s'abattit sur le hall. Les hommes évitaient de se regarder. Jusque-là, personne, pas même Dion, n'avait jamais entendu Joe Coughlin élever la voix.

Lorsqu'il s'adressa de nouveau au sergent, il avait recouvré son calme :

– Pescatore n'a pas d'ailes pour voler. Il n'aime pas non plus les bateaux. Donc, il n'a que deux façons de sortir de cette ville : soit il fait partie d'un convoi qui se dirige vers le nord par la Route 41, soit il est monté dans un train. Alors, ramassez votre putain de chapeau, sergent Bick, et grouillez-vous de le retrouver !

Quelques minutes plus tard, Joe retourna dans le bureau du directeur pour appeler Graciela.

– Comment tu te sens ?

– Ton fils est une vraie petite brute, répondit-elle.

– Parce que c'est *mon* fils, maintenant ?

– Il donne des coups de pied sans arrêt.

– Essaie de voir le bon côté des choses : plus que quatre mois, et tu seras délivrée.

– Ah ah, très drôle ! La prochaine fois, c'est toi qui t'y colles, d'accord ? Tu me diras ce que ça fait d'avoir l'impression de ne plus pouvoir respirer, ou d'être obligé d'aller pisser plus souvent que tu clignes des yeux.

– Entendu, on essaiera d'inverser les rôles.

Joe écrasa sa cigarette, puis en alluma une autre.

– J'ai entendu parler d'une fusillade dans la Huitième Avenue, aujourd'hui, reprit-elle d'une voix à la fois plus ténue et plus dure.

– Oui.

– C'est terminé ?

– Non.

– Vous êtes en guerre ?

– Oh oui, confirma Joe. On est en guerre.

– Jusqu'à quand ?

– Je ne sais pas.

– Est-ce que ça finira un jour ?

– Je ne sais pas.

Ils gardèrent le silence quelques instants. Joe l'entendait tirer sur sa cigarette de son côté de la ligne, tout comme elle devait l'entendre faire la même chose du sien. Il consulta la montre de son père, pour s'apercevoir qu'elle avait désormais trente minutes de retard, alors qu'il l'avait remise à l'heure sur le bateau.

Graciela fut la première à reprendre la parole.

– Tu ne t'en rends pas compte, n'est-ce pas ?

– De quoi ?

– Que tu étais déjà en guerre quand on s'est rencontrés. Et tout ça pour quoi ?

– Pour gagner ma vie.

– Risquer la mort, c'est une façon de gagner sa vie ?

– Je ne suis pas mort.

– D'ici à ce soir, tu pourrais l'être, Joseph. Oui, tu pourrais. Même si tu remportes une victoire aujourd'hui, et demain, et encore après-demain, la violence que tu sèmes est telle qu'elle finira par se retourner contre toi. Forcément. Elle te retrouvera.

C'était presque mot pour mot ce que son père lui avait dit des années plus tôt, songea Joe.

Il souffla un filet de fumée vers le plafond et le regarda se dissiper. Il n'aurait pu nier que les paroles de Graciela contenaient une part de vérité, tout comme celles de Thomas Coughlin autrefois. Il n'avait cependant pas de temps à consacrer à la vérité pour le moment.

– Je ne vois pas trop ce que je suis censé répondre, là.

– Moi non plus, déclara-t-elle.

– Eh…
– Mmmm ?
– Comment tu peux être sûre que c'est un garçon ?
– Parce qu'il donne des coups de pied tout le temps. Comme toi.
– Ah.
– Joseph ? (Elle tira sur sa cigarette.) Ne me laisse pas l'élever seule.

Le seul train qui devait quitter Tampa cet après-midi-là était l'Orange Blossom Special. Les deux Seabord qui assuraient la liaison régulière étaient déjà partis, il n'y en aurait pas d'autre avant le lendemain. L'Orange Blossom Special était un train de voyageurs grand luxe qui desservait Tampa seulement pendant les mois d'hiver. Le problème pour Maso, le Fossoyeur et leurs hommes, c'est qu'il était déjà complet.

Leurs tentatives pour soudoyer le chef de train tournèrent court lorsque les policiers se présentèrent à la gare : ce n'étaient pas ceux qu'ils avaient achetés.

Maso et le Fossoyeur étaient assis à l'arrière d'une berline Auburn arrêtée dans un champ juste à l'ouest de l'Union Station. De leur poste d'observation, ils avaient une vue dégagée sur le bâtiment de brique rouge dont les encadrements blancs rappelaient le glaçage d'un gâteau, et sur les cinq voies ferrées derrière – des rails de métal brûlants qui partaient de cette petite bâtisse pour sillonner telles des veines un territoire totalement plat, en direction du nord, de l'est et de l'ouest.

– On aurait dû investir dans les chemins de fer, observa Maso. Quand il en était encore temps, entre 1915 et 1920.

– On a les camions, fit remarquer le Fossoyeur. C'est mieux.

– En attendant, ce ne sont pas les camions qui vont nous sortir de ce merdier.

– Si on partait en bagnole ? suggéra le Fossoyeur.

– Tu t'imagines que personne ne remarquera un groupe de ritals dans de belles voitures, feutre noir sur la tête, en train de se balader au milieu de ces putains d'orangeraies ?

– On n'a qu'à rouler de nuit.

Maso fit non de la tête.

– Et les barrages, alors ? Je parie que ce sale petit connard d'Irlandais les a fait établir sur toutes les routes d'ici à Jacksonville.

– En attendant, je suis pas trop pour le train, p'pa.

– Moi, si.

– Un de nos avions pourrait se poser à la sortie de Jacksonville dans…

– Si t'as envie de monter dans un de ces foutus corbillards volants, vas-y. Mais ne me demande pas de t'accompagner.

– Mais enfin, ils sont sûrs, p'pa ! Beaucoup plus que… que…

– Que les trains, peut-être ?

Au moment où Maso prononçait ces mots, une déflagration se fit entendre, et de la fumée s'éleva d'un champ au loin.

– Tiens, c'est la saison de la chasse aux canards ? s'étonna le Fossoyeur.

Maso contempla son fils en songeant combien il était triste qu'un individu aussi stupide fût le plus brillant de ses trois rejetons.

– T'as vu des canards, dans le coin ?

– Alors, qu'est-ce que c'était ?

Le Fossoyeur plissa les yeux. Il avait beau se triturer les méninges à la recherche d'une explication, il n'en trouvait aucune.

– Il vient de faire sauter la voie ferrée, lui révéla Maso en le dévisageant d'un air sévère. Oh, à propos, c'est de ta mère que tu tiens tes déficiences mentales. La pauvre n'aurait pas été foutue de gagner une partie de dames contre un bol de soupe.

Maso et ses hommes attendirent près d'une cabine téléphonique dans Platt Street pendant qu'Anthony Servidone se rendait au Tampa Bay avec une valise bourrée de billets. Il appela une heure plus tard pour dire qu'il leur avait réservé des chambres. Pour autant qu'il pût en juger, il n'y avait ni policiers ni truands locaux dans les parages. Ils n'avaient plus qu'à envoyer un détachement pour assurer la sécurité.

Ce que firent aussitôt les Pescatore père et fils. Non qu'il leur restât de quoi constituer un détachement digne de ce nom après la fusillade sur le remorqueur. Ils avaient laissé partir douze soldats sur ce bateau, treize même en comptant Albert White. Ils ne disposaient plus que de huit hommes à présent, dont le garde du corps personnel de Maso, Seppe Carbone. Celui-ci était originaire d'Alcamo, sur la côte nord-ouest de la Sicile, tout comme le boss. Il était beaucoup plus jeune, aussi en gardait-il des souvenirs différents, mais il n'en demeurait pas moins un représentant typique de cette ville – sans peur, sans pitié, et loyal jusqu'à la mort.

Après que Servidone eut rappelé pour confirmer que leurs hommes avaient passé au peigne fin le septième étage et le hall de l'établissement, Seppe Carbone conduisit Maso et le Fossoyeur à l'arrière du Tampa Bay, où ils prirent l'ascenseur de service.

– On est là pour combien de temps ? demanda le Fossoyeur dans la cabine.

– Jusqu'à après-demain, répondit son père. Dans l'intervalle, on fait profil bas. Même cet Irlandais de mes deux n'a pas l'autorité nécessaire pour maintenir en place les barrages routiers aussi longtemps. Après, on descendra en voiture jusqu'à Miami, et on prendra le train là-bas.

– Je veux une fille, p'pa.

Maso lui assena une claque brutale à l'arrière de la tête.

– Qu'est-ce que tu comprends pas, quand je dis qu'il faut « faire profil bas » ? Tu veux une fille ? Ben voyons ! Demande-lui donc de venir avec quelques copines, et pourquoi pas avec deux ou trois porte-flingues, histoire de mettre de l'ambiance... Espèce d'imbécile !

– Un homme a des besoins, se défendit son fils en se frottant le crâne.

– Quand tu verras un homme ici, tu me le montreras.

Arrivés au septième étage, ils sortirent de l'ascenseur, et Anthony Servidone se porta à leur rencontre pour leur remettre la clé de leurs chambres respectives.

– Vous les avez inspectées ? s'enquit Maso.

Servidone hocha la tête.

– De fond en comble. Rien à signaler. Tout l'étage est sûr.

Maso avait recruté Anthony Servidone à Charlestown, où tous les détenus avaient fait acte d'allégeance envers lui parce que sinon c'était la mort assurée. Seppe Carbone, lui, était arrivé d'Alcamo avec une lettre de recommandation émanant de Todo Bassina, le boss local, et s'était distingué depuis en d'innombrables occasions.

– Seppe ? dit-il. Jette encore un coup d'œil à ma chambre, tu veux ?

– *Subito, capo. Subito.*

Carbone sortit sa Thompson de sous son pardessus, se fraya un passage parmi les hommes rassemblés devant la suite de Maso, et pénétra à l'intérieur.

Anthony Servidone se rapprocha du vieil homme.

– On les a vus au Romero, dit-il.

– Qui ?

– Coughlin, Bartolo, ainsi qu'une poignée de Cubains et d'Italiens qui sont passés dans leur camp.

– C'était bien Coughlin ? On en est certain ?

Servidone confirma d'un mouvement de tête.

– Sans le moindre doute.

Maso ferma brièvement les yeux.

– Il avait des égratignures, au moins ?

– Ah ça, oui ! s'exclama Servidone d'un ton enjoué, manifestement heureux de pouvoir annoncer de bonnes nouvelles à son chef. Une large entaille à la tête et une blessure par balle au bras droit.

– Ne reste plus qu'à espérer qu'il crève d'un empoisonnement du sang, grommela Maso.

– Ben, ça risque d'être long, fit remarquer le Fossoyeur. Je crois pas qu'on puisse se permettre d'attendre aussi longtemps…

De nouveau, Maso ferma les yeux.

Son fils se dirigea vers sa propre chambre, flanqué de deux hommes, au moment où Seppe Carbone ressortait de la suite.

– Vous pouvez y aller, boss.

– Servidone et toi, vous montez la garde devant la porte, ordonna Maso. Tous les autres ont intérêt à être aussi vigilants que des centurions à la frontière des Huns. *Capice ?*

– *Capice.*

À peine entré dans la chambre, Maso ôta son pardessus et son chapeau. Il s'approcha ensuite de la bouteille d'anisette envoyée par la réception, et se servit un verre. La plupart des alcools étaient de nouveau autorisés, et ceux qui ne l'étaient pas encore le seraient bientôt. Le pays avait recouvré la raison.

Et c'était foutrement dommage.

– Vous m'en servez un aussi ?

Il se retourna, pour découvrir Joe assis sur le canapé près de la fenêtre. Le Savage .32, auquel était fixé un silencieux Maxim, reposait sur son genou.

Maso ne fut même pas surpris. Seul un détail l'intriguait.

– Où tu t'étais planqué ? s'enquit-il en lui apportant un verre.

– Quand ça ?

Joe prit la boisson.

– Quand Seppe a fouillé la chambre.

De son calibre .32, Joe lui indiqua un fauteuil où prendre place.

– Je ne me planquais pas, Maso. J'étais assis sur le lit, là-bas. Il est entré et je lui ai demandé si ça l'intéressait de bosser pour quelqu'un qui serait encore en vie demain.

– C'est tout ?

– Il n'en fallait pas plus après votre décision de confier les rênes à cet abruti de Fossoyeur. On avait construit quelque chose de bien, ici. De vraiment bien. Et vous, vous ne trouvez rien de mieux à faire que de tout foutre en l'air en un seul jour.

– C'est la nature humaine qui veut ça, non ?

– Quoi ? De vouloir réparer ce qui n'est pas cassé ?

Maso hocha la tête.

– Rien ne nous y oblige, souligna Joe.

– Non, mais en général c'est plus fort que nous.

– Vous savez combien de personnes sont mortes aujourd'hui à cause de vous et de votre putain de cupidité ? Vous, qui soi-disant n'étiez qu'un « rustre de macaroni ayant grandi à Endicott Street », et certainement pas « un traître ». Eh bien, on en est loin !

– Peut-être que tu auras toi aussi un fils, un jour, et que tu comprendras.

– Oh. Et que je comprendrai quoi, d'après vous ?

Le vieil homme haussa les épaules, comme si les mots étaient incapables d'exprimer la réalité.

– Qu'est-ce qui est arrivé à Santo ?

Joe secoua la tête.

– Il n'est plus parmi nous.

Maso se représenta son fils gisant à plat ventre par terre dans la chambre voisine, un trou au milieu du front, une flaque pourpre s'élargissant autour de lui. La soudaineté et l'intensité de son chagrin le prirent de court. C'était un sentiment horrible, désespérant, qui le précipitait dans un gouffre de ténèbres.

– J'aurais tant voulu que tu sois mon fils…, dit-il à Joe.

Sa voix se brisa, et il s'absorba dans la contemplation de son verre.

– Et moi, je n'aurais jamais voulu d'un père comme vous.

La balle traversa la gorge du vieil homme. La dernière chose qu'il vit fut une goutte de son propre sang tombant dans son anisette.

Ensuite, retour aux ténèbres.

Il lâcha son verre en tombant et atterrit à genoux près de la table basse. Il resta ainsi, la tête immobilisée par le plateau, en appui sur la joue droite, fixant d'un œil vide le mur à sa gauche. Joe se leva et considéra le silencieux qu'il avait acheté à la quincaillerie pour trois dollars cet après-midi-là. Le bruit courait que le Congrès allait les passer à deux cents dollars, puis les interdire purement et simplement.

Hélas…

Il logea une autre balle dans le crâne de Maso, par précaution.

Dans le couloir, ses hommes avaient réussi à désarmer ceux de la partie adverse sans rencontrer la moindre résistance, ainsi qu'il l'avait prévu. Les fidèles de Pescatore n'avaient plus envie de se battre pour un vieillard qui accordait si peu d'importance à leur vie qu'il voulait la confier à un parfait abruti. Joe sortit de la suite, ferma les portes derrière lui et observa le groupe, hésitant sur la conduite à tenir. Quelques secondes plus tard, Dion sortit à son tour de la chambre du Fossoyeur, et ils demeurèrent tous à se regarder en silence – treize hommes et quelques mitraillettes.

– Je n'ai pas l'intention de vous tuer, déclara enfin Joe. Vous avez envie de mourir ? ajouta-t-il à l'adresse d'Anthony Servidone.

– Non, monsieur Coughlin. Non, je n'ai aucune envie de mourir.

– Et les autres ? (L'air solennel, les hommes de Maso secouèrent la tête.) Si vous voulez retourner à Boston, allez-y, vous avez ma bénédiction. Si vous voulez rester à Tampa, profiter du soleil, rencontrer de jolies filles, libre à vous. On a du boulot à vous proposer. Je ne crois pas qu'on soit très nombreux à en offrir, par les temps qui courent, alors faites-nous savoir si vous êtes intéressés.

Joe ne voyait rien de plus à dire. Il haussa les épaules en guise d'adieu, puis Dion et lui montèrent dans l'ascenseur et descendirent dans le hall.

Une semaine plus tard, à New York, Joe et Dion entrèrent dans un bureau situé au fond d'un cabinet d'actuaires de Midtown Manhattan, et prirent place en face de Lucky Luciano.

La théorie de Joe, selon laquelle les individus les plus terrifiants étaient aussi les plus terrifiés, passa aussitôt à la trappe. Il n'y avait pas la moindre trace de peur chez Lucky Luciano. Il n'y avait pas la moindre trace d'une émotion quelconque, à vrai dire, sinon peut-être une touche de colère sourde dans les profondeurs de son regard impassible.

Tout ce que cet homme connaissait de la terreur, manifestement, c'était ce qu'il en voyait quand il l'avait instillée chez les autres.

Il présentait bien et aurait été bel homme si sa peau n'avait pas ressemblé à une escalope attendrie par le boucher. Sa paupière droite restait à demi fermée depuis la tentative d'assassinat dont il avait été victime en 1929, et il avait des mains énormes, que Joe imaginait sans peine capables de serrer un crâne jusqu'à le faire exploser comme une tomate mûre.

– Vous espérez ressortir vivants de cette pièce, tous les deux ? demanda-t-il quand Joe et Dion se furent assis.

– Oui, monsieur.

– Alors vous avez intérêt à m'expliquer pourquoi je me trouve dans l'obligation de remplacer tout mon état-major à Boston.

Ils s'exécutèrent. En parlant, Joe ne cessait de scruter les yeux sombres de Luciano à la recherche d'un signe indiquant qu'il comprenait leur position. Mais il aurait pu tout aussi bien s'adresser à un sol de marbre : la seule chose qu'on parvenait à déceler dans ces prunelles, quand la lumière le permettait, c'était son propre reflet.

Quand ils eurent terminé, Luciano se leva et contempla la Sixième Avenue derrière la vitre.

– Vous avez fait pas mal de ramdam, là-bas dans le Sud. Qu'est-ce qui s'est passé au juste avec cette illuminée qui est morte ? Son père n'était pas chef de la police ?

– Ses supérieurs l'ont forcé à prendre sa retraite, répondit Joe. La dernière fois que j'ai entendu parler de lui, il était enfermé dans une espèce d'asile. Il ne peut plus nous causer d'ennuis.

– Mais sa fille ne s'en est pas privée, à ce qu'on m'a rapporté. Et vous ne l'en avez pas empêchée. C'est pour ça qu'on raconte partout que vous êtes un tendre, Coughlin. Pas un lâche, attention, je n'ai pas dit ça. Tout le monde sait que vous avez abattu à bout portant ce minable en 29, et qu'il fallait une sacrée paire de couilles pour s'attaquer à ce bateau militaire. Mais vous ne vous êtes pas débarrassé de ce bouilleur de cru en 31, et vous avez laissé une femme – une bonne femme, Coughlin ! – foutre en l'air votre projet de casino.

– C'est vrai, admit Joe. Je n'ai pas d'excuses.

– Non, vous n'en avez pas. (Luciano concentra son attention sur Dion.) Et vous, vous auriez fait quoi de ce bouilleur de cru ?

Dion jeta un coup d'œil hésitant à son ami.

– Regardez-moi ! ordonna Luciano. Et répondez-moi franchement.

Mais Dion continua de regarder Joe, qui finit par déclarer :

– Vas-y, dis-lui ce que tu penses, D.

Celui-ci s'adressa à Luciano.

– Je l'aurais descendu, monsieur Luciano. Et ses fils aussi. (Il claqua des doigts.) J'aurais éliminé toute la famille.

– Et la femme ?

– Je me serais arrangé pour qu'elle disparaisse.

– Pourquoi ?

– Pour que ses disciples puissent la sanctifier, se raconter qu'elle était partie refaire le coup de l'Immaculée conception au paradis, des trucs dans le genre. Et comme ils auraient su qu'on l'avait taillée en pièces et balancée aux reptiles, ils nous auraient plus cherché d'emmerdes. Ils auraient juste passé leur temps à se rassembler en son nom pour chanter ses louanges.

– C'est vous que Pescatore accusait d'être une balance ?

– Oui.

– Ça nous a toujours paru absurde, déclara Luciano.

Et d'ajouter, à l'adresse de Joe :

– Vous accorderiez votre confiance à une balance qui vous aurait envoyé à l'ombre pendant deux ans ?

– Non, monsieur, je ne ferais pas ça, répondit Joe.

Luciano hocha la tête.

– C'est aussi ce qu'on a pensé quand on a essayé de dissuader le vieux de vous éliminer.

– En attendant, vous lui avez quand même donné votre accord, souligna Joe.

– Si, et seulement si, vous refusiez d'utiliser nos camions et nos syndicats pour vos nouvelles opérations de transport d'alcool.

– Maso n'a jamais abordé la question avec moi.

– Ah non ?

– Non, monsieur. Il m'a juste annoncé que je serais désormais aux ordres de son fils et que je devais tuer mon ami.

Luciano le dévisagea un long moment.

– D'accord, dit-il enfin. Faites-moi une proposition.

– Nommez-le boss, déclara Joe, le pouce pointé vers Dion.

– Quoi ? s'écria ce dernier.

Pour la première fois depuis le début de l'entretien, Luciano se fendit d'un sourire.

– Et vous, vous resterez comme *consigliere* ?

– Oui.

– Eh là, une minute ! protesta Dion. Attendez un peu…

Luciano tourna la tête vers lui, et son sourire s'évanouit.

Dion fut prompt à réagir.

– Je veux dire, ce serait un honneur pour moi.

– D'où êtes-vous ? demanda Luciano.

– De Manganaro, en Sicile, répondit Dion.

Luciano haussa les sourcils.

– Je suis de Lercara Friddi.

– Oh, fit Dion. La grande ville…

– Il faut vraiment sortir d'un trou à rats comme Manganaro pour appeler Lercara Friddi la « grande ville » ! répliqua Luciano en se levant pour contourner la table.

Dion hocha la tête.

– C'est pour ça qu'on est partis, ma famille et moi.

– C'était quand ? Debout.

Dion obéit.

– J'avais huit ans.

– Vous y êtes retourné, depuis ?

– Pourquoi voudriez-vous que j'y retourne ?

– Pour vous rappeler qui vous êtes. Pas qui vous prétendez être, non, qui vous êtes. (Il lui passa un bras autour des épaules.) Vous êtes le boss. (Il montra Joe.) Et lui, c'est le cerveau. Bon, allons déjeuner, d'accord ? Je connais un excellent restaurant à quelques rues d'ici. Ils servent les meilleurs plats en sauce de la ville.

À peine avaient-ils quitté le bureau pour se diriger vers l'ascenseur que quatre hommes les entourèrent.

– Joe ? reprit Luciano. Il faut absolument que je vous présente mon ami Meyer. Il a de grandes idées pour développer des casinos en Floride et à Cuba. (Son bras se posa cette fois sur les épaules de Joe.) Dites-moi, vous connaissez bien Cuba ?

27

Un gentleman farmer à Pinar del Río

Lorsque Joe Coughlin revit Emma Gould à La Havane, à la fin du printemps 1935, neuf ans s'étaient écoulés depuis le hold-up du tripot de South Boston. Il n'avait jamais oublié à quel point elle était restée calme et maîtresse d'elle-même ce matin-là, ni à quel point son flegme l'avait impressionné. Avec le recul, cependant, il se rendait compte qu'il avait pris son trouble pour de l'engouement, et son engouement pour de l'amour.

Graciela et lui vivaient à Cuba depuis maintenant presque un an. Ils avaient d'abord habité la maison d'amis qu'Esteban avait mise à leur disposition dans l'une de ses plantations de café, située au cœur des collines de Las Terrazas, à environ soixante-quinze kilomètres à l'ouest de La Havane. Le matin, quand ils se réveillaient, ils percevaient l'odeur des grains de café mêlée à celle des feuilles des cacaoyers, ainsi que le léger crépitement des gouttes d'eau déposées par la brume, qui tombaient des branches. Le soir, ils se promenaient sur les versants boisés tandis que les dernières lueurs du couchant illuminaient les cimes.

La mère et la sœur de Graciela, Benita, leur avaient rendu visite un week-end et n'étaient jamais reparties. Tomas, qui ne se déplaçait même pas encore à quatre pattes quand elles étaient arrivées, avait fait ses premiers pas à la fin de son dixième mois. Les femmes le gâtaient à outrance et le gavaient tellement qu'il avait fini par se transformer en une petite boule aux cuisses potelées. Mais à peine avait-il appris à marcher qu'il commença à courir. Il s'élança dans les champs, gravit et dévala les pentes, toujours poursuivi par les femmes de la famille, de sorte qu'il perdit rapidement ses rondeurs pour devenir un garçon élancé qui tenait de son père ses cheveux blonds, de sa mère ses yeux de jais, et d'un mélange des deux son teint beurre de cacao.

Joe retourna plusieurs fois à Tampa en prenant l'« oiseau en fer-blanc », un trimoteur Ford 5-AT qui faisait un bruit de ferraille épouvantable, tressautait en vol et piquait du nez sans prévenir. À deux ou trois reprises, il en descendit les oreilles bouchées pour le restant de la journée. Les hôtesses avaient beau lui donner du chewing-gum à mastiquer et du coton à fourrer dans ses conduits auditifs, ce n'était pas un moyen de transport agréable, et Graciela ne voulut jamais en entendre parler. Alors il faisait le voyage seul, pour s'apercevoir en entrant dans leur maison d'Ybor qu'il ne supportait ni son absence ni celle de Tomas. Il était parfois réveillé au beau milieu de la nuit par une douleur au ventre tellement fulgurante qu'il en avait le souffle coupé.

Aussi, dès qu'il avait fini de traiter ses affaires, prenait-il le premier vol pour Miami, et de là pour Cuba.

Graciela affirmait pourtant vouloir retourner à Tampa. Mais elle refusait catégoriquement de s'y rendre en avion, et le moment lui paraissait toujours mal choisi, tant et si bien que Joe en vint à la soupçonner de ne pas vraiment avoir envie d'y remettre les pieds. Ils restèrent donc dans les collines de Las Terrazas, où une autre sœur de Graciela, Inès, ne tarda pas à les rejoindre. S'il y avait eu autrefois des dissensions entre Graciela, sa mère et ses deux sœurs, le temps et la présence de Tomas semblaient avoir arrangé les choses. En deux ou trois occasions, Joe se laissa guider par leurs éclats de rire pour les découvrir toutes les quatre, à sa grande consternation, occupées à déguiser le garçonnet en fille.

Un matin, Graciela lui demanda s'ils pouvaient acheter une maison.

– Ici ?

– Oh, pas forcément. À Cuba, je veux dire. Pour avoir un endroit à nous quand on sera de passage.

Joe sourit.

– Comment ça, « de passage » ?

– Il va bien falloir que je reprenne mon travail, expliqua-t-elle.

Ce qu'elle ne fit pas. Lors de ses séjours à Tampa, Joe s'était renseigné sur les personnes à qui elle avait confié les rênes de ses différentes associations de charité – tous des hommes et des femmes dignes de confiance. Même si elle restait éloignée d'Ybor pendant dix ans, les organismes seraient toujours là à son retour, peut-être même plus solides que jamais.

– D'accord, mon cœur. Tout ce que tu voudras.

– On n'aurait pas besoin de quelque chose de grand. Ni de luxueux. Ni…

– Choisis ce qui te plaît, l'interrompit Joe. Si ce n'est pas à vendre, offre le double.

Les transactions de ce genre n'avaient rien d'inhabituel à l'époque. Cuba, frappée plus durement par la crise que la plupart des autres pays, tentait tant bien que mal de remonter la pente. À la détresse causée par les abus du régime de Machado avait succédé l'espoir incarné par le colonel Fulgencio Batista, leader de la révolte des sergents qui avait obligé l'ancien dictateur à plier bagage. Le président officiel de la république était Carlos Mendieta, mais tout le monde savait que c'étaient Batista et son armée qui tiraient les ficelles. De fait, les États-Unis voyaient d'un si bon œil cet arrangement qu'ils avaient commencé à inonder l'île de capitaux sitôt Machado embarqué dans un avion pour Miami – de quoi financer des hôpitaux, des routes, des musées, des écoles et un nouveau quartier commerçant le long du Malecón. Et si de son côté le colonel Batista appréciait le gouvernement américain, il appréciait au moins autant le joueur américain, aussi Joe, Dion, Meyer Lansky et Esteban Suarez, parmi d'autres, ne rencontraient-ils aucune difficulté pour être reçus par les plus hauts représentants de la nouvelle administration. Ils avaient déjà acheté des baux de quatre-vingt-dix-neuf ans sur certaines des meilleures terres le long du Parque Central et dans le quartier de Tacón Market.

Il n'y avait, semblait-il, aucune limite à la fortune qu'ils pourraient gagner.

Graciela disait que Mendieta était le pantin de Batista, et que Batista était le pantin de l'United Fruit Company[1] et des États-Unis ; il viderait les caisses et braderait la terre, mais l'Amérique le maintiendrait en place, parce qu'elle était convaincue que l'argent sale permettait parfois d'accomplir de bonnes choses.

Joe ne la contredisait pas. Il s'abstenait aussi de mentionner qu'ils avaient eux-mêmes accompli de bonnes choses grâce à de l'argent sale. Au lieu de quoi, il lui posait des questions sur la propriété qu'elle avait trouvée.

Il s'agissait d'une plantation de tabac qui avait fait faillite. Elle se situait près du village d'Arcenas, à soixante-quinze kilomètres plus à l'ouest, dans la province de Pinar del Río, et comprenait une maison

---

1. Entreprise spécialisée dans la production et l'exportation de bananes, fondée aux États-Unis en 1899, et qui développa rapidement ses activités et son influence dans une bonne partie de l'Amérique latine. (*N.d.T.*)

d'amis où Graciela prévoyait d'installer sa famille, ainsi que de vastes champs de terre noire où Tomas pourrait courir librement. Le jour où Joe et Graciela la rachetèrent à la propriétaire, une veuve nommée Domenica Gomez, celle-ci leur présenta Ilario Bacigalupi en sortant de chez le notaire. S'ils le désiraient, dit-elle, Ilario leur apprendrait tout ce qu'il y avait à savoir sur la culture du tabac.

Joe examina de plus près Bacigalupi, un petit homme replet à la moustache de bandit, tandis que le chauffeur de Domenica Gomez la faisait monter dans une Detroit Electric bicolore, puis s'éloignait. Il l'avait déjà aperçu plusieurs fois en compagnie de la veuve Gomez, mais toujours à une certaine distance, et il en avait déduit qu'il s'agissait d'un garde du corps – une précaution qui n'avait rien de superflu dans une région où le kidnapping n'était pas rare. Ce jour-là, il fut frappé par l'aspect de ses grandes mains calleuses, balafrées, aux os saillants.

Jamais encore il n'avait pensé à ce qu'il pourrait faire de tous ces champs.

Ilario Bacigalupi, lui, y avait beaucoup réfléchi.

Il commença par préciser que personne ne l'appelait Ilario. Tout le monde le surnommait Ciggy, ce qui n'avait pourtant rien à voir avec le tabac : pendant longtemps, enfant, il avait été incapable de prononcer son nom de famille en entier, parce qu'il butait toujours sur la deuxième syllabe.

Il leur expliqua ensuite que, jusqu'à une date récente, la plantation Gomez assurait du travail à vingt pour cent des habitants du village d'Arcenas. Mais, depuis que le *señor* Gomez avait sombré dans la boisson et, après une chute de cheval, dans la folie et la maladie, il n'y avait plus de travail. Plus rien pour permettre aux hommes de gagner leur vie, alors que la terre aurait déjà pu produire trois récoltes, souligna

Gomez. C'était la raison pour laquelle les enfants du village ne portaient pas de pantalon. Si on en prenait soin, les chemises pouvaient durer toute une vie, contrairement aux pantalons, qui finissaient toujours par lâcher au niveau du fond ou des genoux.

En traversant Arcenas, Joe avait remarqué que beaucoup d'enfants se promenaient les fesses à l'air, quand ils n'étaient pas complètement nus. Le village lui-même n'en avait que le nom : ce n'était qu'un ensemble de cabanes affaissées, au toit et aux murs faits de feuilles de palmier séchées. Les déchets de toutes sortes étaient évacués par trois fossés qui se jetaient dans la rivière où les habitants s'approvisionnaient en eau potable. Il n'y avait ni maire ni administrateur à proprement parler. Les rues étaient en terre battue, et le plus souvent boueuses.

– On ne sait rien de la culture, observa Graciela.

À ce stade de la conversation, ils étaient tous les trois installés dans une cantina à Pinar del Río City.

– Moi si, affirma Ciggy. J'en sais tellement long, *señorita*, que si j'ai oublié des choses, c'est qu'elles ne méritent pas d'être enseignées.

En croisant le regard à la fois méfiant et entendu de Ciggy, Joe révisa son jugement sur le rôle de ce dernier auprès de la veuve Gomez. S'il avait tout d'abord pensé qu'elle le gardait à son service pour la protéger, il se rendait compte à présent que le petit contremaître avait dû se mêler de la vente afin d'assurer sa propre subsistance et de veiller à ce que Domenica Gomez transmette bien le message.

– Par quoi commenceriez-vous ? demanda-t-il en lui servant un autre verre de rhum.

– Il faut labourer les champs et préparer les semis. Vite, *patrón*, très vite : la saison débute le mois prochain.

– Pourrez-vous faire en sorte de ne pas déranger ma femme pendant qu'elle aménagera la maison ?

Ciggy hocha la tête à plusieurs reprises en regardant Graciela.

– Bien sûr, bien sûr.

– Vous aurez besoin de beaucoup de main-d'œuvre ? s'enquit-elle.

Ciggy expliqua qu'il faudrait embaucher des adultes pour préparer les planches de semis et des enfants pour semer. Ainsi que des hommes et des enfants pour nettoyer le sol afin de limiter les risques de champignons, de maladies et de mildiou. Et d'autres pour planter, sarcler, labourer encore et tuer les insectes nuisibles comme les noctuelles, les courtilières et les punaises. Il serait également utile d'embaucher un pilote pas trop porté sur la bouteille pour répandre de l'insecticide sur les cultures.

– Ça fait un monde fou ! s'exclama Joe, stupéfait.

– Et encore, je ne vous ai pas parlé des effectifs nécessaires pour enlever les fleurs, éliminer les bourgeons et cueillir les feuilles, répondit Ciggy. Ni de ceux qui seront chargés de les lier, de les suspendre, de les faire sécher et d'entretenir le feu dans le séchoir.

Il agita sa grosse main comme pour mieux souligner l'ampleur de la tâche.

– Et ça nous rapporterait combien ? demanda Graciela.

Ciggy leur montra les chiffres.

Tout en les examinant, Joe s'accorda quelques gorgées de rhum.

– Donc, une bonne année, si on échappe au mildiou, aux criquets et aux orages de grêle, et si Dieu fait briller sa lumière sur Pinar del Río sans interruption, on peut espérer un retour sur investissement de quatre pour cent. (Il plongea son regard dans celui de Ciggy.) C'est de cet ordre-là ?

– Oui, dans la mesure où vous exploitez seulement un quart de la plantation. Mais si vous voulez rentabiliser d'autres champs, les remettre dans l'état où ils étaient il y a quinze ans… Alors vous serez riches dans cinq ans.

– Nous sommes déjà riches, fit remarquer Graciela.

– Encore plus riches, alors.

– Et si ça ne nous intéressait pas ?

– Je vais vous présenter les choses autrement, dit Ciggy. Si vous laissez les villageois mourir de faim, vous risquez un beau matin de les trouver tous endormis sur vos terres.

Joe se redressa sur sa chaise.

– C'est une menace ?

Ciggy secoua la tête.

– Nous savons tous qui vous êtes, monsieur Coughlin. Le célèbre gangster yankee. Un ami du colonel. Ce serait moins risqué de se couper la gorge en pleine mer que de vous menacer. (Il se signa d'un air solennel.) Mais quand les gens meurent de faim et n'ont nulle part où aller, où voulez-vous qu'ils se réfugient ?

– Pas sur mes terres, décréta Joe.

– Ce ne sont pas les vôtres, monsieur Coughlin. Ce sont celles de Dieu. Vous ne faites que les louer. Le rhum, la vie… (Il se tapota la poitrine.) On ne fait tous que les louer à Dieu.

La remise en état de la maison principale exigeait presque autant de travail que celle de la plantation.

Alors que la saison du repiquage débutait à l'extérieur, celle de la nidification avait commencé à l'intérieur. Graciela fit refaire les plâtres et repeindre tous les murs, puis arracher et remplacer une bonne moitié des planchers. Il n'y avait qu'un seul W.-C. au départ ; il y en avait quatre quand Ciggy passa à la phase de l'écimage.

À ce moment-là, les plants de tabac atteignaient environ un mètre de haut. Joe se réveilla un matin pour découvrir l'air chargé d'un parfum si sucré et entêtant qu'il posa aussitôt un regard concupiscent sur la nuque de Graciela. Tomas dormait encore dans son petit lit quand ses parents sortirent sur le balcon pour contempler les champs. Encore bruns quand ils s'étaient endormis la veille au soir, ils formaient à présent un immense tapis de verdure, parsemé de corolles rose et blanc qui luisaient dans la lumière matinale. Joe et Graciela contemplèrent toute l'étendue de leur propriété, pareillement fleurie jusqu'au pied des collines de la Sierra del Rosario.

Graciela, qui se tenait devant lui, passa une main par-dessus son épaule et la lui posa dans le cou. Joe lui enlaça la taille et appuya le menton dans le creux de sa nuque.

– Dire que tu ne crois pas en Dieu…, murmura-t-elle.

Il inspira profondément pour s'imprégner de l'odeur de sa peau.

– Et dire que toi, tu ne crois pas qu'on puisse accomplir de bonnes choses avec de l'argent sale !

Elle étouffa un petit rire, dont il sentit les vibrations sous ses paumes et contre son menton.

Plus tard ce matin-là, les hommes et leurs enfants se dispersèrent dans les champs pour ramasser les fleurs, laissant les plants déployer leurs feuilles tels de grands oiseaux qui auraient ouvert leurs ailes. De sa fenêtre, le lendemain au réveil, Joe constata qu'il ne voyait plus la terre ni les corolles. Sous la houlette de Ciggy, les tâches s'enchaînaient sans la moindre anicroche. Pour l'étape suivante, il fit venir d'autres enfants du village, par dizaines, et parfois Tomas s'esclaffait tout seul quand il les entendait rire au loin. Certains soirs, Joe écoutait un groupe de gamins jouer au base-ball dans un pré en jachère. Ils jouaient jusqu'à la tombée de la nuit, avec un manche à balai et ce qu'il restait d'une vieille balle dénichée on ne savait où. Le revêtement de cuir et la couche de laine avaient disparu depuis longtemps, mais ils avaient réussi à sauvegarder le cœur de liège.

Alors que l'air résonnait de leurs cris et des claquements du bâton contre la balle, Joe repensait souvent à une remarque récente de Graciela sur l'opportunité de donner un petit frère ou une petite sœur à Tomas.

Et de songer : Pourquoi s'arrêter à un ?

Il fallut plus de temps pour aménager la maison que pour redonner vie à la plantation. Un jour, Joe se rendit dans la vieille ville de La Havane pour voir Diego Alvarez, un artisan spécialisé dans la restauration de vitraux. Les deux hommes s'entendirent sur un prix, et décidèrent ensuite de la date à laquelle le *señor* Alvarez ferait les cent cinquante kilomètres jusqu'à Arcenas pour réparer les carreaux que Graciela avait réussi à sauver.

Après leur entrevue, Joe s'engagea dans l'Avenida de las Misiones pour aller demander conseil à un bijoutier que Meyer Lansky lui avait recommandé. La montre de son père, qui retardait depuis plus d'un an, s'était arrêtée complètement un mois plus tôt. Le bijoutier, un homme d'une cinquantaine d'années au visage anguleux, qui plissait les yeux en permanence, prit la Patek Philippe, ouvrit le boîtier et expliqua à Joe que, s'il s'agissait d'un remarquable mécanisme d'horlogerie, il nécessitait d'être entretenu un peu plus souvent qu'une fois tous les dix ans. Les pièces, dit-il, toutes ces petites pièces délicates qui le constituaient, avaient besoin d'être huilées.

– Combien de temps vous faut-il pour la réparer ? s'enquit Joe.

– Je ne sais pas trop, répondit le bijoutier. Il faut que je la démonte et que j'examine chaque pièce une par une.

– D'accord, mais combien de temps ça vous prendra ?

– S'il suffit de remettre une goutte d'huile, je dirais quatre jours.

– Quatre jours…, répéta Joe, qui sentit ses battements de cœur s'accélérer. Il n'y a pas moyen d'aller plus vite ?

L'homme secoua la tête.

– Le problème, c'est que, s'il y a quelque chose de cassé, *señor*, ne serait-ce qu'une toute petite pièce… Vous voyez comme elles sont minuscules ?

– Oui, oui.

– Eh bien, je serai obligé de l'envoyer en Suisse.

Joe contempla quelques instants la rue poussiéreuse derrière les vitrines qui l'étaient tout autant. Il sortit son portefeuille de la poche intérieure de sa veste et en retira une centaine de billets américains d'un dollar qu'il posa sur le comptoir.

– Je serai là dans deux heures. Tâchez d'établir un diagnostic d'ici là.

– Un quoi ?

– Dites-moi s'il faut l'envoyer en Suisse.

– Oui, *señor*. D'accord.

Une fois sorti de la boutique, il flâna un moment dans les rues de la vieille ville, fasciné par son atmosphère de déliquescence empreinte de sensualité. La Havane, avait-il découvert lors de ses nombreuses visites dans la capitale depuis un an, n'était pas seulement un lieu : c'était un songe que l'on faisait tout éveillé, une sorte de rêverie alanguie par la chaleur, qui se perdait dans son désir d'indolence et se laissait bercer par la vibration érotique de son agonie.

Il tourna à un premier coin de rue, puis à un autre, et encore à un autre, jusqu'à se retrouver près du bordel d'Emma Gould.

C'était Esteban qui lui avait donné l'adresse plus d'un an auparavant, la veille de cette journée sanglante qui avait vu mourir Albert White, Maso, le Fossoyeur et les malheureux Sal Urso, Lefty Downer et Carmine Parone. Il devait déjà savoir, quand il était parti de chez lui quelques heures plus tôt, qu'il viendrait ici ; jusque-là, cependant, il n'avait pas voulu se l'avouer, car l'entreprise lui semblait à la fois absurde et futile. Or, il n'y avait plus beaucoup de place dans sa vie pour la futilité.

Une femme était occupée à arroser le trottoir devant la bâtisse pour le débarrasser des saletés et du verre brisé la nuit précédente. Elle repoussait méthodiquement le tout vers le caniveau qui bordait la rue pavée en pente. Quand elle remarqua la présence de Joe, elle laissa pendre le tuyau dans sa main, mais ne le lâcha pas.

Si elles n'avaient pas été trop cruelles, les années ne lui avaient pas fait de cadeau non plus. Elle avait l'air d'une belle femme dont l'amour du vice n'avait pas été payé de retour, qui avait trop bu et trop fumé dans sa jeunesse – de mauvaises habitudes qui avaient gravé des pattes d'oie au coin de ses paupières et des rides de chaque côté de sa bouche. Ses paupières s'affaissaient, et, malgré l'humidité ambiante, ses cheveux paraissaient secs et cassants.

Au bout d'un instant, elle raffermit sa prise sur le tuyau pour se remettre à l'ouvrage.

– Vas-y, Joe, dis ce que tu as à dire.
– Tu ne veux pas me regarder ?
Elle se tourna vers lui sans pour autant détacher les yeux du trottoir, et il dut s'écarter pour ne pas mouiller ses chaussures.
– Quand l'accident s'est produit, tu as décidé d'en profiter, c'est ça ? demanda-t-il.
Elle secoua la tête.
– Non ?
– Non.
– Alors qu'est-ce qui s'est passé, Emma ?
– Comme les flics nous poursuivaient, j'ai demandé au chauffeur de précipiter la voiture du haut du pont, parce que c'était le seul moyen de leur échapper. Mais il n'a pas voulu m'écouter.
Joe se poussa encore un peu.
– Et ?
– J'ai dû lui tirer dans la nuque. On a plongé dans l'eau, j'ai nagé jusqu'à la rive et j'ai rejoint Michael.
– Qui ? Qui est Michael ?
– C'était ma solution de repli. Il m'a attendue toute la nuit devant l'hôtel.
– Pourquoi ?
Elle fronça les sourcils.
– Quand Albert et toi vous avez commencé à me sortir vos conneries, genre « Je ne peux pas vivre sans toi, Emma » et « Tu es toute ma vie », j'ai jugé nécessaire d'assurer mes arrières au cas où vous vous truffeariez mutuellement de plombs. Vous ne me laissiez pas le choix… Je savais que, tôt ou tard, il faudrait que je me libère de votre emprise. Bon sang, ce que vous avez pu me bassiner, tous les deux !
– Ah oui ? Toutes mes excuses pour être tombé amoureux de toi…
– Non, tu ne m'aimais pas, Joe. (Elle se concentra sur un éclat de verre récalcitrant logé entre deux

pavés.) Tu voulais juste me posséder, au même titre qu'un putain de vase grec ou un beau costume. Me montrer à tous tes copains en disant : « Elle est chouette, hein ? » (Cette fois, elle le regarda.) Eh bien, non, je ne suis pas « chouette ». Je ne veux pas qu'on me possède. Je n'appartiens qu'à moi.

– J'ai pleuré ta mort.

– C'est mignon, mon chou.

– Pendant des années.

– Oh, c'est vrai ? Comment as-tu fait pour porter une telle croix ? Grands dieux, quel homme !

Il recula encore d'un pas, alors qu'elle maintenait le tuyau pointé dans la direction opposée, et pour la première fois il mesura toute l'ampleur de son aveuglement. Il se faisait soudain l'effet d'un pauvre type arnaqué tellement souvent que sa femme ne le laissait plus sortir, à moins de lui avoir au préalable vidé les poches pour s'assurer qu'il n'emportait ni montre ni petite monnaie.

– C'est toi qui as pris l'argent à la consigne ?

Elle afficha un air résigné, comme si elle se préparait à recevoir la balle qui ne manquerait pas de suivre sa réponse, mais Joe leva les mains pour lui montrer qu'elles étaient vides et appelées à le rester.

– Tu m'avais donné la clé, répliqua-t-elle. Rappelle-toi.

S'il existait un code d'honneur chez les voleurs, alors elle avait raison. Il lui avait donné la clé ; à partir de là, c'était à elle d'aviser.

– Et la morte, Emma ? Celle dont on n'arrêtait pas de retrouver des morceaux ?

Elle alla couper l'eau et s'adossa à la façade en stuc de son établissement.

– Tu te souviens de cette fille dont Albert avait parlé ? Celle qui devait me remplacer ?

– Pas vraiment, non.

– Eh bien, elle était déjà dans la voiture quand j'y suis montée. Je n'ai jamais su son nom.

– Tu l'as tuée, elle aussi ?

– Non, sa tête a heurté le dossier du siège au moment de l'accident. J'ignore si elle est morte sur le coup ou plus tard, je ne me suis pas attardée pour vérifier.

Immobile dans la rue, Joe se sentait ridicule. Complètement ridicule.

– Si je comprends bien, tu ne m'as jamais aimé…

L'expression d'Emma reflétait une exaspération croissante.

– Si, peut-être. Quelquefois. On a eu de bons moments, Joe. Quand tu arrêtais de me rebattre les oreilles avec tes déclarations d'amour et qu'on baisait, c'était vraiment bien. Mais tu aurais voulu faire de cette relation quelque chose qu'elle n'était pas.

– Tu peux préciser ?

– Je ne sais pas, quelque chose de plus beau, de plus romantique. Quelque chose d'insaisissable. Mais on n'est pas les enfants de Dieu, Joe, on n'est pas des personnages de conte de fées dans un livre sur le grand amour. On vit la nuit, et on danse comme des fous pour que l'herbe ne puisse pas repousser sous nos pieds. C'est ça, notre credo. (Elle alluma une cigarette, détacha un petit bout de tabac collé sur sa langue, puis l'expédia au loin d'une chiquenaude.) Tu crois que j'ignore qui tu es aujourd'hui ? Tu n'imagines même pas le nombre de fois où je me suis demandé à quel moment tu allais débarquer ici, Joe. On est libres, maintenant. Pas de frères, pas de sœurs, pas de pères. Pas d'Albert White. Juste nous. Tu veux entrer ? Tu peux venir quand ça te chante, tu seras toujours le bienvenu. (Elle s'avança à sa rencontre.) On s'amusait bien, autrefois. On pourrait encore s'amuser. Passer notre vie sous les tropiques, à compter nos billets sur des draps de satin… Aussi libres que des oiseaux.

– Désolé, je n'ai pas envie de cette liberté-là.

Elle inclina la tête, le regard empli d'une incompréhension à laquelle se mêlait une authentique tristesse.

– C'est pourtant celle dont on a toujours rêvé.

– Celle dont toi, tu rêvais, souligna-t-il. Et maintenant tu l'as. Tant mieux pour toi. Adieu, Emma.

Elle serra les dents, refusant de prononcer le mot en retour, pensant peut-être que son silence lui permettrait de conserver un certain pouvoir.

C'était une attitude de défi, la manifestation d'un entêtement orgueilleux comme on en rencontre généralement chez les très vieilles mules et les enfants trop gâtés.

– Adieu, répéta-t-il.

Puis il s'éloigna sans un regard en arrière, et sans le moindre regret, car tout avait été dit.

De retour chez le bijoutier, il s'entendit annoncer – avec beaucoup de tact et moult précautions oratoires – que la montre devrait faire le voyage jusqu'en Suisse.

Joe signa le formulaire de dépôt et le bon de réparation. Il prit ensuite le reçu détaillé établi par le bijoutier, le glissa dans sa poche et sortit de la boutique.

Une fois dehors, dans cette vieille rue de la vieille ville, il hésita un moment, ne sachant pas où aller.

28

Il était si tard

Si tous les gamins qui travaillaient à la plantation jouaient au base-ball, certains s'y adonnaient avec une ferveur quasi religieuse. Quand arriva le temps de la récolte, Joe remarqua que plusieurs d'entre eux portaient des pansements au bout des doigts.

– Où ont-ils trouvé tout ce sparadrap ? demanda-t-il à Ciggy.

– Oh, c'est pas les boîtes qui manquent ! Quand Machado était encore au pouvoir, on nous a envoyé une équipe médicale accompagnée de journalistes, pour que tout le monde sache combien le président aimait ses paysans… Dès que les journalistes sont partis, les médecins les ont suivis. Ils ont eu vite fait de remballer leur matériel, mais nous on a voulu garder un carton de pansements pour les petits.

– Pourquoi ?

– Vous avez déjà fait sécher du tabac ?

– Non.

– Alors, je vais vous montrer, et comme ça, peut-être que vous arrêterez de poser des questions idiotes.

– N'y comptez pas trop quand même…

Les plants étaient désormais plus hauts que beaucoup d'hommes, et leurs feuilles plus longues que le bras de Joe. Il avait d'ailleurs interdit à Tomas de s'aventurer dans les champs, de peur de ne pas le retrouver s'il se perdait. Les cueilleurs – des adolescents pour la plupart –, arrivèrent un matin pour récolter les feuilles sur les tiges les plus mûres. Elles furent entassées sur des traîneaux en bois tirés d'abord par des mules, ensuite par des tracteurs qui les emportaient jusqu'au séchoir à l'ouest de la plantation – une tâche confiée aux plus jeunes. Alors qu'il sortait de sa maison un matin, Joe eut la surprise de voir un garçonnet d'environ six ans passer devant lui au volant d'un tracteur pétaradant qui remorquait un haut chargement de feuilles. L'enfant le gratifia d'un large sourire accompagné d'un salut de la main, avant de s'éloigner.

Devant le séchoir, les feuilles étaient disposées dans un premier temps sur des claies installées à l'ombre des arbres. Puis les lieurs, qui n'étaient autres que les petits joueurs de base-ball aux doigts entourés de sparadrap, plaçaient des perches sur des tréteaux à l'intérieur de la grange, avant d'y attacher les feuilles avec de la ficelle. Ils trimaient ainsi de six heures du matin à huit heures du soir ; il n'y avait pas de base-ball ces semaines-là. Il fallait tirer fort sur la ficelle tout en maintenant la perche, aussi les brûlures de corde sur les mains et les doigts étaient-elles fréquentes. D'où, souligna Ciggy, la nécessité des pansements.

– Dès que ce sera fini, *patrón*, quand tout le tabac sera suspendu d'un bout à l'autre de la grange, il faudra attendre au moins cinq jours pour qu'il sèche. Les seuls qui auront encore du travail à ce moment-là, c'est celui qui surveillera le feu dans la grange, et deux ou trois autres qui viendront s'assurer que l'air est pas trop humide ou au contraire trop sec là-dedans. Les gosses, eux, ils pourront jouer au base-ball… (Il effleura rapidement le bras de Joe.) Si vous êtes d'accord, bien sûr.

Posté devant le séchoir, Joe observait les jeunes garçons. Ils devaient sans arrêt lever et tendre les bras pour lier les feuilles et les accrocher aux perches – des gestes pénibles qu'ils renouvelaient durant quatorze heures d'affilée. Il coula à Ciggy un regard torve.

– Évidemment que je suis d'accord ! Bon sang, quel foutu boulot de dingue !

– Je l'ai fait pendant six ans.

– Comment avez-vous pu tenir le coup ?

– Je supporte pas de rien avoir à manger. Vous supportez, vous ?

Joe leva les yeux au ciel.

– Mmm, reprit Ciggy. Vous non plus, je dirais. La seule chose qui mette les gens d'accord partout dans le monde, c'est que c'est pas drôle d'avoir la faim au ventre.

Le lendemain matin, Joe trouva Ciggy dans le séchoir, en train de vérifier que les garçons avaient laissé un espace suffisant entre les feuilles quand ils les avaient suspendues aux perches. Il lui demanda d'interrompre sa tâche, et ils se dirigèrent tous les deux à travers champs vers la limite est de la plantation, où s'étendait un pré impropre à la culture : un terrain pierreux que les collines et les rochers en surplomb empêchaient de recevoir le soleil, abandonné aux vers de terre et aux mauvaises herbes.

Joe demanda si Herodes, leur meilleur chauffeur, travaillait beaucoup pendant la période du séchage.

– Il est encore occupé par la récolte, mais pas autant que les gamins, répondit Ciggy.

– Bien. Alors dites-lui de labourer ce pré.

– Vous y ferez rien pousser, vous savez.

– J'avais compris, Ciggy.

– Alors pourquoi le labourer quand même ?

– Parce que c'est plus facile d'aménager un terrain de base-ball sur un sol nivelé, vous ne croyez pas ?

Le jour où fut édifié le monticule du lanceur, Joe se promenait près du séchoir avec Tomas dans les bras quand il vit l'un des ouvriers agricoles, un dénommé Perez, frapper violemment son fils. L'homme faisait pleuvoir les taloches sur la tête du petit, qui ne devait pas avoir plus de huit ans, comme s'il corrigeait un chien qui lui aurait volé son repas.

– Eh, doucement ! lança Joe.

Il esquissa un pas dans leur direction, mais Ciggy lui barra le passage.

Perez et son fils le regardèrent d'un air surpris, puis le père gifla encore une fois l'enfant avant de lui assener quelques tapes sur les fesses.

– C'est nécessaire ? demanda Joe à Ciggy.

Indifférent à la scène, Tomas tendit les bras vers le contremaître, que depuis quelque temps il ne voulait plus quitter.

Celui-ci le souleva haut dans les airs, lui arrachant des gloussements ravis, avant d'expliquer :

– Vous croyez que Perez prend plaisir à corriger son garçon ? Vous croyez qu'il s'est réveillé en se disant : « Je vais être bien méchant aujourd'hui, pour être sûr que le gamin me détestera en grandissant » ? Non, non, *patrón*. Il s'est réveillé en se disant : « Il faut que je mette à manger sur la table, que je veille au confort de ma famille, que je répare cette fuite dans le toit, que je tue les rats dans leur chambre, que je leur montre la voie, que je montre aussi à ma femme que je l'aime, que j'arrive à prendre cinq putains de petites minutes pour moi, et que je dorme quatre heures avant de retourner dans les champs. Et quand je partirai à l'aube, j'entendrai les gosses crier : "Papa, j'ai faim. Papa, y a plus de lait. Papa, je suis malade." » Jour après jour, matin et soir, c'est le même refrain. Alors quand vous avez donné du travail à son fils, *patrón*, c'est comme si vous lui aviez sauvé la vie. Et peut-être bien que c'est le cas. Mais si le gosse commet une faute… *Coño*. Eh bien, il reçoit une bonne raclée. Ça vaut mieux que de mourir de faim.

– Et quelle faute a-t-il commise ?

– Il était censé surveiller le feu dans le séchoir, et il s'est endormi. Toute la récolte aurait pu brûler. (Ciggy lui rendit Tomas.) Il aurait pu lui-même brûler.

Joe reporta son attention sur le père et le fils. Perez avait passé un bras autour des épaules du garçonnet et lui parlait à voix basse en lui embrassant les cheveux. La leçon était terminée. Toutefois, si l'enfant hochait la tête, il ne paraissait pas rasséréné par les baisers paternels. Le père finit par le repousser, et tous deux retournèrent travailler.

L'aménagement du terrain de base-ball fut achevé en même temps que le tabac était acheminé du séchoir au hangar de stockage. La préparation de la récolte en vue de la vendre était une tâche dévolue presque exclusivement aux femmes qui, le matin, gravissaient la colline jusqu'à la plantation d'un air aussi déterminé que les hommes. Pendant qu'elles triaient et classaient les feuilles de tabac, Joe emmena les petits joueurs sur le terrain, où il leur offrit les balles, les battes et les gants arrivés deux jours plus tôt. Ainsi que le marbre et trois bases.

Ils n'auraient pas eu l'air plus émerveillés s'il leur avait montré comment voler.

Souvent, en début de soirée, il emmenait Tomas regarder les matchs. Graciela les accompagnait de temps à autre, pas très souvent toutefois car sa présence déconcentrait ceux des garçons qui entraient dans l'adolescence.

Tomas, généralement incapable de tenir en place, était littéralement fasciné par les joueurs. Il restait assis sans bouger, les mains serrées entre les genoux, à dévorer des yeux un spectacle dont il ne pouvait pas encore comprendre les règles, mais qui exerçait sur lui le même effet apaisant que la musique et l'eau chaude.

– En dehors du travail qu'on leur fournit, il n'y a rien d'autre que le base-ball dans la vie de ces gosses, confia Joe à Graciela un soir. Ils adorent ça.

– Tout va pour le mieux, alors, non ?

– Sûr, c'est formidable. Tu as beau cracher sur l'Amérique, il faut quand même reconnaître qu'on exporte quelques bonnes choses…

L'expression de Graciela se durcit.

– Au prix fort, rétorqua-t-elle.

Et alors ? Qu'est-ce qui faisait tourner le monde, si ce n'était le libre-échange ? Une pratique qui, en principe, favorisait la réciprocité.

Joe aimait sa femme, mais il lui en voulait parfois d'être aussi obstinée : elle refusait d'admettre que l'île, bien que débitrice des États-Unis, avait beaucoup gagné au développement de leurs relations. L'Espagne avait laissé une population décimée par la malaria dans un pays où les routes étaient défoncées et les soins médicaux inexistants. Par la suite, Machado n'avait apporté aucune amélioration au système. Or, aujourd'hui, avec le général Batista, les infrastructures se développaient à vue d'œil. Il y avait l'eau et l'électricité dans un tiers des foyers du pays et dans la moitié de ceux de La Havane. Il y avait de bonnes écoles, quelques hôpitaux corrects et même des dentistes. L'espérance de vie était plus longue.

D'accord, les États-Unis exportaient certaines de leurs largesses sous la menace d'une arme. Mais tous les grands pays qui avaient fait progresser la civilisation à travers les âges n'avaient-ils pas procédé de la même manière ?

Et lui-même n'avait-il pas agi ainsi à Ybor ? se disait Joe. Et Graciela aussi ? Ils avaient financé la construction d'hôpitaux avec des billets tachés de sang. Sauvé de la rue des femmes et des enfants grâce aux profits générés par le rhum.

Depuis le début des temps, l'argent sale permettait d'accomplir de bonnes choses.

Et aujourd'hui, alors que tout Cuba se passionnait pour le base-ball, les enfants d'Arcenas, qui jouaient auparavant à mains nues avec un manche à balai, disposaient de gants si neufs que le cuir craquait et de battes aussi blondes que des pommes pelées. Le soir, maintenant que le travail était terminé – les feuilles avaient été débarrassées des dernières tiges, et la récolte mise en balles – et que l'air sentait le goudron et le tabac réhumidifié, Joe s'asseyait sur une chaise à côté de Ciggy. Tout en regardant les ombres s'allonger sur le terrain de base-ball, les deux hommes évoquaient la possibilité d'acheter des graines de gazon pour le champ extérieur, qui n'était encore qu'une bande de terre caillouteuse. Ciggy avait également entendu parler d'une ligue dans la région, et Joe lui demanda de se renseigner avant l'automne, la seule période de l'année où les tâches agricoles n'étaient pas trop accaparantes.

Le jour de la vente, à l'entrepôt, leur tabac se classa en deuxième position des prix des transactions réalisées : quatre cents balles, pesant en moyenne cent trente-cinq kilos, allèrent à un seul acheteur, la Robert Burns Tobacco Company, qui fabriquait le panatella, le nouveau cigare en vogue aux États-Unis.

Pour fêter l'événement, Joe accorda une prime à tous ses employés, hommes et femmes. Il offrit également deux caisses de rhum Coughlin-Suarez aux villageois. Puis, sur les conseils de Ciggy, il loua un bus, et tous deux emmenèrent les petits joueurs de baseball voir leur premier film au Bijou à Viñales.

Aux actualités, il n'y en avait que pour les lois de Nuremberg entrées en vigueur en Allemagne : les images montraient des Juifs à l'air inquiet qui, après avoir empaqueté leurs affaires, abandonnaient leurs appartements, laissant tous les meubles derrière eux, pour se précipiter dans le premier train en partance. Joe avait lu dans les journaux récemment que le chancelier Hitler représentait une menace sérieuse pour la paix fragile qui régnait en Europe depuis 1918. Pourtant, il doutait que ce drôle de petit homme pût aller plus loin dans sa folie, maintenant que le monde entier avait les yeux rivés sur lui. Cela paraissait inconcevable.

Les courts-métrages suivants n'avaient guère d'intérêt, mais ils firent rire aux éclats les garçons de l'équipe, qui les regardèrent en ouvrant des yeux ronds comme des soucoupes. Il fallut quelques instants à Joe pour comprendre que, n'ayant jamais mis les pieds au cinéma, ils avaient pris pour le film le reportage sur l'Allemagne.

Enfin arriva le moment tant attendu : un western intitulé *Riders of the Eastern Ridge*, avec Tex Moran et Estelle Summers. Le générique défila rapidement sur l'écran noir, et Joe, qui n'allait lui-même jamais au cinéma, s'en désintéressa au bout de quelques secondes. Peu lui importait de savoir qui avait participé à la réalisation. De fait, il baissait déjà les yeux vers sa chaussure pour s'assurer que son lacet droit ne s'était pas dénoué quand un nom accrocha son regard :

Scénario
Aiden Coughlin

Joe se tourna vers Ciggy et les garçons, mais personne ne lui prêtait attention.

C'est mon frère, avait-il envie de crier. *Mon frère !*

Dans le bus qui les ramenait à Arcenas, il pensait toujours au film. S'il suivait la trame d'un western classique, avec moult fusillades, une demoiselle en détresse et une diligence poursuivie le long d'une falaise abrupte, il n'en comportait pas moins, pour ceux qui connaissaient Danny, une autre dimension. Le personnage joué par Tex Moran était celui d'un shérif intègre dans une ville qui se révélait pourrie – une ville où la plupart des citoyens influents se rassemblaient un soir pour préparer en secret la mort d'un paysan à la peau cuivrée qui, d'après l'un d'eux, avait lorgné sa fille. À la fin, le film abandonnait sa position radicale – les habitants comprenaient qu'ils s'étaient fourvoyés –, mais seulement après que le paysan eut été tué par un groupe d'intrus coiffés de chapeaux noirs. S'il fallait y voir un message, c'était sans doute que le danger venu de l'extérieur l'emportait sur le danger présent à l'intérieur, conclut Joe. Ce que d'expérience il savait être une grosse connerie, et Danny aussi.

En attendant, ils avaient tous passé un excellent moment. Les garçons avaient adoré ; durant tout le trajet du retour, ils ne parlèrent que de s'acheter des six-coups et des ceintures de munitions quand ils seraient grands.

Plus tard cet été-là, sa montre lui revint de Genève par courrier. Elle arriva dans un joli coffret en acajou garni de velours, plus brillante que jamais après qu'un polissage méticuleux lui eut rendu tout son lustre.

Joe en fut si heureux qu'il lui fallut des jours pour admettre qu'elle retardait toujours un peu.

En septembre, Graciela reçut une lettre l'informant que le comité de défense des intérêts d'Ybor l'avait élue « femme de l'année » pour son travail auprès des défavorisés dans le quartier latin. Ce comité se composait d'un mélange hétéroclite d'hommes et de femmes d'origine cubaine, espagnole et italienne, qui se réunissaient une fois par mois pour discuter de leurs préoccupations communes. La première année, l'association avait été dissoute à trois reprises, et la plupart des réunions avaient dégénéré en bagarres qui avaient débordé du restaurant choisi pour se terminer dans la rue. En général, les rixes éclataient entre Espagnols et Cubains, ce qui n'empêchait pas les Italiens d'y aller aussi d'un bon coup de poing par-ci par-là, histoire de ne pas faire bande à part. Mais une fois les vieilles rancunes libérées et apaisées, les différents membres avaient fini par trouver un terrain d'entente au niveau de leur sentiment d'exclusion par rapport au reste de Tampa, et il ne leur avait pas fallu longtemps pour constituer un groupe de pression à l'influence non négligeable. Si Graciela était d'accord, écrivaient les responsables, ils ne seraient que trop heureux de lui remettre sa récompense lors d'un gala qui se tiendrait à l'hôtel Don Cesar, à St. Petersburg Beach, le premier week-end d'octobre.

– Qu'est-ce que tu en penses, Joseph? demanda Graciela au petit déjeuner.

Joe avait mal dormi, une fois de plus. Depuis quelque temps, son sommeil était troublé par des variations du même cauchemar. Il se trouvait avec sa famille dans un pays étranger qu'il pensait être l'Afrique, parce qu'ils étaient entourés de hautes herbes et qu'ils avaient très chaud. Son père apparaissait soudain à la périphérie de son champ de vision – silhouette immobile au loin. Il ne disait rien, se bornant à regarder les panthères aux yeux jaunes émerger souplement des hautes herbes. Elles étaient de la même couleur fauve que la végétation alentour, aussi ne pouvait-on les repérer qu'au tout dernier moment. Quand Joe en apercevait une, il voulait crier pour avertir du danger Graciela et Tomas, mais le fauve assis sur sa poitrine lui avait déjà déchiqueté la gorge. Il avait encore le temps de remarquer à quel point son sang paraissait rouge sur les impressionnants crocs d'un blanc d'ivoire, ensuite la panthère fondait de nouveau sur lui et il fermait les yeux.

Il se resservit du café en s'efforçant de chasser de sa tête les images horribles.

– Je crois que le moment est venu pour toi de revoir Ybor, répondit-il.

Les travaux dans la maison étaient presque terminés, ce dont ils étaient les premiers surpris. La semaine précédente, Joe et Ciggy avaient planté des mottes de gazon pour délimiter le champ extérieur. Rien ne les retenait à Cuba dans l'immédiat, si ce n'était l'île elle-même.

Ils décidèrent de partir fin septembre, alors que s'achevait la saison des pluies. Ils embarquèrent à La Havane, traversèrent le détroit de Floride puis remontèrent vers le nord en longeant la côte ouest de la Floride, pour finalement atteindre le port de Tampa dans l'après-midi du 29 septembre.

Seppe Carbone et Enrico Pozzetta, qui avaient rapidement gravi les échelons dans l'organisation de Dion, les accueillirent au débarcadère. Carbone expliqua à Joe que la nouvelle de leur arrivée avait été rendue publique, et il lui montra la page cinq du *Tampa Tribune* :

UNE FIGURE CÉLÈBRE DU SYNDICAT DU CRIME REVIENT À YBOR

L'article laissait entendre que le Ku Klux Klan avait réitéré ses menaces et que le FBI envisageait des poursuites.

– Oh, bon sang ! grommela Joe. D'où ils sortent toutes ces conneries ?

– Vous voulez me donner votre pardessus, monsieur Coughlin ?

Outre son costume, Joe portait un pardessus en soie acheté à La Havane. Importé de Lisbonne, il était à la fois extrêmement léger et totalement imperméable. Durant la dernière heure de la traversée, Joe avait vu de gros nuages gris s'amonceler au-dessus de leurs têtes, ce qui ne l'avait pas étonné outre mesure : si la saison des pluies était redoutable à Cuba, celle de Tampa n'avait rien à lui envier, et, à en juger par l'aspect du ciel, elle n'était pas terminée.

– Non, je vais le garder, répondit Joe. Prenez plutôt les bagages de ma femme.

– Bien sûr.

Tous quatre quittèrent le débarcadère pour se diriger vers le parking. Seppe Carbone s'était placé à la droite de Joe, Enrico Pozzetta à la gauche de Graciela. Tomas, calé sur la hanche de son père, le tenait par le cou, et Joe levait le bras pour consulter sa montre quand la première détonation claqua.

Seppe mourut debout, comme pas mal d'hommes que Joe avait vus partir. Il portait toujours les sacs de Graciela lorsque la balle lui traversa le crâne. Il s'écroula en même temps que Joe se retournait, et le tireur fit feu une seconde fois en disant quelque chose d'une voix calme, monocorde. Plaquant Tomas contre son épaule, Joe se jeta sur Graciela, et tous trois chutèrent sur le sol.

L'enfant hurla, plus de stupeur que de douleur pour autant que Joe pût en juger, et Graciela laissa échapper un gémissement. Joe entendit Enrico Pozzetta tirer à son tour, plusieurs fois. Il leva les yeux, pour s'apercevoir que l'Italien avait été touché à la gorge, et que de la blessure jaillissait trop vite un sang trop sombre. Il continuait malgré tout de presser la détente de son Colt .45, qu'il pointait sous la voiture la plus proche de lui.

Joe distinguait mieux la voix du tireur à présent.

– Repentez-vous, repentez-vous…

Tomas criait toujours – sous l'effet de la peur, pas de la souffrance ; Joe était capable de faire la différence.

– Ça va ? demanda-t-il à Graciela. Tu n'as rien ?

– Non, ça va. J'ai le souffle coupé. Vas-y.

Il roula sur lui-même pour s'écarter d'eux, dégaina son calibre .32 et rejoignit Pozzetta.

– Repentez-vous…

Les deux hommes firent feu sous la voiture en direction d'une paire de bottes et d'un pantalon brun.

– Repentez-vous…

À la cinquième tentative, ils atteignirent leur cible en même temps : Pozzetta creusa un trou dans la botte gauche du tireur, Joe lui fracassa la cheville gauche.

Au moment où il tournait la tête vers son compagnon, celui-ci toussa une fois et rendit l'âme. Il était mort avant de toucher le sol, serrant toujours dans sa main le Colt fumant. Joe sauta sur le capot de la voiture qui le séparait du tireur, et atterrit de l'autre côté, juste devant Irving Figgis.

L'ancien chef de la police, coiffé d'un chapeau de cow-boy en paille, était vêtu d'un costume fauve sur une chemise d'un blanc passé. Il se servait de son pistolet, un Colt à canon long, pour soulager de son poids sa jambe valide, et titubait sur le gravier, son pied gauche fracassé pendant au bout de sa cheville comme son pistolet pendait de sa main.

Enfin, il riva son regard à celui de Joe.

– Repentez-vous.

Joe lui braqua son arme sur le torse.

– Je ne suis pas sûr de comprendre.

– Repentez-vous.

– D'accord. Devant qui ?

– Dieu.

– Qui vous dit que je ne l'ai pas fait ? (Joe se rapprocha de lui.) Quoi qu'il en soit, Irv, je n'ai pas à me repentir devant vous.

– Alors, adressez-vous à Dieu en... en ma présence, répliqua Figgis, le souffle court.

– Non, parce que ce serait entre vous et moi, pas entre Dieu et moi.

Saisi de frissons, Figgis ferma les yeux.

– C'était ma petite fille... mon bébé...

Joe hocha la tête.

– Je ne vous l'ai pas prise, Irv.

– Ceux de votre espèce, si.

Figgis souleva les paupières et fixa son regard sur la taille de Joe.

Celui-ci baissa les yeux, sans rien remarquer de particulier.

– Ceux de votre espèce, répéta Figgis.

– Et à quelle espèce j'appartiens, d'après vous ? demanda Joe, risquant de nouveau vers son bassin un rapide coup d'œil qui ne lui en apprit pas plus.

– Celle des hommes qui n'ont pas accueilli Dieu dans leur cœur.

– Oh si, Dieu est dans mon cœur, rétorqua Joe. Sauf que ce n'est pas le même Dieu que vous. Pourquoi s'est-elle tuée dans votre lit ?

– Quoi ?

Figgis sanglotait, à présent.

– Il y avait trois chambres dans cette maison, reprit Joe. Pourquoi s'est-elle tuée dans la vôtre ?

– Vous n'êtes qu'un malade, abandonné de tous. Un malade…

Il laissa son regard se porter sur un point derrière l'épaule de Joe, puis se concentra de nouveau sur sa taille.

Cette fois, Joe, déstabilisé, prit le temps d'examiner la région concernée. Il découvrit alors une anomalie qui ne s'y trouvait pas quand il était descendu du bateau. Pas au niveau de son bassin, mais sur son pardessus. Ou plutôt dans son pardessus.

Un trou. Un trou parfaitement rond dans le pan droit, juste à côté de sa hanche droite.

Il releva la tête. Le visage de Figgis exprimait une honte indicible.

– Je suis tellement désolé…, murmura-t-il.

Joe tentait toujours de donner un sens à ce qu'il avait sous les yeux quand Irving Figgis parut recevoir le signal qu'il attendait. En deux sauts à cloche-pied, il se précipita sur la chaussée, juste devant un camion de charbon.

Le chauffeur le heurta avant d'écraser la pédale de frein, mais ne réussit qu'à partir en dérapage, et Figgis disparut sous les roues du véhicule qui cahota en lui roulant sur le corps.

Joe se détourna, entendit encore les pneus du camion crisser et regarda une nouvelle fois le trou dans son pardessus. La balle avait dû traverser le tissu par-derrière, manquant de peu la hanche ; le pan s'était sûrement écarté au moment où il plongeait pour protéger sa famille, où il…

Jetant un coup d'œil de l'autre côté de la voiture, il vit Graciela essayer de se relever, et il vit aussi le sang qui jaillissait de sa taille, inondant son bassin. Il roula sur le capot et atterrit à quatre pattes devant elle.

– Joseph ? appela-t-elle.

Il perçut la peur dans sa voix. La peur, et aussi la certitude de l'inéluctable. Il arracha son pardessus, le roula en boule et l'appuya sur la blessure en répétant :

– Oh non. Non, non, non…

Elle n'essayait même plus de bouger. Sans doute n'en avait-elle plus la force.

Quand la porte de la gare s'ouvrit et qu'une jeune femme se risqua à passer la tête dehors, Joe lui cria :

– Appelez un médecin ! Un médecin, vite !

La femme rentra, et Joe croisa alors le regard de Tomas qui le dévisageait en silence, la bouche ouverte.

– Je t'aime, dit Graciela dans un souffle. Je t'ai toujours aimé.

– Non, chuchota Joe en posant son front sur le sien en même temps que, de toutes ses forces, il pressait le vêtement sur la plaie. Non, non, non. Tu es toute ma… toute ma… non…

– Chut…

Il redressa la tête tandis que Graciela sombrait inexorablement dans l'inconscience.

– … toute ma vie, acheva-t-il.

29

Quelqu'un comme lui

Il demeura un grand ami d'Ybor City, même si, en ville, ils étaient peu nombreux à le connaître. De fait, personne ne le connaissait aussi bien qu'à l'époque où elle était encore vivante. On le disait alors d'un commerce agréable, et étonnamment ouvert pour quelqu'un comme lui. Aujourd'hui, il était juste d'un commerce agréable.

Il vieillissait à vue d'œil, d'après certains. Sa démarche s'était faite hésitante, laissant supposer qu'il boitait alors qu'il n'avait aucun problème aux jambes.

Parfois, il emmenait le petit à la pêche, en général au coucher du soleil, le meilleur moment pour attraper les brochets de mer et les vivaneaux rouges. Ils s'asseyaient sur le muret où il avait appris à l'enfant comment monter sa ligne, et, un bras passé autour de ses épaules, il lui parlait à l'oreille en lui montrant la direction de Cuba.

Remerciements

Toute ma gratitude à :

Tom Bernardo, Mike Eigen, Mal Ellenburg, Michael Koryta, Gerry Lehane, Theresa Milewski et Sterling Watson, pour avoir lu les premiers jets et m'avoir confié leurs impressions.

L'équipe du Henry B. Plant Museum et du Don Vicente De Ybor Inn, à Tampa.

Dominic Amenta, du Regan Communications Group, pour avoir accepté de répondre à mes questions sur l'hôtel Statler à Boston.

Et un grand merci à Scott Deitche pour sa visite guidée d'Ybor City, le « Cigar City Mafia tour ».

Table

Première partie

Boston

1926-1929

Deuxième partie

Ybor

1929-1933

TROISIÈME PARTIE

Tous les enfants violents

1933-1935

Mise en pages
PCA – 44400 Rezé

Achevé d'imprimer en avril 2014
sur les presses de Normandie Roto Impression s.a.s.
à Lonrai (Orne)
pour le compte des Éditions Payot & Rivages
106, bd Saint-Germain – 75006 Paris
N° d'impression : 1401454
Dépôt légal : avril 2014

Imprimé en France